丰子恺
译文集

第八卷

丰陈宝 丰一吟
杨朝婴
杨子耘
丰睿

编

ZHEJIANG UNIVERSITY PRESS
浙江大学出版社

本卷说明

　　本卷收录丰子恺先生翻译的日本长篇物语小说《源氏物语》(中册)，根据人民文学出版社一九八〇年十二月第一版刊出。

本卷目录

源氏物语(中) …………………………………………………………… 451

源氏物语（中）

[日]紫式部 著

丰子恺 译

目　录

（中）

第二十一回　少女 …………………………………… 455

第二十二回　玉鬘 …………………………………… 489

第二十三回　早莺 …………………………………… 517

第二十四回　蝴蝶 …………………………………… 528

第二十五回　萤 ……………………………………… 543

第二十六回　常夏 …………………………………… 556

第二十七回　篝火 …………………………………… 571

第二十八回　朔风 …………………………………… 574

第二十九回　行幸 …………………………………… 586

第 三 十 回　兰草 …………………………………… 604

第三十一回　真木柱 ………………………………… 614

第三十二回　梅枝 …………………………………… 640

第三十三回　藤花末叶 ……………………………… 654

第三十四回（上）　新菜 …………………………… 672

第三十四回（下）　新菜续 ………………………… 734

第三十五回　柏木 …………………………………… 795

第三十六回　横笛…………………………………… 819

第三十七回　铃虫…………………………………… 831

第三十八回　夕雾…………………………………… 841

第三十九回　法事…………………………………… 885

第二十一回　少　女〔1〕

　　岁历更新,匆匆已届三月,藤壶母后周年忌辰过去了,朝野臣民都除去丧服,改穿常装。到了四月一日的更衣节上,满朝衣冠都像花团锦簇一般了。四月中旬的酉日,举行贺茂祭时,天色也很明朗鲜丽,只有前斋院槿姬依旧孤居寂处,悒悒寡欢。庭前的桂树蒙着初夏的熏风,欣欣向荣,青青可爱。青年侍女们看见了,都回思小姐当斋院那年举行贺茂祭时的情状,不胜恋恋〔2〕。源氏内大臣来信问候说:"今年斋院父丧期满,该除服了。贺茂祭祓褉之时,心情定然舒畅了吧。"又赠诗云:

　　　　"君当斋院日,祓褉在山溪。

　　　　岂意今年褉,是君除服期。"

这诗写在紫色纸上,封成严格的"立文"式〔3〕,系在一枝藤花上送去。形式甚合时宜,优美可爱。槿姬的复书是:

　　　　"临丧成服日,犹是眼前情。

---

〔1〕　本回写源氏三十三岁夏天至三十五岁秋天之事。
〔2〕　贺茂祭时节,将桂和葵插在衣冠上。故见桂树想起贺茂祭。
〔3〕　"立文"是日本的书信形式之一种,把信纸卷作筒形,用白纸包起来,上下端捻好。

転瞬忽除服,流光殊可惊!

真乃无常迅速也。"如此而已。源氏照例仔细欣赏。槿姬除服之日,他送去了无数礼物,交宣旨收转。槿姬看了反而不快,说要退还他。宣旨想道:倘这礼物上附有情书,那么不妨退还他。但现在他并无所求,况且小姐当斋院期间,他也常常致送礼物。这确是一片诚心,有何理由可退还他呢? 她觉得左右为难了。

五公主那里,源氏逢时逢节亦必致送礼物。五公主衷心感激,便极口赞誉他:"这位公子,我看见他不多几天之前还是个孩子呢。谁知一眨眼,已经变成大人,礼数如此周到了。况且相貌长得漂亮之极,心地比谁都善良呢!"青年侍女们听了都掩口而笑。

五公主会见槿姬时,常常劝她:"这位大臣如此诚恳,你还疑心什么呢? 他爱慕你,不是今天才开始的。你爸爸在世之日,因为你当了斋院,不能和他结婚,常常愁叹呢。他说:'我打定了主意,这孩子偏偏不听。'每次说这话时,都很伤心。从前左大臣家的葵姬在世之时,我恐得罪三姐[1],不曾向你劝说。现在呢,这位身份高贵、不可动摇的正夫人已经亡故了。据我看来,由你起而代之,再得当不过了。况且源氏大臣也回复了从前的样子,诚恳地向你求婚。我觉得这真是天作之合了。"她说的一套古老之话,槿姬听了很不高兴,答道:"父亲在日,我一向倔强,直到他逝世没有改变。现在反而回心转意,与人结婚,这真是太荒唐了!"她的样子很难为情,五公主也就不勉强劝说了。槿姬看见这宫邸内上下人等都袒护源氏,便觉今后非当心不可。至于源氏本人呢,一味尽忠竭诚,

---

[1] 葵姬之母。

静待槿姬回心转意,却并不无理强求而伤害她的心情。

且说葵姬所生小公子夕雾,今年已十二岁,源氏急欲替他举行冠礼,地点原定在二条院。但夕雾的外祖母太君很想看看这仪式,意欲在自邸举行。太君这要求自然合乎情理,不可违背而使她伤心。于是决定就在故太政大臣邸内举行。右大将[1]以及诸母舅,都是公卿贵官,朝廷所特别信任之人。他们就当了主人,各有隆重优厚的贺仪。此外世间一般臣民,也都重视这仪式,因此举办得异常隆重。源氏本想封夕雾四位官爵,世人也都如此预料。但夕雾还很幼稚。源氏虽然独揽大权,世事可以任所欲为,但若教儿子一跃便登四位,反而变成权臣故技,因此打消此议,决定封他六位,赐穿淡绿官袍,并仍特许上殿[2]。

太君闻此消息,大为不满,认为此乃意外之事。这也是难怪她的。太君会见源氏时,提及此事。源氏便向她说明:"启禀太君:此子年事尚幼,本不该为他举行冠礼,教他强装成人。今所以举行者,实有用意:欲使暂入大学寮,研习学问二三年耳[3]。在此期间,只当他没有成人。将来学业成就,便有才能为朝廷效劳而自成一员人物了。窃思自身年幼之时,生长九重宫殿之中,不知世事深浅。昼夜侍奉父皇,所读书籍,实甚有限。虽然幸蒙父皇亲自传授,但因修养浅薄,年幼无知,故无论研习学问,或调琴吹笛,皆缺乏功夫,不及他人之处甚多。聪明儿子胜过愚笨父母,世间少有其例。而且世世相传,势必一代不如一代,相去愈远。只因有此顾虑,故欲使小儿入学。大凡高贵之家的子弟,升官晋爵可以随心所欲,荣华盖世,骄奢成习,则往往视研习学问为苦工,而不屑从事。此

---

〔1〕　本来的头中将,夕雾的母舅。

〔2〕　夕雾本是殿上童子。但封六位后,反而不得上殿。故须特许。

〔3〕　大学寮的入学年龄是九岁到十三岁,九年毕业。夕雾学二三年,是例外。

等子弟只知耽好游戏，而官爵自会随意晋升。于是趋炎附势之人，在腹中蔑视讥笑，而在表面则阿谀奉承，以博得其欢心。在这期间，这子弟俨然成了伟大人物，尊荣无比。然而一旦时移势变，父母死亡，家运衰落，这人就被世人所轻侮而孤苦无依了。如此看来，凡人总须以学问为本，再具备大和智慧[1]而见用于世，便是强者。目前看来，这措施似乎耗费时日，教人焦急，但将来学优登仕，身为天下柱石，则为父母者即使身死，亦无后顾之忧。目前虽未能多多提拔，但在家长照拂之下，想不致被人讥笑为穷书生也。"

太君长叹一声，说道："你这样深思远虑，亦自有理。但这里的右大将等人都以为封夕雾六位，出乎预料，正在诧异呢。夕雾这孩子也很不高兴。他一向看不起右大将和左卫门督[2]家的表兄弟，认为他们都赶不上他。岂知他们都升了官，成了大员，而他自己还穿着淡绿袍子，心中很委屈，真可怜呢。"源氏笑道："小孩子家也懂得怨恨我了？真不得了！不过照这年龄，也难怪的。"他觉得这儿子很可爱，接着又说："多读点书，稍稍懂得人情物理之后，这怨恨自然会消解。"

源氏命夕雾入大学寮研习汉学，必须给他取个字号[3]。这仪式在二条院附近的东院内举行。会场即用东院的东殿。朝中高官贵族以及殿上人等，认为这仪式很希罕，大家都来参与。那些儒学博士上殿来，看

---

〔1〕 原文为"大和魂"。"大和"是日本国的异称。当时所谓学问，专指汉学而言。以汉学为基础而产生的处理日本实际政务的知识、能力，时人谓之"大和魂"，即日本式的智慧。

〔2〕 左卫门督为右大将之弟，夕雾之母舅，即早先的藏人弁。

〔3〕 中国《曲礼》云："男子二十，冠而字。"大学生入学时，依照中国儒家习惯，每人取个字号。当时办法是：从姓上取一个字，另外再找一个字。如本书中数次讲到的菅原道真，字号菅三。又如：纪长谷雄，字号纪宽；文屋康秀，字号文琳。

到这富丽堂皇的场面,反而觉得畏缩了。源氏对众人说:"大家不要因为这里是宫邸而有所顾忌。应该依照儒学家家中的向例〔1〕,绝不变通,严格执行!"儒学博士们便努力镇静,装作泰然自若。有几个人穿着借来的衣服,不称身体,姿态奇特,也不以为耻。他们的面貌神气十足,说话声音慢条斯理,规行矩步,鱼贯入座,这光景真乃见所未见,青年贵公子们看了,都忍不住笑出来。

然而这会上的招待人,都选用老成自重、不会轻率嬉笑的人,叫他们拿着壶樽敬酒。只是儒家的礼仪过分别致,因此右大将和民部卿等虽然谨慎小心地捧着酒爵,终不合法,常被儒学博士严厉指责。有一儒学博士骂道:"尔等乃一奉陪之人,何其无礼!某乃著名儒者,尔等在朝为官而不知,无乃太蠢乎!"众人听了这等语调,都噗嗤地笑出来。博士又骂:"不准喧哗!此乃非礼之极,应即离座退去!"如此威吓,又很可笑。不曾见惯此种仪式之人,看了觉得希奇,心中纳罕。但大学出身的公卿们,懂得此道,都点头微笑。他们看见源氏内大臣崇尚学问,以此道教子,十分赞善,都对他表示无限尊敬。

在座诸人略有私语,儒学博士们立刻制止,责备他们无礼。他们对人动辄呵斥。天色渐暮,灯火微明。他们的脸在灯光之下,竟像戏剧中的小丑,憔悴而古怪,却又各人不同。他们的样子真是异乎寻常。源氏内大臣说:"哎呀,不得了!像我这样顽劣的人,要大受呵斥了!"便躲进帘内,隔帘观看。有些大学生来得较迟,座位已满,便想退去。源氏知道了,宣召他们到钓殿〔2〕来,特地犒赏他们种种物品。

〔1〕 此仪式通常皆在儒学家家中举行。
〔2〕 临水建造的殿宇。

仪式完成之后,源氏召集诸儒学博士及学者,令他们赋诗。其他通晓此道的公卿与殿上人,也都被留住,参与其事。博士们作律诗;源氏内大臣以下其他诸人,都作绝句。由儒学博士选择富有趣味的题目。夏夜苦短,赋诗完毕时天色已明,便开始讲解诗篇。任命左中弁为讲师。此人相貌清秀,声音洪亮,庄严堂皇地朗诵诗篇,那态度极有风趣。他是个声望甚高而修养甚深的儒学博士。

夕雾生于高贵之家,尽可享受世间一切荣华,但他作出之诗,却表明刻苦求学之大志,而且每句都富有意味。诗中引证晋人车胤在萤光下读书及孙康映着雪光读书等典故。时人无不赞誉,认为此诗即使传入中国,也不失为优秀之作。至于源氏内大臣的大作,精美自不待言。其中热诚地歌咏着父母爱子之心,读者无不感动流泪。世人盛传,争欲阅读。作者女流之辈,才疏学浅,不宜侈谈汉诗。为免烦琐,一概从略。

此后源氏内大臣继续准备夕雾入学之事。他在东院内为夕雾辟一房室,请一位学识渊博的师傅来,在这里教他研习学问。夕雾自从行过冠礼之后,外祖母处也难得去。因为外祖母溺爱外孙,朝夕护持,当他婴儿一般,他住在那边不能用功。所以要他在东院笼闭一室,只允许他每月拜访外祖母三次。夕雾笼闭在东院内,颇感沉闷之苦。他想:"父亲管得我太严厉了。我不须如此苦学,亦可晋升高位,重用于世呢。"心中不免怨恨。然而这个人毕竟生性严谨,并无浮薄之气,因此颇能忍苦。他打算将应读之书尽行读完,早日加入群臣之列,立身用世。果然只消四五个月,已经读完《史记》等书。

夕雾现已可应大学寮考试了。源氏内大臣先叫他到自己跟前来预试一下。照例召请右大将、左大弁、式部大辅及左中弁等人来监试。又请出那位师傅大内记来,叫他指出《史记》较困难的各卷中考试时儒学博士可能提到的各节来,令夕雾通读一遍。但见他朗声诵读,毫无阻滞,各节义理,融会贯通,所有难解之处,无不了如指掌。其明慧实甚可惊。监试诸人,都赞叹他的天才,大家感动流泪。尤其是他的大母舅右中将,他叹息道:"太政大臣若在世间,该是何等欢喜啊!"说着,哭泣起来。源氏内大臣也情不自禁,叹道:"儿子日渐长大,父母随之而日渐愚痴,此乃世之常态。我等旁观他人如此演变,但觉可笑,不料自己年龄还不很老,也就如此了。"说着也举手拭泪。师傅大内记见此光景,以为自己教导有方,心中不胜欢喜,自觉面目光彩。右大将便敬他一杯酒。大内记喝得很醉,脸色十分黄瘦。这大内记脾气古怪,学识渊博,而怀才不遇,孤苦贫困。源氏赏识他的才学,特聘他为西席。他身受过分的优遇,似觉源氏内大臣的恩德使他脱胎换骨了。况且将来夕雾发迹,他还可受到无上的信任呢。

入学考试之日,王侯贵族的车马云集大学寮门前,不可胜数。几乎满朝公卿全部来到了。冠者夕雾公子由无数人员簇拥而入,其仪容之俊美,实不堪与一般考生为伍。以前参与起字仪式的那一群寒酸儒者也来了,教夕雾列席他们之末座,难怪他心中委屈呢。这里也像起字仪式中一样,那些监考的儒学博士常对人大声斥骂,甚是可厌。但夕雾不慌不忙,从容诵读。此时大学甚为繁荣,不亚于古昔全盛之时。上中下人各级官员子弟,竞尚此道,集中于学术研究。因此世间多才多艺之人,日益增多。夕雾此次应考,文章生、拟文章生〔1〕等考试全都及第。今后师弟二人便更加用心教习,励志治学了。源氏又在邸内举办诗会,博士、学者等均来参与,扬扬得意。这真是学术繁荣、文运昌隆的时代。

---

〔1〕 "文章生"亦称"进士","拟文章生"亦称"拟进士",式部省省试及第后赐予的称号。

是时宫中正在议立皇后。源氏内大臣推荐梅壶女御,因为藤壶母后曾有遗言叫她照顾皇上。但世人认为藤壶与梅壶都是亲王家的女儿,两代皇后不宜都出自亲王家,因此未能赞同。世人主张:"弘徽殿女御入宫最早,理应册立为后。"于是两方的袒护人暗中竞争,各有操心。此外还有兵部卿亲王[1]其人,现已改任式部卿,为本朝国舅,深得皇上信赖。他的女儿早已入宫,和梅壶一样当了女御。袒护他的人认为:"既然要立亲王家女儿为后,则式部卿家的女儿与梅壶同等,且是藤壶母后的侄女,较为亲近。母后逝世之后,由她来代替母后照顾皇上,最为适当。"三方各有理由,互相竞争。但结果终于册立了梅壶女御为皇后,世称秋好皇后。时人闻此消息,无不惊叹,认为梅壶女御好大福分,和她母亲六条妃子完全相反。

同时,源氏内大臣升任为太政大臣,右大将升任为内大臣。源氏太政大臣便将天下政务移交新内大臣掌管[2]。这位新内大臣为人一向规矩正直,而且举止大方,心地贤明。他富有学问,从前玩"掩韵"游戏时虽然比不上源氏,但办理公事非常能干。他有许多夫人,生了十几个儿子,都已渐次成人,各得官职,个个显赫,全家繁荣。女儿除弘徽殿女御以外,尚有一人,称为云居雁,年方十四,与弘徽殿女御异母。其生母是亲王家女儿,娘家门第高贵,并不逊于弘徽殿女御之母。但这生母后来改嫁了一位按察大纳言。这按察大纳言和她生了许多子女。云居雁由母亲带去,杂在这许多子女中由后父抚养,内大臣认为有失体面,便把云居雁接了回来,寄养在祖母太君膝下。内大臣对云居雁,远不如对弘徽殿

---

〔1〕　紫姬之父,藤壶之兄,故下文言本朝国舅。
〔2〕　向例,太政大臣不管琐细政务。

女御之重视。但云居雁的人品和相貌非常优美。

夕雾与云居雁同在太君膝下长大起来，十岁之后，两人分居异室。内大臣教训云居雁道："夕雾表弟和你虽是近亲，但为女子者，对男子不可过分接近。"两人分开以后，夕雾的童心也未免恋慕云居雁，每逢观赏樱花、红叶之时，或一同戏耍玩偶之时，夕雾必然紧紧追随她，对她表示好感。云居雁自然也爱慕夕雾，直到如今，相见时还是两小无猜，不知回避。侍候他们的侍女、乳母等在旁议论："有什么关系呢？两人都还是孩子，况且多年相伴，一块儿长大起来，突然把他们拆开，未免太忍心吧。"云居雁无心无思，一味天真烂漫。夕雾虽然还是个幼稚的孩童，似乎情窦未开，但不知和她发生了什么关系，自从离居以来，一直忧愁叹息，心绪不宁。他们的书法还很生硬，然而也颇美观，将来显然是很出色的。他们便互通情书。但儿童粗心大意，有时不免随处散落。侍女们拾得了，约略知道了他们的关系。然而谁会告诉别人呢？她们都只当作不看见。

庆祝升官的大飨宴办过之后，朝中别无紧要公事。岑寂无聊之时，降下一天秋雨。有一个"荻上冷风吹"的秋夕[1]，内大臣前来参见太君，又把女儿云居雁叫来，命她弹琴。太君精通一切乐器，都已传授给孙女云居雁。内大臣说："琵琶这乐器，女子弹奏时似乎不很雅观，然而声音还是悦耳动听的。现今世间，受到正确师传的人恐怕没有。算来只有某亲王，某源氏……"数了几个人之后，又说："女子之中，源氏太政大臣养在大堰山乡的明石姬，据说手段十分高明。这个人祖上都是音乐名家，传到她父亲一代，长年隐居在明石浦山乡，不知怎的她也弹得如此高明。

---

〔1〕　古歌："何时最凄凉？无如秋之夕。荻上冷风吹，荻下寒露滴。"见《藤原义孝集》。

源氏太政大臣常常称赞这女子琵琶弹得特别好听。音乐的才能,与别的技艺不同,必须与广众合奏,多方磨练,方能进步。这女子独自弹奏,也会进步,倒是很难得的。"说罢,劝请太君演奏。太君说:"我拂柱的手,已经很生硬了呢。"试弹一曲,音节甚美。弹毕说道:"那明石姬真好福气!听说人品也非常好。源氏太政大臣一向没有女儿,她倒替他生了一个。大臣又恐这女儿住在山乡不得发迹,把她带到自己身边,交与那位高贵的紫夫人抚养。人都称赞他想得周到呢。"

内大臣说:"女子只要性情好,便能专宠得势。"他谈论别人,却想起了自己的女儿,接着说道:"我抚育弘徽殿女御时,力求其完美无缺,万事不逊于人,想不到竟被梅壶压倒了。我看到这命运,痛感人世之事真不可逆料啊!至少这个云居雁,我总要设法让她当皇后。皇太子〔1〕的冠礼,是不多几年后的事了。我正在私下考虑,指望成遂此志,却不料这个幸运的明石姬生了一个可配太子的女儿,又来和云居雁逐鹿。这个女儿倘进了宫,恐怕没有人争得过她吧!"说着连声叹息。太君言道:"岂有此理!你父亲生前说过:我们家里不会不出皇后。弘徽殿女御之事,他也十分用心出力。要是他还在世间,不会有此种乖谬之事。"为了弘徽殿女御不能立后之事,太君对源氏太政大臣不免怀恨。

云居雁生得娇小玲珑,天真烂漫。弹筝时鬓发长垂,头面楚楚,模样异常高雅优美。看见父亲目不转睛地注视她,难为情起来,把头略略转向一旁,那侧影又很美丽。左手按弦的姿态非常雅观,竟像一个玩偶。祖母看了也觉得无限可爱。云居雁戏耍似地弹了一会,就把筝推开了。

---

〔1〕 这是朱雀院的儿子,已立为皇太子,现年五岁。冷泉帝在位十八年后即让位与他。

内大臣便取过和琴来,用他那纯熟而随意不拘的手法,弹出一个时髦的短调,非常动人。庭前木叶尽行散落。年老的侍女们感动得流下泪来,都挤集在各处帷屏背后倾听。内大臣便朗诵"风之力盖寡……"[1]之词。接着说道:"并非琴音之故,只因这暮景异常凄凉动人耳。请太君再弹一曲吧。"太君弹时,内大臣唱着《秋风乐》之歌,与她相和,其歌声非常优美。太君对人人都爱,觉得这儿子内大臣也很可喜。这时夕雾也来了,又添了乐趣。内大臣便命张起帷屏来,把云居雁隔开,叫夕雾坐在这边,对他说道:"好久不见你了。何必如此埋头读书呢?你父亲太政大臣也知道,学问过多,反而乏味。却教你如此钻研学问,究竟为了何事呢?镇日笼闭一室,你也太苦了。"又说:"有时也该做些学问以外之事。譬如吹笛,也是古代传下来的韵事。"便拿一支笛给他吹奏。夕雾吹得生趣洋溢,非常悦耳。内大臣暂时停止弹琴,轻轻地替他按拍,自己唱起"满身染上萩花斑"[2]的催马乐。唱毕言道:"太政大臣也喜欢音乐,政务烦忙之时也常常借以消遣呢。实在,生在这乏味的世间,应该做些喜爱之事,欢度岁月才是。"便命斟过酒来畅饮。这期间天色渐黑,室内点起灯来。大家同吃饭菜与果物。不久内大臣命云居雁回那边房间里去了。内大臣强欲教两人疏远,现在有了入宫的打算,连云居雁的琴音也不给夕雾听到,更加严厉地隔绝他们了。太君身边的几个老年侍女悄悄地议论道:"如此下去,只怕他们之间发生不幸之事呢!"

内大臣声言即将出门。走出房间,却偷偷地钻进了他所宠爱的一个

〔1〕陆士衡《豪士赋》中有句云:"落叶俟微飙以陨,而风之力盖寡。孟尝遭雍门而泣,琴之感以来。何者,欲陨之叶,无所假烈风;将坠之泣,不足繁哀响也。"见《昭明文选》第四十六卷

〔2〕催马乐:"诸公听我言,我欲换衣衫。行过竹林与野原,满身染上萩花斑。"

侍女房中,和她密谈了一会,又缩紧了身子悄悄地溜出去。半途上听见有人在暗处窃窃私语,觉得奇怪,倾耳一听,原来是侍女们正在议论他。但闻一人说:"他自己以为贤明,但世间父母总是糊涂的。你瞧吧,不久就会出毛病。常言道:'知子莫若父。'这句话其实是瞎说。"她们在讥笑他。内大臣想道:"原来真有这般丑事,果然不出所料!我以前并非不提防到,但念两个都还是孩子,就疏忽了。世事真难办啊!"他这才明白了情况。但并不声张,悄悄地出去了。前驱者簇拥大臣登车后,高声喝道。侍女们相与言道:"咦,老爷到这时候才动身呢。不知道他躲在什么地方。到了这年纪还要偷偷摸摸。"适才议论他的两个侍女说道:"刚才飘来一阵浓烈的衣香,我们还道是夕雾少爷走过,原来是老爷!啊呀,糟糕!我们刚才说的话恐怕被他听到了!这位老爷脾气很暴躁呢。"大家不免担心。

内大臣一路上想道:"让他们结婚,也并不是一件十分乖异的坏事。然而姑表姐弟成亲,这因缘太平凡了。外人也要议论。况且源氏强把我女儿弘徽殿女御压倒,我很气愤,正指望这云居雁入宫伺候太子,也许能压倒他人,为我争这口气呢。真可恨啊!"源氏和这内大臣的交情,自昔至今,大体上很和睦。但在权势方面,两人一向有争执。内大臣回想过去吃的亏,不免心中气愤。因此这天晚上不能安枕,直到天明。他推想太君一定知道两人之事,但因过分溺爱这孙女与外孙,故一切听其所为。回想起那两个侍女的议论,觉得实在可恶可恨,弄得他心绪不宁。这个人性情有些刚强,行为每多锋芒,因此有了心事,不能自制。过了两天之后,他又前去参谒太君。太君看见这儿子常来请安,觉得甚可嘉许,心中非常高兴。她的头发像尼姑一般剪短,身穿一件崭新的礼服。虽然是儿子,但终是一位内大臣,也得客气些,因此太君坐在帷屏里面接待他。内大臣心情不快,对母亲说:"儿子今天来此参谒,心中很不自在。想到这里的侍女们多么看不起我,甚是畏缩。儿子虽然不肖,但只要生在这世上,始终不离母亲左右,决不违背尊意。然而为了这个不良的小女为非作歹,致使我不得不怨恨母亲。本来不须如此怨恨,然而终于忍耐不住。"说着,举手拭泪。太君吃了一惊,那化妆得很漂亮的脸忽然变色,眼睛也睁大了,问道:"究竟为了何事,我活到这么大年纪,还要受你怨恨?"

内大臣也觉得太唐突了,连忙说明:"儿子将此幼女奉托太君抚养,自己一向不曾稍尽为父之责。只因欲为长女争取女御地位,使她册立为后,用尽苦心,谁知遭到失败。儿子虽不抚育幼女,但深信太君教养有方,故甚放心。岂料发生此意外之事,实甚遗憾!夕雾虽然学识渊博,名重天下,但倘草草不择,就近攀姑表之亲,外人亦将讥笑为轻率。即使微贱之人,亦不屑为此。此事于夕雾亦甚不利。为夕雾计,不如另择高贵而非近亲之家,做个乘龙快婿,方为荣华之举。若就近结亲,源氏太政大臣亦必不喜。太君即使欲令此二人结婚,亦不妨先将情由示知,以便多做准备,亦可使排场稍稍体面。如今任幼者之所欲为,不加管束,实在令人痛心啊!"太君做梦也不曾想到,觉得此事实出意外,答道:"你这番话,亦属有理。但我全然不知这两人有何打算。如果真有其事,我比你更加痛心呢。你要我与他们共负此罪,我心实甚不甘。自从你将此小女交我抚养之后,我特别疼爱她。凡你所不曾注意之事,我也独自仔细考虑,务求将她养成优秀之人。二人年龄如此幼稚,而为长上者溺爱徇情,若谓听其苟且结合,则万无此理!我且问你:你是从谁口中听来的?轻信恶人之言而肆意责人,万万不可!倘无事实根据,岂非毁坏别人名誉么?"内大臣答道:"不敢,决非毫无根据。尊处诸侍女皆在背后评议讥笑呢。此事实甚遗憾,且又深可担心。"说罢,告辞而去。

　　知道实情的人,对此深表同情。那天晚上悄悄讥评的那两个侍女,心中更是难过,大家唉声叹气,悔不该私议此种隐事,以致惹起口舌。云居雁本人则一概不知,依然天真烂漫。父亲向她房中窥探一下,看见她那模样非常可爱,又觉得此人甚是可怜。他埋怨乳母等人说:"我常说她年纪还小,却想不到她竟是如此不懂事理。还一味希望她成人出世呢!我实在比谁都糊涂了!"乳母们无言可答,只是私下议论:"此种事情,其实并不希罕。即使是尊贵无比的帝王家的女儿,也不免犯此种过失。旧小说里常有此种事例。这往往是知道两人心情的人巧觅机会,暗中拉拢的。但我们这里的两个,多年来朝夕共处,年龄又很幼稚,加之有老太太一手照拂,我们怎么可以越俎代庖,出来把他们隔离呢?因此我们便疏忽了。但从前年起,老太太对他们的态度也显然变更,不让他们朝夕共处了。有的孩子品行不良,也会巧觅机会,偷偷地干些大人的勾当。但夕雾少爷为人正直,我们做梦也想不到他会胡行乱为。如今竟有此事,真乃出人意外。"说着,私下叹息。

　　内大臣又对乳母和侍女们说:"好了,不必再提了。你们暂时不可将此事泄露出去。虽然对外终是瞒不过的,但你们听到时必须竭力辩解,说明决无此事。我即日就要叫小姐迁居到我私邸内。对老太太,我不免抱怨。你们几个人呢,想来总不会希望有此种事情的吧。"侍女们知道他不怪她们,愁叹之中又感到欢喜,便讨好他:"我们当然不希望有此种事情!我们还担心被大纳言老爷[1]得知呢。我们觉得夕雾少爷虽然品貌俱全,终究只是一个臣下,有什么可贵呢?"

　　云居雁的态度完全是一个小孩。父亲对她劝说了千言万语,她也不

---

〔1〕　云居雁的后父。

听从,弄得父亲哭了起来。他只能私下和几个可靠的侍女商量:"有何办法可使小姐不致埋没一生呢?"他只管抱怨太君。太君对孙女和外孙都很疼爱。而对夕雾大概疼爱更甚吧,看见他这点年纪已经懂得爱情,觉得可喜,却怪内大臣所说的话不通情理。她想:"何必如此大惊小怪! 内大臣对云居雁本来不很关怀,并不想好好地教养她,使她将来入宫。大约后来看见我如此重视她,才发心要她入宫当皇太子妃吧。如果这希望落了空,命里注定要嫁给臣下,那么除夕雾之外,哪有更强的人呢? 无论从相貌、姿态哪一方面说来,有谁赶得上夕雾呢? 照我看来,他娶云居雁是委屈的,应该和身份更高的人攀亲才是。"想是对夕雾疼爱太甚之故吧,她也怪怨内大臣了。内大臣如果知道了她的心思,一定更加恨她。

夕雾不知道别人正为了他而闹得天翻地覆,管自前来探望太君。前夜他来此,为了人目众多,不能与云居雁密谈心事。今天比往日相思更苦,便在晚上来了。太君往日看见外孙来了,总是欢天喜地,笑逐颜开,今天忽然板起面孔说话了。她对夕雾说:"为了你的事,你舅舅恨煞了我,我好为难啊! 你胡思乱想,教别人懊恼,真不应该! 我本来不想谈此种事情,不谈又怕你不明白。"夕雾本来怀着鬼胎,立刻猜测到了,红着脸答道:"究竟为了何事? 我近来笼闭一室,静心读书,久无机会参与人群,并未得罪舅舅呢。"他说时满面羞涩。太君很可怜他,说道:"不必谈了,总之你以后小心谨慎就是了。"说到这里为止,以后便谈别的事情。

夕雾想起今后与云居雁通信更加困难了,心中甚是悲伤。太君劝他进餐,他一点也吃不下,好像已经睡着了的样子。其实他心中一直忐忑不安,等到夜深人静之后,偷偷地去拉通向云居雁房间的纸隔扇。这纸隔扇一向不锁,今天却锁住了,房间里一点人声也没有。他觉得十分没趣,便靠着纸隔扇坐下来。云居雁也还不曾睡着,她躺在那里倾听夜风吹竹的萧萧声,又遥闻群雁飞鸣之声,小小的芳心也感到哀愁,便独自吟唱古歌:"雾浓深锁云中雁,底事鸣声似我愁?"[1]那娇滴滴的童声非常可爱。夕雾听了心中焦灼起来,便在门边低声叫道:"把这门开开! 小侍从在这里么?"然而没有人回答。小侍从者,是乳母的女儿。云居雁听见夕雾的叫声,知道刚才独自吟唱古歌,已被他听到了,觉得很难为情,只管无端地把脸躲进被窝里去。她隐约地感到心中情思萌动,自己觉得讨厌。乳母等就睡在旁边,深恐惊醒她们,身体一动也不敢动。两人隔着纸隔扇,各自无言。夕雾独自吟道:

　　　　"夜半呼朋啼雁苦,

　　　　风吹芦荻更增愁。"

便觉这愁深深地沁入肺腑。他回到太君房中,深恐频频叹息,惊醒了她,只得睡下,一夜心绪不宁。

　　次日早上醒来,夕雾不知不觉地感到羞耻。他回到自己房间里,写一封信给云居雁。但小侍从也找不到,云居雁房中当然不能去,胸中烦闷不堪。云居雁呢,只觉得被父亲责怪是可耻的。至于自身将来如何,别人对她作何看法等事,一概不加深思。她依然天真可爱。别人议论他们两人之事,她听了既不觉得异常讨厌,也不想与夕雾分离。她认为不必如此大惊小怪。只可惜服侍她的乳母和侍女们严厉劝戒她,今后不便再和夕雾通信了。倘是大人,际此困境自能巧妙找寻机会。但夕雾年

---

　　〔1〕 此古歌见《河海抄》所引。此人称为云居雁,即根据此古歌。日文"云居"即"云中"之意。

幼,毫无办法,只是闷闷不乐而已。

内大臣此后一直不再来访,他深深地怨恨太君。内大臣夫人[1]闻知此事,也只当作不知。她为了自己的亲生女儿弘徽殿女御不能册立为皇后,对万事都兴味索然。内大臣对她说:"那梅壶女御行过盛大的仪式,册立为皇后了,而我们那个弘徽殿女御正在伤心呢。我可怜她,胸中异常痛苦。我想叫她暂时乞假回家,让她舒舒服服地休养一下。虽然未能立后,皇上偏偏十分宠爱她。因此她昼夜侍候,不得休息;连身边的宫女们也时刻不安,都在叹苦呢。"便立刻向皇上乞假。冷泉帝起初不许。但内大臣坚持己见,冷泉帝也只得勉强答应,由他把女御迎接回家去。内大臣对她说:"你在这里未免寂寞,我叫你妹妹云居雁也到这里来住,和你一起玩耍吧。她住在太君那里,本可放心,然而那个男孩子常在那里进进出出。其人年纪虽小,心却不小。照你妹妹的年龄,自然不该和男人接近了。"就突然赴太君处迎接云居雁。

太君大为不快,对内大臣说:"我只有一个女儿,不幸短命而死,我很寂寞。且喜来了这个孩子,在我如获至宝。实指望她朝夕在侧,慰我暮年呢。却不料你不信任我,教我好伤心啊!"内大臣心甚抱歉,连忙答道:"母亲息怒!儿子所不满者,就只是那一件事,却并非不信任母亲。只因宫中那个女御,近来心绪不佳,现正乞假在家。看她寂寞无聊,甚是可怜,为此想叫云居雁前去陪伴,以慰其心。这原是暂时之事。"接着又说:"云居雁蒙太君抚育,得以长大成人,此恩决不敢忘。"这内大臣脾气固执,凡事一经想定,即使多人劝阻,决不回心转意。因此太君很不高兴,叹道:"人心难测,令人忧恼。这两个孩子小小年纪,就心生隔膜,弃我如

---

[1]　内大臣的正妻,即前右大臣家的四女公子,前弘徽殿女御之妹。

遗! 童稚无知,姑且不论。大臣深明事理,怎么也会对我心怀怨恨,来夺取这个孩子呢? 我看她在那边,不见得比我这里安全吧!"说着哭起来了。

正在此时,夕雾来了。他近日常常来此,希图或有机缘与云居雁相见。他看见门前停着内大臣的车子,便内心羞怯,悄悄地钻进自己房间里去了。内大臣的公子左少将、少纳言[1]、兵卫佐、侍从、大夫等,也聚集在这里。但太君不许他们进入帘内。内大臣的兄弟左卫门督与权中纳言等,虽非太君所生,但他们还是遵守前太政大臣在世之时的规矩,照旧常来参谒太君,竭尽孝敬。他们的儿子也来此,但品貌都赶不上夕雾。太君对夕雾比谁都疼爱。自从夕雾迁居东院之后,只有这云居雁是太君身边的宝贝。太君悉心教养她,时刻不离地抚爱她。如今将被内大臣夺去,太君心中异常悲伤。内大臣说:"此刻我要进宫,傍晚来迎接她。"说罢,告辞而去。

内大臣心中思忖:"此事少有办法了。还不如妥为安排,成就其事吧。"然而终觉得于心不快,又想:"先得让夕雾有了稍高的官位,使我们也不致丧失体面。然后察看他对云居雁的爱情深浅如何,再做决定。即使允许他们,也得郑重举行婚礼。照以前那样让两人住在一起,即使加以劝诫,深恐年幼无知之人,会做出不好看的事情来。只怕太君是不会制止他们的。"他就以陪伴弘徽殿女御为理由,向太君邸内及私邸内的人自圆其说,把云居雁接了去。

云居雁去后,太君写一封信给她,信中说:"你父亲恐又将恨我,但你

总了解我的心情,盼即来此相见。"云居雁果然打扮得花枝招展地来了。她今年十四岁,似乎尚未成人,然而娇憨温柔,容颜十分妩媚。祖母对她说道:"我一向与你寸步不离,朝夕相伴,你去了我好冷清啊! 我残年无多,常常担心:不知道命里有否看见你荣华富贵之一日。如今你又舍我而去,我真伤心啊!"说到这里,哭起来了。云居雁想起了最近那件难为情的事,头也抬不起来,只是嘤嘤啜泣。此时夕雾的乳母宰相君来了。她悄悄地对云居雁说:"我但愿小姐做了我的女主人。小姐迁往那边去了,实在可惜啊。舅老爷要将小姐许配他人,小姐切不可听从啊!"云居雁越发怕羞了,一句话也不回答。太君对宰相君说:"罢了! 这种没趣的话不必说了。各人的命运都是前世注定的啊!"宰相君还是怒气冲冲地说:"不是这么说的! 舅老爷恐怕是看不起我家少爷,说他微不足道呢! 我倒要请他打听打听:我家少爷哪一点赶不上别人?"

此时夕雾躲在暗处偷看。若在平时,他这种行径要防别人讥评。但此时恋情正苦,顾不得许多了,只管站在那里揩眼泪。乳母十分可怜他,便向太君商请,乘这傍晚众人往来杂沓之时,教两人在另一室内会面了。两人一见之下,无限羞涩,心头乱跳,一句话也说不出来,只是相对而泣。后来夕雾言道:"舅舅真狠心啊! 我原想,他要带走你,就由他带走吧,让我死了这条心。但今后我若不见了你,相思必定更苦了! 回思从前见面机会较多之时,我们何不常常相聚呢?"说时神情天真烂漫,非常可爱。云居雁答道:"我也这样想呢。"夕雾接着问:"你想念我么?"云居雁微微地点点头,竟是小孩模样。

各处都已点灯。内大臣退朝,乘便来接云居雁回邸。前驱者高声喝道。邸内的人都说:"老爷来了!"骚乱了一阵。云居雁非常害怕,全身发抖。夕雾由他骚乱,不顾一切,决不放走云居雁。云居雁的乳母来找小姐,看见了这光景,心中只是叫苦,想道:"哎呀,这还了得?而且看来老太太是早就知情的。"便愤然地说:"天哪! 世事真糟糕! 老爷知道了要生气,自不必说,那位按察大纳言老爷知道了,不知又怎么样哩。不管你何等才貌双全,初婚嫁个六位小京官,也太不体面了。"说着,一直走到屏风背后来,埋怨这一对情人。夕雾听到她的话,知道自己官位太低,故被乳母轻视,不免怨恨世事之不公,恋情也略略减兴了。便对云居雁说:"请听乳母的话! 我现在是

羡他血泪沾双袖,
浅绿何年得变红?[1]

真可耻啊!"云居雁答道:

"妾身薄命多忧患,
你我因缘不可知!"

尚未说完,内大臣进邸内来了。云居雁无可奈何,连忙逃回自己房中去。夕雾留在这里,觉得很不像样,狼狈起来,也退入自己房中躺下了。他听见内大臣唤云居雁快快上车,三辆车子悄悄地赶出去,心中不胜怅惘。太君派人来叫他去,但他装作睡着,身体一动也不动。他的眼泪流个不住,啜泣直到天明,便在浓霜的清晨急急忙忙回东院去了。因为他的两眼已经哭肿,被人看见了很难为情;又怕太君要派人来叫他,还不如独自

---

[1] 六位京官地位低,穿浅绿袍;五位较高,穿红袍。

笼闭在书房里来得安心,所以急忙回去。归途中独自思量,这并非别人害我,全是自寻苦恼。天色阴沉,四周还很黑暗。夕雾即景独吟:

"冰霜凛冽天难曙,

泪眼昏蒙暗更浓。"

且说今年十一月间的五节舞会[1],源氏太政大臣家须遣送舞姬一人。此事并不十分烦忙,只是日子近了,随从舞姬的童女等人的服装,必须赶紧置办。住在东院的花散里,司理舞姬入宫时随从人等所穿的服装。源氏自己司理总务。新立的秋好皇后也相帮置办了许多华丽的服饰,连童女和下级差役的衣衫也齐备。去年因有藤壶母后之丧,五节舞会停止举行。为了补偿去年的寂寞,今年人心特别兴奋。在选送舞姬时,各家竭力竞争,一切务求尽善尽美。云居雁的后父按察大纳言和内大臣之弟左卫门督,都把女儿送去当舞姬。地方官方面,现任近江守兼左中弁的良清也遣送一个女儿。今年特定规章:凡舞姬于会毕后皆得留住宫中,充当女官。因此大家愿意遣送女儿。

源氏太政大臣家所遣送的,是现任摄津守兼左京大夫惟光朝臣的女儿。这女儿相貌生得极好,有美人之名。惟光觉得身份不配,有些为难。旁人却指责他说:"按察大纳言所遣送的竟是侧室所生的女儿,你把嫡妻所生的爱女送出去,有什么难为情呢?"惟光听了犹豫不决。但念当过舞姬之后便可在宫中充当女官,便打定了主意。先叫她在家里练习舞蹈。

---

〔1〕 五节舞会,于每年十一月间的丑、寅、卯、辰四日内举行。舞姬共五人,从朝臣及地方官家中选出。每一舞姬,随带保姆八人、童女二人、其他差役七人。

随身侍女,都严格挑选。到了规定那天傍晚,便把女儿送进二条院去。源氏太政大臣也把各院中的女童和侍女都叫出来,仔细观察选择,指定若干人作舞姬的随从。入选的人,想到自己的身份,无不感到荣幸。源氏太政大臣规定:在皇上御前表演之前,先在他自己面前试演一次。他看见所选定的童女,容貌姿态个个十分优美,因为人数过多,欲除去几个,竟舍不得割爱。他笑着说:"我想再遣送一个舞姬才好呢。"终于只得根据她们的仪态和神情而复选了一次。

入大学的夕雾,近来胸中一直烦闷,饭也吃不下去。心情郁结,书也不能读,每天只是忧心忡忡地躺着。此时想出门去散散心,便闲步到二条院,各处观玩。他的相貌异常秀丽,仪态十分优雅,青年侍女们看见了都赞美不已。但他走到紫姬的住处,连帘前也不敢走近。这是因为源氏自己已有切身经验,深恐发生意外,所以不让他和紫姬接近。紫姬的侍女们自然也避远他了。但今天因为迎接舞姬,各处纷乱,夕雾也就混进紫姬的西殿里去了。舞姬由众侍女扶下车子以后,走进边门前临时设立的屏风背后去休息一会。夕雾便走近去,向屏风内窥看,但见这舞姬似觉疲倦,把身子横着。看她的年龄,和云居雁相仿,个子比她高些。神采焕发,风流娴雅之相,竟比云居雁较胜一筹。此时天色已黑,不能详细观看,但觉大体上十分肖似云居雁。并非爱情已经移注在她身上,又觉似乎一见,终不满意,便伸手去拉她的衣裾。舞姬不知何事,心甚惊诧。夕雾赠诗道:

> "相逢已绾同心结,
> 寄语天人莫忘情。

我思念你已经很久了。"这行径真是太唐突了！他的声音甚是柔美,但舞姬不认识他,只觉得害怕。正在此时,侍女们急急忙忙地赶来为小姐添妆了。许多人喧哗地走近来,夕雾不便再留,只得遗憾地走开了。

夕雾嫌恶淡绿色官袍,所以平常不肯进宫,外面也很少出去。但今天是五节舞会之期,宫中特许穿便袍,颜色不必按照官位,他便进宫去了。他年纪很轻,相貌清秀。但样子比年龄老成,步态神气十足。自皇上以下,公卿王侯无不特别爱怜他。真乃世上少有的备受恩宠的人。

五个舞姬入宫参见时的仪式非常隆重。各人的服饰各出心裁,华美无比。讲到容貌,大家盛称源氏太政大臣家的和按察大纳言家的最为美丽。两人果然都很可爱。然而讲到天真与娇艳,大纳言家的毕竟比不上源氏家惟光的女儿。因为她打扮得十分雅致而又时髦,样子比她的身份高贵得多,其美丽无可比拟,所以大家如此赞誉。原来今年所选的舞姬,年龄都比往年的稍长,因此给人特殊的美感。源氏太政大臣入宫观赏五节舞蹈时,回忆起从前五节舞会中那个筑紫少女[1],便在第四天正式舞会的辰日,写一封信送给她。信中的言词可想而知,所附的诗是:

　　　　"当年少女知非昔,

　　　　昔日檀郎今老矣。"

他回想多年以前的事,觉得此人十分可爱,情不自禁,只得写这封信去。筑紫的五节舞姬收到了信,也不胜怀旧,深感人世无常。她的答诗是:

――――――――――――

　　〔1〕　此五节舞姬是筑紫太宰大式的女儿,与源氏有私。本回题名"少女",即根据此诗和下面夕雾赠惟光女儿之诗。

"当年舞袖传情愫,

　旧事重提在眼前。"

用的是绿色带纹样的信纸,与这日子相符合[1]。墨色或浓或淡,交互错综。字体大都是草书,笔法随意不拘。源氏觉得此信与筑紫五节舞姬的人品相称,颇感兴味。

夕雾看中了惟光的女儿,常想偷偷地走近她身旁去。然而那女子的神态凛不可犯,不得接近。孩子家胆怯怕羞,也只有独自叹息而已。他想:"这女子的相貌十分称我的心。云居雁既然与我缘悭,为慰情之计,且去结识这个女子吧。"

原定舞会毕后,各舞女即留住宫中,充当女官,但此次各人都先回家去。近江守良清的女儿赴辛崎被禊,摄津守惟光的女儿赴难波被禊,争先恐后地退去了。按察大纳言也暂把女儿带回,奏请改日送她进宫。左卫门督所遣送的舞姬,不是亲生女儿,受人非难,但终于也容许她入宫。

惟光恳求源氏太政大臣:"宫中典侍有空额,但愿赐小女为典侍。"源氏答应为他设法。夕雾闻知此事,大失所望。他想:"如果我的年龄不是这样小,官位不是这样低,我可请得这女子。现在连我的心事也无法教她知道,真伤心啊!"他对这五节舞姬的相思虽不甚苦,但添上了对云居雁的相思,终不免时时流泪。这五节舞姬的哥哥,是个殿上童子,常常到夕雾这里来侍候他。有一次,夕雾特别亲昵地和他谈话,问道:"你家那个五节舞姬几时进宫?"童子答道:"听说年前要进宫的。"夕雾说:"她的相貌长得真美丽,我很爱她呢。你能常常见她,我真羡慕你啊! 可否设

---

〔1〕 当时习俗,舞姬辰日穿绿衣。

法让我再见一次?"童子答道:"这怎么使得!我也不能随便见她,父亲说兄弟是男子,不得与女子接近。何况你们,怎么能见她呢!"夕雾说:"那么,你总得给我送封信去。"便把信交给他。童子因为父亲早有警诫:不许干此种事情,所以面有难色。但夕雾强要他接受。他不好意思坚拒,只得拿了信回家去。那五节舞姬年纪虽小,而情窦已开,得了信很欢喜。但见用的是精美的绿色双重笺[1];笔迹虽然还很稚气,显见将来大有前途。那书体非常可爱。信中有诗云:

> "爱煞翩跹少女舞,
>
> 恋情正苦诉君知。"

两人正在看信,父亲惟光突然进来。两人吃了一惊,想把信隐藏,已经来不及了。父亲问道:"什么信?"便拿起信来看。两人都脸红了。父亲看了信骂道:"你们干得好事!"哥哥连忙逃走,父亲喊住了他,又问:"这信是谁写来的?"哥哥答道:"太政大臣家夕雾公子定要我送来,……"惟光听了这话,怒气尽释,笑逐颜开,说道:"公子已经懂得风情,真可爱啊!你们与他同样年纪,还是毫不懂事的笨孩子呢。"他称赞了一会之后,便把信拿去给夫人看,对她说道:"像公子那样的人,倘能看得起我们这女孩而宠爱她,那么我与其叫她去当个寻常的宫女,还不如把她嫁与公子吧。我知道大臣的脾气:他一旦看中了一个人,便永远不忘记她,是很可靠的。公子必然肖似父亲。我可做明石道人了!"但别人都忙着准备舞姬入宫之事。

---

〔1〕　在信笺上附加一、二张空白的纸,表示敬意。

　　夕雾对云居雁,也不能通信。他毕竟相信云居雁远胜于惟光的女儿,常常挂念她。别离越久,相思之情越发难堪。天天悲叹不得再见一面。外祖母那里,也无心去访问。想起了云居雁所住的房间,以及年来共处时的游钓之地,越发觉得深可恋慕。连这从小住惯的整个太君宫邸,也勾起他相思之苦。因此他又笼闭在东院的书房里了。

　　源氏请托住在东院西殿里的花散里当夕雾的保护人,对她言道:"太君年老,在世之日恐不多了。我把这孩子托付与你,让他从小亲近你。那么太君百年之后,有你照拂他了。"花散里对源氏,向来惟命是听,便一口答应,从此疼爱夕雾,用心照顾他。夕雾常得隐约窥见花散里的容颜。他想:"这位继母相貌真难看啊!这样的人,父亲也舍不得她。"又想:"我贪图相貌标致而苦恋这个不得见面的云居雁,太没有意思了。还不如另找一个像花散里那样性情柔顺可亲的人吧。"但转念又想:"同一个相貌难看的人对面相处,也太乏味了。父亲多年来照顾这个花散里,但他早已知道这人的相貌与性情,所以对她不即不离,恰到好处。正如古歌中所谓'犹如密叶重重隔'[1],确是有道理的。"他觉得这种无聊的想法有些可耻。他的外祖母太君虽然作尼姑打扮,但相貌还很清秀。此外他在各处看惯的,都是相貌美丽的人。只有这花散里,本来相貌不扬,年纪渐渐老起来,身体也瘦了,头发也稀少了,所以更教人看不上眼。

　　到了年底,太君专心一志地为夕雾准备新年服装,其他一切都不顾。她替外孙做了许多套漂亮的衣服,但夕雾看也不要看。他说:"元旦我不一定入宫贺年,外婆何必如此忙着替我做衣服呢?"太君说:"你怎么可以不入宫贺年!这倒像是老人病夫的话。"夕雾自言自语地说:"年纪倒没

---

〔1〕 古歌:"犹如密叶重重隔,爱而不见我心悲。"见《拾遗集》。

有老,却真像个病夫了。"说着流下泪来。太君知道他是为云居雁之事伤心,觉得很可怜,也几乎哭起来。对他说道:"凡为男子的,即使身份低微,也应该气宇轩昂。你身份高贵,更不应该垂头丧气。你心中有什么忧愁?这样有伤身体啊。"夕雾说:"并无什么忧愁。只因区区一个六位小官,被别人看不起。虽然知道这六位是暂时的,总觉得没有面子进宫。要是外公在世,别人开玩笑也不敢欺侮我哩。爸爸虽然是我的亲爹,但显然把我当作外人看待,连他的房间里也不许我随便出入。我只能在东院的西殿里接近他。那里的继母固然很疼爱我,但倘我自己的母亲还在世,我更可无忧无虑呢。"说着掉下眼泪来,便把头扭过去。太君看了更觉可怜,也纷纷落泪。后来说道:"母亲早死的人,不论身份高低,都是很可怜的。然而各人都有自己的幸运,不久成人立业之后,就无人敢看轻他了。你决不可伤心。你外公能再多活几年才好。你爸爸是和外公一样尽心竭力地照顾你的,我也依靠他。然而不称心的事真多呢。外人都称赞你舅舅是个非常贤能的人,然而他对待我,比从前越来越不如了。我即使寿长,亦甚痛苦。像你这样前程远大之人,也不免于忧患,虽然这忧患是极小的。可见人世苦多乐少啊。"说着流下泪来。

　　到了元旦,源氏是太政大臣,不须入朝贺年,在家甚是安闲。正月初七日白马节会,按照古昔藤原良房大臣先例,把白马牵入太政大臣邸内,其仪式仿效宫中,比古昔更为隆重庄严。二月二十日,冷泉帝行幸朱雀院。此时春花尚未盛开。但因三月是藤壶母后忌月,所以提前行幸。早樱已经开花,颜色十分鲜丽。是日朱雀院内布置陈设,特别讲究,万事尽善尽美。随驾行幸的公卿亲王等,也都打扮得齐齐整整。他们都穿绿袍,罩在白面红里的衬袍上。冷泉帝则穿红袍。有旨宣召太政大臣同行,故源氏也来到朱雀院。他所穿的也是红袍,因此两人一样光辉灿烂,几乎教人不能分辨。此次行幸,各人装束及各种布置,都比往常更加讲究。已经退位的朱雀院,比前更加清健了,容貌姿态异常优美。

今日之会,不用专门诗人,只宣召才能优秀的大学学生十人。仿照式部省文章生考试办法,由皇上敕赐诗题。这考试想必是为太政大臣家长公子夕雾而设的。几个胆怯的学生,每人乘坐一只不系之舟,放在湖里,样子十分周章狼狈[1]。红日渐渐西倾,乐船在池塘中巡回,歌舞大作。山风吹送音乐之声,悠扬悦耳。夕雾独坐舟中作诗,不胜其苦,想道:"我其实不须如此苦学勤修,也可与众人交游取乐。"心中愤愤不平。

舞曲《春莺啭》奏出了。朱雀院听了,回想当年桐壶帝举行花宴时的情景[2],慨然说道:"那时的盛况,恐难再得了!"源氏也历历回思当日之事。舞曲奏毕之后,源氏向朱雀院敬酒,献诗云:

　　　　"莺啭春光犹似昔,
　　　　　赏花旧侣已全非。"

朱雀院和道:

　　　　"遥隔九重居别院,
　　　　　报春莺啭也能闻。"

源氏之弟,称为帅亲王的,现任兵部卿,向冷泉帝敬酒,亦献诗云:

---

　　〔1〕 这考试办法,叫做"放岛",即教每人乘坐一舟,放乎中流,朝着岛的方向漂去。可使各人在舟中作诗文,不能与他人交谈。
　　〔2〕 见第八回"花宴。"

"笛声嘹亮今犹昔，

　莺啭悠扬不改音。"〔1〕

吟时声音清楚洪亮，显见用心诚恳，甚是可喜。冷泉帝答道：

"林莺飞啭如怀旧，

　恐是春花色已衰?"〔2〕

此次吟诗，大约不是朝廷公式，乃家庭之事，故唱和之人不多。但也许是作者当时忘记记录了。

　　奏乐之处甚远，不易听得清楚。皇上便命取过各种乐器来。于是兵部卿亲王弹琵琶，内大臣弹和琴。将筝奉呈朱雀院。七弦琴照例赐与太政大臣。诸人都是盖世无双的名手，各尽所能，合奏妙曲，美不可言。许多善于唱歌的殿上人随侍在侧，他们便歌唱催马乐《安名尊》〔3〕，其次又歌唱《樱人》。月亮朦胧地出现，中岛一带地方都点起篝火来。行幸之游告终了。

　　夜色已深，但冷泉帝回驾，道经前弘徽殿太后〔4〕宫邸时，觉得未便过门不入，便进去访问。源氏太政大臣奉陪。太后大喜，立刻出来相见。源氏看见太后的样子老得厉害，便忆起了已故的藤壶母后。他想："世间

〔1〕　意思是说现代之隆盛不亚于前代。是颂扬。
〔2〕　意思是说现代不及前代。是谦逊。
〔3〕　催马乐《安名尊》词云："猗欤美哉，今日尊贵! 古之今日，未有其例。猗欤美哉，今日尊贵!"此乃宴会赞歌。"安名"是赞叹之词。
〔4〕　朱雀院之母。

原有这等长寿之人，那么藤壶母后早死真可惜了！"太后对冷泉帝说："我年纪这么大，万事都忘记了。今天御驾光降，感激之余，我才回想起了桐壶帝当年的旧事。"冷泉帝答道："自从父皇母后弃养以来，我对春花秋月，亦无心欣赏。今天得见太后，心中始觉欢慰。改日再来问候。"源氏太政大臣也讲了应有的话，最后说："以后再来请安。"太后看见源氏匆匆回驾时仪仗之盛大，胸中不免警惕。她想："他回思往日之事〔1〕，不知作何感想。原来他命中注定有独揽朝纲之权威，是动摇不得的啊！"她深悔昔日之事。她的妹妹尚侍胧月夜，闲时也常追思往事，感慨甚多。直到现在，每逢适当机会，还时常和源氏通信。太后常常向冷泉帝奏诉不平，例如对朝廷颁赐年俸、年爵有所不满，或其他种种事情不能称心，此时她就痛恨自己老而不死，以致见此凄凉晚景，便希望回复从前盛时，对万事都觉得讨厌。原来这太后年纪越大，牢骚越多。朱雀院也难于应付，不胜其苦。

夕雾这一天所作的诗甚好，考取了进士。此次考试，题目极难。所选的十个学生虽然都是积有长年修养的贤才，但及第者只有三人。秋天京官任免之时，夕雾晋升为五位，当了侍从。他对云居雁始终不能忘怀。但内大臣防范极严，使他一筹莫展。他也不强求会面，只是巧觅机会，互通音信而已。真是一对可怜的情人啊！

且说源氏太政大臣发心营造一所清静的宅院。他的主意是：既然要造，不如造得大些，讲究些，好让散居各处而难得见面的人，尤其是僻处山乡的明石姬等，大家集中在一起。于是在六条地方，即六条妃子旧邸一带，选定一块地皮，划分四区，大兴土木。明年是紫姬的父亲式部卿亲

〔1〕　这太后曾妒恨源氏之母桐壶更衣，又曾迫使源氏流寓须磨。

王五十大庆,紫姬正在准备祝寿之事。源氏也认为此事不可简慢,应该及早筹办。既然要祝寿,不如在新邸举行,更为体面。便命赶紧动工,务求克日完成。

　　腊尽春回之后,营造及祝寿的筹备越发加紧。安排法会后的贺宴,选定乐人与舞手等事,皆由源氏亲自操心。经卷与佛像、举行法会时所需的装束,以及犒赏品等,皆由紫姬用心准备。住在东院的花散里也分担一部分工作。紫姬与花散里交情亲密,两人和睦共处,欢笑度日。

　　这大规模的筹备,轰动全国,式部卿亲王也闻知了。他想:"近年来源氏对世人普遍照拂,惟有对我家漠不关心,万事冷酷无情。对于我的下属,也都毫无恩惠。想是为了他流寓须磨时我不曾寄与同情,因而怀恨于我吧。"他觉得抱歉,又觉得可恨。但念源氏在许多妻妾之中,特别宠爱他的女儿,使她享受令人妒羡的幸运,他家虽未直接受到恩惠,也觉很有面子。现在为了替他祝寿,又如此盛大排场,轰动全国,真是晚年意外的荣幸,他心中十分欢喜。但他的夫人只管心怀怨恨,闷闷不乐。想是为了她的亲生女儿当年想入宫当女御,而源氏未予提拔,因而更增怨恨吧。

　　到了八月里,这六条院完工了,大家准备乔迁入内。四区之中,未申[1]一区,即西南一区,原是六条妃子旧邸,现在仍归她的女儿秋好皇后居住。辰巳向一区,即东南一区,归源氏与紫姬居住。丑寅向一区,即

---

〔1〕　堪舆家(看风水者)以十二支代表方向。其法:画一圆圈,从圆心放射十二条直线,使与圆周相交。从上方一交点起,向右顺次注明子丑寅卯辰巳午未申酉戌亥十二支。则正东为卯,正南为午,正西为酉,正北为子。其余:东南为辰巳,西南为未申,东北为丑寅,西北为戌亥。

东北一区,归原住东院的花散里居住。戌亥向一区,即西北一区,预备给明石姬居住。各处原有的池塘与假山,凡不称心者,均拆去重筑。流水的趣致与石山的姿态,面目一新。各区中一切景物,都按照各女主人的好尚而布置。例如:紫姬所居东南一区内,石山造得很高,池塘筑得很美。栽植无数春花,窗前种的是五叶松、红梅、樱花、紫藤、棣棠、踯躅等春花,布置巧妙,赏心悦目。其间又疏疏地杂植各种秋花。

秋好皇后所居的西南一区内,在原有的山上栽种浓色的红叶树,从远处导入清澄的泉水。欲使水声增大,建立许多岩石,使水流成瀑布——这就开辟成了广大的秋野。此时正值秋天,秋花盛开,秋景之美,远胜于嵯峨大堰一带的山野。

花散里所居东北一区中,有清凉的泉水,种的都是绿树浓荫的夏木。窗前更种淡竹,其下凉风习习。树木都很高大,有如森林。四周围着水晶花篱垣,有如山乡。院内种着"今我思畴昔"[1]的橘花、瞿麦花、蔷薇花、牡丹花等种种夏花,其间又杂植春秋的花木。这一区的东部是马场殿,院内建有跑马场,围以栅栏,以供五月赛马之用。水边种着茂密的菖蒲。对面筑着马厩,其中饲养着盖世无匹的骏马。

明石姬所居的西北一区中,北部隔分,建造仓库。隔垣旁边种着苦竹和茂盛的苍松。一切布置都适宜于观赏雪景。秋尽冬初之时,篱菊傲霜,色彩斑斓夺目,柞林红艳,仿佛傲然独步。此外又移植种种不知名称的深山乔木,枝叶葱茏可爱。

择于秋分节乔迁。原定大家一起迁入,但秋好皇后嫌其骚扰,略略延期。一向和光同尘的花散里,则于秋分之夜和紫姬一同迁入。紫姬所

---

〔1〕 古歌:"橘花开五月,到处散芬芳。今我思畴昔,伊人怀袖香。"见《古今和歌集》。

爱的春院,与此时季节不合,但也饶有雅趣。紫姬乔迁用的车辆,共十五台。前驱者大都是四位、五位的京官。也有六位殿上人,但都选用亲信者。这排场不算体面。为欲避免世人讥评,故一切从简,并无豪华盛大之举。花散里的排场并不亚于紫姬。大公子夕雾侍从奉陪,照料一切。人都以为理应如此。侍女等各有专用房室,仔细隔分,这新院的设备可谓周到之至了。过了五六日,秋好皇后从宫中回来,也乔迁入院。其仪式虽然简朴,亦颇盛大。这位皇后幸运之佳,自不待言。其仪态之优美与大方,亦迥异寻常,最为世人所尊敬。这六条院中各区隔离,但有曲廊相通,可以互相往来,因此诸女友常得叙晤,乐趣甚多。

　　到了九月里,处处红叶呈艳,秋好皇后院内秋景之美,不可言喻。有一天秋风瑟瑟的夕暮,皇后用砚盒盖盛了各种红叶,派一个女童致送给紫姬。这女童年龄较长,身穿浓紫色衫子,上罩淡紫面蓝里的外衣,外披红黄色罗汗衫,模样异常姣好。她穿过回廊,走过拱桥,来到紫姬院内。这是一种风雅的仪式,普通都派年长的侍女致送。但秋好皇后为了这女童十分可爱,因此特地派她。这女童惯于伺候贵人,举止大方,仪态优雅,为他人所不可及。皇后赠紫姬诗云:

　　　　"闻君最爱是春天,盼待春光到小园。
　　　　请看我家秋院里,舞风红叶影蹁跹。"

众青年侍女争来招待女童,这光景亦甚可爱。紫姬的答礼,是在那砚盒盖内铺些青苔,布置成岩石模样。又在一枝五叶松枝上附一首诗:

　　　　"舞风红叶影蹁跹,剩有空枝太可怜。

争似岩前松一树,青青春色向人间?"

这岩前的松树,仔细看来,确是精妙的造物。秋好皇后看了诗,觉得紫姬如此善于即兴拈题,甚可赞佩。源氏对紫姬说:"皇后送你这红叶与诗,有点令人不快。等到春花盛开时,你可报复她了。现在贬斥红叶,对不起立田姬[1],你且忍受了吧。将来站在樱花荫下,你便可逞强了。"夫妇嬉笑闲谈的光景,真有无限生趣,教人不胜艳羡。这六条院确是最理想的住处,诸位夫人和睦相处,时时互通音问。

住在大堰邸内的明石姬,自念身份微不足数,不欲与他人同时迁入。直到十月间,他人都已迁定之后,方始悄悄地迁居。迁居时的仪仗,以及其他种种排场,均不逊于其他诸人。源氏关心明石姬所生小女公子的将来,所以明石姬迁入六条院后所受种种待遇,与紫姬等无甚差别,非常优厚周到。

---

〔1〕 立田姬是司秋的女神,秋林红叶是她染成的。

第二十二回 玉 鬘[1]

　　虽然事隔十七年,源氏公子丝毫也不曾忘记那个百看不厌的夕颜。他阅尽了袅娜娉婷的种种女子,可是想起了这个夕颜,总觉得可恋可惜,但愿她还活在人间才好。夕颜的侍女右近,虽然不是十分出色的女子,但他把她看做夕颜的遗爱,一向优待她,叫她和老侍女们一起在邸内供职。他流寓须磨之时,将所有侍女移交紫姬,右近便也改在西殿供职了。紫姬觉得这个人品性善良,行为恭谨,因而很看重她。但右近心中在想:"我家小姐如果在世,公子对她的宠爱不会亚于明石夫人吧。爱情并不甚深的女子,公子尚且不忍遗弃,都相当照拂,永远关心,何况我家小姐。即使不能与高贵的紫夫人同列,至少有份加入六条院诸人之中。"想起了便悲伤不已。加之夕颜所生女孩玉鬘[2],寄养在西京夕颜的乳母家里,现在不通消息。这是因为右近一向不敢把夕颜暴死之事公布于众,加之源氏公子曾经叮嘱她不可泄露他的姓名,因而有所顾忌,不便赴西京探访。在这期间,乳母的丈夫升任了太宰大式,赴筑紫履任,乳母随夫迁居任地,其时玉鬘年方四岁。

　　乳母欲知夕颜下落,到处求神拜佛,日夜哭泣思念,向所有相识之人

---

〔1〕　本回与前回时间相仿,写源氏三十四岁九月至三十五岁末之事。
〔2〕　此女孩是夕颜认识源氏之前与源氏妻舅头中将所生的。见第四回《夕颜》。

打听,但终于全无消息。她想:"既然如此,也无可奈何了。我只得抚养这个孩子,当作夫人的遗念吧。然而叫她跟着我们这种身份低微之人,远赴边地,实乃可悲之事。我还是设法通知她父亲吧。"然而没有适当机会。这期间她同家人商量,认为如果通知她父亲,倘他问起她母亲何在,如何回答呢?况且这孩子不会很亲近她父亲的,我们把她丢在她父亲那里,也很不放心。再说,如果父亲知道了他这个孩子还在,势必不允许我们带她远赴边地。商量的结果,决定不通知她父亲,而带她回赴筑紫。玉鬘长得非常端正,现在小小年纪,已有高贵优雅之相。太宰大式的船并无特殊设备,草草带她上船,远赴他乡,光景实甚可怜。

玉鬘的童心中不忘记母亲,上得船来,常常问人:"到妈妈那里去么?"乳母听了,眼泪流个不住。乳母的两个女儿也怀念夕颜,陪着流泪。旁人便劝谏:"船上哭泣是不祥的!"乳母看到一路上美丽的景色,心中想道:"夫人生性娇痴爱玩,倘能看到这一路上美景,何等高兴!然而如果她还在,我们也不会远赴筑紫的。"她怀念京都,正如古歌所云:"行行渐觉离愁重,却羡使臣去复回。"不免黯然销魂。此时船上的梢公粗声粗气地唱起棹歌来:"迢迢到远方,我心好悲伤!"两个女儿听了,更增哀思,相向而泣。船所经行之处是筑前大岛浦,两人便吟诗唱和:

> "舟经大岛船歌咽,
> 　想是梢公也怀人?"

> "茫茫大海舟迷路,
> 　苦恋斯人何处寻?"

她们是互相诉说远赴他乡之苦。经过了风波险恶的筑前金御崎海岬之后,她们想起了一曲古歌,便不断地吟唱:"我心终不忘"[1]之句。不久到达了筑紫,进了太宰府。现在离京更远,乳母等遥念在京失踪的夕颜,常常悲泣。只得悉心抚育玉鬘,聊以自慰。日子一天一天地过去。乳母有时偶尔在梦中看见夕颜。然而往往看见夕颜身旁有一个与她肖似的女子,而且梦醒之后常常心绪恶劣,身体患病。于是她想:"大约夫人已经不在人世了。"从此更加悲伤。

五年之后,太宰大式任期已满,打算回京。然而路途遥远,旅费浩繁;而本人权势不大,宦囊羞涩。因此迟疑不决,迁延度日。不料这期间少式忽患重病,自知死期已近。此时玉鬘年方十岁,容貌之美,见者无不吃惊。少式看了,对家人说:"看来连我也要舍弃她了!她的前途何等不幸啊!让她生长在这偏僻的乡间,实在委屈了她。我常想设法将她送回京都,通知她的生身父母,然后听凭她的命运做主。京都地广人多,发迹有望,可以放心。岂料我此志未遂,就客死他乡……"他挂念着玉鬘的前途。他有三个儿子,此时便向三人立下遗嘱:"我死之后,他事不须你等操心,但须速将此女送往京都。至于我身后的法事,不必着急。"不久他就死了。

这玉鬘是谁的女儿,他们一向连官邸里的人也不让晓得。对人但言这是外孙女儿,是身份高贵的人。数年来生长深闺,不令人见。如今少式突然身故,乳母等非常悲伤,孤苦无依,只得遵守遗嘱,设法迁回京都。然而在这筑紫地方,少式有许多冤家。乳母深恐此等人将用种种计谋来

---

〔1〕　古歌:"险恶金御崎,虽然已过往;海神之威力,我心终不忘。"见《万叶集》。她们吟唱末句,犹言不忘夕颜。

妨碍他们归京,因此迁延不决,不知不觉地又在这里滞留了几年。玉鬘渐次长成,容貌之美胜过母亲夕颜。加之秉承父亲[1]血统,气品高尚优雅,性情又温良贤淑,真是个绝代佳人。当地好色的田舍儿闻此消息,都恋慕她,有许多人寄情书来求婚。但乳母认为荒唐可恶,一概置之不理。为避免烦扰,她向外扬言:"这妮子相貌虽然生得还好,可惜身上患着沉重的残疾,所以不能配亲,只好让她当尼姑。我活着的期间,且让她住在我身边吧。"外人便传说:"已故的少式的外孙女是个残废者,真可惜了。"乳母听到了又很生气。她叹息道:"总须设法送她进京,教她父亲知道才好。她幼小时候,父亲非常宠爱她,虽然长久不见了,总不会因此舍弃她吧。"便向神佛祈祷,祝她早日返京。此时乳母的女儿和儿子都已在本地择配,婚嫁完毕,做了本地的居民了。乳母心中虽然焦灼,然而玉鬘返京之事仿佛越来越少希望。玉鬘已经明白自己身世,但觉人生真太痛苦。她每年三次斋戒祭星[2]。到了二十岁上,相貌更加长得漂亮了,住在这乡间实甚可惜!此时他们已迁居肥前国。当地也有许多略有声望的人,闻知少式的外孙女是个美人,也都不断地前来求婚。乳母不胜其烦,讨厌之极。

且说附近肥后国地方,有一个大夫监[3],拥有一门人口众多的家族,在当地颇有声望,是个权势鼎盛的武士。这个乡下武士粗蠢无知,却也有几分爱好风流,意欲搜集美女,广置姬妾。他闻知玉鬘貌美,对人言道:"无论何等残废,我都不嫌,定要把她弄到手。"便非常诚恳地派人前来求婚。乳母十分厌恶,回答他说:"我们的外孙女决不要听这种话,她

---

[1] 现任内大臣。
[2] 每年正月、五月、九月,三次祭祀本命星宿,可以息灾获福云。
[3] 大夫监是太宰府内的判官,官爵是六位。

就要出家为尼了。"大夫监越发着急了,便屏除一切事务,亲自来到肥前,把乳母的三个儿子叫来,要他们做媒,对他们说:"你等若能遂我心愿,便是我的亲信,我一定大力提拔你们。"两个兄弟被他收买了,回来对乳母说:"妈妈呀,这头亲事,我们起先认为不甚相称,委屈了这位小姐。然而这大夫监答应提拔我们,倒是一个有力的靠山。得罪了这个人,我们休想在这一带地方生活呢。小姐虽然出身高贵,然而她的父母不来认她,世人也不知道她是何等样人,那么高贵也是枉然。这大夫监如此诚恳地向她求婚,照她现在的境遇说来,实在是交运了。大概她原有这段宿世因缘,所以流寓到这边远地方来。现在即使逃避隐匿,有什么好处呢?况且那人很倔强,要是动起怒来,事情可不得了啊!"两个儿子拿这话来威吓母亲。乳母听了大为担心。长兄丰后介对母亲说:"这件事情,无论怎么说,总不妥当,而且对人不起。父亲也曾立下遗嘱,我们必须从速设法,护送小姐进京。"

乳母的两个女儿为此哭得很伤心。她们相与悲叹:"她的母亲命运不济,弄得流离失所,去向不明。我们总希望这个女儿嫁个高贵的丈夫,怎么可以配给这种蠢汉呢?"但大夫监不知此种情况,他自以为身份高贵,只管写情书给玉鬘。他的字写得不算很坏,用的信笺是中国产的色纸,香气熏得很浓。他力求写得富有风趣,然而文句错误百出。不但写信,又叫乳母的第二个儿子次郎引导,亲自前来访问。

这大夫监年约三十左右,躯干高大,肢体肥胖。相貌虽不十分丑陋,然而由于印象不良,总觉面目可憎。他那粗鲁的举止,令人一见就觉得讨厌。血气旺盛,红光满面;声音嘶哑,言语噜苏。大凡偷香窃玉,总是在夜间悄悄地来的,所以合欢树又称为夜合花。这个人却在春日傍晚前来求婚。古歌云:"秋夜相思特地深。"现在不是秋天,这个人却显得相思特地深的样子。这些且不谈,既然来了,乳母老太太觉得不可伤情破面,便走出来接待。大夫监开言道:"小生久仰贵府少式大人高才大德,英名卓著,常思拜识,随侍左右。岂料小生此志未遂,而大人遽尔仙逝,令人不胜悲恸!为欲补偿此愿,拟请将府上外孙小姐交由小生保护,定当竭诚效劳。为此今日不揣冒昧,斗胆前来拜访。贵府小姐,身份高贵,下嫁寒舍,实甚屈辱。但小生定当奉为一家之女王,请其高居上头。太君对此亲事不予快诺,想系闻知寒舍畜有微贱女子多人,因而不屑与之为伍。但此等贱人,岂可与小姐同列?小生仰望小姐地位之高,不亚于皇后之位也。"他提起了精神说这番话。乳母老太太答道:"岂敢岂敢!老身并无此意。承蒙不弃,实甚荣幸。无奈小孙女宿命不济,身患不可见人之残疾,不能侍奉巾栉,经常私自悲叹。老身勉为照料,亦不胜其痛苦也。"大夫监又说:"此事勿劳挂虑。普天之下,即使双目失明,两足瘫痪之人,小生亦能善为治疗,使其复健。肥后国内所有神佛,无不听命于我也!"他得意扬扬地夸口!接着便指定本月某日前来迎亲。乳母老太太答曰:本月乃春季末月,根据乡下习俗不宜婚嫁[1]。暂用此言搪塞了。大夫监起身告辞之际,忽念应该奉赠一诗,考虑了一会之后,吟道:

　　"今日神前宣大誓:
　　小生不作负心郎。

我看这首诗做得很不错呢!"说时笑容满面。原来此人不懂恋歌赠答之事,而是初次尝试。乳母老太太被他缠得头昏脑涨,做不出答诗了,便叫

[1] 春季末月即阴历三月,是乳母之夫太宰大式除服之月。

两个女儿代做。女儿说："我们更做不出!"乳母老太太觉得久不答复,不成体统,想到就算,便答吟道:

> "经年拜祷陈心愿,
>
> 愿不遂时恨杀神!"

她吟时声音发抖。大夫监说："且慢,这是什么意思?"突然把身一转,挨近来了。乳母老太太吓得浑身发抖,面无人色。两个女儿虽然也害怕,只得强颜作笑,代母亲辩解:"家母之意如此:此人身患废疾,誓愿永不嫁人。倘违背其愿望,此人必然怀恨。老人头脑糊涂,错说了恨杀神明。"大夫监说:"嗯嗯,说的是,说的是。"他点点头,又说:"此诗做得极好! 小生名为乡人,却非愚民可比。京都人何足希罕? 他们的事我全都懂得,你等不要小看我啊!"他想再做一首诗,大概是做不出了,就此辞去。

　　次郎被大夫监收买了,乳母心甚恐慌,又甚悲伤,她只得催促长子丰后介赶紧设法。丰后介想道:"有何办法将小姐送往京都呢? 可商量的人也没有。我只有两个兄弟,都为了我不同情大夫监,与我不睦了。得罪了这个大夫监,你一动也休想动得。一不小心,便会遭殃呢。"他烦恼得很。玉鬘独自伤心饮泣,样子实甚可怜。她消沉之极,便想一死了事。丰后介觉得她的痛苦甚可同情,便不顾一切,大胆行事,终于办妥了出走之事。

　　丰后介的两个妹妹,也决心舍弃了多年相处的丈夫,陪玉鬘一同进京。小妹的乳名叫做贵君,现在称为兵部君。决定由她陪伴玉鬘,于夜间上船。因为大夫监先回肥后一行,将于四月二十日左右选定吉日,前来迎娶。所以她们乘此机会逃走。兵部君的姐姐终于因为子女太多,不能同行。姐妹惜别,不胜依依。兵部君想:此度分携之后,姐妹恐难再见了。这肥前国虽然是她多年住惯的故乡,也别无恋恋不舍之处。惟有松浦宫前渚上的美景和这个姐姐,教她舍不得分别,心中十分悲伤。临行赠诗道:

> "苦海初离魂未定,
> 不知今夜泊何方。"

玉鬘也临别赠诗:

> "前程渺渺歧无路,
> 身世飘零逐海风。"

吟罢神思恍惚,便倒身在船中了。

他们如此出走,消息势必传出。大夫监素性倔强,闻知了定将追赶。他们生怕遭逢此厄,雇的是一艘快船,上有特殊装置。幸而又值顺风,便不顾危险,飞速开向京都去了。路中有一处名叫响滩,波涛十分险恶,幸而平安驶过。路上有人看见这船,相与言道:"这怕是海盗的船了。这么小的船,却像飞一般行走。"被人比做贪财的海盗倒不可怕,可怕的倒是那个凶狠的大夫监的追赶。船里的人都捏两把汗。玉鬘经过响滩时吟诗道:

> "身经忧患胸如捣,
> 声比响滩响得多。"

船行渐近川尻地方,诸人方始透一口气。那舟子照例粗声粗气地唱起船歌来:"唐泊开出船,三天到川尻。……"〔1〕歌声很凄凉。丰后介用悲哀而温柔的声音唱着歌谣:"娇妻与爱子,我今都忘却。……"思想起来,自己确是舍弃了妻与子,不知他们近况如何。家中干练可靠的仆人,都被他带走了。如果大夫监痛恨他,把他的妻子驱逐出境,他们将多么受苦!此次之事,确是任情而动,不顾一切地仓皇逃出。现在略略安定之后,回思可能发生的种种祸事,不觉心情颓丧,哭泣起来。随后又诵白居易诗句:"凉源乡井不得见,胡地妻儿虚弃捐。"〔2〕兵部君听见了,也回想起种种事情来:"此次之事,的确奇离古怪。我不惜多年相伴的丈夫的爱情,突然舍弃了他,逃往远方,不知他现在作何感想。"又想:"我现在虽然是返乡,但在京并无可归之旧家,又无可亲之故人。只为了小姐一人之故,抛弃了这多年住惯的地方,飘泊于惊风骇浪之中。为何如此,百思不得其解。总之,首先要安顿了这位小姐再说。"她茫然不知所措,匆匆地到达了京都。

打听得九条地方还有一个昔年相识之人,便以他家作为住宿之处。九条虽说是京都之内,但非上流人所居之地,周围都是些走市场的女子和商人。他们混在其中,郁郁不乐地度日,不觉已经到了秋天。回思往事,缅想将来,可悲之事甚多。众人所依靠的丰后介,如今好比蛟龙失水,一筹莫展。他在这陌生地方找不到出路,百无聊赖;回到筑紫肥前去呢,又没有面子。不免懊悔此行太孟浪了。跟他同来的仆从,大都托故

---

〔1〕 唐泊属备前国,或云属播磨国。川尻属摄津国。其间航程三天。

〔2〕 此诗句见白居易全集第三卷末《缚戎人》。胡人所掳去的汉军士,在胡地娶妻生子。后来汉攻破胡,此等军士弃胡归汉。但汉人视他们为戎人,将他们缚起来。丰后介以此戎人自比。

离去,逃回故乡了。母夫人看见生活如此不安,朝朝暮暮悲伤叹息,又觉得委屈了这儿子。丰后介安慰她道:"母亲何必伤心!我此一身,诚不足道。为了小姐一人,我身即使赴汤蹈火,亦不足惜。反之,纵令我等升官发财,但教小姐嫁与这种蠢汉,我等又岂能安心呢?"后来又说:"神佛定能引导小姐,使她得福。附近有个八幡神庙,和小姐在外乡所参拜的松浦神庙及箱崎神庙,所祀的是同一神明。小姐离去该地时,曾向此神立下许多誓愿,因此蒙神呵护,得以平安返京。今当即速前往参拜。"便劝她们往八幡神庙进香。向熟悉情况的人打听一下,知道这庙里有一个知客僧,早先曾经亲近太宰大式,现在还活着。便把这知客僧唤来,叫他引导,前往进香。

　　进香之后,丰后介又说:"除八幡神明之外,佛菩萨之中,椿市长谷寺的观音菩萨,在日本国内最为灵验,连中国也都闻名[1],何况国内。虽然远客他乡,但长年礼佛,小姐必蒙福佑。"便带她到长谷寺去礼拜观音菩萨。为表示虔诚,决定徒步前往。玉鬘不惯步行,心甚害怕,又感痛苦,只得听人引导,糊里糊涂地走去。她想:"我前世做了何等大孽,以致今世如此受苦?假令我母已经不在人世,她若爱我,应请早日唤我到她所在的世间;她如果还活在世间,应该让我见一见面!"她在心中如此向佛祈愿。然而她连母亲的面貌也不记得,过去只是一心希望母亲还在世间,因而悲伤叹息;现在身受苦难,更加悲伤了。吃尽千辛万苦,好容易走到了椿市地方,已是离京第四日的巳时。到达之时,疲乏得不像一个活人了。

─────────────

　　〔1〕 传说:唐僖宗的皇后马头夫人相貌丑陋,得仙人指引,礼拜日本长谷寺观音。一高僧乘紫云来,以瓶水注皇后面,容貌忽然端丽。

　　玉鬘一路上走得很慢,并且依靠种种助力。然而脚底已经发肿,动弹不得了。万不得已,只好在椿市一份人家暂时休息。回行者除了一家所依靠的丰后介之外,有身带弓矢的武士二人、仆役及童男三四人。女眷只有玉鬘、乳母及兵部君三人。大家把衣服披在头上,撩起衣裾,头戴女笠,作旅行装束。此外尚有司理清洁的女仆一人、老侍女二人。这一行人数极少,绝不铺张。他们到达之后,整理佛前明灯,添补供品,不觉日色已暮。这宿处的主人是个法师,从外边回来,看见玉鬘一行人等在此投宿,眉头一皱,说道:"今晚有贵客要来泊宿呢。这伙人是哪里来的?女人家不懂规矩,会做出不像样的事来。"玉鬘等听了很不快。正在此时,果然有一群人进来了。

　　这一群人也是徒步而来的。内有上流妇女二人,男女仆从甚多,马四五匹。他们悄悄地进来,并不嚣张。但其中也有几个相貌堂堂的男子。法师原定留这班人泊宿,为了被玉鬘等占先,不免懊恼,搔着头皮。玉鬘等觉得尴尬。另找宿处呢,太不成样,而且麻烦。于是一部分人退入里面房间,一部分人躲在外面房间,余下的人让在一旁。玉鬘所居之处,用帐幕隔开。新来之客也不是傲慢之人,态度非常谦恭。两方互相照顾。

　　这新来之客,正是日夜思念玉鬘而悲伤哭泣的右近!右近在源氏公子家当了十几年侍女,常叹自身乃中途参加,毕竟不甚合适。巴望找到小女主人玉鬘,可得终身归宿。因此常常到这长谷寺来拜求观音菩萨。她是常来之客,一切都很熟悉。只因徒步而来,不堪困疲,暂时躺着歇息。此时丰后介走到邻室的帐幕前面来,亲自捧着食器盘,替女主人送膳。他向帐幕内说:"请小姐用膳。伙食很不周全,甚是失礼。"右近听了他这话,知道住在里面的不是与自己同等的人,而是个贵妇人。她就向门缝里窥探,但觉这男子的面貌似乎曾经见过,然而记不起是谁。从前她看见丰后介时,丰后介年纪还很小。如今他已长得很胖,肤色黝黑,风尘满面。二十年不见,当然一时认不得了。

　　丰后介叫道:"三条[1]在哪里? 小姐叫你呢。"三条便走过来。右近一看,又是个相识的人。她认得这人是已故的夕颜夫人的侍女,曾经多年伺候夫人。夫人隐居在五条地方的租屋内时,此人也曾来供职。现在看到她,觉得仿佛是在梦中。右近很想见见她现在的主人,可是没有办法。左思右想:还是向这三条探问。刚才看见的男子,恐怕就是从前的兵藤太[2]。也许玉鬘小姐也在这里。她想到这里,心中焦灼难忍。她知道三条住在隔壁房中的帐幕旁边,便派人去邀请她。但三条正在吃饭,一时不能过来。右近等得厌烦,心中非常懊恼,这也未免太任性了。过了一会,三条好容易来了。她一面走进来,一面嘴里说着:"这倒是意想不到的了。我在筑紫住了二十来年,只当一个侍女,京中怎么会有人认识我呢? 想是看错了吧?"三条作乡下人打扮,身穿一件小袖绸袄,上罩一件大红绢衫,身体很肥胖。右近看见她已长得这么大,想起自己也已老了,不免心中怅惘。她把脸正对着三条,对她说道:"你仔细看看,认得我么?"三条向她一看,拍手叫道:"哎呀,原来是你! 我真高兴,我高兴死了! 你是从哪里来进香的? 夫人也来了么?"说着,抽抽噎噎地哭起来。右近记得和她共处时,她还是个少女。回想当年情景,暗数流光,感慨无量。便回答道:"我先要问你:乳母老太太也来这里么? 小姐怎么样? 贵君呢?"关于夕颜夫人之事,她想起了她临终时情况,觉得说出来

　　　────────────

　　〔1〕　三条是一个侍女的名字。
　　〔2〕　兵藤太是丰后介的乳名。

叫人吃惊,不敢出口,终于不说。三条答道:"大家都在这里。小姐已长大成人了。我先要去告诉老太太。"便走进去了。

　　三条把遇见右近之事告诉了乳母,闻者皆大吃惊。乳母说:"我真觉得同做梦一样!当年她把夫人带走,我恨煞了她,不料今天在这里和她见面。"便走向隔壁房间去。她们把隔开两房间的屏风全部取去,以便畅叙。两人一见,一句话也不说,首先相向而哭。后来老太太好容易说话了:"夫人怎么样了?多年以来,我常想知道她的下落,即使在梦中得知也好。因此对神明许下宏誓大愿。然而我远居他乡,一点风声也传不过来,实在悲伤之极!我老而不死,自觉无聊。只因夫人所舍弃的小女公子,已经长得非常可爱可怜。我倘舍弃了她而死,到冥司也得受罪,因此还在这里偷生。"右近无法作答,因为她觉得向她报告夕颜死耗,比昔年束手眼看夕颜暴死更加痛苦。然而终于只得说出:"唉!告诉你也是枉然,夫人早已不在了!"此言一出,三人齐声啜泣,眼泪流个不住。

　　此时日色已暮,急欲入寺礼佛,大家忙着准备明灯。三人不便再谈,只得暂且分手。右近意欲两家合并,一同入寺。但恐引起随从人等怀疑,终于作罢。乳母对丰后介也不泄露消息。于是各自分别走出宿处,向长谷寺前进。右近偷偷地察看乳母家一群人,但见其中有一女子,后影非常窈窕,举止有些困疲,身披一件初夏单衫,透露出乌油油的黑发来,样子异常美丽。她看出这人就是玉鬘,觉得深可怜爱,又不胜悲伤。善于步行的人,早已到达大殿。乳母一行为了照顾玉鬘,步行甚缓,直到初次夜课开始之时,方始到达。大殿上非常嘈杂,十方信善拥挤,处处喧哗扰攘。右近的座位设在佛像近旁的右方。乳母家的人,大约是与法师交情未深之故,其座位设在远离佛像的西边。右近派人去找到了他们,对他们说:"还是迁移到这里来吧。"乳母便把情由告知丰后介,叫男子们仍留原处,带着玉鬘迁移到了右近那边,教她和右近相见。右近对乳母说:"我身虽然微贱,只因是现今源氏太政大臣家的人,所以随从即使简单,一路上也无人敢欺,很可放心。乡下出来的人,到这等地方来,往往受恶棍强徒侮辱,倒是要当心的。"她还想讲下去,但是僧众已经开始法事,念诵之声鼎沸,他们只得停止谈话,参加礼拜。右近向观音菩萨默祷:"多年以来,小女子为欲寻找小姐下落,常向菩萨祈愿。果蒙菩萨呵护,现已找到小姐。今日复有祈愿:源氏太政大臣寻访小姐,情意深挚。小女子今将奉告大臣。今后仍望菩萨呵护,赐我小姐终身幸福!"

从内地各处来此烧香的乡下人甚多。大和国的国守夫人也来烧香,仆从如云,威势显赫。三条看了不胜艳羡,便合掌以手加额,虔诚祷告:"南无大慈大悲观世音菩萨! 小人三条别无祈愿,但望菩萨保佑我家小姐,让她做个大式[1]夫人,不然,做个国守夫人。让我三条也享荣华富贵。那时我等定当前来隆重还愿!"右近听见了,心念这祈愿太不吉利,太没志气了。便对三条说道:"你真正变成乡下人了! 小姐的父亲从前还是个头中将,也已经威势鼎盛了。何况现在当了独揽天下政权的内大臣,何等尊荣高贵! 难道你要品定他家小姐当个地方官太太不成?"三条愤然答道:"算了,不要噜苏了! 开口大臣,闭口大臣,大臣值得什么呢! 你不曾看见大式夫人在清水观世音寺进香时的威风哩,不亚于皇帝行幸呢! 你这话太荒唐了!"便更加虔诚地拜个不住。

这些来自筑紫的人预定宿山[2]三天。右近本来不想久留,但念乘此机会可与乳母等从容谈话,便召唤寺僧过来,对他言明也要宿山。供

---

〔1〕 大式是太宰府的次官。

〔2〕 宿山,即宿在寺里通夜礼佛。

奉明灯的愿文中须填明施主祈愿。琐屑之事,这里的寺僧都已熟悉,右近只须言明大意:"依照向例,为藤原琉璃君[1]供奉明灯。请善为祈祷。此外,此君现已觅得,改日当来还愿。"筑紫人闻知此事,皆深为感动。祈祷僧闻知此君现已觅得,得意扬扬地对右近说:"恭喜恭喜! 此乃贫僧专诚祈祷之应验也。"信众大声诵经念佛,骚扰了一夜。

　　天明之后,右近退回相识的僧人家休息。这大约是为了便于与乳母等畅谈衷曲。玉鬘十分惆困,见人又很怕羞,模样甚是可怜。右近说道:"我因意外之缘,得供职于高贵之家,曾经见过许多名媛淑女。但每次拜见紫夫人,总觉得其美貌无人能及。紫夫人所抚育的明石小女公子,肖似父母,相貌自然也很端丽。但亦半因大臣夫妇对她爱护异常周至之故。如今我家玉鬘小姐生长穷乡,又兼旅途劳顿,而容姿依然秀美,不亚于彼等,此诚大可庆喜之事。源氏太政大臣从桐壶爷时代以来,看见过许多女御与后妃。宫中上上下下的女子,他全都见过。但他说:'我觉得当今皇上的母亲藤壶母后和我家那个小女公子,相貌最好,所谓美人,正是指这种人。'我想比较一下,可是藤壶母后我不曾见过。明石小女公子的确长得美丽。然而今年还只八岁,尚未成人,将来是可想而知的。紫夫人的相貌,哪个赶得上呢? 源氏大臣也确认她是个优越的美人。然而在口上,哪里肯公然将她数入美人之列呢? 反而同她开玩笑,说'你嫁给我这美男子是不配的'。我看了这许多美人,真可消灾延寿! 我以为世界上更没有比得上她们的美人了。岂知我们这玉鬘小姐,竟处处不比她们逊色。世事都有极限,无论怎样优越的美人,总不会像佛菩萨那样顶上发出圆光。我家小姐的玉貌,可说是达到美人的极限了。"她说到这

---

[1]　藤原琉璃君大约是玉鬘的乳名。

里,满面笑容地注视玉鬘。

　　老乳母听了她的话也很欢喜,说道:"你说的是。我告诉你:这个如花如玉的人儿,险些儿埋没在穷乡僻壤了! 我们又是忧虑,又是悲伤,便舍弃了家园财物,抛弃了亲生子女,逃回到这他乡一般的京都来。我的右近姐姐! 请你早些儿提拔她吧。你在贵人家里供职,自然有机会遇见内大臣。请你想个办法,通知她父亲,请他收容了这个亲生女儿。"玉鬘听了,红晕满颊,便背转身去。右近答道:"不消说得。我虽然身份卑微,也常得接近源氏大臣。有时我乘机说起:'我家夫人所生的小女公子,现在不知怎么样了。'大臣说:'我也想设法寻找她呢。你倘听到消息,就告诉我。'"乳母说:"源氏太政大臣固然贤明,但他家里有许多身份高贵的夫人,小姐不宜加入。还不如告知她的生身父亲内大臣为是。"

　　此时右近才说出了昔年夕颜暴死之事。她说:"当时公子非常悲恸,永远不能忘怀。他那时曾对我说:'让我抚育她的遗孤,借以代替她吧。我子女很少,家中寂寞。对人但言我找到了一个亲生女儿可也。'那时我年纪还轻,没有主意,凡事小心谨慎,不敢泄露夫人暴死之事。因此不曾到西京来寻访。这期间你家主人升了少式,我从名单上知道此事。少式来向公子告辞之日,我曾看见他一面,但终于不曾交谈。我以为你们自赴筑紫,把小姐遗留在五条的租屋里了。哎呀,差一点,小姐险些儿做了乡下人。"

　　这一天她们谈了种种往事,又诵经念佛。这地方居高临下,可以俯瞰来来往往的香客。面前的河流名叫初濑川。右近想起了一首古歌:"初濑古川边,双杉相对生。经年再见时,双杉依旧青。"[1]便吟诗道:

－－－－－－－－－－

　　〔1〕　此古歌见《古今和歌集》,名曰"旋头歌"。

　　　"若非探访双杉树，

　　　安得川边会见君？

真是'久别喜相逢'[1]了。"玉鬘和道：

　　　"何事双杉虽不解，

　　　相逢喜极泪沾身。"

吟罢嘤嘤啜泣，姿态非常可怜。右近看了她的模样，想道："小姐容貌如此艳丽，但倘姿态与乡下人一样笨拙，真是白玉之瑕了。怪哉，不知乳母怎样把她抚育起来的。"她心中感谢乳母。夕颜的风姿，只是天真活泼，温柔和悦；这个玉鬘呢，又具有高贵之相，其态度之优雅，使人看了自惭形秽。如此看来，筑紫是个好地方。然而右近回想以前见过的筑紫人，都是土头土脑的，觉得不可思议。

　　日暮之后，大家又赴大殿礼拜。次日又念诵了一天。秋风从遥远的山谷间吹来，寒气侵肤。这几个多愁多感的人，心中连续不断地想起种种往事。玉鬘一向自叹命苦，深恐难得出头之日。但现在她听见右近在谈话中乘便说起：她父亲内大臣何等尊贵，对出身微贱的姬妾所生子女也都爱护周至。便觉得她自己这墙阴小草一般的人，将来亦必有欣欣向荣之一日。离开长谷寺之日，两方互相问明京中住址。右近深恐再度失却了这位小姐，颇不放心。右近家住六条院附近，玉鬘住在九条，相距不

────────────

　　〔1〕　古歌："殷勤陈祈愿，但愿洽私衷：一似初濑杉，久别喜相逢。"见《古今和歌六帖》。

远。有事要商量，也很方便。乳母等便安心了。

右近从长谷寺回来，就去参见源氏太政大臣。她希望有机会向大臣报告玉鬘之事，所以急急前往。右近的车子进入六条院大门，但见气象与原住的二条院大异，院宇宽广，进出车辆甚多。她觉得自己这微贱之身，在这琼楼玉宇中出入似不相称。这天晚上她不去参见，满腹心事地睡了。到了次日，紫夫人在昨夜各自从自宅回来的许多上级侍女及青年侍女中，特地召唤右近。右近觉得很有面子。源氏也召见她，对她说道："你为何在家住了好久？样子有些变了呢。寡妇家有时也会变得年轻的。大概有了喜事吧。"照例开着玩笑作难她。右近答道："我请假请了七天，喜事倒没有。只是到长谷寺宿山，遇见了一个可怜的人。"源氏问道："是谁？"右近想道："我倘突然说了出来，则此事以前尚未对夫人说过，现在先对大臣说，将来夫人闻悉情况，岂不要怪我欺瞒她？"她觉得为难，便答道："以后再说吧。"此时别的侍女来了，谈话便中断。

灯火点着了。源氏与紫夫人并坐畅叙，光景煞是好看。紫夫人此时年约廿七八岁，年纪越长，相貌越发标致。右近离开她不多天，似乎觉得这期间她的风采又增加了。右近以为玉鬘容貌美丽，不亚于紫姬。现在见了紫姬，恐是心情所使然，觉得紫姬毕竟与众不同。两相比较，这便是幸与不幸的差别了。源氏说要睡了，叫右近替他捏捏脚。他说："年轻人讨厌这件事，不耐烦做。年纪大的人才互相了解，亲睦得来。"几个青年侍女都偷偷地笑。她们说道："当然啰！其实老爷派我们做事，谁敢讨厌？只有缠绕不休地开玩笑，我们才不耐烦呢。"源氏对紫姬说："夫人看见我和年纪大的人过分亲热，恐怕也不高兴吧？"紫姬答道："只怕不仅是开玩笑，所以我要担心。"便和右近谈笑，姿态异常娇憨，竟有天真烂漫之相。

　　源氏身为太政大臣,政务清闲,不须操心国事,只管说说琐屑无聊的笑话,或者兴味津津地探察各侍女的心事。这个半老的右近,他也常常和她开玩笑。此时便问她:"刚才你说在长谷寺遇见了一个人,是何等样人?是否结识了一个高贵的大和尚,带他来了么?"右近答道:"不要说这些难听的话!我是找到了我们那个短命而死的夕颜夫人的遗孤!"大臣说:"唉,这个人真可怜!多年来她住在哪里呢?"右近觉得未便如实报告,答道:"住在荒僻的乡下地方。还有几个从前的人照旧在服侍她。我对她说起了当年之事,她悲伤不堪呢。"大臣拦阻道:"好了,夫人不知道此事,你不要多说了。"紫姬说:"啊呀,这下可麻烦了!我想睡了,听不清楚你们说些什么话。"便举起衣袖来塞住了两耳。

　　源氏又问右近:"这孩子相貌长得如何?比得上她妈妈么?"右近答道:"不一定像她妈妈,然而从小就长得很漂亮。"源氏说:"那好极了。你看同谁　样?比起紫大人来呢?"右近答道:"哪里!同夫人怎么好比?"大臣说:"你这么说,夫人很高兴了。只要能够像我,我便放心了。"他故意装作父亲的口气。

　　源氏听了这消息之后,好几次单独召唤右近。对她说道:"既然如此,叫她到这里来住吧。多年来我每逢想起了她,总觉得可惜而又抱歉。如今找到了,我真高兴!直到现在才找到,我也太不中用了。我们不须告知她父亲内大臣。他家里子女众多,人丁嘈杂。这个乡下来的无母之儿加入其中,反而痛苦。我子女甚少,家中寂寞,对外只说我无意之中找到了一个亲生女儿。我要好好地抚养她,教她变成风流公子们相思之的呢。"右近听了这话,庆幸小姐有了出头之日,不胜欢喜,说道:"此事悉听尊便。内大臣处,只要您不泄露,谁会传过去呢?但愿您把她看做不幸短命而死的夕颜夫人的替身,鼎力栽培她,那时您对夫人在天之灵,也可减轻罪愆了。"源氏说:"这件事,你恨煞我了么?"他一面苦笑,一面淌下眼泪来。说道:"年来我常常想,我同她,真是一段空花泡影的因缘! 聚居在这六条院里的人,没有一个像当年的夕颜那么受我怜爱。许多人寿命很长,我就永不变心地爱护她们。只有夕颜短命而死,使我只能把你右近当作她的遗念而爱护,真乃一大遗憾! 我至今一直不忘记她。倘得她的遗孤在我身边,我就如意称心了。"他就写信给玉鬘。因为他想起了末摘花的生涯潦倒,不知玉鬘在沉沦中长大,人品究竟如何,所以想看看她的回信。他给玉鬘的信语气尊严,一似父亲。末了写道:

> "我对你如此关怀,
>
> 纵尔不知情,我曾到处觅。
>
> 尔我宿缘深,绵绵永不绝。"

这封信右近亲自送去,并将源氏大臣之意转达。同时送去玉鬘用的衣服以及诸侍女用的物品,不计其数。对紫姬想必已经说明。送给玉鬘的衣服,是从裁缝所多年积集的服装中选出来的,色彩与式样都极优美,在筑紫的乡下人看来,分外珍奇炫目。

但在玉鬘本人想来,倘是生身父亲内大臣的信,即使只有三言两语,也是很可喜的,而和这源氏太政大臣素不相识,如何可去依附他呢? 她嘴上虽然不说,心中很不乐意。右近便开导她,教她此时应该如何应付。别的侍女也对她说:"小姐到了太政大臣家里,身份自然高贵起来,内大臣也会来寻访小姐了。父女之缘是决不会断绝的。像右近那样身份低微的人,发愿寻找小姐,向神佛祈祷,神佛不是果然引导了她么? 何况小姐与内大臣身份如此高贵,只要大家平安无事,……"大家安慰她。先得写封回信,大家催她快写。玉鬘深恐露出乡下人相,羞涩不敢动笔。侍女们便取出一张香气熏得很浓的中国纸来,劝她快写。玉鬘题一首诗:

　　"我身无足道,飘泊似飞蓬。
　　宿世因缘恶,沉浮苦海中。"

如此而已。虽然笔迹稚嫩,略欠稳健,但是气品高雅,风度可爱,源氏看了便放心了。

　　他考虑玉鬘的住处:紫姬所居东南区内,没有空着的边屋。况且这是繁华的中心,到处住着许多侍女,气象盛大,颇欠幽静。秋好皇后所居西南区内,因皇后不常在家,故经常闲静,给玉鬘这样的人居住,最为适当。然而深恐别人误认玉鬘为侍女,故也不相宜。只有花散里所居东北区内,西厅现为文殿,可将文殿移设他处,让与玉鬘居住。而且花散里性情温和,心地善良,是最好的话伴。住处便如此预定了。此时他才把昔年与夕颜结缘之事告知紫姬。紫姬闻知他有此等秘密之事,颇有怨恨之色。源氏对她说道:"你不须怨恨。现今生存者的事,我对你也不问自告,何况这个人已经死了。每逢此种事情,我总不隐瞒你,正是对你特别重视之故。"他慨然回思夕颜当年模样之后,又说道:"此种情况不但我自己有之,在别人也甚多。有些女子,即使你对她情爱并不甚深,她也非常嫉妒,我所见实例不少。我很讨厌,常想戒绝色情行为。然而不知不觉的,自会遇到许多女子。其中娇痴亲昵,一往情深的人,除这夕颜之外别无其例。此人如果在世,我总得与西北区的明石姬同等对待她。容貌与性格,原是十人十色的。夕颜才气洋溢,而幽雅之趣较差,然而终是个高超可爱之人。"紫姬说:"虽然如此,总不能与明石姬同等待遇吧。"可见她对明石姬的过分得宠怀有醋意。但她看见娇小玲珑的明石小女公子天真烂漫地倾听他们谈话时的可爱之相,又觉得理应宠爱她的生母,醋意尽释了。

　　以上所述,是源氏三十五岁上九月中之事。玉鬘迁入六条院一事,不能立刻实行,先要访得几个优良的女童和青年侍女。在筑紫时,有些面貌端正的侍女从京都流离到该地,乳母家便托人介绍,雇用了几名来服侍玉鬘。后来仓皇逃出之时,此等侍女都不曾带走,所以现在一个人也没有。京中地广人多,有些女商之类的人,顺利地找得了几个侍女,给送上门来。对于这些新来的侍女,都不让她们知道小姐是谁家的女儿。先把玉鬘悄悄地带到五条地方右近家里,在这里选定了侍女,备办了装束,然后于十月中迁入六条院。

　　源氏太政大臣请花散里当玉鬘的继母,对她说道:“从前我有一个所爱之人,为了忧愤,隐居在荒僻的山乡了。我俩之间已经生了一个女孩。多年来我悄悄地寻访她的下落,总是寻找不到。其间这女孩已经成人,我此次无意中找到了。既然找到,我应该抚养她,因此叫她迁移来此。她母亲已经死了。你是夕雾中将[1]的保护人,我正好援例,就请你同样地保护这女孩吧。她生长山乡,恐多鄙陋之相,凡事要你多多教导了。”花散里直率地说道:“原来有这样的一个人,我一点也不知道呢。明石小女公子一个人不免寂寞,如此甚好。”源氏又说:“她母亲性情极好,你也是个好心人,所以我托你照顾她。”花散里说:“我可照顾的人甚少,常感寂寞。如今多了一人,真乃可喜之事。”院内侍女等不知道这是源氏太政大臣的女儿,相与言道:“不知又找到了怎样的一个人。

_____

〔1〕 夕雾本来是侍从,大约现已升任中将。

倒像玩古董,真无聊啊!"玉鬘迁居时,大约用了三辆车子。各人打扮等事,均由右近料理,所以都很像样,全无村俗之气。源氏赏赐绫罗等物甚多。

　　是晚源氏访问玉鬘。玉鬘的侍女等人久闻光源氏大名,但因以前不曾见过此等人物,不能想象他的模样。此时在幽暗灯光之下从帷屏隙缝中窥看,觉得此人相貌之美,令人吃惊。右近开了边门,请源氏进去。源氏说:"走这门进去的,似乎是特殊的意中人。"便笑着在厢内坐下了。又说:"灯光太暗,好像和恋人幽会呢。我听说小姐要看看父亲的面貌,你们难道不想到这一点么?"便把帷屏推开些。玉鬘羞涩不堪,转向一旁了。她的容颜非常美丽,源氏看了很欢喜,说道:"把灯火点亮些吧,太幽雅了。"右近便把灯火挑亮,移近来些。源氏微笑着说:"你太怕羞了。"他觉得这双美丽的眼睛,只有夕颜的女儿才有。便毫不客气,完全用父亲对女儿的语调对她说道:"多年来不知你的去向,我无时不悲叹着挂念你。现在看到了你,觉得好像做梦。想起了你母亲在日之事,更觉悲伤,连话也说不出了。"便举手拭泪。这确是真心的悲伤。他屈指计算年数,又说:"谊属父女,而如此长年不得相见,世间恐无其例。我们的宿缘也太悭了!你现在已经不是孩子,不该如此怕羞。我想与你谈谈多年来的往事,你何故如此冷淡?"玉鬘低声答道:"女儿自从蛭子之年流落穷乡之后,常觉万事皆在梦中。……"她的声音十分娇嫩,很像当年的夕颜。源氏微笑着说:"你长年流落穷乡,除我之外,更有谁可怜你呢?"他觉得玉鬘应对非常得体,颇可窥见心情之优美。便吩咐右近替她办理种种应有之事,自回本邸去了。

　　源氏看见玉鬘长得美好,心甚欢悦,便描述给紫姬听。他说:"这个人长年流落在这种穷乡僻壤,我料想她长得不成样子,看不起她。岂知一见之后,反而使我觉得可耻。我定要宣扬出去,叫大家知道我家有这个美人。兵部卿亲王[1]常常注目于我家的女人,如今好叫他尝尝相思滋味了。那些好色之徒到这里来,总是装得一本正经,就为了我家没有香饵之故。我要好好地教养这妮子,管教这些人都脱下假面具来。"紫姬说:"哪有这种糊涂爷! 找得一个女儿来,首先要她诱惑人心。真正岂有此理!"源氏说:"老实说,我从前如果也像今日一般悠闲,定然教你做香饵。当时不曾考虑到,就成了这局面。"说罢哈哈大笑。紫姬被他说得红晕满颊,样子异常娇艳。源氏便取过笔砚来,随意题诗一首:

　　　　"夕颜恋侣今犹昔,

　　　　　玉鬘何缘依我来?"

题毕独自叹道:"可怜啊!"紫姬才知道这是他所最爱之人的遗孤。

　　源氏对中将夕雾说:"如今我找到了这样的一个人。你得好好地敬爱这位大姐姐。"[2]夕雾就去访问,对玉鬘说:"小弟愚不足道;但请大姐知道您有这个兄弟。倘有差遣,务请尽先使唤。前日乔迁之时,小弟未曾前来迎候,甚是失礼。"他说时像对真的长姐一般恭敬。玉鬘身边知道实情的人,看了都觉得可笑。

　　玉鬘在筑紫时所住的邸宅,在当地也算得华美之极了。然而比起这六条院来,真是简陋的乡下房子,不可同日而语。这六条院内,自室内装

---

〔1〕　兵部卿亲王是源氏之弟,即前称帅王子者。
〔2〕　此时玉鬘二十一岁,夕雾十四岁。

饰以至一切设备,无不富丽堂皇;自亲姐妹一般友爱的诸女主人以至一切人众,仪容无不优美炫目。侍女三条从前艳羡大式,现在也看他不起了。何况那个粗蠢的大夫监,现在连想起了也觉得讨厌之极!玉鬘感谢丰后介的忠诚。右近也称赞他。源氏深恐对仆从管束不严,他们不免怠职,故为玉鬘设置家臣、执事等人员,吩咐他们督办种种应有事宜。丰后介也当了家臣。他长年沉沦乡间,满腹牢骚。如今这些牢骚忽然消失得影迹全无了。源氏太政大臣府上,他本来做梦也不敢进来,现在朝夕自由出入,发号施令,执行事务,成了个要人,自己觉得非常光荣。源氏太政大臣照拂如此诚恳周到,大家感激不尽。

　　到了岁暮,源氏命令为玉鬘居室准备新年装饰,为众仆从添制新年服装,与其他诸高贵夫人一例同等。玉鬘容貌虽然美丽,但源氏推量她总还有些乡村风习,所以也送她些乡村式衣服。织工们竭尽技能,织成种种绫罗。源氏看到这些绫罗所制成的各种女衫、礼服,琳琅满目,对紫姬说道:"花样多得很呢!分配给各人时,要使大家不相妒羡才好。"紫姬便将裁缝所制作的和自己家里制作的全部取出来。紫姬十分擅长此道,故色彩配合甚美,染色亦极精良。源氏对她十分赞佩。他看了各处捣场[1]送来的有光泽的衣服,便选出深紫色的和大红色的,教人装在衣柜及衣箱中,吩咐在旁伺候的几个年长的上等侍女,令她们分别送与各人。紫姬看见了,说道:"分配得固然很平均,没有优劣之差了。然而送人衣服,要顾到衣服的色彩与穿的人的容貌相调和。如果色彩与穿的人的模样不相称,就很难看。"源氏笑道:"你一声不响地看我选,却在心中推量人的容貌。那么你宜乎穿什么颜色的衣服呢?"紫姬答道:

---

　　〔1〕　捣场是用砧捣织物使有光泽的作场。

"叫我自己对镜子看,怎么看得出呢?"意思是要源氏看,说过之后觉得很难为情。结果如此分配:送紫姬的是红梅色浮织纹样上衣和淡紫色礼服,以及最优美的流行色彩的衬袍;送明石小女公子的是白面红里的常礼服,再添一件表里皆鲜红色的衫子;送花散里的是海景纹样的淡宝蓝外衣——织工极好,但不甚惹目,——和表里皆深红色的女衫;送玉鬘的是鲜红色外衣和棣棠色常礼服。紫姬装作不见,但在心里想象玉鬘的容貌。她似乎在推量:"内大臣相貌艳丽而清秀,但缺乏优雅之趣。玉鬘大概与他相象。"虽然不动声色,但因源氏心虚,似觉她的脸色有异。他说道:"我看,按照容貌分配,恐怕她们会生气呢。色彩无论何等美好,终有限度;人的容貌即使不美,也许其人另有好处。"说过之后,便选择送末摘花的衣服:白面绿里的外衣,上面织着散乱而雅致的藤蔓花纹,非常优美。源氏觉得这衣服与这人很不相称,在心中微笑。送明石姬的是有梅花折枝及飞舞鸟蝶纹样的白色中国式礼服,和鲜艳的浓紫色衬袍。紫姬由此推想明石姬气度高傲,脸上显出不快之色。送尼姑空蝉的是青灰色外衣,非常优雅,再从源氏自己的衣服中选出一件栀子花色衫子,又加一件淡红色女衫。每人的衣服内附一信,叫她们大家在元旦穿。他想在那天看看,色彩是否适合各人的容貌。

　　诸人收到衣服后的回信,都有特色。犒赏使者的东西也各出心裁。末摘花住在二条院的东院,离此较远,犒赏使者理应从丰。但此人脾气古板,不知变通,只赏赐一件袖口非常污旧的棣棠色褂子,此外并不添附衬袍。回信用很厚的陆奥纸,香气熏得很浓,但因年久,纸色已经发黄。信中写道:"呜呼,辱承宠赐春衫,反而使我伤心。

唐装乍试添新恨,

欲返春衫袖已濡。"

笔迹富有古风。源氏看了,不断地微笑,一时不忍释手。紫姬不知道他为了何事,回转头来注视。末摘花犒赏使者如此微薄,源氏觉得扫兴,并且有伤他的体面,脸上显出不快之色。使者知趣,连忙悄悄地退去。身边众侍女见此光景,互相私语窃笑。末摘花如此一味守旧,专长于使人扫兴之事,使得源氏无法对付。关于她那首诗,他说道:"她倒是个道地的诗人呢。做起古风诗歌来,离不开'唐装''濡袖'等恨语。其实我也是此种人。墨守古法,不受新语影响,这也是难得的。群贤集会之时,例如在御前,特地举行诗会之时,吟咏友情,必须用一定的字眼;吟咏相思,则必在第三句中用'冤家'等字样。古人以为必须如此,读起来才顺口。"说罢哈哈大笑。后来又说:"他们必须熟读种种诗歌笔记,牢记诗歌中所咏种种名胜,然后从其中选取语词来做诗。因此惯用的语句,大都千篇一律,无甚变化。末摘花的父亲常陆亲王曾经用纸屋纸写了一册诗歌笔记。末摘花要我读,将此书送给我。其中全是诗歌作法的规则,还指出许多必须避免之弊病。我于此道本不擅长,看了这许多清规戒律,反而动手不得了。厌烦起来,把书送还了她。她是深通此道的人,现在这一首还算是通俗的呢。"对末摘花的诗虽然赞誉,但对她父亲的笔记不以为然。紫姬认真地说:"你为什么送还了她呢?应该抄下来,将来给我们的小女儿看。我的书橱里也藏着这一类古书,但都被书蠹蛀破了。不悉此道的人看了,不知道写着些什么呢。"源氏说:"我们女儿的教育上用不着这些东西。凡为女子者,特别专精一种学问,是不相宜的。但倘对一切文艺一概不懂,也是不好的。总之,只要心地稳重,思虑周密,对付万事自有主意,便是好女子了。"他只管谈论,并不想答复末摘花的赠诗。紫姬劝道:"她诗中说'欲返春衫',你不答复她,怕不好意思吧。"源氏向来不肯辜负人家好意,就立刻写答诗。他漫不经心地写道:

"欲返罗衣寻好梦,

可怜孤枕独眠人。[1]

难怪你伤心啊!"

---

〔1〕 古歌:"思君心切频寻梦,返着睡衣独自眠。"见《古今和歌集》。当时习惯:思念某人时,只要将睡衣反穿而就睡,便会梦见此人。末摘花诗中言"欲返春衫",意思是要把衣服还给他。源氏故意引证古歌,将此"返"字解释作反穿睡衣。

第二十三回　早　莺[1]

　　元旦之晨,天色晴明,长空一碧,了无纤云。寻常百姓之家,墙根亦有嫩草破雪抽芽。春云谖豫之中,木叶渐渐萌动。人心自然轻松畅快了。何况琼楼玉宇的六条院,各处庭园,美景甚多。诸女主人所居宅院,装饰尤为富丽,作者心欲描述,苦恨言语不够。就中首推紫姬所居之春殿:庭前梅蕊飘香,与帘内熏香相交混,令人几疑身在现世极乐净土。但又不似净土之庄严,可以任情取乐,悠闲度日。优秀的青年侍女,都选去伺候明石小女公子了。留住在此的,只是年龄较长之人。然而也都伶俐俊秀,容貌、装束等无不楚楚可观。她们三五成群地共祝"齿固",又取出镜饼[2]来吃,唱着"托庇千春""福寿千春"[3]等古歌,共祝主人家这一年内幸福。正在嬉笑之时,源氏出来了。两手插入怀里的侍女连忙把手伸出,整襟肃立,自觉不好意思。源氏笑着说:"大家祝我千春,意思太隆重了。你们每人各有愿望吧,大家讲些给我听听,我也来替你们祝福。"众侍女在大年初一听到主人这话,大家深感光荣。就中那个自命不凡的

---

　　〔1〕　本回写源氏三十六岁之事。

　　〔2〕　"齿固"意即寿命巩固。正月初一至初三,共食镜饼、猪肉、鹿肉、咸鲇鱼、萝卜等物,谓之祝齿固。镜饼是扁圆形饼,大小二个重叠。

　　〔3〕　古歌:"寿比苍松,万代青青。松下之鹤,托庇千春。""似彼镜山,屹立江滨。预祝君侯,福寿千春。"均见《古今和歌集》。

侍女中将君答道:"我们是在镜饼前'预祝君侯,福寿千春'。至于我们自己,别无其他愿望了。"

昼间贺客盈门,竟日骚扰。源氏于夕暮之时始得访问各位夫人。但见她们都打扮得花枝招展,倩影娉婷,令人百看不厌。他对紫夫人说:"今晨众侍女嬉笑祝颂,其乐融融,甚可欣羡。现在我也来替你祝颂了。"便带几分玩笑态度歌诵祝词。又赠诗云:

> "池面冰开明似镜,
> 　双双倩影映春塘。"

这一对夫妇真是双双倩影啊。紫夫人答道:

> "春塘水满如明镜,
> 　映出千春万福人。"

每逢佳节,他们都热诚地共祝永远团圆。今天适逢子日,祝颂千春,最为适当。

源氏来到明石小女公子那里,但见侍女与女童等正在院中山上移植小松,以祝长寿。这些年轻人都兴高采烈,热中地东奔西走,样子煞是好看。住在冬殿里的明石姬特地备办些须笼[1]和桧木制的食品盒,内装种种物品,送与源氏太政大臣。又在一枝形状美好的五叶松上添附一只人工制造的黄莺,并系着一封信,一并送来。信中有诗云:

---

〔1〕　须笼是竹编的笼子,笼口剩余的竹端任其保留着,其形似须,故名。

　　　　"静待春秾经岁月，

　　　　今朝盼听早莺声。

我这里是'穷乡僻壤无莺啭'〔1〕也!"源氏读了诗，很同情她的孤寂，便顾不得元旦忌讳，淌下数行眼泪来。源氏对小女公子说："这信应该由你自己答复。你不可吝惜'早莺声'啊!"便拿过笔砚来，要她写回信。这小女公子长得十分美丽，朝夕见惯的人也百看不厌。源氏使她们母女隔绝，经年累月不得相见，实乃罪过之事，想起了心中不胜痛苦。小女公子的答诗是：

　　　　"一别慈颜经岁月，

　　　　巢莺岂敢忘苍松?"

此外又一任童心所感，絮絮叨叨地写了许多。

　　源氏来到花散里所居的夏殿，恐是节候未到之故，此间甚是寂静。纵观室内，并无风雅点缀，但觉到处落落大方。他和这位夫人情缘悠久，互相深深了解，彼此不拘形迹。现在不必强求床笫之欢，却有融融泄泄的唱随之乐。花散里室内张着帷屏，源氏把它推开，花散里亦不介意。她穿着源氏所赠的宝蓝衫子，色彩不甚鲜艳。她的头发也过了盛期，略见稀薄了。虽然不求艳丽，其实也该装些假发。源氏每次和她相见，总是想道："倘换了别人，一定嫌她相貌不扬。我今如此永远优待

---

　　〔1〕　古歌："穷乡僻壤无莺啭，今日盼闻第一声。"见《源氏物语注释》所引。明石姬诗中言"盼听早莺声"，意思是要她所生的明石小女公子回她一信。本回题名据此诗。

她,正是我的本意,深可喜慰。如果她同别的轻薄女子一样,略不称心,就背弃我,那就不足道了。"此时他就觉得自己之情长,与花散里之稳重,如意称心,不胜喜慰。两人亲睦地谈了一会之后,源氏就到西厅去探望玉鬘。

玉鬘尚未过惯宫廷生活。但照这短短的时日说来,她的进步实在很快:院内一切布置,都富有风趣,童女的服装也很优雅。侍女众多,室内装饰大致楚楚。但各种细致设备,尚未十分完全。总之,她的宅院精小可爱。玉鬘本人呢,本来令人一看就惊叹为美人,今天穿了源氏所赠的棣棠色春服,更加显得如花如玉。周身浓纤适度,绝无瑕疵可指,真教人百看不厌。只因长年沉沦乡间,郁郁寡欢,以致头发末端稍稀。然而疏疏朗朗地披散在衣服上,倒也十分美观。源氏看见她长得十全其美,心念此人如果不住在六条院,真太可惜了。便觉得仅乎把她当作女儿看待,有些儿不满足。玉鬘虽然对源氏已甚熟悉,但念此人到底不是生身父亲,不免多所顾忌。她常常觉得这关系很奇怪,犹如做梦一般,因此不敢放心亲近他。源氏觉得这态度也很可爱。对她言道:"你来到这里虽然不久,我似觉已经多年了,见面时毫无生疏之感,但觉十分称心如意。所以你也不须顾忌,常常到我们那边去玩。那边的小妹妹正在初学弹琴,你可和她一起学习。对那边的人都不须客气。"玉鬘答道:"女儿自当遵命。"这应对也很恰当。

傍晚时分,源氏来到明石姬所居的冬殿。一推开内客厅旁边走廊上的门,便有一股幽香顺着和风从帘幕中飘过来,令人感觉异常幽雅。走进室内,不见明石姬本人。向四周察看,但见砚箱旁边散置着许多笔记稿,便拿起来看看。旁边有一个中国织锦制的茵褥,镶着华丽的边缘,上面放着一张美丽的琴。在一个异常精致的圆火钵内,浓重地熏着侍从香〔1〕,其中又交混着衣被香,气味异常馥郁。桌上还乱放着些书法草稿,字体别致,功夫很深。不像学者所写的那样夹杂着许多难识的草书汉字,却是潇洒不拘的戏笔。就中有几首情意缠绵的古歌,是明石姬收到小女公子的答诗后喜极而作的。有一首是:

　　"莺在花坞宿,今朝下谷飞。

　　旧巢重访问,珍重好时机。"〔2〕

此外又有许多古人之作,有的吟咏好容易等到了早莺初啭的声音而悲喜交集之情,有的是古歌:"家住冈边梅盛放,春来不乏早莺声。"〔3〕都是转悲为喜时率书自慰的。源氏一一取来阅读,脸上显出微笑,其神情优美动人。他提起笔来,也想写些,此时明石姬膝行而出了。她对源氏,态度当然十分恭谨,相见时彬彬有礼。源氏觉得此人毕竟与众不同。她身穿源氏所赠的白色中国式礼服。鲜艳的黑发披在这衣服上,虽然略觉稀薄,反而增添美趣,令人爱煞。源氏也想到:今天是新年元旦,若不回家,深恐紫姬怨恨。然而他终于在明石姬家住宿了。各女眷闻此消息,知道明石姬特别承宠,大家对她心怀醋意。春殿里的人更不必说了。天色将曙之时,源氏便告辞归去。别后明石姬回想他深夜辜负香衾,常觉可悲可惜。紫姬等得心焦,满怀妒恨。源氏察知她的心情,对她说道:"真奇怪,我在她那里打个瞌睡,竟像年轻人那样睡熟了,你也不派人来唤醒我……"如此安慰她,亦甚可笑。紫姬并不答话。源氏自觉无聊,装作想

〔1〕　侍从香是一种香料的名称。
〔2〕　莺比小女公子,花坞比紫姬家,谷中旧巢比明石姬自家。
〔3〕　此古歌见《古今和歌六帖》。

睡,就此睡着,直到日高方始起身。

　　正月初二日忙于招待贺客,举办临时宴会,竟日不曾与紫姬会面。公卿、亲王等照例个个都到。堂前管弦之声盈耳。宴会之后分送珍贵的福物及犒赏品。云集于六条院的贺客,个个打扮得端端整整,力求不逊于他人。然而略能比得上源氏的,一个也没有。当时朝中人才济济,个别看来,原有不少优秀人物。然而一到源氏面前,就全被压倒,真乃不胜抱歉。即使是卑不足道的下仆,来到这六条院时也特别小心谨慎;何况那些青年王孙公子,知道这里新来了一个美人,大家都痴心妄想,别有用意。因此今年的新春与往常不同,特别热闹。晚风和熙,吹送花香;庭前梅花数树,含苞逐渐开放。暮色沉沉,人影模糊难辨之时,管弦之声悠扬悦耳。歌人高唱催马乐"此殿尊荣,富贵双全。……"〔1〕音调非常华丽。源氏时时和唱,从"子孙繁昌"一直唱到曲终,歌声柔和可爱。无论何事,倘有源氏参加,便蒙他的光辉照耀,色彩与声音都增加生气,其差别显然可辨。

　　深闺中诸女眷,隔院遥闻车马鼓乐喧嚣扰攘之声,似觉生在西方极乐世界的未开莲花中〔2〕,心中好生焦灼! 远居在二条院东院中诸人,更不必说。她们的孤寂虽然与年月俱增,但她们都怀着古歌中所谓"欲窜入深山,脱却世间苦"的心情,对于源氏这个薄幸郎,已经不再怨恨了。除此以外,她们万事称心,一无遗憾。爱好修行的人,例如尼姑空蝉,可以一心念佛,毫无牵挂;爱好诗歌学问的人,例如末摘花,可以埋

---

　　〔1〕 催马乐《此殿》歌词:"此殿尊荣,富贵双全。子孙繁昌,瓜瓞绵绵。添造华屋,三轩四轩。此殿尊荣,富贵双全。"

　　〔2〕 据《观无量寿经》说:下品之人,往生西方极乐世界时,生在未开莲花之中。须经过若干劫后,莲花方开。这期间不得见佛,不得听说法,不得供养。

头研习,随心所欲。凡日常生活种种需要,都安排妥帖,应有尽有,无不如意称心。新年忙乱的日子过去之后,源氏就来访问这二条院东院中的人。

末摘花是常陆亲王的女公子,身份甚高,源氏常觉很委屈她。因此凡外人耳目所及之事,都替她办得十分体面,以免受人轻视。末摘花一头青丝发从前又长又密,但近年来已渐变衰,从侧影望去,竟可看见交混着白发,令人想起古人"奔腾泻瀑布"[1]之歌,不胜怅惜。源氏连正面也不敢细看。她身穿源氏所赠的藤蔓花纹、白面绿里的外衣。然而似乎很不相称,想是人的气质所使然。这外衣里面穿着一件暗淡无光而硬若纸板的深红色衬衣,样子甚是寒酸,令人看了觉得不快。源氏曾经送她许多衬衣,不知她为何不穿。只有那鼻尖上的红色,春霞也遮不住,依旧鲜艳夺目。源氏不知不觉地叹一口气,特地把帷屏拉拢些,以求隔远。但末摘花并不介意。她多年来蒙源氏深切关怀,生活十分安稳,因此全心全意地信赖他,这态度实甚可怜。源氏觉得这个人不但相貌特殊,连态度也与众不同,真乃可悲之事。又念如此可怜之人,倘连我也不照顾她,不知更将何等受苦。便决心永远保护她。这也是一片仁慈恻隐之心。她的声音也很凄凉,说话时颤抖不定。源氏看得不耐烦了,对她言道:"你难道连照料衣服的人也没有么?这里没有外人进来,生活甚是安适,你尽可随心所欲,多穿几件柔软的厚实的衣服,何必一味讲究服装的外表呢?"末摘花只得笨拙地笑着答道:"醍醐的阿阇梨[2]要我照顾衣服等事,因此自己没有工夫缝衣服了。我那件毛皮衫也被他拿了去,冬天很

---

〔1〕 古歌:"奔腾泻瀑布,一似老年人。白发垂千丈,青丝无一根。"见《古今和歌集》。
〔2〕 醍醐是地名,其地有古刹。阿阇梨是僧官的职称。此人即第十五回"蓬生"中的禅师,是末摘花之兄。

冷呢。"这阿阇梨是她的哥哥,鼻子也是很红的。她对源氏说这些话,可见真心信赖,毫不掩饰。但也不免过于直率了。源氏在她面前不复说笑,只是装出一本正经的模样,说道:"毛皮衫送给他,很好。可给这位山僧当衲褌衣穿。你不妨把那些不足惜的白色衬衣穿它七层八层,便很暖和了。你有需要之时,倘我忘记送来,你尽管告诉我。我这个人又糊涂,又懒散,加之事情纷忙,自然容易疏忽。"便命打开二条院的库房,取出许多绫绢来送她。这东院并非荒僻之处,但因主人不住在此地,环境自然岑寂。只有庭前的树木欣欣向荣,红梅初开,芬芳扑鼻,却无人欣赏。源氏看了这红梅,自言自语地吟道:

　　"重来故里春光好,
　　又见枝头稀世花。"〔1〕

末摘花恐怕不懂得此诗之用意吧。

　　源氏辞别末摘花,又去探望尼姑空蝉。空蝉不像这邸宅的主人,自己住在一间僻静的小室中,而将大部分房屋供佛。其修行之精勤,令人真心感动。经卷、佛像的装饰,以至净水杯等细小器物,无不精致雅洁。令人看了觉得此人品质毕竟与众不同。空蝉坐在一个意匠工巧的青灰色帷屏后面,只露出一只色彩与青灰相对照的衣袖。这情景非常美观,源氏看了,不觉流下泪来,对她言道:"你这松浦岛上的渔女〔2〕,我只能遥遥想念而已。我与你想必自昔结下了恶因缘。到如今总算只有晤谈

---

　　〔1〕　日语"花"与"鼻"同音,都读作 hana。此诗表面咏红梅,实则讽刺末摘花的鼻子。
　　〔2〕　古歌:"久仰松浦岛,今日始得见。中有渔女居,其心甚可恋。"见《后撰集》。日语"渔女"与"尼姑"同音,都读作 ama。

这一点缘分还没有断绝。"空蝉也深为感慨,答道:"我能蒙你如此关怀,便是深厚的缘分了。"源氏说:"我常反复回想当年之事,总觉得过去屡次使你伤心,应得恶报。今我向佛忏悔,中心深感痛苦。现在你已了解我的心情了么?世间没有像我这样忠诚的人,我想这一点你现在不会不体会到吧。"空蝉闻言,推想源氏已经知道她为了避免前房儿子纪伊守追求而出家为尼之事,颇觉难以为情,答道:"要你看我这丑陋之相,直到我死为止,已经抵偿了你过去的罪愆,此外还有什么恶报呢?"说罢真心地哭起来。其实空蝉的神态比从前更加清秀了。源氏想起了此人已经斩断情丝,遁入空门,觉得实在难于抛舍。然而此时岂可再说风流绮语?只和她谈了些一般的旧话新闻。他向末摘花那边望望,想道:"那人总得具有此人那样的优点才好。"

像末摘花和空蝉那样受源氏荫庇的女人甚多。源氏一一前往探望,亲切地对她们说这样的话:"许久不曾会晤,心中无时或忘。所可虑者,只是人寿有限,聚散无常耳。天命真不可知啊!"他觉得每一个女人,各有其可爱之处。源氏太政大臣身居一人之下,万人之上,然而绝不盛气凌人。其待人接物,均按照地点与身份,普施恩惠。许多女人就仰仗着他的好意,悠游度日。

今年正月十四日举行男踏歌会。歌舞行列先赴朱雀院,然后来到六条院。因路远,到达时已近黎明。皓月当空,明澄如水;庭中薄雾弥漫,景色美不可言。此时殿上人中擅长音乐者甚多,笛声非常优美。到了这六条院,音乐奏得更加起劲。源氏要教诸女眷都出来看歌舞,预先通知她们。所以正殿两旁的厢屋及廊房里,都设置座位,让她们坐在这里观看。住在西厅的玉鬘,来到南面紫姬所居的正殿内,与明石小女公子初次见面。紫姬也出来了,只隔一层帷屏,与玉鬘谈话。歌舞行列是从朱雀院的母后那边绕道而来的,到此已近天明。本来只须款待茶酒和羹汤,然而此次犒赏格外丰盛,大办筵席,殷勤招待。

凄清的晓月光中,瑞雪纷飞,渐积渐厚。松风从高树顶上吹下来,四周景色幽艳动人。许多歌人舞手,身穿绿袍,内衬白衣,色彩甚是朴素。头上插的绢花,也并不华丽。然而恐是场所不同之故,令人看了心旷神怡,似觉寿命也延长了。歌人舞手之中,源氏家的夕雾中将和内大臣家诸公子,姿态特别优雅华丽。夜色微明之中,雪花疏疏散落,渐觉寒气侵肤。此时歌舞队中唱出催马乐《竹川》之歌[1],袅娜的舞姿伴着可爱的乐声,教人画也画不出来,实甚遗憾! 观众座的帘子下面露出诸女眷的衣袖,五光十色,灿烂夺目,好似曙空中显出来的锦绣般的朝霞,真乃异乎寻常的美景。舞手头戴高帽,姿态奇离古怪;歌人朗诵寿词,声音喧哗盈耳。琐屑之事,也都大模大样地表演,滑稽之极,反而使得踏歌的音乐不足欣赏了。照例各人受得犒赏品绵絮一袋而告退。天色已明,诸女眷各自归家。

源氏略略就睡,到了日高三丈之时方才起身。他回思昨夜之乐,对紫夫人说:"中将的歌喉,大体说来,不亚于弁少将[2]呢。真奇怪,现在倒是才艺之人辈出的时代。古昔之人,在学问方面固然优胜得多,但在趣味方面,到底赶不上现代人。我曾经打算把中将养成一个方正的官吏,希望他不要像我那样耽好风流。其实人心终须富有情趣才好。木石心肠,铁面无情,毕竟是讨厌的吧。"他觉得夕雾这个儿子十分可爱。接

---

〔1〕 催马乐《竹川》歌词:"竹川汤汤,上有桥梁。斋宫花园,在此桥旁。园中美女,窈窕无双。放我入园,陪伴姣娘!"
〔2〕 弁少将是内大臣之子,又称红梅。

着随口唱了几句《万春乐》[1],又说:"我想趁诸女眷集中于此之时,举行一次音乐演奏会,作为我们一家的'后宴'[2]。"就叫人把装在锦绣袋里的琴筝箫管都取出来,拂拭干净,把弛缓的弦线调整好。诸女眷闻此消息,甚是关心,大家情绪兴奋。

---

[1]《万春乐》是踏歌人所唱的汉诗,共八句,每句末尾,唱"万春乐"三字。

[2] 踏歌会毕,宫中举办"后宴",作为余兴。这音乐会就作为源氏私家的"后宴"。

第二十四回　蝴　　蝶[1]

　　到了三月下旬,紫姬所居春殿的庭院中,春景比往年更为浓艳,花色鲜明,鸟声清脆,在别处的人看来,只有此地还是盛春,觉得有些不可思议。小山上树色葱茏,浮岛上苔色浓绿,许多青年女子仅乎远眺此景,觉得不够味儿。源氏便命将预先造好的中国式游船赶快装饰。初次下水的一天,从雅乐寮宣召些乐人来,叫他们在船中奏乐。当天诸亲王及公卿都来参与。秋好皇后此时也正乞假归里。去年秋天,秋好皇后讥讽紫姬的诗中有"盼待春光到小园"之句,紫姬觉得现在正是报复的时候了。源氏也想劝请秋好皇后来此看花,然而没有机会。况且皇后身份高贵,不便轻易出来赏花。他就叫秋殿中爱好此种情趣的青年侍女都来乘船。皇后院中的南湖与这里的湖水相通,其间隔着一座小山,好比一个关口。但可从山脚上绕道通船。紫姬身边的青年侍女都集中在这里东边的钓殿里。

　　龙头鹢首的游船都用中国风格的装饰。把舵操棹的童子,头发一概结成总角,身穿中国式的服装。不曾见惯此种情景的侍女,在这等宽阔的湖中乘船,似觉真个是泛海远赴异国,大家怀着无穷的兴趣。游船进入浮岛港湾中岩阴之下,但见其中小小的岩石,也都像画中景物。各处

────────────

〔1〕　本回与前回同一年,写源氏三十六岁三四月之事。

树木上春云谖碟,犹如蒙着锦绣帐幕。其间遥遥望见紫姬的春殿。这春殿里柳色增浓,长条垂地;花气袭人,芬芳无比。别处樱花已过盛期,此间正在盛开。绕廊的紫藤,也渐次开花,鲜丽夺目。棣棠花尤为繁茂,倒影映入池中,枝叶又从岸上挂到水里。各种水鸟,有的雌雄成对,双双游泳,有的口衔细枝,来往飞翔。鸳鸯浮在罗纹一般的春波上,竟是美丽的图案纹样。遨游其间,正像身入烂柯山中,年月都忘记了。诸侍女各赋新诗:

> "风起浪中花影美,
> 恍疑身在棣棠崎[1]。"
> "棣棠花映春池底,
> 此水应通井手川[2]。"
> "无须远访蓬莱岛,
> 不老仙乡即此船。"
> "日丽风和舟荡漾,
> 兰篙水滴似飞花。"

她们各自抒情,随意吟咏。仿佛身在梦中,不问此去何方,亦忘记了家归何处。只因水面风光异常美丽,足以牵惹青春少女之心情也。

天色将暮,乐人奏出《皇麖》之曲,音节非常美丽。大家舍不得离船,然而游船已经驶近钓殿,只得舍舟登陆。钓殿的装饰甚是朴素,却富有

---

[1]　棣棠崎即山吹崎,在近江国,以棣棠花著名。
[2]　井手川在山城国,亦以棣棠花著名。

优雅之趣。紫姬身边的许多青年侍女在此等候。她们竞夸新装,个个打扮得齐齐整整,望去只见花团锦簇。此时乐人奏出世间难得听到的名曲。选用的舞人也都是特别优秀的能手。他们尽力献技,以博紫夫人的欢心。

入夜,诸人都觉尚未尽兴。于是在庭中点起篝火来,宣召乐人到阶前青苔地上,重新饮酒作乐。亲王及公卿都来参与,或弹琴筝,或吹箫管。乐人尽是特别优秀的专家,他们用箫管吹出双调。此时堂上的亲王及公卿便用丝弦和他们合奏。繁弦急管,华丽无比。奏出催马乐《安名尊》之时,不解情趣的仆役也都攒聚在门前几无隙地的车马之间,带着笑容听赏,觉得此种生涯真正富有意趣啊!在春日的天空之下演奏春日的曲调,音乐的效果比其他季节更为优越,这差别人人都体会到。

是夜奏乐,直到天明。后来从吕调移到律调,添奏中国传来的《喜春乐》。此时兵部卿亲王[1]便唱催马乐《青柳》[2],反复唱了两遍,歌喉美妙动人。主人源氏也和着他唱。天亮了。乐声犹如报晓的鸟声,一直奏到天明。秋好皇后隔墙听到邻院作乐之声,心中不免妒羡。

这春殿中繁华热闹,四时常春。然而以前没有可以牵引人心的美人儿,来访的贵公子等都觉得美中不足。但现在已经来了一个玉鬘,其人长得美玉无瑕,源氏对她的关怀也优渥无比,此种消息外间早已闻知。果然不出源氏所料,倾慕她的人不计其数。就中有几个人自知身份高贵,配作乘龙佳婿,便巧觅良机,表示心愿,或者直率陈言,正式求婚。然而也有几个青年公子,不便启口,独自在心中煎熬。其中例如内大臣的

---

〔1〕 源氏之弟,即帅皇子。
〔2〕 催马乐《青柳》歌词:"杨柳绿依依,条条新丝碧。黄莺弄机杼,织成梅花笠。"

公子柏木[1],因为不知实情,也倾心于玉鬘。又如兵部卿亲王,因为多年相伴的夫人死去,独居三年,孤寂不堪,现在就不顾一切地寄与相思[2]。今天他喝得烂醉,头上插着藤花,油腔滑调地胡闹着,样子实甚可笑。源氏心中早已料到,脸上装作不知。正在飞觞劝酒之时,兵部卿亲王烦闷之极,不思再饮,拒绝了酒杯,说道:"我但教没有心事,早已离座逃走了。实在受不了啊!"又吟诗道:

> "血缘太近相思苦,
> 愿赴深渊不惜身。"

便从头上摘下一枝藤花来,连同酒杯敬奉源氏,口中唱道:"共插鲜花!"[3]源氏笑容可掬地答道:

> "莫非值得报渊死?
> 春在枝头请细看!"

又恳切地挽留他。亲王便不好意思离座。次日白昼继续作乐,音调更加悠扬悦耳。

　　是日秋好皇后开始举行春季讲经[4]。有许多女眷昨夜不曾回家,

---

〔1〕　柏木与玉鬘是异母兄妹。
〔2〕　兵部卿亲王是源氏之弟。源氏冒认玉鬘为亲女,则兵部卿应是玉鬘之叔父,所以下面的诗中言"血缘太近"。
〔3〕　古歌:"倘来访我吉野山,共插鲜花乐隐沦。"见《后撰集》。
〔4〕　按定例:每年春二月,秋八月,举行法会,讲演《大般若经》。

就在六条院歇息。今天大家换上昼用服装,准备前往听经。其他家中有事之人,都回去了。正午时分,大家聚集在秋殿。自源氏以下,无不参与其会。殿上人等也全体出席。这多半是源氏的威势所使然。因此这法会隆重庄严无比。春殿的紫夫人发心向佛献花。她选择八个相貌端正的女童,分为两班,四个扮作鸟,四个扮作蝶。令鸟装的女童手持银瓶,内插樱花;蝶装的女童手持金瓶,内插棣棠花。同是樱花与棣棠花,但她所选的是最美的花枝。八个女童乘了船,从殿前的小山脚上出发,向皇后的秋殿前进。春风拂拂,瓶中的樱花飞落数片。天色晴明,日丽风和。女童的船从春云谖嶵之间款款而来,这情景美丽可爱! 秋殿的院内没有特地搭起帐棚来,就在殿旁的廊房里设置临时凳椅,作为乐池。八个女童舍舟登陆,从正面石阶上拾级升殿,奉献鲜花。香火师便接了花瓶,供在净水旁边。紫夫人致秋好皇后的信,由夕雾中将呈上。其中有诗云:

> “君爱秋光不喜春,香闺静待草虫鸣。
> 春园蝴蝶翩翩舞,只恐幽人不赏心。”

秋好皇后读了,知道这是去年所赠红叶诗的答复,脸上显出笑容。昨日被紫姬邀去游船的众侍女,真心赞佩春花,互相告道:“原来春色如此美丽,只怕娘娘也不得不赞赏呢。”

　　在悠闲的莺声中,鸟装女童开始舞蹈。伴奏舞蹈的乐师奏出《迦陵频伽》[1]之曲,音调非常优美,湖中的水鸟也被感动,在不知什么地方鸣啭起来。舞乐将终,曲调转急,情趣越发优美,可惜舞乐告终了。蝶装女

---

〔1〕　迦陵频伽是佛经中一种鸟的名称。此鸟鸣声甚美。

童的舞蹈比飞鸟更为轻快,渐渐舞近棣棠篱边,飞进了繁密的花阴中。皇后的次官以及身份相当的殿上人,都向皇后领取赐品来犒赏女童。赐鸟装女童的是白面深红里子的常礼服每人一件,赐蝶装女童的是棣棠色衬袍每人一件。赐品都是按照情况而预先准备好的。赐乐师的是每人白色衣衫一袭,或绸缎一卷,各有等差。赐夕雾中将的是女装一袭,外加淡紫面绿里的常礼服一件。秋好皇后复紫夫人的信中有云:"昨日船游之乐,令人艳羡欲泣。

　　但得君心无歧见,
　　我将随蝶访春园。"

其答诗如此。皇后与紫姬才华均甚优越。但恐皇后于诗道不甚擅长,此赠答之诗,未得称为佳作也。

　　自不必说,昨日参与船游的侍女之中,凡皇后身边的侍女,紫姬都赐与优美的赏品,为免烦冗,概不详述。在这六条院中,此种游宴歌舞之事,几乎昼夜不绝。人人欢笑度日,诸侍女自然也都无忧无虑,恣意享乐。各殿女眷,时时互通音问。

　　且说玉鬘自从踏歌会时与紫姬等见面之后,常常对诸人通讯问候。玉鬘教养深浅如何,紫姬等未能深悉。但觉其人富有才气,而又温柔恭谨,对人一见如故。因此大家对她怀有好感。恋慕她的人很多。然而源氏认为此事不可草草决定。而他自己心中,恐怕也觉得不愿长此做她的父亲,所以有时竟想通知她的真父亲内大臣,揭穿实情,以便公然娶她。夕雾中将对玉鬘较为亲近,常常走近她的帘幕旁边。玉鬘也亲自与他答话。此时玉鬘总是羞人答答。夕雾则确信人人知道他们是姐弟关系,所以对她一本正经,绝不发生爱欲。内大臣家诸公子不知道玉鬘是他们的异母妹,常假手夕雾,对她表示万般想思。玉鬘对他们全不动情,只是私下感到兄妹之爱,心中怀着说不出的痛苦。她独自思量:总得教真的父亲知道我在这里才好。然而并不向源氏说出,只装作全心全意地依赖他,像个天真烂漫的孩子。她并不酷肖母亲,然而也有几分相似,才气则比夕颜更胜。

四月朔日更衣,始穿夏服。此时人心顿感轻快,天色也不知不觉地变得异常明朗。源氏闲暇无事,常常饮酒作乐,悠游度日。玉鬘收到各方情书,越来越多。源氏看见此事果然不出所料,颇感兴趣,常常到玉鬘那里去,查看她的情书。见有应该答复的,劝她答复。玉鬘则含情不语,颇有难色。兵部卿亲王求爱未久,便已焦灼不堪,在情书中申恨诉怨,源氏看了吃吃地笑个不住。后来对玉鬘说:"在许多亲王之中,我对这位皇弟早就格外亲昵。只是风流之事,一向绝不谈起。如今已入中年,却给我看到了如此热烈的情书,倒很有趣,但也怪可怜的。你总得回他一信才是。凡是略解风情的女子,都知道除这位亲王之外,世间更无可与交谈之人。他确是个风流公子。"他想用这话来打动这青年女子的心,然而玉鬘只觉得难以为情。

承香殿女御[1]的哥哥髭黑右大将,本来装得道貌岸然,一本正经,现在也学谚语所谓"爬上恋爱山,孔子也跌倒",苦苦地向玉鬘求爱了。源氏觉得此事另有一种趣味。他查看一切情书,发现有一封信,写在宝蓝色中国纸上,香气浓烈,沁人心肺,摺叠得非常小巧,怪道:"这封信为何摺叠得这样好?"便把信打开,但见笔迹非常秀美,内有诗云:

―――――――――

　〔1〕　是朱雀院的女御,皇太子的生母。

"思君君不知,我心常恻恻,

犹似岩中水,奔腾而无色。"

字体潇洒而时髦。源氏问道:"这是谁的信?"玉鬘不能爽快地回答。于是把右近叫来,对她言道:"凡遇写此种情书的人,务须仔细探究其人来历,好好地答复。好色爱玩的时髦小伙子为非作恶,不能完全归咎于男子。据我亲身经历看来,女子不答复男子,男子痛恨她冷酷无情,此时难免做出违心之事。女子若是身份低微之人,而不理睬男子,男子便怪她无礼,亦不免做出非礼之行。男子若是并无深情,来信只是吟花咏蝶,而女子也用风雅态度对付他,则反而煽动了他的热情。此时可以不睬,就此绝交,女子亦不任其咎。倘男子只是逢场作戏,偶尔寄书,则女子切不可立刻作复,否则后患无穷。总之,凡女子不知谨慎,任心而动,自以为知情识趣,所有兴会都不放过,其结果必然不佳。但兵部卿亲王与髭黑大将,谦恭有礼,决非胡言乱道之人。倘不辨是非,置之不理,便有失体统。至于比他们身份低微的人,则可依照其志趣,辨别其情感,观察其诚意之深浅,而作适当之应付。"

此时玉鬘怕羞,把头转向一旁,其侧影非常美丽。她身穿红面蓝里的常礼服,内衬白面蓝里衫子,色彩配合十分调和,富有新颖艳丽之感。她的举止态度,本来未免还留着些乡下人习气,但也落落大方,处处富有优雅之趣;现在渐渐学会了京都人模样,更加端详可爱。加之化妆十分讲究,所以毫无缺陷,只觉花容玉貌,艳丽无比。源氏看了,心念将此人送与他人,实甚可惜。右近带笑看着这两个人,心中也在想:"源氏主君年纪很轻,不配做她父亲,还不如双双配合,倒是一对天生佳偶。"便对源氏说:"我从来不曾把别人来信传送给小姐。大人以前看过的三四封信,我深恐使对方受辱,未便立即退回,所以暂时把信收下。至于复信,必须等候大人吩咐后再说。如此对付,小姐还嫌麻烦呢。"源氏问她:"那封摺叠得很精致的信,是谁寄来的?笔迹非常秀丽呢。"他带笑看着那封信。右近答道:"这封信么,那送信人不问我们受与不受,放着管自走了。这是内大臣家大公子柏木中将写来的,他和这里的小侍女见子以前就相识,是交她收转的。除见子以外,这里并无帮他忙的人。"源氏说:"这倒很有意思了。他的官位虽然不高,但对这种人你们岂可怠慢?公卿们官位虽高,但有许多人声望未必能与柏木并比。在诸公子中,这位大公子也最为稳重。他和小姐是兄妹,这实情他将来自有知道的一天。目前你们暂勿揭穿,姑且敷衍他一下吧。这封信写得真漂亮。"他拿着信,一时不忍释手。又对玉鬘说:"我这般那般地对你说,不知你心作何感想,我很挂念。即使要告知内大臣,亦必须考虑:你现在态度如此稚气,身份尚未有定,立刻参与素不相识的诸异母兄弟姐妹之列,是否妥便?还不如先有了丈夫,决定了身份,然后自有父女相见的机会。兵部卿亲王虽是独身之人,然而秉性浮薄,结识情妇甚多,家中还有不少名声不佳的婢妾。若要做他的夫人,除非其人宽大为怀,心无憎恨,方可安然无事。如果其人略有嫉妒之心,则反目失欢之事,自然难于避免,此点必须顾虑。髭黑大将呢,讨厌他那个长年相处的夫人年纪太大,正在多方物色少女。然而这也是世间女子所不乐就的。此乃当然之事,所以我也独自在心中左顾右虑,苦无定见。关于姻缘之事,即使在父母面前,也难于分明说出自己的愿望。但你现在已非童稚之年,应该对万事都能自己辨别是非了。你可把我看做昔年逝世的母亲,有事和我商量。凡是不能使你称心的事,我都舍不得做。"

　　他这番话说得非常诚恳,玉鬘听了心中为难,不知如何回答才好。

像小孩一般默默不语,又觉得不好意思。终于答道:"女儿自从全无知识的襁褓时代直至今日,不曾见过双亲。未得身受庭训,万事都无主见。"她答话时神态非常柔驯可爱,源氏对她满怀同情,说道:"如此说来,正如谚语所谓'后母好作亲娘看',我对你无微不至的关怀,你已分明看到了么?"又对她谈了许多话。但心中一点隐情,终于未便出口,只是时时在谈话中隐射暗示。然而玉鬘装作听不懂的模样。他只得长叹数声,起身告辞。走到门口,但见庭前数枝淡竹,欣欣向荣,临风拜舞,姿态窈窕可爱。便小立阶前,即兴赋诗,撩起了帘幕对玉鬘吟道:

"庭前生小竹,篱内托根深。

渐渐出墙去,青青向世人。

想起了教我好恨啊!"玉鬘膝行至簷前,答道:

"山中生小竹,移植在庭前。

从此承恩养,不思返故山。

此时若教生父知道,生怕反多不便。"源氏听了这话,知道她故意将他的恋情解释作父女之情,觉得此人很可怜爱。玉鬘虽然如此说,心中并不作如此想。她盼望源氏找个机会向她父亲说穿,等候得很心焦。然而她又回心转意:"这位太政大臣对我关怀之深,实在很可感激。现在我即使认到了父亲,但因自幼不相熟悉,深恐父亲对我的照拂不会如此周到吧。"她读了些古代故事小说,渐渐懂得人情世故。因此行事小心谨慎,觉得未便自动前往寻亲。

源氏觉得玉鬘越看越可爱了,有一次在紫姬面前赞誉她:"这个人的模样异常讨人喜欢。她那已故的母亲,态度殊欠明朗;这女儿却知情达理,温柔可亲。看来这人倒是很可信任的呢。"紫姬知道他的脾气,逆料他不肯单把玉鬘当作干女儿,因此正在担心,便回答道:"既然知情达理,却毫无顾虑,诚心诚意地信赖你,真是难为她了。"源氏问:"我有何不可信赖之处?"紫姬微笑着答道:"怎么会没有! 便是我自己,为了你,不知尝到了几多次难于忍受的痛苦。至今不能忘记的事情正多呢!"源氏听了这话,觉得这个人真敏感! 便说道:"你这样瞎猜,真讨厌啊! 我倘有野心,她不会不发觉的。"他觉得此事麻烦,就不再多谈。心中却很迷乱:人家如此猜量我,我到底应该如何处理此事才好呢? 一方面又自己反省:我到了这年纪,怎么还要像少年人一般干这些无聊勾当? 然而他心中挂念玉鬘,因此时常前去看望,多方照拂。

有一天傍晚,久雨初晴,天清人静。庭前几株小枫和檞树青青照眼,欣欣向荣。源氏自然而然地感到心旷神怡。仰望天空,闲吟白居易"四月天气和且清"[1]之诗。此时他心中首先隐约地浮现出玉鬘的芳容来,便照例悄悄地来到她的屋子里。玉鬘正在无拘无束地看书习字,忽见源氏进来,便肃然起立,红晕满颊,娇艳之色,十分可爱。她那温柔之相,使源氏蓦地回想起当年的夕颜来。便情不自禁,对她言道:"我初见你时,并不觉得你肖似你母亲,近来却常常觉得异常肖似,简直分毫不差。我心中不胜感慨呢。常见夕雾中将,全无他母亲的面影,觉得他们母子是不肖似的。想不到世间原有像你这般酷肖母亲的人。"说着流下泪来。

---

〔1〕 白居易赠驾部吴郎中七兄诗中有句云:"四月天气和且清,绿槐阴合沙堤平。"见全集第十九卷。

他看见一只盒子盖里盛着果子,其中有桔子,便抚弄着桔子,即兴吟诗:

> "桔子花开日,闻香忆故人。
>
> 玉颜何酷肖,宛似故人身。

这故人永远保存在我心中,教我难于忘却。我多年来孤苦度日,一无欢慰。如今你如此肖似故人,我每次看见了,总疑心是在梦中,更教我恋恋不舍,难于自制了。但愿你也不要疏远我!"说着,握住了玉鬘的手。玉鬘因为源氏向来不曾有过此种举动,心中甚是困窘,然而也只得乖乖地坐着,答诗云:

> "容颜既与故人似,
>
> 命短亦应似故人。"

她觉得有些狼狈,俯伏着身子,其娇羞之态,妩媚动人。那双玉手像春笋一般圆肥,身材肌肤像水葱一般鲜嫩。源氏看了,觉得反而恼人更甚。这一天他就稍稍明显地向她求爱。玉鬘心甚痛苦,张惶不知所措,全身战栗不已。源氏也分明看出她的心情,便对她说道:"你为什么如此疏远我呢?我一定巧妙地隐秘,决不会惹人讥议。你也该装作若无其事,悄悄地爱我吧。我对你的情爱一向甚深,如今又加深了一层,真可谓世无其类的了。与写情书给你的那些人比较之下,你总不会看轻我吧。像我这样一往情深的人,世间实甚难得,所以将你嫁与他人,我很不放心呢。"此种父女之爱,真可谓太过分了。

雨停止了。微风敲竹,清音悦耳;云破月来,银光皎洁。似这般好天良夜,真有无限清幽之趣。众侍女看见两人促膝谈心,有所顾忌,都回避了。两人原是常常见面的,然而像今夜这种机会,也很难得。大约是言语一经出口,热情便不可遏之故,此时源氏就用巧妙的手腕,把穿惯的那件上衣悄悄地脱去,横卧在玉鬘身旁了。玉鬘心甚厌恶,生怕被侍女们看见了,成个什么样子,便觉异常痛苦。她想:如果在真的父亲身边,即使他对我漠不关心,总不会遭此蹂躏。因此十分悲伤。虽然竭力忍耐,终于两泪夺眶而出,那模样真是可怜。源氏便对她说:"你这样讨厌我,真使我伤心啊!离居两地、素不相识之人,一经相爱,都容许如此,这是世间常规。何况我和你长年和睦相处,如此亲近一下,有何不可呢?我决不会有越此限度的野心,只是聊以慰藉难于忍受的万种相思而已。"又说了许多亲爱甜蜜的话。加之这个睡在身边的人,模样竟与故人完全肖似,真使他不胜感慨。源氏虽然有心为此,但也知道此乃唐突轻佻之行,因此立刻回心转意。深恐侍女们诧怪,夜色未深之时就起身辞去。临别对玉鬘说:"你倘为此而厌恶我,真使我伤心极了。别人决不会如此热情地爱你。我对你的爱不可限量,无有底止,所以我决不做惹人讥评之事。我只是为了要慰藉对故人的恋慕之情,今后亦将对你说些风流绮语。但愿你体谅我心,好好地回答我。"这番话说得非常周至。然而玉鬘此时已经懊恼得不知死活,听了他的话越发愁苦了。源氏又说:"我以为你不是十分无情的,想不到你如此讨厌我。"他叹息一声,继续说道:"今天的事情,切不可教外人知道啊!"说过就回去了。玉鬘虽然已届青春年华[1],但对男女之事毫无经验。连略知此道的人,她也少有接近。她不知道男女之间还有比共卧更甚的亲昵关系。因此伤心悲叹,以为今天遭逢了意

_____

〔1〕　此时二十二岁。

外的不幸,脸上神色异常惨恶。众侍女看见了,纷纷谈论:"小姐今天身体不好呢!"大家前来伺候。侍女兵部君[1]等悄悄地议论道:"源氏主君对小姐关怀周至,真教人感激不尽啊!即使是真的父亲,也不会如此无微不至地照顾她吧。"玉鬘听了这话,更加讨厌源氏了,她想不到他怀着这不良之心。又慨叹自己的身世,不胜悲伤。

次日,源氏的信一早就送来了。玉鬘因为心绪不佳,卧床未起。侍女们送过笔砚来,劝她快写回信。玉鬘没精打采地启读来书。但见用的是白纸,外表堂皇严肃,笔迹非常优美。信中说道:"昨夜你对待我,可谓冷淡无比。我虽伤心,但又不能忘却。不知外人对此作何感想?

　　　未解罗襦同枕席,

　　　缘何嫩草叹春残?

你实在还是个小孩呢。"他尽力装出父亲的口气,然而玉鬘看了非常厌恶。但倘置之不复,又恐别人疑讶,便在一张厚厚的陆奥纸上写道:"赐示今已拜读。只因心绪恶劣,乞恕未能详复。"源氏看了回信,微笑着想道:"照这态度看来,此人毕竟很有骨气。"他觉得对此人申恨诉怨,虽然颇有意思,却是很麻烦的。

源氏一经表明了恋慕之情以后,不像古歌中所咏那样"决心启口又迟疑"[2],便继续向玉鬘求爱,缠绕不休。玉鬘越发周章狼狈,忧愁之极,似觉置身无地,后来竟生病了。她想:"知道实情的人很少。不论亲

――――――――――

〔1〕　夕颜的乳母的女儿。
〔2〕　古歌:"苦恋伊人思约会,决心启口又迟疑。"见《古今和歌六帖》。

疏,都相信他真是我的父亲。如今此种事情倘使泄露出去,便成天下一大笑柄,而我从此身败名裂了! 父亲内大臣一旦找到了我,本来不见得会当作亲生女儿一般疼爱我,何况听到此种消息,一定把我看做一个轻狂女子了。"她左思右想,心绪不宁。兵部卿亲王和髭黑大将听说源氏并不厌弃他们,便更加诚恳地向玉鬘求爱。以前咏"犹似岩中水"的柏木中将,从见子那里隐约闻知源氏容许他,只因不知实情,独自欢喜雀跃,只管向玉鬘申情诉恨,弄得迷离颠倒。

第二十五回　萤〔1〕

源氏太政大臣现在位尊名重,身闲心旷,生涯十分安乐。因此在他保护之下的许多妇女,个个生活安定,万事如意称心,无忧无虑,逍遥度日。只有住在西厅里的这位玉鬘小姐,不幸而遭逢了意外的烦恼,心乱如麻,不知如何对付这义父才好。他同筑紫的那个可恶的大夫监,当然是不能相比的。然而外人都确信他们是父女,做梦也想不到有此等事情,故玉鬘只能独自闷在心里,但觉源氏是个异常讨厌的人。她现在已经到了知情达理的年龄,这样想想,那样想想,又重新想起了早年丧母之苦,不胜悲伤悼惜。至于源氏呢,此言一经出口,闷在肚里异常痛苦,然而又得顾虑别人耳目,人前一个字也不敢提及,只在自己心中悲伤。他常常前去探望玉鬘,每逢侍女不在身旁而四周寂静之时,便向玉鬘表示恋慕之情。此时玉鬘心中虽然懊恼,但是并不断然拒绝,使他难堪。她只装作不懂的样子,巧妙应付过去。

玉鬘生来笑容满面,和蔼可亲。所以虽然性格非常谨严,仍有娇艳可爱之相。因此兵部卿亲王等真心诚意地向她求婚。亲王为她劳心,日子还未长久,却已经到了不宜嫁娶的五月〔2〕,因此写信向她诉苦:"务请

〔1〕　本回继前回之后,写源氏三十六岁五月之事。
〔2〕　当时风习,五月不宜结婚。

许我稍得接近芳容,当面诉说,亦可聊以慰我相思之苦。"源氏看了这信,说道:"这又何妨!此等人向你求爱,乃是一件美事。切不可置之不理。应该常常写回信给他。"便想教她回信如何写法。然而玉鬘非常厌恶,推说今天心绪不好,不肯写回信。玉鬘身边的侍女中,本来没有出身特别高贵而才能优越的人。只有一人,是她母亲的伯父宰相的女儿,其人略具才能,家道衰落之后沉沦世间,后来被寻找出来,在此当侍女,人都称她为宰相君。这宰相君写得一手好字,人品也大致不错,所以向来有需要时,总是叫她代笔。此时源氏便召唤这宰相君前来,亲自口授,叫她代写回信。他之所以如此安排,大约是想看看兵部卿亲王与玉鬘谈情的模样。玉鬘本人呢,自从遭逢了那件不快之事以后,收到兵部卿亲王等的缠绵悱恻的情书时,也多少用心看看。但并非心有所爱,只是为了要摆脱那种不快的缠绕,才采取了这样的态度。

　　源氏穷极无聊,自作主张,专想等候兵部卿亲王来访,以便偷看情状,——此种勾当兵部卿亲王一概不知。他收到了玉鬘的好意的回信,如获至宝,立刻十分秘密地前来访问。边门的房间里铺设着客人坐的蒲团,蒲团前面隔着一个帷屏,主客相距甚近。源氏预先用心布置,在室中隐藏香炉,使香气弥漫空中,气味异常馥郁。如此操心,并非出于父母爱子之情,却是无聊之人的越分行为。但其用心毕竟也很周到。宰相君出来代小姐应对,然而话也回答不出,只是羞答答地呆着。源氏拧她一把,说:"不要太畏缩呀!"弄得她更加狼狈了。

　　黄昏已过,天光朦胧暗淡,但见兵部卿亲王斯文一脉地坐着,神情异常艳雅。内室中的香气随风飘来,其中混着源氏的衣香,气味越发芬芳。兵部卿亲王推想玉鬘的容貌一定比他所预期的更美,爱慕之心更加热烈了。他明言直说,向宰相君陈述他对小姐的恋慕之情,句句入情入理,落落大方,完全不是冒冒失失的急色儿口吻,其神态亦与众不同。源氏偷偷地倾听,颇感兴味。玉鬘笼闭在东面的房间里,横卧在床。宰相君膝行而入,向她传达亲王的言词。源氏叫她转告小姐:"这样招待,实在太沉闷了。万事须能随机应变,这才像样。你又不是一个无知无识的小孩。对于像这位亲王之类的人,不必远而避之而叫侍女传言问答。即使你不肯亲口答话,至少也得和他接近些。"他如此劝导她,但是玉鬘很不高兴。她想:源氏或许将以劝导为借口而闯进她房间里来,反正一样是讨厌的。于是她就溜出房间,来到正屋和厢房之间的帷屏旁边,俯伏在那里了。

兵部卿亲王说了一大套话,玉鬘一言不答,心中忐忑不安。此时源氏走近她身边,把帷屏上的一条垂布撩起。同时周围忽然发出亮光。玉鬘以为拿出蜡烛来了,吃了一惊。原来源氏这一天傍晚将许多萤火虫用纸包好,藏在身边,不使光线透露出来。此时他装作整理帷屏的样子,突然把萤火虫放出,因此周围忽然大放光明。玉鬘讨厌之极,连忙拿扇子遮住面孔,那侧影异常美丽。源氏玩这把戏,有个用意:突然大放光明,兵部卿亲王便可窥见玉鬘的容貌。兵部卿亲王之所以如此热诚地求爱,只是为了她是源氏的女儿之故,却并未料到她的品质容貌如此十全其美。现在让他看看,好教这个急色儿恼煞,因此他做这般布置[1]。如果玉鬘确是他的亲生女儿,料想他不会如此胡闹。他这用心实在太无聊了。他放出萤火虫之后,便从另一扇门里溜出,回自邸去了。

兵部卿亲王料想玉鬘所在之处甚远,但从动止上推测,比他所预料的稍近,心中不免激动。他从那珍贵的绫罗帷屏的隙缝中向内窥探,看

---

〔1〕 后文因此而称这亲王为萤兵部卿亲王。

见相隔不过一个房间的距离。又被那意想不到的萤光一照,更使他深感兴趣。不久萤火虫被收拾去了。然而这刹那间的微光,给兵部卿亲王心头刻下了一个艳丽的印象。虽然只是隐约窥见,但玉鬘那苗条婀娜的横陈之姿异常美丽,使他觉得百看不厌。果如源氏所料,玉鬘的姿态深深地沁入兵部卿亲王心中了。亲王便赠诗道:

"流萤无声息,情火亦高烧。
纵尔思消灭,荧荧不肯消。

不知我心能蒙谅解否。"此种情况之下,倘反复考虑,迟迟不答,有失体统。应以迅速为佳。故玉鬘立刻答道:

"流萤虽不叫,但见火焦身,
却比多言者,含情更苦辛。"

她草草地和了一首诗,叫宰相君传言,自己便回进内室去了。兵部卿亲王为了玉鬘对他疏远冷淡,心中不胜怨恨,又诉了许多苦。但逗留过久,似乎太好色了,便在夜深天色未明、檐前苦雨淋漓之时,不管襟袖濡湿,告辞出门而去。想此时或有子规啼血。为避免烦琐,恕不描写了。

玉鬘的侍女们都称赞兵部卿亲王仪容之优美,说他相貌很像源氏太政大臣。她们不知道源氏的用心,都说他昨夜照顾之周到,正像母亲一样,其深情厚谊,甚可感谢。玉鬘看见源氏为她如此不惮烦劳,心中想道:"都是我自己命苦之故。如果真的父亲找到了我,我成了一个世间普通儿女之身,那时我领受源氏太政大臣的爱情,有何不可呢? 只因我这身世与常人不同,就不得不顾虑世人讥评。"她昼夜寻思,不胜忧恼。然而源氏实在也不肯胡行乱为,使她受到委屈。他只是一向有这个习癖,即使对于秋好皇后,也不见得全是纯洁的父亲之爱。每逢机会,不良之心也会萌动起来。只因皇后身份尊贵,高不可攀,所以他不敢公然表示,只得独自在心中烦恼。至于这个玉鬘呢,性情温和可亲,样子又很时髦,他的恋慕之情自然难于抑制。有时不免对她做些教人见了怀疑的举动。幸而立刻后悔,终于保住了纯洁的关系。

端午日,源氏赴六条院东北的马场殿,乘便到西厅探视玉鬘,对她说道:"怎么样?那天亲王到夜深才回去么?对这个人不可过分亲近,因为他是有坏脾气的。世间男子,大多数会轻举妄动,使得对方伤心呢。"他有时劝她亲近,有时又劝她疏远。说时神情活泼而潇洒。他身穿一件金碧辉煌的袍子,上面随意不拘地罩着一件薄薄的常礼服,不知哪里来的一种清丽之相,使人不相信这是俗世人工染织出来的衣服。他衣服上的纹样,与平时并无两样,但今日看来特别新颖,飘来的衣香也格外芬芳。玉鬘想道:如果没有那种恼人之事,这人的姿态多么可爱啊!正在此时,兵部卿亲王派人送信来了。这信写在白色薄纸上,笔迹楚楚可观。看来很有意思,记录出来也并无何等特色:

　　"菖蒲逢午节,隐没在溪滨。

　　寂寞无人采,根端放泣声。"

这封信系在一个菖蒲根上,这根非常长,教人难于忘记。源氏对玉鬘说:"今天这封信你应该答复。"说过就出去了。众侍女也都劝她写回信。玉鬘自己大概亦有此意,便答诗云:

　　　　"菖根溪底泣,深浅未分明。

　　　　一旦离泥出,原来不甚深。

颇有稚气。"此诗用淡墨写成。兵部卿亲王看了答诗,想道:写得更有风
情些才好。他那色情之心略觉美中不足。这一天,各方面送给玉鬘的香
荷包甚多,式样都很美丽。玉鬘往日长年沉沦的痛苦,现已影迹全无。
她正在欣欣向荣,坐享厚福。她安得不想:但愿太政大臣勿萌异志,免得
我受人毁伤。

　　这一天源氏又去访问东院的花散里,对她说道:"今天近卫府官员在
马场练习骑射[1],夕雾中将欲乘便带几个男子来此访问。你须早做准
备。白昼里就要来的。真奇怪,这里的事情虽然静悄悄地绝不铺张,这
些亲王们也会知道,都来访问,事情自然闹大了。你要留意才是。"马场
殿离此不远,从廊上可以望见。源氏对侍女们说:"姑娘们啊,把廊房的
门户打开,大家在这里观赏骑射竞赛吧。今天左近卫府许多漂亮的官员
要来,相貌并不比寻寻常常的殿上人差呢。"众青年侍女便兴致勃勃地等
候着。玉鬘那里也有女童们来此观赏。廊房门口挂起绿油油的帘子,又
设了许多新式的染成上淡下浓颜色的帷屏。女童和女仆们憧憧往来不
绝。身穿蓝面深红里子的衫子,外罩紫红色薄绸汗衫的女童,大概是玉
鬘那里的人吧,共有四人,样子都很聪明伶俐。女仆们身穿上淡下浓的
紫色面淡紫里的夏衣,和暗红面蓝里的中国服,都是端午节的打扮。花
散里这边的侍女,都穿深红色夹衫,上罩红面蓝里的汗衫,态度都很稳
重。各人竞夸新装,样子煞是好看。那些年轻的殿上人都对她们注目。

――――――――――

　　〔1〕　中古制,五月初五日左近卫府练习骑射,初六日右近卫府练习。

　　源氏太政大臣于未时来到马场殿。果然诸亲王都已到齐。这里的骑射竞赛,方式与朝廷行事不同,近卫府里的中将、少将等都来参加,花样都很新鲜,愉快地玩了一天。女子们对于骑射之事,毫无知识。但她们看见皇族的近侍们也都打扮得鲜艳夺目,拼命地竞赛胜负,颇感兴趣。马场很宽广,一直通到紫姬所居的南院,那里的青年侍女也都出来观赏骑射。竞赛之时,乐队奏《打球乐》及《纳苏利》〔1〕。决胜负时,打钟击鼓。直到天黑,一切都看不见了,方始赛毕。近侍们各按等级领受奖品。到了夜色很深的时候,各人方始散去。

　　这天晚上,源氏在花散里处住宿,和她闲谈。他对她说:"兵部卿亲王比别人优越呢。相貌虽不十分出色,但性情态度都很高雅,是个风流公子。你以前窥见过他么? 大家极口称赞他,然而也有美中不足之处。"花散里答道:"他是你的弟弟,但看样子似乎比你年长。听说近来他常常到这里来,很是亲睦。但我自从很久以前在宫中窥见一面之后,长久没见他。我看他的相貌比从前漂亮得多了。他的弟弟帅亲王〔2〕也很漂亮,然而品格不及他好,倒像个国王的模样。"源氏听了她的话,觉得这个人真眼快,一看便知好歹。但他只是微笑,不再评论其他诸人的美丑。原来他认为指人缺陷,对人贬斥,是无知之人的妄谈。所以,世人都称赞髭黑大将人品高雅,他虽然觉得此人做他的女婿还嫌不够,但绝不出之于口。他和花散里,现在只是一般的亲睦关系,晚上也分铺而睡。为什么弄得如此疏远呢? 他想起了颇觉痛苦。原来花散里为人谦虚,从来不申恨诉怨。年来春秋游宴之事,她都不参与,只从别人口中传闻情状。

---

〔1〕 《打球乐》是唐乐,《纳苏利》是高丽乐,皆雅乐。
〔2〕 兵部卿亲王以前曾称帅皇子。但这个帅亲王是他的弟弟,是另一人。

所以今天难得在这里举行盛大集会,在她觉得是她这院子的无上光荣。
此时她吟诗道:

> "我似菖蒲草,稚驹不要尝。[1]
>
> 欣逢佳节日,出谷见阳光。"

吟时音调委婉。这诗虽无甚特色,源氏却觉得很可怜爱,便和唱道:

> "君似菖蒲草,我身是水菰。
>
> 溪边常并茂,永不别菖蒲。"

这两首诗都是肺腑之言。源氏对花散里说笑:"我和你虽然不常见面,
不共枕席,但如此叙晤,反而觉得安心呢。"原来花散里为人和光同尘,
所以源氏可以对她倾谈衷曲。她把自己的寝台让给源氏,自己睡在帷
屏外面。她早就断念,认为自己是不配和源氏共寝的,所以源氏也不勉
强她。

　　今年的梅雨比往年更多,连日不肯放晴,六条院内诸女眷寂寞无聊,
每日晨夕赏玩图画故事。明石姬擅长此道,自己画了许多,送到紫姬那
里来给小女公子玩赏。玉鬘生长乡里,见闻不广,看了更加觉得稀罕,一
天到晚忙着阅读及描绘。这里有许多青年侍女粗通画道。玉鬘看了许
多书,觉得这里面描写了种种命运奇特的女人,是真是假不得而知,但像

---

〔1〕　古歌:"菖蒲香美人皆采,怪哉稚驹不要尝。"见《后撰集》。花散里以此菖蒲
自比。

她自己那样命苦的人,一个也没有。她想象那个住吉姬[1]在世之日,必然是个绝色美人。现今故事中所传述的,也是一个特别优越的人物。这个人险些儿被那个主计头老翁盗娶,使她联想起筑紫那个可恶的大夫监,而把自己比做住吉姬。源氏有时到这里,有时到那里,看见到处都散置着此种图画故事书,有一次对玉鬘说:"啊呀,真讨厌啊!你们这些女人,不惮烦劳,都是专为受人欺骗而生的。这许多故事之中,真实的少得很。你们明知是假,却真心钻研,甘愿受骗。当此梅雨时节,头发乱了也不顾,只管埋头作画。"说罢笑起来。既而又改变想法,继续说道:"但也怪你不得。不看这些故事小说,则日子沉闷,无法消遣。而且这些伪造的故事之中,亦颇有富于情味,描写得委婉曲折的地方,仿佛真有其事。所以虽然明知其为无稽之谈,看了却不由你不动心。例如看到那可怜的住吉姬的忧愁苦闷,便真心地同情她。又有一种故事,读时觉得荒诞不经,但因夸张得厉害,令人心惊目眩。读后冷静地回想起来,虽然觉得岂有此理,但当阅读之时,显然感到兴味。近日我那边的侍女们常把古代故事念给那小姑娘听。我在一旁听听,觉得世间确有善于讲话的人。我想这些都是惯于说谎的人信口开河之谈,但也许不是这样吧。"玉鬘答道:"是呀,像你这样惯于说谎的人,才会做各种各样的解释;像我这种老实人,一向信以为真呢。"说着,把砚台推开去。源氏说:"那我真是瞎评故事小说了。其实,这些故事小说中,有记述着神代[2]以来世间真实情

<hr>

〔1〕《住吉物语》是古代故事。大意:某中纳言有女三人,其中一人,即住吉姬,已许配内大臣之子。但后母虐待她,想擅自把她嫁给一个名叫主计头的七十老翁。幸而此女逃脱,投奔住吉地方的一个尼姑。后来终于大团圆。当时的古本今已不传,现存者是后人仿作。

〔2〕　神代是神武天皇以前的神话时代。

况的。像《日本纪》〔1〕等书,只是其中之一部分。这里面详细记录着世间的重要事情呢。"说着笑起来。然后又说:"原来故事小说,虽然并非如实记载某一人的事迹,但不论善恶,都是世间真人真事。观之不足,听之不足,但觉此种情节不能笼闭在一人心中,必须传告后世之人,于是执笔写作。因此欲写一善人时,则专选其人之善事,而突出善的一方;在写恶的一方时,则又专选稀世少见的恶事,使两者互相对比。这些都是真情实事,并非世外之谈。中国小说与日本小说各异。同是日本小说,古代与现代亦不相同。内容之深浅各有差别,若一概指斥为空言,则亦不符事实。佛怀慈悲之心而说的教义之中,也有所谓方便之道。愚昧之人看见两处说法不同,心中便生疑惑。须知《方等经》〔2〕中,此种方便说教之例甚多。归根结底,同一旨趣。菩提〔3〕与烦恼的差别,犹如小说中善人与恶人的差别。所以无论何事,从善的方面说来,都不是空洞无益的吧。"他极口称赞小说的功能。接着又说:"可是,这种古代故事之中,描写像我这样老实的痴心人的故事,有没有呢?再则,这种故事中所描写的非常孤僻的少女之中,像你那样冷酷无情、假装不懂的人,恐怕也没有吧。好,让我来写一部古无前例的小说,传之后世吧。"说着,偎傍到玉鬘身边来。玉鬘低头不语,后来答道:"即使不写小说,这种古来少有的事情已经传遍世间了。"源氏说:"你也认为古来少有么?你的态度也是世间无类的呢。"说着,把身子靠在壁上,情神异常潇洒。即席吟诗道:

　　"愁极苦心寻往事,

_____

〔1〕《日本纪》是从神代到持统天皇时代的汉文历史,凡三十卷。
〔2〕《方等经》即《大乘经》。
〔3〕菩提是佛教用语,意思是觉悟。

> 背亲之女古来无。

子女不孝父母,在佛法上也是严戒的。"玉鬟只管低头不语。源氏一面抚摸她的头发,一面极口向她诉说恨情。玉鬟好容易答道:

> "我亦频频寻往事,
> 亲心如此古来无。"

源氏听了这答诗,心中颇觉可耻,就不再做过分粗暴的举动。此种情状,不知将来如何结局。

　　紫姬以小女公子爱好为借口,也恋恋不舍地贪看故事小说。她看了《狛野物语》[1]的画卷,赞道:"这些画画得真好啊!"她看到其中有一个小姑娘无心无思地昼寝着,便回想起自己幼时的情况。源氏对她说道:"这小小年纪,便已如此懂得恋情。可见像我这样耐心等待,是常人所做不到的,是可作模范的了。"的确,源氏在恋爱上经验丰富,竟是少有其例的。他又说:"在小女儿面前,不可阅读此种色情故事。对于故事中那些偷情窃爱的女子,她虽然不会深感兴趣,但她看见此种事情乃世间所常有,认为无关紧要,那就不得了啊!"如此关怀周到的话,倘被玉鬟听到了,一定觉得亲生女儿毕竟不同,因而自伤命薄吧。

　　紫姬说:"故事中所描写的那些浅薄女子,只知模仿别人,教人看了可厌可笑。只有《空穗物语》[2]中藤原君的女儿,为人稳重直爽,不犯过

---

〔1〕《狛野物语》是当时的故事小说,今已不传。

〔2〕《空穗物语》又名《宇津保物语》,作者不详。其中有描写藤原君的十四个女儿择婿的内容。

失。然而过分认真,言行坦率,不像女子模样,也未免太偏差了。"源氏答道:"不但小说中如此,现世也有这样的人。这些女子自以为是,与人异趣,难道她不懂得随机应变么? 人品高尚的父母悉心教养出来的女儿,只养成了一个天真烂漫的性格,此外不如人之处甚多,则旁人就要怀疑她的家庭教育,连她的父母也看不起,实甚遗憾。反之,女儿长得像模像样,适合她的身份,则父母教养有功,面目光彩。又有些女子,幼时受旁人极口赞誉,而成人之后所做之事,所说之言,全无可观之处,这便是不足道的了。所以切不可让没见识的人赞誉你的女儿。"他多方考虑,但愿小女公子将来不受非难。记述后母虐待儿女的古代故事,也多得很。其中描写后母的狠心,令人看了不快,也不宜教小女公子读。源氏选择故事非常严格,选定之后,教人抄写清楚,又加插图。

　　源氏不许夕雾中将走近紫姬房间。但小女公子所居之处,并不禁止他去。因为他想:我在世之时,不论怎样,都无问题;但预想我死之后,如果兄妹二人早就相熟,互相了解,则感情总会特别好些。因此他允许夕雾走进小女公子所居的朝南房间的帘内去,而不许他走进紫姬房间旁边侍女们所居的下房中。但他膝下子女不多,所以对夕雾关怀也很深切。夕雾心地温厚,态度诚实,因此源氏大臣放心地信任他。小女公子年仅八岁,还喜欢弄玩偶。夕雾看到她那模样,立刻回想起当年和云居雁共玩时的情况,便热心地帮她搭玩偶的房间,不过有时不免心情沮丧。他遇到年貌相当的女子,也常常说些调情的话,然而决不使对方认以为真。有时觉得这女子全无缺陷,颇可称心,但也努力自制,终于逢场作戏而已。他心中只怀着一大希望,便是早日脱却这件受人轻视的绿袍,升官晋爵,以便与云居雁结婚。如果强欲成亲,纠缠不休,内大臣定然会让步,把女儿许给他。但他每逢痛恨之时,总是下个决心:定要内大臣自悟其非,向他认错。这决心他永远不忘。所以他虽然对云居雁一直不断地表示热烈的爱慕,但对外人绝不露出焦灼的模样。因此云居雁的诸兄柏木等常常讨厌夕雾态度冷淡。柏木右中将热恋玉鬘的美貌,但除那个小侍女见子以外,没有人帮他斡旋,便向夕雾诉苦求助。夕雾冷淡地答道:"别人的事,我不放在心上。"[1]这两人的关系,正像两人的父亲年轻时的关系一样。

内大臣后房姬妾众多,所生男儿不少,都已按照其生母的出身及本人的品质,随心所欲地予以地位和权势,使之各得其所了。但所生女儿不多,加之长女弘徽殿女御企图皇后之位,终未成功,次女云居雁希望入宫,亦事与愿违,内大臣引为憾事。因此昔年夕颜所生的女儿,他始终不忘,每逢机会,总提到这个孩子。他想:"这个人不知怎么样了。很可爱的一个女儿,跟了那个水性杨花的母亲,弄得下落不明。可见对于女子,无论如何,切不可以放松监视。我生怕此人不知轻重,向人说出是我的女儿,而度着下贱的生涯。不管怎样,但愿她来找我才好。"他一直挂念在心。又对诸公子说:"你等倘听到有自称是我女儿的人,必须留意。我年轻时,任情而动,做下了许多不应有之事。但其中有一女子,与众不同,非庸碌之人。只因一念之差,与我离异,不知去向。我家女儿本已甚少,连她所生的一个也失去了,实甚可惜。"他常常说这话。当然有时也不去想它,完全忘记了。但每逢看见别人为女儿多方操心之时,便想起自己不能如意称心,不胜悲伤懊恼。有一次他做了一个梦,宣召最高明的详梦人来详,那人言道:"恐有一位少爷或小姐,多年遗忘,已为他人之螟蛉,不久将有消息。"内大臣说:"女子而为他人之螟蛉,向来无有。不知究竟如何。"此时他又想起玉鬘其人,时时提及。

---

[1]　因柏木不帮助他,故发此言。

第二十六回　常　夏[1]

　　六月中有一日,天气炎热,源氏在六条院东边的钓殿中纳凉。夕雾中将侍侧。许多亲信的殿上人在一旁侍候,当场调制桂川进呈的鲇鱼和贺茂川产的鳟鱼。内大臣家那几位公子前来访问夕雾。源氏说:"寂寞得很,想打瞌睡,你们来得正好。"便请他们喝酒,饮冰水,吃凉水泡饭,座上非常热闹。凉风吹来,颇觉快适;但天空赤日炎炎,了无纤云。夕阳西倾之时,蝉声聒耳,不胜苦热之感。源氏说:"这种暑天,在水上也没有用。恕我无礼了。"便躺下身子。又说:"这种时候,玩管弦也没兴味。而日长无事,又很苦闷。在宫中供职的那些年轻人,带也不解,纽也不松,真有些儿难当呢。我们在这里无拘无束,好不自在,你们且把最近的世事和使人醒睡的奇闻讲些给我听听吧。我已不知不觉地变成了一个老翁,世事全然不懂了。"但那些年轻人一时也想不出新奇的事件来,大家必恭必敬地把背靠在凉爽的栏杆上,默默不语。

　　源氏便问内大臣的儿子弁少将:"我不知道是从哪里听来的,总之,有人告诉我说:你家内大臣最近找到了一个外边妇人所生的女儿,正在用心教养她。真有其事么?"弁少将答道:"有的,不过没有像外间传说那么夸张。今年春天父亲做了一个梦,叫人来详。有一个女子听到了这件

---

　　[1]　本回继前回之后,写源氏三十六岁六月之事。

事,自己前来投靠,说她正是有恨欲诉之人。我哥哥柏木中将闻知了,便去调查,到底是真是假,有否确实证据。详细情况我不知道。近来世人都把此事当作一件珍闻传述呢。此种事情,对我父亲说来,自然是家庭的一点瑕疵。"源氏听了,知道确有其事,便接着说道:"你父亲有了这么许多子女,还要用心去寻找这一只离群之雁,也太贪心了。我家子女稀少,颇想找到这样的人,大约其人不屑来投靠我吧,一点消息也没有。我看,既然前来投靠,总不是全无关系的。你父亲年轻时代,到处乱钻,不择高下。好比一个月亮,映在不清澄的水里,哪得不模糊呢?"说时脸上显出微笑。夕雾详知内大臣最近找到的女儿近江君品貌不佳,所以他父亲用这比喻来暗示,他一向态度严肃,此时亦不免失笑。弁少将和他的弟弟藤侍从觉得很不自在。源氏又同夕雾开玩笑:"夕雾啊,你就拾了这一张落叶吧。与其遭人拒绝,长被世人所取笑,还不如折了这同根之枝,聊以自慰,有何不可呢?"

原来源氏和内大臣表面上虽然亲睦,但为了此种事情,自昔就常常赌气。最近内大臣不肯把云居雁嫁给夕雾,使得夕雾大受委屈,以致伤心失意,源氏旁气难忍,因而说这种讽刺话,希望其传入内大臣耳中,教他也气一气。源氏闻知内大臣找到了一个女儿之后,想道:"如果把玉鬘给他看,他看见她容貌美丽,一定很疼爱。内大臣为人直爽善断,察察为明,善恶褒贬,丝毫不苟,性行迥异常人。如果他知道我藏着玉鬘,定然非常恨我。但倘不预先告诉他,突然把玉鬘送去,他看见她容貌美丽,自然不会轻视,一定郑重其事地教养她。"此时晚风吹来,十分凉快,诸青年都舍不得回去。源氏说:"跟你们在这里纳凉,真好舒服啊!只怕我这把年纪,夹在这里要被你们讨厌的。"说着,便走向玉鬘那边去。诸青年都起来陪送他。

黄昏时分,室中幽暗,但见诸侍女等一律穿着便衣,面目难于分辨。源氏叫玉鬘:"稍稍坐近外边些。"低声对她说道:"弁少将和藤侍从跟着我来了。他们恨不得早就飞了过来,但夕雾中将太老实,一直不带他们来,也太不体谅人了。这些人都恋慕你呢。即使是寻常人家的女子,当她们养在深闺内时,也按照其身份之高下,而为各种各样的人所恋慕。何况我家,内部虽然乱七八糟,外面看来比实际体面得多。我家虽然已有许多女子,但都不是他们所可恋慕的。自从你来了之后,我在寂寞无聊之时,常想看看恋慕者用心的深浅。现在果然符合我的本意了。"说的声音很轻。

庭前不植乱草杂木,只种着许多抚子花[1],有中国种的,也有日本种的,色彩配合得很调和。许多花傍着雅致的篱垣到处乱开,这夕暮的景色实在美丽。跟源氏来此的诸公子走近花旁,但因不能随意折取,心中很不满足,彷徨不忍遽去。源氏对玉鬘说:"这些都是聪明俊秀的年轻人呢。他们各有各的优点。尤其是柏木右中将,态度更是稳重,品质特别高雅。他后来怎样?有信来么?你不可置之不理,使他伤心。"夕雾中将在群贤之中,也特别优越。源氏说:"内大臣厌恶夕雾,实乃意外之事。他是否希望皇族保持纯粹的血统而繁荣,不要源氏家族的血交混进去,因而拒绝他呢?"玉鬘说:"那妹妹本人总是盼望'亲王早光临'[2]的吧。"源氏说:"不然,他们并不希望'请来作东床。看馔何所有'[3]那么殷勤招待,只是破坏两个幼童的美满之梦,使他们永远隔绝,内大臣这用心太残忍了。如果嫌夕雾官位低,有伤他家体面,那么只要装作不知道二人

---

〔1〕　抚子花是比喻玉鬘的。
〔2〕〔3〕　催马乐《我家》全文:"我家翠幕张,布置好洞房。亲王早光临,请来作东床。看馔何所有?此事费商量。鲍鱼与蝾螺,还是海胆羹?"

之事,而将女儿亲事信托我,我总不会使他有后患的。"说罢叹息一声。玉鬘听了这话,才知道源氏与内大臣之间有此隔阂。如此看来,她何时始得与父亲相见,渺不可知。为此不胜悲伤忧恨。

　　这是没有月亮的时候,侍女们点起灯笼来。源氏说:"靠近灯笼,毕竟太热,还不如点篝火的好。"便召唤侍女,吩咐她们:"拿一台篝火到这里来。"这里放着一张优美的和琴,源氏取过来弹一下,弦音十分协律,音色亦甚良好,便弹了一会。对玉鬘说:"你不大喜欢音乐么? 我见你一向不重视它。凉月当空的秋夜,坐在稍稍靠近窗前的地方,合着虫声而弹奏和琴,其音亲切而新颖,非常可爱呢。和琴虽然规模不大,构造简单,然而这乐器具备其他许多乐器的音色与调子,确有其独得的长处。世人称之为和琴,视为甚不足道之物,其实具有无限深幽之趣。我想,这乐器大约是为了不习种种外国乐器的女子而制造的吧。你如果要学音乐,最好专心学习和琴,合着其他乐器而练习弹奏。其弹奏技法,虽然并无多少深奥秘诀,但真要弹得好,也不是一件容易的事。在当代,无人比得上这位内大臣。同是简单平凡的清弹[1],手法高明之人弹来,含有各种乐器的音色,其声美不可言。"玉鬘也曾约略学过和琴,如今听了源氏之言,颇思再图上进,学习之心更切了,便问:"这院内举行管弦之会时,我也可以去听听么? 山野愚民之中,学和琴的人也很多,人皆以为这乐器很简单,容易学会。原来名手弹奏时,如此高深美妙。"她那态度非常热情,表示十分羡慕的样子。源氏说:"这个自然。听到和琴这个名词,似乎觉得是乡村田舍的低级乐器。岂知御前管弦演奏时,首先宣召掌管和琴的书司女官。外国如何,不得而知;在我日本国,以和琴为乐器之始祖。倘能

　　　〔1〕　清弹是和琴手法之一种。

向和琴名手中最高明的内大臣学习,自然特别容易学好。今后但逢适当机会,他也会到这里来。然而要他不惜此琴妙技,将秘曲尽行表演,却是困难之事。不论何种技艺,凡精通此道之人,都不肯轻易传授其秘诀。但你将来总有机会听到。"说罢,便取过琴来,弹了一个片段,音节非常新颖而华美。玉鬘听了,想象内大臣弹的一定比他更好,思亲之心越发深切了。为了和琴之事,也使她增添烦恼:不知哪一天能蒙父亲诚恳亲切地弹给我听?

源氏合着和琴吟唱催马乐:"莎草生在贯川边,做个枕头软如绵。"[1]声音温柔可爱。唱到"郎君失却父母欢"时,脸上现出微笑。此时自然而然地奏出清弹,其音美不可言。唱罢,对玉鬘说道:"来,你也弹一曲吧。凡是技艺,须在人前不怕羞耻,方能进步。只有《想夫怜》一曲,因为曲名未便明言,所以也有人把曲调记在心中,暗地里弹奏。至于其他乐曲,总须毫无顾虑,与任何人都合奏,才容易进步。"他恳切地劝告。玉鬘在筑紫时,曾请一个自称是京都某亲王家出身的老妇人教授和琴,她深恐教的有错误,所以不肯弹奏。她希望源氏再弹下去,好让她学习,热心之极,不知不觉地将身子靠近他去,同时说道:"有什么风来帮助,使得琴音如此优美!"便倾耳而听。映着篝火之光,那姿态异常艳丽。源氏笑着说:"为了你这耳聪的人,才有沁人心肺的风吹来帮助呀。"说着,便把琴推向一旁。玉鬘心甚讨厌。此时有众侍女在旁,源氏未便像以前一般调戏她,便掉转话头:"这些年轻人没有饱看抚子花,就回去了。我总

---

〔1〕 催马乐《贯川》全文:"(女唱)莎草生在贯川边,做个枕头软如绵。郎君失却父母欢,没有一夜好安眠。(女唱)郎君失却父母欢,为此分外可爱怜。(男唱)姐姐把我如此爱,我心感激不可言。明天我上矢矧市,一定替你买双鞋。(女唱)你倘买鞋给我穿,要买绸面狭底鞋。穿上鞋子着好衣,走上官路迎郎来。"

得请内大臣也来看看这个花园。人世真是无常迅速啊！约二十年前有一个雨夜,内大臣在谈话中提到你,竟像是眼前之事呢!"便把当时情状约略告诉她。感慨之余,即席吟诗:

"见此鲜妍新抚子,

有人探本访篱根。〔1〕

如果他问起你母亲之事,教我难于答复。因此我把你笼闭在此,真是委屈你了。"玉鬘嘤嘤啜泣,答道:

"抚子托根山家畔,

何人探本访荒篱?"

吟时不胜依恋之情,而神态生动,甚可怜爱。源氏吟唱古歌:"若非来此地……"〔2〕,以安慰玉鬘。他觉得此人越发可爱了。苦恋之情,难于堪忍。

　　源氏常来探访玉鬘,足迹太频繁了,深恐引起外人讥评。他问心有愧,只得暂时止步。然而这期间也想出种种理由来,不断地和她通信。只有这一件事,朝朝暮暮挂在他的心头。他想:"我何必作此无聊之事,自讨烦恼呢? 欲免除烦恼,而任情行事,索性娶了她,则世人必讥我为轻薄。在我咎由自取,在她却甚冤枉。我对她虽有无限爱情,但决不想教

　　〔1〕 "新抚子"比喻玉鬘;"有人"指内大臣,"篱根"是抚子所生之处,比喻夕颜。抚子的别名是常夏,中国称为瞿麦(石竹科)。
　　〔2〕 此古歌出处不明。

她和紫姬并肩，这一点我自己明白知道。那末，教她和妾媵同列，对她有什么好处呢？我自己固然位尊名重，迥异常人；但教她嫁给我，在我的许多妻妾中忝列末席，在她有何光荣呢？反不如嫁个纳言之类的寻常小吏，倒可受得专心一意的怜爱。"他独自筹思，觉得玉鬘十分可怜。因此有时他也作如是想："索性把她许给了兵部卿亲王或髭黑大将，如何？让她教夫家迎娶过去，离开了我，也许可使我断绝了念头吧。此法虽甚没趣，却可做得。"然而他来到玉鬘那里，看到了她的姿色，近来更有教琴的借口，则又依依不舍地亲近她。

玉鬘起初嫌恶源氏，后来看见他态度虽然如此，行为却很稳重，觉得不须担心。渐渐看惯之后，便不十分疏远他了。源氏对她说话，她回答时也略带几分亲昵之相。源氏看看，觉得异常娇艳，越看越是可爱，终于又变了念头，不肯就此罢休。他想："归根到底，还是让她住在这里，替她招个女婿进来。我可随时寻找适当机会，悄悄地和她会面，共谈心事，慰我寂寥，岂不甚好？现在她还未经人事，所以我向她絮烦，使她感到痛苦；招婿之后，即使丈夫监视森严，但她已识人事，自然不会像处女时代那样讨厌我。只要我真心爱她，即使人目众多，亦无妨碍。"如此用心，实属荒唐之极！于是他渐渐感到如此做法很不安心，左思右想，不胜其苦。这样也不好，那样也不好，欲求安心度日，实在难乎其难。两人关系之复杂，真可谓世无其例了。

且说内大臣最近找到了那个女儿近江君之后，邸内上下人等对此事都不赞许，大家看不起她。世人也都讥评为无聊之事。此种诽议，内大臣都听到。有一天，弁少将在谈话中乘便说起："太政大臣曾经问他是否真有其事。"内大臣笑道："当然有啰！他自己不是迎来了一个素不知名的乡下姑娘，费尽心计地教养她么？这位大臣向来不喜议论别人，独有对于我家之事,特别注意,并且加以讥评。这在我倒觉得很光荣呢。"弁少将说:"住在西厅里的那个人,听说长得非常漂亮,无瑕可指。兵部卿亲王等热心地向她求婚,正在为她烦恼呢。大家都猜量这不是一个寻常的美人。"内大臣说:"不见得吧!只因她是源氏太政大臣的女儿,所以大家凭空猜量,极口称赞。世间人情往往如此。我看未必是个美人吧。如果真是美人,应该早就闻名了。这位大臣位尊名重,无忧无虑,享尽荣华富贵。只可惜子女太少。最好有个正妻所生的女儿,悉心教养,使她长得美玉无疵,大受世人艳羡。然而他家没有这样的人,而且侧室所生的也极稀少,这未免太寂寞了。明石姬所生的女儿,母亲出身低微,然而宿世福缘不浅,前程倒很远大呢。至于你所说的那个,也许不是亲生女儿。这位大臣毕竟是个脾气古怪的人,可能干这种勾当。"他如此贬斥玉鬘。又说:"但不知她的亲事如何定夺。兵部卿亲王大约可以到手的吧。他和太政大臣交情特厚,人品也很优越,倒是门当户对的。"此时他想起了自己的女儿云居雁,觉得很不满意,希望她也像玉鬘那样受人仰慕,使得许多男子焦灼不安地猜测谁是乘龙快婿。妒羡之余,决定在夕雾官位未升期间,不将云居雁许配与他。但倘源氏启口,诚恳请求,则亦不妨让步,允其所请。无奈夕雾毫不着急,内大臣心甚不快。他这般那般地筹思了一会,突然起身,漫步走向云居雁的房间。弁少将陪着他同行。

云居雁正在昼寝。她身穿一件轻罗单衫躺着,看来颇有凉爽之感。身材小巧玲珑,姿态十分可爱。罗衫透露肌肤,晶莹如玉。一手以美妙的姿势拿着扇子,枕腕而卧。头发乱抛在后面,虽不甚长,但末端浓艳,非常美丽。众侍女也都躺在帷屏背后休息,因此内大臣走进室内,云居雁并不知道,没有立刻醒来。内大臣拍拍扇子,她才睁开眼睛,漫不经心地仰望父亲,那眼色异常可爱。羞涩之下,红晕满颊。做父亲的看了觉得这女儿长得真标致啊! 内大臣对她言道:"我常常劝诫你,白天不可打瞌睡,怎么你又随随便便地睡着了? 侍女们怎么都不在你身边,哪里去了? 女儿家一举一动都该留意,要守身如玉才好。过分放任不羁,便成下等女子。但过分拘谨,像僧人念不动明王的陀罗尼咒或作手印〔1〕时一样严肃,则又是讨厌的。对眼前亲近之人也疏远冷淡,戒备森严,看似高贵稳重,其实很不雅观,很不可爱。太政大臣正在教养他的小女公子,准备她将来做皇后。其教育方针是要她通晓万事,而不专长某一种艺能。要她对无论何事都明白了解,养成多闻博识的才器。这方针固然是恰当的。然而一个人生来各有特长,各自在思想上与行为上显露出来,各自养成一种人品。这位小女公子将来长大,入宫供职之时,定然自有一种优秀品质吧。"后来又说:"我指望你入宫去当女御,看来此事难以如愿了。但我总须设法使你勿为世人所取笑。我每逢听到人家女儿贤愚善恶种种情状,总是替你的前途担心。今后你对于假装热诚求爱而来试探你的人,暂时不要理睬。我自有主意。"他满怀慈爱地说了这番话。云居雁回忆从前年幼无知,轻举妄动,惹起了世人纷纷议论,而还是恬不知耻地与父亲见面,觉得满怀悔恨,不胜羞愧。祖母许久不见孙女,常常来信诉说怨恨之情。但因内大臣有言在先,故云居雁亦未便前往探访。

　　且说新来的近江君,住在邸内北厅。内大臣虽然找了她来,心中却想:"怎么办呢? 我迎接这个人来,真是多此一举啊。倘说因为世人讥评,所以送她回去,则又太轻率,近于儿戏了。就此养她在家里,则恐世

────────────────

〔1〕 不动明王是佛教中菩萨名,为密宗所尊重。陀罗尼咒是一种符咒的名称。作手印,即念咒时作手势。

人又将讥笑,以为这样不中用的女儿,我妄想教养好来。这又是很讨厌。想来想去,还不如把她送到弘徽殿女御那里,就让她在宫中做个蠢宫女吧。外人说她相貌极恶,其实并不若是其甚。"此时弘徽殿女御正好归宁在家,内大臣就去探望她,对她言道:"你带了这个妹妹去吧。吩咐你的老年侍女们,她有不懂规矩之处,要毫不客气地教导她,勿使她给青年侍女们取笑。这件事真糟糕,我的思虑太不周了。"说着笑起来。女御答道:"哪里的话?决不像别人所说的那样坏。只是中将[1]等预料她是个盖世无双的美人,估计太高,教她赶不上罢了。外人如此讥笑,使她难受,因此她心中不快吧。"这应对很有礼貌。弘徽殿女御相貌并非十全无缺,但气品高雅,神情清丽,加之态度和蔼可亲。内大臣看了她那富有风韵的笑颜,觉得这女儿毕竟与众不同。便对她说道:"总而言之,是中将年轻,思虑不周之故。"如此议论,实在委屈了这个近江君。

　　内大臣见过弘徽殿女御之后,乘便到北厅去探望近江君。走到门口,向内一望,但见帘子高卷,近江君正在和一个伶俐的青年侍女五节君打双六[2]。她焦灼地揉着手,快嘴快舌地叫喊:"小点子,小点子!"内大臣见此模样,想道:"啊呀,不成样子!"便举手制止了先驱的随从人等,独自悄悄地走到边门旁,向门缝里窥探。正好纸隔扇开着,可以分明看到室内情状。但见五节君也尖声尖气地叫道:"还报,还报!"摇着骰子筒,不肯立刻掷出。内大臣想:"不知道这女子作何感想。"两人的模样都很轻佻。近江君面部扁平,然而相貌也很娇美,头发光艳可鉴,足见前世果报不恶。只是额角生得太低,声音异常浮躁,这就抵消了其他一切优点。

━━━━━━━━━━

〔1〕 指柏木。

〔2〕 双六是一种室内游戏,类似棋。二人隔棋盘对坐,每人十五个棋子,排列在自己阵内。由竹筒中掷出骰子,依点子多少而走棋子,先入敌阵者胜。

相貌很像父亲,虽然不能分明指出肖似之处,但一望而知其为父女。内大臣对镜自视,也觉得很像,不免自叹宿世孽缘。他就走进室内,对近江君说:"你在这里住得惯么? 有否不方便之处? 我事务烦冗,不能常来看你。"近江君照例快嘴快舌地答道:"我今住在这里,无忧无虑,心满意足。只是回想多年以来,不能会见爹爹,日日思念,夜夜梦想,常是不能见面。那时真好比打双六手运不好,气死我也!"内大臣说:"是啊,我身边不大有可供使唤之人,早就盼望你来,也可慰我寂寞。然而这也不是容易办到的啊。如果是一个寻常出身的侍者,杂在众人之中,不管其人言行这样或那样,未必入人耳目,惹人注意,倒可放心。即使这样,也还有顾虑:如果别人知道这是谁家之女,谁人之子,则言行设有不端,父母兄弟便失面子,此种事例甚多。何况出身不寻常的人……"说到这里,含糊其辞。然而近江君不解父亲的苦心,率尔答道:"不打紧,不打紧,我什么都不计较。把我看得太重,叫我当小姐,我反而拘束。我情愿替爹爹倒便壶。"内大臣听了这话,忍不住笑起来,说道:"这种活儿不配你做! 你对难得见面的父亲如果有孝心,以后说话时声音稍稍缓和些。倘能如此,我的寿命也可延长了。"这位大臣善于滑稽,带着笑容说这话。近江君说:"我的舌头是天生成如此的呀! 我从小就这样,我那已故的妈妈常常苦苦地叹息着告诉我:'你出世时,妙法寺[1]那个快嘴快舌的长老走进我产房里来念经,你便肖似了他。'妈妈很替我担心呢。我总得想个法子改了这毛病才好。"内大臣也很替她担心,但听了这话,觉得她确有一片十分深挚的孝心,便对她说:"走进产房里来念经的长老,不是个好人。他有这

---

〔1〕 妙法寺在近江国神崎郡高屋乡,今已无寺,只有妙法村。

毛病,正是前世罪孽的报应。犹似哑巴和口吃,是毁谤大乘经典的报应。[1]"

内大臣本想把她送交弘徽殿女御,此时又觉不妥。他想:"女御虽然是我亲生女儿,但她品貌优越,令人敬佩。我把这样的一个人交付给她,也有些不好意思。她一定会笑我:'父亲究竟是什么主意,这样古怪的一个人,也不打听打听清楚,贸然地接了她进来。'况且女御身边侍女甚多,她们看到了她的怪相,一定到处宣传开去。"便对近江君说:"女御这几天正好归宁在家。你不妨常去望她,学学别人的榜样。寻常凡庸之人,多多与人交往,学些好样,自然也能成品。你也应该如此用心,多多和她亲近。"近江君说:"若能如此,我真是高兴极了!我多年以来,东想办法,西想办法,一心只想大家承认我这个人。我白天也这样想,晚上做梦也这样想,此外什么事情也不想。爹爹允许我亲近这位大姐,叫我替她汲水我也高兴。"她得意之极,说话更像鸟啭一般快速了。内大臣觉得毫无办法,对她说道:"不须你亲自汲水或拾薪[2],也可去见女御。但求你远离你所肖似的那个老和尚。"这种幽默的讽喻,近江君全不理解。这位内大臣在许多同辈之中,仪容最为清秀堂皇,光采逼人,可使凡夫俗子望而却步,但近江君不能赏识。她接着说:"那么我几时去见女御呢?"内大臣答道:"照理应当选个好日子。但不选也罢,何必大肆铺张呢?你倘想去,就在今天去也好。"内大臣说过之后就回去了。

许多四位、五位的大官员恭恭敬敬地随从着内大臣,他的一举一动,都有无限威势。近江君目送父亲归去,对五节君言道:"啊呀呀,我的父

----

[1]　据《法华经》云:"若得为人,聋盲暗哑,谤斯经故,获罪如是。"
[2]　古歌:"我亲自摘菜,汲水又拾薪。全赖此功德,会得法华经。"见《拾遗集》,行基所作。

亲真好威风！我是这位大人物的女儿,却在穷乡僻壤的小户人家生长……"五节君说:"内大臣太高贵了,教人不敢亲近。倘是个普通身份的父亲,接你回来,真心地疼爱你,倒反而更亲切呢。"此种想法,却也古怪。近江君骂道:"你又来和我捣蛋了,真讨厌啊!以后不许和我对嘴对舌!我是身份高贵的人呀!"她那娇嗔之相十分动人。任性不拘,口没遮拦,亦自有其可爱之处,这缺陷倒可原谅。只是这位小姐生长在偏僻地方下等人之中,故不懂得言语之道。原来言语有一种技法:即使是无甚意思的言语,只要从容不迫、斯文一脉地说出,别人听来自然悦耳;即使是无甚深趣的诗歌,只要吟时声调恰当,余音婉转,首句和末句唱得缠绵悱恻,那么别人虽未深解诗歌的意义,听来自感兴味。但近江君不懂此法,即使她所说的话含意甚深,听起来也全无趣味。急忙地说出的话,使人只听见生硬枯燥的声音。加之她的乳母性情蛮横,自命不凡,她在这乳母怀中长大起来,态度言行自然很不文雅,因此人品就低劣了。但也并非一无所能,本末不称的三十一字短歌[1],她也能脱口而出地凑成。

且说内大臣去后,近江君对五节君说:"爹爹叫我去拜访女御,我倘逡巡不前,生怕女御生气,我今夜就去吧。即使爹爹把我当作盖世无双的宝贝,但倘女御等看我不起,我在这邸内便站不住脚了。"可见内大臣对她的关怀很浅。她先写一封信送给女御,信中写道:"相处甚近,'只隔疏篱',[2]'似形随影',而迄今未得拜访,莫非有'谁设勿来关'[3]乎?

---

〔1〕　短歌是日本诗歌的一种体裁,原文共三十一个字母,分五句:五、七、五、七、七。

〔2〕　古歌:"思君君不觉,心苦口难言。只有疏篱隔,从无见面缘。"见《古今和歌集》。

〔3〕　古歌:"与尔相邻近,似形随影然。无缘相探访,谁设勿来关?"见《后撰集》。勿来关是陆奥的名胜。

不胜遗憾。虽未拜见尊颜,但正如'不识武藏野,闻名亦可爱'〔1〕,因我二人有似同根之紫草也。以此比拟,能勿冒渎乎? 诚惶诚恐,诚惶诚恐!"字中的点子写得很长。反面又写道:"诚然,今夜定当趋前叩晤,此亦所谓'越憎爱越深'〔2〕乎? 怪哉,怪哉,思慕之情,'犹似川底涸,地下有泉通'〔3〕也。"上端又题着一首诗:

　　"小草生在常陆海,或恐在伊香加崎。

　　安得身在田子浦,拜见芳颜得追随。〔4〕

我心并非'漫然似水波'〔5〕也。"

　　这信写在一张一摺的青色纸上,字体都是草书,写得剑拔弩张,却并无根据,只是信手挥舞,把"し"〔6〕字写得极长,故意装腔作势。行间亦不整齐,斜向一边,形似欲倒。但近江君很得意,自己笑着欣赏了一番。毕竟她也懂得女子书简的格式,把信卷得很细小,系在一枝抚子花上,派一个新来的女童送去。这女童虽是打扫厕所的,却很伶俐,又长得漂亮。她走到弘徽殿女御的饮食室中,对侍女们说:"请将此信呈送女御。"打杂

────────────

〔1〕 古歌:"不识武藏野,闻名亦可爱。只因生紫草,常把我心牵。"见《古今和歌六帖》。武藏野地方,以产紫草著名。

〔2〕 古歌:"怪哉心头事,越憎爱越深。谁能操利刃,斩断此情根?"见《后撰集》。

〔3〕 古歌:"口上不言爱,心中恋意浓。犹如川底涸,地下有泉通。"见《古今和歌集》。

〔4〕 这是前文所谓本末不称的劣诗。因为小草与海无缘,伊香加崎在近江国,田子浦在骏河国,皆与常陆海无缘。小草比拟她自己。她用"伊香加崎",因为此地名在日文中发音与"安得"相同。"田子"比拟她自己是在田舍长大起来的女子。全诗大意:"我是田舍人家的女子,却希望会见女御。"

〔5〕 古歌:"我若不诚意,漫然似水波,缘何心耿耿,热恋苦情多?"见《古今和歌集》。

〔6〕 日本草体字母。

差的侍女认得这女童，知道她是北厅里的侍童，便收了信。一个名叫大辅君的侍女拿了信走进去，呈与女御，又把信从花枝上解下，请她阅读。女御看了一遍，微笑着放下了信。有一个叫做中纳言的贴身侍女，从旁窥看，对女御说："这封信时髦得很啊。"她想再细看看。女御说："恐是我看不懂草体字之故吧，这首诗似乎本末不称呢。"便把信递给中纳言，对她说道："回信也要写得如此大模大样。不然，要被人看轻为下品。你立刻替我写吧。"她叫中纳言代笔。众青年侍女觉得此信希奇，都低声窃笑。女童催索回信了。中纳言告女御："这封信里引用了许多风雅的典故，回信很难写。叫人代笔，似乎失礼吧。"便模仿女御的笔迹写了："相隔甚近，而一向疏远，诚为恨事。

　　　　常陆骏河海波涌，流到须磨浦上逢。
　　　　盼待芳踪光临早，此间亦有箱崎松。"[1]

答诗故意模仿来诗。中纳言读给女御听了，女御说："啊呀，使不得，恐怕她以为真是我作的诗呢。"她讨厌这首诗。中纳言答道："不打紧，看的人自能辨别。"便把信封好，交与女童。近江君看了回信，说道："这首诗真好风趣啊！她在等待我呢。"便用浓烈的衣香把衣服反复熏了几遍，又用胭脂把脸涂得绯红，再把头发重新梳过。如此化妆，倒也另有一种华丽娇憨之相。她和女御会面之时，想必还有许多笑话哩。

---

　　[1]　此诗故意模仿来诗，用许多地名，也本末不称，寓讥笑之意。大意是："请你早点来，我在等候你。"日文"待"与"松"同音，箱崎地方松树有名，故末句云云。

第二十七回　篝　火[1]

这时候世人把内大臣家新来的小姐当作话柄,凡有所闻,必纷纷宣扬。源氏听到此种消息,说道:"不管这样或那样,总而言之,把从来没人见过的一个深闺女子找出来,当作千金小姐看待,稍有缺点,便逢人诉苦,以致引起谣传,内大臣这种作风真不可解! 此人过分察察为明,加之思虑疏忽,不曾调查清楚,贸然接了她来。一有不称心处,便闹得不成样了。其实世间万事都可从长计议,妥善处理。"他很可怜那近江君。玉鬘听了这话,想道:"我还算运气好,不曾去投靠父亲。虽说是生身之父,但一向不知道他的性情,蓦地去亲近他,或许也要受辱呢。"她深自庆幸。右近也就此事对她说了许多话。源氏对于玉鬘,虽然怀着那可恨的野心,然而并无任情而动的非礼行为,只是对她的怜爱越来越深。因此玉鬘也渐渐地亲近他,无所顾虑了。

夏尽秋来,凉风忽起。源氏想起了古歌"吹起我夫衣……"[2]之句,颇有萧条冷落之感,难于忍受,便频频地前往探望玉鬘,镇日住在那里,有时指导她弹琴。初五六日的月亮很早就已西沉。略微显得阴暗的天空、风吹荻花的声音,都渐渐地含有秋意了。源氏与玉鬘二人以琴作枕

---

〔1〕　本回继前回之后,写源氏三十六岁七月之事。
〔2〕　古歌:"初秋凉风发,萧瑟甚可喜。吹起我夫衣,衣裾见夹里。"见《古今和歌集》。

而并卧。他心中时时叹息又自问:"如此纯洁的并卧,世间哪有其例?"过分夜深,生怕惹人疑议,便起身准备回去。庭前有几处篝火已经熄灭,源氏就召唤随从的右近大夫,叫他点火。凉气四溢的湖边,亭亭如盖的卫矛树底下,疏疏朗朗地点着松明,离开窗前稍远,室内不受热气。那火光显得很凉爽,照在玉鬘身上,姿态异常艳丽。源氏摸摸她的头发,觉得滑润如玉,雅洁无比。温恭淑慎的姿态实在可爱,逗得他不肯回去了。假意说道:"应该不断地有人在这里点火才是。夏天没有月亮的晚上,庭中没有火光,教人觉得害怕,而且寂寞无聊。"便赋诗赠玉鬘:

"胸中情思如篝火,
  焰重烟浓永不消。

你说何时可消呢?虽然不是'夏夜蚊香蓺'〔1〕,情思潜在胸底不断燃烧,毕竟是很痛苦的呀!"玉鬘一想,这话不成样子了,便答诗道:

"君心若果如篝火,
  烟入长空永不还。

免得外人疑怪也。"源氏看见她面有不快之色,答道:"如此说来,我该走了。"便步出门外。忽闻东院花散里那边传来筝笛合奏之声,音节美妙悦耳。这是夕雾中将和一向时刻不离的几个游伴正在奏乐。源氏说:"吹笛的想必是柏木头中将,吹得真好极了!"他又不想回去了,便派人前去

---

〔1〕 古歌:"犹如夏夜蚊香蓺,胸底情思不断燃。"见《古今和歌集》。

转告夕雾:"这里篝火的光很凉爽,把我留住了。"夕雾立刻偕柏木头中将及弁少将三人联袂而来。源氏对他们说:"我听了笛中吹出的秋风乐,不胜哀愁之感呢。"就取过琴来,略弹一节,亲切可爱。夕雾在笛上吹出南吕调,音节十分优美。柏木心里想着玉鬘,歌声迟迟不能出口。源氏催他:"快唱!"柏木的弟弟弁少将便打起拍子来,低声吟唱,其音酷似金钟儿的鸣声。源氏和着琴声唱了两遍,便把琴让与柏木。柏木弹的爪音,华丽而优美,技法不亚于他的父亲内大臣。

源氏对三人说:"帘内恐有知音人。今宵不宜多饮酒。我这过了盛年的人,醉后容易感伤哭泣,生怕那时会把隐忍在心中的话说出口来。"玉鬘听到这话很担心。她对柏木和弁少将有不可断绝的兄弟之缘,殊非他人可比。因此她在帘内悄悄地偷看并窃听这两人的举动。但对方做梦也不曾想到。尤其是柏木,他正在倾心恋慕她,今日逢此良机,胸中情思如火,不可遏制。但在人前硬装镇静模样,因此不能畅快地弹琴。

第二十八回　朔　　风[1]

　　秋好皇后的庭前，今年种的秋花比往年更加出色。各种秋花都齐备，处处设有雅致的篱垣，有的用带皮枝条修成，有的用剥皮枝条修成。同是一种花，这里的特别鲜妍：枝条的形状、花的姿态，以及朝夕带露时的光彩，都与寻常不同，像珠玉一般辉煌。看了这片人造的秋野的景色，又教人忘记了春山之美，但觉凉爽快适，神往心移。讲到春秋优劣之争论，自昔赞美秋景之人居多。因此从前颂扬紫姬园中有名的春花那班人，现在又回过头来称道秋好皇后的秋院了。这正与世态炎凉相似。秋好皇后归宁在家，欣赏这秋院美景之时，颇思举行管弦之会。但八月是她的父亲已故前皇太子的忌月，不宜作乐。她深恐花期过时，便朝朝暮暮赏玩这些日益繁茂的秋花。不料天色大变，朔风忽起，今年比往年更加猛烈，各种好花都被吹得枯落。连不甚爱花的人，也都惊叫："啊呀，不得了啊！"何况秋好皇后。她看见草上之露像碎玉一般零落，觉得伤心惨目，恨不得像古歌中所咏的，用一只宽大的衣袖来遮住了秋空的朔风[2]。天色渐暮，四周昏暗，不见一物。朔风越来越紧，气象阴森可怕。格子窗都已关闭，秋好皇后笼闭一室，心中只是挂念庭中的秋花，独自悲

---

　　〔1〕　本回继前回之后，写源氏三十六岁八月之事。
　　〔2〕　古歌："愿将大袖遮天日，莫使春花任晓风。"见《后撰集》。

伤叹息。

　　紫姬的庭院内正在栽种花木,朔风来得如此猛烈,教这些"疏花小萩"〔1〕难于禁受。花枝处处折断,叶上的露水全都吹落了。紫姬坐在窗内凝望。源氏正在西边小女公子房中。此时夕雾中将前来问候了。他无意中从东边渡廊的短屏上向开着的边门里一望,看见室内有许多侍女,便默不作声,在短屏旁边站定了。为了朔风太大,室内的屏风都折叠起来,搁在一旁,因此从外边可以望见厢房内部。但见有一个女子坐着,分明不是别人,正是紫姬本人。气度高雅,容颜清丽,似有幽香逼人。教人看了,联想起春晨乱开在云霞之间的美丽的山樱。娇艳之色四散洋溢,仿佛流泛到正在放肆地偷看的夕雾脸上来。真是个盖世无双的美人!一阵风来,把帘子吹起,众侍女连忙扯住,这么一来,引起紫姬嫣然一笑,那模样越发可爱了。紫姬怜惜群花遭殃,舍不得离开它们回房中去。身边许多侍女,姿色也各尽其美,然而完全不在夕雾眼中。他只是想道:"父亲严加防范,不许我与这位继母接近,原来是她的相貌生得如此动人之故啊!他考虑得非常周到,深恐我见了她会起不良之心。"想到这里,不禁害怕起来,立刻转身离去。

　　正在此时,源氏从西厅里拉开纸隔扇,走出来了。他说:"真不好受,这样厉害的风!把格子窗都关起来吧。生怕有男客来探望。外面望进来都看得见呢。"夕雾再走过来一看,但见源氏正在对紫姬说话,带着微笑向她注视。他觉得这个人不像是他的父亲,年轻而貌美,竟是一个盛年男子。紫姬也正值青春年华,真是一对十全无缺的佳偶。他看了不禁

──────────

　　〔1〕　古歌:"宫城野畔萩花小,露重花疏力不胜。盼待风来吹露落,此心好比我思君。"见《后撰集》。宫城野是产萩花有名的地方。萩即胡枝子。

真心地叹羡。但这渡廊东面的格子窗也已被风吹开,他站立的地方很显著。他害怕起来,立即退去。于是装作刚才来到的样子,走向檐前,咳嗽一声。源氏在里面说:"果然不出我所料,有人来了。外面望得见呢。"这时候他才注意到边门开着。夕雾想道:"多年以来,我从未见过这位继母一面。有道是:大风吹得岩石起,的确不错。我托大风之福,看到了防范如此周密的美人,真乃稀世的幸运啊!"这时候许多家臣赶到了,报告道:"这风大得可怕! 是从东北方吹来的,这里可保无事。马场殿和南边的钓殿有些儿危险。"大家扰扰攘攘地从事防御。

源氏问夕雾:"中将你是从哪里来的?"夕雾答道:"我在三条邸内问候外祖母。他们告诉我说,大风厉害得很。我不知道这里怎样,心甚挂念,所以前来探望。外祖母在那边很寂寞。她年纪一大,反而像小孩了,听见风声害怕得很。所以我还想去陪伴她呢。"源氏说:"你早点去吧。返老还童,是世间不会有的事。然而人老起来,都会变得像小孩一样。"他也挂念这位老岳母,便叫夕雾带一封信去慰问。信中说道:"天候如此恶劣,教人甚是担心。有这个朝臣伺候在侧,可以放心。万事吩咐他做可也。"夕雾不管途中狂风刮面,立刻回三条邸去。这位公子为人甚是忠实,每天到三条邸及六条院问候,没有一天不拜见外祖母和父亲。除禁忌日子不得不在宫中值宿之外,即使是公事和节会繁忙之日,亦必亲赴六条院及三条邸请安,然后回到宫中。何况今日天气恶劣,自然必须在狂风中东奔西走。这一片孝心深可嘉许。

太君见夕雾来了,不胜欢喜,又甚放心。对他说道:"我活了这么大年纪,不曾遇见过如此狂暴的风呢!"说时全身发抖。此时但闻院中大树枝条被风吹折之声,非常可怕。甚至有的房子瓦片全被吹散,一片不留。太君对夕雾说:"且喜在这狂风中,你平安地来到了我身边。"太君年轻时代,身边非常热闹,现在冷静了,全靠这个外孙来聊慰岑寂。真可谓人世无常! 其实她家现在并不衰败,只是内大臣对她的关怀,比前稍稍疏慢而已。夕雾听了一夜怒吼的风声,心中不由得感到凄凉。他一向恋恋不舍的那个人[1],现已退避一旁;而昼间所窥见的那个人的面影,却一直使他不能忘怀。他想:"这到底是什么用心? 我难道起了不应有的念头么? 真可怕啊!"他努力自制,把心移转到别的事情上去。然而那面影又不知不觉地出现在心头。他又想:"这实在是个空前绝后的美人! 父亲有了这如花美眷,为何又娶东院那个继母[2]来与她并肩呢? 这继母全然比不上那继母,而且越发相形见绌,真倒霉啊!"由此可知源氏心地甚是厚道。原来夕雾为人很规矩,对紫姬决不存非礼之心。但他总是希望:可能的话,也娶一个这样的美人,和她朝夕相对,则有限的生命也可稍稍延长。

天色向晓,风势稍静,但阵雨陆续不绝。家臣们互相告道:"六条院里的离屋吹倒了!"夕雾闻之,吃了一惊,他想:"在此风势猖獗之时,六条院的高楼大厦之中,只有父亲所居之处警卫森严,可以放心。东院的继母那里人手稀少,定然非常恐慌。"他便在曙色苍茫中前去探望。途中冷雨横吹,侵入车中。天空暗淡,景色凄惨。夕雾觉得心情有些怪异,想道:"为了何事呢? 难道我心中又添了一种相思?"忽念此乃不应有之事,便自己申斥:"可恶,荒唐之极!"于是一路上东想西想,向六条院前进,首先来到了东院的继母那里。花散里恐怖得很,愁容满面。夕雾百般慰藉,又召唤家人,吩咐他们把各损坏之处加以修缮。然后再赴南院参见

---

〔1〕 指云居雁。
〔2〕 指花散里。

父亲。

　　源氏的卧室的格子窗尚未打开。夕雾便靠在卧室前的栏杆上,向庭中眺望。但见小山上的树木已被吹倒,许多枝条横卧在地上。各处草花零乱,更不待言。屋顶上的丝柏皮、瓦片,以及各处的围垣、竹篱,都被吹得乱七八糟。东方略微透露一点曙色,庭中的露水发出忧郁的闪光,天空中弥漫着凄凉的朝雾。夕雾对此景象,不觉流下泪来。连忙举袖拭泪,然后咳嗽几声。但闻源氏在室内说道:"这是中将的声音呢。天还没亮他就来了么?"他就起身,对紫姬说些话。听不见紫姬的答话,但闻源氏笑着说:"如此辜负香衾,从来不曾有过。今天使你不快,我很抱歉。"两人相与谈话,十分情投意合。夕雾听不见紫姬的答话,但从隐约听到的调笑的语调中,可以察知这一对夫妻的恩爱。他便倾听下去。

　　源氏亲自来开格子窗。夕雾觉得不宜太近,连忙退向一旁。源氏见了夕雾,便问:"怎么样? 昨夜你去陪伴太君,她一定很高兴吧?"夕雾答道:"正是。太君遇到一点儿事情,就淌眼泪,真可怜啊!"源氏笑道:"太君春秋已高,在世之日无多了。你该竭诚地孝敬她。内大臣对她照顾不周,她常常诉苦呢。内大臣极爱体面,喜欢豪华阔绰。因此他的孝行也注重表面堂皇,欲使见者吃惊赞叹。然而没有深挚的孝心。虽然如此,他心中毕竟见识丰富,是个非常贤明的人。在这江河日下的末世,他的才学可说是优秀无比的了。做一个人,要全无缺点,是很难的。"

　　源氏挂念秋好皇后,对夕雾说:"昨夜的风大得可怕,不知皇后那里有否可靠的侍卫?"便派夕雾持信前去慰问。信中说道:"昨夜朔风咆哮,不知皇后曾否受惊? 我在大风中患了感冒,不堪其苦,正在调养,未能亲来问候为歉。"夕雾持信而去,通过中廊的界门,来到秋好皇后院中。在朦胧的晨光中,他的姿态潇洒而优美。他在东厅的南侧站定了,观看皇后居室,但见格子窗只开两扇,众侍女卷起了帘子,在幽暗的晨光中坐着,有的靠在栏杆上,尽是青年女子。那落拓不羁的样子,虽然缺乏礼貌,但在模糊的微光中,各种打扮都很美妙。皇后叫几个女童走下庭院去,在许多虫笼中加露水。女童们身穿紫菀色或抚子色等深深淡淡的衫子,外罩黄绿色的汗衫,颇合时宜。四五人联合成群,持着各种各样的笼子,在各处草地上走来走去,选择最美丽的抚子花枝,折取了拿回来。在迷离的朝雾中,这景象非常艳丽。

一股香气从室中随风飘来,是一种特等侍从香的气味。可知皇后正在起身更衣,想见气品十分高雅。夕雾有所顾忌,不便立刻打扰。过了一会,方始缓步低声,走上前去。众侍女看见了他,并不惊惶失措,只是大家退入室内。原来秋好皇后入宫之时,夕雾还是个童子,常常出入帘内,彼此互相熟悉。因此众侍女见了他并不回避。夕雾将源氏的信呈上。他所认识的侍女宰相君和内侍,大约就在皇后身边,她们唧唧哝哝地私语了一会。夕雾看到皇后居室的光景,觉得虽然与南院不同,亦自有其高贵的气象,使他心中发生种种意念。

夕雾回到南院,看见格子窗都已打开。又见昨夜恋恋不忍舍弃的那些花,现已尽行枯落,被吹得不知去向了。他从正阶拾级而上,将回书呈与父亲。源氏拆看,但见信上写道:"昨夜我像小孩一般害怕,巴望你派人来此防御风灾。今晨得信,心甚喜慰。"看毕说道:"皇后胆怯得厉害啊!不过,像昨夜那种模样,室内只有女人,的确是害怕的。她想必在怪我疏慢了。"便决定立刻前去探望。他想换件官袍,便撩起帘子,走入室内,把低矮的帷屏拉在一旁。夕雾望见帷屏旁边略微露出一个袖口,想必是紫姬了,不禁胸中别别地跳起来。他自己觉得可恶,连忙回转头去向外面看。源氏照照镜子,低声对紫姬说道:"中将在晨光中,姿态很漂亮呢。他还只是个十五岁的孩子,我就觉得他美满无缺,怕是父母爱子的痴心吧?"想必他对镜自视,觉得自己的相貌永远青春不老。他又说:"我见了皇后,总觉得有点儿拘束。此人风姿虽不特别惹人注目,但气品异常高超,令人望而却步。她确是个优雅婉娈的淑女,而性情又很坚贞。"走出门来,看见夕雾正在坐着出神,一时连父亲出来都不觉察。他很机敏,立刻心有所感,回进房里,便问紫姬:"昨天狂风发作时,中将看到了你么? 那门开着呢。"紫姬脸红了,答道:"哪有这等事! 走廊里一点人声也没有。"源氏自言自语地说:"我总觉得奇怪。"就带着夕雾出门。

　　源氏走进秋好皇后帘内去了。夕雾中将看见走廊门口有许多侍女坐着,便走近去,和她们闲谈说笑。但因心事重重,神色沮丧,不像往日那样活泼。不久源氏辞别皇后,立刻到北院去探望明石姬。这里没有干练的家臣,但见几个熟练的做杂务的侍女在庭中草地上走来走去。其中有几个女童,身穿美丽的衬衣,态度随意不拘。明石姬爱好龙胆和牵牛花,曾经用心栽植。如今这些花所攀附的短篱,都已被风吹倒,花也零落了,这些女童正在收拾整理。明石姬愁绪满怀,独坐在窗前弹筝,听到了源氏的前驱人的呼声,便起身入内,在家常服上加一件小礼服,以示礼貌。足见此人用心之周到。源氏入内,就在窗前坐下。他只探问了些风灾情况,便匆匆辞去。明石姬意甚怏怏,独自吟道:

　　　　"微风一阵经芦荻,

　　　　也教离人独自伤。"[1]

---

　　〔1〕 以风比源氏,以荻比自己。

西厅里的玉鬘慑于风威,一夜不曾合眼。因此早上起得迟了,此时
还在对镜理妆。源氏吩咐前驱人不要大声喝道,悄悄地走进玉鬘房中。
屏风等都已折叠起来,四周什物零乱。日光明亮地射进室内,照得玉鬘
的芳姿更加清楚了。源氏偎傍着她坐下来,以慰问风灾为借口,照例叨
叨絮絮对她说了许多情话。玉鬘讨厌不堪,恨恨地说道:"你老是讲这些
难听的话,我真想教昨夜的风把我吹走,吹得不知去向才好。"源氏笑容
可掬地答道:"教风吹走,太轻飘了。你被吹去,总有个着落的地方吧。
可知你渐渐有了离开我的心思了。这也是理之当然。"玉鬘听了这话,觉
得自己想到便说,未免太直率了,也就莞尔而笑,那笑容异常艳丽。她的
面庞像酸浆果〔1〕那样丰满。垂发中间露出来的肤色非常美丽。只是眼
睛笑的模样反而损害了气品的高雅。此外全无一点可非难之处。夕雾
在室外,听见源氏与玉鬘谈得很亲昵,很想看一看玉鬘的容颜。屋角的
帘子里面虽然设着帷屏,但因大风之故,已经歪斜,把帘子略微揭开些,
里面没有遮蔽,可以很清楚地窥见玉鬘之姿色。他看见父亲分明是在调
戏这姐姐,想道:"虽然是父亲,但姐姐已经不是可以抱在怀里的婴儿
了!"便注目细看。他深恐被父亲察觉,拟即退去。但这景象太奇怪了,
使他不肯不看。但见玉鬘坐在柱旁,面孔略微转向一旁。源氏把她拉过
来,她的头发便披向一边,波浪一般荡动,甚是美观。她脸上显出嫌恶痛
苦之色,然而并不坚拒,终于和颜悦色地靠近父亲身边。可见是向来习
惯如此的。夕雾想道:"啊呀呀,太不成样了! 这是怎么一回事啊? 父亲
在色情上无孔不入,因此对于这个不在身边长大的女儿,也会起这种念
头。怪不得这样亲密。可是,啊呀! 成个什么样子呢!"他觉得自己这样

---

〔1〕 酸浆果是一种果物,形圆肥,于皮上开小孔,挖去其子,可作玩具。又名鬼灯。

想也很可耻。他又想:"这女子相貌真漂亮! 我和她虽说是姐弟,然而并非同胞,血缘较远,我对她也不免发生恋情。"他觉得此人比较起昨日窥见的那人来,自然略逊一筹。然而令人一见便觉可爱,则又不妨说是并驾齐驱。他忽然想起:此人的姿色好比盛开的重瓣棣棠花,带着露水,映着夕阳。用春花来比喻,虽然与这季节不符,但总有这样的感想。花的美色有限,有时还交混着不美的花蕊。而人的容颜,其美实在是无物可以比拟的。

　　此时玉鬘身边并无别人走来,只有她和源氏二人窃窃私语。不知这么一来,源氏忽然面孔一板,站起身来。玉鬘吟诗道:

　　　　"暴乱西风无赖甚,
　　　　直将吹损女萝花。"

夕雾听不清楚。源氏重吟一遍,他方才约略听到,觉得又是可恨,又是可喜。他想窥看到底,但如此迫近,恐被发觉,只得退去。源氏的答诗是:

　　　　"但使芳菲能受露,
　　　　狂风不损女萝花。

请看随风折腰的细竹。"也许听错,但总之是不堪入耳的。

　　源氏辞别玉鬘,就到东院去探望花散里。大概是今天早上骤寒,因而忽然想起了寒衣,花散里身边聚集着许多长于裁缝的老年侍女。还有几个青年侍女,把丝绵绑在小衣柜似的东西上,正在拉扯。非常美丽的枯叶色绸缎,和颜色新颖的珍贵的绢,散置在一旁。源氏问道:"这是中将的衬袍么？今年宫中不举办秋花宴。朔风如此猖獗,什么事情也办不成了。这个秋天真是大杀风景啊!"他不懂得她们在缝什么衣服,但觉各种织物色彩都很美丽,想道:"此人对于染色一道,本领不亚于紫姬呢。"她替源氏缝的官袍,是中国花绫的,用这时节摘取的竹叶兰的汁水淡淡地染成,色彩非常雅观。源氏说:"给中将的衣服染成这色彩吧。少年人穿这种色彩的衣服,倒很好看呢。"谈了些这一类的话,就回去了。

　　夕雾随伴父亲巡回访问了许多不易对付的女人,心中不免沉闷。忽然想起,今天早上应该写一封信。还不曾写,而太阳已经高升。他便来到小女公子那里。乳母对他说道:"小姐还在夫人房里睡觉呢。她昨夜被大风吓坏了,没有睡好,今朝还不曾起身。"夕雾说:"昨夜的风可怕得很,我本想到这里来值宿,好当警卫。只因太君很胆小,我只得去陪伴她。小姐的娃娃房间有没有被风损坏?"他一问,使得众侍女都笑了,答道:"这个房间么?用扇子扇一阵风,小姐也害怕,何况昨夜那种狂风。我们保护这个房间,吃力得很呢。"夕雾问道:"有没有不很讲究的纸张?还有,你们所用的砚台请借用一下。"一个侍女便从小女公子的橱里取出一卷信纸,放在砚盖里交给他。夕雾说:"这个太高贵了,给我用不敢当呢。"[1]但他想起了小女公子的母亲身份低微,则又觉得不足重视,便写信了。这信纸是紫色的,染成上深下渐淡。夕雾用心磨墨,又仔细察看笔尖,然后郑重其事地一挥而就,样子很优雅。然而因为研习汉学,作风有些怪癖,那首诗不免缺乏风趣:

　　　"昨宵云暗风狂吼,

───────────

　　[1]　这小女公子将来当为皇后,所以他如此说。

　　　刻刻相思不忘君。"

　　他把这首诗系在一枝被风吹折的苓草上。侍女们说:"交野少将[1]的情书是系在和信纸同样颜色的花枝上的。你的信纸是紫色的,怎么系在绿色的苓草上呢?"夕雾答道:"色彩配合等事,我是不懂得的呀。那么,教我选用哪处田野里的花呢?"他对这些侍女不多说话,亦无放任不拘的举止,真是个循规蹈矩的高尚人物。夕雾又写了一封信,一起交付一个叫做右马助的侍女。右马助对一个美貌的女童和一个亲近的随从悄悄地说了几句话,便把信交付他们。众青年侍女看到这光景,大家猜疑起来,不知道这信是写给谁的。

　　忽闻有人叫道:"小姐回来了!"众侍女手忙脚乱,赶快把帷屏张起来。夕雾想把这小女公子的相貌和昨日及今晨所窥见的两个如花美眷比较一下。他平日不喜欢做此种事情,但今天顾不得了,把上半身钻在边门口的帘子底下,身上披着帘子,从帷屏的隙缝里窥探。正好望见小女公子从有遮掩的地方向这边走来,一晃而过。因众侍女纷纷来去,不大看得清楚,心甚懊恼。但见小女公子身穿淡紫色衣服,头发还没有长得同身体一样长,末端扩展如扇形。身材小巧玲珑,教人觉得可爱可怜。夕雾想道:"前年我还能偶然和她见面;现在[2]比起那时来,她长大而美丽得多了。何况将来到了盛年,不知长得多么可爱哩。"倘把以前窥见的紫姬比做樱花,玉鬘比做棣棠,那么这小女公子可说是藤花。藤花开在高高的树梢上,临风摇曳的模样,正可比拟这个人的姿态。他想:"我很

------

〔1〕　交野少将是今已失传的一部古代色情小说的主角。
〔2〕　此时小女公子八岁。

想随心所欲地和这些美人朝夕相见。照关系而论,本来是可以的。无奈父亲在处处严加防范,教我好恨啊!"他虽然性情忠厚,此时也不免心驰神往了。

夕雾来到外祖母太君那里,但见外祖母正在静静地修行佛法。也有许多姣好的青年侍女在这里服侍,但姿态、相貌和服装等,都比不上兴盛的六条院里的众侍女。倒是几个相貌美丽的尼姑,身穿灰色衣服的消瘦姿态,与这地方十分调和,颇有幽寂之趣。内大臣来参见太君了,室内点起灯来,母子二人从容晤谈。太君说:"我许久不见孙女了,好苦闷啊!"说罢哭个不住。内大臣说:"这几天内我就叫她来参见吧。她自讨烦恼,消瘦得怪可怜的。实在,要是能够的话,最好不生女孩。处处要叫人操心呢!"他说这话时怒气尚未消解,还不免耿耿于怀。太君甚是伤心,也不恳切地盼望云居雁来了。内大臣乘便告道:"不瞒你说,最近我又找到了一个不成样子的女儿,弄得我没有办法呢。"他愁眉苦脸地说过之后,又笑起来。太君说:"哎呀,哪里有这等话!既然说是你的女儿,难道会不成样子么?"内大臣说:"正因为是我的女儿,所以教我为难。我总想带她来给太君看看呢。"他的话大致如此。

第二十九回　行　　幸[1]

　　源氏太政大臣无微不至地替玉鬘打算:如何可以使她前途幸福。然而他心中那个"无声瀑布"[2]使得玉鬘悲伤忧恼。紫姬早就推量,果然不出所料。此事可使源氏蒙受轻薄的恶名。他自己也曾反省:内大臣秉性直率,无论何事都察察为明,小小的不满也不能容忍。万一他查明此事,便不加斟酌,公然以女婿相待,则我安得不被天下人取笑?

　　是年十二月,冷泉帝行幸大原野。举世骚动,万人空巷。六条院的女眷也都出来观光。御驾于卯时出宫,由朱雀门经五条大街,折而向西。道旁游览车接踵,直到桂川岸边,稠密无有空隙。天皇行幸,并不一定铺张,但此次规模异常盛大:诸亲王、诸公卿都特别用心,把马匹和鞍子整饰得十分漂亮。随从和马副都选用容貌端正、身材等高的人,给他们穿上美丽的衣服。因此气象壮丽,迥异寻常。左右大臣、内大臣,以及纳言以下诸臣,当然全体随驾。自殿上人以至五位、六位的官员,一律许穿麴尘色官袍[3]及淡紫色衬袍。

　　天上撒下点点小雪,使得一路上天空的景色也很艳丽。诸亲王、诸

---

〔1〕　本回写源氏三十六岁十二月至三十七岁二月之事。

〔2〕　古歌:"恐被人知常隐讳,无声瀑布暗中流。"见《河海抄》所引。无声瀑布比喻秘密恋情。

〔3〕　麴尘色:经为淡绿色,纬为黄色。本是天子的服色,今日特许臣下皆用。

公卿中善于鹰猎[1]的人,都预先制备式样新颖的狩猎服装。六卫府中养鹰的官员,其服装更为世人所难得见到:各人各有一种染色的花纹,光怪陆离,异乎寻常。

妇女们不甚懂得鹰猎之事,只因难得见到,而且光景好看,所以争先恐后地观赏。其中也有身份微不足道的人,乘着蹩脚的车子,半路上车轮损坏了,正在周章狼狈。桂川上的浮桥旁边,也有许多风流潇洒的高贵女车,正在彷徨着找寻停车之处。

玉鬘也乘车出来观光。她看到了竞赛新装的许多达官贵人的容貌风采,又从旁窥看冷泉帝穿着红袍正襟危坐的端丽姿态,觉得毕竟无人比得上他。她偷偷地注目观看自己的父亲内大臣,果然服饰辉煌,相貌堂堂,而又春秋鼎盛。然而毕竟平平。他在臣下之中,固然比别人优越,但看了凤辇中的龙颜之后,别的人都不足观了。至于青年侍女们所赞颂为"美貌""俊俏"而死命地恋慕的柏木中将、弁少将、某某殿上人之类的男子,更是毫无可取,不入玉鬘眼中,只因冷泉帝的相貌确是优美无比的。源氏太政大臣的相貌酷肖龙颜,竟无半点差异。不过恐是心情所使然,似觉冷泉帝更有威严,光采咄咄逼人。如此看来,这种美男子都是世间难得看到的。玉鬘看惯了源氏及夕雾中将等的美貌,以为凡是贵人,相貌都很漂亮,都与常人相异。今日始知别的贵人虽然身穿盛装,但相形之下姿色全消,令人几疑为丑汉,但觉他们眼睛鼻子都生得异样,个个都被残酷地压倒了。

萤兵部卿亲王也随驾。髭黑右大将神气十足,今日的装束也十分优美,身背箭囊,随侍在侧。此人肤色黝黑,髭须满脸,样子非常难看。其

---

〔1〕 放出鹰去捕鸟。

实男子的相貌,怎么能同盛妆的女子相比较呢? 在男子中求美貌,真乃无理之事。年轻的玉鬘看不起髭黑大将等人。源氏打算送玉鬘入宫去当尚侍。曾经征求她的意见。但玉鬘想道:"尚侍是怎么一回事呢? 入宫等事,我想也不曾想过。怕是很痛苦的吧。"她迟疑不肯答应。但今天看到了冷泉帝的相貌,她又想道:"不要承宠,只当一个普通宫人,得侍御前,倒是很有意趣的吧。"

　　冷泉帝来到大原野,停了凤辇。诸亲王、公卿走入平顶的帐幕中去进餐,并脱下官袍,改穿常礼服或猎装。此时六条院主人进呈酒肴及果物来了。源氏太政大臣今日本当随驾,冷泉帝亦早有示意,但因正值斋戒,未能奉旨。冷泉帝收了进呈诸品,便令藏人左卫门尉为钦使,将穿在树枝上的一只雄鸡[1]赐与源氏太政大臣。此时有何天语传达,为避免烦琐,恕不记述。御制诗篇如下:

　　　　"小盐山积雪,雉子正于飞。

　　　　欲请循先例,同来看雪霏。"[2]

太政大臣随驾行幸野外,大约是古有先例的吧。源氏接得钦使赐品,诚惶诚恐,便款待他。答诗云:

　　　　"小盐山积雪,美景在松原。

　　　　自古常行幸,今年特地欢。"[3]

---

〔1〕　鹰猎时所获鸟,穿在树枝上赠人,是一种习惯。
〔2〕　小盐山在大原野。上两句即景。
〔3〕　松原即大原野内小盐山所在处。

作者将当时所闻此种情况历历回忆,并记录下来,深恐不免误谬。

　　次日,源氏写信给玉鬘,其中有言:"昨日你拜见了陛下么? 入宫之事,想必已经同意?"写在白色纸上,措词很恳切,并无色情之谈,玉鬘看了甚为满意。她笑着说:"呀! 多么无聊啊!"但她心中想道:"他真会猜量我的心情呢。"回信中说:"昨日

> 浓荫薄雾兼飞雪,
> 隐约天颜看不清。

诸事皆甚渺茫也。"紫姬也看了这回信。源氏对她说道:"我曾劝她入宫。但秋好皇后在名义上也是我的女儿,玉鬘倘使得了恩宠,对秋好有所不便。再则,倘向内大臣说穿了,作为他的女儿入宫,则弘徽殿女御也在宫中,姐妹争宠,亦非所宜。因此犹豫不决。一个青年女子入宫,如果承宠无所顾忌,则窥见天颜之后,恐怕不会无动于衷吧。"紫姬答道:"别胡说! 即使看见皇上相貌长得漂亮,一个女子自己发心入宫,也未免太冒失了。"说罢笑起来。源氏也笑着说:"哪里的话! 要是你,恐怕早就动心了呢!"他给玉鬘的回信是:

> "天颜明朗如朝日,
> 不信秋波看不清。

仍望下一决心。"他不断地劝她。

　　源氏想起:必须先替玉鬘举行着裳仪式。便逐步置办种种精美的用品。凡举行仪式,即使主人不想铺张,也自然会办得隆重堂皇。何况此

次打算趁此机会向内大臣揭穿实情。因此置备各种物品,异常精美丰
富。着裳仪式的日期,预定在明年二月内。

　　大凡女子,即使名望甚高,且已到了不能隐名的年龄,但在为人女
儿而闭居深闺的期间,不去参拜氏神[1],不把姓名公表于世,亦无不
可。因此玉鬘糊里糊涂地度送了过去的岁月。但如今源氏发心送她入
宫,则以源氏冒充藤原氏,便要违背春日神[2]的意旨。所以此事毕竟
不能隐瞒到底。更有讨厌的事:外人以为冒领女儿,别有用意,因而恶
名流传于后世,实甚可虑。倘是身份低微的人,则照现今流行的习惯,
把姓氏改换,事甚容易。但源氏家里未便如此。他左思右想之后,终于
下了决心:"父女之缘毕竟是不能断绝的。既然如此,还不如由我自动
告知她父亲吧。"便写一封信给内大臣,请他在着裳仪式中担任结腰[3]
之职。可是太君从去年冬天起,患病在床,至今尚未见愈,内大臣心绪
不宁,未便参与典礼,辞谢了源氏的请求。夕雾中将也昼夜在三条邸服
侍外祖母,无心顾问其他事情。时机不佳,源氏颇感为难。他想:"世事
无常,万一太君病亡,玉鬘这孙女应有丧服,若装作不知,则罪孽深重。
我还不如当她在世之时将此事表白了吧。"他打定主意,便赴三条邸
问病。

　　源氏太政大臣现在威势比前更加隆盛,即使是微行,排场之大也不
亚于行幸,越来越光采了。太君看了他的风度,觉得这个人不像尘世间
的凡人,心中赞叹不已。因此病苦也忽然减除,坐起身来。她将身体靠
在矮几上,虽然羸弱,亦颇健谈。源氏对她说道:"太君的贵恙并不很重

---

〔1〕　姓氏之神,犹如家庙。
〔2〕　内大臣姓藤原氏。其氏神名曰春日神。
〔3〕　结腰,即替着裳的女子的腰带打个结。此职必须请高贵之人担任。

呢。夕雾过分忧虑,向我轻事重报,我以为不知怎么样了,非常担心。拜
见之后,不胜喜慰。我近来只要没有特别要事,宫中也不去,好像不是一
个在朝供职的人,天天笼闭在家中。因此万事都很生疏,也懒得出门。
比我年纪更大的人,也能驼腰曲背地东来西去,古往今来,其例不少。我
却奇怪,大约是本性糊涂之外又添上了懒惰吧。"太君答道:"我知道我害
的是衰老病,已经病了很久了。今春以来,一点也不曾好转,以为不能再
见到你,心甚悲伤。今日得见,我的寿命也可稍稍延长了。我现在已经
不是贪生怕死的年龄了。每次看见别人丧失了亲爱的人而独自留在世
间苟延残喘,总觉得乏味。所以我也准备早点动身。无奈中将[1]对我
无比亲切,异常关怀,为我的病真心担忧,因此我也顾东顾西,留在世间,
一直拖延到今朝。"她说时哭泣不住,声音颤抖,令人听了觉得可笑。但
这确是实情,真是怪可怜的。

　　两人共话今昔种种事情,源氏乘间说道:"内大臣想必天天都来探
望,一天也不间断吧。倘得乘此机会和他见面,我真高兴呢。我有一事
想告诉他,然而没有适当机会,会面也不容易,叫我好心焦啊。"太君答
道:"他么? 大约是公事太忙,或者是对我不甚关心之故吧,并不常常来
访。你想告诉他的,是什么事情呢? 夕雾对他确曾怀恨。我曾对他说:
'此事发生之初,情况虽然不明,但你现在厌恶他们,硬把二人隔绝,并不
能挽回已经流传的声名,反教人纷纷议论,当作笑柄。'但这个人从小有
个脾气:凡事一经想定,很不容易改变。因此我也没有办法。"她以为源
氏要告诉内大臣的是关于夕雾与云居雁之事,所以如此说。源氏笑道:
"此事我也听到过,以为事已如此,内大臣或许不再干涉,慨然允许了。

―――――――――

〔1〕 指夕雾。

因此我也曾经婉言劝请玉成其事。但我看见他异常严厉地申斥他们,便痛自后悔:我又何必插嘴呢!我想:万事都可设法洗清,此事难道不能洗刷,使它恢复原状么?不过在这恶浊可叹的末世,要等待能够彻底洗清的水,也不是一件容易的事。无论何事,在这末世总是越来越坏,越差越远。我听见内大臣为找不到好女婿而生气,对他很同情呢。"接着又说:"我要告诉内大臣的,却是另一件事:有一个应该由他抚养的女儿,由于弄错情况,偶然被我找到了,抚养在我家里。当初并不知道弄错,所以我也不曾强要查明实际情况,只因我家子女稀少,所以即使冒充,我也觉得有何不可,就容许了她。我也没有好好抚养她,一直过了许多年月。但不知皇上何以闻知此事,曾经对我谈及。他说:'宫中没有尚侍,内侍所的典礼常有怠慢。下级女官前来供职时,亦无人指导,以致秩序紊乱。现有在宫中服务多年的典侍二人,以及其他相当人员,频频前来请求,指望担任此职。但经严格考查,均非适任之才。故仍须依照古来惯例,选用门第高贵、人望隆重而对私家之事不须兼顾之人。当然也可不拘门第,专以贤能为标准而选择,使她因多年劳绩而升任为尚侍。然而这类人现在也没有。因此还得从声望高贵的人家选出。'他暗中向我示意,要选我所找到的女儿,我又安可认为不当呢?凡女子入宫服务,不论出身高下,总须按照自己身份而立志就职,方为具有高明的见解。倘只办表面公事,司理内侍所事务,掌管本职行政,这就枯燥无聊,缺乏风趣了。但又岂可一概而论,万事全靠本人能耐。我决心送她入宫为尚侍,将此意告诉她时,乘便问问她的年龄,始知这女子确是内大臣所寻找的人。此事如何办理,我很想和内大臣谈谈,作个决定。然而没有机会,不能和他会面。因此我就写一封信给他,请他担任着裳仪式中结腰之职,以便当场向他表明。但他以贵体违和为由,谢绝我的请求。我也觉得时机不便,遂将着裳仪式作罢。但现在看见太君病已好转,我又想依照原来计划,乘机向内大臣说明。务请太君将此意传告内大臣为感。"太君答道:"唉,这是怎么一回事呀? 内大臣那边,有各种各样的人自称女儿而来投靠,他来者不拒,都收留着。刚才你说的那个女子,心中有何打算而将错就错地来寻着你呢? 以前早已有过消息,因而她来找你的么?"源氏说:"此中有个缘故,内大臣自然详细知道。只因是个微贱平民所生的女儿,如果宣扬开去,深恐引起世人恶评,所以我对夕雾也不曾详细说明。务请勿将此事泄露。"他请太君保密。

　　内大臣邸内,也传来了太政大臣访问三条邸的消息。内大臣吃惊地说:"太君那边人手稀少,招待这贵人很吃力吧。款待前驱人等,安排贵宾座位,恐怕都没有干练的人。夕雾中将想必也来的。"便派诸公子及平素亲近的殿上人等赴三条邸帮忙,吩咐道:"果物酒肴等,务须殷勤供奉,不可怠慢。我自己本应同去,深恐反而嘈杂,所以作罢。"正在此时,太君派人送信来了。信中说:"今日六条院大臣来此问病。此间仆从稀少,设备简陋,深恐屈辱贵宾。务望即刻来此,但勿言接我通报。见面之后,有要事相告云。"内大臣想:"什么要事呢? 想必是为了云居雁之事,夕雾向他们哭诉吧。"又想:"太君年迈,在世之日无多了。她屡次劝我玉成此事。如果源氏肯出一言,善意相恳,我倒不好意思拒绝了。只是夕雾冷酷无言,教我看了很不快意。今后倘有适当机会,我就装作遵命的样子,允许了他们吧。"他推想源氏与太君二人同心,合力相劝,那时更不好意思拒绝了。然而又想回来:"哪里! 岂有让步之理!"如此忽然变卦,可见他的性情异常顽固。终于他想:"不过太君已有信来,源氏太政大臣正在等候我去会面。我若不去,两方都对不起。我且前往,察看情况,随机应变吧。"他想定了,便把衣服穿得特别讲究,吩咐随从人等不可大肆声张,径向三条邸而去。

　　内大臣由众公子簇拥而行,给人以威武堂皇、重实可靠的感觉。他身材修长,肥瘦适度。由于前世积德,面貌和步态都十足具有大臣之相。他身穿淡紫色裙子,上罩白面红里的衬袍,衣裾极长。故意装出悠闲自得的模样,令人见了觉得光艳夺目。六条院太政大臣则身穿白面红里的中国绫罗常礼服,内衬当时流行的深红梅色内衣。那无拘无束的贵人模样,其美更是无可比拟。他身上仿佛发出光辉,内大臣的严装盛饰,到底比不上他。内大臣家许多公子,个个眉清目秀,聚集在父亲身边。内大臣的异母弟,现今称为藤大纳言、东宫大夫的,也都相貌堂堂,此时也来问病。此外还有许多声望高贵的殿上人,并不宣召,自动前来。又有藏人弁、五位藏人、近卫中少将、弁官等,花花绿绿的十余人,也聚集于三条邸,光景甚是热闹。等而下之,五位、六位的殿上人,以及寻常人员,不计其数。太君设筵款待,酒杯频传,诸人皆醉,大家称颂太君福德无量。

　　源氏太政大臣与内大臣难得会面,相见之下,回思往事,共谈多年以来彼此情况。在疏阔的期间,些微之事也要争执。但今天叙晤一堂,各人回忆过去种种风流韵事,便照旧撤去隔阂,畅谈今昔之事和各人近况。不觉日色渐暮,互相频频劝酒。内大臣说:"今天我倘不来奉陪,便成失礼。但倘知道驾到,因未奉召唤而不来,则更当受呵斥了。"源氏答道:"我才是当受呵斥的。我的恨事甚多呢。"话中似有含蓄。内大臣猜想他要谈云居雁的事了,觉得麻烦,便默不作声。源氏继续说:"我们二人自昔以来,不论公事或私事,都心无隐藏,不论大事或小事,都互相闻问。好像鸟的左右两翼,协力辅佐朝廷。到了后来,常常发生违背当初本意之事。然而这都是内部的私事。根本的志望并不移变。不知不觉之间,大家添了年龄。回想往昔之事,不胜依恋之情。近年以来,难得见面。我等职位既高,凡事遂多限制,不能随便行动,亦是理之当然。但你我谊属至亲,不妨略减威仪,随时惠然来访。我常以不能如愿为恨也。"内大臣答道:"从前我等的确太亲近了。甚至任情放肆,不拘礼节。常蒙开诚相待,心无隐隔。至于辅佐朝廷,我不敢与你相并,似鸟之左右两翼。幸蒙鼎力提拔,使我这庸碌之材,亦得身居高位,此恩无时或忘。惟年龄既积,自然万事都不能起劲耳。"他表示抱歉。

　　源氏乘此机会,婉转其词地向他说出了玉鬘之事。内大臣听了,感慨地说:"唉,此人真可怜,此事太希奇了!"说着就哭起来。后来又说:"当时我很担心,曾经四处寻访。其间不知因何机缘,由于忧愁不堪,曾将此事向你泄露。现今我已成为略有地位之人,想起当年浪迹人间,生下许多芜杂的子女,一任他们流落在各处,实在有伤体面,而且甚是可耻。设法把他们收回家来一看,又觉得很可怜爱。我首先想起的正是这个女儿。"说到这里,回忆起了从前雨夜品评时任情不拘地所作的种种评语,时而哭泣,时而嬉笑,两人都无所顾忌了。夜色已深,各自准备回家。源氏说:"今天在此相会,回想起遥远的少年时代旧事,教人眷恋往昔,难于堪忍,我竟不想回去了。"源氏平素并不十分感伤,此次想是酒后之故,欷歔地哭起来。太君更不必说,她看见这女婿相貌比前更好、权势比前更大,便想起了女儿葵姬,痛惜她的早死,不胜悲伤,也抽抽噎噎地哭起来,眼泪淌个不住。那尼姑打扮的姿态特别令人感动。

　　虽有此好机会,源氏并不谈起夕雾之事。因为他估计内大臣不会同意,冒昧开口,自讨没趣。而在内大臣呢,看见对方绝不谈起,也就不肯自动提出,这件事终于照旧闷在心里。临别他对源氏说:"今夜本当亲送回府,但突然如此,深恐惹人疑怪,故恕不相送。今日有劳大驾,改日自当趋前道谢。"源氏便和他相约:"尚有一言:太君清恙已大见好转,前日奉恩之事,务请慨允,准时出席。"两人面上都带喜色,分别启驾返邸,仆从奔走呼唤,气势十分雄大。内大臣的随从人等想道:"今日不知有何大事。两位大臣难得会面,我家大臣面色特别愉快。莫非太政大臣又把什么政权让与他了?[1]"他们都在瞎猜,谁也想不到玉鬘之事。

内大臣突然闻此消息,急欲一见此女,心情忐忑不安。他想:"如果立刻接她回来,以父亲身份对待她,亦恐有所不便。况且推想源氏寻获她时的初心,生怕不见得清白无私而肯慷慨地归还我。只因对各位高贵的夫人有所忌惮,未便公然将她归入妻妾之列。而偷偷地宠爱她,又恐引起世人非议,因此向我言明了吧。"他觉得不快,但又想:"这也算不得缺憾,即使我特地将女儿送与源氏太政大臣为妾,也有什么不体面呢?不过太政大臣要送她入宫,深恐弘徽殿女御见嫉,这倒是很没趣的。但归根结底,总不能违背太政大臣的意旨。"他心中作种种思量。这是二月初头的事。

二月十六日春分,是个黄道吉日。据阴阳师勘查报道,十六日前后都无好日子。此时太君的病正值好转。源氏便赶紧准备着裳仪式。他照例来到玉鬘房中,详细告诉她:前日如何向内大臣言明;行仪式时应有何种注意事项。玉鬘觉得他这一片诚心,比生身父亲更加亲切,心中不胜喜悦。此后源氏又把玉鬘的实情悄悄地告诉了夕雾中将。夕雾恍然大悟:"原来事情这样奇离!怪不得大风那天我窥见那种景象。"他觉得玉鬘的相貌比他所苦恋的云居雁更加美丽,便出神地回想她的

---

〔1〕 源氏任太政大臣时,曾将政权让与内大臣。

面影,深悔以前没有想到,不曾向她求爱,真乃迂阔之至。然而他又觉得对云居雁变节,乃忘情负义之事,便又打消此心。此人之忠实诚可赞叹。

到了着裳仪式那一天,三条邸的太君悄悄地派一个使者前来送礼。虽然时日匆促,但她所备办的梳具箱等礼品,非常精美而体面。并附一信给玉鬘:"我乃尼僧之身,恐有不吉之嫌,本来不该参与庆祝。虽然如此,但我之长寿,想来值得教你模仿。你的身世,我已详悉,使我不胜眷恋。若无一言相祝,岂非不合情理? 不知你意如何?

　　　　玲珑玉梳盒,两面有深情。

　　　　是我亲孙子,莫教离我身。"〔1〕

此信古色古香,字迹则甚颤抖。送到之时,正值源氏太政大臣来此指示仪式中种种事宜。他就看信,看毕说道:"这真是古风的书简,可惜字写得太吃力了。她早年擅长书法,年纪一大,笔力就异常衰弱,颤抖得厉害呢。"他反复看了几遍,又说:"这首诗和玉梳盒贴切之极! 三十一个字母之中,和玉梳盒无关的很少。真不容易啊!"说罢,吃吃地笑起来。

秋好皇后送的礼品,是白色女衫、唐装女袍、衬衣,以及梳妆用具,都精美无比。又照例添送装香料的瓶,装的是中国香料,香气异常浓烈。其他诸夫人,各出心裁,赠送衣服等物,连侍女们所用的梳子、扇子等,也

---

〔1〕　首句以常不离身的玉梳盒比拟玉鬘。第二、三句言无论外孙女或孙女,总是我的孙儿。日文中有三处双关:"两"与"盖"同音;"亲孙子"与"套盒"(即双重套合之盒)同音;"身"与"盒身"同音,都关联到玉梳盒。所以下文中源氏说:"三十一个字母之中,和玉梳盒无关的很少。"日本短歌限用三十一个字母。

都式样美好,无疵可指。这几位夫人都具有高雅的趣味,对于各种事物,都争乖竞巧,故所赠礼品,无不异常精致。住在二条院东院内的几位夫人,闻知六条院举办着裳仪式,自知无分参与庆祝,都默不作声。独有常陆亲王家的小姐末摘花,异常循规蹈矩,凡有仪式,决不放过,颇有古人风度。她想:"如此盛典,岂可置若罔闻?"便按照陈规送礼。这也是一片好心。她所送的是宝蓝色常礼服一件,还有暗红色或某某色的,总之是前代人所珍贵的颜色的夹裙一条,以及泛白了的紫色细点花纹礼服一件。这些衣服装在一只很讲究的衣箱内,包扎得非常仔细而美观,派人送与玉鬘。并附信云:"我乃微不足道之人,本来不该僭越。但际此盛大典礼,不能默默无所表示。微礼异常菲薄,可请转赐侍女。"措词倒很像模像样。源氏看了,想道:"真讨厌啊!她又来了⋯⋯"连自己都脸红了。他说:"这真是个异常古板的人。这样见不得人面的人,默默地躲在家里才是。这样做毕竟是出丑的。"又对玉鬘说:"你该给她一封回信。否则她要见怪。回想当年,她的父亲常陆亲王非常疼爱她呢。我们对她倘比别人轻视,太委屈了她。"看看她所赠的礼服,但见衣袂上题着一首诗,咏的老是"唐装":

> "素日不亲君翠袖,
> 我身多恨惜唐装。"

她的书法,从前就很拙陋,现在越发萎缩,竟像刀刻一般生硬。源氏看了很不快,觉得恶劣不堪,说道:"她作这首诗,煞费苦心呢。况且现在侍从之类的侍女已经不在她身边,无人能帮她忙。真是亏她的了。"他觉得可笑,接着又说:"好,我虽然很忙,让我来作答诗吧。"他一面怒气冲冲地写,一面又说:"这种怪事,真是别人所意想不到的。其实大可不必啊!"
写的是:

> "唐装唐装又唐装,
> 　反来复去咏唐装。"

写毕说道:"她非常认真地爱用这两个字,我也来用用吧。"把诗给玉鬘
看。玉鬘看了,嫣然一笑,说道:"啊呀,太刻毒了! 这不是嘲弄她么?"她
困惑不解。此种无聊之事甚多。

　　内大臣在未知实情以前,对玉鬘的着裳仪式漠不关心。突然知道实
情以后,急欲早点看看自己的女儿,等得很不耐烦,所以当天一早就来到
了。仪式的排场,比一般规定的更加体面。内大臣看见源氏太政大臣用
心如此周到,觉得深可感谢,同时又觉得有些乖异。到了亥时,请内大臣
进入玉鬘帘内。规定的设备当然应有尽有;帘内的座位尤为华丽无比。
安排起华筵来,灯火比平常更加明亮,可见招待特别丰盛。内大臣很想
与玉鬘共话,然而今宵太唐突了,未便交谈。替她的腰带打结的时候,脸
上显出怅惘不堪的神情。源氏对他说道:"今宵不谈往事,请你装作一概
不知的模样。为欲掩饰不知实情者的耳目,我们只当作世间普通的着裳
仪式可也。"内大臣答道:"承蒙关怀如此周到,无言可以答谢。"于是举杯
共饮。内大臣停杯言道:"隆情厚谊,世无其例,使我感谢不尽。惟笼闭
至今,一向瞒我,又教我不得不恨啊!"遂吟诗云:

> "渔人遭禁闭,久隐在矶头。

今日方浮海,安能不怨尤?"〔1〕

他终于不能自制,在人前流下泪来。玉鬘因诸大臣聚集帘内,羞涩不能
作答。源氏答道:

"长年飘泊后,寄迹渚边头。

藻屑诚微贱,渔人不要收。〔2〕

这怨尤未免太无理了。"内大臣也说:"诚然诚然。"此外无言可说,就走出
帘外去了。

此时诸亲王以下诸人,悉数集中在帘外。其中有许多是恋慕玉鬘的
人。他们看见内大臣入内久不退出,不知为了何事,大家都在疑讶。只
有内大臣的公子柏木中将及弁少将,约略知道实情。两人想起了以前偷
偷地向玉鬘求爱之事,深悔不该,且喜未成事实。弁少将向柏木耳语:
"幸亏不曾公开!"柏木答道:"源氏太政大臣脾气特异,爱干奇离古怪之
事。恐怕他想同秋好皇后一般对待她吧?"两人各述己见,源氏全都听
到。他对内大臣说:"暂时还得请你小心处理,以免引起世人讥评。寻常
之人,万事都可放心,即使胡行乱为,亦不受人注目。但我的事情与你的
事情,会引起世人种种议论,以致平添烦恼。此次之事,情节奇离,非寻
常可比。务请郑重从事,慢慢地使外人逐渐看惯,方为妥善。"内大臣答
道:"此事如何办理,自当悉听尊命。此女年来多蒙垂青,得在慈荫之下

---

〔1〕 渔人比喻玉鬘。
〔2〕 藻屑比喻玉鬘。渔人比喻内大臣。渚边比喻源氏家。

托庇长成,足见前世因缘不浅!"源氏赏赐玉鬘的礼品,其丰盛自不必说。赠送来宾的福物及谢仪,按照各人身份,但比定例更为隆重。只是内大臣前曾以太君患病为由而辞谢结腰,故此次不曾举行大规模的管弦之会。

萤兵部卿亲王认真地求婚了:"着裳仪式现已完成,更有何辞可以推托?……"源氏答道:"皇上前曾示意,要她入宫任尚侍之职,现正奏请免征。须待复旨到后,再行决定其他事宜。"内大臣在灯光之下约略见过玉鬘一面,总想再见一次才好。他想:"此女倘有缺陷,太政大臣不会如此重视。"因此越发恋恋不舍了。现在他回想起从前做的那个梦,方知确有征验。他只对弘徽殿女御说出实情。

内大臣严守秘密,暂时勿使外人闻知此事。但搬嘴弄舌,乃世人常习,此事自然泄露于外,渐渐传遍世间,那位口没遮拦的近江君也听到了。她来到弘徽殿女御面前,正值柏木中将和弁少将在座。她毫无顾虑地言道:"父亲又找到了一个女儿呢。啊呀,此人真好福气啊! 不知到底是怎样的一个人,所以两位大臣都如此看重。听说她的母亲出身也很微贱呢。"女御听了很难过,一声不响。柏木中将对她说道:"两位大臣都看重她,总是有缘故的。我倒要问:你从哪里听到这些话,这样突如其来地说出来? 谨防被快嘴快舌的侍女们听见啊!"近江君恨恨地答道:"哎呀,你不要多嘴! 我全都知道了。她要入宫去当尚侍呢。我早就来此供职,正为了想蒙照顾,推荐我入宫去当尚侍。所以连普通侍女们所不屑做的事,我也都起劲地去做。女御不推荐我,太无情了!"说得大家都笑起来。柏木便揶揄她:"尚侍倘有缺额,我等都希望去当呢[1]。你也来抢,太不

————————————

〔1〕　尚侍是女官,男人不能当。此乃讥讽。

客气了。"近江君生气了,答道:"像我这种微不足道的人,本不该参加在你们这些贵公子中。都是中将不好,多事地接我进来,教我在这里给人嘲笑。原来这里是寻常人不能进来的王府! 可怕可怕!"说着退向后面,眼睛注视这边。样子并不可恶,然而怒气冲冲,两眼倒竖。柏木中将听了她这话,觉得确是自己错误,只得板起面孔,一言不答。弁少将赔着笑脸对她说道:"你在此供职,忠诚无比,女御决不忽视。请你放心吧。看你那模样,即使坚硬的岩石,也能一脚踢成雪粉[1]。可知不久自有如意称心的一天。"柏木中将接着说:"照你这样子,不如笼闭在天上的岩门[2]里,倒可平安无事。"说过便走了。近江君咿咿呀呀地哭起来,叫道:"连这些人都看我不起了! 只有女御真心爱我,所以我在这里当差。"她就兴高采烈地做事。下等侍女及女童等所吃不消的杂役,她都不惮烦劳,东奔西走地去做,全心全意地为女御服务。常常向她恳愿:"请你推荐我去当尚侍!"女御不胜厌烦,想道:"这个人竟说出这种话来,不知她心里是怎样想的。"只得对她闭口无言。

内大臣听说近江君想当尚侍,不禁哈哈大笑。有一天他去探望女御,乘便问道:"近江君在哪里? 叫她到这里来!"便召唤她。近江君在里面高声应道:"来——了——!"立刻走到父亲面前。内大臣对她说道:"我看了你替女御服务的模样,方知你入朝当女官,原来是非常合格的。你想当尚侍,何不早对我说?"说时态度很认真。近江君不胜欢喜,答道:"我本想恳求父亲,但我确信女御等一定会替我转达。可是现在听说,这个职位已经另有人占去了,我就好比做梦发了大财,醒来只得手摸胸膛,

---

〔1〕 《日本书记》第一卷中有句云:"蹈坚庭而陷股,若沫雪以蹴散。"意思是说:脚力极大,能把庭中坚石踏陷,蹴成雪粉。此书用汉文写成。故此二句乃抄录,非译文。

〔2〕 "天上的岩门"是《神代记》中的神话中之物。

垂头丧气。"这番话说得异常爽快流畅。内大臣实在想笑出来,好容易忍住了,对她说道:"凡事不肯直说,是最不好的习惯。倘早些儿对我说了,我一定首先推荐你。太政大臣家的女儿身份虽然高贵,但只要我恳切申请,皇上无不准许。现在还来得及,你且写一篇申请文,字要写得端正。皇上看见其中所附长歌富有情趣,一定会录用你。因为皇上最喜爱富有情趣的东西。"他花言巧语地欺骗她。这不像是父亲的话,实在太恶劣了。近江君信以为真,答道:"和歌呢,我虽然很不高明,却也会做。至于那重要的申请文,最好由父亲出面,代我申请。那么我就好托父亲之福了。"她搓着手恳求。躲在帷屏背后等处的侍女听了这些话,肚子里好笑得要死。忍不住笑的人,溜出室外去痛快地笑一场。女御也脸红了,觉得讨厌之极。后来内大臣说:"烦恼的时候,只要找近江君。一看到她,万种忧闷都消解了。"他只把她当作消忧解闷的笑料。世人议论纷纷,有的人说:"内大臣为欲掩羞,故意用开玩笑的态度对待她。"

第三十回　兰　草[1]

　　玉鬘既封尚侍,大家催她早日入宫就任。但她想道:"此事如何是好? 源氏太政大臣名义上是父亲,尚且心怀不良,不得不防;何况到了宫中,万一皇上看中了我,发生了瓜葛,则秋好皇后与弘徽殿女御一定多方妒恨我,教我难做人了。加之我身世孤零,源氏太政大臣与内大臣和我相识未久,不曾深切计虑我的事情,对我的爱尚浅。因此入宫之后,一定有许多人骂我,说我的坏话,希望我做笑柄。那就会不断地发生倒霉的事情了。"她年龄渐长,已经不是无知无识的人了,因此东思西想,心绪缭乱,独自悄悄地悲叹。她又想:"倘不入宫,就住在这六条院里,亦无不可。然而太政大臣存心不正,甚是可厌。我能否找个机会,脱离此境,以清清白白之身来消灭世人对我的谣诼呢? 生身父亲内大臣呢,深恐太政大臣心中不悦,因而不敢强要把我收回去公然当作女儿看待。如此说来,我无论入宫或住在六条院,都不能避免讨厌的色情事件。结果自己懊恼无尽,而外人议论纷纷,此身何其不幸!"原来自从向生身父亲说明实情之后,源氏对她的态度更加肆无忌惮了,因此玉鬘独自悄悄地悲叹。她非但没有可与畅谈衷曲的人,连可与偶尔略谈心事的母亲也没有。内大臣和太政大臣都是令人望而却步的显贵人物,无论何事,都不好这般

---

　　〔1〕　本回写源氏三十七岁秋天之事。

那般地同他们商量。她独坐窗前,凝望凄凉的暮色,悲叹自己这异于常人的薄命之身,那样子十分可怜。

　　玉鬘身穿淡墨色丧服[1],容姿清减。但因服色与平常不同,相貌反而更增艳丽,越发引人注目了。众侍女看了她,个个笑逐颜开。此时夕雾中将来访。他也穿丧服,是一件墨色较深的常礼服,冠缨卷起[2],相貌也反而更清秀了。以前,夕雾一向以为玉鬘是姐姐,所以真心地敬爱她;玉鬘对他也并不疏远回避,习以为常。如果现在因为知道了不是姐弟而突然改变态度,似乎太不自然。因此照旧在帘前添设帷屏,隔帘对晤。不用侍女传言,直接交谈。夕雾是源氏太政大臣派来的,叫他把皇上的话照样传达给玉鬘。玉鬘的答辞落落大方,态度非常得体,贤慧而又高雅。夕雾在大风那天早上窥见了她的容姿,心中一直恋恋不忘,只可惜是姐弟关系。自从知道实情以后,恋慕之心越发难于抑制了。他推想玉鬘入宫以后,皇上决不会把她看做寻常的女官,皇上和她确是一对天然佳偶。但烦恼之事也会突然发生。他觉得胸中充满了热恋,然而努力镇静,神气十足地说道:"父亲有话命我转达,叮嘱我勿使外人听到。现在我可以说么?"玉鬘身边的侍女一听此言,便稍稍退避,躲到了帷屏后面等处。夕雾就捏造出一番话来,冒充源氏太政大臣的口吻,煞有介事地详细转达了。大意是:皇上对她另眼看待,叫她心中早做准备。玉鬘默默不答,只是悄悄地叹息。夕雾觉得这态度可亲可爱,越发忍耐不住了,对她说道:"丧服在本月内期满[3]。父亲说另外没有好日子,决定在十三日到河原去举行除服祓禊。那时我也当奉陪前往。"玉鬘答道:

---

〔1〕　可知太君已死。
〔2〕　穿丧服时,冠缨必须卷起。
〔3〕　祖母的丧服期为五个月。

"你也同去，生怕太招摇了。还是大家悄悄地前往为是。"她的意思是勿使外人详细知道她穿丧服的理由，其用心实甚周到。夕雾说："你不欲向人泄露实情，太对不起太君了。我觉得这丧服是我所思慕难忘的外祖母的遗念，舍不得脱掉它呢。再则：我们两家关系何以如此密切，我实在想不通〔1〕。如果你不穿这表示血统关系的丧服，我还不相信你是太君的孙女呢。"玉鬘答道："我什么也不懂得，何况这些事情，我更加弄不清楚。我只觉得这丧服的颜色异常可悲。"她的神情显得比平时颓丧，深可怜爱。

夕雾大概想乘此机会向玉鬘表明心愫，拿了一枝很美丽的兰草。从帘子边上塞进帘内去，对玉鬘说道："你也有缘分看看这花。"〔2〕他不立刻把花放下，只管拿在手里。玉鬘仓促之间不曾注意到，伸手去拿花，夕雾便拉住了她的衣袖，扯动一下，赠诗云：

> "兰草生秋野，朝朝露共尝。
>
> 请君怜惜我，片语也何妨。"

玉鬘听到最后一句，想道：这莫非是"东路尽头常陆带……"〔3〕之意么？心中很不自在，觉得此人讨厌。但她装作不懂的样子，慢慢地退到里面去。答诗道：

---

〔1〕 夕雾不知道他父亲与夕颜的关系，所以想不通。

〔2〕 日本人称兰草为"藤袴"，称丧服为"藤衣"，故用兰草暗示丧服。本回题名据此。兰草是菊科植物，初秋开淡紫色花。

〔3〕 古歌："东路尽头常陆带，相逢片刻也何妨?"见《古今和歌六帖》。常陆国鹿岛神社举行祭礼之日，男女各将意中人姓名写在带上，将带供在神前。神官将带结合，以定婚姻。此带称为"常陆带"，犹我国之"红线"也。

"既蒙君来访,自非疏远人。

交亲原不薄,何必枉伤心?

你我如此对晤,情谊本已甚深,此外尚复何求?"夕雾微笑着说:"是浅是深,我想你心中一定明白。照理说来,你身蒙圣眷,我岂敢妄想? 但我心日夜煎熬,此情你不得而知。我怕说了出来,反而使你讨厌我,所以一向苦苦地闷在心中,然而'至今已不胜'〔1〕其苦了。柏木中将的心情你知道么? 我当时因是别人之事,对他漠不关心。现在轮到自己身上,方知当时何其愚笨。而柏木之心情也可理解了。现在他倒已经梦醒,从此可以永远与你保持兄妹之谊,心情反而喜慰。我看了不胜妒羡呢。至少请你可怜我的苦心!"他唠唠叨叨地说了许多话,但都可笑,故不记述。玉鬘心中不快,渐渐向后退却。夕雾又说:"你的心肠好硬啊! 我从来不曾冒犯你,你总该知道吧。"他想乘此机会,再诉说些衷情,但闻玉鬘说:"我心绪很不好……"说罢就退入内室。他只得长叹一声,告辞而去。

夕雾回想对玉鬘说的一大篇话,深悔孟浪。但他又想:"我记得紫夫人比这一位更加艳丽动人,我总要找个机会访晤一次,即使像今天一样隔帘也好,至少可以听到她的娇声。"他怀着忐忑不安的心情,来看源氏太政大臣。源氏出来见他,他便将玉鬘的回音转达。源氏说:"如此看来,入宫之事她并不乐意。萤兵部卿亲王等人对付女人手段高明,大约是他们用尽心思,花言巧语地向她求爱,因此她的心深深地被感动了。若果如此,教她入宫反而苦了她。然而大原野行幸之时,她看到了皇上

---

〔1〕　古歌:"刻骨相思苦,至今已不胜。誓当图相见,纵使舍身命。"见《拾遗集》。

之后,曾经极口赞叹他的美貌。我确信青年女子只要窥见皇上一面,没有一个不愿意入宫的,因此打发她去当尚侍。"夕雾答道:"不过,照这位表姐的模样,去当尚侍合适,还是当女御合适呢? 在宫中,秋好皇后地位高贵无比,弘徽殿女御也尊荣富厚,恩宠殊隆。表姐入宫之后即使也大受恩宠,但欲与她们并肩,恐怕是很难的。我又听人说:萤兵部卿亲王求婚非常诚恳。虽然尚侍是女官之长,身份与女御、更衣不一样,但此时送她入宫,仿佛有意与亲王为难,他定然生气。父亲与他有手足之谊,生怕伤了感情。"他说得活像大人口气。源氏说:"唉,做人真难啊! 玉鬘的事,不是可以由我一人做主的。岂知连髭黑大将也恨煞了我。我每逢看到不幸的人,总觉不忍坐视,必须设法救助,为此招人怨恨,反被视为轻率,真乃冤枉之极! 她母亲临死时向我哀愿,托我照顾她的女儿,我始终不忘。后来听说这女儿孤苦伶仃地住在乡下,正在愁叹父亲不去找她,我觉得非常可怜,就去接了她来。只因我对她爱护周至,内大臣便也重视她了。"他这番话说得头头是道。接着又说:"照她的人品,嫁与萤兵部卿亲王实甚适当。此女子姿色入时,体态婀娜,加之性情贤惠,决不会有不端行为。夫妻之间一定是很相得的。然而叫她入宫,也是十分合格,毫无缺陷的。容貌美丽,态度可爱,礼仪都很熟悉,办事又精明能干。完全符合皇上求贤之旨呢。"夕雾听了这赞扬之词,想探悉父亲的真心,乘机说道:"年来父亲对她爱护如此周至,外人却都误解,说父亲自有用意呢。髭黑大将托人向内大臣说亲,内大臣回答他的也是这样的话。"源氏笑道:"从各方面说来,这个人由我抚养,总是不相称的。无论入宫或其他行动,总须得内大臣许可,照他的意思做才是。女子有三从之义[1]。

---

〔1〕《礼记》中说:"妇人有三从之义,……未嫁从父,既嫁从夫,夫死从子。"

不守此礼,而由我做主,是不应该的。"夕雾又说:"听说内大臣私下在议论呢,他说:'太政大臣家里已经有了好几位身份高贵的夫人。他不便叫玉鬘和她们同列,所以装作放弃,把她让给了我;同时又派她入宫去当个闲散的女官[1],以便经常把她笼闭在自己家中。如此安排,实甚聪明。'这是可靠的人告诉我的。"他说得非常明确。源氏推想内大臣可能有这种想法,心中颇感不快,说道:"这样瞎猜,真讨厌! 此人有个脾气,万事都要穷究到底,故有这种想法。此事如何解决,不久自会水落石出。他实在太多心了。"说着笑起来。他的口气十分坦率,然而夕雾仍多怀疑。源氏自己也在想:"难道我真是这样的么? 如果被人猜中,实在太不成话,太没面子了。我总须设法教内大臣知道我心地清白。"他企图打发玉鬘入宫,以遮外人耳目而掩饰自己的暧昧心情。不料此计已被内大臣察破,想起了好生懊恼。

　　玉鬘于八月中除丧服。源氏以为九月乃不吉之月[2],故决定延至十月入宫。皇上等得很心焦。恋慕玉鬘的人闻此消息,都很惋惜,各自去找替自己帮忙的侍女,向她们恳求,希望在入宫之前玉成其事。然而此事比只手塞住吉野大瀑布[3]更难,侍女的回答都是"毫无办法!"夕雾那天冒昧地对玉鬘说了那些话,不知玉鬘对他作何感想,心中甚感痛苦。此时他就起劲地东奔西走,装作热心帮忙的样子,希图博得玉鬘的欢心。此后他不再轻率求爱,只管努力镇静,不露声色。玉鬘的几个亲兄弟,一时尚未熟悉,还不曾来访,都在焦灼地等候她入宫之期,准备前来帮忙。

　　〔1〕　尚侍不须经常住宫中。
　　〔2〕　当时风习,九月忌婚嫁。
　　〔3〕　古歌:"吉野大瀑布,只手不能塞。犹如世人心,变化不可测。"见《古今和歌六帖》。

柏木中将以前向她求爱,费尽心血;现在则音信全无。玉鬘的侍女们都笑他老实。有一天,他忽然以父亲的使者身份来访。由于向来习惯了偷偷摸摸地送情书,所以今天还是不敢堂皇出面,却于月明之夜,走进来躲在桂树底下了。玉鬘向来不接见他,侍女们也大都不肯替他传达。今天则藩篱尽撤,在南面安排了客座招待他。至于亲口答话,玉鬘还怕难为情,所以叫侍女宰相君传言。柏木心中不快,开口说道:"父亲特地派我前来,是为了有些话不便叫人传言。如今你如此疏远我,叫我怎能把这些话告诉你呢? 自古道:'手足之情割不断。'看似老生常谈,确是真情实理啊!"玉鬘答道:"我也想把多年来积集胸中的话向阿哥诉说。只因近日心情异常恶劣,竟至不能起身。阿哥如此见怪,使我觉得反而疏远了。"说时态度非常认真。柏木说:"你心情恶劣,不能起身,可否容许我到你床前的帷屏外面来呢? ……罢了罢了,我这要求也太不体谅人了。"便悄悄地传达了内大臣的话,其神情也很雅观,并不逊于他人。内大臣的话是:"有关入宫之种种情况,我无由详细闻知,甚望一一秘密告我。我因凡事防人耳目,未能亲自前来,而又未便通问,为此不胜挂念。"柏木又乘便把他自己的话叫宰相君转达:"自今以后,我不会再写那种愚蠢的信来了。不过,不论关系如何,对我那种热情熟视无睹,终叫我越想越恨。首先恨的是今夜对我的招待:应该在北面〔1〕接见我。如果像你这等高级侍女不屑招待我,叫几个下级侍女引导我也无不可。像今天这样的冷遇,实在无有其例。我逢到了种种少有的遭遇!"他侧着头,恨个不休,样子有些可笑。宰相君便把他的话传告玉鬘。玉鬘说:"突然亲近,深恐别人取笑。因此长年沦落之苦况,亦未曾向阿哥罄诉,反比以前更

〔1〕 北面是接见熟客人之处,犹后门。

多苦恨了。"这只是应酬之辞。柏木觉得不好意思,闭口不做一声。后来
赠诗云:

> "不曾探悉妹山道,
> 绪绝桥头路途迷。[1]

哎呀!"吟时不胜其恨,亦可谓自作自受。玉鬘命宰相君传言答道:

> "不知何故迷山路,
> 只觉来书语不伦。"

宰相君附言道:"以前屡次来书,我家小姐不解其意。小姐对于世间无论
何事,顾虑异常周到,因此不能作复。但今后自然不会再有此种事情
了。"这也是真情实理。柏木答道:"如此甚好,我今日不便久留,就此告
辞。今后自当尽力效劳,借以表达我之忠诚。"说罢便起身归去。此时月
明如昼,天色清丽,照见柏木中将的姿态异常优雅。他身穿常礼服,容貌
昳丽,与此景色十分调和,诚可赞美。众青年侍女相与议论:"此人容貌
姿态虽然赶不上夕雾中将,但也异常优美。他家兄弟姐妹怎么会个个长
得如此出色呢!"她们每逢略有所见,照例极口称赞。
　　髭黑大将和柏木中将都是右近卫府的僚属。髭黑常常请柏木来,同
他亲切晤谈,托他代向内大臣说亲。髭黑大将人品也很优秀,显然是朝

----

〔1〕　妹山在纪州伊都郡,绪绝桥在陆前志田郡。此诗大意是:不知你是称妹,因而迷
于失恋。

廷辅弼的候补人。内大臣对他也很满意。只因源氏主张送玉鬘入宫,他未便违反其意而将她许给髭黑。他竟在猜想源氏别有用心,因此玉鬘之事,悉听源氏做主。这位髭黑大将原是皇太子的生母承香殿女御之兄。除源氏太政大臣和内大臣之外,皇上对他信任最深。年龄大约三十二三。其夫人乃紫姬之姐,即式部卿亲王之长女,比他年长三四岁。并无特殊缺陷,然而恐是人品欠佳之故,髭黑大将称她为"老婆子",一向不把她放在心上,常想和她离异。因有此种情形,源氏总觉得髭黑大将不配当玉鬘的夫婿,一直不曾允许他。髭黑大将并无浮薄好色之行。然而为了玉鬘,曾经用尽心计,东奔西走。他从详悉内情的人那里探知:内大臣对他并无异议;玉鬘并不乐意入宫。便屡次去找玉鬘的侍女弁君,对她说道:"现在只有太政大臣不曾同意,小姐的生身父亲早就没有异议了。"催促她快快玉成其事。

不久到了九月。秋霜初降,晨光清丽。那些替求爱者拉拢的侍女,拿来了偷偷送来的许多情书。玉鬘自己并不看信,都由侍女读给她听。髭黑大将的信中写道:"指望本月有成,不觉空过多日。怅望云天,心焦如焚。

> 九月不祥且不管,
> 岂知拼命也徒劳。"

原来他已明知过了九月定当入宫也。萤兵部卿亲王的信中写道:"事已如此,尚复何言! 只是

> 莫教艳艳朝阳色,

消尽区区竹上霜。〔1〕

但望俯察我心,亦可聊慰相思。"这封信系在一根异常枯槁的小竹枝上,竹叶上的霜也不拂落,连那个送信使者也形容枯槁。还有式部卿亲王的儿子左兵卫督,即紫姬之兄,因为经常出入于六条院,自然详知玉鬘入宫之事。为此不胜悲愤,信中诉恨之言甚多。其诗云:

"心虽欲忘悲难堪,
　如之奈何如之何?"〔2〕

这些情书的纸色、墨迹和熏香之气,各不相同,各得其妙。众侍女都说:"将来和这些人一概断绝,也太寂寞了。"玉鬘不知有何感想,只对萤兵部卿亲王略复数字:

"葵花纵有心向日,
　亦不自消早降霜。"

虽然只是轻描淡写,萤兵部卿亲王看了如获至宝。由此可见玉鬘已经了解他的心迹,虽然只有寥寥数字,亦觉欢喜无量。此种来信虽然无甚要事,但各人各自申恨诉怨,花样甚多。总之,为女子者之心情,当以玉鬘为模范。源氏太政大臣与内大臣对她都如此评判。

---

〔1〕　朝阳比喻冷泉帝,竹上霜比喻他自己。
〔2〕　古歌:"不忘欲忘终难忘,如之奈何如之何?"见《清慎公集》。左兵卫督之诗据此古歌。

第三十一回　真　木　柱^[1]

　　源氏太政大臣劝诫髭黑大将道："此事若教皇上得知,你该何等惶恐。我看暂勿走漏消息为是。"然而髭黑大将得意忘形,毫不顾虑。玉鬘虽已和他同居多时,但对他绝不开诚相爱。她自叹这是意想不到的宿世孽缘,一直愁眉不展。髭黑大将不胜其苦。但念好事既成,因缘非浅,则又不胜欣喜。他觉得此人越看越是可爱,真乃合乎理想的娇妻。险些儿被别人占夺了去。这样一想,竟心惊肉跳起来,便想把替他穿针引线的侍女弁君和石山寺的观世音菩萨并列起来,向她们顶礼膜拜。然而玉鬘恨煞了弁君,此后一直疏远她,使她不敢前来伺候,只得日夜笼闭在自己房里。为了玉鬘而刻骨相思、备尝失恋之苦的人,不知凡几。而石山寺的观世音菩萨偏偏保佑了这个她所不爱的髭黑大将。源氏也不喜此人,深感惋惜。然而他想："事已如此,夫复何言。况且内大臣等都已许诺,我若出来反对,表示不满,则对不起髭黑大将,在我亦属多事。"就安排盛大仪式,竭诚招待这位新女婿。

　　髭黑大将急欲早日将玉鬘迎归自己邸内,正做种种准备。但源氏认为玉鬘倘毫不介意,贸然迁往,则心怀醋意的正夫人正在那边等候她,对

<hr />

　　〔1〕　本回写源氏三十七岁冬天至三十八岁冬天之事。玉鬘当了尚侍而尚未晋谒皇上之前,髭黑大将与她发生了关系。

她甚是不利。便以此为由,对髭黑大将说道:"我劝你还得镇静些,慢慢地来,不可张扬,务使你们两人都不受人讥议与怨恨。"内大臣私下对人说道:"我看如此反而安稳。她没有特别关切的保护人,草草地入宫去度豪华的生涯,处境定多痛苦,我很替她担心。我固然有心提拔她;然而弘徽殿女御正在承宠,教我如何下手呢?"这话说得有理:身在帝侧,而恩宠不及别人,只当一个寻常宫女,不为帝所重视,毕竟是不幸的。新婚第三日之夜,举行祝贺仪式,源氏太政大臣与新夫妇唱和诗歌,备极欢洽。内大臣闻此消息,方知源氏抚养玉鬘,确是一片好意,心中不胜感激。这件婚事虽然办得十分秘密,但世人自会知道,并感兴趣。辗转流传,变成了一件珍闻,轰动一时。不久冷泉帝也闻知了。他说:"可惜啊! 这个人与我没有宿缘。但既有为尚侍之志,不妨依旧入宫。尚侍不比女御、更衣,已嫁之人亦无不可。"

到了十一月,宫中祭祀典礼甚多,内侍所事务繁忙。典侍、掌侍等次级女官,频频到六条院来向尚侍请示,玉鬘的房中座上客满,十分热闹。但髭黑大将白昼也不回去,在这里东躲西闪,玉鬘很讨厌他。许多失恋者之中,萤兵部卿亲王尤为伤心。式部卿亲王的儿子左兵卫督除失恋之外,又因其姐为了玉鬘而被髭黑大将遗弃,为世人所取笑,所以加倍痛恨。然而他又想回来:事已如此,痛恨无益,反见其愚。髭黑大将原是个有名的忠厚长者,多年来从未有过轻薄好色的行为。然而现在完全变了样,对玉鬘一往情深,其贪色之状竟像另换了一个人。偷偷摸摸地宵来晓去,打扮成一个艳丽的风流男子,众侍女看了都觉得好笑。玉鬘本性愉快活泼,但现在笑容尽敛,一味心思郁结。此事本非出于她的心愿,乃众所周知。然而她不知源氏太政大臣对此事做何感想。又回想萤兵部卿亲王的深情厚谊,以及风流儒雅之状,便觉自己可耻可惜,因此对髭黑大将一直没有好感。

　　源氏太政大臣从前曾向玉鬘缠绕不清,惹起世人怀疑,如今证明了他的心地清白。他回思过去悬崖勒马的事例,觉得自己是一个虽有一时冲动而能不越常轨的人。便对紫姬说:"你以前不是也怀疑我么?"但他自知习癖未除,到了热恋不堪之时,难免任情而动,所以情思仍未断绝。有一天昼间,他趁髭黑大将不在家时来到玉鬘房中。玉鬘近来心绪异常恶劣,精神萎靡,无有爽健之时。听见源氏太政大臣来到,只得勉强起身,躲在帷屏后面接待。源氏此次特别用心,态度比往时略有改变,说的也是寻常应酬之言。玉鬘看惯了那个粗壮而凡俗的髭黑大将,一旦重见源氏这俊秀无比的姿态,想起自己际此意外之遭遇,便觉羞耻得置身无地,眼泪流个不住。说话渐渐亲密起来。源氏将身靠在近旁的矮几上,一面说话,一面向帷屏内窥看。但见玉鬘芳容清减,而异常可爱,比以前更增艳丽,更觉百看不厌了。他想:"如此绝色佳人,而肯让与他人,我也太慷慨了!"惋惜之余,即席吟诗:

> "未得同衾枕,常怀恋慕情。
> 谁知川上渡,援手是他人。[1]

真乃意想不到之事啊!"举手拭去鼻上的眼泪,神情十分优雅。玉鬘以袖遮面,答诗云:

---

　　[1] 当时俗说:女人死后必渡三途川,川中有深浅不同的三途,视其人生前善恶而指定一途。渡时由第一个丈夫援手。

　　"未向川边渡,先沉泪海中。

　　微躯成泡沫,消失永无踪。"

源氏说:"消失在泪海中,这想法未免太幼稚了。这且不谈。那三途川是必经之路,你渡川时,至少让我扶持你的指尖儿吧。"说着微微一笑。又说:"你现在想必已经明确知道了吧。像我这种诚实无比而又极可信赖的人,实在是世无其类的。你能了解,我便安心了。"玉鬘听了这话,心中非常难过。源氏看她可怜,便把话头转向别处:"皇上盼望你入宫,你不遵命,是失礼的。你还得前往一行为是。女子被丈夫占为己有之后,往往不便兼任公务。我当初替你定的计划,本来不是这样的。可是二条那位内大臣赞成这婚事,我也只得同意了。"轻言细语,娓娓不倦。玉鬘听了又是感动,又是羞耻,只管淌着眼泪,默默不做一声。源氏见她如此伤心,觉得不便任情謦谈衷曲,只把入宫须知之事及事前应有之准备等教导了一番。看他的模样,不会立刻允许玉鬘迁往髭黑大将邸内。

　　髭黑大将舍不得放玉鬘入宫。然而他有个打算:乘此机会,把她从宫中直接迎归自己邸内。便允许她暂去即回。他不惯于偷偷摸摸地出入六条院,常常觉得痛苦,总想早日将玉鬘接回家去,便动工修葺邸宅。年来邸内荒芜日久,所有设备大都破旧,现在一概重新置办。正夫人为了他的薄情而悲伤,但他全不关心。本来疼爱的子女,现在也全不在他眼中了。若是略有几分温柔情怀的人,则不论所做何事,必能体谅旁人的心,勿使他们受到委屈。可是这位大将本性直率,划一不二,行事突飞猛进,不顾一切。因此旁人为他受苦甚多。他的正妻人品并不逊于他人。讲到出身,父亲是高贵的亲王,对这女儿爱护无微不至。世人对她十分尊敬。相貌也生得端正美丽。只是有一个异常顽固的鬼魂附缠着她,因此近年来态度与常人不同,往往失却本性,形似疯狂。因此夫妇之间的感情也久已疏远。然而髭黑大将还是尊重她,视之为高贵无比的正夫人。直到最近遇见了玉鬘,才意外地变了心。他觉得玉鬘与众不同,容貌之美远胜他人。尤其是世人猜疑她与源氏太政大臣有染,终于证明了她是清白之身,因此更加珍爱她。这也是理之当然。

正夫人的父亲式部卿亲王闻知此事,说道:"事已如此,将来他把那个漂亮女人迎进来,大加宠爱,而教我的女儿屈居在角落里,岂不被人耻笑? 只要我一息尚存,我的女儿就没有必要含羞忍辱地依人篱下。"便把邸宅东面的厢屋加以整饰,想把女儿接回家来。女儿则以为虽然是娘家,但既是已嫁之身,而重新回来依靠父母,终非长策。烦恼之余,心情更恶,便病倒了。此人本性柔顺,心地善良,态度天真烂漫。但因心病不时发作,以致常常被人疏远。她房中器物零乱,灰尘堆积,没有一块清净之处,满目凄凉之色。髭黑大将看惯了玉鬘所居琼楼玉宇,看了她的房间觉得不堪入目。但因长年夫妻之情尚在,心中觉得非常可怜。对她说道:"即使是结婚数日、交情极浅的夫妻,凡是良家出身的人,都能互相体谅,相与白头偕老。你身体很不健康,因此我有欲说的话,难于向你启口。你我不是多年相契的老夫妻么? 你的病状异乎寻常,但我一向对你照顾周到,含容隐忍,直到今朝。但愿你也善始善终,对我勿萌厌弃之念。我常对你说:我们已有子女,在无论何种情况之下,我决不疏远你。你却怀着妇人之见,一直无缘无故地怨恨我。在你尚未确知我的真心期间,难怪你要恨我。但现在请你暂时任我所为,且看结果如何。岳父闻知我的事情,愤怒之余,断然地要把你接回娘家去,这样做其实太轻率了。不知道他是真有决心呢,还是暂用这话来惩诫我?"说到这里笑起来。夫人听了这番话非常懊恼。多年在邸内当差而形似侧室的侍女木工君、中将君等人听了,也各自怀着愤愤不平之感。可巧夫人这几天精神恢复正常,她哭得非常伤心,答道:"你骂我昏聩,笑我乖僻,我罪属应得。但你涉及我父亲之事,被他听到了叫我何以为颜? 为了我这不幸之身,使父亲受到了轻率的讥评! 你那勾当,我早已闻知,不是今天初次听到,所以不会悲伤的。"说着背转身去,姿态优美可爱。这位夫人身材本来小巧,由于经常患病,更见消瘦憔悴,有弱不禁风之状。头发本来既密且长,现在疏疏落落,好像被人分了一部分去。加之栉沐久缺,泪雨常沾,更觉十分可怜。她本来就没有娇艳之相。但酷肖乃父,容貌昳丽;只是病中不暇修饰,所以全无华丽之色。髭黑大将对她说道:"我怎敢讥评岳父? 你不可说这种丧失礼貌而有损名誉的话!"他用这话安慰她,又说:"近来我常去的那个地方,非常豪华,有似琼楼玉宇。像我这样陌生而粗率的人在那里进进出出,常恐这样那样地受人注目,颇有痛苦之感。为此想把她接回家来,以求放心。太政大臣在当今之世,声望高贵无比,更不待言;他家里万事十全其美,教人看了自感羞惭。我们这里倘有家丑外扬,被他闻知,实在太难为情,并且对他不起。所以那人迁来之后,务请你与她和睦相处。你即使回娘家去,我也不会忘记你。无论怎样,我俩的情爱今后决不会断绝。但你倘断然离我而去,则在你势必为世人所取笑,在我亦当受轻薄的讥评。因此请你勿忘多年来夫妻之情,和我长共相守,互相照拂。"夫人听了他这番劝慰的话,答道:"你的薄情,我毫不介意。我所悲的,是父亲为了我这异于常人的疾病之身而愁叹,今又为了世人笑我被丈夫遗弃而伤心。我很对他不起,有何面目回家去见父亲呢? 你说起太政大臣家的紫夫人,她对我并非外人[1]。此人幼时离

_____

〔1〕 是她的异母妹。

开父亲,在外生长起来,现在却做了那人的义母而以我丈夫为女婿。父亲颇感不快,但我也毫不介意。我只要静观你的行动。"髭黑大将说:"这真是知情达理之言! 但你那毛病发作起来,痛苦的事情又出来了。今回的事,紫夫人并不知道。太政大臣把她当作千金小姐一般宠爱,她岂肯顾问我这种鄙夫俗子之事? 她并不以义母自居。你们凭空乱猜,被她听到了不好意思啊!"他在夫人房中住了一天,同她谈了许多话。

　　天色渐暮,髭黑大将心不在焉,巴不得早点来到玉鬘那里。可巧天上降下大雪。这种天气定要出门,旁人看了必然诧怪。眼前这个人如果嫉妒怨恨,气色难堪,倒可以此为借口,反唇相讥,拂袖而去。无奈现在她却平心静气,和蔼可亲,抛弃她实甚可怜。到底如何是好,心思迷惑不定。于是格子窗也不关,只管坐在窗前望着庭中出神。夫人看了他这模样,便催他出门:"真不巧啊,雪下得这么大。路上很难走呢。天色也不早了。"她知道情缘今已断绝,挽留也是枉然,那神情十分可怜。髭黑大将说:"这种天气怎么出门呢!"但话又说回来:"不过在最近期间,那边的人还没有知道我的心,都要说长道短。太政大臣和内大臣听了左右的话,也会对我怀疑。所以我还是不得不去。请你心平气和地观察我吧。等她迁到这里之后,大家都可安心了。在你这样清醒的时候,我决不会想念别人,只觉得你很可怜爱。"夫人低声下气地答道:"如果你这人留在家里,而你的心向着外面,反而使我痛苦;如果你这人在别处,而你的心能想念我,那么我袖上的冰也会融解了[1]。"便取过香炉来,替髭黑大将的衣服熏上浓香。她自己身上却穿着不浆的旧衣服,落拓不羁,姿态更加显得寒酸。那消沉之相,叫人看了非常难过。由于时时哭泣,两眼均

――――――――――

〔1〕　古歌:"怀人不寐冬天晓,袖泪成冰尚未融。"见《后撰集》。

已红肿,相貌不免逊色。但此时髭黑大将真心地可怜她,所以并不觉得难看。他想起同她做了多年夫妻,而忽把爱情完全移到别人身上,觉得自己太薄幸了。但同时又觉得对玉鬘的热恋依然旺盛。便假装懒洋洋的样子,叹息数声,把衣服换上,又取过小香炉来塞在衣袖里,再加熏香。

髭黑大将穿着柔软而称体的衣服,仪态虽然比不上盖世无双的美男子源氏,但也秀丽堂皇,非常人可比,令人看了肃然起敬。随从人等在外面叫喊:"雪渐渐停止了。夜深了吧?"他们不敢正式催促,装作伙伴闲谈,又咳嗽几声。中将君和木工君等都悲叹:"做人真没意思啊!"她们躺在那里,相与共话。夫人正在沉思冥想,姿态优雅地躺卧着。忽然站起身来,将大熏笼下面的香炉取出,走到髭黑大将后面,一下子把一炉香灰倒到他头上。咄嗟之间的事,谁都不曾提防。髭黑大将大吃一惊,一时呆若木鸡。极细的香灰侵入眼睛里和鼻孔里,弄得他昏头塌脑,看不清四周情状。他两手乱挥,想把香灰掸去,然而浑身是灰,掸不胜掸,只得把衣服脱下。倘使神经正常,而作此种行为,那是无礼之极,此人没有再顾的价值了。然而这是鬼魂附体,使她被丈夫厌弃。因此身边的侍女们都同情她。她们呼号奔走,忙着替主人换衣服。然而许多香灰钻进鬓发里,又沾遍了全身。似这般模样,如何走进玉鬘的洞房清宫中去呢!

髭黑大将想道:虽说是患心病,但此种举动,荒唐太甚,从来不曾见过。他懊恼之极,便厌恶这夫人,刚才对她的怜爱之心都消失了。但念此时倘把事情闹大,深恐发生意外之变,只得忍气吞声。不管时已夜半,派人召请僧众,大办祈祷法会。此时夫人正在大声叫骂,髭黑大将听了她的声音,觉得讨厌之极。这也是难怪他的。由于祈祷的法力,夫人有时似乎挨打,有时跌倒在地,闹了一夜,直到天明,方始疲极而睡。此时髭黑大将管自写信与玉鬘。信中言道:"昨夜此间有人身患暴病,几乎死亡;加之大雪纷飞,行路困难。踌躇竟夕,周身冷不可当。未能前来欢叙,此情当蒙原鉴。但不知旁人如何猜度耳。"言语甚是直率。又附诗云:

"心似雪花飞舞乱,

　　独眠双袖冷如冰。

实甚难堪也。"这信写在白色薄纸上,非常工整,然而并无特殊风趣。笔迹倒也很优秀,可见此人富有才能。玉鬘全不把他放在心上,即使他夜夜不来,亦无所谓。这封战战兢兢的信,她看也不看,当然置之不复。髭黑大将等不到回信,十分伤心,忧愁了一整天。

次日夫人醒来,狂病依然未愈,样子非常痛苦。于是再作修法祈祷〔1〕。髭黑大将也在心中祈愿:但望目前平安无事,早早恢复正常。他想:我若不曾见过她正常时的可爱之相,决不能忍耐到现在,这样子真讨厌啊! 到了傍晚,他照例急急忙忙地准备出门。此时他的服装很不端整,奇形怪状,不成体统,为此牢骚满腹。没有人取出漂亮些的袍子来替他换上,样子甚是可怜。昨夜那件袍子被灰烬烧破了好几处,有一股焦臭,异常难闻。连衬衣也染上了焦臭。这显然表示夫人打翻了醋瓶,玉鬘见了一定厌恶他。于是把衣服脱光,洗一个澡,好好地打扮一下。木工君替他把衣服熏香,对他吟道:

"孤居寂处心如灼,

―――――――――

〔1〕 修法祈祷是密宗佛教的一种法事,时人信以为可以驱除病魔,转危为安。

炉火中烧炙破衣。

你对夫人如此冷酷无情,叫我们旁人看了也愤愤不平。"说时以袖掩口,眼色异常俊俏。然而髭黑大将心不在此,只怪自己怎么会看中木工君这种女人。此人真乃薄幸啊!其答诗云:

"每闻恶疾心常悔,
　怨气如烟炙破衣。

昨夜那种丑态如果被那人闻知,我这一身就两头落空了!"他叹息数声,出门而去。到了玉鬘那里,觉得才隔一夜,她的容貌忽然增艳,他就越发专心地爱她,绝不再分心到别的女人身上去。他想起家中之事不胜厌恶,便长久笼闭在玉鬘房中,不想回家去了。

他家中连日大办修法祈祷,然而那鬼魂越来越凶,大肆骚扰。髭黑大将闻之,设想此刻如果归家,势必闹出丑闻,被人耻笑,害怕之极,越发不敢回去。后来虽然回去,也离居在别室中,只把子女叫进来抚爱一番。他有一个女儿,年方十二三岁。下面还有两个男孩。近几年来,他对夫人虽然逐渐疏远,但总把她当作一位高贵无比的正夫人看待。如今看看情缘即将断绝,众侍女都觉得十分悲伤。

夫人的父亲式部卿亲王闻此消息,说道:"照此说来,他已经把我女儿当作弃妇看待了。如今若再忍气吞声,我们太没有面子,岂不被天下人取笑?只要我活在世间,我女儿何必专心一意地追随他呢?"便立刻派人去迎接女儿回家。此时夫人情绪已恢复正常,正在愁叹身世之不幸,忽闻父亲派人来接,想道:"我倘强欲留在这里,等待丈夫正式和我决绝,

然后死心塌地回娘家去,那就更加惹人取笑了。"便决定回去。来接的是
夫人的三个哥哥:中将、侍从及民部大辅。另一哥哥兵卫督官位较高,行
动招摇,所以未来。派来的车子只有三辆。夫人的侍女们早就料到有这
一天。现在看见果然如此,想起今天是住在此邸内的最后一天了,大家
簌簌地流下泪来。夫人悄悄地对她们说:"我长久不回家了,此次回去,
犹似旅居,哪里用得着许多人呢?你们之中有几个人暂且回娘家去,等
我在那边住定之后再说。"众侍女便各自收拾零星物件,搬回娘家,邸内
弄得散乱无章。夫人的用品,凡需要的,也都包装起来,以便运回。此时
上下人等,无不哭泣,真乃凄凉之极!

　　子女三人,都还年幼无知,正在游戏。夫人都把他们叫来,对他们说
道:"我宿世命苦,今已断绝希望,对这世间毫无留恋,只有听天由命了。
你等来日方长,今后孤苦无依,毕竟使我不胜悲伤!你这女孩且跟我走,
前途是好是坏,也顾不得了。你们两个男孩暂时也跟我去,但总不能与
父亲断绝,还得常常来探望他。不过你们的父亲不把你们放在心上,你
们的前途十分暗淡,恐怕不得享福。只要外祖父在世,你们将来总可获
得一官半爵。但现今是源氏太政大臣与内大臣的世界,他们闻知了你们
的情况,恐怕会看你们不起,你们要立身出世也是不容易的。如果出家
为僧,遁入山林,那就叫我死也不能瞑目了。"说着哭起来。三个孩子虽
然不大懂得这话的意思,但也都皱着眉头哭了。几个乳母聚在一起,相
与悲叹着说:"但看古代小说中所记,即使是世间一般慈爱的父亲,到了
时移世变之时,也往往会追随后妻而疏远前妻的儿子。何况我们这位大
将只有父亲的空名,在别人面前也毫无顾忌地看轻他们,想靠他提拔,恐
怕是无望的吧!"

　　天色渐昏,彤云密布,即将下雪,暮色十分凄凉。来迎接的几位公子

催促道:"天气坏得很呢,早点动身吧。"夫人只管揩着眼泪,茫然地沉思着。那女公子是髭黑大将所最钟爱的,她想:"我今后没有了父亲,怎么过日子呢?现在不能向他告别,今后恐无再见之缘了!"便俯伏在地,不肯跟母亲走。夫人抚慰她,对她说道:"你不肯走,使我更加伤心了!"女公子盼望父亲此刻回家,一心等候着。但天色已经如此晚了,髭黑大将岂肯回来呢?女公子平日坐时常倚靠在东面的柱子上,想起这柱子今后将让与别人倚靠,不胜感慨,便将一张桧皮色的纸折叠一下,匆匆地在纸上写一首诗,用簪端把纸塞进这柱子的裂缝里。其诗曰:

"临别赠言真木柱[1],
　多年相倚莫相忘!"

不曾写完就嘤嘤地哭起来。夫人对她说道:"算了吧!"和诗云:

"纵有多情真木柱,
　故人缘断岂能留?"

夫人的随身侍女们听了,都不胜悲伤。平日对庭前草木漫不经心,如今也觉得依依不舍。大家掩袖啜泣。木工君是髭黑大将的侍女,留住邸内。中将君赠以诗曰:

"岩间浅水长留住,

---

〔1〕　真木是罗汉松的日文名称。根据此诗,后来称这女子为真木柱。

镇宅之君岂可离?[1]

真乃意想不到之事。就此告别了!"木工君答道:

"岩间浅水虽留住,

毕竟情缘不久长。

不必说了!"说罢就哭。车子出发了。夫人回头望望这邸宅,想起了今后
无缘再见,便凝视那些并不足观的"树梢",屡屡"回头","直到望不见"了
才罢。并非依恋"君家"[2],只为这是多年以来惯住之处,安得不伤离惜
别呢?

式部卿亲王等候女儿回家,心中非常懊恼。老夫人[3]边哭边骂:
"你把太政大臣当作好亲戚,我看是你的七世冤家! 以前我们的女儿欲
入宫当女御,他曾多方阻挠,使得我们难堪。你说是他流放须磨时你不
曾同情于他,他怀恨未解之故。世人也都如此议论。然而亲戚之间岂可
如此! 凡宠爱妻子,必有余惠及于妻子的家族。源氏大人却只爱紫姬一
人,不顾其他。况且年纪这么大了,还要弄一个来历不明的女子来,当作
义女抚养。自己玩得厌了,想把她配给一个忠实可靠、不会变心的人,就
拉了我们的女婿去,百般奉承他。此种行径,安得不叫人气死!"她大声
痛骂不休。式部卿亲王答道:"哎呀,你的话多难听! 切勿信口乱骂世人

---

〔1〕 岩间浅水比喻木工君。
〔2〕 菅公贬官时有诗云:"行行一步一回头,犹见君家绿树稠。直到树梢望不见,茫
茫前途是离愁。"见《拾遗集》。
〔3〕 此老夫人是式部卿之正妻,髭黑夫人之生母,紫姬之继母。

无可非难的大臣！他是贤明之人，一定先加考虑，然后作此报复。我被算在内，乃我自身之不幸。他装作若无其事，而为须磨谪居之事对人作种种报复，或使之升，或使之沉，都很贤明公正。只有我一人，因有姻亲之谊，所以前年我五十寿辰，他的祝仪特别隆重，举世盛称，使我家当受不起。我常引为一生无上之荣幸，不敢再有奢望了。"老夫人听了这话，越发生气了，使尽恶语，把源氏乱骂一顿。这老夫人真是个不良之人。

且说髭黑大将在玉鬘那里，闻知式部卿亲王把女儿接回的消息，想道："真奇怪！倒像个年轻妻子，打翻醋瓶，回娘家去。她本人并无决心，不会断然出此；亲王却轻率从事。"他想起家中子女，以及外人议论，心绪很不安宁，便对玉鬘说道："我家里出了这样的怪事呢。她走了，我们反而安稳。其实这个人脾气甚好，将来你去了，她会躲在一个角落里，决不与你为难。可是她的父亲突然把她接了去。外人闻知此事，定将怪我薄情，故我须去说个明白，马上就回来。"他身穿一件华美的外衣，内穿白面蓝里衬衣和宝蓝色花绸裙，打扮及容貌都很堂皇。侍女们觉得此人与玉鬘非常相称。但玉鬘闻知他家里有此种事情，痛惜自身命苦，对他看也不看一眼。

髭黑大将要去向式部卿亲王诉恨，先赴自己邸内一转。木工君出来接他，将昨夜之事一一告知。他听到女公子临去时情状，虽然一向雄赳赳地不动感情，也禁不住簌簌地流下泪来，那样子甚是可怜。他说："哎呀！此人异乎寻常，狂病时时发作，我多年来百般忍耐原谅，这点苦心他们完全不解，奈何！倘是专横自大之人，决不能与她相处到今天。算了吧，她本人反正是个废人，任凭住在何处，都是一样。但这几个孩子，不知亲王怎样抚养他们。"他一面叹息，一面看看塞在真木柱里的那首诗，觉得笔迹虽然幼稚，心情甚是可怜，使他恋恋不舍。他一路上揩着眼泪，来到了式部卿亲王邸内，然而无人出来与他相见。亲王对女儿说道："你何必去见他呢！此人一向阿谀权势，不是今次开始变心的。他见新弃旧，已有多年，我早就闻知。你要等他回心转意，万无希望。若再对他留恋，你的毛病势必越来越重。"如此劝阻，亦自有理。髭黑大将叫侍女向亲王传言："此事未免太急躁了。我已和她生下一群可爱的子女，以为彼此都可信赖，不必常诉衷情，此种疏慢之罪，再也无法辩解了。但今次务请曲予原谅。日后倘世人判定我罪无可逭，即请如此处分可也。"如此求情，终不见谅。他便要求，至少欲见女公子一面。但女公子也不出见，只来了两个男孩。长男今年十岁，是殿上童，相貌甚美。姿态虽不十分秀丽，但人人赞他非常聪明，已渐知情达理。次男八岁，非常可爱，相貌很像姐姐。髭黑大将抚摸他的头发，对他说道："我就把你当作你姐姐的替身吧。"哭泣着和他们说话。他又要求，欲拜见亲王一面。亲王也挡驾，说"偶感风寒，正在卧床将息。"髭黑大将觉得无聊，只得告辞而出。

　　他把两个男孩载在车中，和他们共话，一路回家。他不带他们到六条院，却载他们回到自邸，对他们说："你们还是住在这里的好，我来探望也方便些。"说过便往六条院去。两个儿子寂寞无聊，茫茫然地目送父亲出门，样子怪可怜的，使得髭黑大将又添了一种愁思。但一到六条院，看见了玉鬘的美貌，拿来和他那怪僻的正夫人一比较，觉得天差地远，他的万种愁思都消失了。此后他就以前日走访遭逢拒绝为理，和正夫人断绝往来，音信不通。式部卿亲王闻之，痛恨他的无情，愁叹不已。紫姬也闻知此事，叹道："连我也被父亲痛恨了，真冤枉啊！"源氏觉得对她不起，安慰她道："做人真难啊！玉鬘之事，不是我一人可以做主的，却又与我有关。因此皇上也疑心我作梗，萤兵部卿亲王也埋怨我。虽然如此，萤兵部卿亲王是个颇能谅解的人，他查明底细之后，怨恨自会消解。男女相爱之事,即使力求秘密,后来自会显露真相。我想你父亲不会归罪于我们吧。"

因有上述种种烦扰之事,尚侍玉鬘心情更加郁结,没有开朗的时候了。髭黑大将觉得对她不起,总想设法安慰她。他想:"她要入宫,我不赞成,阻碍行期,深恐皇上责我不敬,以为我有何存心。太政大臣等亦将怪我。以女官为妻,并非没有前例,我就让她去吧。"他念头一转,就在开年之后送玉鬘入宫。

正月十四日照例举行男踏歌会,尚侍玉鬘就在这一天入宫,仪式之隆重无以复加。义父太政大臣与生父内大臣都来参与,使得髭黑大将平添了威势。宰相中将夕雾诚恳地前来协助。玉鬘的诸兄柏木等,乘此时机也一齐前来,悉心照料,体贴入微,实甚可喜。尚侍的房室设在承香殿[1]内东侧。西侧便是式部卿亲王家的女御所居之处。中间只隔一条走廊,然而两人的心相隔甚远。此时宫中许多妃嫔,互相争艳斗媚;珠翠满眼,繁华正盛。其中少有身份特别低微的更衣。秋好皇后、弘徽殿女御、式部卿亲王家的女御,以及左大臣[2]家的女御,今天都来相助。此外只有中纳言之女及宰相之女参与服务。

众妃嫔娘家的人,都来观赏踏歌。今天的会异常盛大,众女眷没有一个不妆饰得花团锦簇,重叠的袖口[3]都很整齐。皇太子的母亲承香殿女御也打扮得花枝招展。皇太子年仅十二,但周身装饰都非常入时。踏歌队先到御前,次赴秋好皇后宫,然后往朱雀院。本当再赴六条院,但夜已甚深,诸多不便,今年就免去了。队伍从朱雀院回来,道经皇太子宫

---

〔1〕　承香殿是髭黑之妹、皇太子之母承香殿女御所居之处。

〔2〕　此左大臣不知是何人。

〔3〕　重叠的袖口露出在帘下,是女子的一种仪容。

等处时,天色已明。在朦胧而渐渐发白的晨光中,踏歌人醉兴方酣,齐声唱出催马乐《竹川》之歌。内大臣家四五位公子都是殿上人中嗓子最好、容貌最美的少年,立刻参加合唱,歌声异常悦耳。殿上童子八郎君,是内大臣正妻所生,父母异常钟爱,相貌亦甚俊秀,与髭黑大将的长男媲美。尚侍心知这八郎君是异母弟,对他另眼看待。

玉鬘的侍女的衫袖及一般装饰,即使与过惯高贵的宫廷生活的宫人们相比较,也显得很入时。色彩及式样尽管与别人相同,但看来总觉得特别华丽。玉鬘与众侍女都觉得此间欢乐,想多留几日。犒赏踏歌人的礼品,照例各处相同,但玉鬘这里所赠的绵絮特别富有风趣,式样与众不同。这里是踏歌人休憩之所,光景非常热闹,人心更添喜气。招待踏歌人的酒筵本有定规,但今天办得特别精致。这是髭黑大将所指示的。他也住在宫中的值宿所内,这一天几次三番派人去对尚侍说:“务请今夜即返本邸。深恐际此时机,君将变心。入宫任职,教人甚不放心也。”反复说了数遍,玉鬘置之不答。侍女们对他说道:“太政大臣叮嘱:‘难得入宫,不可匆忙辞去。须使皇上喜悦,得其许可,然后退出。’今夜退出太早了。”髭黑大将懊丧之极,说道:“我如此反复劝请,还是不能随心所欲,奈何!”悲叹不已。

萤兵部卿亲王是日在御前奏乐,然而神思恍惚,其心常萦绕在尚侍身边。后来忍耐不住,终于写封信去。恰巧此时髭黑大将赴近卫府公事室去了。使者将信交与侍女,说:“这是亲王吩咐送上的。”侍女接信,呈与尚侍。玉鬘没精打采地启阅,但见信中写道:

“深山乔木上,比翼鸟双栖。

妒杀孤单客,芳春独自悲。

我耳似闻嘤鸣之声也。"玉鬘心甚不悦，红晕满颊。正愁无法作复，忽然皇上来了。此时月明如昼，照见龙颜清丽无比，与源氏太政大臣十分肖似，竟无丝毫差别。玉鬘看了，心中纳罕："如此美貌男子，世间竟有两人？"她觉得源氏太政大臣对她恩惠不浅，可惜存心不良。今见此人，并无恶感。皇上辞色十分温存，婉言向她诉恨，怪她延期入宫。玉鬘十分困窘，似觉置身无地，只是以袖掩面，默默不答。皇上对她说道："你默不作声，使我莫名其妙。我封赠你为三位，以为你总懂得我的好意，岂知你如同不闻。原来你有此习癖啊！"便赠诗云：

　　　"底事侬心思慕苦？
　　　今朝才见紫衣人〔1〕。

你我宿缘之深，无以复加了。"他说时神情生动，仪态优雅，令人不胜愧感。玉鬘觉得他与源氏太政大臣一模一样，便放了心，吟诗作答。她的意思是：尚未入宫建立功劳，今年已蒙加封三位，不胜感谢也。诗云：

　　　"不知何故承恩赐，
　　　无德无才受紫衣。

今后自当报答宏恩。"皇上笑道："你说今后报恩，怕靠不住吧。如果有人说我不该向你求爱，我倒要同他评评道理看。"说时满面怨恨之色。玉鬘实在无法对付，觉得讨厌之极。她想："今后在他面前，决不可和颜悦色

────────────
〔1〕　尚侍叙三位，穿紫袍。

了。世间男子都有此种恶癖,真可恶啊!"便板起了面孔。冷泉帝也不便随意调戏她,想道:"日后慢慢会熟悉的。"

髭黑大将闻知冷泉帝访玉鬘之事,大为担心,频频催促玉鬘退出宫去。玉鬘也生怕做出人妻所不应有的事情来,在宫中不能安居,于是便造出种种必须退出的理由来,再由父亲内大臣等巧言劝请,冷泉帝方始准许她退出。他对玉鬘说道:"你今朝退出之后,一定有人心生鉴诫,不肯让你再进宫来。这真使我伤心之极。我比别人先爱上你,现在却落在别人之后,要仰承别人鼻息。我已变成从前的文平贞[1]了!"他真心地惋惜。以前传闻玉鬘貌美,现在眼见其人,他觉得比传闻更美。即使以前不曾有过恋慕之心,见了也不肯放过;何况曾有此心,安得不嫉妒怨恨呢?然而一味强求,深恐被玉鬘看成浅薄而厌弃他。因此便装出风流优雅的姿态,和她订立盟誓,使她心悦诚服。玉鬘诚惶诚恐,想道:"'梦境迷离我不知'呀!"辇车已经准备好。太政大臣与内大臣派来迎接的人都在等候出发。髭黑大将也夹在里面,唠唠叨叨地催促动身。然而冷泉帝犹未离开玉鬘。他愤然说道:"如此严密地在旁监视,真讨厌啊!"便吟诗云:

> "云霞隔断九重路,
> 一缕梅香也不闻。"[2]

此诗虽非特异之佳作,但玉鬘看了冷泉帝容貌姿态之优美,自然觉得富

---

〔1〕 文平贞之妻被太政大臣藤原时平所占,平贞赋诗云:"与君谁绾同心结?梦境迷离我不知。"见《后撰集》。后文玉鬘引用此诗第二句,意思是说她嫁与髭黑非出自愿。

〔2〕 云霞比髭黑,梅香比玉鬘。

有情趣。他吟罢又说:"我想'为爱春郊宿一宵'〔1〕,但念有人舍不得你,其心比我更苦,所以放你回去吧。此后我们如何互通音信呢?"说着不胜忧恼。玉鬘心甚感激,答诗道:

"虽非桃李秾春色,

一缕香风总可闻。"〔2〕

其依依不舍之状,使冷泉帝不胜怜爱。他就起身辞去,还是屡屡回头。

髭黑大将打算今夜就把玉鬘迎回自家邸内。但倘预先说出,生怕源氏不许,所以秘而不宣。此时说道:"我忽然患了感冒,身体异常不适,因思尚返敝寓,以便安心休养。若与尚侍分离,不免心挂两头,故欲相偕同往。"如此婉言托词,立即和玉鬘一同回家去了。内大臣以为如此太过匆忙,应该行个仪式才是。又念仅为此事而强行阻难,未免令人不快,便道:"任凭他吧。反正此事非我所能左右。"源氏闻之,觉得此事唐突,殊非始料所及,但也不便干预。玉鬘想起自身像盐灶上的青烟一般"随风飘泊"〔3〕,自伤命苦。但髭黑大将仿佛盗取了一个美人来,非常欢喜,心满意足。为了冷泉帝访晤玉鬘之事,髭黑大将异常嫉妒。玉鬘为此不快,看不起髭黑的人品,从此对他态度冷淡,心绪更加恶劣了。式部卿亲王当时言词强硬,后来觉得难于下场。但髭黑大将绝不再访,音信全无。他已经如愿以偿,便朝夕侍候着玉鬘。

───────────

〔1〕 古歌:"我来采堇春郊上,为爱春郊宿一宵。"见《万叶集》。
〔2〕 桃李比女御、更衣等。
〔3〕 古歌:"盐灶须磨渚,青烟缥缈飏。随风飘泊去,不管到何方。"见《古今和歌集》。

匆匆已届二月。源氏想起髭黑之事,心甚不快。他不提防他会如此公然地把玉鬘载去,懊悔自己太疏忽了。他深恐被外人取笑,念念不忘这件事情。而回思玉鬘,又觉得很可恋慕。他想:"宿世因缘之说,固然是不可忽视,但此事实由于我自己过分大意,以致自作自受。"从此不论坐卧,眼前常常出现玉鬘的面影。他想写一封闲谈戏语的信去,但念玉鬘住在这个毫无风流潇洒之趣的髭黑大将身边,写信去亦无意味,便闷在心里。然而有一天,大雨倾盆,四周岑寂,他回想从前寂寞之时,常赴玉鬘室中,和她长谈细说,以资消愁解闷,觉得此种情景,十分可恋,便决心写信给她。但念此信虽然悄悄地交侍女右近代收,也得防备右近见笑,因此凡事都不详说,但教玉鬘心领神会。诗曰:

> "寂寞闲庭春雨久,
> 可曾遥念故乡人?

百无聊赖之时,回思往事,遗恨实多,但安得一一面告?"右近趁无人在旁时将信交与玉鬘。玉鬘看了信就哭。她真心感到:相别越久,想起了源氏太政大臣的模样越是觉得可恋。只因不是生身父亲,未便公然地说"啊,我怀念你,很想见你!"但心中正在考虑如何可以和他会面,不胜惆怅。源氏曾屡次对玉鬘起不良之心,使玉鬘感到不快,但她不曾把此事告诉右近,只在自己心中烦恼。然而右近早已约略窥知。只是两人关系究竟如何,右近至今还是莫名其妙。写回信时,玉鬘说道:"我写这信,多难为情! 但倘不复,又成失礼。"便写道:

> "泪如久雨沾双袖,

一日思亲十二时。

拜别尊颜,已历多时。岑寂之感,与日俱增。辱承赐书,不胜感激。"措辞
十分恭谨。源氏展读此信,泪如雨下。深恐旁人见了怀疑,勉强装作若
无其事,然而愁绪填塞胸怀。他想起了从前尚侍胧月夜受朱雀院的弘徽
殿母后监视时情状,与此事相似。但此事恐是近在目前之故,似觉更加
痛苦,世间少有其类。他想:"好色之人,直是自寻烦恼。从今以后,我不
再作烦心之事了。况且这种恋情本是不应有的。"努力自制,十分痛苦,
便取琴来弹,忽又想起玉鬘抚弦的纤指。他就在和琴上作清弹,吟唱"蕴
藻不可连根采"之歌[1]。其神态之优美,若教所恋之人见了,怕不得不
动心吧。冷泉帝自从一见玉鬘芳容之后,心中念念不忘。"银红衫子窈
窕姿"那首俚俗的古歌[2],成了他的口头禅,使他终日悬念。他好几次
偷偷地写信给玉鬘。玉鬘自伤命薄,对于酬酢赠答之事,亦觉无甚意味,
因此并未写过真心诚意的回信。她始终记念源氏太政大臣对她的恩惠,
觉得甚可感谢,永远不能忘记。

到了三月里,六条院庭中紫藤花与棣棠花盛开。有一天薄暮,源氏
看了庭花,立刻想起那美人儿住在这邸内时的情状,便走出紫姬所居的
春殿,来到以前玉鬘所居的西厅。但见庭中细竹编成的篱垣上,象征玉
鬘的棣棠花参参差差地开着,光景非常优美。源氏信口吟唱"但将身上

〔1〕　风俗歌:"鸳鸯来,沉凫来,鸭子也到原池来。蕴藻不可连根采,看它渐渐长大
来,看它渐渐长大来。"
〔2〕　古歌:"立也相思,坐也相思,想见那银红衫子窈窕姿。"见《古今和歌六帖》。

衣,染成栀子色"的古歌[1],又赋诗云:

> "不觉迷山路,谁将井手遮?[2]
> 口头虽不语,心恋棣棠花。

'玉颜在目不能忘'[3]也。"然而这些吟咏无人听见。如此看来,玉鬘离去之事,他到此刻方才确信,此种心理实甚奇怪。他看见这里有许多鸭蛋,便把它们当作柑子或桔子,找个适当的借口,派人送与玉鬘。附信一封,深恐别人看见,不宜写得太详,但直率地写道:"一别以来,日月徒增。不料如此无情,思之实甚怅恨。固知身在樊笼,不能自作自主。如此看来,非有特殊机缘,难得再图会面,令人不胜惋惜。"措词十分亲切。又附诗云:

> "巢中一卵无寻处,
> 握在谁人手掌中?

即使不如此握紧,亦颇令人不快。"髭黑大将也看了信,笑道:"女子既到夫家之后,若无特别事由,即使是生身父母,亦不便轻易去访,何况太政大臣。他为什么对你时刻不忘,并且来信申恨诉怨呢?"他愤愤不平,玉鬘很讨厌他。回信也不肯写,对他说道:"这回信我不能写。"髭黑大将答

---

〔1〕 古歌:"思君与恋君,一切都不说。但将身上衣,染成栀子色。"见《古今和歌六帖》。栀子花与棣棠花都是黄色的。

〔2〕 井手是产棣棠花有名之地。此二句暗指玉鬘被髭黑接去。

〔3〕 古歌:"旷野夕阳鸣好鸟,玉颜在目不能忘。"见《古今和歌六帖》。

道:"我来写吧。"他作代笔也觉得很恼火。答诗曰:

> "此卵隐藏巢角里,
>
> 微区之物有谁寻?

尊意不快,令人惊讶。我作此复,附庸风雅了。"源氏看了这回信,笑道:"我从来不曾听说这位大将也会写这种潇洒的信。这倒是很难得的了。"但他心中非常痛恨髭黑大将独占玉鬘。

　　且说髭黑大将本来的夫人,回娘家后日子越久,越是忧伤悲痛,终于神志不清,精神错乱了。髭黑大将对她的照顾,大体上很周到,对她的子女也依旧爱护。夫人也不能完全和他断绝,日常生活之事,照常受他供给。他想念赋真木柱诗的那位女公子,渴望一见,但夫人决不允许。女公子看见亲王邸内人人痛恨这个父亲,知道父女之缘愈加疏远了,小小的心中不胜悲伤。她的两个弟弟可以常常在父亲邸内进进出出;他们和姐姐谈话之时,自然不免说起继母玉鬘尚侍:"她也很疼爱我们。她喜欢有趣的事,天天很快活呢。"女公子很羡慕他们,她自叹命苦:"我恨不得身为男子,像弟弟一样自由往来。"说也奇怪,不论男女,都要为玉鬘而用心思。

　　是年十一月,玉鬘居然生了一个非常可爱的男孩。髭黑大将觉得如意称心,欢喜无量,便尽心竭力地爱护这母子二人。此中消息,不须作者缕述,读者自能想见。父亲内大臣看见玉鬘的宿运自然地亨通起来,不胜欢喜。他觉得玉鬘的容姿不亚于他所特别钟爱的长女弘徽殿女御。头中将柏木也把这位尚侍看做可爱的妹妹,对她十分亲睦。但因过去曾经误解,不免犹怀妒意,总以为应该入宫伺候皇上才有意义。

他看见了玉鬘新生儿的美貌,说道:"皇上至今未有子女,正在悲叹。若能替他生一皇子,面目何等光采!"这真是多余的想法。玉鬘住在家里,亦可如法办理尚侍的公务,故入宫之事,已作罢论。如此措施,亦甚合理。

且说内大臣家那一位女公子,即希望当尚侍的那位近江君,由于此种人习癖所使然,近来热中于恋情,春心动荡不定。内大臣为此不胜烦恼。弘徽殿女御也担心她做出轻薄行为来,时时刻刻提心吊胆。内大臣曾经制止她:"今后你不可到人多的地方去。"但她不听,依旧常常往人多处去。有一天,不知道是什么日子,许多殿上人聚集在弘徽殿女御那里,而且都是声望特别高贵的人。他们合奏管弦,优雅地按拍唱曲。时值凉秋,暮景清丽,宰相中将夕雾也来参与雅集。他此次和往常不同,随意说笑,毫无顾忌。众侍女都认为难得,赞道:"夕雾中将毕竟与众不同啊!"此时近江君挤开众人,钻进人群中来。众侍女说:"啊呀,不得了,怎么办呢?"想拉住她。但她狠狠地向她们瞅一眼,昂然直入。众侍女相与交头接耳地告道:"你们看着,她又要闹笑话了。"近江君指着那个世间少有的诚实君子夕雾,极口赞道:"这个人好,这个人好!"喧哗之声连帘外也听得清楚。众侍女正在叫苦,近江君用非常爽朗的声音吟道:

"大海孤舟无泊处,
何妨到此渚边来!〔1〕

〔1〕　意思是说:你向云居雁求爱失败,何妨爱了我呢。

你何必像'堀江上'的'小舟'一般频频来往,'追求同一女'呢[1]? 真无
聊啊!"夕雾听了觉得很奇怪:弘徽殿女御这里怎么会有如此粗卤的女人
呢? 仔细一想,恍然大悟:原来这便是那个有名的近江君。他觉得可笑,
便答诗云:

> "舟人虽苦风涛恶,
> 　不肯停船别渚边。"

这就叫近江君无可奈何了吧?

---

〔1〕　古歌:"犹似堀江上,小舟来去频。追求同一女,旧梦好重温。"见《古今和歌集》。
近江君引用"同一女",是指云居雁。

第三十二回　梅　　枝[1]

　　明石小女公子将举行着裳仪式,源氏太政大臣用心准备,其周到非寻常可比。皇太子亦将于同年二月举行冠礼。冠礼完成之后,小女公子即将入宫。且喜今天是正月底,公私均甚闲暇,源氏便命配制熏衣用的香剂。太宰大式奉赠香料若干。源氏一看,觉得品质不及从前的好,便命打开二条院中的仓库,取出以前中国舶来的种种物品,比较之下,说道:"不但香料如此,绫罗缎匹也是从前的优良可爱。"即将举行的着裳仪式中所需用的毯子、垫子和褥子,都须用绫罗镶边。源氏命人把桐壶帝初年朝鲜人所进贡的绫罗金锦等今世所无的珍品取出来,分别派定用途。便把太宰大式所赠绫罗赏赐了众侍女。香料新旧两种都要,分送给院内各位夫人配制,对她们说:"请把两种各配一剂。"赠人的物品,以及送公卿们的礼物,都很精美,世无其类。院内院外,都忙于准备。妇女们精选材料,捣制香剂,铁臼之声盈耳。源氏独自闭居在离开正屋的一间别室中,悉心调制仁明天皇承和年间秘传下来的两种香剂:"黑方"与"侍从"。这两种香剂的制法,向来不许传授给男子,不知他何由知道。紫夫人则在正屋与东厢之间的别室深处设一座位,在那里依照八条式部卿亲

---

[1]　本回写源氏三十九岁春天之事。是年小女公子十一岁,皇太子十三岁。

王[1]的秘方调制香剂。大家非常秘密，互相竞争。源氏说："我们当以香气的浓淡来判定胜负。"他们像孩子一般赌赛，不像是做父母的人。他们为了保守秘密，侍女也不许多人入内。各种器物，无不尽善尽美。就中香壶箱子的模样、香壶的形式、香炉的设计，无不新颖入时，别出心裁，为从来所未见。源氏在各位夫人所用心调制的香剂中，选取其优良者，设法装入壶中。

二月初十日，天降微雨，庭前红梅盛开，色香美妙无比。此时萤兵部卿亲王来了。他是为了明石小女公子着裳仪式在即，特地前来探望的。这位亲王与源氏自昔交情特厚，二人肝胆相照，无所不谈。正在共赏红梅，前斋院槿姬派人送信来了，其信系在一枝半已零落的梅花枝上。萤兵部卿亲王知道槿姬与源氏往日交情，见了这信颇感兴趣，问道："看来这信是她自动送来的，为了何事呢？"源氏微笑着答道："我老实不客气地托她调制香剂，她郑重其事地赶紧制成了。"便把来信藏过。随函送来的是一只沉香木箱子，内装两个琉璃钵，一个是藏青色的，一个是白色的，里面都盛着大粒的香丸。藏青琉璃钵盖上的装饰是五叶松枝，白琉璃钵盖上的装饰是白梅花枝。系在两钵上的带子也都非常优美。萤兵部卿亲王赞道："样子真漂亮！"仔细观赏，但见里面附有小诗一首：

　　"残枝花落尽，香气已成空；
　　移上佳人袖，芬芳忽地浓。"

笔致淡雅，着墨不多。亲王高声朗诵一遍。夕雾便把送信使者留住，赏

---

[1]　八条式部卿亲王是仁明天皇的第五皇子，是有名的香剂专家。

赐酒肴甚丰。又送他女装一套,内有红梅色中国绸制常礼服一袭。源氏
的复信也用红梅色染成的上深下渐淡的信纸,在庭中折取红梅一枝,将
信系在枝上。亲王恨恨地说:"我在猜测这封信的内容呢。有什么隐情,
要如此秘密?"他很想看看这信。源氏答道:"并无特别事由。你把它看
做隐情,岂有此理!"便在另一张纸上将信中的诗写给他看:

> "为防疑怪藏来信,
>
> 　喜见花枝忆故人。"

诗意大致如此。他又对亲王说:"这回的事情我办得如此认真,似乎太好
事了。但我认为,我只有这一个女儿,办得体面些也是应该的。女儿长
得并不端正,未便请疏远的人结腰。所以我想请秋好皇后乞假回家,担
任这个职务。秋好皇后同她谊属姐妹[1],而且彼此熟悉。不过此人气
度高雅,仪态万方,叫她来看这个万事都很平常的仪式,委屈了她。"萤兵
部卿亲王说:"你家这位未来的皇后为欲肖似现在的皇后,当然必须请她
来结腰。"他赞同源氏的主张。

　　源氏想乘此机会把各位夫人所调制的香剂收集起来,便派使者去对
她们说:"今晚天雨,空气滋润,宜于试香。"于是各种精致的香剂都送来
了。源氏对萤兵部卿亲王说:"请你来评判优劣吧。所谓'除却使君外,
何人能赏心?'也。"便命取香炉来试香。萤兵部卿亲王谦逊道:"我又不
是'知音'[2]。"但并不推辞,把各种美不可言的制品一一尝试,指出所含

---

〔1〕　秋好是源氏的义女。
〔2〕　古歌:"除却使君外,何人能赏心?梅花香色好,惟汝是知音。"见《古今和歌集》。

香料过多或不足,些微缺点亦必挑剔,严格品定其优劣之差别。后来轮到源氏自己所制的两种香剂。在承和时代,香剂埋在宫中右近卫府旁御沟水边[1]。源氏仿此古法,将自己所制两种香剂埋在西边走廊下流出的小溪附近。此时便叫惟光的儿子兵卫尉掘出,由夕雾中将接取,送呈萤兵部卿亲王。亲王为难了,说道:"这个评判人真难当啊! 被烟气熏坏了!"

同一种香剂调制法,广泛流传各处。但因人人趣味不同,配合分量略异,因而香气浓淡各别。此种研究分析,非常饶有趣味。萤兵部卿亲王觉得各种香剂互有短长,难于断然评定。其中只有前斋院槿姬送来的"黑方",毕竟幽雅沉静,与众不同。至于"侍从",则确定源氏所制者最为优良,香气文雅可爱。紫姬所制的三种香剂之中,"梅花"的气味爽朗而新鲜,配方分量稍强,故有一种珍奇的香气。萤兵部卿亲王赞道:"在这梅花盛开的季节,风里飘来的香气,恐怕也不能胜过这种香剂吧。"住在夏殿里的花散里,闻知各位夫人大家制香,互相竞赛,觉得自己何必挤在里头,与人争长。可见她在制香等事情上也是谦虚退让的。因此她所制的只有一种夏季用的"荷叶",香气特别幽静,异常芬芳可爱。住在冬殿里的明石姬,本想调制一种冬季用的"落叶",但念此香比不上别人,亦甚乏味。因此想起:从前宇多天皇有一种优越的熏衣香调制法,公忠朝臣[2]得其秘传,再加研究精选,制成名香"百步"。她便依照此方调制,香气馥郁,异乎寻常。萤兵部卿亲王认为此人心工最为巧妙。照他的评判,各人各有优点。因此源氏讥笑他道:"你这评判者真是面面光的啊!"

---

〔1〕 香剂制成后,盛瓷器内,埋在水边土中。"黑方"与"侍从"两种香剂,春秋埋五天,夏日埋三天,冬日埋七天。

〔2〕 源公忠是有名的衣香专家,从其母典侍滋野直子受得秘方。

不久雨晴月出,源氏太政大臣与萤兵部卿亲王把盏对酌,共话往事。此时云月朦胧,柔丽可爱,微雨初晴,凉风习习。梅花之香与熏香相交混,合成一种不可名状的气味,充满于殿宇各处,令人心情异常幽雅。事务所里的人正在准备明日的管弦合奏,将各种弦乐器加以装饰。又有许多殿上人进来,演习吹笛,音节甚美。内大臣家的两位公子头中将柏木与弁少将红梅,前来参见之后,即将退出,源氏却将两人留住,命人取过各种弦乐器来,将琵琶交与萤兵部卿亲王,筝琴由源氏自己弹奏,和琴赐与柏木。弦乐合奏,音节华丽,异常悦耳。夕雾吹奏横笛,曲调与春季时令相合,清音响彻云霄。红梅按拍,唱催马乐《梅枝》[1],歌声异常美妙。此人童年之时,曾在掩韵游戏之后即席吟唱催马乐《高砂》。今唱《梅枝》,萤兵部卿亲王与源氏太政大臣都来助唱。此次虽非正式盛会,却是极有风趣的夜游。

萤兵部卿亲王向太政大臣敬酒,献诗云:

"饱餐花香心已醉,

忽闻莺啭意如迷。

在这里'我欲住千年'[2]呢!"源氏将酒杯转赐柏木,并赠诗云:

"今春饱餐香与色,

日日盼君来看花。"

───────────────

〔1〕 催马乐《梅枝》歌词:"黄莺惯宿梅花枝,直到春来不住啼,直到春来不住啼。阳春白雪尚飞飞,阳春白雪尚飞飞。"本回题名据此。

〔2〕 古歌:"为爱春花好,心常住野边。但教花不落,我欲住千年。"见《古今和歌集》。

柏木接了酒杯,交与夕雾,亦赠诗云:

"请君彻夜吹长笛,

惊起高枝巢里莺。"

夕雾答诗云:

"春风有意避花树,

玉笛安能放肆吹?"

大家笑道:"放肆吹确是太无情了!"红梅也赋诗一首:

"春云不忍遮花月,

惊起巢莺夜半啼。"

萤兵部卿亲王说过"我欲住千年",果然住到了天亮,然后辞归。源氏赠他的礼物,是原为自己制的常礼服一件,和未曾试过的熏香两壶,命人送到车上。亲王报以诗云:

"归去浓香携满袖,

山妻应骂冶游郎。"

源氏笑道:"你太胆小了!"当他的车子正在套牛之时答以诗云:

> "衣锦还家风采美,
>
> 　细君喜见玉郎归。

她只觉得你俊俏无比,哪里会骂?"亲王被他驳倒,垂头丧气而去。柏木、红梅等也都受得赏赐,不甚丰厚,是妇女用的袍衫之类。

是日戌时,源氏来到西殿。秋好皇后所居西厅旁边一室,已布置成着裳仪式会场。替女公子梳发的内侍等也都来了。紫夫人乘此机会与秋好皇后相见。两家侍女云集一处,人数异常众多。子时举行着裳仪式。灯光虽然朦胧,秋好皇后看见女公子容貌十分秀美。源氏向皇后道谢:"辱承不弃,敢以陋质进见,请为结腰。深恐后世之人,将以此为先例也。诚惶诚恐,敬申谢忱。"皇后答道:"愚陋无知之人,遵嘱勉为成礼。乃蒙过分夸奖,反觉不安于心。"她如此逊谢,态度异常生动而娇艳。源氏看见这许多才貌双全的美人集中于一家,觉得幸福无疆。只是小女公子的生母明石夫人未得参与盛会而正在悲叹,实为一大憾事。源氏颇思派人前去邀她出席,但恐别人诽议,终于作罢。六条院中所举办的仪式,即使寻常之事,也极隆重豪华,何况此次盛会。倘照通例缕述,而只能写出其一端,则反而乏味,故不详叙。

皇太子的冠礼,于是月二十后某日完成。皇太子年仅十三,却已长大成人。因此高官贵族争欲遣送女儿入宫奉侍。但闻源氏太政大臣已有此志,并且排场特别隆重,左大臣及左大将等都觉得自己的女儿无法争宠,便打消了这个念头。源氏闻之,说道:"如此反而怠慢了。后宫之中,必须有许多美人争艳斗媚,较量分寸之差,这才富有意趣。大家把千金小姐笼闭在家里,岂不太可惜么?"他就叫自己的女儿延期入宫。诸人本当静候明石小女公子先行,然后依次送女儿入宫。如今闻此消息,左大臣便遣送家里的三女公子入宫,人称之为丽景殿。

　　明石女公子的宫中住处,预定为源氏以前的值宿处淑景舍,已加改筑及装饰。女公子入宫延期,皇太子等得心焦。于是决定四月入宫。各种用具,除原有者以外,又添置新品,其雏形及图样,均由源氏太政大臣亲自过目,召集各行各匠,令其精心制作。藏在书箱里的图册,均选用可作习字帖者。其中不乏古代一流书法家所作盖世闻名的作品。源氏对紫夫人说:"世风日下,万事不及古代,愈来愈见浅薄。只有假名的书法,今世进步无量。古人所写的假名,虽然合乎一定的法则,但是缺乏流畅生动之相,似乎千篇一律。到了近代,才有假名书法的妙手相继出世。我曾有一时热中于此道,搜集许多优良范本。其中皇后的母亲六条妃子所写的,漫不经心,信笔疾书,草草一行,纯熟自然。我访得之后,认为绝世佳作。为此与她结了不解之缘,留下了薄幸之名。当时她曾痛悔,然而我非无情之人,也曾尽心竭力地照顾她的女儿。她是贤明之人,虽在九泉之下,定能谅解我心。"说到后来声音很轻了。

　　继而又说:"已故的母后藤壶道人,书法功夫甚深,具有秀丽之趣。然而笔力较弱,未免缺乏余韵。尚侍胧月夜确是当代名家,但是过于潇洒,亦是美中不足。虽然如此,总之,尚侍胧月夜、前斋院槿姬与你,都是书法名手。"他称赞紫姬的书法。紫姬答道:"把我列入名手,教人惭愧死了!"源氏说:"你也不须过分谦逊。你的笔法柔丽可爱,自有特色。不过你的汉字太高明了,假名赶不上它,不免略有破笔。"他又添制几本没有写过字的空白册子,封面与带子都很精美。他说:"我想请萤兵部卿亲王和左卫门督也写一点。我自己拟写两册。他们无论怎样高明,总比不上我吧。"这是自夸了。他又精选笔墨,郑重其事地写信与诸位夫人,请她们也写册子。诸位夫人都以为此事甚难。就中有推却者,源氏再度诚恳请托。他又选取几本非常华丽的、染成颜色上深下渐淡的高丽纸册子,要叫几个风流少年也都试书。对宰相中将夕雾、式部卿亲王的儿子左兵卫督、及内大臣家头中将柏木说道:"苇手、歌绘[1]都好,各用自己所心爱的字体可也。"于是诸少年各自用心书写,互相竞争。

　　源氏又闭居在离开正屋的那间别室中,专心写字。其时春花已过盛期,天空澄碧,日丽风和。各种古歌浮现脑际,他就随心所欲地用假名写出,或用草体,或用普通体,无不异常秀美。身边侍女不多,只留二三人司理磨墨等事。这二三人都有学识,从优良的古歌集中选取诗歌时,何者宜于入选,可同她们商量。帘幕尽行卷起,源氏落拓不羁地坐在窗前,将册子置于矮几之上,口中衔着笔尖,凝神思索,其姿态之优美,令人百看不厌。册子中每逢白色或红色等触目的一页,他就改变执笔姿势,用心书写。这姿态也很优美,知情识趣的人见了,无不为之神往。

　　正在此时,忽闻侍女报道:萤兵部卿亲王驾到。源氏吃了一惊,连忙穿上常礼服,又命添设蒲团,延请亲王入室。这位亲王风度亦甚清秀,拾级升阶,从容不迫。众侍女都在帘内窥看。两人相见,互道寒暄,礼貌恭谨,态度优雅。源氏向他表示欢迎:"近日无事闲居,不堪寂寞之苦。文驾惠临,正值良时!"萤兵部卿亲王便把源氏所嘱书的册子交奉。源氏立刻披览,但见书法虽非特别优越,然而页页清整,笔笔挺秀,诚不失为佳作。诗歌亦甚别致,故意选取富有特色的古歌。每首不过三行,汉字极

〔1〕"苇手"是一种戏书,在色纸上用草书字母写歌,形似水边芦苇。"歌绘"是表现歌意的画,文字与画混合。平安时代流行此二种书法。

少,体裁风流潇洒。源氏惊叹道:"大作如此高明,诚非始料所及,我等只有搁笔了!"亲王戏言答道:"我既腼颜参与群贤之列,拙作也就托福增光了。"

源氏所写的册子,无法隐藏,便取出来共同欣赏。写在平整的中国纸上的草体字,萤兵部卿亲王看了觉得特别优越。又有高丽纸,纹理细致,柔软可爱,色泽并不鲜丽,而有优雅之感。上面写着流丽的假名,笔笔正确,处处用心,其美无可比拟。观者似觉跟着书家的笔尖而流着感动之泪,真乃百看不厌的佳作。又有本国制的彩色纸屋纸[1],色泽鲜艳的纸面上信笔率书着草体字的诗歌,其美亦无限量。萤兵部卿亲王看了源氏这种随意挥洒、妩媚动人的手迹,爱不忍释,更不想看别人的作品了。

左卫门督所写的,一味冠冕堂皇,锋芒毕露,然而笔法并不十分端正,有矫揉造作之感。所写的诗歌也都选用奇特之作。妇女的作品,源氏不肯多拿出来。尤其是前斋院槿姬所作,绝不轻易示人。诸少年所书的苇手册子,风流潇洒,各尽其美。夕雾所作的模仿水流之势,畅快活泼,处处芦苇乱生,很像产苇有名的难波浦上的景色。像水的文字与像苇的文字交互错综,非常美观。又有数页,一反优美华丽之风,将文字加以意匠,写成怪石嶙峋之状。萤兵部卿亲王看了深感兴趣,说道:"这真是见所未见。写此种文字,要费不少工夫呢!"原来这位亲王对万事都感兴趣,乃风雅之人,故特别赏识此种技艺。

今日又是整天谈论书法。源氏选出所藏各种继纸[2]册子来欣赏。

〔1〕 平安时代在京都纸屋院制造的一种高级纸。
〔2〕 继纸是由两种以上异质异色的纸张接合而成的纸,古人写诗歌用。

萤兵部卿亲王乘此机会,派儿子侍从回家去拿些册子来。计有嵯峨帝所选录的《古万叶集》四卷,以及延喜帝所书《古今和歌集》一卷,由淡蓝色中国纸接合而成,有深蓝色中国花绫封面,淡蓝色玉轴,以及五彩丝带。式样十分优雅,书体每卷不同,笔墨异常精美。源氏把灯笼放低,仔细观赏,赞道:"这真是精品了! 现今的人,只学得古人的一端呢。"萤兵部卿亲王便把这两件作品奉赠,说道:"即使我有女儿,倘使她不会赏识,我也不肯传给她。何况我没有女儿,保存此物,有何用处呢!"源氏也有礼物赠与侍从:版本极佳的中国古书,装在一只沉香木制的书箱里,再加一支精美的高丽笛。

最近一段时期内,源氏又热中于假名书法的品评了。凡是世间以能书著名的人,不问其身份之高下,他都探访出来,选择适当品类,令其书写。但身份低微的人所写的,不收入女公子的书箱中。他仔细考量其人之才学与品格,分别叫他们写册子或卷轴。此外又为女公子备办种种珍贵宝物,都是外国朝廷所稀有的。所有珍品之中,此种书法册子最为世间多数青年人所仰慕。选择画幅之时,昔年所作须磨日记不曾选入。因为他想将此作品传之后世,所以要等女公子年事稍长知识渐丰之后再交付她。

且说内大臣看见别人准备女儿入宫,排场如此盛大,回想自家女儿,觉得十分懊丧。他家那位云居雁小姐,芳龄已届二十,美貌如花似玉,而空闺独守,寂寞无聊。为父亲的着实替她担心。那个夕雾呢,态度和从前一样冷淡,毫无热情表示。若教这边让步,主动向他求婚,又恐被人耻笑。因此内大臣独自悲叹,悔不当夕雾热心求爱之时答应了他。他仔细想来,此事不能归罪于夕雾一人身上。内大臣后悔之事,夕雾亦有所闻。但他回想内大臣对他的冷酷,心中犹有余恨,因此故意装作镇静,不肯前

去求婚。然而他决不是另外爱上了别的女人。他真心恋慕云居雁,常有
"暂别心如焚,方知戏不得"[1]之叹。然而云居雁的乳母曾经嘲笑他的
淡绿袍,因此他打定主意:等到升了纳言,换上红袍之后再去求见。

　　源氏看见夕雾至今尚未定亲,觉得奇怪,替他担心。有一次对他言
道:"你对那人如果已经断念,则右大臣和中务亲王都想将女儿许配与
你,由你自己选定吧。"但夕雾默默不答,只是必恭必敬地坐着。源氏又
说:"讲到此种事情,我也是连桐壶父皇的宝贵教训都不肯听从,所以我
对你不想多嘴。然而过后回想,这种教训正是颠扑不破的真理。你今年
已十八,还是独居无偶,世人都在猜量,以为你怀抱高远之志。如果你为
宿缘所拘,结果娶了一个凡庸女子,这就变成虎头蛇尾,惹人耻笑了。即
使怀抱高远之志,结果未必如意称心。要知世事都有限量,不可过分诛
求挑剔。我自幼生长宫中,一举一动,不能任意,生活十分拘束。略有过
失,便会遭受轻率之讥,故必须时时小心翼翼。然而还是获得了好色的
罪名,长受世人讥议。你官位还低,不受拘束,但切不可因此而毫无顾
忌,任情行事。人心倘不抑制,自会骄傲起来。此时倘无心爱之人来镇
定其心,贤人也会为了女人之事而身败名裂。此种事例,古来甚多。倘
向不应该爱的人求爱,结果是使对方蒙受恶名,使自己遭人怨恨,成为终
身憾事。倘因疏误而成亲,而其人不称我心,则即使到了难于忍耐之时,
亦当回心转意,竭力宽容:或者看她父母面上,曲予原谅;或者父母已死,
娘家衰落,而其人具有可爱之处,则亦应重视此优点而与之偕老。总之,
为自己计,为对方计,都应深思远虑,务求善始善终。"每当闲暇无事之
时,源氏总拿这一类话来教导夕雾。夕雾听从父亲的训话。他有时恋慕

_____

〔1〕　古歌:"欲试忍耐心,戏作小离别;暂别心如焚,方知戏不得。"见《古今和歌集》。

别的女子,即使是逢场作戏,亦认为自造罪孽,对不起云居雁。

云居雁看见父亲近来异常忧愁,觉得此身可耻可悲,以致意气消沉。但脸上不露声色,装作若无其事,只是闷闷不乐地度日。夕雾每逢刻骨相思、痛苦难堪之时,便写缠绵悱恻的情书,寄与云居雁。云居雁应有"谁人可信任"[1]之叹。倘是老于世故的人,也许会疑心夕雾对她是否诚心。但她并不怀疑,每次读了来信,总是不胜悲伤。外间有人传说:"中务亲王已请得源氏太政大臣同意,将女儿许配夕雾中将,正在说亲。"内大臣闻此消息,重又悲痛起来,胸怀为之郁结。他悄悄地对云居雁说:"听说夕雾要娶中务亲王的女儿了。此人真无情啊!从前太政大臣曾经向我开口,要我将你许配夕雾,那时我执念甚强,不曾答应。想是为此之故,他另行择人了。现在我若让步,允其昔日之请,岂不被人耻笑!"说时泪盈于睫。云居雁觉得十分可耻,不禁淌下泪来。又觉难以为情,将身转向一旁,姿态娇艳无限。内大臣睹此情景,想道:"此事如何是好?看来只得开口求人了。"他满腹心事地走出室去。云居雁依旧独坐窗前,凝神闲眺。她想:"我怎么会如此伤心,以致淌下泪来呢?不知父亲做何感想?"万种思量,涌上心来。正在此时,夕雾派人送信来了。云居雁虽有不快之感,终于启读来信。但见信中语言甚详,诗云:

"你是无情女,全同浮世人。
　我心与俗异,永远不忘君。"

云居雁看见信中绝不谈起另行择配之事,觉得此人过于薄情,思之不胜

─────────────

〔1〕 古歌:"明知此子言皆伪,更有谁人可信任?"见《古今和歌集》。

痛恨。答诗云：

> "口称不忘我,心已早忘情。
>
> 弃旧怜新者,良由随俗心。"

夕雾看了回信,觉得奇怪。他拿着信不放,侧着头寻思,不解其意。

第三十三回　藤 花 末 叶 [1]

六条院中忙着准备小女公子入宫之时,夕雾中将心事满腹,神思恍惚,但又觉得奇怪:"我自己也不知道,我心何以如此固执。相思既然如此其苦,则现在对方已经让步,'守关者'已经'睡熟'[2],反正只要等候对方正式前来议婚好了,何必多忧呢?"他耐心等候,颇感痛苦,心情烦乱之极。云居雁也在想:"那天父亲悄悄地告我之言,如果成了事实,则夕雾势必把我完全忘却。"她不胜悲伤。这两人虽然由于乖运而互相背离,但毕竟是一对不可分离的恋人。至于内大臣呢,态度如此强硬,但对自己全无好处,心中不胜烦恼。他想:"如果中务亲王招了夕雾为婿,则我的女儿只得另行择人。如此夕雾实甚痛苦;而我们亦必被人耻笑。自然不免发生有伤体面之事。虽然十分秘密,但是家丑早已外扬。想来想去,还不如设法调解,自动让步。"内大臣和夕雾,外表若无其事,而心中仇恨不解。突然向夕雾说亲,内大臣觉得不好意思;而郑重其事地迎接新婿,又恐外人取笑。因此他想等候适当机会,隐约向夕雾示意。

三月二十日是太君两周年忌辰,内大臣赴极乐寺墓地祭扫。诸公子全体随行,排场十分盛大,王侯公卿前来参与者甚多。夕雾中将也在其

---

〔1〕　本回与前回同年,写源氏三十九岁三月至十月之事。

〔2〕　古歌:"我有秘密路,人皆不注目。但愿守关人,夜夜睡得熟。"见《古今和歌集》。

内,其装束之华丽,决不逊于他人。就相貌而言,此时青春十八,正值盛年,生得眉清目秀,十全其美。只是自从与内大臣结怨以来,每逢见面,必多顾忌。今天虽来参与,常怀戒备之心,态度十分冷静。内大臣对他则比往常更加注目。诵经礼忏所需供养之物,由源氏大臣从六条院派人送来。夕雾中将尤为诚恳,为外祖母经办种种供养。

　　天色向晚,大家准备回家。此时群花零落,暮霭苍茫。内大臣回忆往事,慨然吟咏,姿态甚是潇洒。夕雾面对凄凉的暮景,悠然神往。旁人嚷着"天要下雨了",但他如同不闻,依然耽于沉思。内大臣睹此情状,想是忍不住了,拉着夕雾的衣袖,对他言道:"你为何如此怪我? 今天同来祭扫,请看太君面上,恕我往日之罪吧。我年已向晚,余命无多。若见弃于人,真乃遗恨无穷了!"夕雾闻言,不胜惶恐,答道:"小甥秉承外祖母遗志,本当仰仗舅父栽培,只因获罪未蒙原宥,故而未敢前来领教。"此时风雨大作,势甚凶猛。诸人争先恐后,纷纷散归。夕雾返家之后,独自寻思:"内大臣今天对我态度与往常不同,不知他心中有何打算。"他日夜思念云居雁,故凡她家之事,即使极小,亦甚关心。这天晚上他左思右想,直到天明。

　　想必是夕雾长年相思的报应吧:内大臣从前那种强硬态度,今已影迹全无,他变得很柔弱了。他想找个良好机会,不是有意做作的,却又适于迎接新婿的。时值四月上旬,庭中藤花盛开,景色之美,迥异寻常。坐视其空过盛期,岂不可惜。于是举行管弦之会。夕阳渐渐西沉,花色更增艳丽。内大臣便命柏木送信与夕雾,并叫他口头传言:"前日花阴晤谈,未得罄述衷曲。今日倘有余暇,极盼即刻光临。"信中有诗一首:

　　　　"日暮紫藤花正美,

春残何事不来寻?"〔1〕

这封信系在一枝非常美丽的藤花上。夕雾终于等着了这一天,欢喜之极,心头乱跳。惶恐地作复:

　　"暮色苍茫难辨识,
　　如何折取紫藤花?"〔2〕

对柏木说道:"抱歉得很,我很胆怯,写不好诗,请你替我修改吧。"柏木答道:"不必写诗,我陪你同去就是了。"夕雾说笑道:"你这种随从我不要!"便叫柏木拿了回信先回家去。

　　夕雾往见源氏大臣,将此事禀告,并将内大臣来信呈阅。源氏大臣看了信,说道:"他招你去,一定是有意思的。如此主动求上门来,则过去违背太君遗志的不孝之罪也消解了。"他那骄矜之色,令人讨厌。夕雾答道:"不见得有意思吧。只因他家正殿旁边的紫藤花今年开得特别茂盛,此时又值闲居无事,故作管弦之会,招我去参加罢了。"源氏大臣说:"总之,他特地遣使来请,你应该即速前去。"他允许夕雾赴约。夕雾不知内大臣究有何意,心中怀疑,惶惑不安。源氏大臣对他说道:"你的袍子颜色太深,质地也太轻了。如果不是参议,或者没有官职的青年人,原不妨穿你那种浅紫色袍子。但你是参议,衣冠须得讲究些。"便把自己穿的一件华美的常礼服,配以非常讲究的衬衣,叫随从者拿了送往夕雾室中。

----

〔1〕　以藤花比云居雁。
〔2〕　暮色苍茫,比喻来信不曾明言亲事。

　　夕雾在自己室中仔细打扮,到了夕暮过后才来到内大臣邸,大家等得心焦了。作主人的诸公子,自柏木以下七八人,一齐出来迎接,陪同夕雾入内。座上诸人相貌都很俊美,但夕雾尤为出众,艳丽而清秀。其气度之高雅,令人心生敬爱。内大臣吩咐侍者仔细安排客座,自己也整饰衣冠,准备出席。他对夫人身边的青年侍女们说道:"你们都来窥看!夕雾公子年龄渐长,相貌越发标致了。他的一举一动,都从容不迫,落落大方。其光明磊落、老成持重之相,竟胜过他的父亲呢!源氏大臣的相貌一味优雅温柔,教人看了自会面露笑容而忘却人世一切苦劳。但在朝廷大会上,这相貌似乎缺乏严肃,而太偏于风流,这原是当然之理。这位夕雾公子则才学渊博,气度豪雄,世人都承认他是个毫无缺陷的完人呢。"说过之后,整一整衣冠,便出去与夕雾会面。略说了几句彬彬有礼的应酬之词以后,就移座赏花饮酒。

　　内大臣说:"春日之花,不拘梅杏桃李,开出之时,各有香色,无不令人惊叹。然而为时皆甚短暂,一转瞬间,即抛却了赏花人而纷纷散落。正当惜花送春之时,这藤花独姗姗来迟,一直开到夏天,异常令人赏心悦目。这色彩教人联想起可爱的人儿呢。"他说时面露微笑,风度十分优雅。月亮出来了,清光暗淡,花色难于辨认。然而还是以赏花为由,传杯劝酒,唱歌作乐。不久之后,内大臣佯装喝醉,举止历乱,频频持杯向夕雾劝酒。夕雾心有戒备,婉言恳辞,颇感苦劳。内大臣对他说道:"在这衰微的末世,你是绰绰有余的天下有识之士。但你舍弃了我这个残年之人,实在太无情了。古籍中有'家礼'〔1〕之说。孔孟之教你定然深通。但你不肯视我如父,忤我太甚,教我好恨啊!"想是醉后感伤之故吧,他委

〔1〕《史记·高祖本纪》中说:"如家人父子礼。"

婉地发了一会牢骚。夕雾连忙道歉:"舅父何出此言! 小甥孝敬舅父,与从前孝敬外祖父母和母亲一样,粉身碎骨,在所不惜。不知舅父有何所见而出此言? 想必是小甥一时疏忽,有所怠慢之故吧。"内大臣看见良时已到,便振作精神,唱起"春日照藤花,末叶尽舒展……"〔1〕的古歌来。头中将柏木早承父亲授意,此时便向庭中折取一枝色浓而穗长的藤花,添附在夕雾的酒杯上,向他敬酒。夕雾接了酒杯,色甚狼狈。内大臣吟诗云:

"可恨小藤花,凌驾老松上。

为爱紫色好,其罪当曲谅。"〔2〕

夕雾手持酒杯,躬身为礼,作拜舞之状,姿态十分优雅。答诗云:

"几度春来和泪待,

今朝始得见花开。"

咏罢,还敬柏木一杯。柏木吟道:

"少女春衫袖,色香似此藤。

欣逢高士赏,花色忽然增。"

---

〔1〕 古歌:"春日照藤花,末叶尽舒展。君若能开诚,我亦愿信赖。"见《后撰集》。内大臣意在后面两句。本回题名据此歌。

〔2〕 藤花比夕雾,老松比自己,紫色比云居雁。诗意:夕雾强硬,内大臣只得让步,看女儿面上原谅他。

于是顺次传杯,各赋诗歌。但诸人皆醉,语不成章,未有胜于上述三首者,故不俱载。

初七夜的月亮清影幽微,照见池面暮烟笼罩,一片朦胧。枝头绿叶尚未成荫,正是风景岑寂之候。只有开在树干不高而枝丫千姿百态的松树上的藤花异常艳丽。那位弁少将红梅便用美妙的嗓子唱起催马乐《苇垣》〔1〕来。内大臣听了非常高兴,叫道:"这曲歌真有意思啊!"便跟着他助唱:"此家由来久……"〔2〕歌声也很美妙。在这兴高采烈、放任不拘的宴会上,从前的旧恨尽行消失了。

到了夜色渐深之时,夕雾装出非常痛苦的样子,向柏木诉说:"我多喝了酒,头晕目眩,痛苦难堪。如果告辞回去,路上难免出事。想在尊斋借宿一宵,如何?"内大臣就对柏木言道:"头中将啊! 你替客人安排寝所吧。老人酩酊大醉,顾不得礼貌,先退席了。"说过之后便回内室去。柏木对夕雾说道:"想必是叫你借宿花阴了! 怎么办呢? 倒教我这引路人为难了!"夕雾答道:"'托身苍松上'〔3〕的,岂有轻薄之花? 请勿说不快之言!"便催他引路。柏木心中不免怀有妒意。但他一向认为夕雾人品高雅,令人称心,结果总是他的妹婿。因此放心地引导他到云居雁房中。

夕雾恍如身在梦中。如今大愿遂成,他觉得自身更可尊贵了。云居雁不胜羞涩,沉思不语。但见夕雾成年后比从前更加俊秀,真乃美玉无瑕。夕雾向云居雁诉恨:"我身几乎做了世人的话柄。全靠专心一意,努

〔1〕 催马乐《苇垣》全文:"(女唱)拆开芦苇垣,越垣偕郎逃。谁在父母前,有意把舌饶? 此家大轰动,弟妇最唠叨。(弟妇唱)天地神作证,我不把舌饶。你今说此话,完全是造谣。"此是男诱女之歌,讥讽从前夕雾诱云居雁。
〔2〕 应是"此家大轰动"。内大臣嫌其不祥,故意改唱。或说:是传讹。不知孰是。
〔3〕 古歌:"托身苍松上,紫藤虽弱小,但得熏风吹,花开无限好。"见《古今和歌六帖》。引用此诗,意思是说我已得内大臣许可。

力忍耐,终于获得了允许。你却毫不关情,真乃异乎寻常。"后来又说:
"弁少将唱《苇垣》,你懂得他的意思么? 这个主人对我讽刺得好厉害!
我想唱《河口》[1]来报答他呢。"云居雁觉得此歌难听,答以诗云:

> "河口流传轻薄事,
>
> 疏栏何故泄私情?

多么无聊啊!"吟时同孩子一般天真烂漫。夕雾微笑着答诗云:

> "莫怪河口关,疏栏多漏泄,
>
> 久木多关上,关守应负责。[2]

害得我长年忍受相思之苦,忧愁懊恼,不辨前后。"他借口酒醉,装出困疲
之状。天色近晓,只当不知,流连不肯归去。众侍女都替他们着急。内
大臣闻之,怪道:"睡得这么得意,现在还不起来?"但夕雾终于在天色大
明之前回去,那睡眼蒙眬之相亦甚美观。

　　次日夕雾的慰问信,依旧像情书一般偷偷地送来。云居雁今天反而
比从前更加懒写回信了。几个尖刻的侍女便互相交头接耳,挤眉弄眼。
正在此时,内大臣进来了,云居雁局促不安。夕雾的信中写道:"只因姐
姐对我,永不开诚相待。故虽已与君结缡,反觉我身不幸。然而爱慕之

---

　　〔1〕 催马乐《河口》歌词:"河口有个关,关门是疏栏。虽然是疏栏,关吏守得严。虽
然守得严,被我逃出关。出关会情人,两人同衾眠。"河口关在伊势郡。夕雾欲唱此歌,意
思是说:内大臣虽然管得严,他俩早已私通。故下文云居雁诗云云。
　　〔2〕 久木多关在陆奥郡。

情,永远不绝,故欲凭此书消我愁思。

　　　偷绞青衫泪,年来手已酸。
　　　今朝莫怪我,当面泪汍澜。"

这封信写得非常亲切。内大臣看了,笑道:"书法清秀之极啊!"以前对他的怨恨完全消释了。云居雁迟疑不决地懒得写回信。内大臣觉得回信太迟有失体面,料想她是在父亲面前怕难为情之故,便起身回去了。犒赏使者的礼品异常隆重。柏木中将热诚招待这使者。此人以前来送信时,常常偷偷摸摸;今天却神气活现、大摇大摆了。此人是个右近将监,夕雾把他当作心腹人差遣。

　　源氏太政大臣也获悉了此事。隔了一会,夕雾前来参见,容貌比以前更加光采了。源氏向他打量一下,说道:"今天早上怎么样? 慰问信送去了么? 为了女人之事,贤者亦难免错乱。多年以来,你能不作强项放肆之事,不露焦躁愠怒之色,直至今日,此心确是与众不同,深可嘉许。内大臣为人,一向刚愎自用,不屈不挠。此次忽然卑躬屈节,世人必然纷纷议论。但你切不可为了占胜而扬扬得意,盛气凌人,因而养成浮薄之心。内大臣看似落落大方,倜傥不羁,其实并无豪雄之气,却有迂腐之癖,是个难与交往之人。"这是照例的一篇训话。他觉得这段婚事如意称心,十全其美。源氏大臣生得年轻,不像是夕雾的父亲,倒像是个略长几岁的哥哥。分别看时,两人相貌惟妙惟肖,完全相同;父子在一起时,则互有不同,而并皆美妙。源氏大臣身穿淡色常礼服,内衬唐装式的白色内衣,花纹鲜明而晶莹。他今年三十九岁,相貌还是清秀而优雅。夕雾身穿色彩稍深的常礼服,内衬染成浓丁香汁色纹样的可爱的白绫衫子,别有风度,非常艳丽。

今天是四月初八,六条院内举行浴佛会。寺院先将佛像一尊送来,导师则须迟迟来到。诸夫人都派女童送布施品来,其物品与宫中一样,种类繁多。仪式也仿照宫中,诸公子都来参与。比较起严正的御前仪式来,反而异常富有意趣,令人肃然起敬。夕雾心不在焉,行过仪式之后立刻打扮一下,匆匆出门,往云居雁那里去了。有几个青年侍女,曾与夕雾调情而并无深切关系者,此时不免妒恨。夕雾与云居雁多年相思,一旦团圆,夫妻自然格外恩爱,真所谓"密密深情不漏水"〔1〕了。岳父内大臣走近来仔细看看夕雾,觉得果然是个乘龙快婿,便越发看重他了。他想起了对他让步之事,虽然犹有余恚,但念夕雾为人诚实,多年以来,不变初心,耐心等候,此志可嘉,自当曲予原谅。自此以后,云居雁的居处比弘徽殿女御那里更加繁荣了。因此内大臣的正夫人及其随身侍女等心怀妒意,啧有烦言。然而此又何伤! 云居雁的生母按察使夫人〔2〕闻知女儿嫁得佳婿,深为庆慰。

且说六条院的明石小女公子,定于四月二十过后入宫。四月中旬正值贺茂祭佳节,紫夫人欲于前一日先去参拜贺茂神社,照例邀请诸夫人同行。诸夫人认为跟她同行,形似随从,不甚体面,所以大家不去。于是源氏太政大臣偕同紫夫人和女公子三人前往,排场并不铺张,只用车子二十辆,前驱人数亦不甚多。一切从简,倒也别有风趣。节日破晓,入寺参拜。归时共上看台,观赏美景。众侍女的车子连成一串,停在看台前面,阵容甚是美观。远处望来,都认识这是太政大臣家的行列,气势好盛

---

〔1〕　古歌:"密密深情不漏水,缘何相见永无期?"见《伊势物语》。

〔2〕　云居雁的生母与内大臣离婚,改嫁按察使。故云居雁由祖母抚育。

大！源氏想起了秋好皇后的母亲六条妃子的车子被挤退的旧事,对紫夫人言道:"倚仗权势,盛气凌人,而作此种行径,毕竟是罪过的。你看那位傲慢的葵夫人,终于抱恨而死!"死时怪异情状,避而不谈。只说:"再看两人的后代:夕雾只是一个普通平民,好容易逐步升官;而秋好皇后则位极人臣,莫能与并。思想起来,实在深可感慨! 世事无常,夭寿不定,所以人生在世期间,总想随心所欲,任意行事。然而只怕我死之后,剩你一人在世,代我身受报应,弄得晚年孤苦伶仃……"说到这里,王侯公卿等都上看台来了,源氏大臣便前往就座。

　　近卫府派来司祭的敕使,是头中将柏木。他从父亲内大臣邸内出发,王侯公卿等跟他同行,一齐来到源氏大臣的看台上。惟光的女儿藤典侍也是司祭敕使。此人声望甚高,自冷泉帝、皇太子以至源氏太政大臣,都犒赏她无数珍贵物品,圣眷十分优厚。她出发之时,夕雾中将还写信给她。她与夕雾有情,虽不公开,而交谊甚厚。夕雾与身份高贵的云居雁成亲,藤典侍闻之异常伤心。夕雾赠她的诗是:

　　　　"缘何眼见葵花饰,

　　　　问我花名说不清?[1]

真可怜啊!"藤典侍得信,知道他在新婚时节不忘旧人,心甚感激,就在匆忙准备上车之时吟诗作复:

―――――――――

　　[1]　参加贺茂祭的人,头上皆插葵花或桂花。日文"葵"与"会"同音。说不清葵花之名,意思是说后会之期不可知。

> "花虽插鬓名难识,
>
> 　请问蟾宫折桂人。

这花名只有你这博士知道了!"这寥寥数字,在夕雾看来是极有风韵的答书。此后他依然不忘情于这藤典侍,常常偷偷地和她约会。

明石女公子入宫之时,紫夫人决定亲自伴送。源氏大臣打算:紫夫人不能陪伴女公子长住宫中,不如乘此机会,叫她的生母明石夫人也来送她入宫,当了她的保护人吧。紫夫人也在想:"结果总是要叫她的生母来的。把这母女两人长此隔绝,母亲定然惦记女儿,时时愁叹;女儿今已渐长,亦必思念母亲。弄得双方都不快活,又何苦来!"便对源氏大臣言道:"女儿入宫,应请明石夫人同行,长住宫中相伴。因为女儿年纪还小,叫我很不放心。身边的侍女都是年轻人。乳母们所能照顾的,只是表面之事。我自己又不能长住宫中。欲求放心,只此一法。"源氏大臣听见紫夫人和他意见相同,十分快慰,便把此意告知明石夫人。明石夫人喜不自胜,庆幸凤愿终于实现,连忙准备侍女服装等种种事宜,其讲究不亚于身份高贵的正夫人。做了尼姑的母夫人也极愿看到外孙女儿荣华富贵。她甚至祈佛保佑她延寿,以便与外孙女儿再见一面。现在闻知她即将入宫为太子妃,则今后岂能再见,思之不胜悲伤。是日夜晚,紫夫人伴送女公子入宫。紫夫人在宫中得乘辇车。明石夫人如果同行,则因身份低微,必须随车徒步,很不体面。她并不嫌自己委屈,只怕这金枝玉叶的女公子为了她这微贱的生母而丢脸,因此暂不入宫。

女公子入宫的仪式,源氏大臣并不过分铺张以惊人目,然而亦自十分体面,异乎寻常。紫夫人真心疼爱这女公子,把她教养得慧美双全。她实在舍不得把她让给她的生母,心念如果是我亲生女儿,岂不更好。

源氏大臣与夕雾也都认为只此一事,实为美中不足。过了三天,紫夫人将出宫,是夜明石夫人入宫接替,二位夫人初次会面。紫夫人对明石夫人言道:"女公子今已长大成人,可见我等共处已历多年,今后自当多多亲近,无所顾虑了。"接着又讲了许多话,态度和蔼可亲。明石夫人从此也就开诚解怀,对她无话不谈了。紫夫人看了明石夫人应对辞令之文雅,心甚赞佩,始信源氏大臣宠爱她并非偶然。明石夫人也真心敬仰紫夫人人品之高尚与容貌之丰丽,觉得源氏大臣于众夫人中特别宠爱此人,尊重她为最高无比的正夫人,确是理之当然。而回想自己能与此人同列,也是前世福报。但后来看见紫夫人出宫,仪式非常盛大,特许乘坐辇车,其尊贵与女御无异,比较之下,又觉得自己身份毕竟低微。她看见女公子长得十分美丽,如同粉妆玉斫一般,欢喜之极,恍如身在梦中,眼泪流个不住,真所谓"一样泪流两股心"〔1〕了。多年以来,明石夫人受尽凄凉之苦,常觉此身忧患太多,毫无生趣。现在心情忽然开朗,但愿寿命永远延长,方知住吉明神的确灵验。明石女公子在紫夫人膝下身受理想的教养,长大后非常贤慧,毫无半点缺陷。世间声望之尊严自不必说,容貌仪态之娇艳亦无伦比。皇太子尚在童年,也知道特别怜爱这位妃子。与这妃子争宠的人向外扬言,说这妃子附带这个身份低微的母亲,实为一大缺憾。但这并不损害妃子的声望。因为明石夫人非常贤能,不但把女公子的住处布置得优美入时,华丽无比,即使细微之处,亦都装点得风流优雅,巧妙精致。于是殿上人等便把这宫殿看做珍奇的猎艳之场,大家都来向这里的侍女们调情。因此连侍女们的风度与姿态也都特别讲

---

〔1〕　此句据《后撰集》所载古歌"或喜或悲同此心,一样泪流两不分"改写,强调明石夫人所流是欢喜之泪。

究。每逢适当时节,紫夫人也入宫来探视。她和明石夫人的交情越来越深,彼此都无顾虑了。明石夫人对她既不过分放肆,又毫不卑屈,举止态度都很恰当,真是不可多得的理想人物。源氏太政大臣自念寿命所余无多,渴望于生前完成女公子入宫之事,如今果然如愿以偿了。还有,夕雾婚事纠纷不已,虽是他自己固执之故,外闻总不好听,而如今也已美满成就,如意称心了。因此源氏太政大臣心无挂碍,今后当可成遂出家之本愿了。只是舍不得紫夫人,但有义女秋好皇后照顾,大可放心;还有明石女公子,其正式的母亲是紫夫人,今后对她亦必竭诚孝养。故即使出家,亦可将夫人托付二人供养。花散里虽然寂寞寡欢,但有义子夕雾奉养。诸人各得其所,可无后顾之忧了。

　　明年源氏大臣四十岁,应举行庆祝大会。自朝廷以下,各处都加紧准备贺寿。今年秋季,源氏太政大臣官位晋升,照准太上天皇待遇增加封户,又添赐年官、年爵[1]。即不如此,源氏之家早已万般富足,毫无缺憾了。但冷泉帝还是引用古代罕有的先例,为源氏设置许多院司。因此源氏身份异常高贵,出入宫禁很不自由,反而拘束了。但冷泉帝还嫌不够优待,他常恨不能把皇位让与源氏,恐被世人指责,为此朝夕愁叹。

　　内大臣升任了太政大臣。夕雾中将升任了中纳言,入朝谢恩。他那丰姿更加焕发,自容貌以至一切言行举止,竟无半点瑕疵可指。他的岳父新太政大臣看见了,甚为满意,心念云居雁与其入宫受人排挤,远不如嫁与夕雾之为幸福。夕雾有一次回想起从前有一晚云居雁的乳母大辅嫌他官位低微,曾说"嫁个六位小京官,也太不体面了"的话[2],便把一

---

　　[1]　添赐年官、年爵,即赐官位于源氏之家臣,其俸禄则归源氏收用。
　　[2]　中将是六位京官,穿浅绿袍;中纳言是四位,穿紫袍,故下文的诗中云云。

枝已经变成鲜美的紫色的白菊花送给大辅,赠以诗云:

"浅绿当年秋菊小,
　谁知能变紫红花。

我不曾忘记当年失意之时你所说的一句话呢。"他一边吟诗,一边送花,
姿态异常优美,脸上笑容可掬。乳母难于为情,无地自容,只得腼颜
答道:

"生长名园秋菊小,
　岂因浅绿受人轻?

何必如此斤斤计较?"她的语调十分亲切,心中颇感痛苦。

　　夕雾升官之后,威势日盛,寄居岳父邸内,颇感房室狭隘,便迁居以
前太君所居的三条院中。太君逝世之后,院宇略见荒芜。此次大加修
理,并改变太君当年的布置,然后迁入。夕雾与云居雁居此邸内,回想以
前初恋时情状,触景生情,不胜感慨。庭前各种树木,当年还很幼小,今
已绿叶成荫,异常繁荣。当年所植的"一丛芭芒草"〔1〕,任意蔓延,乱侵
阶除,便命人加以删整。庭中的池水里长满了水草,便命人清除。于是
庭中景色,焕然一新。夫妇二人共赏夕暮美景,闲话童年初恋时好事多
磨之恨,云居雁不胜依恋。回想当时旁人作何感想,又颇感羞惭。当年
太君身边的侍女,都不曾散去,照旧住在各人的房间里。她们齐来参见

―――――――――――

〔1〕 古歌:"一丛芭芒草,使君所手植。今已成草原,虫声何繁密。"见《古今和歌集》。

这一对新夫妇,皆大欢喜。夕雾怀念外祖母,即景吟诗云:

> "岩前清水好,长守此园林。
> 知否当年主,行踪何处寻?"

云居雁吟道:

> "清泉流石上,细水本无心。
> 不见当年主,泉中照影清。"

此时云居雁的父亲新太政大臣退朝,道经三条院,望见院内红叶如锦,不胜依恋,便停车过访。但见院内景象,较之太君在世之时无甚变迁,处处窗明几净,宜于居住。装饰尤为华丽。太政大臣抚今追昔,深为感慨。夕雾中纳言亦觉心情异样,脸上略泛红晕,态度更加沉静了。他与云居雁真是一对天成佳偶。云居雁不能说是盖世无双的美人;但夕雾确有无限清丽之相。老侍女们在新夫妇身边十分得意,竟将陈年旧事讲给他们听。太政大臣看见两人咏诗的稿纸散置在旁,拿来一读,也伤心起来,说道:"我也想向这泉水探问太君的消息呢。只恐老人多感,出言不祥耳。"便吟诗曰:

> "小松亲手植,转眼已成荫。
> 莫怪高年树,凋零化作尘。"

夕雾的乳母宰相君,至今不忘这位大臣当年对夕雾的狠心,此时得意扬扬地吟道：

　　　　"双松枝叶茂，自幼即同根。

　　　　我在双松下，终身仰绿荫。"

别的老侍女也都吟诗，意义大致相同。夕雾颇感兴趣，云居雁则一味面红耳赤，羞人答答地听着。

　　且说冷泉帝于十月二十过后行幸六条院。此次行幸，正值红叶盛期，兴趣格外浓烈，故冷泉帝曾致书朱雀院，请其同行。前皇与今上一同行幸，乃世间罕有的盛举。此消息惊动全国臣民。主人源氏竭力准备迎驾，其排场之豪华令人目眩。两帝于当日巳时临幸，先到东北的马场殿。左马寮与右马寮中的马匹都已并列，左近卫与右近卫的武士们都到齐，其仪式与五月五日的骑射相似。未时过后移驾赴南面的正殿。一路上的拱桥和走廊上，都铺饰锦绣。外面望得见的地方，都张挂软幛，到处装饰十分华丽。道经东湖，湖中浮着几只小舟。宫中御厨里主管鸬鹚的人，与六条院中饲鸬鹚的人，都已被召集在此，他们就在御驾经行时表演鸬鹚捕鱼。鸬鹚衔了许多小鲫鱼出来。这并非为供御览而专设的游艺，只是为一路上增添兴趣而已。各处山上的红叶，美色各不相让。但秋好皇后所居西院中的红叶特别茂盛。中廊的墙壁已经拆去一部，改设大门，故观赏红叶时全无障碍。

　　南殿上方，为冷泉帝与朱雀院设两个御座，主人源氏的座位设在下方。冷泉帝降旨请源氏同列。如此优待，在源氏已极光荣。但冷泉帝犹有遗憾，以为未尽应尽之礼。左近卫少将捧了湖中取得的鱼，右近卫少将捧了藏人所的饲鹰人从北野猎得的一对鸟，从正殿东边来到御前，跪在阶前奉献。冷泉帝便命太政大臣[1]以此二物调制御膳。诸亲王和公卿的飨宴,则由源氏办理,尽是山珍海味,格式迥异寻常。日色将暮,诸人皆醉,即宣召乐人前来奏乐。不取正式大乐,但选富有趣味之舞曲,令诸殿上童都来舞蹈。此时令人回想起从前桐壶帝行幸朱雀院举办红叶贺之事。演奏舞曲《贺皇恩》之时,太政大臣家的男儿年方十岁,舞蹈姿态优美之极。冷泉帝从身上脱下御衣来赏赐他。太政大臣就代替儿子拜舞道谢。主人源氏回思当年在红叶贺中与太政大臣共舞《青海波》时的情状,便命折取菊花一枝,送交太政大臣,并赠诗云:

> "菊花增色泽,篱畔夸芳姿。
> 犹恋初秋日,含苞共放时。"[2]

太政大臣当年任头中将时,曾在桐壶帝御前与源氏公子共舞,两少年并称英俊。现在太政大臣亦高居人上,但总觉得源氏之尊贵无以复加。天心似乎有知,降下一阵时雨。太政大臣答谢道:

> "菊花变作层云紫,
> 遥望青天仰景星。[3]

现在正是你的全盛之时了。"

---

〔1〕云居雁之父。

〔2〕诗意:你现已升官,但犹不忘当年与我共舞《青海波》时之乐。

〔3〕古歌:"宫里菊花天上种,教人误认是秋星。"见《古今和歌集》。以星比菊,根据此歌。

晚风吹下各种各样的红叶来,有的深色,有的浅色,地上仿佛盖上了锦茵。庭前很像为迎驾而铺饰锦绣的走廊。庭中有许多眉清目秀的童子,都是高贵之家的子侄,身穿蓝色、红色大礼服,内衬暗红色、淡紫色的衬袍,都是日常装束,头发照常左右分开,只在额上加个宝冠。他们在红叶地上表演种种简短的舞蹈,舞罢回进红叶林荫中。此景甚美,令人可惜日色之将暮。此时不令乐队演奏长篇的乐曲,但在堂上合奏弦管。书司所藏的琴都取来了。兴酣之时,冷泉帝、朱雀院与源氏主人御前都呈上琴来。有名的和琴"宇陀法师",声音并未改变,但在朱雀院听来,今日特别动人,便吟诗云:

> "阅世经风雨,看花到白头。
> 年年红叶好,总不及今秋。"

他可惜自己在位之时没有这等盛会。冷泉帝答道:

> "庭中锦幕前朝赐,
> 不是寻常红叶秋。"

这是对朱雀院表示谦逊之意。冷泉帝今年二十一岁,相貌越长越美,竟与源氏毫无两样。中纳言夕雾侍候在侧,其相貌又与冷泉帝无异,令人惊讶。由于地位不同之故,夕雾在气度上似乎不及冷泉帝之高贵,但其风流艳冶之相,则胜于冷泉帝。夕雾吹笛,音节异常悦耳。诸殿上人在阶下唱歌,就中弁少将嗓音最美。戚族并皆英俊,真乃宿世福报。

第三十四回(上)　新　　菜[1]

　　且说朱雀院自从行幸六条院之后,身体一直不好,而且病得比往常厉害。他本来是多病的,但此次特别忧伤。年来常怀出家奉佛之志,此时此心更加深切了。以前只因弘徽殿母后在世,不免多所顾虑,故此志至今未遂。如今母后已经逝世[2],朱雀院便对人言道:"还是让我皈依佛法吧,我自觉此身在世不久了。"就考虑出家前应有种种事宜。子女除皇太子而外,尚有公主四人。其中三公主之母是藤壶女御。这藤壶女御是桐壶院前代的先帝所生,先帝赐姓源氏[3]。朱雀院当皇太子时,她早已入侍。原定由她当皇后的。但先帝早崩,她失去了有力的保护人;再则她的母亲身份不高,只是一个寻常的更衣,因此她住在宫中很不得志。加之弘徽殿母后把妹妹胧月夜送进宫来当了尚侍,这尚侍声势盛大,无人能与并肩,藤壶女御就全被压倒。朱雀院心中很可怜她,但不久他自己也就让位,无法照拂,徒唤奈何。因此藤壶女御抱恨在心,郁悒而死。她所生的三公主,最为朱雀院所怜惜。在许多子女之中,朱雀院最宠爱这三公主。此时三公主年仅十三四岁。朱雀院想道:"我即将抛弃红尘,入山修道。让这女儿独自留在这里,教她依靠谁人处世度日呢?"他所忧

---

〔1〕　本回写源氏三十九岁十二月至四十一岁三月之事。

〔2〕　弘徽殿太后于是年九月去世。

〔3〕　这藤壶女御是桐壶院的藤壶女御的异母妹。凡皇族降为臣下,赐姓都是源氏。

虑的只是三公主之事。他在西山营造寺院,今已竣工,现正忙于入寺的种种准备。一方面又忙于准备三公主的着裳式。院内秘藏的珍宝和器物,自不必说;连小小的玩具等,凡是略有来历之物,悉数赐与三公主。其余次等物品,则由其他诸子女分得。

　　皇太子闻知父皇患病,并决心出家奉佛,便亲赴朱雀院问省。母亲承香殿女御陪同前来。朱雀院对此女御并不十分宠爱,但因太子是她所生,宿世因缘甚深,所以也很重视她,和她详谈年来种种事情。对皇太子也说了许多话,就中也谈到治世之道。皇太子长得很老成,看来似乎不止十三岁。照顾他的人,如明石妃子等,都很可靠,所以大可放心。朱雀院对他说了如下的话:"我于此世已无所留恋。只是所遗女儿众多,挂念彼等前程,于'不可免'的'死别'[1]不无障碍耳。就往日在别人家所见所闻之事看来,凡为女子者,往往遭逢意外之变而身受侮辱,其命运实甚可悯可悲。将来你倘能得意临朝,务望多多留意,好好照拂你的姐妹。其中有后援人者,原可听其自行作主。惟三公主年事尚幼,一向靠我一人照拂,今我即将出家,任她漂泊于世,我心实甚挂念,思之不胜悲伤耳。"他一面拭泪,一面诉说衷情。

　　朱雀院又恳托承香殿女御善意照拂三公主。然而当三公主的母亲藤壶女御独占恩宠之时,其他更衣和女御皆曾与她争宠。因此承香殿女御和藤壶女御并不亲睦。照此推量起来,承香殿女御旧怨未消,即使不甚厌恶这三公主,亦未必能真心诚意地照拂她吧。朱雀院为了三公主之事,朝夕愁叹。到了年底,病势更加沉重,帘外也不能出来了。以前他也常常为了鬼魂作祟而患病,然而这鬼魂从来不曾像此次那样缠绕不休,

---

〔1〕 古歌:"日月催人老,死别不可免。为此更思君,但愿常相见。"见《伊势物语》。

因此他疑心大限到了。他虽然早已让位,但在位时受他恩泽的人,现在还同从前一样亲近他,以一仰仁慈的御颜为衷心慰藉,时时前来参谒。这些人闻知朱雀院身患重病,无不真心担忧。

六条院源氏也常常派人来探望,并将亲自去访。朱雀院闻知源氏即将亲自前来问病,不胜欣喜。恰巧夕雾中纳言来了,朱雀院便把他召入帘内,和他详谈:"桐壶先帝将崩之时,曾嘱咐我许多遗言。就中特别叮咛的,是令尊之事和皇上[1]之事。但我即位之后,便觉政令往往遭受限制,不能事事如意称心。因此内心之爱虽未变更,而略一错失,便获罪于令尊[2]。岂知多年以来,不论为了何事,令尊对我都无怀恨之色。凡人虽极贤明,倘逢不利于己之事,往往异常动心,必然设法报复,因而发生意外之变。即在古昔圣代,此种事例亦屡见不鲜。为此世人正在疑虑,以为有朝一日,令尊必将向我泄愤。岂知他终于容忍到底;不但如此,又且真心照拂我儿皇太子,最近复遣明石女公子入宫为太子妃,于是我们两家亲上加亲。我心感激,实无限量。但因本性愚昧,深恐为爱子之心所迷,而做有失体统之举,故对于太子,我自己故意装作漠不关心,一任别人安排。对于皇上,则谨遵先皇遗言,即将皇位让与。且喜他能在这末劫之世当个英明之主,挽回了我在位时的颓风,合我本意,无任欣慰。自从今秋行幸六条院之后,我回思往日之事,不胜依恋,颇思与令尊促膝谈心。务望贤侄代为劝驾,请他早日亲自惠临。"他说时神态异常萎靡。夕雾奏复:"侄儿年幼,远昔之事不得而知。稍长以后,参与朝廷政治,处理种种世务,其间关于大小政事,又或关于私人事宜,常有机会与家父共

---

〔1〕　指冷泉帝。
〔2〕　指须磨流放之事。

同商谈,然而从来不曾听见他暗示对伯父怀有旧恨。反之,他曾言道:'朱雀院中途辞退了皇上的保护人之职,欲专心静修而笼闭深山,此后对世事全不闻问,这便不能遵行桐壶先帝的遗言了。他在位之时,我年龄还小,才能又差,加之上面贤能出人甚多,故我虽欲为他效劳,而未能遂愿。如今朱雀院屏去政事,闲居静处,我颇思开诚解怀,向他畅谈衷曲,并且亲聆教益。但为身份所限,行动甚不自由,以致迁延至今,未得谋面。'家父常说此话,并且叹息不置呢。"

夕雾年纪还小,二十尚差少许[1],然而身体发育得很好,相貌也生得光艳焕发,异常俊美。朱雀院目不转睛地注视他,心中暗自思量:我家那个难于安顿的三公主,嫁与此人,如何? 便对他言道:"你今已在太政大臣家获得安身之所了。我闻知你的婚事多年来很不顺利,常常替你惋惜,现在才安心了。我对太政大臣有些妒羡呢。"夕雾听了这话觉得奇怪:他为什么说这话呢? 想了一会,恍然大悟:朱雀院正在担心三公主的终身大事,指望把她托付给一个可靠之人,然后可以安心出家。此事他常常说起,自然会传入夕雾耳中,夕雾便猜测到他这话的意思了。然而岂可表示心领意会的样子而率尔作答呢! 他只答道:"像我这样没出息的人,要娶亲原是不容易的。"此外不再说什么,就告辞了。

众侍女曾在屏风背后窥看夕雾,都称赞道:"这样标致的相貌,这样漂亮的气派,实在是少见的。真出色啊!"她们交头接耳,谈论纷纷。有一个老年侍女听见了,说道:"算了吧! 他虽然漂亮,总比不上他老太爷年轻时的相貌。那才真是个美男子,教人看了眼睛发眩呢!"朱雀院听见她们争执,说道:"他老太爷确是个异乎寻常的美男子。年纪长大起来,

---

〔1〕 今年十八岁。

反比年轻时更加艳丽,所谓'光华',大概就是这般模样吧。当他端居庙堂、策划政务之时,威风凛凛,令人望而却步。但当他放任不羁、戏谑调笑之时,则又风流潇洒,令人觉得异常可亲可爱。这真是世间难得的人物。料想此人前世必修善积福,故能有此珍贵之美貌。他自幼生长宫中,先帝对他异常疼爱,悉心抚育,几乎不惜身命。但他绝不因此骄纵,反而谦恭克己,二十岁还不受纳言之爵,到了二十一岁,才当参议而兼大将。这夕雾却比父亲进取得早,十八岁便当了中纳言。可见他家声望一代高似一代。讲到学问与才能,夕雾实在并不亚于他父亲,甚至反而比父亲更早立身扬名,真乃一大奇才啊!"他极口称赞源氏父子。

三公主容貌长得极美,时值豆蔻年华,姿态天真烂漫。朱雀院看了,说道:"我要把这孩子托付给一个忠实可靠的人,其人须能真心疼爱她,原谅她的幼稚,好好地教养她。"他召集几个老成懂事的乳母来,吩咐她们有关着裳式事宜,乘便言道:"从前源氏大臣曾将式部卿亲王的女儿从小抚养大来。我也想找这样的一个人,把三公主托付给他才好。在臣下中是难于找到的。皇上那里呢,已经有了秋好皇后。其次的女御身份都很高贵。我出家后,三公主没有适当的后援人,入宫反而痛苦。这中纳言未娶之时,我悔不向他示意,试探其心。此人年纪虽轻,才能甚强,前程很有望呢。"乳母中的一人答道:"中纳言为人一向诚实,多年以来,始终想念那位云居雁小姐,从来不把爱情移向别人身上。如今好事既成,越发不会动心了。倒是他家老太爷,贪爱女色之心到现在还不消减呢。在女人之中,他最爱身份高贵的人。像那位前斋院槿姬,他至今也不忘记,常常写信去呢。"朱雀院说:"哎呀! 老是轻薄贪色,也很讨厌。"他口上虽如此说,但心里在想:加入许多夫人之中,虽然难免发生不快之事,但我确信源氏是可代父亲的人,就照乳母之意,把三公主托付给他吧。

便又说道:"实在,有了女儿而希望她多少经历些尘世的生涯,则一样出嫁,不如教她去依附源氏。人生在世,寿命几何?总该叫她度送源氏之家那样幸福的生活才是。我若生为女人,即使同他是嫡亲兄妹,也定要嫁给他。——我年轻时确有此种想法呢。何况女人,被他所迷惑乃当然之理。"他说这话时,心中定然想起尚侍胧月夜之事。

三公主的伺候人中,有一个地位甚高的乳母。这乳母的哥哥是个左中弁,常常出入于六条院源氏之家,在他家伺候已有多年。同时他又特别忠诚地为三公主服务。有一天,这左中弁来三公主院中,与他的妹妹乳母相见。在谈话中,乳母对他说道:"朱雀上皇有如此这般的打算,曾经向我示意。有机会时,请你将此意告知你家六条院主人。公主不嫁,乃古来通例。[1] 但倘有夫婿对她多方爱护,照顾一切,则更可放心。我家公主除了朱雀上皇以外,别无真心爱护她的人。我不过在这里伺候而已,有什么用处呢?况且伺候人甚多,不是万事可由我一人做主的。因此难免发生意外之事,赢得轻薄之名,那时叫我何等伤心! 所以,倘能于朱雀上皇在世之时,决定了公主的终身,我这伺候人也可安心了。大凡女子,无论血统何等尊贵,宿命如何不得而知,真乃可悲之事。在许多公主之中,上皇特别疼爱这位三公主。但也有人嫉妒她。所以必须从长计议,使她不受一点诽谤才好。"左中弁答道:"说也奇怪,六条院主人多情得厉害呢! 凡是一度钟情的女人,不论是他所心爱的,或者并无深情的,都迎接过来,教许多女人集中在自邸内。然而他所重视的也有限制,恐怕只有紫夫人一人。因此之故,屈居在这一人的威势之下度送孤寂生涯的人,亦复不少。然而三公主倘有宿世因缘,果如你所说的嫁到了六条

〔1〕 按日本古代惯例,公主理应独身,但有适当对象,亦可下嫁。

院,那么据我推量,紫夫人即使威势盛大,也不能和她分庭抗礼。然而究竟如何,还得有所顾虑。这且不说。主人常常私下对我讲心里的话,他说:'我所享受的荣华富贵,在这末世已属过分,我身可谓绝无遗憾了。只是为了妇人之事,外则受人讥议,内则我心犹有不足之感。[1]'的确如此,在我们看来也有这等感想。因为由于种种因缘而受他荫庇的许多妇人,虽然不是身份低微、不堪匹配的人,但都是普通人臣之女,没有与他地位相称的夫人。所以三公主既欲下嫁,若能如你所说,嫁到六条院去,真是多么如意称心的好因缘啊!"

乳母又找个机会向朱雀院奏道:"前日已将尊意示知左中弁。他说:'六条院主人一定接受。多年以来,他常想迎娶一位正夫人,如此便可如愿以偿了。只要这边真心许可,我就向那边传达。'此事毕竟如何,还请做主。六条院内有许多夫人,六条院大人对她们都很关怀,按照各人身份而予以优待。但照普通臣民之家看来,夫人与许多姬妾相对立,总是缺憾之事。我家三公主倘入六条院,深恐亦将遭受意外之烦恼。希望娶得三公主者,不乏其人,还请上皇从长计议为是。今世风习,无论身份何等高贵之公主,亦有爱好独立自主、随心所欲地度送独身生活的人。但我家三公主娇憨成习,稚气难除,不宜于独身生活。我等伺候之人,能力自有限度。即使是贤能的侍女,也只有依照主人吩咐而服务,即为尽职。因此三公主若无夫婿照顾,实甚可虑。"朱雀院答道:"是呀,我也有这感想。公主下嫁,向来视为轻率之行。再者,即使身份高贵,凡女子有了丈夫,自然难免发生后悔之感与不快之事,甚至陷于悲伤苦闷之境。如果不嫁,于父母双亡、失却荫庇之后,抱定主意,独身度世,则又非长策。因

[1] "受人讥议",指六条妃子、胧月夜等事;"不足之感",指没有身份高贵的正夫人。

为在古代,人心正直,世风敦厚,无人敢冒人世之大不韪而思娶神圣之公主。但今世人心不古,纵情好色,悖乱之事,时有所闻。昨日还是高贵之家父母所珍爱的金枝玉叶,今日即为卑不足道的轻薄男子所欺骗,以致声名堕地,使亡亲面目无光,含羞地下。此种事例,不胜枚举。如此看来,不论下嫁或独身,一样深可担心。凡人皆因前世宿缘而得今生果报,此中消息,我等不得而知,因此万事都可担心。不管好坏,一切依照父兄之命而行,听凭各人前世宿缘而定,则即使晚年生涯衰落,亦非本人之过失。反之,女子自择夫婿,长年相处,幸福无量,世间声望,亦甚美满。当此之时,似觉自择夫婿亦颇不恶。但在当初骤传此消息时,父母皆不得知,亲友并未赞许,自作自主,私订终身,在女子实为最大之瑕疵。此种行为,即在寻常百姓之家,亦被视为轻狂浮薄之举。虽然如此,婚姻之事,毕竟不可不顾本人的意愿。但倘为外力所迫,偶尔失身于不淑之人,就此决定了一生命运,便可想见此女子必然意志薄弱,态度轻率。我看三公主异常幼稚,自己全无主见。故你等当保姆者,切不可自作自主,代她择婿!倘有此种事情谣传于世,真乃不幸之极了!"朱雀院担心出家以后之事,故谆谆叮嘱。乳母等便觉今后责任更加重大,大家不胜惶恐。

朱雀院又说:"我想等候三公主年事渐长,知识渐开,一直忍耐至今。但长此下去,使我不能成遂出家之大愿,实甚可虑,因此极盼早日定夺。六条院主人识见高远,老成持重,实为最可信赖之人。至于姬妾众多,其实无关紧要。因为或善或恶,皆由本人心意造成。六条院主人气度雍容,仪态稳重,可为世人典型。世间没有比他更可信赖的人了。宜为三公主夫婿者,除却此君而外,更有何人?萤兵部卿亲王人品也很端正。我与他同为皇子,不宜视同外人而加以贬斥。然而此人过分耽好风雅,

缺乏威严,不免偏于轻率,毕竟不可信赖。藤大纳言愿为三公主当家
臣[1],用意备极诚恳,然而总觉不甚相称。此种身份平凡之人,到底是
不足道的。自古以来,凡公主择婿,必须其人有特殊之声望,方为合格。
若仅因其人热爱公主,即视为贤婿而选定之,则缺陷必多,遗憾无穷。据
尚侍胧月夜说:右卫门督柏木[2]私下恋慕三公主。可惜只是个右卫门
督,倘能再晋升,有了相当的官位,倒也未始不可考虑。不过此人年纪很
轻,还只二十四岁,全无稳重之相。他选择配偶,志望甚高,因此至今还
是鳏居。然而从容悠闲,孤高自赏。其态度拔类超群,其才学亦迥不犹
人。可知将来一定飞黄腾达,前途发迹可操左券。然而要做三公主夫
婿,毕竟还欠一筹。"他左思右想,无限烦恼。

　　朱雀院对其他几位公主并不操心,也没有求婚人前来烦扰他。惟关
于三公主婚事,虽在深宫中秘密商谈,不知怎的自会流传出去。于是有
许多人都想来攀亲了。太政大臣想道:"我家的右卫门督至今还是鳏居。
他打定主意非皇女不娶。现在朱雀院正在替三公主择婿,我们何不前去
奏请。倘幸蒙选中,我也面目增光,真乃一大喜事也。"他心里这样想,口
上也这样说。便叫他的夫人——尚侍胧月夜的姐姐——去请托胧月夜
向朱雀院转达此意。胧月夜恳切奏闻,说尽千言万语,希望朱雀院准奏。
萤兵部卿亲王曾经想娶玉鬘,终于被髭黑左大将夺去。此后他决心不娶
寻常女子,以免被髭黑夫妇所笑。他正在选妻,闻知朱雀院择婿的消息,
岂有不动心之理,为此日夜萦思,不胜焦灼。还有藤大纳言,多年来为朱
雀院当家臣,常得亲近其左右。但今后朱雀院入山修道,他就失却靠山,

---

　　[1]　藤大纳言是太政大臣(葵姬之兄)的异母弟。大纳言官位低,与公主不称,故表
面上说当家臣,其实想当夫婿。
　　[2]　胧月夜之外甥柏木已由中将升为右卫门督。

孤苦无依。因此希望当了三公主的保护人,依旧得蒙恩顾,正在盼望朱雀院垂青。还有中纳言夕雾,听到此种消息,想道:"我并非听人传言,却是朱雀院亲口对我恳切劝诱的。我只要找个适当的中间人,向他表示我也有此意,他难道会拒绝我么!"他有些儿意马心猿。既而又想:"我的妻子现在已经真心诚意地信赖我了。过去多年来,我大可拿她的薄情为借口而抛弃她,然而我并未将心移向别的女子。那时尚且如此,现在岂可突然变节,使她伤心呢!况且和高贵无比的公主缔姻之后,万事皆不能随心所欲。要我兼顾云居雁和三公主,势必两不讨好,我身也太苦劳了。"夕雾原是个秉性诚实的人,关于此事,他只在心中默想,并不说出口来。然而听到三公主将另择他人为婿的消息时,未免心中不快,常常注意倾听。

皇太子听到了此种消息,说道:"三公主择婿之事,目前利害还在其次,主要的是将为后世开例,故必须郑重考虑。无论人品何等优秀,普通臣下毕竟有限。三公主倘欲下嫁,最好嫁与六条院主人,请他代父母抚育。"但他并非正式上书,只是叫人转达。朱雀院听了十分欢喜,说道:"的确如此,说得有理。"于是决心更坚,便派左中弁为介绍人,向源氏一一陈述朱雀院的意旨。朱雀院为三公主择婿费尽心计之事,源氏早已详细闻知。他说:"为了此事,朱雀院确是煞费苦心。他虽有此意,但他说自己余命不长,我又比他长多少,而敢担任此保护之责呢[1]?死的先后如能依照老幼顺序,则我迟死数年,定当在这短暂期间照顾一切,无论对于哪一位皇子或皇女,都当作自家人看待。对于他所特地嘱托的三公主,自然更加用心照顾。但人世无常,只怕连这短暂期间也是不可靠的

---

[1] 此时朱雀院四十二岁,源氏三十九岁。

呢。"既而又说:"况且教公主将终身托付与我,和我亲睦共处,则将来我追随朱雀院而去世之时,在她反而增加痛苦,在我亦于尘世多一留恋,成了往生极乐之障碍。中纳言夕雾年方少壮,虽然尚欠稳健,但是富于春秋。就才力而言,将来定是朝廷柱石,前程远大无限。据我看来,将三公主许配夕雾,并无不称之处。只是此人异常忠厚固执,已与所爱之人结缡。对于此点,只恐朱雀院有所顾忌耳。"

左中弁看见源氏自己无意接受,心念朱雀院来意非常诚恳,若以上述之言复告,定然使他伤心失望,于是再把朱雀院私下决定的计划详细奉闻。源氏听了,不觉莞尔一笑,答道:"朱雀院如此偏怜三公主,对她的前途考虑得真周到啊!我看最好把她送入冷泉帝宫中。宫中早有几位身份高贵的女御,然而不必担心,她们未必是三公主前途的障碍,有道是'后来居上'呀。桐壶院时代,弘徽殿太后是帝为太子时首先入宫的女御,权势极盛,然而有一时期竟被后来入宫的藤壶母后所压倒。三公主的母亲藤壶女御,与藤壶母后为姐妹。世人都称两人容貌一般美丽。则三公主不论肖似母亲或姨母,其相貌一定也很不凡。"此时他想象三公主的容貌,一定心驰神往。

岁历云暮,朱雀院的病还是不见好转,因此诸事忙乱。最是三公主着裳式的种种准备,喧哗扰攘,盛大无比,可谓空前绝后。仪式场设在朱雀院内皇后所居的柏殿中。自帐幕、帷屏以至一切设备,一概不用本国绫锦,全部仿照中国皇后宫殿的装饰,富丽堂皇,灿烂夺目。结腰之职,预先聘定太政大臣担任。太政大臣为人十分认真,一向不肯轻易参谒朱雀院。但他从来不曾违背朱雀院的意旨,故此次一口答应,如期到场。参与仪式的有左大臣、右大臣,以及其他诸王侯公卿。即使是有不得已之事而难以出席者,也勉力安排停当,前来助喜。其中有亲王八人,殿上

人自不必说,冷泉帝方面和皇太子方面的人,也都到齐。仪式之庄严隆
重,无以复加。冷泉帝与皇太子想起了这是朱雀院平生最后一次盛会,
都替他惋惜,因此从藏人所和纳殿中取出许多唐朝舶来的宝物,作为献
礼。六条院送来的礼品也非常珍贵。朱雀院回敬各方面的赠品、赐与出
席诸人的福物,以及酬谢主宾太政大臣的礼品,都是由六条院代办的。
秋好皇后也送服装和梳具箱,意匠都很优美。其中有从前她入宫时朱雀
院所赐的梳具箱,已经加工改造,形式更见美观,然而不失原来风格,一
见即知是当年之物。这梳具箱于当日傍晚送到。使者是中宫职的权
亮[1],又是朱雀院的殿上人。他把礼物呈上,声言是赠与三公主的。其
中附有赠朱雀院的诗:

> "玉梳原是神通物,
> 插发今情似旧情。"

朱雀院读了这诗,回思往事,历历在目。秋好皇后将此玉梳转赠三公主,
意思是祝她不妨肖似自己。此乃荣誉的礼物。因此朱雀院的答诗中绝
不提及昔日为她失恋之情:

> "喜见黄杨梳子古,
> 后先相继万年荣。"

以此表示谢意。

---

〔1〕 中宫即皇后,职是官署的意思。权表示额外增封或暂封。亮是职的次官。

　　朱雀院熬着沉重的病苦,提起精神,办完了这着裳式典礼。此后三日,他终于削发为僧了。即使是寻常百姓,到了落发改装的一天,也必感到悲哀,何况万乘之尊,自然更加伤心。所有女御、更衣,无不双眉深锁。尚侍胧月夜一直依随在朱雀院身旁,脸上愁容可掬。朱雀院无法安慰她,说道:"思念子女之情毕竟有限;诀别爱人之苦实在难堪啊!"出家的决心不免动摇,然而终于硬着心肠,走出室来,将身靠在矮几上了。比叡山的天台座主及授戒的三位阿阇梨便前来替他落发改装。从此他就脱离尘世。这仪式实甚可悲。这一天,连看破红尘的僧众也都流泪不止,何况诸公主及女御、更衣。满殿不论男女上下,大家扬声啼哭。朱雀院心绪缭乱。他不曾料到如此骚扰,但愿悄悄地笼闭到清静的境地中去,这现状却违反了他的本意。他想:"我只为疼爱这幼小的三公主,故尔受累。"对左右也如此说。自冷泉帝以下,遣使前来慰问者甚众。

　　六条院主人闻知朱雀院身心稍稍复健,就前来访晤。朝廷对源氏的封赠,一切都与让位之上皇相同。但源氏表示谦虚,出门并不正式采用太上天皇的仪仗。世人对他特别尊敬,但他故意装得朴素俭约,照例乘坐不甚讲究的车子,仪仗队中只限上级官员及亲信者得乘车随行。朱雀院盼待已久,不胜欢迎,便在病中振作精神,出来接见。招待排场并不盛大,只在朱雀院自己的起居室中添设客位,延请源氏入坐。源氏一见朱雀院的僧装模样,感慨之极,一时茫然若失。悲从中来,两泪夺眶而出,急切不能自制。良久方始镇静,对他言道:"自从先帝弃养之后,小弟深感人世无常,立意出家学道。只缘意志薄弱,因循未能实践,终于让吾兄占先,今天特来拜见清姿。我心优柔寡断,行事每落人后,思之不胜羞愧。在弟自身,此事实无所谓,故曾屡次痛下决心。然而难于抛舍之事甚多,如之奈何!"言下不胜感慨。朱雀院也很伤心,颓丧之余,不能振作,只得低声同他谈论旧事新闻,说道:"愚兄虚度光阴,日复一日,竟得苟全性命。常恐放逸成性,致使学道之大愿不能成遂,因此发愤出家。如今虽已剃度,但倘余命无多,则修行之愿仍不得偿。然而暂不入山,在此间亦复清闲,至少可以一心念佛。像我这羸弱之体,居然也能长生至今,全靠这修行之志将性命留住。我并非不知此理,但因素性懒怠,一向不曾修持,于心有所不安耳。"

朱雀院又把近来所思之事详细告知源氏,便中提及:"我抛开了许多女儿而遁入空门,心中实甚挂念。其中别无依靠的三公主,尤可担心,不知如何处置才好。"源氏知道这话有言外之意,对他甚是同情。又因他自己心中也想一看三公主的模样,故不能漠然,便乘机言道:"此事诚属可虑。身为皇女之人,若无体贴入微之保护人,比寻常女子更感困苦。但她哥哥是皇太子,而且在这末世是一位非常贤明的储君,为天下人所仰望而信赖。只要你为父的将此人托付与他,想他决不会略有疏忽。故三公主将来之事,可请放心。不过世事都有限度,将来皇太子即了帝位,政务顺遂,日理万机,深恐亦无暇对一女子寄与深切的关怀。凡为女子者,若要一个万事皆能诚恳照拂的保护人,必须其人与此女缔结姻缘,视为不可避免的天职而守护她,方可安心。吾兄倘谓此事乃修行之障碍,将遗恨于来生,则莫如以妥善之法选择贤才,而秘密决定一适当之人为婿。"朱雀院答道:"我也有此想法,然而此事亦甚困难。据我所闻古代事例,父皇在位、气运昌盛之时,亦有为公主选定夫婿,使任保护之责者,且其例甚多。何况像我这样即将遗世之人,选婿当然并不苛求。但在既经抛舍之尘世中,尚有此难于抛舍之事,因此身受种种烦恼,病势日见沉重。又念日月推迁,一去不返,心中不胜焦灼。今我有一不情之请:可否请吾弟破格接受这一个皇女,听凭尊意替她选定一个适当的夫婿? 你家中纳言未娶之时,我悔不及早提出。今被太政大臣捷足先占,教我好生妒羡!"源氏答道:"中纳言为人诚实,确实信赖得过。但年事尚幼,阅世不深,恐多疏误之处。恕我冒昧直陈:三公主若得我尽心照拂,当与在父亲荫庇之下无异。只是我来日苦短,深恐中途捐弃,反而教她受累耳。"他已表示接受了。

时已入夜,主人朱雀院方面的人和客人六条院方面的上级官员,一同在朱雀院御前飨宴。看馔都是素食,虽无山珍海味,却也别有风味。朱雀院御前设一浅香木[1]方几,几上陈列几个食钵,简单朴素,迥非昔比。诸人见此光景,无不感慨流泪。此外可哀之事甚多,为免烦冗,恕不尽述。源氏至深夜方始告辞。朱雀院犒赏随从人员种种物品,又派宫中长官大纳言护送源氏返邸。今日天雪,气候严寒,主人朱雀院感冒加重,身体很不舒服。但三公主终身大事已定,从此可以放心了。

源氏回到六条院,心绪不宁,满腹踌躇。原来紫姬早已闻知朱雀院欲将三公主嫁与源氏之事,但她想道:"不会有这等事吧。以前他曾经热恋前斋院槿姬,但终于不曾强欲娶她。"所以她很放心,从来不曾向源氏探问有否此事。因此源氏心中颇觉怜恤。他想:"紫姬倘知道了今天的事,不知做何感想。其实我对她的爱情,丝毫不会变更。有了此事,我爱她一定反而更深。只是在尚未见诸事实以前,不知她将何等怀疑于我!"他心中非常不安。这两人相处到了这年龄,已经彼此毫无隔阂,成了一对亲睦的伴侣。所以心中略有一点隐情,便觉异常不快。但当夜立即就寝,一宿无话。

---

〔1〕 浅香木是较嫩的沉香木。

次日天又降雪,四周景色萧瑟。源氏与紫姬共话往昔,预计将来。源氏乘机言道:"朱雀院病势转重,我昨天前去慰问,岂知他有无限伤心之事呢:他异常关怀三公主的终身大事,向我提出了如此这般的嘱托。我很可怜他,觉得未便拒绝,只得接受。外人想必已在大肆宣扬了。我如今风月情怀早已消减,对此等事不复深感兴趣。所以他屡次央人转达,我都托故婉谢。但在当面罄谈衷曲之时亲口提出,我实在不忍断然拒绝。到了朱雀院移居深山之时,即当迎接三公主来此。你听了这话很不高兴吧? 我告诉你:即使有天大的事情,我爱你的心决不改变,请你不要介意。此事在三公主反而是委屈的,所以我也未便太冷遇她。总之,但愿大家平安度日。"紫姬生性善妒,往日源氏略有轻薄行为,她就视为不端而对他生气。所以今天源氏很担心,不知她对此事有何表示。岂知紫姬满不在乎,从容答道:"这个嘱托,出于一片苦心,真正教人感动啊! 我哪里会介意呢! 只要她不看轻我,不讨厌我住在这里,我就安心了。她的母亲藤壶女御是我的姑母,有这关系,想来她不会疏远我吧?"源氏料不到她如此谦逊,说道:"你太忠厚宽大了,是何用意,反而教我担心。诚能如此居心,宽大为怀,则在己在人,两皆安乐。你若能与她和睦相处,则我一定更疼爱你。今后外人倘有谣言,你切不可信以为真。所有世人谣言,大都毫无根据,总是把人家男女之间的事胡言乱道,以致歪曲实情,因而发生意外之事。所以必须平心静气,观察实情,方为贤明。切不可急切暴躁,徒自怨恨。"他恳切地对她开导了一番。紫姬心中想道:"这件事出乎意外,仿佛是空中掉下来的。他既然无法避免,我也不必反对,徒然被他讨厌。倘是他和三公主两人真心发生恋情,则他对我必然有所顾忌,或者必能听从我的劝谏而中止;惟今次之事并非如此,使我无法阻止。但不可使世人知道我有无益的怨恨。我的继母——式部卿亲王的正夫人——常常在诅咒我,甚至为了那讨厌的髭黑大将的事件,也莫名其妙地怪怨了我。如今她闻知此事,定在幸灾乐祸了。"紫姬虽然是个胸襟开朗的人,但此时岂能无动于衷。近年来夫妇之间平安无事,她的地位安如磐石,她以为从此可以坐享唱随之乐了;岂料今又发生了叫人耻笑之事。她心中私下愁叹,但外表十分镇静。

腊尽春回,岁历更新。朱雀院中忙着准备三公主入六条院的种种事宜。以前恋慕三公主的人,都失望悲叹。冷泉帝也爱这三公主,希望她入后宫,现在知道已经如此定局,也就断了念头。此事暂按。且说源氏今年正好四十岁。祝寿之事,朝廷也很重视,认为此乃国家大典之一,已经在纷纷着手准备。但源氏一向不喜欢铺张,故一概辞谢。

正月二十三日是子日,髭黑左大将的夫人玉鬘先来祝寿,奉献新菜[1]。玉鬘的准备工作做得非常秘密,预先不漏一点风声。突如其来,源氏无法阻止,只得生受了。此时玉鬘威势十足,这一天出门虽说是微行,但仪仗之盛,异乎寻常。源氏的御座设在朝南大殿西边的小客厅里。室中旧物尽行撤去,自屏风、幔帐以至一切陈设,全用新物。但不用庄严堂皇的椅子,而用四十条中国席重叠起来,作为御座。茵褥、矮几以至一切贺寿用的器物,都是崭新的。一对嵌螺钿的柜子上放着四只衣箱,里面装着冬夏服装。此外,香壶、药箱、石砚、洗发盆、梳具箱等,都潜心设计,尽善尽美。放插头花的台,用沉香木及紫檀木制成。插头花质料虽然同是金银,但配色十分讲究,雅致而又新颖。原来这位尚侍深解风趣,富有才气,故万事别出心裁,叫人看了眼界一新。但外表又并不故意招

---

〔1〕 古昔禁中惯例:正月中第一个子日,内膳司用七种新菜作羹供奉,谓食之可去百病。本回题名据此。

摇夸张。

众人聚集一堂,源氏主人出来就座,与尚侍会面。源氏容貌昳丽,宛若青年。其娇艳之相,使人疑心这四十祝寿是算错了年岁。他不像是做了父亲的人。玉鬘与他久别重逢,一见不胜羞涩。但也并不明显表示疏隔之相,仍是亲切地罄谈衷曲。玉鬘所生的两个孩子都很可爱。玉鬘结婚未久,连生二孩,怕难为情,不肯一齐带去给源氏看。但髭黑大将说机会难得,定要带二孩同去拜见。两孩都穿便装,头发左右分开。源氏见了,说道:"年龄增长,自己心中并无特别感觉,只管同从前年轻时候一样度日子,并无变更。但看见了这些孙儿,便觉自己已经年老,有时不免感慨。夕雾也已生了孩子,只因居处隔远,我还不曾见过呢。你比别人关心我的年龄,于今天这日子首先来此祝寿,叫我一则以喜,一则以惧。我正想暂且把老忘记呢。"玉鬘已是一个二十六岁的少妇,风度更增高雅,姿态十分秀美。她献诗云:

"嫩叶双松小,生根在此岩。

今朝来祝寿,磐石万斯年。"

吟时竭力装出大人模样。源氏面前陈列着四个沉香木盘子,盘内盛着各种新菜。他略尝些菜,举杯答吟道:

"嫩叶双松小,会当寿命长。

野边青青菜,托福永繁昌。"[1]

---

〔1〕　玉鬘以双小松比二孩,以岩石比源氏;源氏以青青菜自比。

正在唱和之时,许多王侯公卿一齐来南厢祝寿了。紫姬的父亲式部卿亲王对玉鬘不快,本来不想参与,但念对方特地相邀,而自己与源氏又属至亲,未便故意疏远,终于在日暮之时来到。髭黑大将则得意扬扬,以女婿身份料理贺寿一切事宜,式部卿亲王看在眼里很不快意。但他的两个外孙是髭黑之子、紫姬之甥,两方面都有关系,所以也起劲地帮办杂务。盛礼品的笼子四十具、盒子四十件,由中纳言夕雾带领所有亲近的子侄,一一搬运到源氏面前。源氏赐众人饮酒,进用新菜煮成的肴馔。他面前陈列着四只沉香木制的方几,几上的杯盘都很精美可爱。因朱雀院患病尚未痊愈,故不召乐人奏乐。但太政大臣已备办了琴笛之类的乐器。他说:"今天的祝寿仪式,可说是世间尽善尽美的了!"便将预先准备好的精良乐器取出,悄悄地演奏起来。诸人各择一种乐器,就中和琴是太政大臣当作第一名器而秘藏的,他自己正是这乐器的名手,今天聚精会神地弹奏起来,其音美妙无比,使得别人不敢再弹此琴。源氏要右卫门督柏木也用和琴弹奏一曲,柏木固辞,强而后可。他弹得非常高明,竟不亚于乃父。听者都很感动,极口赞叹。他们都说:无论何事,都贵有家学渊源,但如此善于继承父业,真乃世无其例。中国传来的乐器,各调各有一定的手法,因此反而容易学会。但这和琴初无定法,全凭心灵,例如随手拨弦的"清弹",便具备各种乐器的音调,其美妙不可思议。后来太政大臣把琴弦放得很宽,调子降得很低,弹出含有许多音响的曲调。而柏木则用非常明朗的调子,弹出娇媚可爱的声音。诸亲王听了,无不吃惊,他们料不到柏木的技术如此高明。萤兵部卿亲王弹七弦琴。这张琴本来保藏在宜阳殿内,是历代第一名器。桐壶院晚年,一品公主[1]擅长

〔1〕 一品公主是桐壶院之女,弘徽殿太后所生,与朱雀院同胞。

此道,桐壶院即将此琴赐与。太政大臣欲使源氏的四十寿筵尽善尽美,特向一品公主请得此琴。源氏想起此琴历代相传的史迹,回忆往昔,不胜依恋。萤兵部卿亲王也酒后感伤,流泪不止。他察知源氏的心情,便将琴呈上。源氏此时满怀感慨,无法排遣,便取过琴来,弹了一支珍奇的乐曲。这管弦合奏虽然规模不大,却是一个趣味无穷的夜会。最后召唤唱歌队到阶前来演唱,诸人嗓音全都异常优美,从吕调移到律调。唱到深夜,曲调逐渐变得温柔可爱了。唱出催马乐《青柳》时,最为动听,连睡了的莺也都惊醒。犒赏诸人的福物,按照私事格局,设计异常精美。

尚侍玉鬘于黎明时分告辞。源氏赐赠礼品,对她说道:"我已似将与世长遗,悠悠日复一日,不知老之将至。汝今特来祝寿,使我猛忆年华,不胜凄凉之感。今后务望时时来此,察看我年年衰老多少。我身为陈规所羁,行动不便,未能随意前来面晤,实甚遗憾。"玉鬘此行,使源氏回忆往事,不免又喜又悲。而匆匆一叙,立即辞去,又使他不能餍足,深为惋惜。玉鬘自念:亲父太政大臣对她只有血统之缘,而义父源氏对她的慈爱如此深厚周至,今后日月绵长,身世永固,心中不胜感激。

到了二月初十之后,朱雀院的三公主于归六条院。六条院准备迎亲,其隆重异乎寻常。新房设在祝寿时尝新菜的西边的小客厅内。从第一厢屋、第二厢屋、走廊以至众侍女的房间,布置装饰都很精致。朱雀院运送妆奁,仿照女御入宫的方式。仪仗之盛大自不必说。送亲人中有许多王侯公卿。希望以家臣身份当夫婿的藤大纳言,心中虽然不快,也来参加送亲。三公主的车子到达六条院时,源氏出来迎接,并且亲自扶三公主下车,此乃异乎常例之事。源氏封赠虽然准照太上天皇,但名义上毕竟是个臣下,凡事都有定规,故婚式与女御入宫相异,但又与寻常娶亲不同,这是一对特殊关系的新夫妇。婚后三日之内,朱雀院与六条院双方都有高雅、珍贵而风流的赠答。

紫姬目见耳闻,不能无动于衷。其实,虽然来了个三公主,紫姬未必全被压倒。然而紫姬一向专宠,无人能与并肩;如今新来的人姿色既艳,年纪又轻,威势盛大,足可凌人,倒使她不能放心了。但她绝不形之于色,当新人入门之时,她和源氏一起准备迎接,事无巨细,都料理得十分周到。源氏看到这般模样,觉得此人越发可敬可爱了。三公主年纪还小,尚未完全发育,而且态度又极幼稚,竟是一个孩子。源氏回想起从前在北山访得与藤壶妃子有缘的紫姬时的情状,觉得紫姬当这年龄时已露才气,颇有劲儿了,而三公主则完全是个小孩。源氏看了她的模样,觉得这样也好,免得妒忌或骄横;然而毕竟太乏味了。

婚后三天,源氏夜夜伴三公主宿。紫姬多年以来不曾尝过独眠滋味,如今虽然竭力忍受,还是不胜孤寂之感。她越发殷勤地替源氏出门穿的衣服多加熏香。那茫然若失的神情,非常可怜而又美丽。源氏想道:"我有了这个人,无论发生何事,岂有再娶一人之理。都因我自己性情轻佻,意志薄弱,行事疏忽,以致造成了这个局面。夕雾年纪虽轻,却对爱妻十分忠贞,所以朱雀院没看中他。"他自知薄幸,沉思细想,泪盈于睫,对紫姬言道:"今夜我于理不得不去,请你容许。今后若再离开你时,我自己也不能容许了。不过朱雀院倘知道了,不知做何感想。……"他左右为难,心绪缭乱,样子十分痛苦。紫姬微微一笑,答道:"你自己心中都没有定见,叫我根据什么理由来作决定呢?"这分明表示他的话毫不足道,竟使得源氏不胜羞耻,手支着颐靠在那里,默不作声。紫姬取过笔砚来,写道:

　　　　　"欲将眼底无常世，

　　　　　　看做千秋不变形。"

此外又写了些古歌。源氏取来看看，觉得虽非正大之作，却也入情入理，
便答吟道：

　　　　　"死生有命终当绝，

　　　　　　尔我恩情永不衰。"

写毕，不好意思立刻离去。紫姬说："这叫我多难堪啊！"催促他走。源氏
便穿上轻柔的衫子，飘着芬芳的衣香，匆匆出门而去。紫姬目送他走，心
中很不自在。她想："近几年来，我也曾担心以后是否还会发生事情。但
念如今已非少年，此念应已离绝。诚能如此，则今后便可放心。平安无
事直到今日，岂知又发生了这件难于告人之事。世事如此变化无定，今
后很可担心呢。"

　　紫姬表面上装作若无其事。众侍女相与议论："世事真是变化莫测
啊！我家大人拥有许多夫人，但无论哪一位，对于我们这位紫夫人的威
势，一向有所忌惮，因此平安无事直到今天。现在新来的夫人如此神气
十足，我们的紫夫人怕不会就此让步吧。目前她虽忍受，以后每逢小事
细故引起不快，定会发生种种烦恼之事呢。"她们都很担心。但紫夫人装
作丝毫也不得知，只管兴致勃勃地和她们闲谈，一直坐到夜深。但她看
见众侍女如此纷纷议论，觉得不大好听，便对她们说道："我家大人虽然
东一个、西一个地有了许多夫人，但是时髦、优越而能使他称心的人，实
在没有，因此常有不足之感。如今来了这位三公主，真乃十全其美之事。

我大约是童心尚未失去之故,颇想和她亲近,一起玩耍。但世人或许在妄加猜测,以为我对她心有隔阂呢。对于地位和我同等的人,或者比我低微的人,为了争宠,愤怒嫉妒之事自然难免发生。但这位三公主下嫁到此,在我们是光荣的,在她是委屈的。所以我希望她对我不要见外才好。"侍女中务君和中将等听了这话,互相使个眼色。她们想必在说:"这真是太体谅人了!"这几个侍女从前曾蒙源氏特别宠爱,近年来都在紫夫人身边伺候,所以对紫夫人深怀同情。别的夫人们也都关怀紫姬,有的送信来慰问,其中有云:"不知夫人做何感想。我等本是失宠之人,闻之倒还安心……"但紫姬想道:"她们如此推量,反而使我痛苦。世事本来变幻无常,何必为此自寻烦恼。"

晚上睡得太迟,违背向来常例,深恐旁人诧怪。心中有此顾虑,只得起身入室,侍女们就来替她铺被褥。然而夜夜抱枕孤眠,毕竟落寞寡欢。此时她就回忆起从前源氏谪戍须磨、经年阔别时之情状。她想:"那时公子背井离乡,远赴异域,我但求能够知道他平安无事地同生此世,便把自身苦乐完全置之度外。我所悲伤的只是他的不幸。假如在这纠纷扰攘之时,我和他都丧了性命,则今日还有什么悲欢离合可言呢!"这想法也可聊以自慰。夜风忽起,春寒袭人,一时不能入睡。生怕睡在近旁的侍女们听见了惊诧,身体一动也不动。如此独寝毕竟是痛苦的。深夜听见鸡声,不胜凄凉之感。

紫姬并不十分怨恨源氏,然而,恐怕是她夜夜如此烦恼之故,有一晚出现在源氏的梦中[1]。源氏惊醒,不知出了何事,心中甚是慌张。等到听见鸡声,便不管天色还黑,匆匆起身言归。三公主年纪还小,有乳母等

――――――――――

〔1〕 时人相信生魂能入梦。

睡在近旁服侍。源氏自己开了边门出去,乳母扶三公主起来目送。天色未明,但见一片雪光,此外模糊难辨。源氏出门之后,衣香犹自弥漫室中,便有人独吟"春夜何妨暗"的古歌[1]。庭中处处残雪未消,但望去与洁白的铺石无甚差别。源氏走到西厅,一面低声吟咏白居易"子城阴处犹残雪"[2]之诗,一面伸手敲格子门。因为长久没有夜出朝归之事了,所以侍女们都还在假寐,等了许久,方才开门。源氏对紫姬说道:"我在门外等了好久,身体也发冷了。我这么老早归来,是为了对你担心太深之故,这不算过失吧。"他就伸手替紫姬取去填在身子下面的衣服。紫姬连忙把稍稍泪湿的单衫衣袖藏过,装作和蔼可亲、毫无怨恨的样子,但又并无放怀不拘之状,其姿态之优雅令人叹佩。源氏在心中把她和三公主比较,觉得无论何等高贵的人,总赶不上这位紫夫人。

　　源氏回思往日种种事情,觉得紫姬不肯同他开怀畅叙,乃一大恨事。这一天他整日住在这里,不到三公主那里去,派人送一信与三公主,信中说道:"今晨雪中受寒,身体颇感不适,拟在此安闲之处稍事休养。"三公主的乳母看了信,口头答道:"当将此意禀告公主。"却没有复信。源氏觉得如此答复,太缺乏风趣了。他生怕朱雀院闻知此事,心中不快,意欲在这新婚期间常住那边,借以掩饰观听。然而离开这里也不容易。他想:"此种状况,我早就想到。唉,真苦痛啊!"独自思量,不胜烦恼。紫姬也觉得整天不去,对新人太不关怀,自己反而不好意思。

　　第二天照往日习例,起身很迟。源氏写一信送与三公主。三公主年

---

〔1〕　古歌:"春夜何妨暗,寒梅处处开。花容虽不见,自有暗香来。"见《古今和歌集》。
〔2〕　白居易《庾楼晓望》诗云:"独凭朱槛立凌晨,山色初明水色新。竹雾晓笼衔岭月,□风暖送过江春。子城阴处犹残雪,衙鼓声前未有尘。三百年来庾楼上,曾经多少望乡人。"

纪还小,不会计较,但源氏写信也仍讲究笔墨。他写在一张白纸上,
诗曰:

　　　"非关大雪迷中道,
　　只为朝寒困我身。"

把信系在一根梅花枝上,召使者来,吩咐道:"你走西面的走廊,把这信送
去[1]。"自己就在窗前坐下,眺望庭中雪景。他身穿白色便服,手中捻弄
着多余的梅花枝,观赏略已消融而还在"等待友朋来"[2]的残雪上重又
降下新雪来的景色。此时有个黄莺,在附近的红梅树梢上啭出清脆的声
音。源氏吟着"折得梅花香满袖"[3]之歌,把梅枝收藏起来,撩起帘子向
外眺望。他那姿态异常年轻而优美,叫人万万想不到这是一个身为父亲
而官居高位的人。他料想三公主的回信要过一会儿才可送到,便走进内
室,把梅枝给紫姬看,对她说道:"既称为花,必须有这种香气才好。如果
能把这种香气移在樱花上,那么其他所有的花全都不在我心上了。"又
说:"这梅花在我尚未看到其他许多花时最先受我注目。但愿它能和樱
花同时并开才好。"正在谈话,三公主的回信送来了。信纸红色,包封很
华丽。源氏有些儿狼狈,他想:"三公主笔迹很幼稚,暂时勿让紫姬看见
吧。并非有意疏远她,只因太浅陋了,于公主面子有碍。"然而又念此时
把信隐藏起来,反而使紫姬多心,于是展开信纸一端,让紫姬看见。紫姬
斜倚着身子,用眼梢窥看。三公主答诗云:

---

〔1〕　大约他想观赏雪中送书的景色,故要使者走西面的走廊。
〔2〕　古歌:"两白难分辨,梅花带雪开。枝头残雪在,等待友朋来。"见《家持集》。
〔3〕　古歌:"折得梅花香满袖,黄莺飞上近枝啼。"见《古今和歌集》。

　　　　"雪花飘泊春风里，

　　　　转瞬消融碧宇中。"

　　笔迹果然稚嫩得很。紫姬看了一定在想：十四岁的人不应该写得如此拙劣。但她装作不见，默默不语。若是别的女人之事，源氏一定私下在紫姬面前品长评短。但三公主身份攸关，不忍教她委屈。他只是安慰紫姬道："你可以放心了。"

　　今天源氏白昼到三公主处。他打扮得特别讲究，众侍女初次看到他这优美的打扮，尤为赞叹，庆喜自己有这个漂亮主人。只有几个年老的乳母说道："不要太开心吧！大人本人固然生得漂亮，只怕后头闹出事情来呢。"她们都又喜又忧。三公主生得娇小可爱。她的房间装饰得富丽堂皇，但她本人对于这些毫不关心，全无兴趣。穿着许多衣服，身体小得几乎看不见了。她见了源氏并不十分羞涩，好像一个不怕生的孩子，样子亲昵可爱。源氏想道："世人都认为朱雀院缺乏雄才大略。但他在风流韵事、雅兴逸趣方面，都比别人擅长。何以他教养出来的公主如此凡庸呢？这三公主还是他所最心爱的女儿呢。"他觉得遗憾，然而并不厌恶她。三公主对于源氏所说的话，无不乖乖地顺从。她的答话也毫无文饰，凡她知道的，无不率直地说出。其天真烂漫之相，叫人怜爱不忍舍弃。源氏想道："倘是从前少年时代，我一定看不起这个人。但现在我对世事一视同仁，觉得这样也好，那样也好。欲求出类拔萃，实乃难能之事。凡长于此者，必短于彼。在外人想来，这三公主正是一个十全十美的人呢。"他和紫姬多年来同栖共处，现在想来，比从前更加赞佩紫姬人品的优越了。可知他自己对她的教养的确有方。于是对紫姬的爱情越发深厚起来，相别一夜，或者朝出晚归，便觉相思甚苦。何以如此钟情？

自己也觉得奇怪。

　　且说朱雀院定于本月内移居寺中。临别写了好几封诚恳的信给源氏。信中所述,不消说是关于三公主之事。他说:"吾弟不须顾虑我闻知后做何感想。无论何事,但照尊意教养此女可也。"这话反复说了几次。但因公主年幼,所以他心中还是十分惦念。他又特地写一信给紫姬,信中言道:"小女年幼无知,托庇尊府,务望夫人怜其无罪,多多照拂。夫人与小女固有亲戚之谊[1]也。

　　　　欲出红尘心未绝,
　　　　入山道上有魔障。

爱子心切,率尔奉闻。冒昧之处,尚请原谅!"源氏也看了这信,对紫姬说道:"这信十分可怜,你该写回信表示遵嘱。"便命侍女们拿出酒肴来,款待送信使者。紫姬有些困窘,不知回信如何措词才好。她认为不必郑重其事地表示心服情愿,所以只是述说心中所感:

　　　　"尚有尘缘难断绝,
　　　　莫离人世入空门。"

所咏大致如此。犒赏使者的是一套女装,又添一件女子常礼服。朱雀院看见紫姬的手笔非常优美,设想幼稚无知的三公主与这位仪态万方、令

---

　　[1]　紫姬之父式部卿亲王,是三公主的生母藤壶女御之兄,故紫姬与三公主为姑表姐妹。

人羞愧的夫人同列,觉得甚可担忧。此时朱雀院即将入山,女御、更衣等都告别回娘家去,悲哀之事正多。尚侍胧月夜迁住已故弘徽殿母后[1]的旧居二条宫邸中。除三公主之事以外,使朱雀院有后顾之忧的,只有这位尚侍。尚侍意欲乘朱雀院入山之时削发为尼,但朱雀院劝阻她:"你在此忙乱之时出家,似是故意模仿,态度殊欠郑重。"于是暂不出家,逐渐准备修行事宜。

　　源氏与尚侍胧月夜曾有露情,而终于未得重叙。因此多年以来,对她念念不忘。他常想找个机会同她会面,再叙一次,以便畅谈往事。然而两人身份都很高贵,必须顾虑世人耳目。而回想当年轰动一时的须磨事件,源氏一举一动都很谨慎小心了。但胧月夜现已闲居寂处,正想出家奉佛,源氏颇想知道她的近况,因此比以前更多思念她了。他明知是不应该之事,然而常常以一般慰问为借口,写亲切的信给她。胧月夜也以为现在大家已非少年时代,可以不避嫌疑,所以也常常写回信给他。源氏看了她的笔迹,想见其人在各方面都比从前更加饱满圆熟了。他毕竟难于忍耐,便常常写信给胧月夜的侍女,就是从前替他们拉拢的中纳言君,向她诉说重重心事。中纳言君有个哥哥,从前曾经当过和泉守的,源氏把这个人召来,回复了从前年轻时候的态度,对他说道:"我希望不要叫人传言,让我隔帘和她直接谈话。你去商请她答应了,我就悄悄地前往。我现在为身份所羁,不便作此种微行,所以必须十分秘密。想来你也不会泄露出去。大家可以放心。"

　　胧月夜闻知前和泉守的传言,想道:"这又何必呢! 世事我都看穿了。自昔我就痛恨他的薄情,直到现在。我岂能撇开了和上皇离别的悲

---

〔1〕　即朱雀院之母,胧月夜之姐。

哀而同他畅叙旧情呢？事情固然不会泄露出去,但'心若问时'〔1〕,叫我多么可耻!"言下不胜慨叹。前和泉守只得把拒绝会面的消息禀复源氏。源氏想道:"从前唐突无理之事,她并不曾拒绝我呢。固然她有和上皇离别的悲哀,但她对我并非没有关系,现在却装作清清白白的样子。须知'艳名广播如飞鸟'〔2〕,如今又岂能挽回呢?"他就下个决心,以这"信田森"〔3〕为向导而前往访问。事前对紫姬说:"二条院东院那位常陆小姐病得很长久了。我因杂务缠身,至今尚未前去望病,很对她不起。白昼公然出门,似乎不甚稳便,拟于夜间悄悄前往。我想勿使外人知道。"便用心打扮,妆饰非常讲究。紫姬记得他以前去访末摘花时,从来不曾如此用心打扮,看到今天这模样,觉得有点奇怪。她已经猜到了几分。然而自从三公主入院以后,她对付源氏,万事皆与从前大不相同,都有了几分隔阂,所以只装作不知。

这一天,三公主处他也不到,只派人送一封信去。镇日在家里把衣服用心地加以熏香,直到天黑。黄昏过后,他只带四五个亲信随从,打扮成从前微行时的模样,乘坐一辆竹席车,往二条院去了。到了宫邸,叫前和泉守进去通报。侍女悄悄地把源氏来访的消息告知胧月夜。胧月夜吃了一惊,皱着眉头说道:"真奇怪!不知和泉守怎样回复他的。"侍女说:"倘随便捏造借口,打发他回去,毕竟太没有礼貌了。"便自作主张,把源氏请了进来。源氏把慰问的来意叫侍女传达之后,又说:"务请尚侍移玉来此,隔帘晤谈亦可。往年那种非礼之心,今已消除净尽了。"他再三恳请,胧月夜只得唉声叹气地膝行而出。源氏一边高兴,一边又

---

〔1〕 古歌:"对人尽说无根据,心若问时答语难。"见《后撰集》。
〔2〕 古歌:"艳名广播如飞鸟,强学无情亦枉然。"见《古今和歌集》。
〔3〕 信田森是和泉郡中的名胜之地,此处指和泉守。

想:"果然不出我之所料:她还是同从前一样容易亲近的。"两人虽然隔开,但非泛泛之交,互相听见动作之声,各自不胜感慨之情。这里是东厅,源氏的客座设在东南角上的厢房中,通厢房的纸隔扇上加锁。源氏恨恨地说:"如此布置,很像是招待一个少年人呢!别来多少年月,我都记得清楚。待我如此冷淡,未免无情太甚了!"此时夜已很深,鸳鸯在池塘里荇藻间浮游,其鸣声十分凄凉。源氏看了邸内阴气沉沉、人影疏疏的景象,觉得与当年弘徽殿太后在世之时大不相同,感慨之极,流下泪来。这倒不是模仿平仲[1],却是真的眼泪。源氏现在不像从前那样浮躁了,出言十分稳重。此时却伸手拉动纸隔扇,希望把它拉开。随即赋诗云:

> "久别重逢犹隔远,
> 沾襟热泪苦难收。"

胧月夜答吟道:

> "热泪难收如清水,
> 行程已绝岂能逢!"

这答语不着边际。然而她回思往事,想到那轰动一时的须磨事件毕竟因谁而起,她的心肠便软起来,觉得今日再见一面,有何不可。原来胧月夜

---

〔1〕 平仲是一个有名的好色男子。他要在女人面前装假哭,蘸些水涂在眼睛上,误蘸了墨水。事见《今昔物语》。

本是一个主意不定的人。虽然近年来学得了种种人情世故,看到公私无数事例,深悔自己往日之轻率,所以一向守身如玉,但是今夜之会,使她回忆旧情,似觉昔日之事近在目前,便不能坚贞自守了。

　　胧月夜还是同从前一样妩媚多情。她一方面恐惧流言,一方面贪恋欢情,左右为难,愁容可掬。源氏看到这神情,觉得比新相知更加可爱,虽然天色渐明,还是依依不舍,全无回去的意思。异常美丽的黎明天空中,飞鸟千百成群,鸣声清脆悦耳。春花皆已散落,枝头只剩有如烟如雾的新绿。源氏想起:昔年内大臣举办藤花宴会,正是这个时候。虽然事隔多年,而历历回思当日情景,实甚可恋。中纳言君开了边门,准备送他回去。但源氏走到门口,又回转来,说道:"这藤花[1]真美丽啊! 怎么会染成如此可爱的色彩呢! 我无论如何也舍不得离开这花阴了!"他逡巡不忍遽去。其时朝日从山间升起,灿烂的阳光照着源氏,使得他的容姿越发美丽,令人目眩。中纳言君多年不曾看见他,觉得他年纪越大,相貌越是俊俏,竟是世间所少有的。她回忆当年,想道:"我家尚侍依附这位大人,有何不可呢? 她虽然入宫,毕竟不是女御或更衣,而是个外勤的尚侍,其实不须与源氏大人分离。已故的弘徽殿太后却过分多心,以致引起了那不幸的须磨事件,轰动一时,又使我家尚侍流传了轻薄之名,而两人从此隔绝了。"两人胸中有诉说不尽的衷情,希望继续馨谈。然而源氏为身份所羁,不便随意行止。而这邸内人目众多,自非谨慎小心不可。太阳渐渐高升,心中不免慌张。此时车子已经来到廊门下,随从人等轻声咳嗽,表示催促。源氏召唤一个随从人来,叫他折一枝下垂的藤花,赋诗云:

---

　　〔1〕 以藤花比拟胧月夜。

> "为汝沉沦终不悔，
>
> 重寻爱海欲投身。"[1]

他将身靠在壁上，神情异常苦闷，中纳言君看了觉得可怜。胧月夜回想昨夜之事，越发羞涩难堪，心中懊恼万分。但又觉得这个人好比花阴，毕竟可爱。便答道：

> "投身爱海非真海，
>
> 不为空言再恋君。"

这种少年人的行为，源氏自己也觉得难于容许。大约是此时无人在旁、不须顾忌之故，他又和她私订密约，然后辞去。当年源氏对胧月夜，爱情比别人深挚得多。于飞不过数度，立即拆散鸳鸯。今日重逢，安得不情怀缱绻呢！

　　源氏回到六条院，偷偷地钻进房间里。紫姬起来迎接，看到他那睡眼蒙眬的模样，已经猜测到他的去处，然而不动声色。源氏觉得她这态度比妒恨咒骂更加使他难受。他心中怀疑：紫姬为什么对他如此漠不关心呢？就怀着比往日更深的爱情，向她立誓永不变心。此次与胧月夜重叙之事，不可泄露。但过去的勾当，紫姬全都知道，所以只得搪塞道："昨夜与尚侍隔纸门谈话，似觉言犹未尽。日后拟再去访晤一次，必须秘密，不致引起物议才好。"紫姬笑道："你倒像是返老还童，比从前更加风流了！教我无依无靠，好痛苦啊！"终于不免流下泪来。那双盈盈娇眼异常

_____

〔1〕　沉沦指须磨流放。

可怜。源氏答道:"你这样心绪不安,我也很痛苦呢。我若有错,你只管尽情地拧我也好,打我也好。我从来不曾教导你说:做人不可坦率。你的脾气太固执了。"他就劝慰她,说了千言万语,其间关于昨夜之事,终于也毫不隐瞒地说出了。源氏不能立刻到三公主那里去,只管在这里安慰紫姬。三公主本人毫不介意,乳母等却啧有烦言。如果三公主也嫉妒怨恨起来,源氏势必又多一种苦恼。现在太平无事,源氏便把她看做一个美丽可爱的玩偶。

且说住在桐壶院的那位明石女御,即皇太子妃明石小女公子,自从入宫之后,一直不曾归宁。皇太子十分宠爱她,不许她乞假回家。她一向在家自由玩耍,如今闭居深宫,小小的心中颇感苦闷。到了夏天,明石女御身体不适,然而皇太子不肯立刻放她回家,她就更加烦恼。她身体不适,看来是有喜了。她今年还只十二岁,因此大家都很担心,把这看做一件大事。好容易请准了假,回六条院休养。她的房室位在三公主所居正厅的东面。她的生母明石姬现已经常随伴着她,自由出入宫禁,也真是难得的前生福报。紫姬要去探望明石女御,想乘便和三公主见面,对源氏说道:"教他们开了界门,让我乘便去望望三公主。我早就想去访问她,只因没有机会,至今尚未去得。现在正好见见面,以后便可随意往还了。"源氏笑道:"你这话正中我下怀。三公主还幼稚得很,你要多多教导她,好让她进步。"他允许她们见面。紫姬觉得三公主还在其次,倒是和明石女御的母亲——那个容姿绝胜的明石姬——见面,要郑重些。便梳洗头发,精选服饰,打扮得花枝招展,美丽无匹。

源氏来到三公主房中,对她说道:"今天傍晚,紫夫人将到这里来探望明石女御,乘便要来望望你,好和你亲近些。请你允许她来访,同她谈谈。她是个好心人,还有孩子脾气,和你做游戏伴侣亦无不可。"三公主从容大方地答道:"羞人答答的,讲些什么话好呢?"源氏说:"应对的话,按情况而定,临时自然想得出来。总之,对人要坦率,不要存心疏远。"他详细地教导了她一番。源氏极愿紫姬和三公主互相亲善。但又担心三公主的幼稚无知之状被紫姬看清了,难以为情,亦且扫兴。但念紫姬诚心要和她会面,拒绝也是不好意思的。紫姬一面准备去访问三公主,一面想道:"在众夫人之中,出我之上的人是没有的了。只是我幼时身世孤苦,由源氏主君领来抚育,这一点有伤面子耳。"她左思右想,神情恍惚。因此写字消遣之时,所想到的古歌自然都是弃妇怨女之词。她自己看看也吃惊,想道:"如此看来,我是个不幸之身了。"源氏来到紫姬房中。他近日看看三公主和明石女御的相貌,觉得都很美丽;现在看看紫姬,觉得这个人多年看惯,目染耳驯,并无特别惊人之处,然而毕竟无人赶得上她,真是一个奇迹。从无论哪一点上看来,她的气品都很高雅,周身没有一点缺陷,可使见者自觉羞惭。相貌艳如花月,姿态新颖入时。加之种种优雅的熏香融合集中,这便形成了一种最高的美姿。今年比去年更盛,今日比昨日更美。永远清新,百看不厌。源氏觉得奇怪:怎么会生得这样美丽呢!紫姬看见源氏进来,便把信手写的字条藏入砚子底下,被源氏找出,反复观看。她在书法方面并不特别专长,然而笔致高雅秀丽。其中有一首诗云:

"青山绿树成红叶,
渐觉衰秋近我身。"[1]

---

〔1〕　日语"秋"与"厌弃"同音,诗意双关。

源氏看到了这首诗,便在其旁添写一首答诗:

"松柏常青终不变,

荻花何事感秋心?"

紫姬心中的怨恨,每逢机会,自然会不由得泄露出来。然而她竭力抑制,外表若无其事。源氏觉得此心甚可感佩。今宵各方面都闲暇无事,他就不顾一切,偷偷地出去访问胧月夜了。明知此事大不应该,努力打消此念,然而终于无可奈何。

明石女御对义母紫姬,比对生母明石姬更加亲昵而信赖。紫姬对这个成长得十分美丽的义女,也真心地疼爱。紫姬和明石女御亲切地谈了一会之后,便叫人打开界门,去和三公主会面。她看了三公主那天真烂漫的孩童模样,觉得很安心,便用母亲一般长辈的口气,和她叙述彼此之间的血统关系。又召唤乳母中纳言[1]来前,对她说道:"恕我不揣冒昧:论起血统来,我们是姑表姐妹呢。只因没有机会,彼此尚未见面。自今以后,应该多多亲近了。你们也常到我那边去坐坐。如果我有怠慢之处,务请随时指示,我就不胜欣幸了。"中纳言答道:"我家公主早岁丧母,最近上皇又遁入空门,无怙无恃,孤苦伶仃。今蒙夫人如此嘉许,真乃无上幸福。出家的上皇亦曾如此企望:但愿夫人推诚相爱,多多照拂这位幼稚无知的公主。公主自心亦极愿依附夫人也。"紫姬说道:"辱承上皇赐书之后,常思尽力为公主效劳。但恨我身无才无德,微不足数,辜负盛情,不胜愧憾耳。"她就解除一切顾虑,像大姐对小妹一般,闲谈三公主所

---

〔1〕 是三公主的另一乳母。或说,与侍从乳母为同一人。

爱听的话,例如关于图画欣赏、关于玩偶游戏的难忘的乐趣,谈得像孩子们一般兴高采烈。三公主觉得果如源氏所说,此人还有孩子脾气,她的童心便亲切地倾慕她了。自此以后,两人常常通信,凡是富有趣味的游戏,总是两人共同欣赏。关于这高贵人家之事,世人都喜欢凭空说长道短。三公主初进六条院时,有人说道:"不知紫夫人做何感想。源氏对她的宠爱一定不及从前了,总要冷淡些吧。"实则三公主进来之后,源氏对紫姬的宠爱反而更深了些。世人还要妄加猜测,说些不妙的话。但因紫姬与三公主两人如此和好相处,故外间谣言终于平息,源氏家声也保全了。

到了十月里,紫夫人为源氏祝寿,在嵯峨野的佛堂里举办药师佛供养。因为源氏恳切劝诫她不可过分铺张,所以一切布置都秘密进行。然而也很体面,佛像、经盒和包经卷的竹箦都极精美,使人走进佛堂,似觉真个到了西方极乐世界。所诵的是《最胜王经》《金刚般若经》和《寿命经》[1],规模甚大。满朝公卿王侯都来参与祈祷,半是为了这佛堂的景象美不可言,从穿过红叶林、走进嵯峨野开始,一路上都是美丽的秋景,所以大家争来参加。满目霜华的原野上,车马之声络绎不绝。诸位夫人争先恐后地致送精美物品,以供布施诵经僧众。

十月二十三日斋期圆满,举办贺宴。六条院内人口密集,几无隙地,故紫夫人将寿筵设在她所认为私邸的二条院中。从服装以至一切主要事务,皆由紫夫人一人办理。其他诸夫人也都自动前来帮助,分担适当的任务。厢房等本来是侍女们的房间,这一天叫她们让出,作为殿上人、诸大夫、院司以至下级人员的飨宴之所,布置得很精雅。正殿的客堂照

---

〔1〕　这三部经总称为护国经。

例装饰得富丽堂皇,中设嵌螺钿的椅子,作为寿翁座位。主屋的西面一个房间里,设有十二个衣架,上面放着冬夏各种服装及被褥等物,照例用紫色绫绸覆盖,色彩非常艳丽,但看不见里面的物品。源氏面前设有两张桌子,上面盖着中国绫罗桌毯,其色彩自上而下由淡渐浓。载插头花的台,以雕花沉香木为台足,插头花中有停在白银枝上的黄金鸟,乃明石女御所献,是她母亲明石夫人所设计的,意匠特别巧妙。寿翁座位后面的四折屏风,是紫夫人的父亲式部卿亲王所赠,式样非常雅致。上面所绘的照例是四季景色,但泉水和瀑布等都很别致,异常新颖悦目。北面靠壁放着两个柜子,里面盛着应有的种种装饰品。南厢是上级官员的座位,自左右大臣、式部卿亲王以至其次诸人,无不到席。舞台左右张着天幕,为乐人休息之所。东西两边设有屯食八十客,又并列着盛犒赏品的中国式柜子四十个。

乐队于未时来到,奏出《万岁乐》《皇麕》等舞曲。日暮时分,奏出高丽笛曲,表演《落蹲》舞。这也是寻常难得听到的舞乐。因此到了将近结束之时,中纳言夕雾和卫门督柏木都来参与,舞罢将归,重又回步,另演新姿片刻,然后隐入红叶林中。观众深感兴趣,看到临去时的面影,大有尚未餍足之感。席上有许多人回想起当年桐壶帝行幸朱雀院时源氏公子与头中将共舞《青海波》[1]那天傍晚的光景。他们觉得夕雾与柏木都克肖其父,绝不逊色。两人的声名、容姿和性情也都不亚于其父,官位且比父亲当年稍高,年龄亦与两父亲当年相似。因此他们都赞叹:定是前世积德,所以两代都是良朋。主人源氏也感慨流泪,回想起许多往事。天色将黑,乐队要退出了,紫夫人的家臣长官便率领众人,走到盛犒赏品

〔1〕 参看上卷第七回"红叶贺"。

的柜子旁边,将物品取出,一一赏赐乐人。诸乐人肩上负着主人所赐的白绸,绕过假山,经过湖堤退出,远远望去,教人错认是催马乐中所歌的千龄仙鹤[1]的羽衣。

乐队退出之后,堂上开始管弦之会,又是极有趣味的。琴瑟之类,皆由皇太子处备办。朱雀院传下来的琵琶与琴、冷泉帝所赐的筝,其音色都是往日在宫中听惯的。这些乐器难得合奏,无论何时,都令人想起前代的情状和宫中的光景。源氏想道:"出家的藤壶母后如果在世而举行四十庆寿[2],我一定首先主办。可惜当她在世之时,我一点孝心也不曾尽得。"他每一念及,总觉遗憾无穷。冷泉帝想起了母后早死,也常觉得万事毫无意趣,此生寂寞无聊。他想至少对于这位六条院主人,须照父子之礼表示孝敬,然而未便公然实行,为此心中日夜不安。今年源氏四十庆寿,他本拟以贺寿为由而行幸六条院。但源氏认为切不可引起世人烦言,故屡次谏阻。冷泉帝只得怅然作罢。

十二月二十过后,秋好皇后归宁六条院。她要在这年终为义父源氏祝寿,特请奈良七大寺[3]僧众诵经,布施布匹四千段;又请京都附近四十寺僧众诵经,布施绸绢四百匹。秋好皇后感谢源氏养育之恩,欲乘此机会向他表示真诚的孝心。又念父亲前皇太子及母亲六条妃子如果在世,一定也感谢他,所以她又怀着代父母祝寿之意。但源氏连朝廷的祝寿也曾固辞,故秋好皇后不便铺张,只得将许多原定计划删去。源氏对她说道:"我查考前代事例,凡四十庆寿者,其余命

---

〔1〕 催马乐《席田》歌:"席田呀席田,川上有仙鹤。仙鹤寿千龄,川上恣游乐。仙鹤寿万代,川上戏相逐。"席田是美浓郡的名胜地。

〔2〕 藤壶母后是三十七岁死的。

〔3〕 奈良七大寺是:东大寺、兴福寺、元兴寺、大安寺、药师寺、西大寺、法隆寺。

大都不长。故此次请勿过分铺张,以致轰动人世。如果我真能活满五十岁,那时再替我祝寿吧。"然而秋好皇后还是采用朝廷仪式,排场非常盛大。

贺宴在秋好皇后所居西南院中举行,室中装饰十分富丽,凡事与月前紫夫人祝寿时无大变更。对上级官员的赏赐,依照正月初二宫中"大飨"的办法。赏赐诸亲王的,特用女子衣装;赏赐未任参议的四位官员、五位大夫及普通殿上人的,是一套白色女用常礼服;此外各赐缠腰绸绢。皇后为源氏制的装束精美绝伦,其中有名的玉带与宝剑,是皇后的父亲前皇太子传下来的遗物,睹物怀人,又深感慨。凡古来盖世无双的名物,现已集中于此,真乃盛大的庆祝。古代小说中,往往郑重其事地列举赠人的礼品。但现在这些高贵人物之间的酬酢,非常繁杂,多不胜数,故略而不书。

冷泉帝既已发心为源氏祝寿,不肯就此作罢,便叮嘱中纳言夕雾,叫他出面主办。这时候右大将因病辞职。冷泉帝为欲使这寿宴添喜,突然晋封夕雾为右大将。源氏闻之甚喜,但也表示谦逊,他说:"如此突然晋升,荣幸实已过分,我觉得太早了。"夕雾便在他的继母花散里所居东北院中安排寿宴。虽说是家宴,但今日乃奉圣旨,故仪式特别隆重。各处飨宴,皆由宫中内藏寮及谷仓院办理。屯食仿照宫中式样,由头中将奉旨办理。参与庆祝的有亲王五人,左右大臣、大纳言二人,中纳言三人,参议五人,殿上人照例有冷泉帝身边的、皇太子身边的和朱雀院身边的,不参与者绝少。源氏的座位及用品,均由冷泉帝详细吩咐太政大臣置办。太政大臣本人亦奉旨参与庆祝。源氏诚惶诚恐地就座受贺。太政大臣的座位与正屋中源氏的座位相对。这位太政大臣容貌清秀,身材魁伟,春秋鼎盛,具足富贵之相。主人源氏则青春永驻,依然是昔年的源氏公子。屏风四叠,是皇上御笔,淡紫色中国绫子上的墨画,美妙不可言喻。比较起漂亮的彩色春秋风景画来,这屏风上的墨色光采逼人,不可同日而语。想起了皇上御笔,自然更觉可贵。盛装饰物的柜子、弦乐器、管乐器等,皆由宫中藏人所供应。

新任右大将夕雾,威势比往日更加盛大了。因此今日的仪式自然特别隆重。冷泉帝所赐御马四十匹,由左右马寮及六卫府官人从上方顺次牵下来,并列在庭前。其时日色已暮,照例表演《万岁乐》《贺皇恩》等舞乐。但只是应名而已,不久舞罢,堂上就开始管弦之会。因有太政大臣在场,这管弦合奏特别出色,诸人无不用心献技。琵琶照例由萤兵部卿亲王弹奏。此人对无论何事都很擅长,世间少有其例,无人比得他上。源氏弹七弦琴,太政大臣弹和琴。源氏多年不曾听赏太政大臣的和琴了,想是因此之故,今日听来觉得特别优美。于是他自己也就在十弦琴上大显身手,毫无保留。两人都奏出异常优美的音乐。弹毕,两人共话往事,说到今日情状:亲戚之谊既深,友爱之情又厚,万事无不和睦商量。话语投机,心情舒畅,便举杯痛饮。逸兴源源而来,无有已时。二人醉后感伤,流泪不止。

源氏奉赠太政大臣的礼物,是优良的和琴一张,又添太政大臣所喜爱的高丽笛一支,还有紫檀箱一具,内装各种中国书籍及日本草书假名手本。派人追上车子,当面呈上。源氏领受御赐马匹时,右马寮官人奏出高丽乐,声甚宏壮。犒赏六卫府官人的物品,由右大将夕雾颁发。源氏崇尚简略,故凡大规模设施,此次一概谢绝。然而冷泉帝、皇太子、朱雀院、秋好皇后,以及其次诸人,情缘深厚,身份高贵,各方面都很体面,因此这寿宴还是办得十分光彩。源氏只有夕雾一个儿子,膝下寂寥,未免美中不足。但夕雾才华出众,声望特高,其人品无人能及。回思他的母亲葵夫人和秋好皇后的母亲六条妃子积下深恨重怨,互相争执计较,但两人的后代现今都很荣贵,可见世事变化莫测也。这一天奉呈源氏的服装等物,由本院花散里夫人监制;犒赏品及其他事务,由三条院云居雁夫人备办。六条院内逢时逢节的盛会,即使是私家宅内的趣事,花散里夫人也从不参与,只当作别家的事听人说说而已。所以无论有何盛会,她总以为自己没有资格参加进去当重要角色。但今天只因她与右大将有母子之缘,所以颇受重视。

腊尽春回,新年又到。明石女御的产期迫近了,故自正月朔日开始,不断诵经,以祈祷安产。举办法事的寺庙,其数不可胜计。源氏从前见过葵夫人因产而死,故对此事非常害怕,心甚忧虑。紫夫人不曾生产,一方面说来是一件憾事,而且眼前寂寞;但另一方面说来,又是一件幸事。且明石女御年龄还很幼小,生产是否平安,他早已非常担心。到了二月里,明石女御的气色大有变化,身上颇感痛苦,大家心中惶恐不安。阴阳师进言:为谨慎计,宜迁居他处。但倘迁居六条院外,则相隔太远,很不放心。于是决定迁往明石夫人所居西北院中厅的厢屋。这里的厢屋只有两大间,外面围着走廊。立刻在这里修建法坛,聘请许多道行高深的僧人来,大声念经祈祷。母亲明石夫人想起此事之安危与自己命运之穷通有关,心中非常焦灼。

出家为尼的外祖母,现已十分衰老。她能够看见这个贵为女御的外孙女,似觉身在梦中,立刻走近去亲近她。明石夫人多年来在宫中陪伴女御,却未将明石时代的旧事详细告诉她。但这老尼姑由于不堪其乐,一到女御身边,就淌着眼泪,用颤抖的声音把陈年旧事讲给她听。女御起初觉得此人奇怪,有些可厌,只管盯着她看。继而想起自己原有这样的一个外祖母,就姑且听她讲讲。后来终于很亲近她了。老尼姑把女御诞生时的光景和源氏谪居明石浦时的情况讲给她听,又说:"主君即将离明石浦返京都时,我们大家都很惋惜悲伤,以为缘尽于此,今后不得再见了。岂知贵女诞生,使我们都交了好运,这宿世因缘真可感谢啊!"说到这里,簌簌地流下泪来。明石女御想到:"这些旧事实在令人感动。要不是这位老外祖母说给我听,我永远不会知道自己的身世了。"也啜泣起来。继而又想:"如此说来,像我这样身份的人,本来是不该公然身居高位的。全靠紫夫人教养和栽培,外人对我不敢十分轻视。我一向自以为高贵无比,在宫中时目空一切,盛气凌人,恐怕世人都在背后咒骂我吧。"此时她才明白了自己的身世。她的生母身份稍稍低微,她原是知道的。但她自己诞生时的情况,和如此辽远的穷乡僻壤,她一向不知。这大约是太娇养之故,但亦可谓太不懂事了。

她又从老尼姑口中听到:外祖父明石道人现在已同仙人一样,度着遗世独立的生活。她觉得很可怜,东思西想,心绪缭乱。正在沉思愁叹之时,明石夫人进来了。这一天举行法会,各处僧众云集,院内喧哗扰攘。女御身边侍女也很少有,只有这老尼姑得其所哉地挨近在女御身旁。明石夫人看见了,说道:"呀,这算什么样子呢!应该躲在短屏后面才是。风很大,常常吹动门帘,外面从隙缝里望得见的。像医师一般挨近身旁,太不知趣了。"她觉得不大好看。老尼姑自以为神气十足地坐着,样子并不难看。加之年已老耄,两耳重听,看见女儿向她说话,只是侧着头问:"啊,什么?"其实这老尼姑年龄并不甚高,今年六十五六岁。尼僧打扮十分整洁,气品也很高尚。不过现在泪水满眶,眼皮红肿,样子有些古怪。明石夫人猜想她正在把旧事讲给女御听,心中不免着慌,便说道:"你们在讲从前那些无聊的事么?只怕记忆不清,胡言乱语,把从前的事说得离奇古怪。那时的事真像做梦一般了。"她微笑着看看女御,但见她眉清目秀,娇艳可爱,只是比平日沉静得多,似乎心事重重的样子。明石夫人对于女御,不当作女儿看待,只觉得是一位可敬的贵人。她生怕老尼姑对女御讲了许多辛酸的旧事,致使她心情烦乱。她本想等女御将来当了皇后,然后把往事告诉她。现在提早告诉了她,虽然不致使她伤心失望,但得知自己的出身如此,总会使她扫兴的吧。

诵经祈祷完毕,僧众退出了。明石夫人端了一盘水果过来,对女御说:"吃点儿水果吧。"她想借此替她解闷。老尼姑眼巴巴地望着女御,觉得这容姿实在端丽可爱,禁不住泪水直流。她的嘴奇形怪状地张开,表示欢笑,然而眼角泪淋,一股哭相。明石夫人觉得实在难看,向她使个眼色,但老尼姑满不在乎,吟诗道:

> "老尼偶到神仙窟,
> 莫怪尊前喜泪淋。

即使在古代,对于像我这样的老人也是恕罪的。"明石女御便向砚旁取一张纸,写道:

> "欲乞老尼当向导,
> 天涯海角访茅庵。"

明石夫人也忍不住了,啜泣着吟道:

> "身居明石离人世,
> 神往京华念子孙。"

这诗倒可排遣哀愁。明石女御昔年离明石浦来京都,当天早晨拜别外祖父明石道人时的情景,现在做梦也回想不起来,觉得十分遗憾。

　　三月初十过后,明石女御分娩,大小平安。在这以前,大家认为一大难关,纷纷愁叹。岂知临盆并无多大痛苦,而且生下来的又是一位皇子,真是无限欢欣!源氏也安心了。女御现在所居的房室,隐藏在正屋后面,和别人的房室很接近。产后各处纷纷前来祝贺,排场异常盛大,礼品十分隆重,在老尼姑看来这里真是"神仙窟"啊!然而这地方毕竟太简陋了,于是准备迁回紫夫人东南院中原来的屋子里。紫夫人亦曾到西北院来看视。但见女御身穿白衣,抱着婴孩,俨然是个母亲,那模样真是可爱。紫夫人自己没有生育经验,别人生育她也难得看到。此次看到了,觉得非常希罕可爱。初生的婴儿要好生照管,因此紫夫人一天到晚抱着。真的外婆明石夫人一切都让紫夫人做主,自己专任汤沐之事。以前宣布立皇太子的圣旨的宫女典侍,是司理汤沐之事的。她看见明石夫人自动来帮助她,觉得很对她不起。明石夫人出身的内情,典侍曾经约略闻知。明石夫人的人品如果略有缺陷,女御不免丧失体面。然而明石夫人气度十分高雅,因此典侍觉得她真是命运特别优异的人。此次祝贺之盛况,一如向例,不须赘述。

　　产后六日,明石女御从西北院迁回东南院。第七日之夜,冷泉帝也赐赠贺仪。朱雀院已经出家,不能亲来探视,特派头弁为代表,奉旨向藏人所取出种种珍宝,赐赠女御。犒赏诸人的衣服,由秋好皇后调度,比朝廷所置办的更为体面。其次诸亲王、诸大臣,家家户户都为送礼而奔忙,大家力求尽善尽美。源氏一向崇尚简约,但为此事破例,贺仪隆重无比,举世盛称。其潜心设计的优雅精致之趣,应有记载传之后世。但因笔者未曾一一亲睹,故不详述。

　　不久之后,源氏抱着小皇子说:"右大将生了许多儿子,至今没有让我见过这些孙子,我常引为憾。且喜有了这个可爱的外孙。"他疼爱这小皇子,原是理之当然。小皇子像春笋一般日夜长大。乳母暂时不用不熟悉的新人,而从原有的侍女中选择人品优越的人来充任。明石夫人为人聪明、高尚而大方,应该谦逊的地方,态度非常谦逊,从来不对人生气或骄傲,因此无人不赞誉她。紫夫人以前偶尔和明石夫人会面,与她不甚相容,现在托小皇子之福,明石夫人受她重视,两人就非常亲昵了。紫夫人生性喜爱小孩,亲手替小皇子制造"天儿",即放在枕边可以驱邪避凶的人像,真可谓不失童心。她朝朝暮暮为抚养小皇子而忙碌。那位老迈的尼姑不能从容地看看这小外曾孙,心甚不满。她只匆匆看见几面,别后想念甚苦,几乎为此丧命。

　　明石浦上也得悉了女御诞生小皇子之消息。看破红尘的明石道人也非常欢喜,对众弟子说:"如今我可安心地脱离尘世,往生极乐了!"就把住宅改成寺院,附近所有田地及一切器物都捐作寺产,准备入山去了。这播磨国地方有一个郡,其中有一座人迹罕通的深山。明石道人于多年前购置此山,预备将来笼闭其中,不再与世人相见。只因在世间略有牵累之事,故迁延至今不曾如愿。如今闻知外孙女喜讯,便一切放心,准备移居深山,献身神佛了。近年来明石道人并无特别事由,久不遣使入京。只有京中遣使来明石浦时,略复三言两语,将近况告知老尼姑。但现在他要离去尘世了,故写了一封长信送与明石夫人。信中言道:"近数年来,我与你等生在同一世间。虽然如此,我似觉此身已入另一世间了。故无特别事故,不与你等通问。且我看惯汉文经典,阅读假名书信颇费时间,念佛也会因此而懈怠,实乃无益之事。为此久不写信与你。今据人传言:外孙女已入宫为太子妃,且已诞生一小皇子。闻之深为庆喜。

此事自有原因,今日我可告你:我自身乃一拙陋之山野鄙夫,不复贪恋现世荣华。但过去多年以来,六根未净,昼夜六时勤修之时,首先为你之事向佛祈愿,而将自己往生极乐之事置之次位。你诞生之年,二月中某夜我做一梦,梦见我右手托着须弥山[1],日月从山左右升起,光辉灿烂,遍照世间。而我自己隐身于山之阴,不受日月之光。后来我将山放入大海,使浮水上,自己乘一小船向西驶去了。梦中所见如此。梦醒之后,心中时时筹思:想不到我此微不足数之身,将来亦有发迹之望。然而何所凭借,而能交此大运呢? 正在此时,你母诞生了你。我检阅世俗书籍,考查佛教经典,发现做梦可信之事例甚多。因此不管自家身世之微贱,尽心竭力地教养你。然而又念能力毕竟有限,此梦终难应验,便辞去京都,返归乡里。自任播磨国守之后,决心在此终老,不再入京。但在蛰居此浦多年之间,亦因对你的前程抱有极大之期望,故曾私下对佛许下许多祈愿。现在凤愿顺利达成,你已如意称心。将来外孙女做了国母,大愿圆满之时,你必须赴住吉大寺以及其他诸寺还愿。我对此梦毫不怀疑。今此一愿既已迅速成就,则我将来往生遥隔十万亿国土之极乐世界时,亦必身登九品中之上品上生[2]无疑。现在我只要静待佛菩萨来迎接我。在这期间,我将在‘水草多清趣’[3]的深山中勤修佛法,直到圆寂之时。正是:

    已见曙光天近晓,

---

〔1〕 按佛教的说法:须弥山位在四大洲中心,处大海中,高三百三十六万里。

〔2〕 按佛教的说法:往生极乐世界,分上中下三品,每品又分上生、中生、下生,故共有九品。上品上生为最高级。

〔3〕 古歌:“远方水草多清趣,扰攘都城不可居。”见《古今著闻集》,是玄宾僧都入山修道时所作。

　　　敢将旧梦证今情。"

信上写明月日,又附加数行:"你等不须知道我命终之月日。古来惯例,居丧必着麻衣,此亦大可不必。你只须将自己看做神佛化身,而为我这老法师多做功德可矣。既享现世之乐,勿忘后世之事!但能成遂往生极乐之愿,将来必有再见之期。你须记住:将来离此娑婆世界,到达彼岸净土,即可重新聚首。"又把在住吉大寺所陈愿文装在一口沉香木大箱子里,加封随函送来。

　　致老尼姑的信中并无特别事情,但说:"我定于是月十四日离此草庵,遁入深山,将以此无用之身施舍熊狼。但仍望你长生住世,以待凤愿之成遂。你我当在极乐净土再相会面也。"老尼姑看了此信,便向送信来的僧人探问情由。僧人答道:"师父写此信后三日,即移居人迹不到的深山中。贫僧等一齐走送,但行至山麓,即被遣返。随行者只一僧人及二童子。师父昔年弃家学道,我等以为已极悲哀之情,岂知更有此悲哀之事!师父年来修行之暇,常倚床弹琴,或奏琵琶。此次临行,取此二乐器在佛前弹奏,向佛告辞。并将乐器施入佛堂。其他种种器什,多数捐献寺院。其余物件分赠平素亲近之弟子六十余人,借留遗念。尚有剩者,今已运来京都,以供尊处使用。师父舍我等而去,深入山中,隐身云霞之间。此地空留陈迹,悲叹之人甚多。"此僧人童年随明石道人由京都下明石浦,今已成为老法师。此次明石道人入山,此僧人不胜悲伤。即使是释迦牟尼佛诸弟子中之圣者,并且确信佛涅槃后常住灵鹫山,但当"薪尽火灭"[1]之时,亦

----

　　〔1〕《法华经》云:灵鹫山在印度摩揭陀国王舍城东北,释迦牟尼涅槃(即死)后常住此山。又云:"释尊入灭,如薪尽火灭。"

不免深为哀悼。何况老尼姑闻此消息,当然悲伤无限。

　　此时明石夫人陪着女御住在东南院。老尼姑派人去通报她,说明石浦上送来了这样的信。明石夫人便悄悄地回西北院来。明石夫人现在身份尊贵,非有重要事情,难得和老尼姑往来。现在听说有可悲的事,甚是担心,所以立刻悄悄地来了。走进室内,看见老尼姑神情异常悲伤。她走近灯前,读了明石道人的信,眼泪流个不住。在别人看来,此乃无足轻重之事。但明石夫人回思昔年父女之情,心中不胜依恋。想起永别慈父,今后不得再见,便觉伤心之极,无可奈何了。她一面流泪不止,一面看见父亲信中所说的梦,庆喜自己前程有望。她想:“如此说来,昔年父亲固执己见,强把我嫁与身份不相称之人,几乎误我终身,使我一时心迷意乱,原来是凭仗这个无据之梦,而怀抱着高飞远举之志!”此时她才恍然大悟。老尼姑踌躇良久,才对她说道:“我托你的福,坐享荣华,面目增光,幸运实已过分,然而悲哀与忧患亦比常人加倍。我虽是微不足数之人,然而舍弃了久已住惯的京都而沉沦在荒僻的浦上,已觉得是异乎常人的苦命了。我与汝父同生此世,但别室而居,夫妇乖隔。然而我并不介意,但望他日同生极乐世界,再结后世之缘。岂料蛰居多年之后,你忽然离乡入京,我又随你重返当年背弃的京都。眼看你等荣华富贵,无任欣慰。然而遥念家乡,又时时牵挂,不绝添愁。终于不能再见汝父,此生遂成永诀,真乃遗憾之事!汝父未出家时,性情本已异乎常人,颇有愤世嫉俗之概。但与我从小意气相投,情谊之厚无比,彼此信赖甚深。何以居处相去不远,而一旦忽成永别呢?”她继续诉说,样子非常悲恸。明石夫人也哭得很伤心。她说:“我的前程虽说比别人远大,但我并不引为荣幸。像我这微不足数之身,终无显贵之望。今又身逢悲痛之事,从此不能与父亲再见,真乃抱恨无穷!我年来一举一动,无非为了欲慰亲心。

今老父闭居深山之中，世事无常，一旦天年消尽，我这用心都是徒然的了！"是夜母女两人共诉愁情，直到天明。明石夫人说："昨日六条院主君看见我住在那边，今日忽然不见，未免怪我轻率。我自身绝无顾虑，但恐有伤女御体面，所以不敢任意行动。"便决定在天色向晓之时回东南院去。临行老尼姑对她说道："小皇子近来如何？我很想看看他呢。"说着又哭起来。明石夫人答道："不久你就会看到他的。女御对你非常亲爱，常在说起你呢。主君也在谈话中说起你，他说：'我要说句不吉祥的预言：如果换了朝代，小皇子果然做了皇太子，希望那时候老尼姑长生在世才好。'大概他心中有什么计划吧。"老尼姑听了这话立刻破涕为笑，说道："哎呀，如此说来，我的命运真是优越无比的了！"就不胜欣喜。明石夫人便带了道人送来的文件箱子回去了。

　　皇太子屡次催促明石女御回宫。紫夫人说："难怪他如此想念。况且添了一件喜事，教他怎么不等得心焦呢？"便悄悄地准备送小皇子母子入宫。小皇子的母亲鉴于入宫后乞假归里之不易，颇想乘此机会在娘家再多住几天。她年纪还小，经过此次可怕的生产之后，形容略见消瘦，姿态异常袅娜。明石夫人等都很担心，说道："还是在这里多休养几天，等到身体康复后再入宫吧。"源氏说："脸庞消瘦些，皇太子看了反而更加怜爱呢。"紫夫人等回去以后，傍晚人静之时，明石夫人来到女御房中，将明石道人送文件箱来等事告诉了她。明石夫人说："在你没有如意称心地当皇后之前，我本想将此箱隐藏起来，暂勿令你启视。然而世事无常，人命难知，如此办法终觉不能放心。万一在你未能随心所欲地行事之前，我身有了三长两短，照我的地位，临终时必然不能和你诀别。因此还不如趁我身体健康之时将这一件琐屑之事告诉了你。这封信文字古怪，难于阅读，但也得给你看看。这些祈愿文可放在近旁的柜子里，有便时务须一读。其中所许的愿,将来必须酬偿。此事不可向疏远之人泄露。你的前程已可确保无忧,故我亦拟出家为尼。近来此心日益迫切,以致万事局促不安。紫夫人的恩惠,你切不可忘记。我看到她对你深切无比的关怀,但愿她寿年千岁,比我长生得多。本来是应该由我抚育你的,但我因身份低微,不得不处处谦抑,所以将你让与紫夫人抚育。年来我总以为她不过是一个世间普通的义母,却想不到她会如此真心地爱你。今后我可完全放心了。"此外又讲了许多话。明石女御流着眼泪听她讲。她在这个至亲的生母面前,也常恪守礼仪,态度十分谦恭。明石道人的信,词句艰深,毫无风趣,写在厚实的陆奥纸上,共五六页。纸已陈旧,颜色变黄,但熏香十分浓重。明石女御读时深为感动,长垂的额发渐渐沾湿了眼泪,那模样甚是娇艳。

　　源氏此时正在三公主处。他突然开了界门,走进明石女御房中来了。明石夫人来不及将文件箱隐藏,便把帷屏稍稍拉近,将箱遮掩,自己也躲在帷屏背后了。源氏说:"小皇子醒了没有? 我一刻不见,便想念他。"明石女御默默不答。明石夫人从帷屏后面答道:"小皇子给紫夫人抱去了。"源氏说:"这太不成话了。成天价在那边,这小皇子被她一人独占了。她一直抱在怀中,不肯放手,弄得衣服都湿透,一件一件地更换。为什么这样轻率地让她抱去呢? 应该叫她到这里来看才是。"明石夫人答道:"哎呀,这话太不体谅人了! 即使是个皇女,由她抚育也最为妥善,何况是个皇子。身份固然高贵无比,但在那边不是很可放心的么? 虽然是说笑,也不要过分苛刻地说这种冷酷的话呀!"源氏笑道:"那么,听凭你们做主,我就一切不管好了。你们大家都排斥我,对我说话神气活现,真可笑。现在你就躲在帷屏背后板起了面孔责备我。"说着,便把帷屏拉开,但见明石夫人将身体靠在正屋的柱子上,姿态非常美丽,教人看了自觉羞愧。刚才那只文件箱，未便慌忙隐藏，照旧放在那里。源氏看到了，问道："这是什么箱子？看样子是情人欲寄相思，把所咏的长歌封入这箱子里送来的吧。"明石夫人答道："唉，真讨厌啊！你自己变了个老少年，就常常说这种使人意想不到的笑话。"她口角微露笑容，但是脸上显然心事满腹。源氏觉得奇怪，侧着头不解其意。明石夫人为难了，便说："这是那明石浦上的岩屋里送来的，里面藏着我父亲私下祈祷时所读的经卷，以及尚未酬偿的祈愿。他说倘有机会，可否给你看看。但是现在尚非其时，所以不必打开。"源氏想起了明石道人那种可怜的模样，说道："道人的修行功夫一定积得很深了吧。他很寿长，多年勤勉修持，可以消除不少罪障。世间原有身份高贵、学问渊博的人，然而对于尘世浊虑，习染亦深，故虽曰贤慧，亦甚有限，总不及这位道人的清高。他对于佛道造诣极深，而为人又颇有风趣。他没有高僧那种解脱尘世的态度，然而内心纯净无垢，直通净土。何况现在已经心无挂碍，便可完全脱离俗世了。我若能随意行动，颇想悄悄地前去探望他呢。"明石夫人说："据说他现已离弃原来的住处，遁入鸟声也听不到的深山中去了。"源氏说："如此说来，这是他的遗言了！有否通过消息？师姑老太太想必悲伤不堪吧。须知夫妻之情，比父女之谊深切得多呢。"说着流下泪来。随后又说："我年纪大起来，渐渐了解种种人情世故之后，想起了道人的风貌品质，便觉得怪可思慕。何况师姑老太太与他结发情深，这别离该是多么伤心啊！"

明石姬觉得机会到了，想道："若把我父亲做的那个梦告诉他，大概他也会感动吧。"便答道："父亲寄来的信，笔迹古怪，仿佛是梵文。然而其中也有值得请你看的地方，就请你一读吧。昔年我辞家入京之时，以为自今一别，尘缘断绝了。岂知思念之情，仍然遗留在心中！"说过之后便嘤嘤啜泣，娇艳动人。源氏拿过信来一看，说道："照这信看来，道人身体着实清健,还没有衰老之相呢。不论笔迹或其他任何方面,都见得特别富有修养。只是对于处世之道,用心未免不足耳。外人都说:'此人的先祖大臣十分贤明,曾尽忠竭力为朝廷效劳。只因其间行事舛误,应得报应,故子孙不能繁昌。'但就女子方面看来,目今尊荣已极,决不是后继无人的。这正是道人多年来勤修佛道的善报吧。"他挥泪阅读来信,看到了记梦的地方,想道:"人皆责备明石道人,说他言行怪僻,妄自尊大。我也觉得他当年对我的要求,虽属偶然,实甚唐突。直到后来小女公子诞生,我方悟得彼此宿缘之深厚。然而对于目前看不到的将来之事,我心始终怀疑。现在读了他的信,方知他凭仗着这个梦,因此强要将女儿嫁我。如此说来,我当年横遭冤屈,漂泊天涯,也是为这小女公子一人之故。但不知明石道人心中有何祈愿。"他颇思一看愿文,便在心中顶礼膜拜,拿起愿文来读。又对女御说道:"除了这个,我也有东西要给你看,还有话要对你讲。"乘便又对她说道:"现在你已经明白已往的事情了,然而你不可因此而忽视了紫夫人的深恩。骨肉之情的亲爱,原是当然的。但毫无血统关系的人的爱顾,甚至一句好意的话,却是更可宝贵的。何况她天天看见你的生母在旁服侍你,而对你的爱依旧不变,诚恳周到地照拂你,实在是一个心地善良的人。从古以来,世间关于继母有这样的话:'继母养儿表面亲。'这句话洞察人心,似乎是贤明之言,其实不然。即使有的继母对继子真心怀着恶意,但只要继子毫不介意,竭诚地孝顺继母,那时继母自会真心感动,翻然悔悟,自念我何故虐待此子,岂不怕获罪于天,于是她的心便改悔了。除宿世冤家之外,两人即使感情不洽,只要其中一人开诚相待,则对方自然也会改悔。此种事例甚多。反之,为了区区小事,便强横霸道,指责挑剔,毫无亲善之色,拒人于千里之外,这便冤仇难解,没有和好的余地了。我阅人虽然不多,但观察人心种种趣向，觉得性情气度，各有独得之处，每人皆有所长，绝无全不可取的。然而倘要从中找一个终身伴侣，而郑重选择起来，则又觉得难乎其难。真正心无习癖、性情善良的人，只有紫夫人一人。我觉得这个人真可称为淑女。但所谓善良，如果过分宽容，变成糊涂，不可信赖，则又不足取了。"他一味如此赞誉紫夫人，则对其他诸夫人的评价可想而知了。

他又低声对明石夫人说："你颇能知情察理，但愿你与紫夫人和睦相处，同心协力地照顾这位女御。"明石夫人答道："此事不消说得。我看了紫夫人的慈祥气色，朝夕赞颂，不绝于口呢。如果紫夫人把我看做卑贱之人而不容谅我，那么女御也不会如此亲近我了。如今紫夫人对我异常垂青，教我反而觉得不好意思。我这微不足数之人，不自殒灭，活在这世间教女御丢脸，实属不该。全赖紫夫人不加罪责，鼎力庇护……"源氏说："她对你的关怀，倒也算不得特别深切。只因她自己不能常常随伴女御，很不放心，所以将此任务让你担当。你并不明目张胆、以母亲身份独断独行，因此万事圆满顺利，教我心无挂念，不胜欣慰。即使区区小事，若有性情乖僻、不通情理之人参与其间，便使得旁人大家为难。且喜我周围并无此种人物，我大可放心了。"明石夫人想道："如此说来，我一向卑躬屈节，终是便宜。"

源氏回紫夫人房中去了。明石夫人在背后私议道："他对紫夫人的宠爱越来越深。这位夫人的人品，的确十全无缺，高人一等，理应如此承宠，教人不胜赞佩。他对三公主，表面上也很重视，然而在她房中留宿的日子不多，实在委屈了她。她和紫夫人同一血统，而身份比紫夫人更高，因此更多痛苦了。"她回想自己，觉得宿世福报不浅，深可庆幸。她想："三公主身份如此高贵，尚且在这世间不能如意称心，何况我这对她望尘莫及的人。我今生已无恨事,只是挂念那位断绝尘缘、闭居深山的老父,不免悲伤耳。"她的母亲师姑老太太呢,只管信赖道人信中所言"福地园莳种善因"〔1〕之语,时时想念后世之事,寂寞地度送岁月。

且说夕雾大将对三公主,并非没有恋念之情。如今三公主嫁到六条院来,住在近旁了,使他不能无动于衷。他便以寻常问候为借口,每逢适当机会,便到三公主居处侍候,其间自然窥见或听到了三公主的情状。原来三公主年纪很小,而态度大模大样,外表威仪堂皇。其养尊处优,可为世间表率,然而并无显著的优雅风度。她身边的侍女,也少有老成持重之人,多数是青年美女,只爱好繁华生涯与风流情趣。这无数侍女聚集在这里服侍她,她的香闺真可说是一处无忧无虑的乐土。但其中也有对万事都沉着镇静的人,只因心中之事不能表现于外,便怀着无人能知的悲愁,参与在无忧无虑、真心欢乐的人群中。又被旁人诱惑,便和她们同化,亦作欢笑之颜。最是那些女童,朝夕热中于无聊的游戏,源氏看在眼里,颇感不快。但他的本性,对世事绝不固执己见,因此听任这些女童自由取乐,以为她们既然喜爱此种游戏,亦自深可原谅,故并不加以斥责或训诫。惟有对于三公主本人的举止言行,则十分用心教导,因此三公主也渐渐进步了。夕雾大将看到此种情状,想道:"世间完全无缺的女子,真正不易多得啊。只有那位紫夫人,不论在性情上或仪态上,多年以来,一向不曾被人看出或听到一点缺陷。她的本质稳重沉着,心地温良。她不轻视别人,而自身又永保尊严,气度越发显得高超可爱。"他那天窥见的面影便浮现在心头,难于忘怀了。他回思自己的夫人云居雁,觉得

〔1〕 古歌:"在此无常尘世中,多多莳种善因缘。今后相会在何许? 耶输多罗福地园。"耶输多罗是释迦牟尼为太子时的妃子,后来与五百释女一同出家,为尼众之主,居福地园中。

爱情亦很深厚，然而此人毕竟缺乏那种可贵的、优雅的情趣。她那温柔驯良的风度，夕雾现已看惯，不复深感兴趣了。但觉这六条院里聚集着许多女子，袅娜娉婷，各尽其美。他私下想象，艳羡之心难禁。尤其是这位三公主，照她的高贵身份想来，应该受得父亲无限宠幸，然而父亲对她并无特别深切的爱情，只在人目所见的面子上表示重视。夕雾有此感想，虽然不敢发生非礼之念，但总觉得三公主深可怜爱，指望有缘见她一面。

再说那个柏木卫门督，一向常在朱雀院邸内出入，与朱雀院十分亲昵，因此详细了解他疼爱三公主的心情。朱雀院替三公主择婿时，柏木闻知种种消息，自己也曾提出求婚，朱雀院并不认为不当。后来三公主终于嫁给了源氏，柏木大为失望，心中十分悲伤，直到如今不能忘怀。他那时曾央三公主的侍女小侍从替他撮合，现在就从这侍女那里探询三公主的情况，聊以自慰，真乃画饼点饥。他听见世人传说：三公主也被紫夫人的威势所压倒，便对三公主的乳母的女儿——亦即他自己的乳母的甥女——小侍从发牢骚，说道："公主太委屈了！要是嫁给了我，决不致受这种闲气。虽然她是金枝玉叶，我高攀不上……"他时时刻刻在想："世事变化无定。六条院主人早有出家修行之意，如果一旦毅然实行，这三公主终归我有。"

三月某日，天朗气清，萤兵部卿亲王和柏木卫门督来六条院问候。源氏出来接见，相与闲谈。源氏说道："我这里四周冷静，这几天更加寂寞，毫无一点新鲜花样。公私都清闲无事，这日子如何消遣呢？"后来又说："今天早上大将来过，此刻不知到哪儿去了。寂寞得厌烦了，叫他带了小弓来射箭，倒很好看呢。现在有青年游伴在这里，可惜他已经回去了吧?"左右的人答道:"大将现在东北院,正在和许多人蹴鞠〔1〕呢。"源氏说:"蹴鞠这件事动作粗暴,然而叫人醒目,令人兴奋,倒也好玩。叫他到这里来玩,如何?"便派人去叫。夕雾大将立刻来了,带了许多公子哥儿之类的人来。源氏问道:"球带来了没有? 同来的这班人是谁啊?"夕雾答道:"他们是某某等人,可否叫他们都到这里来?"源氏许诺。

正殿东面,本来是明石女御所居,此时女御带着新生的小皇子回宫去了,这院子里很空。夕雾等便在离开湖边稍远的地方找定了一处良好的蹴鞠场。太政大臣家诸公子,如头弁、兵卫佐、大夫等〔2〕,有的年事已长,有的尚未成年,个个都是出人头地的蹴鞠好手。日色渐暮,头弁说道:"今天没有风,正是蹴鞠的好日子!"他忍耐不住,也就下去参加蹴鞠了。源氏看了,说道:"你们看! 连头弁官也忍耐不住,下去参加了〔3〕。这里几个身居高位的,都是青年武官,怎的不去参加呢? 像我这样上了年纪的人,只能漠然地袖手旁观,真乃遗憾之至。不过蹴鞠这种游戏,实在太粗暴了。"夕雾大将和柏木卫门督听了这话,都下去参加了。许多公子映着夕阳,在美不可言的花阴下来往奔走,这景象煞是好看!

蹴鞠原是一种不甚文雅而近于粗暴的游戏,但也因地点和人物而异。这六条院的优美的庭园中,嘉木葱茏,春云谡谡,樱花处处吐艳、柳梢略带鹅黄之际,即使这种游戏鄙不足道,诸人也都力争胜负,竞夸才能,各不相让。柏木卫门督率然地参与竞赛,竟无人能战胜他。此人相貌清丽,姿态秀美,举止行动,十分矜重,虽然奔走追逐,态度亦甚优雅。诸人争球,奔集阶前樱花阴下,热中于竞赛,把樱花都忘记了。源氏与萤

---

〔1〕　蹴鞠即踢球。

〔2〕　此等人都是柏木之弟。头弁即红梅。

〔3〕　头弁是司礼仪的官,不宜于此种游戏。

兵部卿亲王都走到栏杆角上来观看。诸人竞献绝技，节目逐渐增多，几位高官大员也顾不得仪容，额上的官帽都歪斜了。夕雾大将想起自己官位的高贵，觉得今天举止如此粗暴，实在是破例了。然而一眼望去，他还是显得比别人更加年轻，更加俊美。他身穿一件稍稍柔软的白面红里的常礼服，裙子的裾有点膨胀，略微拉起些，却并无轻率之相。樱花像雪一般飘下来，落在他那清秀而落拓不羁的身子上。他仰望樱花，把枯枝略微折断些，便坐在台阶中央休息。柏木卫门督跟着来了，说道："这花零落得好厉害啊！但愿春风'回避樱花枝'〔1〕才好。"一面用眼梢向三公主那方面窥看。三公主的房间一向关闭不甚严密，侍女们各色各样的襟袖露出在帘子底下，帘内显出参差人影，好比暮春旅途上供献路神的币袋〔2〕。室内帷屏等胡乱地拉在一边，似觉内外无间，声气相通。这时候有一只可爱的中国产小猫，被较大的猫所追逐，突然从帘子底下逃出来。侍女们慌张了，喧哗扰攘，东奔西走，衣声足音，历历可闻。那小猫大约还没有养驯，所以身上系着一根长长的绳子，这绳子被东西绊住，缠得很紧。那小猫想逃，拚命拖这绳子，便把帘子的一端高高地掀起，并没有人立刻来整理。这里柱子旁边的侍女们一时心慌意乱，只觉得手足无措。柏木望见帷屏旁边稍进深的地方，站着一个贵妇人打扮的女子。这地方是台阶西面第二间屋子的东隅，所以从柏木所在之处望去，毫无阻隔，可以看得清清楚楚。但见她穿的大约是红面紫里的层层重叠的衣服，有浓有淡，好像用彩色纸订成的册子的横断面。外面披的是白面红里的常礼

---

　　〔1〕　古歌："春风听我致一词：今春请君莫乱吹！君若有心惜春华，吹时回避樱花枝。"见《古今和歌集》。

　　〔2〕　古代风俗：暮春旅行必带币袋，沿路供献道祖神，以祈旅途平安。币袋是一只疏网袋，内装各种色彩的布帛或纸片，袋外看见各种色彩。今以此比拟帘内参差人影。

服。头发光艳可鉴,冉冉下垂,直达衣裾,好像一绺青丝。末端修剪得非常美观,比身子长约七八寸。她的身材十分纤小,衣裾挂得很长。这垂发的侧面姿态,美丽不可言喻。只是日色已暮,室中幽暗,不曾看得分明,颇有未能餍足之憾。此时许多青年公子正在热中于蹴鞠,连撞落樱花也顾不得。众侍女看得出神,也顾不得外间有人窥看了。那小猫大声哀鸣,那人回眸一顾,刹那间显出了风韵娴雅的青年美女的姿态。夕雾见此光景,心中深感不安,但倘亲自走近去把帘子放下,又觉过于轻率,只得咳嗽几声,促使那人注意。那人便退到里面去了。夕雾虽然如此好心,自己也觉不曾看饱。但此时小猫已经摆脱绳子,帘子放下了,他就不知不觉地叹息一声。何况那个刻骨相思的柏木,此时但觉愁绪满胸。他想:"那人到底是谁呢? 许多女子之中,只有这个人触目地作贵妇人装束。如此看来,那定然是三公主,决不会有误了。"这面影便长留在他心头。当时他装作若无其事,但夕雾知道他已经窥见娇容,不免替三公主惋惜。柏木无可奈何,为欲聊以自慰,把那小猫呼过来,抱在怀里,但觉猫身上染着公主的浓烈的衣香。听了那娇嫩的叫声,就把它比拟作三公主,觉得异常可爱。真是个色情儿啊!

　　源氏向这边看看,说道:"列位大臣坐在外边,太亵渎了。请到这里来吧。"便走进东面的朝南屋子里去。大家跟着他进去。萤兵部卿亲王也换了坐位,来同大家谈话。次级的殿上人,都在檐前排列圆阵坐地。招待并无特别排场,只是椿饼[1]、梨子、柑子等物,混合装在各种各样的盒子盖里。诸年轻人便一边谈笑,一边取食。下酒的肴馔,只是些鱼干。柏木卫门督气色十分颓丧,动辄凝望樱花,陷入沉思。夕雾大将猜得柏

―――――――――――

〔1〕　一种以山茶花的叶子包裹的甜饼。

木的心事，知道他在回想刚才由于奇巧的机会而从帘隙窥见的面影。他想："三公主站得太出，态度未免轻率。那位紫夫人毕竟不同，她决不会有此种轻举妄动。如此看来，世人重视三公主，而我父亲对她的宠爱不甚深切，良有以也。"他又想："不多顾问内外事务，像孩子一般天真烂漫，原也是可爱的，然而叫人不能放心。"可知他看不起三公主。至于柏木参议[1]，无暇考虑三公主的种种缺点。他只觉得：此次无意之中能从帘隙隐约窥见面影，定是年来宿愿可得成遂之兆，心中不胜欣喜，便越发恋慕三公主了。

源氏谈起旧事来，对柏木说道："你家太政大臣年轻时候，无论何事都要和我争个胜负。就中只有蹴鞠一事，我总赶不上他。此种微末之事，想来不须家传，然而你家确有这种优良传统。像你这种好本领，我从来不曾见过呢！"柏木微笑着答道："我家家风，都不讲究真才实学，只在这种方面保持传统，将来子孙定然一无所成吧。"源氏说："哪里的话！无论何事，但凡超群出众的，都有传世的价值。你们的蹴鞠技术也可记录在家传里，后人看了一定深感兴趣。"他用游戏语调说这话，那姿态神情异常优越。柏木看了，想道："嫁得这样一个美男子，恐怕无论如何也不会把心移向别的男子了。我有何德何能，可使三公主心悦诚服地爱我呢？"便觉自己的身份与三公主相去遥远，不敢高攀。他带着满怀幽恨，退出六条院去。

夕雾与柏木同车，一路上相与谈话。夕雾对柏木言道："近来寂寞无聊，不如到六条院来玩玩，可以散心解闷。父亲说过：'最好拣个像今天那样的闲暇日子，趁春花尚未散落之时到这里来玩。'月内哪一天，你可

---

〔1〕 柏木是卫门督兼参议。

带了小弓来此,同时还可观赏春花呢。"他与柏木约期。两人在归途中谈天说地。柏木一心想谈三公主之事,便对夕雾说道:"听说你家六条院父亲一直住在紫夫人那里。他对这位夫人的宠爱真是特殊的了！但不知三公主做何感想。她一向是朱雀院非常宠爱的掌上明珠,如今孤居寂处,太委屈了,真可怜啊！"他毫无顾忌地说。夕雾答道:"你不要胡说,岂有这等事！紫夫人情形不同,是从小教养大来的,所以特别亲切,不好同别人相比。至于三公主,父亲无论在哪方面都非常重视她呢。"柏木说:"好了好了,免开尊口吧。内情我全都知道了。三公主不是常常在受气么？朱雀院对她的宠爱无以复加,而如今这般委屈,令人真不可解。"便吟诗道:

"莺爱群芳多护惜,
缘何不喜宿樱花？

莺是春天的鸟,而独不爱樱花,真是奇哉怪也！"他自言自语地说。夕雾想道:"这厮胡说八道,可知不怀好意。"便答诗道:

"青鸟深山巢古木,
如何不爱好樱花！〔1〕

你这胡思妄想,岂可随便乱道！"两人都觉得此事麻烦,不便再谈下去,话

〔1〕 前诗以莺比源氏,以群芳比诸夫人,以樱花比三公主;此诗以青鸟比源氏,以深山古木比紫姬。

头就转向别处。不久分手，各自回家。

柏木卫门督现在还独居在父亲邸宅的东厢里。他意欲娶妻，而志望高远，因此至今还是独身。这虽是自作自受，非关别人，但总不免寂寞无聊。然而他很自负，常思自己有此地位与才貌，何患不能成遂夙愿。但自那天傍晚窥见那人面影之后，心情十分颓丧，只管耽于沉思。他总想找个机会，再见那人一面，即使像前次那样隐约窥见也好。照他的身份，行动不会受人注目，只须找个小小借口，例如斋戒礼佛、趋避凶神等事由，便可随意出门。那时自然可以巧觅机缘，接近芳踪。又念那人身居不可想象的深闺之中，我即使但望把刻骨相思之情向她诉说，又有什么办法呢？他心中苦闷万状，便照例写信给那侍女小侍从。信中言道："前日赖有春风引导，幸得瞻仰芳园，窃窥帘底。但不知公主将如何斥我为轻薄之人。惟小生自是晚以来，即患心病，真所谓'不知缘底事，想望到如今'[1]也。"又赠诗云：

"遥望不能折，教人叹息频。

夕阳花色好，恋慕到如今。"

小侍从不知道那天窥帘之事，以为只是寻常求爱的情书。便趁三公主身边侍女稀少之时，将此信呈阅，说道："这个人一直不能忘怀，到现在还写信来，真讨厌啊！但我看到他那刻骨相思之苦，又似觉不忍坐视。如何是好，连我自己也弄不清楚了。"说着笑起来。三公主无心无思地说道："你又来讲讨厌的话了。"便看看那封展开着的信。看到引用古歌的地

---

〔1〕　古歌："一面匆匆见，依稀看不真。不知缘底事，想望到如今。"见《伊势物语》。

方,记得上句是"依稀看不真",就想起了那天小猫揭起帘子的意外之事,脸上便泛红了。她记得源氏每逢适当机会便训诫她说:"你切不可给夕雾大将看见!你年纪还小,难免粗心大意,被他窥见。"因此她想:"如果那天窥见我的是夕雾大将,而被源氏主君知道了,我将如何遭受谴责!"而被柏木窥见,她倒满不在乎。她心中只知道惧怕源氏,真乃幼稚之见!小侍从看见她今天特别郁闷,无心答复,觉得扫兴,未便强要她写回信,便偷偷地代她写了一封。信中言道:"前日闯入园中,实乃荒唐之举,罪不可恕。来信引用'一面匆匆见'之诗,不知所指何事?岂别有用意乎?"笔致非常流畅,又答诗云:

"托迹青峰上,山樱不可攀。
何须空恋慕,不必再多言。

眼见得是徒劳无益的了。"

第三十四回(下)　新　菜　续[1]

　　且说柏木看了小侍从的回信,觉得道理固然不错,然而言语太冷酷了。他想:"不行! 她用寻常敷衍的话来搪塞,教我如何肯罢休呢! 我总想不用侍女传言,当面与公主谈谈,即使一句话也好。"于是对于他所一向敬爱的源氏,不免发生了厌恶之念。

　　三月底,六条院内赛射,许多人前来参与。柏木心绪恶劣,意气消沉,但念到恋人所居之处来看看花,亦可聊以慰情,便也来出席。禁中赛射,原定于二月内举行,后来延期了。三月又是薄云皇后忌月,不宜举行,因此大家引为遗憾。他们闻得六条院有此盛会,便照例一齐前来参与。左大将髭黑和右大将夕雾,是源氏的子婿,当然都到。其次如中将、少将等,也都前来竞赛。原定比赛小弓,但出席者之中有好几个优秀的步弓[2]能手,便把这些人唤出来,叫他们比赛步弓。殿上人之中长于此道者,也分列两旁,参与赛射。日色渐渐向暮。今日乃春尽之日,暮霭沉沉,晚风纷乱,诸人皆有"久立花阴不忍归"[3]之感,相与传杯进酒,俱各酩酊大醉。

---

　　〔1〕　本回紧接前回,从源氏四十一岁三月开始记事,但从四十二岁至四十五岁这四年间没有记载。以后又记载了从四十六岁至四十七岁十二月之事。

　　〔2〕　步弓是骑射用的,比小弓力强。

　　〔3〕　古歌:"可怜今日春光尽,久立花阴不忍归。"见《古今和歌集》。

有人说道:"承蒙诸位夫人送来这许多华丽的奖品,美意诚可感谢!单教百步穿柳叶[1]的能手欣然享受,未免太杀风景了。本领差些的人应该也都来参与竞赛。"于是大将及以下的人都走下庭中去。柏木卫门督神情特异,只管耽于沉思。夕雾大将约略知道他的心事,看了他那异乎寻常的气色,深恐做出怪事来,连自己也忧心忡忡了。他和柏木非常要好。在诸亲戚之中,这两人特别心心相印,恳切关怀。所以柏木略有失意,或者心中有所忧虑,夕雾便真心地寄与同情。柏木自己觉得:每逢看见了源氏,必然心中恐怖,眼睛抬不起来。他想:"我岂敢怀有不良之心!即使区区小事,凡可受人指责的胡乱行为,我都不敢做,何况这种荒唐之事!"他懊恼之极,又想:"那只小猫总得让我捉了去。虽然不能和它谈心,也可慰我孤眠之苦。"便疯狂一般设法偷猫。然而这件事也很不容易办到。

柏木便去访问他的妹妹弘徽殿女御,想同她谈谈,借以解闷。这位女御用心十分谨慎,态度异常严肃,不肯和他当面会晤。柏木想道:"我是她嫡亲哥哥,她尚且要避嫌疑,如此看来,像三公主那样漫不经心,抛头露面,真有些儿奇怪。"他虽然也能注意到这一点,但因痴心迷恋其人,并不嫌她轻薄。

他辞了女御,又去访问皇太子。他想皇太子是三公主的嫡亲哥哥,相貌一定有些肖似,便对他注意观察。皇太子的容颜虽然并不艳丽,但因身份尊贵,气色毕竟与众不同,高尚而又优雅。宫中的猫生了许多小猫,分配在各处宫室中,皇太子也分得一只。柏木看见这只小猫走来走去,样子非常可爱,便想起了三公主那只小猫,对皇太子说道:"六条院三

---

〔1〕《史记·周本纪》中说:"楚有养由基,善射者也,去柳叶百步射之,百发而百中之。"

公主那里有一只小猫,其相貌之漂亮,从来不曾见过,真可爱啊! 我曾约略窥见一面呢。"皇太子原是特别喜欢猫的,便向他仔细探询那只猫的情状。柏木答道:"那只猫是中国产,样子和我们这里的不同。同样是猫,然而这猫性情温良,对人特别亲昵,真是怪可爱的!"花言巧语,说得皇太子起了欲得之心。

皇太子把柏木的话听在心里,后来便央桐壶女御[1]去向三公主索取,三公主立刻把那小猫送了过来。皇太子身边的侍女看了,人人赞叹,都说这只猫漂亮极了! 柏木卫门督前日察看皇太子神色,预料他是要去向三公主索取的,便在几天之后又来访问。柏木从儿童时代起,就受朱雀院特别怜爱,常常在他身边侍候。朱雀院入山修道以后,他又来亲近这位皇太子,处处用心照料。这一天他来访问,以教琴为借口,乘便问道:"这里猫真多啊,我在六条院窥见的是哪一只呢?"他四处寻找,终于看到了那只中国猫。他很爱这只猫,便去抚摸它。皇太子说道:"这只猫的确很可爱。大概还没有养驯,所以见了没看惯的人就怕生。我这里的猫并不比它坏呢。"柏木答道:"猫这种东西,大都不大会辨别陌生人和熟人。不过聪明的猫,当然也很灵敏。"后来他就要求:"这里既然有许多好猫,请把这只猫暂时借给我吧。"他自己心中也觉得这要求太冒昧了。

柏木把这只猫讨回家去,夜间叫它睡在身旁,天一亮就起来照管它,不惜辛苦,悉心抚养。这猫性情虽然不亲近人,也终于被他养驯了,动辄跑过来牵他的衣裾,或者躺在他身边和他戏耍。柏木就真心地疼爱它。有一次他烦闷之极,将身横卧在窗前席上,沉思默想。这小猫便走过来,向他"咪咪"地叫,那叫声实甚可爱。柏木伸手抚摸它,说道:"这坏东西,

---

〔1〕　即皇太子妃明石女御。

来催我眠了。"脸上便显出笑容。即兴吟道：

> "欲慰相思苦，见猫如见人。
> 缘何向我叫，岂是我知音？

难道这猫也与我有宿世因缘么？"他望着猫的脸对它说，那猫叫得更亲呢了。柏木便把它抱在怀里，茫然若失地耽入沉思。侍女们看到这光景，相与诧怪道："这只新来的猫，少爷疼爱得好厉害啊！他向来对这些东西是看都不要看的呢。"皇太子要把猫讨回，但他只管不还，一直把它关在家里，当作话伴。

　　且说左大将髭黑的夫人玉鬘，对于太政大臣家诸公子，即她的异母兄弟柏木等，不甚亲近，而对于右大将夕雾，反而亲近，同从前住在六条院时一样。这玉鬘富有才气，且又和蔼可亲。她每次和夕雾见面，总是热诚招待，毫无疏远之色。夕雾也觉得异母妹淑景舍女御[1]不易接近，态度过分冷淡，反不如玉鬘之和蔼可亲。因此夕雾与玉鬘保持一种既非手足、又非恋人的特殊爱情，两人互相亲善。而髭黑大将现在已和前妻式部卿亲王的女儿完全断绝关系，对玉鬘的宠爱也无以复加。惟玉鬘所生两个孩子，都是男的，家中没有女儿，未免寂寞，因此想把前妻所生女儿真木柱接来，归自己抚养。但真木柱的外祖父式部卿亲王坚决不许，他想："我至少要把这外孙女好好地抚养成人，不使她让人贻笑大方。"对人也常如此说。这位亲王确实声望隆盛。冷泉帝对这位舅父也非常尊重，但凡有所奏请，无不照准，以为不准是对他不起的。这位亲王素来是

---

〔1〕　即明石女御。

个爱好时髦的人,其阔绰仅次于源氏和太政大臣。家里出入的人甚多,世人对他也十分重视。髭黑大将将来可为天下柱石,现在是个候补者。真木柱有那样的外祖父和这样的父亲,其声望岂有不高贵之理!因此远远近近,求婚之人甚多,但式部卿亲王尚未选定。他心中思忖:如果柏木卫门督前来求婚,倒可以允许他。而柏木呢,大概认为真木柱不如小猫吧,全然不曾想到这条路,真乃遗憾之事。真木柱看见自己的生母为人一直怪里怪气,疯头疯脑,全无常人模样,几乎脱离人世,觉得真可痛惜;而对于继母玉鬘的风度,则非常羡慕,很想来依附她。原来真木柱也是个心爱时髦阔绰的人。

　　且说那位萤兵部卿亲王,悼亡后至今尚未续弦,还是鳏居在家。以前曾经追求玉鬘及三公主,均告失败。自己觉得处世没有面子,徒然惹人讥笑。长此孤居独处,岂能甘心情愿!便发心向真木柱求婚。式部卿亲王说道:"这还有什么话可说呢!凡是欲为女子造福,最好是送她入宫,其次是嫁给亲王。今世之人,爱把女儿嫁给有财有势的臣民,自以为得计,实乃下等见识。"便不教萤兵部卿亲王遭受多大困难,一口答应了他。萤兵部卿亲王一点苦头也不曾吃,一拍即合,反而觉得兴味索然。但对方总是声望高贵的人,这边不便中途翻悔,便和真木柱定了情。式部卿亲王非常重视这位外孙女婿。这位亲王有许多女儿,婚事都不称心,受了不少闲气,已成惊弓之鸟。但这外孙女的婚事,他又不能放弃不管。他说:"她的母亲是个神经错乱的人,病势一年重似一年。她的父亲呢,因为她不曾遵命前往依附后母,所以不喜欢她,把她弃置不顾。这女孩真可怜啊!"因此外孙女儿洞房里装饰、布置等事,他都亲自策划照料,万事尽心竭力,实在难为了他。岂知萤兵部卿亲王怀念已故的前妻,心中时刻不忘。他只想娶一个相貌肖似前妻的人为继室。这真木柱相貌原也长得不坏,但他认为并不肖似前妻。大约是心中不满之故,把和真木柱同居当作一件苦事。式部卿亲王大为失望,不胜忧虑。母亲虽然神经病得厉害,但当她清醒之时,也慨叹世事多艰,觉得前途绝望。

　　髭黑大将闻知此事,说道:"果然不出所料! 这萤兵部卿亲王本来是个浮薄男子啊。"他当初就不赞许这门亲事,现在颇感不快。玉鬘尚侍闻知亲近的人遇人不淑,也很懊丧,她想:"假使我当初嫁了这个人,不知源氏主君和太政大臣做何感想。"回想当年之事,觉得甚是可笑,却又可叹。她又想:"当年我并不想嫁给他。只是他的来信缠绵悱恻,一往情深。后来他知道我嫁给了髭黑,也许会指摘我不识风趣。年来每逢想起了这一点,总觉得十分可耻。现在他已经做了我的女婿,说不定会把我的前情告诉我的前房女儿,倒是很可担心的。"玉鬘也很关怀真木柱,她装作不知道真木柱夫妻间的情况,常常叫真木柱的两个兄弟向这一对新夫妇问好。因此萤兵部卿亲王也可怜真木柱,不忍和她离异。只是式部卿亲王的夫人,是个爱唠叨的女人,始终不满意于这个新外孙女婿,常常咒骂。她愤愤不平地说:"嫁给亲王,不能像入宫那样享受荣华富贵,那么至少也须得到丈夫专心怜爱,安乐度日,方可聊以慰情呀!"这些话传达到了萤兵部卿亲王耳中,他想:"如此骂我,可真希奇。从前我的爱妻在世之时,我也常常寻花问柳,逢场作戏,却并不曾听到她如此严厉的骂声。"他心情不快,越发恋念从前的夫人了,便日日独自笼闭在自己家里,忧愁度日。说说容易,不觉过了两年。此种生涯,渐渐过惯,这对夫妻至今还只是保持不即不离的关系。

　　光阴荏苒,岁月空过,冷泉帝在位已有一十八年。他近年来心里常想,口上常说:"我没有亲生的皇子可以嗣位,不免寂寥之感。况且人生如梦,世事无常,我很想辞去皇位,放心地和亲爱的人叙叙,做做私人所心爱的事,逍遥自在地度送岁月才好。"最近他生了一场重病,便突然地让位。世人都很惋惜,说道:"主上春秋鼎盛,怎么就让位了?"但皇太子已经长大成人[1],便即了帝位。天下政治并无多大变更。

太政大臣上表致仕,退隐在家。他对人说:"鉴于人世无常,至尊皇帝尚且要让位,何况我此衰老之身,挂冠有何足惜!"髭黑左大将升任了右大臣,执行天下政令。承香殿女御等不到儿子即帝位,先已逝世。现在追封为太后,然而犹如空花泡影,无补于事了。六条院的明石女御所生大皇子,现在立为皇太子。此事早在意料之中,现在成为事实,自然更加庆喜,令人心驰目眩。夕雾右大将升任大纳言,顺次晋爵,又兼任了左大将。夕雾和髭黑的交情便更见亲睦了。源氏为了冷泉帝让位后没有亲生皇子嗣位,心中颇感不满。新皇太子原也是源氏血统;然而,冷泉帝在位期间虽然平安过去,未被揭发那件秘密的罪行,而宿命注定不能子孙世袭皇位,终是遗憾,不免扫兴。但此事不可告人,只在胸中纳闷。幸而明石女御生了许多皇子,新帝对她宠爱无比。源氏皇族血统的人累代当皇后,世人都引为缺憾[2]。冷泉院的秋好皇后并未生皇子,源氏强把她立为皇后。秋好皇后想起了源氏拔擢之恩,感谢之心与日俱增。

冷泉院当了上皇之后,果如他所预期,自由自在,出入无所拘束。让位之后,心情愉快,生涯确是幸福。新帝即位之后,常常挂念他的妹妹三公主。世人也普遍地尊敬这位公主。只是她不能胜过紫夫人的威势。

---

〔1〕 皇太子此时二十岁,是朱雀院的儿子,髭黑之妹承香殿女御所生。太子妃是明石女御。

〔2〕 当时历代皇后都是藤原氏一族的人,故云。但皇族赐姓时,大都赐姓源氏,故此处将皇族概称为源氏。

紫夫人与源氏的恩爱,与日俱增,两人之间绝无不快之事,也无一点隔阂。但紫夫人对源氏说:"我现在不想再过这种烦杂的生涯了,但愿闲居静处,悉心修道。活到这年龄[1],世间悲欢荣辱,均已阅尽。请你体谅我心,许我出家。"她常常恳切要求。源氏总是答道:"你这想法全没道理,也太无情了。我自己早就深望出家,但念你独留在世间,何等孤寂。且我出家之后,你的生涯势必变样。为此放心不下,迁延至今尚未实行。且待我此志成遂之后,你再作打算可也。"他屡次阻止她。明石女御孝顺紫夫人,全同对生身母亲一样。明石夫人则在暗中照顾女御,态度谦逊,这反而使她前程稳固,生涯幸福。女御的外祖母老尼姑庆喜之余,动辄忍不住流泪。眼泪不知不觉地落下,她竟把两眼揩得通红。这正是长命幸福的一个好例。

　　且说源氏想替明石道人向住吉明神还愿,同时明石女御所许下的愿,也须到住吉去还,他就打开道人所送来的那只箱子,但见愿文中许着许多大愿,例如每年春秋演奏神乐,祈愿子孙世代必定繁昌。非有源氏的威势,办不到这大规模的还愿,明石道人显然是预料到的。这些愿文写得笔致非常流畅,才气横溢,而措辞谨严,显然句句可以感动神佛。遁迹深山、专心修道的人,对世俗之事能如此考虑周到,源氏觉得深可怜悯,而又觉得不合身份。料想是个古代圣僧,为了宿世因缘,暂时下凡入世。他仔细寻思,越发觉得这明石道人不可忽视了。

　　此次赴住吉还愿,对外不提起明石道人之意,但言源氏自己要去朝拜。从前流亡须磨、明石诸浦时所许的愿,早已还清。遇赦还都之后,又得在世长生,享受种种荣华,神佛呵护之恩不可忘记。因此偕紫夫人同

────────────

〔1〕　此时紫姬三十八岁。

往,这消息便轰动一时。源氏为欲避免打扰臣民,万事力求简省。但因身居准太上天皇之位,排场自然异常盛大。大员之中,除左右二大臣之外,其余全部参与。舞人从卫府次官中选用,相貌个个俊美,身材一律等高。不能入选之人,引以为耻,有几个爱出风头的人竟不胜悲伤。乐人则从石清水、贺茂等临时祭所用的人中选择才能特别优越者,组成一班。又外加二人,都是近卫府中大名鼎鼎的能手。神乐方面,也选用许多人员。新皇帝、皇太子、冷泉院,都派殿上人前来,分别为源氏服务。多不胜数的高官贵族的马鞍、马副、随从、近侍童子等,都装饰得绚丽灿烂,其美无比。

明石女御与紫夫人共乘一车。第二辆车子乃明石夫人所乘,尼姑老太太偷偷地跟了上去。女御的乳母[1]知悉内情,所以也乘在这车中。供给诸女眷的侍女用的车子,紫夫人五辆,明石女御五辆,明石夫人三辆,都装饰得华丽眩目,不必细说。源氏说:“反正大家要去,替师姑老太太好好打扮一下,把脸上的皱纹摸摸平,请她一同去吧。”明石夫人曾经劝阻,她说:“此次进香,规模如此盛大,老尼姑夹在里头,很不雅观。如果她能活到大愿成遂[2]之时,再请她参与吧。”但老尼姑一则生怕余命无多,二则很想见识见识,一定要去,明石夫人也就同意了。这老尼姑前世积德,获得善报,比较起命里注定应享荣华富贵的人来,更加幸福,令人艳羡。

此时正是秋后十月中旬,“庙宇墙上葛,……亦已变颜色”[3]。松原

---

〔1〕 此乳母是女御诞生时由京中派赴明石浦的。

〔2〕 大愿成遂,指明石女御所生皇太子即帝位。

〔3〕 古歌:“庙宇墙上葛,虽然仗神力,不敢抗秋气,亦已变颜色。”见《古今和歌集》。

下的树木上早有红叶,可知这里不是"但闻风吹声,始知秋已及"〔1〕的地方。大规模的高丽乐和唐乐,倒不及听惯的东游乐来得亲切可爱,乐声与风浪之声相呼应。与高树上的松涛声相竞争的笛声,异于他处所闻,嘹亮之音沁人心肺。这笛声与琴声相和合,不用太鼓加强拍子,故无喧嚣嘈杂之音,而有幽雅闲静之感。在这风景佳处演奏,音节特别优美。舞人衣上用蓝绿色印成的竹节纹样,与松叶的绿色相混淆。诸人冠上装饰着的各种插头花,与秋花相掩映,难于分辨。形形色色,缤纷灿烂,令人目眩。东游乐奏完《求子》曲之后,王侯贵族中年轻之人,都把官袍卸到肩下,走下庭中舞场里来。他们卸下朴素的黑袍,突然露出暗红色或淡紫色的衬袍襟袖和深红色的衣袂来。正当此时,天上降下一阵微雨,四周景物稍稍滋润。令人忘记了这地方是松原,而误认为散下了满地红叶。他们的舞姿非常悦目。头上高高地插着雪白的荻花枯枝,略舞一会,立即隐去。姿态美丽之极,教人越看越不餍足。

　　源氏回想起了旧日之事,觉得昔年谪居远浦时凄惨之状,历历如在目前,而无人可与共话当时之事。他便惦记那位现已致仕的太政大臣〔2〕。感慨之余,吟成一诗,走到后面去送交老尼姑所乘的车子中。诗曰:

　　　　"谁人省得当年事,
　　　　　共向寺前问老松?"

---

〔1〕　古歌:"常磐山上木,树叶不变色。但闻风吹声,始知秋已及。"见《古今和歌集》。
〔2〕　此人即葵姬之兄,曾赴须磨浦探望源氏者。

这诗写在便条上。老尼姑看了伤心之极。她眼看见今日这盛况,回思当年在明石浦上送别源氏公子时情状,以及女御诞生时模样,觉得自己三生有幸,感激不尽!而想起了遁世入山的明石道人,又觉十分挂念,心中无限悲伤!但今日不宜说出不吉之言,故答诗云:

> "老尼今日方深信,
> 　住吉江边出贵人。"

答诗不宜太迟,故只是率书所感而已。她又自言自语地吟道:

> "欣看住吉神奇迹,
> 　猛忆当年落魄时。"

诸人通宵歌舞,直到天明。二十日的月亮清光普照,海面一白无际。霜华甚重,松原变成了白色。眺望一切景物,但觉寒气彻骨,平添了优美与岑寂之感。

　　紫夫人一向闭居深宫,四时佳节,朝夕都有游宴佳兴,早已耳熏目染了。但出门游山玩水,却是少有机会。何况此次离去京都,远游他乡,更是她从来未曾经历之事,因此深感兴味,不胜欣喜。此时她即兴吟诗云:

> "深夜江松霜满顶,
> 　却疑神赐木绵鬘。"[1]

---

〔1〕 "木绵"是一种供神用的楮皮纤维。"鬘鬘"是蔓草的饰发物。

她想起了小野篁朝臣咏"比良山上木绵白……"〔1〕之诗时的雪晨景象，觉得今夜的严霜正是神明容受源氏主君供养的证验，愈加庆喜此行不虚了。明石女御也吟诗云：

> "僧官手持杨桐叶，
> 染遍霜华似木绵。"

紫夫人的侍女中务君也吟道：

> "霜华胜似木绵白，
> 足证神明显圣灵。"

此外吟咏甚多，不可胜数。但无可观，不须尽述。大凡此等时节所咏诗歌，即使是长于此道的男子，亦不能有佳作。除了"千岁松"之类的文句以外，不会另有新颖之词，无非陈腔滥调而已。

　　天色朦胧向晓，霜华愈来愈重。奏神乐的人饮酒过醉，奏得本末颠倒。不知自己满面通红，只顾贪看美景。庭燎已经熄灭，他们还是挥舞着杨桐枝，高唱"千春千春，万岁万岁……"，为源氏祝福。源氏子孙之繁昌，可保无疑了。乐事层出不穷，永无餍足之时。大家希望"千宵并作一宵长"〔2〕，却不道转瞬天色已明。诸青年像回波一般争先退去，心中不

────────────

　　〔1〕　小野篁诗云："比良山上木绵白，足证神心已受容。"但据藤原清辅的《袋草纸》中所载，此诗乃菅原时文所作。不知孰是。

　　〔2〕　古歌："但愿清秋夜未央，千宵并作一宵长。不曾说尽胸中事，窗外金鸡报晓忙。"见《伊势物语》。

免痛惜。松原上排列着长长的一队车辆。晓风扬起帘脚,露出女眷的衣裙来,好似常绿树底下开出了烂漫的春花。各车辆的伺候人员,按照各主人身份而穿着各种颜色的袍子,拿着精美的盘子,分别请车中主人进膳。下级人员都注目观看,不胜艳羡。呈送给老尼姑的是素食,盛在一只嫩沉香木盘子里,上面覆着青宝蓝色帕子。观者私下议论,都说:"真荣耀啊!这女人定是前世积德的吧!"来时带着无数供养品,一路上途为之塞。但归时负担轻松了,一路上可以逍遥自在地游山玩水。但此等琐屑之事,无须一一赘述。老尼姑与明石夫人想起了离居荒山、不闻不见的明石道人,觉得只此一事深可遗憾。但念这老和尚如果也来参与这盛会,则又不很雅观。惟世人都以老尼姑为范例,认为当今之世,志气应该高远。到处盛称老尼姑的幸福,世间就多了一个典故:凡称道幸福之人,必曰"明石尼姑"。现已致仕的太政大臣家的小姐近江君,打双六时口中必高呼"明石尼姑,明石尼姑!"借以求赢。

且说出家为僧的朱雀院,专心修行佛道,朝廷政治概不闻问。只在春秋二季今上行幸省亲之时,也还谈谈昔年旧事。就中关于三公主,他至今还不能放心。他让源氏做她的正式的保护人,而教今上暗中照拂这皇妹。于是朝廷晋封三公主为二品,封户也增加不少,三公主的威势便更加显赫了。紫夫人看见这几年来三公主的声望在各方面都日渐提高,常常想道:"我身单靠源氏主君一人的宠爱,始得不落人后。将来年纪老矣,这宠爱终当衰减。不如在未到此时以前,自己发心出家吧。"但恐源氏当她赌气,因此并不爽快说出。源氏看见主上也关心三公主,觉得不可怠慢了她,此后在她那里住宿的日子增多,三公主便与紫夫人平分秋色了。紫夫人认为这也是理之当然,但私心未免不安,觉得果然不出所料。然而表面上装作若无其事。她把明石女御所生长女,即皇太子以次的那个大公主,领到自己身边,用心抚育她。和这女孩作伴,可以慰藉孤眠之夜的寂寥。明石女御所生子女,她个个都很疼爱。花散里夫人看见紫夫人有这许多孙儿,不胜艳羡,也把夕雾大将与惟光的女儿典侍所生的女儿[1]迎了过来,抚养在身边。这女孩长得非常可爱,而且聪明伶俐,与年龄似不相称,因此源氏也很疼爱她。源氏子女稀少,而第三代繁昌,各处孙儿甚多。现在他就靠抚育孙儿,以慰寂寥。髭黑右大臣常来探望,比以前更加亲近了。他的夫人玉鬘现已变成少妇,大约因为她这义父已不像从前那样贪色了,故每逢适当机会,也常来六条院问候,与紫夫人会面,彼此十分亲睦。只有三公主,虽然年已二十,还同儿时一样天真烂漫。源氏现在已将明石女御委托皇上照顾,自己就专心一意地照顾这三公主,像幼女一般疼爱她。

　　朱雀院寄信与三公主,说道:"近来颇有所感,似觉大限将临,思之不胜黯然。我于现世之事,早已无所留恋,但望与汝再见一面。如不可得,我将抱恨长终。不须铺张,微行来此可也。"源氏闻之,对三公主言道:"正应当如此才好。即使上皇不言,你也应该先意承旨。如今劳他盼待,其实对他不起。"于是三公主决心前往探望朱雀院。然而无缘无故,贸然去访,似乎不成体统。源氏便考虑访问的借口。忽然想起,明年朱雀院五十岁,可以办些斋菜,前往贺寿。便准备种种僧装,计划素斋食品。出家之人,凡事与俗人不同,故须特别设计,仔细考虑。朱雀院在俗之时,对音乐深感兴趣。故舞人与乐人,必须用心选择,全用技术优越之人。髭黑右大臣有两个儿子,夕雾左大将有云居雁所生二子及典侍所生一子,共三人,此外另有满七岁的几个小孩,这些孩子都当了殿上童。萤兵

―――――――――

　　〔1〕　指夕雾与藤典侍所生三女公子。

部卿亲王家尚未行冠礼的王孙、所有适当的亲王家的子孙,以及其他人家的儿童,都被选用。凡上殿的童子,相貌都很俊俏。在各种舞蹈之中选取特别优美的舞姿,种类不计其数。这是规模宏大的盛会,故入选之人大家用心练习。有关此道的专门乐师及精通技术的人,都忙于教练,无有暇晷。

三公主自幼学弹七弦琴,但她很小就离家于归六条院,朱雀院不知她现在学得如何了,很是挂念。他对左右说道:"公主归宁时,我想叫她弹七弦琴给我听呢。她在那边,这琴定然学得很好了吧。"这话传入宫中,皇上听到了,说道:"是啊,她一定学得特别好了。她在父皇面前献技时,我也想去听听呢。"这话又传入源氏耳中,他说:"近几年来,每逢适当机会,我总教她弹琴。她的技术确已进步得多了。然而还不曾学会值得欣赏的精深手法。如果毫无准备前去参见上皇,而上皇命她弹奏、不许推却时,她难免困窘吧。"他替三公主担心,从此时起,便悉心教练。

他先教她调子特殊的乐曲二三首,然后再教富有趣味的大曲。凡四季变调的手法、适应气候寒暖的调弦法[1]等种种重要的技术,无不详细教授。三公主起初颇感困难,后来渐渐体会,终于弹得很纯熟了。白昼众人出入频繁,要从容返复地教授"由"和"按"[2]的弹法,很不安心,便改在夜间教授,可以专心一志地体会真髓。这期间他就向紫夫人乞假,朝朝夜夜在这里教琴。明石女御和紫夫人,以前都不曾向源氏学过七弦琴。明石女御听说父亲此时正在弹奏从来不曾听到过的名曲,很想前来听赏。皇上一向不大肯给女御请假,此次好容易允准她暂时归宁,她就

---

〔1〕 春用角,夏用徵,秋用商,冬用羽。寒用律,暖用吕。
〔2〕 "由"是摇弦,"按"是捺弦。

专诚回六条院听琴。这位女御已经生下两个皇子,现在又已怀胎五月了。十一月是宫中祭祀之期,她就以孕妇不宜参与祭祀为借口而归宁。十一月过后,皇上就催她回宫。但明石女御有此机会夜夜听赏音乐,对三公主不胜欣羡。她怪怨父亲:为什么不教我弹琴呢!源氏与众不同,最喜爱冬夜的月亮,便在明月照积雪的清光中弹奏符合季节的琴曲。又在侍女中选择略解此道的人,叫她们各尽所长,联合演奏。此时已近岁暮,紫夫人十分忙碌,各处种种事务,都必须由她亲自调度。她常常说:"到了春天,拣个闲静的傍晚,我总要听一听三公主的琴。"不久过了年关。

朱雀院五十寿辰,首先是皇上庆祝,规模盛大之极。源氏不便和皇上并比,把日子稍稍延迟,定在二月中旬。乐人和舞人便天天前来演习,络绎不绝。源氏对三公主说:"紫夫人常想听你弹琴。我想定个日子,叫你和这里弹筝弹琵琶的女眷合奏,开一个女乐大会。我看当代音乐名手,修养都不及六条院诸女眷的精深呢。我在音乐上算不得专家,但自幼关心此道,总希望在任何方面没有不懂得的事。因此世间所有音乐名师,以及高贵之家承继名手祖传的人,我全都请教过。然而其中真个精深博雅使我叹佩的人,实在不曾见过。而现今的青年,大都油腔滑调,比我们一代的人浅薄得多。况且七弦琴这乐器,听说现今已无人学习。学到像你那样程度的人,实在很难得了。"三公主天真烂漫地微笑,她听见源氏如此赞扬她,心中不胜欢喜。她今年已经二十一二岁了,然而还同未成年一样,一派稚气。身材瘦小,但容貌十分秀美。源氏随时随地教导她:"你多年不见父亲了。此次前往参见,须要小心在意,让他看见你长大成人,心中欢喜。"众侍女相与告道:"对啊!若非大人如此悉心管教,她那孩子脾气就更加不能隐藏了呢。"

正月二十日左右,天色晴朗,风和日暖。庭前梅花渐渐盛开,其他春花亦皆含苞,四周春云迷离谖骥。源氏言道:"出了正月,便须准备祝寿,大家都要忙了。到那时举行琴筝合奏,外人将误认为试演,便多麻烦。不如就在此时悄悄地举行吧。"便邀请明石女御、紫夫人、明石夫人等都到三公主的正殿里来。众侍女都想听琴,大家希望跟主人同行。结果和三公主疏远的人都不得去,只选年龄稍长而品性良好的人同去。紫夫人随带四个相貌漂亮的女童,身穿红色外衣、白面红里汗衫、淡紫色绵织衬衣,外面缀着凸花模样的裙子、红色练绸单衫,举止态度都很文雅。明石女御的房间里,新年里装饰得辉煌灿烂,众侍女也互相争艳,打扮得花枝招展,华丽无比。女童穿的是青色外衣、暗红色汗衫,外缀中国绫绸裙子,中间又加棣棠色中国绫罗衬衣,个个一模一样。明石夫人的女童打扮并不十分阔绰,穿红面紫里衬袍者二人,穿白面红里衬袍者二人,外衣则四人都是青磁色的,衬衣或深紫色或淡紫色,都用研光花绸,鲜丽无比。三公主闻得许多人将会集于此,便用心把几个女童打扮得特别漂亮。穿的是深青色外衣、白面绿里汗衫和淡紫色衬衣。这服饰并不特别华丽或珍贵,然而大体上气派堂皇高雅,无可比拟。

厢房中间的纸隔扇尽行撤去,各处但用帷屏遮隔。中央设置源氏主君座位。今日为琴筝作伴奏的笛,令男童吹奏。髭黑右大臣家三公子——即玉鬘所生长子——吹笙,夕雾左大将家大公子吹横笛,都坐在廊下。室内铺着茵褥,放着各种弦乐器。家中秘藏的各种琴,都装在华丽的藏青色袋内,此时全部取出。明石夫人弹琵琶,紫夫人弹和琴,明石女御弹筝。三公主并不擅长此种大型的琴,源氏体会她的心情,便把她平日惯用的七弦琴调整,交与她弹。他说:"筝的弦线并非常常会松弛,只因和别的乐器合奏时,琴柱的位置容易变动,所以必须预先顾到,张得紧些。女子腕力较弱,不宜张弦,还是叫夕雾大将来张吧。这班吹笛的人,还都是孩子,能否合拍,很不可靠呢。"便笑着派人去召唤夕雾:"请大将到这儿来!"许多妇女怕难为情,心情紧张起来。除明石夫人以外,其余都是源氏的入室弟子,因此他也很担心,希望她们都弹得好,使夕雾听了无可非难。他想:"女御在皇上面前,惯于和其他乐器合奏,大可放心。只是紫夫人的和琴,弦线虽然不多,而弹法无有定规,女子奏此乐器,往往会张皇失措。合奏之时,别的弦乐器全都协调,这和琴会不会变调呢?"他替紫夫人担心。

夕雾大将觉得今日之行,比参与御前大规模试演更加严肃,神色十分紧张。他身穿一件色彩鲜艳的常礼服,内外衣裳都熏了浓烈的衣香,衣袖更加香得厉害。来到三公主正殿前时,天色已黑。黄昏清幽可爱。梅花洁白无瑕,仿佛正在恋慕去年的残雪,疏影横斜,纷纷乱开。微风拂拂,把梅花之香和帘内飘来的美妙不可言喻的衣香吹成一气,竟可"诱导黄莺早日来"[1]。宫殿四周充满了氤氲佳气。源氏把筝的一端拉出帘外来[2],对夕雾说道:"莫怪我唐突啊!你替我把这筝的弦线调整一下。我不好把疏远的人叫到这里来,所以只得叫你了。"夕雾必恭必敬地拿过筝来,态度谨慎小心,从容不迫。他把基音调整为壹越调[3]之后,并不试弹乐曲,表示谦虚。源氏说道:"弦线既然调整了,总得试奏一曲,否则太没风趣呢。"夕雾装腔作势地答道:"儿子本事低微,不敢在今天这音乐会上班门弄斧。"源氏笑道:"这也说得是。不过外间传说你不得参加女乐演奏,因而逃跑了,倒是名誉攸关啊!"夕雾便重整弦线,试弹了美妙的

---

〔1〕　古歌:"梅花香逐东风去,诱导黄莺早日来。"见《古今和歌集》。

〔2〕　夕雾男子,不得入内,住在帘外。

〔3〕　壹越调是十二律的第一音,即宫音,犹如 C 调。

一曲,然后把筝奉还。源氏的几个孙子都作值宿打扮,非常可爱。他们吹笛伴奏弦乐,虽然还有稚气,却也非常美妙,显然是前程远大的。

各种琴的弦线都调整好之后,合奏就开始了。诸琴各有所长,而其中明石夫人的琵琶尤为美妙纯熟,手法高古,音色清澄,非常富有趣味。夕雾倾耳而听紫夫人的和琴,觉得爪音亲切可爱,反拨之音也异常新颖悦耳。其繁华热闹,并不亚于以此为正业的专家的大规模表演。想不到和琴也有这等美妙的弹法,夕雾不胜惊叹。这是紫夫人长年用功练习的优良成绩,源氏以前替她担忧,此刻便放心了。他觉得这位紫夫人真是不可多得的人才。明石女御所弹的筝,须在别的乐器休止的隙间不知不觉地透露出音节来,听来也很娇艳美妙。三公主弹七弦琴,虽然还未十分纯熟,但因正在用功练习,所以并无差错,颇能与其他乐器合拍。夕雾听了,觉得三公主的七弦琴也大有进步。他便按着拍子,唱起歌来。源氏也时时拍着扇子,同他唱和。他的嗓子比从前更加美妙了,只是略微宏大,添得了一种威严堂皇之感。夕雾也是嗓子非常优美的人。夜渐渐静起来,这音乐夜会美不可言。

此时月出较迟,便命各处点起灯笼,使火光明暗适度。源氏向三公主窥看,但见她比别人娇小可爱,似觉只看见衣裳。此人缺乏艳丽之相,只觉高贵秀美,好比二月中旬的新柳,略展鹅黄,而柔弱不胜莺飞[1]。她身穿一件白面红里的常礼服,头发从左右两旁挂向前面,很像青青的柳丝。这正是高贵无比的公主模样。明石女御容姿与三公主一样优雅,而艳丽之相较多。举止端详,气品高贵,好比盛开的藤花,当夏日群花零落之后,独自在晨光中开颜发艳。但她现正怀孕,腹部显然膨胀。演奏

---

〔1〕 根据白居易《杨柳枝》诗:"白雪花繁空拂地,绿丝枝弱不胜莺。"

之后颇感困顿,把筝推向一旁,一手靠在矮几上了。她的身材矮小纤弱,而矮几是普通大小的,因此她的手臂必须提高,样子很不舒服。源氏便想替她特制一个较小的矮几,可见对她关怀无微不至。她身穿红面紫里的外衣,头发长长地挂下去,十分清整,灯光之下的姿态美丽绝伦。紫夫人穿的大约是淡紫色的外衣、深色的礼服和淡胭脂色的无襟服,头发异常浓密,柔顺地堆压在肩背上,和身材大小恰好相称,但觉全身十分匀称美满。若要用花来比方,可说是春天的樱花,然而比樱花更加优美,这容颜实在是特殊的。明石夫人夹在这些高贵的妇人中,想必会相形见绌,但事实并不如此。她的举止态度非常优雅,令人看了觉得自惭。气度之悠闲与容貌之妖媚,不可言喻。身穿柳绿色织锦的无襟服、近似淡绿的礼服,外面拴着轻罗围裙,借以表示谦逊〔1〕。然而人皆对她怀着好感,绝无轻侮之意。她偏斜地坐在一条青色高丽锦镶边的茵褥上,一手扶着琵琶,另一手以美妙的姿势拿着拨子,其神情之优雅,令人觉得"此时无声胜有声"〔2〕。看到这人,好像闻到五月橘连花带实的折枝的香气。各位夫人斯文一脉地坐在帘内,夕雾大将在帘外听到她们的动静,并隐约窥见人影,不免心驰神往。他想象紫夫人年龄既长,一定比从前朔风那天朝晨窥见的模样更加美丽了,便觉心痒难搔。又想:"三公主和我的宿缘若得更深些,我早就可将她占为己有。只恨我当时缺乏勇气,实甚可惜。朱雀院不是屡次当面向我示意,并且背后也常提起我么?"他觉得后悔莫及。然而并非看见三公主态度无拘无束而想侮辱她。他对三公主并不十分动心。只是对于紫夫人,觉得在任何方面说来,都高不可攀,因

---

〔1〕　围裙是伺候人穿的。
〔2〕　见白居易《琵琶行》。

此多年以来一直无法接近她。他想："至少总得设法使她知道我对她的好意。"为此烦闷悲叹。但他决不怀有狂妄越礼之心，态度总是谨慎小心的。

夜色渐深，冷风侵肌，十九夜的月亮才从云间出现。源氏对夕雾言道："月色朦胧的春夜，真教人徒唤奈何啊！然而秋夜也很可爱，像今天这种音乐演奏，如果与秋虫之声相应和，定然更多清趣，似觉音乐之声更加美妙了。"夕雾答道："秋夜月色清光皎洁，洞烛万物，琴笛之音亦分外清澄。然而夜色过分明亮，有如人工造作，使人分心注目于种种秋花秋草、白露清霜，不能凝神听乐，亦是一大缺憾。春夜云霞弥漫天空，露出朦胧淡月，照着笙管合奏，其音节之清艳，实在无以复加！古人说女子爱春天〔1〕，良有以也。故欲求音乐之调和美满，莫如于春日夕暮演奏。"源氏说："否否，欲评春秋之优劣，谈何容易！从古以来，此事难于判定。末世人心浅薄，岂能贸然作出结论！惟音乐的曲调，向来春天的吕调为先，秋天的律调为次〔2〕，果然自有其道理。"后来又说："只有一事真不可解：现今大名鼎鼎的音乐专家，常常在御前演奏，但杰出之人日渐稀少。自命为老前辈的名手，毕竟学得多少本领呢？教他们参与在这些并非专家的妇女中演奏，怕不见得特别优异吧。不过我自己年来离群索居，或许耳朵有些变乖了，真乃遗憾之事。说也奇怪，在这六条院里，无论学问或雕虫小技，一学即会的聪明人很多呢。御前奏乐时被选为第一流名手的人，和这里的妇人们比较起来，孰优孰劣呢？"夕雾说："儿子也想谈论此事，只因自己缺乏修养，不敢信口雌黄。世人恐怕是不曾听见过古代音

---

〔1〕　毛诗注："女感阳气春思男，男感阴气秋思女。"
〔2〕　日本催马乐，春天用吕调，秋天用律调。

乐之故吧,都把柏木卫门督的和琴和萤兵部卿亲王的琵琶视为现今最优越的实例。他们的技艺固然高明无比,但今宵听到的音乐,实在可与匹敌,足使听者惊叹。也许是由于早先认为今宵只是小规模试演,不加重视,因而感到吃惊,亦未可知。如此妙乐,儿子的歌声其实不配参与。讲到和琴,只有前太政大臣能够随心所欲地即景奏出美妙的曲调,确是特别优越的。然而一般演奏,大都无甚特色。惟今晚所听到的,实在异常美妙啊!"他如此赞扬紫夫人。源氏说:"这并没有什么了不起。只是你夸奖罢了!"他心中得意,脸上露出笑容,接着说道:"老实说,我所教出来的徒弟,个个都不坏呢。只有明石夫人的琵琶,是她家传,我没有帮助她。然而她到了这里之后,这乐器的音色似乎与前不同了。那年我遭意外之变,流寓远浦,最初听到她的琵琶时,便觉异常美妙。但现在又比那时高明得多了。"他强要把明石夫人的琵琶归功于自己,众侍女暗中好笑,互相以肘示意。

　　源氏又说:"无论何种学问,用心钻研起来,便可知道任何才艺都无止境。能够永不自满,锐意进取,实乃难得之事。老实说,精通博学之人,在今世几同凤毛麟角。能够正确地学得某种学问之一端,其人就此满足了。惟七弦琴一道,学理非常奥妙,不可草率染指。昔时精通古法之人,操起琴来,可以动天地,泣鬼神。种种音调,各有妙用:或能转悲伤为喜悦;或能变贫贱为富贵,而获得财宝。世间可信之事例甚多。在我国,此琴尚未传入之前,曾有深通音乐之人,多年远客他邦,奋不顾身,潜心学习,尚且难于学成[1]。实因此琴又能当面使日月星辰移动,使盛夏

　　〔1〕《空穗物语》中说:藤原俊荫随遣唐使来中国学琴,未能学成。后又历尽艰辛,赴波斯国,向仙人学琴,始尽得其法,归去传授与日本人。

降霜飞雪,使风云雷霆轰动大地,古昔之世,确有其例。琴之为物,如此灵妙无极,故能全般学得之人,实甚少有。都因末世人心不古,故能传承当时妙法之一端者,亦甚难得。但亦另有原因:大约由于此乐器自古能使鬼神倾听而感动,故学得似通非通之人,生涯往往不幸。此后便有人厌恶此乐器,倡言'弹琴者遭殃'。世人为免烦恼,大都不肯学习,因此今世几乎无人能传此道,真乃大可惋惜之事!试问除琴以外,有何乐器可作调整音律之标准?当然,在此万事日渐衰微之世间,独自树立大志,抛却妻子,远访中国、高丽等异域,固将被世人视为狂徒。然而不必如此,但望学得精通此道之由绪,有何不可!要精通一调,尚且有无穷困难,何况调子甚多,高深之乐曲不计其数。故我当年专心学琴之时,曾广泛收罗日本固有及外国传来之乐谱,悉心钻研。后来无师可从,犹自热心学习。然而还是赶不上古人。何况自今以后,我又无有可传之子孙,思之不胜怅惘。"夕雾听了这话,深感惋惜,又觉可耻。源氏又说:"明石女御所生皇子之中,倘有乐才符我所望的人成长起来,而此时我尚长生在世,我必将我之技法多少传授与他。看来二皇子将来是富有音乐才能的。"二皇子的外祖母明石夫人听了这话,觉得自己面目光彩,流下欢喜的眼泪来。

　　明石女御把筝让与紫夫人,将身子靠在席上休息了。紫夫人便把和琴让与源氏,重新合奏,态度比初次随意不拘。奏的是催马乐《葛城》[1],音节华丽悦耳。源氏反复歌唱,其声婉转悠扬,美好无比。月亮渐次高升,梅花香色俱增,好一片牵惹人心的夜景啊!以前明石女御弹

---

　　〔1〕　催马乐《葛城》全文:"闻道葛城寺,位在丰浦境。寺前西角上,有个梗叶井。白玉沉井中,水底深深隐。此玉倘出世,国荣家富盛。"见《续日本纪》。

筝时,爪音优美可爱,又含有她母亲的古风,"由"音弹得很微妙,而又非常清澄。现在紫夫人弹筝,又另有一种手法,从容不迫,婉转悠扬,似有一种魔力,能使闻者心驰神往。"临"〔1〕的手法也弹得比女御更有趣致。从吕调移到律调之后,诸乐器都变了调子。律调的合奏非常娇媚华丽。三公主弹七弦琴,五个调子〔2〕弹出种种手法。其中最要当心的第五、六两弦的拨法,奏得非常巧妙。她的琴技全无稚气,已经十分成熟,能应用适合春秋万物的曲调而随机应变地作种种表现。她能确守源氏所教导的精神支配法。因此源氏非常赞许她,并且觉得自己教导有方,十分得意。几位小公子在廊下用心吹笛,吹得很好,源氏疼爱他们,说道:"你们想睡了么? 今夜的音乐会,本想略奏片刻,不要延长时间,但因各个乐器各有其美,一经上手,欲罢不能。我的耳朵又不灵敏,不能辨别孰高孰下,犹豫不决,以致延至夜深,实在很不应该。"便赐酒一杯与吹笙的小公子,即玉鬘所生长子,又在自己身上脱下一件衣裳来奖赏他。紫夫人也把一件织锦的童衫和一条裙子赏给吹横笛的小公子,即夕雾的大儿子,但这并非正式赏赐,只是点景而已。三公主赐夕雾大将一杯酒,又赠自己所穿女装一套。源氏笑道:"不行不行! 应该先孝敬老师才对! 我好懊恼啊!"三公主座旁的帷屏背后便送出一支笛来,奉呈源氏主君。源氏笑着接受了。这是一支非常精美的高丽笛,源氏拿起来试吹一下。此时大家正在退出,夕雾听见笛声,便站住了,从儿子手中取过横笛来,吹出一支美妙的乐曲,非常动听。源氏看见这些人个个本领高强,都能承受他的师传,便觉自己的才艺实在不易多得。

〔1〕 "临"是筝的手法之一。
〔2〕 琴有五个调子:搔手、片垂、水宇瓶、苍海波、雁鸣。

夕雾大将用自己的车子载着儿子们,在明澄的月光之下回家。在归途上,耳中仿佛还听到紫夫人的异常优美的筝声,觉得深可恋慕。他自己的夫人云居雁也曾从已故的外祖母学琴,然而尚未学成,就离开外祖母,迁居舅舅家里,不能继续学习。结婚之后,在丈夫面前怕难为情,绝不弹奏。只是对于无论何事,都很温厚周谨。后来连生二子,忙于抚育,便无余暇。因此一向缺乏风雅之趣。然而善于嫉妒,其娇嗔之色,却也妩媚可爱。

当夜源氏宿紫夫人房中。紫夫人却留在三公主处,和她谈话,直到破晓才回房来。两人睡到日高方始起身。源氏对紫夫人说:"三公主的琴弹得很好了呢!你看如何?"紫夫人答道:"以前我在她那里,听她弹过一次,觉得还有可议。现在确已弹得很好了。这样专心一意地教导,怎么会不好呢!"源氏说:"的确如此。差不多天天把住了手教的。我真是个热心的老师呢。这件事非常复杂,又很麻烦,要花许多时间,所以我从来不曾教人。可是此次朱雀院和皇上都说:'多少总得把七弦琴教教她。'我听了觉得很抱歉。我想:此事虽然麻烦,但他们把三公主托付我保护,这一点事情我总得效劳。因此便发心教她。"接着又说:"从前你年纪还小,我抚育你的时候,我公务烦忙,少有空闲,不能从容不迫、专心一志地教导你。近几年来,不知怎的又是人事栗六,蹉跎岁月。我不曾好好教你,而你昨夜弹得非常出色,使我面目增光。那时夕雾倾耳而听,惊叹不已。我真是如意称心,欢喜无量啊!"

紫夫人一方面是个风雅女子,一方面近来又当了祖母,照顾孙子,无微不至。无论何事,都办得十全其美,无可指摘,真是个世间难得的完人。因此源氏担起心来,他想:"尽善尽美的人,往往寿命不长,世间确有其例。"他竟有些害怕。他看见过各种各样的女子,但觉得像紫夫人那样众善兼备的人,实在无有其类。紫夫人今年三十七岁[1]。源氏回想多年来和她相处之情,不胜感慨,便对她说:"今年应比往年特别审慎地举行消灾延寿的祈祷。我经常事绪纷忙,不免疏忽遗忘,还望你自己用心留意。举行隆重的法会时,你尽管嘱我办理。你的舅父北山僧都故世了,实甚可惜! 平日有事要举行祈祷时,他是最可信赖的一位高僧。"接着又说:"我从小与众不同,生长深宫,养尊处优。今日身居高位,坐享荣华,也是古来少有其类的。然而我所遭受的痛苦,也比别人更多,也是世无其类的。首先是疼爱我之人,相继亡故。到了残生的晚年,又遭逢许多伤心惨目之事。想起了那些荒唐无聊的行为,心中异常烦恼。种种违心之事,时刻纠缠我身,直至今日不休。如今我想:我能活到四十七岁,恐是此种痛苦换来的代价吧。至于你呢,我觉得除我流放时别离之苦而外,别无忧伤烦恼之事。即使身为皇后,身份高贵之极,亦必有忧思之事,其次的人自然更多痛苦。例如女御、更衣等高等宫人,交际应酬,处处劳神,与人争宠,烦恼不绝,都是不得安逸的。你跟了我,好比在父母保护之下的深闺内长大起来一样,这等安逸是别人所盼不到的。即此一端,便见得你的命运比别人好,你知道么? 中间意外地来了这个三公主,固然不免使你感到几分痛苦。然而正因此事,我对你的爱情更加深了。惟恐这是你自己的事,所以你不易看出,亦未可知。然而你是深明事理的人,定能了解我的真心吧。"

紫夫人答道:"在旁人看来,固然如你所说,我这微不足道之身,享受了过分的幸福。谁知我心中一向怀着难于堪忍的痛苦呢。为此我自己

---

[1] 时人相信女子三十七岁是灾厄之年。但紫姬此时实际是三十九岁,恐是作者记错?

常向神佛祈祷。"脉脉含情,似乎还有许多话要说的样子。后来又说:"老实对你说吧:我自己觉得余命已经不多,今年倘再因循过去,将来后悔莫及。我早就立下誓愿,务请你允许我出家吧。"源氏说:"此事千万不可!你遁入空门,把我抛弃在世间,我还有什么生趣呢?你我共处,虽然只是度送平凡的岁月,然而朝夕相对,心心相印,正是莫大的乐趣。还望你详察我对你特别怜爱的真心。"每次要求,他总是阻止,紫夫人心绪怏怏,流下泪来。源氏看看她的模样,觉得非常可怜,便百般安慰她。后来对她说道:"我所看到的女子并不多,然据我所见,虽然各人姿色各有优点,并非全无可取,但熟悉之后,便会相信真正性情稳重、态度安详的人,实在不易多得。譬如夕雾的母亲,是我年轻时候最初相逢的女子,出身于高贵之家,与我有结发之缘。然而我和她的感情始终不洽,两心疏远隔膜,直到她死为止。今日思之,不胜愧悔。我回想当时情状,自心觉得不仅是我一人的罪过。此人态度庄重严肃,这原不能说是缺陷。只是全无亲昵之趣,终日一本正经,可说是个过分规矩的女子。照理推想,此人十分可靠;但对面相处,只觉沉闷难堪。再举一人:秋好皇后的母亲,品貌与众不同。欲求情趣丰富、姿态艳雅的范例,则首先想起此人。然而脾气古怪,难于亲近。女子心中偶有怨恨,原是合乎情理之事,但她长记在心,固执不忘,以致怨恨越来越深,真乃痛苦之事!和她相处,须得时时留意,谨慎小心。倘欲彼此无所顾忌、朝夕相亲,似乎颇有不便之处。如果对她开诚解怀,深恐被她看轻;过分谨慎小心,结果遂成疏隔。她流传了不贞的罪名,遭受了轻薄的讥评,常常悲叹懊恼,原是怪可怜的。我想起了她的一生,痛感自己罪无可逭。为了赎罪,我便竭力照顾她的女儿。虽说这女儿自有身为皇后的宿命,但毕竟还靠我不顾世人讥评,不怕朋辈妒恨,鼎力提拔,方得成功。她在九泉之下,也应恕我无罪了。在现今,在往昔,我都由于放荡不羁,做下了许多教别人受苦、使自己后悔的事。"他略微谈谈这两个故人的事。随后又说:"皇上的女御的那个保护人[1],出身并不高贵。起初我小看她,认为无足轻重。岂知此人修养功夫极深,心不见底。表面上低声下气,百依百从,而心中秘藏着高远的见识,令人不知不觉地赞叹呢。"紫夫人说:"别的人我不曾见过,不得而知。这位明石夫人呢,虽然不很熟识,却是常常见面的。我看她的模样,觉得实在可佩,心中赞叹不已。像我这种心直口快的人,不知她看了做何感想,我很担心呢。好在女御深知我心,总会向她解说的吧。"紫夫人本来非常嫌恶明石夫人,很疏远她,现在却如此赞许她,和她亲近。源氏知道这全是由于她真心疼爱女御之故。他十分感谢她的好意,对她说道:"你虽然心中不能没有蕴藏,但你善于因人因事而运用亲疏两种态度。我阅人多矣,却从来不曾见过像你这样能干的人。你真是个特殊人物。"他说时面露笑容。后来又说:"此次三公主的琴弹得很好,我该去称赞她几句。"便在傍晚时分走到三公主那里去了。三公主丝毫没有想到世间有妒忌她的人,全同小孩一般,专心学习弹琴。源氏对她说道:"今天放假,让我休息吧。学生应该体恤老师。这几天教你弹琴,真辛苦呢! 现在可以放心了。"便把琴推开,解衣就寝。

　　每逢源氏宿在别处的日子,紫夫人总是深夜不眠,和众侍女读小说,讲故事。就寝后她想:"这种描写种种世态的小说故事中,有浮薄男子、好色者,以及爱上了二心男子的女人,记述着他们的种种情节。但结果每个女子总是归附一个男子,生活遂得安定。只有我的境遇奇怪,一直是沉浮飘荡,不得安宁。固如源氏主君所说,我的命运比别人幸福。然

―――――――――――

〔1〕 指明石夫人。

而,难道叫我终身怀抱了人所难堪的忧愁苦闷而死去么?啊,太乏味了!"她左思右想,直到夜深方才睡着。破晓醒来,觉得胸中难过。众侍女着了急,都说:"快去通报大人!"紫夫人拦阻道:"不可去通报!"便忍着痛苦,直到天明。此时身体发烧,心地异常恶劣。但是源氏还不归来,无法使他知道。恰好明石女御派人送封信来,侍女们便回复他说:"夫人今晨忽然患病了。"明石女御得复,吃了一惊,便派人去报知源氏。源氏闻讯,心如刀割,急忙回家,但见紫夫人病得非常痛苦。便问:"你现在觉得怎么样?"同时伸手摸她身体,觉得热度甚高。他回想起昨天所说消灾延寿祈祷之事,心中异常惊恐。侍女们把源氏的早粥送进房间里来,但他看也不看一眼。这一天他整日在房中看护,调度一切,愁眉不展。

紫夫人连果物也不想吃,躺在床上不能起身,一连过了几天。源氏用尽心力,设法救治。他叫无数寺院举办祈祷,召唤僧人前来诵经念咒。紫夫人所患的,不能明显指出是什么病,但觉非常难过,胸中时时乱跳,心神烦恼,不堪其苦。做了无数佛事,一点也不曾见效。无论何等重病,总须渐见好转,方可令人放心。如今全不见效,源氏自然异常忧愁悲伤,无暇考虑他事,连朱雀院祝寿的筹备也停顿了。朱雀院闻知紫夫人病势沉重,屡次遣使前来慰问,非常殷勤。紫夫人的病毫无变化,直到二月尽头。源氏不堪其忧,试行迁地为良之计,将病人迁至二条院静养。六条院内全院骚动,许多人忧愁叹息。冷泉院闻此消息,也很担心。夕雾大将想道:"这人倘死了,父亲必然出家为僧,以遂宿愿。"便尽心为病人效劳。祈祷诵经等事,原定的自不必说,夕雾自己又添办数堂。紫夫人神志稍清时,总是恨恨地说:"不允许我出家,我好苦啊!"但源氏觉得:眼看见她自动出家而作尼僧打扮,比大限来到而和她永诀更加可惜可悲,竟是片刻也不堪能忍的。便对紫夫人说:"早先我自己也曾矢志出家遁世,但恐留下你孤苦一人,不堪寂寞,故尔迁延至今,因循度日。如今你反倒要舍我而先去呀。"他嘴里虽如此说,但见紫夫人的病体确是衰弱得少有复健的希望,好几次濒于危险状态。因此源氏疑惑不决:是否应该允许她出家呢?三公主那里几乎不曾再去。对弹琴已全无兴趣,那张琴搁置一旁。六条院内的人,都集中在二条院。六条院内晚间灯火也很少有,住在里面的只有几个女人。可见这里是全靠紫夫人一人而繁荣的。

明石女御也迁住二条院,与源氏共同看护紫夫人。紫夫人对她说道:"你身上有孕,我这里恐有鬼怪,于你不利,你快快回宫去吧。"她看见幼小的公主长得美丽可爱,不觉泪如雨下,说道:"我不能看见她长大了!她将来也记不起我了吧。"女御听了也很伤心,眼泪流个不住。源氏说道:"不要有这种不祥的想法! 你的病虽然重,但是决无危险。人生穷通天寿,都是由心决定的。心胸宽大的人,幸福亦随之而增多;心境狭隘的人,即使有缘身登高位,生涯也不得丰裕。性情急躁的人,往往寿命不长;心神旷达的人,长寿之例甚多。"便向神佛祷告,说明紫夫人性情何等温良,在世并无罪孽,乞赐早日痊愈。执行祈祷的阿阇梨、守夜僧人,以及一切准许近侍的高僧,闻知源氏如此忧惧惶惑,大家深感同情,祈祷更加诚恳了。紫夫人有时病情略见好转,但五六日之后又重起来。缠绵病榻,几经日月,一直不肯痊愈。源氏觉得这病状不妙,难道真个没有希望了? 心中十分悲伤。生怕有鬼怪作祟,然而并无明显迹象。病苦究竟何在? 却也说不出来,只见病体日复一日地衰弱下去。因此源氏更觉悲伤不堪,心情片刻也没有安宁的时候了。

话分两头,且说柏木卫门督现已兼任中纳言,圣眷优厚,变了个红人。他虽然官位晋升,但对三公主的恋爱终于失败,心中不胜悲伤。结果娶得了三公主的姐姐二公主,即落叶公主。落叶公主是身份低微的更衣所生，因此柏木对她怀有几分轻蔑之心。落叶公主的品貌，与一般人比较起来，其实优越得多。然而柏木的心总是怀念最初的恋人三公主。他觉得落叶公主好比"不能慰我情"的"姨舍山"的月亮[1]，因此对待她很冷淡，但求表面好看而已。他心底里始终不忘记三公主。从前替他传言送信的侍女小侍从，是三公主的乳母侍从的女儿。这乳母的姐姐是柏木的乳母。因有这关系，柏木早就详悉三公主的种种情况。例如她从小长得如何漂亮，朱雀院如何宠爱她，他都知道。这便是他刻骨相思的起因。柏木推想：此时源氏陪紫夫人住在二条院，六条院里人很少了。便邀小侍从到家里来，和她恳切商谈："我自昔年以来，对三公主就想念得要命。全靠有你这个好人儿传达，我能知道公主种种情况，公主也能知道我相思之苦。我以为事在必成，想不到终于落空，真教我伤心之极啊！有人报告朱雀院说：'源氏家里有许多夫人，三公主屈居人下，夜夜抱影独眠，不胜寂寥之苦。'朱雀院听了这话，也有些儿后悔，曾经说道：'既然要在臣下中选择可靠的女婿，应该选个能够真心照顾公主的人。'又有人告诉我：朱雀院曾说二公主嫁了我反而安稳，可保终身幸福。我很同情三公主，常常替她惋惜，心中好不悲伤啊！照理说来，姐妹两人同是公主，其实却完全是另一回事。"说着连声叹息。小侍从答道："啊呀，真是无法无天啊！娶得了二公主，还说是另一回事，又想三公主。你的欲壑真是无底洞啊！"柏木笑道："做人总是这样的呀！我从前冒昧向三公主求婚，朱雀院和今上都知道。而且朱雀院有一次曾经说过：'有什么不好呢？就许了他吧。'哎呀，那时你倘能多出点力，事情就成功了。"小侍从

---

〔1〕　古歌："更科姨舍山，月色太凄清。望月增忧思，不能慰我情。"见《古今和歌集》。姨舍山在信浓国更科郡。

答道:"这件事实在困难。人生在世,主要是靠所谓前世宿缘的呀! 源氏主君自己开口、恳切要求的时候,你难道有资格站出来和他竞争么? 现在你固然已经升官晋爵,袍色也变成深紫〔1〕了,可是当时……"柏木毫无办法,觉得对于这个能言善辩的小侍从,再没有话可说了。但终于言道:"好了好了,过去的事,不必重提了吧! 不过,现在机会难得,你总得想个法子,让我近得她身,把我的心事略微诉说一点吧。至于分外之事,——好,你且看吧,——的确很可怕,我决不会动这念头。"小侍从说:"除诉说之外,岂可更有分外之事? 你真是存心不良啊! 我今天后悔到这里来了。"她严词拒绝。柏木说:"哎呀,这话好难听啊! 你看得太认真了。世间男女因缘原是变化莫测的。即使是女御或皇后,亦难免有此种事情,例子不是没有的。何况三公主境遇如此! 照理想来,尊荣幸福无有比伦,岂知内心痛苦甚多。朱雀院于许多公主之中,特别钟爱这三公主。如今教她与许多身份低微的妇人为伍,她心中定多愤懑。内情我都知道呢。世事原是变化无常的,你不要固执己见,讲这些不通权变的话!"小侍从答道:"照你说来,难道公主为了不肯屈居人下,可以改嫁一个更好的人么? 她和源氏主君的关系,与世间普通夫妻不同。只因公主没有适当的保护人,与其叫她无依无靠地住在家里,不如把她让与源氏主君,请他代父母保护她。这一点他们两人也互相会意。你不可信口侮蔑人家呀!"她终于生起气来。柏木便用种种好话安慰她。后来说道:"老实说,我也早就想到:公主看惯了源氏主君那样优美无比的风姿,决不会赏识我这个微贱之人的丑陋相貌。但我所指望的,只是隔着屏帏向她说一句心中的话,这总不会使公主有所损害吧。对神佛诉说心事,也

---

〔1〕 官爵三位者,穿深紫色袍。

是无罪的呀!"他就向她郑重宣誓,保证不做非礼之行。小侍从起初认为此事不成体统,拒绝他的要求。但青年人毕竟意志薄弱,看见他如此苦苦哀求,觉得不忍坚拒,便对他说:"要有适当机会,才可替你设法。不过,大臣不在家的晚上,公主帐外总有许多人伺候,座旁亦必有亲信侍女陪伴,要找机会实在是很不容易的。"

自此以后,柏木天天向小侍从催问有否机会。小侍从不胜其烦,终于替他找到了一个机会,来向他通报。柏木大喜,连忙改装易服,悄悄地混进六条院来。柏木自己也知道此事实在很不应该,所以他做梦也不曾想到:接近之后会引起越轨行为,反而增添日后的烦恼。他只是为了七年前那个春天的傍晚从帘底隐约窥见了三公主的衣襟之后,心头永远浮现着她的芳姿,常觉不能餍足,总想稍稍接近,以便细看一看,并把心事向她诉说,也许可以得到她一句答语,对他表示可怜。

这是四月初十过后的事。明日即将举行贺茂被禊,三公主派了十二个侍女去帮助斋院办事。其余身份不甚高贵的青年侍女及女童,都用尽心计缝制衣衫,调度妆饰,准备前去观礼。各人都忙着自己的事,三公主室内静悄悄的,这正是人目最少的时候。公主的贴身侍女按察君,因为与她常相往来的情夫源中将定要叫她去,她也出门去了。此时公主身边只有小侍从一人。小侍从觉得这是好机会,便放柏木进来,叫他坐在公主寝台东面的座位上。其实何必如此过分殷勤呢!公主正在无心无思地睡觉,蒙眬中觉得有个男人在近旁,还道是源氏主君回来了。忽然这男人恭恭谨谨地走近来,把公主从寝台上抱了下来。公主还道是着了梦魔,连忙睁开眼睛一看,原来是个素不相识的男人!这人正在讲些奇离古怪而听不清楚的话。公主讨厌而又害怕,连忙叫唤侍女。然而近旁无人伺候,并没有人听见唤声而走来看视。公主吓得浑身发抖,冷汗像水一般流出,那昏昏沉沉的模样,非常可怜而又可爱。柏木对她说道:"我虽微不足数,但也并非何等不肖之徒。多年以来,不知自量,私心爱慕公主。若将此心笼闭胸中,势必朽腐泯灭。为此不揣冒昧,曾向朱雀上皇泄露。乃蒙上皇垂青,并不斥为不当。私心欢慰,以为好事将成。所可恨者,此身官职低微。爱慕之心虽然深于他人,而乘龙之望终于变为泡影。明知事已如此,一切都成绝望。然而一点痴心,从此深藏胸底。年月积累愈久,愈觉可惜可恨,可贪可恋。思慕之心,越久越深,今已忍无可忍,不得不越礼求见。自知此举荒唐可耻,但决不敢更犯深重之罪。"三公主听他诉说之时,渐渐明白此人原来是柏木。她非常吃惊,又感到恐惧,一句话也回答不出。柏木又说:"你害怕么,原也是难怪的。然而此等事例,世间并非没有。你倘过分冷酷无情,教我怨气难消,深恐反而轻举妄动。至少你总得对我说一句怜惜的话,那么我就心满意足地告辞了。"他诉说了种种苦衷。在事前,柏木预想三公主定然庄重严肃,教人不敢亲近。所以他虽去求见,也只指望略诉衷情,立即退去,不敢妄想色情之事。岂知见面之后,觉得其人并无高不可攀之相,却很驯顺可爱,无限温柔的色相中,含有尊贵的娇艳之感。这正是与常人不同的美点。柏木便失却了自制之心,他竟想带了她逃到天涯海角,自己的官也不要做了,从此双双偕隐,与世长遗。于是身不由主了。

　　暂时蒙眬入睡,柏木做了一梦,梦见他所养驯的那只中国猫,娇声地叫着向他走来。他想,这是他带来送还三公主的,但又寻思为什么要送还她。忽然惊醒,他想:"这梦是什么意思呢?[1]"三公主惊恐万状,似觉这不是现实之事,悲愤填塞胸中,不知如何是好。柏木对她说道:"你须

------

〔1〕　时人相信:梦见走兽,是受孕之兆。

知道:这总是不可逃避的宿世深缘。我自己也不相信这是事实。"便把那天傍晚在三公主不提防之中小猫的绳子掀起帘端之事讲给她听。三公主闻有此事,深悔疏忽,觉得自身命运太苦。她想:"今后有何面目再见源氏主君呢!"便悲伤凄楚地啜泣起来,竟像一个小孩。柏木觉得万分对她不起,也很悲伤,便用自己拭泪的衣袖来替她拭泪,那衣袖越发濡湿了。

　　天色渐明,但柏木依依不忍别去,他觉得反比未相逢以前痛苦了。他对三公主说道:"叫我如何是好呢? 你如此嫌恶我,则再度相逢是无望的了。我但求你对我说一句话。"千言万语,缠绕不休,三公主不胜其烦,痛苦之极,越发不开口了。柏木叹道:"想不到结果如此扫兴! 像你这样固执的人,世间是没有的!"他伤心之极,接着又说:"如此看来,无可奈何了! 照理我可以死了。但我所以舍不得死者,正为了对你尚有这一要求。想起了今宵是最后一面,心中好不悲伤! 至少你得对我说一句怜爱的话,那么我就死而无憾了。"便抱了三公主向外跑。三公主想:"结果要把我怎么样啊?"吓得魂不附体。柏木把角上的屏风推开,看见房门开着,便走出去。他昨夜进来时所经过的走廊南端的门也开着,望见天色微明,还未亮足。他想在天光下约略看看三公主的容颜,便把格子窗推开。用威胁的口吻说道:"你如此冷酷无情,叫我气得发昏了。你应该镇静一下,对我说一声'我爱你'!"三公主觉得这真正岂有此理,想对他说些话,然而浑身发抖,一句话也说不出来,那神情真同小孩一样。

　　天色愈来愈亮,柏木心慌意乱,又对她说道:"我昨夜做了一个可怕的梦,正想讲给你听。但你如此嫌恶我,我也无心讲了。我已悟得这个梦的意义了。"匆匆欲行之人,觉得苍茫的曙色比秋日的天空更加凄凉。便吟诗云:

　　　　"黎明起去迷归路,

　　　　　袖上何来露水多?"

吟时把泪湿的衣袖给三公主看,恨她无情。三公主料想他即将归去了,略觉安心,勉勉强强地答道:

　　　　"但愿前尘如一梦,

　　　　　残躯消失曙光中。"

声音娇嫩悦耳。柏木未能恣情听赏,匆匆出门而去,似觉灵魂儿真个脱离躯壳,留在三公主身边了。

　　柏木并不回到落叶公主房中,却悄悄地走进父亲前太政大臣邸内。他躺下身子,但不能合眼,心中寻思昨夜所做的那个梦,不知是否真有应验。但觉梦中那只猫非常可爱。他想:"我犯下弥天大罪了!今后在世间有何面目见人呢?"他又是恐怖,又是羞耻,不敢出门。此事使三公主伤心,自不必说;柏木自己心中,也觉得十分荒唐。想起了对方是源氏,尤其觉得可怕,竟是无法抵赖的了。假定所触犯的是皇帝的妻子,而事情被发觉了,但因自知罪孽深重,即使身受极刑,亦可死而无憾。如今虽然不致身犯死罪,但被源氏所仇视,实在非常可怕,又非常可耻。

　　世间原有一种女子,身份虽然高贵无比,心中却怀着几分淫荡之念。表面上威风凛凛,大模大样,而内心轻狂浮薄,另是一套。此等人若被男子诱惑,立刻倾心相从,其例不胜枚举。但三公主不是这等人。她虽然不是深明大义的人,然而生性胆小谨慎。如今身逢此事,似觉众目昭彰,尽人皆知,不胜狼狈羞耻之情。因此连明亮的地方也不敢出来,只管独自悲叹,痛惜此身命苦。源氏正为紫夫人的病操心担忧,闻得三公主也不舒服,吃了一惊,不知她所患何疾,立刻回六条院来。但见三公主并无何等明显的病症,只是含羞不语,垂头丧气,连源氏的脸也不看一看。源氏想道:"大约是为了我久不来宿,她心中怨恨。"他觉得很可怜,便把紫夫人的病况说给她听。又对她说道:"照现在的病状看来,她已经是不中用的了。此刻我不好意思对她冷淡。况且她是从小由我抚养大来的,我不得不照顾到底,因此近几月来忙得万事都顾不到。再过几时,你自会看到我的真心。"三公主看见源氏全不知情,心中越发难过,觉得很对他不起,只得偷偷地流泪。

柏木尤其痛苦,心情一天比一天恶劣,没精打采地度日。贺茂祭那天,诸公子争先恐后,前往观礼。他们都来约柏木同行,但柏木心绪不佳,一概拒绝,只管愁眉不展地躺着。他对自己的妻子二公主态度必恭必敬,几乎从来不曾开怀畅叙,常常独宿在自己室中。此时他正百无聊赖地独坐凝思,忽见一个女童拿了一枝贺茂祭时插头的葵草走进来,便独吟道:

> "葵草青青好,神明不许簪。
> 我今随手摘,痛恨罪愆深。"[1]

吟罢,更增悲伤。此时正在举行祭典,门外车水马龙,喧嚣之声不绝。但柏木如同不闻,只管沉浸在自己所造成的痛苦中,寂寞地度送了一天。落叶公主看见他镇日愁眉苦脸,不知所为何事。她但觉可耻又可恼,所

---

〔1〕 以葵草比三公主。

以并不问他,只在心中悲叹。此时众侍女都出去观礼了,室中人影寥寥。落叶公主纳闷之余,取过筝来,弹了一支美妙的乐曲,那神情毕竟十分高雅。但柏木听了筝声,并不感动,他还是在想:"同是公主,我因差了一点,不曾娶得那一位,真乃前世命定。"又吟诗云:

> "同根花共发,香色有妍媸。
> 自恨因缘恶,拾来落叶枝。"[1]

又把这诗随便写在纸上。如此侮辱二公主,真乃太无礼了。

　　且说源氏近来很少到六条院来,所以这次来了不好意思立刻回二条院去,但是心里时时刻刻挂念紫夫人的病。忽然有人来报道:"夫人昏死过去了!"源氏一闻此言,万事都顾不得,但觉心头一团漆黑,连忙赶回二条院去。他一路上心慌意乱,来到二条院附近,但见大路上的人也都惊惶骚扰。殿内传出一片哭声。他觉得这光景很不祥,就茫茫然地走进殿内,众侍女告诉他说:"这几天病状已经略见好转,想不到今天忽然变得这样了!"所有的侍女都哭着要追随夫人同去,骚乱之状不可言喻。祈祷坛已经拆毁,僧众正在纷纷退出,只有几个亲信的和尚还不曾走。源氏见此光景,心知已到最后关头,悲伤之情无可比拟。他说:"虽然已经昏死过去,定是鬼魂作祟,你们不要只管号哭!"他叫众人镇静下来,便向神佛宣立宏誓大愿。又把一切道行高深的法师召集拢来,叫他们再作祈祷。僧众向神佛告道:"即使命定阳寿已尽,亦请暂时宽缓。不动尊曾有

---

[1]　以落叶枝比二公主。二公主称为落叶公主,根据此诗。

誓约，至少也得延迟六月〔1〕。"诸位法师振作精神，诚心祈祷，头上好像冒出黑烟〔2〕。源氏心情缭乱，想道："总得再见一面才好。如此匆匆瞑目，使我不能送死，真乃抱恨终天了！"他悲恸之极，愤不欲生。旁人睹此情景，伤心可想而知。

　　想是源氏的悲恸之心感动了神佛之故：有一个向未出现过的鬼魂，忽然移附在一个幼年女童身上，她大声叫骂起来，紫夫人便渐渐地苏醒。源氏一则以喜，一则以惧，但觉心乱如麻。鬼魂被祈祷的法力抑制着，借女童之口叫道："别的人都走开，只留源氏一人听我说话！我数月来受法力压制，不胜其苦。愤恨之极，今天索性显点手段，借此使你知道。但我看见你悲伤得不顾身命，颇觉可怜。我身虽已变为可耻之鬼魂，然而并未忘记生前对你的旧情，故尔前来探望。我见你如此痛苦，不能视若无睹，终于向你显灵说话。我本来是不想教你知道是我的。"那女童哭时额发频频荡动，姿态全同昔年附在葵姬身上的鬼魂一样〔3〕。源氏分明记得那时所见可恶可怕之状，此次重见，觉得毫无变更，真乃不祥之兆。便扯扯女童的手，教她知道不得放肆，对她说道："我不相信你真是那人的灵魂。定是恶劣的狐狸冒名顶替，企图宣扬亡人的隐事。快把你的真姓名说出来！还得说些别人所不知而我一人分明记得的旧事。如果你说得出，才能使我有几分相信。"那鬼魂号啕大哭，泪如雨下，带泣带叫地吟道：

---

　　〔1〕　不动尊是密宗佛教的主要菩萨。《不动尊立印仪轨》中说："又，正报尽者，能延六月住。"

　　〔2〕　不动尊菩萨作愤怒相，头上似乎冒出黑烟。

　　〔3〕　二十五年前，源氏二十二岁时，葵姬被六条妃子的生魂附体，终于死亡。事见第九回"葵姬"。

　　"我身成异物,君是昔时君。

　　何故明知我,佯装陌路人?

我好恨呀,我好恨呀!"女童吟时那种扭扭捏捏的神气,竟与六条妃子无异。源氏相信之后,反而觉得讨厌,懊恼之极,但愿她不再开口。岂知那鬼魂又说话了:"你提拔我的女儿,让她当了皇后,我在九泉之下,也很欢喜感谢。然而幽明异道,我对子女之事,其实不甚关心。只是我自己心头之恨,犹自执着,未能忘怀。就中更有最可痛恨之事:我在世时被人贬斥,受人蔑视,犹可忍也;而在我死之后,你们两人还要在唧唧私语之时对我恶口讥评,这才真可痛恨了!须知对于已死之人,总要处处原谅,听见别人说他坏话,尚且应该替他辩解,替他隐讳呢!我心久怀此恨,今已忍无可忍;身既成为恶鬼,只得显灵作祟。我对此人并无深仇宿怨。但因你身常有神佛大力守护,似觉离我甚远,使我无法接近,连你的声音也仅能隐约听到,所以只得向她发泄。罢了罢了!现在我但望你替我多做佛事,使我减轻罪孽。你叫僧众大声祈祷、诵经,在我觉得火焰缠身,痛苦不堪。我听不到慈悲的梵音,真正伤心啊!我还要请你向皇后传言:在宫中服务,切不可心怀嫉妒,与人争吵。还必须多做功德,借以减轻当斋宫时渎神之罪,否则后悔莫及!"这鬼魂说得滔滔不绝。源氏觉得和鬼魂谈话,不成体统,便使用法力,把鬼魂封闭于室内,悄悄地把病人迁往别室去了。

　　此时紫夫人病故的消息,已经传遍各处。竟有许多人前来吊丧。源氏嫌其不祥,心甚懊恼。今日贺茂祭行列归来,王侯公卿都前往观礼。他们在归途闻知此事,有人即景戏言道:"此事非同小可啊!这样一个荣华盖世的幸福儿死了,真好比太阳失去了光彩,怪不得今天小雨霏霏了。"又有人低声说道:"如此十全无缺的人,必然不能长生。古歌中说得好:'樱花因此冠群芳'[1]也。这个完人如果长生在世,尽情享受人间幸福,别人都要为她受苦呢。自今以后,那位二品公主[2]便可专宠,像从前在父亲身边时一样幸福了。多年来屈居人下,真是难为了她!"

柏木卫门督昨日笼闭在家,闷得慌了,今天看见他的诸弟左大弁、头宰相等乘车前往参观贺茂祭归来的行列,便也上车,坐在车厢里面的座位上。归途中听人传说紫夫人病故,吃了一惊,独自低吟古歌中句:"君看浮世上,何物得长生?"[3]便和诸弟一同到二条院探视。因为消息不确,未便冒失地说来吊丧,所以只当作普通访问。然而一走进门,听见里面哭声震天,似乎确是事实,大家惊慌起来。紫夫人的父亲式部卿亲王也来了,他悲痛不堪地走进室内去,连招待访客也顾不得了。夕雾大将揩着眼泪,从里面走出来。柏木忙问:"怎么样了,怎么样了?外面传说不吉,我们不敢相信。只因听见令堂久患清恙,不胜挂念,所以前来探望。"夕雾答道:"这病实在沉重得很,缠绵了好几个月了。今天早上曾经一度昏死过去,乃是鬼魂作祟。听说好容易活来了。现在大家已经放心,然而今后如何,正未可卜,真正教人担心呢。"看他的模样,的确哭得很厉害,两眼已经有些红肿了。大概是因为柏木自己心中怀着隐情之故,所以以己度人,推想夕雾对于这个并不亲近的继母,何以如此关怀深切,便用疑心的眼光注视他。源氏闻知许多人前来探病,叫人传言:"病势沉重,今晨突然呈现假死之状。众侍女仓皇失措,奔走号哭。我也惶惑不安,心绪缭乱。多蒙亲友关怀,改日再行答谢。"柏木心甚紊乱,若非

[1] 古歌:"定要辞枝留不住,樱花因此冠群芳。"见《古今和歌集》。
[2] 指三公主。
[3] 古歌:"只为易零落,樱花越可珍。君看浮世上,何物得长生?"见《伊势物语》。

为此不得已之事,决不会来此访问。此时看到周围一切景象,都感到惭愧无地,因为他自己心里怀着鬼胎。

紫夫人死而复生之后,源氏更加恐惧不安,便重新举办法事,比以前隆重得多。当年六条妃子在世,其生魂尚且可怕得很,何况现已隔世,变成怪异的鬼魂。源氏仔细想想,实在气愤得很,连照顾秋好皇后的心,一时也懈怠了。推而广之,他觉得女人都是万般罪恶的根源。更进一步,又觉得世间一切都可厌了。那天他和紫夫人两人畅谈心事之时,曾经约略提及六条妃子,并无别人听见,而那鬼魂竟会说得出来。如此看来,这鬼魂确是六条妃子,这便使他更加烦恼了。紫夫人近来一心要祝发为尼,源氏推想佛力可以使她恢复健康,便把她顶上的头发略微剪下少许,教她受了五戒[1]。授戒法师将受戒无量功德在佛前宣读,文词备极庄严。源氏不顾体统,只管傍在紫夫人身边,揩着眼泪,和她一起念佛。观此情状,可知世间无论何等高贵贤明的人,遇到此种患难之事,也是不得安稳的。无论何事,只要是能却病延年的,无不做到。源氏昼夜忧愁悲叹,弄得神思恍惚,面庞也稍稍瘦削了。

到了五月,梅雨连绵,天色阴晦,紫夫人的病犹未痊愈,只是比以前略微好些,但也时时发作。源氏为欲替六条妃子的鬼魂赎罪,每日虔诵法华经一部,以资供养。此外又做种种尊严的法事。连紫夫人枕头近旁,也有特选的声音庄重的法师,昼夜不断地诵经。那鬼魂自从一度显灵之后,又屡次出现,向人诉苦,却总不肯离去。天气渐渐炎热,紫夫人又有几次昏死过去,身体更加衰弱了。源氏的忧愁,笔墨难于形容。紫夫人在濒危之时,也很关怀源氏的痛苦。她想:"我身即使去世,亦已毫

---

〔1〕　五戒是杀、盗、淫、妄、酒,是在家居士受的戒。

无遗憾。只是我夫为我如此苦痛,我倘抛开不管,实在对他不起。"于是努力振作,并且吃些汤药。想是因此之故,六月里病势渐渐好转,有时竟能起坐了。源氏喜不自胜,然而还是担心,防她以后复发,故六条院几乎全然不去。

三公主自从那天遭逢了那件可悲之事以后,近来忽然觉得身体有些异样,心情很不舒畅,但也并无大病。约莫一个月之后,饮食减少,脸色也发青了。柏木不堪相思之苦,常常像做梦一般来赴幽会,三公主不胜痛苦。原来三公主一向惧怕源氏,况且讲到相貌和人品,柏木决不能和源氏相提并论。柏木原也长得眉清目秀,在一般人看来,确是矫矫不群。但三公主自幼看惯源氏那盖世无双的优美容姿,看到柏木只觉得讨厌。如今为这个人受苦,真是前世制定的恶命。乳母等看出了三公主的病由,相与诧怪道:"近来我家大人真正难得回来,怎么会……"她们嘟囔着,反而怪怨源氏冷淡。源氏闻得三公主患病,这才准备回六条院去。

且说紫夫人为了天热,很不快适,叫人把头发洗一下。洗过之后,觉得稍稍舒服了。她是躺着洗的,因此头发干得很慢。虽然不曾好好梳过,但是一丝不乱,光艳可鉴。身体虽然消瘦,肤色反而洁白可爱,仿佛透明似的,容姿之美,世无其类。然而久病初愈,好比刚刚蜕皮的幼虫,还嫩弱得很。二条院多年没有住人,本已略呈荒凉之色,自从夫人来此养病之后,来人稠杂,竟有狭隘之感。源氏直到最近才有余暇注意及此。他眺望院中布置得异常精雅的池塘和花木,觉得心旷神怡,想到:"好容易挨到了今朝!"池塘上非常凉爽,水面开遍荷花,莲叶青青可爱,叶上的露珠像宝玉一般闪闪发光。紫夫人看了,说道:"请看那莲花! 独自在那里乘凉呢。"她长久不曾起来欣赏景色了,今天实甚难得。源氏对她说道:"我看到你病起,还疑心是做梦呢。真危险啊! 我有好几次想和你一

同死了。"说时泪盈于睫。紫夫人也不胜感慨,遂吟诗曰:

> "病愈留得残躯在,
> 只似莲间露未消。"

源氏答道:

> "生生世世长相契,
> 共作莲间玉露珠。"

源氏准备回六条院去探望三公主,而逡巡不前。但他想道:"皇上和朱雀院都关心她,况且我早就闻知她患羔,过去只因眼前这个人病得厉害,我心烦意乱,很久不曾到她那里住宿。现在这里已经云开见日,我岂可再笼闭在这里呢?"便下个决心,赴六条院去了。

　　三公主负疚在心,见了源氏满面羞惭,瑟缩不安,问她话也难得回答。源氏推想:自己长久不曾亲近她,难怪她心怀怨恨。他觉得很可怜,便百般安慰她。他召唤年纪较长的侍女前来,问她们三公主病情如何。侍女答道:"公主患的不是普通的病。"就把怀孕的痛苦情况报告他。源氏说:"真想不到,我到现在这年纪,还会有这等事。"但心中想道:"和我长年同居的人都不曾有喜,公主未必是怀孕吧。"却也并不追问,只觉得三公主病苦之状甚是可怜,对她十分同情。他难得到六条院来,不好意思立刻回去,就在三公主处住了二三天。其间心甚挂念紫夫人的病状,不断写信去探问。不知道三公主过失的侍女私下说道:"一会儿不见,就有这许多话要说,不断地写信了。罢了,我家公主看来不会有出头日子了。"小侍从看见源氏来了,心头忐忑乱跳。柏木闻知源氏回六条院,竟不知自量,反而吃起醋来,写了一封满纸怨恨的信,叫人送来。此时源氏正好到厢屋[1]里去一下,三公主室中无人,小侍从便把信呈上。三公主说道:"你把这种可恶的东西给我看,真讨厌啊!我心里越发难过了!"便躺下身子。小侍从说:"不过,公主请看,这几句附言很可怜呢。"就把信展开在公主面前。此时别的侍女走进来了,小侍从着了慌,连忙把帷屏拉过来遮住公主,自己溜了出去。公主正在狼狈之时,源氏走了进来。公主来不及隐藏信件,便把它塞在坐垫底下。源氏准备今夜回二条院去,此时过来与三公主告别,对她说道:"你的病看来并无大碍。而紫夫人呢,能否痊愈尚不可知。现在我就置之不理,于心不忍,所以还得回去。外间即使有人说我短长,你切不可疑心。不久你自会知道真相。"往时三公主总像小孩一般无拘无束地和他说笑,但今天态度非常阴郁,连源氏的脸也不看一看。源氏只道是恨他薄情,所以态度如此冷淡。

　　两人就在昼间坐起的地方躺下来,相与谈话,不久日色已暮。暂时朦胧入睡,忽然鸣蜩四起,两人都被惊醒。源氏说:"那么,就在天色尚未全黑之时动身吧。"便起来更衣。三公主说道:"岂不闻'且待东升月照归'[2]么?"那娇声娇气的语调,令人闻之心醉。源氏想道:"她想'赚得郎君留片刻'么?"觉得十分可怜,于是欲行又止。三公主赋诗道:

　　　　"日暮闻蜩君欲去,

　　　　　泪珠似露湿蓝襟。"

---

　　〔1〕　紫夫人在六条院时的旧居。
　　〔2〕　古歌:"夜深天黑路崎岖,且待东升月照归。赚得郎君留片刻,灯前着意看英姿。"见《万叶集》。

用孩子般天真的嗓子任情不拘地吟出,亦自娇媚可爱。源氏便坐下来,叹息一声,说道:"呀,行不得也!"便答诗云:

> "日暮鸣蜩急,我心怅惘多。
> 不知待我者,闻此意如何。"

他一时心迷意乱,终于不忍教三公主孤寂,决定留住。然而毕竟心绪不安,神思恍惚,略吃一些果物,便就寝了。

　　他想趁早晨凉爽时候回二条院去,故次日起身甚早。他说:"我那把纸扇,不知昨夜遗落在哪里了。这把丝柏扇扇风不凉。"便放下丝柏扇,走到昨日昼寝的地方去寻找。但见坐垫边上有一处稍稍折皱,下面露出淡绿色晕渲的信笺的一端。源氏随手扯出来一看,见是男子笔迹。纸上熏香甚浓,芳气袭人。书体也特别秀丽,长章大篇,写满两张信笺。源氏仔细一看,无疑地是柏木的手笔。送上梳具镜箱来的侍女,还以为主人在看别人写给他的信,全然不知内情。但小侍从看见了,发觉这信笺的颜色与昨日柏木写来的信一样,吃了一惊,心头怦怦乱跳。她一时忘记了给主人送早粥,私心自慰道:"不会,不会! 不会是那封信。哪里会有这等可怕的事情! 公主一定早已把那信藏过了。"三公主无心无思,还在那里睡觉呢。源氏看了信,想道:"唉! 小孩子真不懂事啊! 这种东西随便乱丢,叫外人看见了怎么得了!"他心里看不起三公主,接着想道:"果然不出所料。此人态度很不稳重,我早知道要出事的。"

　　源氏出门之后,众侍女也都散去。小侍从便走到三公主床前,问道:"昨天那封信哪里去了? 今天早上大人在看一封信,信笺的颜色很像那一封呢。"三公主知道闯祸了,眼泪淌个不住。小侍从看了她那窘状,心里埋怨她太不中用，继续问道："你到底把它放在哪里了？那时有人走进来，我想：人家看见我挨在你身旁谈什么事情，会起疑心。即使是小小一点疑窦，我也提心吊胆，所以我就避去了。后来过了一会，大人才走进来。我总以为在这期间你已经把信藏过了。"三公主说："不是这样的，我正在看信时，他就走进来。我来不及藏过，把它塞进坐垫底下，后来忘记了。"小侍从听了这话，不知所云，连忙走到外室，揭起坐垫来一看，那封信已经不知去向。她回进房来，对三公主说："啊呀，大事不好了！那位也非常忌惮我家大人，即使有一点儿风声走漏到大人耳中，他也觉得可怕，所以一向十分小心谨慎。岂知事隔未久，就闯了这件大祸！归根到底，是你自己疏忽大意，蹴鞠那一天被他从帘底窥见了，使得他多年不能忘怀，而埋怨我不给他牵线。但我万万想不到你们会发生这等关系的。这对你们两人都很不利呢。"她剀切直言，毫无惧惮。大概是因为公主年幼，不须顾虑，向来习惯如此吧。公主默默不答，只管哭泣。她非常忧虑，一点东西也不吃。不知内情的众侍女相与言道："大人眼看见我家公主病得如此，却专心一意地去照顾今已病愈的紫夫人。"

且说源氏觉得这封信很奇怪，乘人不见的时候，拿出来反复观看。他疑心这是三公主身边的侍女模仿柏木笔迹而戏书的。然而信中词藻富丽，有些地方决非他人所能摹拟。信中叙述长年刻骨相思，痛苦不可言喻。一旦夙愿既遂，反而更增烦恼。措词非常高明，令人真心感动。但源氏想道："这种事情，岂可如此明白地形诸笔墨呢！只有柏木这种人才会不识轻重地写在信上。回想自己从前写情书时，深恐落入他人之手，故即使要写此种细情，亦必略去隐事，措词暧昧。如此看来，一个人要能深思远虑，不是容易之事。"便连柏木的智力也看不起了。接着又想："事已如此，教我今后怎样对待这位公主呢？可知她的怀孕，正是此事的结果。哎呀！真正气死我也！这件痛心之事，不是听人传说，却是我亲自看出，难道还能同从前一样地爱护她么？"他扪心自问，觉得无论如何不能回心转意。又想："即使是逢场作戏，对这女子初无爱情，但倘闻知其人另有所欢，亦必发生不快之感与嫌恶之心。何况此人身份特殊，竟有不知自量之人，胆敢相犯！私通皇帝之妻，古昔亦有其例，但这又作别论。因为在宫中，后妃与百官共事一主，其间自有种种机缘互相见面，互相倾心，因而发生暧昧之事，其例不在少数。即使是身份高贵的女御与更衣，亦有在某点上或某方面缺乏教养之人，其中又必有轻狂浮薄的女子，因此也会发生意外之事。而在隐约模糊、不露痕迹的期间，其人照旧可在宫中服务，背人偷做苟且之事。但现在这件事情况不同：她是我家至高无上的夫人，我对待她，比我所心爱的紫夫人更加优厚，更加尊重。她却撇开了我而干这种勾当，真乃从来未有之事。"他对二公主大为不满。继而又想："又如有一女子，虽然是皇帝的妃嫔，但只当一个普通宫人，并不特别承宠，一向屈居人下。这女子和另一男子结了深情重爱，两人心心相印。男的来信，女的免不了常常作答，于是两人的关系自然密切起来。此种行径虽然也很荒唐，但是情犹可原。至于像我这个人，竟会被柏木这小子分去妻子的爱，真乃意想不到之事！"他心中异常不快。然而此事又是不可使外人知道的，只得闷在心里。最后想道："推想桐壶父皇当年，恐怕心里也明明知道我与藤壶母后之事，然而面子上只装作不知。回思当时之事，可怕之极，真是大逆不道的罪恶啊！"他想到了自己的例子，便觉得"恋爱山"[1]里的事情是不可非难的。

---

〔1〕 古歌："有山名恋爱，其深不可测。从来入山者，路迷不得出。"见《古今和歌六帖》。

　　源氏表面上装作若无其事,然而难免露出不快之色。紫夫人以为他怜我久病新愈,所以回来看视,其实真心疼爱三公主,时时在挂念她吧。便对他说道:"我的病已经好了。听说三公主身体还很不适,你这样早就回来,岂不委屈了她?"源氏答道:"是呀,她身体不适,但也并无大病,故我可以放心。皇上屡次遣使来问病,听说今天也有信来呢。朱雀院曾经郑重嘱咐皇上,所以皇上如此关念她。我待她倘略有疏慢,朱雀院和皇上都要挂念,我很对不起他们。"说罢叹息一声。紫夫人说:"皇上挂念,还在其次;公主本人心中怀恨,倒是对她不起的。即使公主自己不怪怨你,亦必有侍女在她面前说你短长。这倒是很可担心的。"源氏说:"实在,对于我所深爱的你,她是一个累赘。你却替她考虑得如此周到,这样那样,连一般侍女们的用心也都关念到。而我呢,只知道顾虑皇上圣心不乐。我对她的爱情太浅薄了。"他微笑着说,借以掩饰他的心事。谈起回六条院的事,源氏屡次说:"我们一同回去,舒舒泰泰地过日子吧。"但紫夫人总是答道:"让我暂时在这里静养吧。你先回去,等公主身体好了,我就迁回。"如此谈谈说说,不觉过了数日。

　　在以前,三公主每逢源氏多日不来,总是怨他薄情。但现在认为这与自己犯了过失有关。她想:"如果被父亲得知,他将何等伤心!"便觉人言可畏。那柏木还是不断地写信来诉苦。小侍从不胜烦恼忧惧,就把信件泄露之事告诉了他。柏木大吃一惊,想道:"这件事是哪一天发生的呢?我一向担忧:日久以后,此事会不会自然而然地泄露出去?因此非常谨慎小心,似觉天空中都有眼睛向我注视。何况现在被他本人看到了真凭实据!"他觉得又羞耻,又抱歉,又痛心。此时正值盛夏,朝夕也不凉爽,他却浑身发冷,一句话也说不出来。他想:"多年以来,不论国家大事或公余游宴,源氏大人总召我参与其列,并且待我比别人更加亲切。我很感谢,又很孺慕。如今他已恨我,视我为狂妄不法之人,叫我有何面目再见他呢!如果索性和他绝交,从此不再见他,则外人看了定然诧怪,他也明知我有意规避。叫我如何是好啊!"他心中惶惑不安,身体也患病了,连日不去朝觐。虽非犯了重罪,但觉一生从此完蛋。"事情果然到了这地步!"他只得自怨自恨。既而又想道:"算了吧!这三公主本来不是一个温良淑慎的女子。会被我从帘底窥见,早就是不应该的了。那时夕雾就说此人轻佻,果然不错。"他赞同夕雾的话,大概是为了强欲斩断情丝,所以吹毛求疵吧?但他又想:"尊贵虽说是好的,但像她那样过分大方,一味高傲,以致不识世务,又不用心选择品质优良的侍女,因而发生这种意外之事,为己为人,两皆不利,真正可叹!"他又可怜三公主,对她终于不能断念。

源氏想起了三公主,觉得其人实甚可爱,其怀孕之苦毕竟甚为可怜。虽然想对她断念,无奈恨敌不过爱,忧伤之余,终于到六条院来探望她。只是见面之后,心中越发难过了,便替她举办种种法事,以祈安产。他对三公主的待遇,大体上同从前一样,有许多地方反比从前亲切而又优厚了。只是心中已经有了隔阂,总不能开怀畅叙。仅仅表面做得好看,借以掩人耳目,实则心中常怀不快之感。因此三公主更加觉得痛苦。源氏并不向她明言看信之事,三公主独自心中纳闷,正像一个无知的孩子。源氏想道:"正因为如此天真,所以做出那种事情来。落落大方原是好的,然而太过分,就靠不住。"便推想世间男女之事,觉得都很可虑。"例如明石女御,过于温柔可亲,天真烂漫,深恐将使柏木之类的色情儿更加动心。大概为女子者,如果胸中没有主意而态度一味驯顺,便容易受男子轻侮。一个男子看中一个不应该看中的女子,而这女子并不坚拒,那就会犯过失了。"他又回想:"髭黑右大臣的夫人玉鬘,并无特别有力的保护人,从小流落在乡间长大起来,然而主意坚定,行为周谨。我对于她,大体上以父亲自居,但心中不无爱欲。她却拿定主意,绝不动心,终于平安无事。髭黑串通了无知的侍女而闯入其室,她也断然表示拒绝,确是世人所周知的。直到我正式许可,她才肯嫁给他,这就不受私订终身的讥评了。现在想来,此人何等坚贞可佩!她和髭黑二人,宿缘一定甚深,所以能够长久共处,无论如何,永不变更。如果她当时被世人看做本人自择夫婿,世人对她多少必有轻蔑之感。此人实在非常聪明啊!"

　　且说源氏对于二条院的尚侍胧月夜,至今还是不能忘情。三公主出了那件可悲之事,他深感痛心,于是对于这个意志薄弱的胧月夜也就略怀轻蔑之感了。后来闻知胧月夜已经成遂了出家的本愿,便又深感可怜,痛自后悔,立刻写信去慰问。信中严厉地责备她的无情:连最近出家也不通知他一声。内有诗云:

　　　"为君远戍须磨浦,

　　　　君入空门我不闻。

我已饱尝人世无常之苦,却至今未能出家,终于落在你后,实甚遗憾!你虽已舍弃世事,但你总得在佛前回向,务请首先提我姓名,感激不尽。"此外语言甚多。胧月夜早已发心出家,只因有源氏牵累,故迁延至今方始实行。此情她对外人未便明言,但心中不胜感慨。左思右想,觉得自己与源氏虽然自昔结下痛苦因缘,但恩情毕竟不浅。自今以后,不能再通音信,此次作复,已是最后一次。想到这里,不胜感伤,便用心作复,笔墨非常讲究。信中言道:"人世无常之苦,只有我一人知道。来信说你落在我后,诚然诚然:

　　明石浦头遭苦难，

　　缘何后我入空门？

回向乃对一切众生,岂不有你在内?"这信用深宝蓝色纸,系在一枝荐草上。此虽普通形式,然而笔致风流潇洒,优雅之趣无异昔时。信送到时,源氏正住在二条院。今后对此人情缘已断,便不妨将信给紫夫人看。对她说道:"她驳得我好残酷啊!我冷眼旁观,阅尽世间种种凄凉之相,实在太无聊了!可与纵谈寻常世事、省识四时情趣、不乏风流逸致、而能作友谊的交际之人,现世只剩有槿斋院与胧月夜二人,然而皆已出家为尼了。槿斋院修持尤勤,屏绝一切世事,专心诵经礼佛。我阅人多矣,其中只有这槿斋院,一方面思虑周谨,一方面温柔可亲,欲求与她相似之人,亦不可得。教养女子,真是一件非常困难之事。女子生来具有之宿命,是穷是达,目不可得而见。因此父母予以教养,往往不能如意称心。而从小教养以至成人,实在非常吃力。我命中注定只有一个女儿,不须多费苦心,倒是好的。年轻的时候,不堪寂寞,盼望子女众多,还常常悲叹呢。请你用心抚育幼小的公主[1]。女御年纪还轻,尚未深解世事,加之身在宫中,职务多忙,凡事不能顾虑周至也。大凡公主,务须教养得十全十美,使人无可指摘。心意坚定,能够泰然度送岁月,教人不须顾虑。公主不比臣下:寻常百姓家的女儿,嫁个门当户对的丈夫,教养不足自有丈夫补助也。"紫夫人答道:"我虽不会好好地教育,只要一息尚存,无不尽忠竭力。但不知天命如何耳。"她久病新愈,难免有怯弱的感觉,听见槿斋院与胧月夜尚侍如意称心、毫无阻碍地入了佛门,不胜羡慕之情。源

---

〔1〕　明石女御所生公主,由紫夫人抚育。

氏说:"尚侍所用尼僧装束,她那边的人目下尚未做惯,应由这里送去。袈裟是怎样缝制的? 请你吩咐人做吧。我想请东北院里的花散里夫人也做一套。过分严肃的法服,阴气沉沉,教人看了讨厌。总须带点优雅之趣才好。"紫夫人命人缝了一套深宝蓝色的尼装。源氏召唤作物所[1]的人来前,私下吩咐他动工制造尼僧应用各种器物。茵褥、锦席、屏风、帷屏等,都十分秘密,特别加工制造。

　　为了上述种种事情,入山修行的朱雀院的五十庆寿,延期到秋天举行。但八月是夕雾大将的生母葵夫人的忌月,夕雾未便出席指挥乐队;九月又是朱雀院的母亲弘徽殿太后的忌月,庆寿只得定在十月。但到了十月,三公主病重起来,又延迟了几天。柏木卫门督的夫人落叶公主,于十月来到朱雀院邸宅贺寿。她的公爹前太政大臣亲自备办贺礼,隆重而又周到,其仪式尽善尽美。柏木乘此机会告个奋勇,也来贺寿。然而身心还未复健,一直萎靡不振,像个病人。三公主也局促不安,负疚在心,日夜悲叹。怀胎月份多了,身体不胜痛苦。源氏虽然怀着不快之感,但看到这个娇小玲珑而弱不禁风的人身患病苦,亦觉十分可怜,不知将有什么变化,左思右想,十分忧闷。这一年做了种种法事,忙忙碌碌地过去了。朱雀院闻知三公主怀孕,不胜挂念。曾有人奏闻:"源氏大人近几月来常常住在外面,几乎绝不回家宿夜。"因此他很怀疑:公主怎么会有喜呢? 心中纳闷,便觉世间男女问题实甚可恨。他听说紫夫人患病期间源氏为了照料病人,久不来三公主处,心中已经感觉不快。后来又闻紫夫人病愈之后,源氏还是疏远三公主,他便疑心:"难道源氏外宿期间,三公主犯了过失? 她自己不懂得这些事,只怕有些品性不良的侍女为非作

---

　　[1]　作物所是中古禁中制造器具、雕刻品、锻冶品之所。

歹,出了什么事情。在宫廷中,男女互相通信,本是风雅之事,但有时也会发生荒唐的事故,其例时有所闻。"他竟如此猜想。世俗琐事,朱雀院均已抛舍,惟父女之爱,犹自未能忘怀,于是写了一封详细的信给三公主。信送到时,正好源氏在六条院,便阅读了。但见其中有云:"只因无甚要事,所以久不通问。音信暌隔,日月推迁,使我不胜悬念。汝近身患疾苦,我闻知详情以后,诵经念佛之余,时深挂念,不知近日如何。人生于世,即使寂寞寡欢,或遭意外之变,亦应耐心忍受。轻信人言,自以为是,而怀恨于人,实乃下品行为。"诸如此类,都是教训之言。源氏看了,深为同情。独自寻思:"上皇当然不曾知道那件秘密的祸事,因此认为罪在于我,一味怨我无情。"对三公主说:"你写回信时将如何说法呢?如此伤心的信,我看了也很痛苦!我虽知道你有意想不到之事,但并没有使外人觉察到我对你有所怠慢啊。不知是谁告诉你父亲的。"三公主羞耻不堪,背转身去,神情非常可怜。她面庞清瘦,神思恍惚,姿态反而更加优雅妩媚了。

源氏又对她说:"上皇早就看出你太孩子气,非常担心,看了这封信便可知道。自今以后,你万事必须小心谨慎。我本来不想对你如此直说,但教上皇知道我辜负了他的嘱托,我很不安心,又甚抱歉,所以不得不向你说明。你不仔细考虑,一味轻信人言,心中只管恨我疏慢冷淡,又见我年纪老大,姿态丑陋可厌,使我觉得遗憾而又伤心!但愿你在上皇住世期间,顾念他向我嘱托的一片苦心,暂时忍耐,把我和年轻人同等看待,不可过分轻视。我从小就怀抱出家学道之大愿,不料几个愿力不宏的女人,反而比我先入佛门,真教我惭愧无地!倘能由我自己做主,我对尘世决不会迷恋不舍。只因你父亲出家之时,将你托付与我,叫我代他保护。我体谅他的苦心,且喜得他信任,便遵命接受嘱托。我若追随了他,争先出家,也将你抛弃不管,你父亲将谓我失信背约,因此未能如愿以偿耳。我所关怀的子女,现在都已成长,不复是我出家的羁绊了。明石女御将来如何虽不可知,但子女日渐众多,只要我在世时平安无事,以后不须担心了。此外诸夫人,都顺从我,都已到了不惜与我一同出家的年龄。我的顾虑便越来越减轻。你父亲世寿所余无多,而且病势日见沉重,心情常是郁结。今后你切不可再度流传意外的恶名,使他听了伤心!他在现世已很安稳,不会有什么问题了。只是妨碍他往生极乐,其罪实甚可怕!"话中虽然不曾明言柏木之事,然而针针见血,使得三公主眼泪淌个不住,伤心之极,竟至昏迷不省。源氏也哭起来,说道:"从前我听老人教训,觉得很不耐烦,想不到现在自己也变了老人。你听了我这番话,大概也觉得这个讨厌的老翁絮聒不休,很不耐烦吧?"他自己也觉得可耻。便把砚台取过来,亲自磨墨,又取出信笺,教三公主写回信。但三公主两手发抖,一时写不出来。源氏推想:她对柏木那封详细的情书写回信时,恐怕是洋洋洒洒,畅所欲言的吧。便觉此人十分可恶,对她的怜爱之心全都消失了。然而还是教她如何措词。后来又对她说:"你要上朱雀院贺寿,本月已经来不及了。况且你姐姐二公主的贺仪非常体面,你这怀孕之身,和她并肩拜寿,恐怕相形见绌吧。十一月是父皇桐壶帝的忌月。年底事情又很烦忙,况且那时你的身子更加难看,叫汝父看了不快。然而总不能一直延搁下去。你不可只管忧愁苦闷,快把精神振作起来。形容如此消瘦,应该好好调养。"可知他毕竟是怜爱她的。

在从前,无论何事,凡是有关娱乐的,源氏必然特地召唤柏木卫门督前来,和他商量办法。但是近来绝不通问了。他也曾顾虑到别人疑心,然而又想:"如果和他见面,他把我看做毫不知情的糊涂汉,我很可耻;我看到他,也不能平心静气。"因此柏木好几个月不来参谒,他也并不怪他。

一般人总以为柏木还在生病,而六条院今年也不办游宴之会。只有夕雾大将猜到几分,他想:"其中定有缘故。柏木是个好色之徒,我早就看出他的心事,大约不堪相思之苦了。"但他不曾想到已经成了铁定无疑的事实。

匆匆到了十二月。三公主定于初十之后赴朱雀院贺寿。六条院殿内练习舞乐,热闹得很。在二条院养病的紫夫人还未归来,听说六条院试演舞乐,心思静不下来,也就迁回来了。明石女御也来归宁。她此次所生的又是一个皇子〔1〕。她的子女成群,个个都长得非常可爱,源氏朝夕含饴弄孙,自喜老年多福。试演舞乐之时,髭黑右大臣的夫人玉鬘也来观赏。夕雾在试演之前,先在东北院练习音乐,每日朝夕演奏,花散里听得多了,所以试演之日不来观赏。柏木卫门督不参加这个盛会,未免美中不足,使人觉得扫兴。而且外人也要奇怪,疑心有何原因。因此源氏只得派人前去邀他。柏木以病重为由,婉言辞谢。源氏想道:"他虽然如此说,其实并无重病,定是心中有所顾虑。"他觉得可怜,便特地写一封信去邀请。柏木的父亲前太政大臣也劝柏木:"你为什么辞谢? 六条院大人将误解你有何用意呢! 你又没有大病,耐着性子去吧。"柏木蒙源氏再度相邀,觉得情面难却,便到六条院来了。

柏木到时,王侯公卿们尚未到齐。源氏照例叫他走进近旁的帘内来,把正屋的帘子放下,和他会面。但见柏木非常消瘦,脸色发青。他本来不及诸弟那么愉快活泼,而温厚周谨,则胜于常人。但今日态度特别斯文一脉。源氏觉得此人作为公主之婿,实无瑕疵可指。只是此次之事,男女两方都太糊涂,其罪不可原宥。他向柏木注视,心中觉得可恶,

---

〔1〕 此人后来称为匂皇子或匂亲王,是最后十回中主角之一。

但脸上绝不表示,还是亲切地对他说道:"只因无甚要事,所以久不见面了。近几月来,我为了照顾两处病人,心烦意乱,片刻不暇。在这期间,这里的三公主欲举办法事,为朱雀院祝寿[1],但亦未能顺利进行。现在年关已经迫近,诸事都不能办得如意称心,只得奉献一些素菜,聊以应名而已。称为祝寿,似乎排场十分盛大,其实不过是教上皇看看我家所生许多子孙而已。因此我就发心叫他们学习舞蹈。寿宴上舞乐总是少不得的。惟指导拍子的人,想来想去,除你之外没有别人可请。所以我不怪你长久不来,定要邀你到场。"他说时和颜悦色,毫无别意。柏木反而难为情起来,面孔都变色了,一时说不出答语,好容易开口道:"我也闻知大人为各处病人之事烦忙。我自今春以来,患了讨厌的脚气病,最近发作得很厉害,踏也踏不下去。日子久了,身体愈见衰弱。因此连宫中也没有去,一直笼闭在家中,仿佛与世隔绝了。家父对我说:'今年朱雀院龄满五十,我家应该特别隆重地为他祝寿。'但他又说:'我已不惜挂冠悬车[2],身无官职,参与贺寿礼式,无有适当座位。你官位虽然还低,但与父亲同样怀抱大志。让上皇看看你的抱负吧。'家父如此催促,我只得熬着重病,前往拜寿。家父知道:朱雀院专精佛道,近来生活益见清静,料想他不喜欢领受过于隆重的贺仪,所以万事崇尚简略。朱雀院所深愿的,是大家静静地谈谈,我们应该顺从他的愿望。"源氏早就听说落叶公主为父皇举办盛大寿宴,现在听见柏木说成父亲主办,觉得他用心很周到。便答道:"一点也不错! 世人都以为简略就是疏慢,只有你知情达

---

〔1〕 朱雀院是出家人,故祝寿时举办法事。

〔2〕 《后汉书·逢萌传》:"王莽杀其子宇。萌谓友人曰:'三纲绝矣,不去祸将及人。'即解冠挂东都城门,归将家族浮海,客于辽东。"古文孝经:"七十老致仕,悬其所仕之车置诸庙。"辞官曰"挂冠",曰"悬车",本此。

理,所以能说这话。如此说来,我的见解很对,以后我更放心了。我家夕雾在朝廷,也逐渐像大人模样,但对此种情趣,向来不感兴味。关于上皇,无论何事,你总没有不详悉的吧。就中对于音乐,我知道他特别爱好,而且非常精通。出家为僧、舍弃世事之后,可以静心听赏,现在一定更加爱好音乐了。我想请你和夕雾共同努力,好好地教养那班学舞的童子。那些专门技师,只是精通自己的业务,却不懂得教养,不足道也。"说时态度非常亲切。柏木一则以喜,一则以惧,心中惶惑不安,很少说话。他只巴望早点儿离去,因此并不详细回答。后来好容易脱身而出。夕雾在东院花散里夫人那边训练乐人和舞人,得了柏木的帮助,装束等又添了些新花样。夕雾已经尽心竭力,而柏木用意更加周详,可见此人对于此道修养甚深。

今日是试演之日。但因诸位夫人都来观赏,故表演者也要打扮得好看些。贺寿当日,舞童应穿灰褐色礼服和淡紫色衬袍。今日则穿青色礼服和暗红色衬袍。三十个乐人,今日都穿白衣服。乐队设在与东南院的钓殿连接的廊房中。从假山南端出发,走向源氏面前,一路上演奏《仙游霞》之曲。其时空中疏疏地飘下几点瑞雪,令人想见不久即将腊尽春回。梅花也已含苞欲放了。源氏坐在厢房帘内,只有紫夫人的父亲式部卿亲王和髭黑右大臣二人奉陪,其余王侯公卿都坐在廊下。今日不是正式贺寿,故并不安排盛筵,只是寻常招待。髭黑右大臣家玉鬘夫人所生四公子、夕雾大将家云居雁夫人所生三公子,以及萤兵部卿亲王家的两位王孙儿子,共舞《万岁乐》。大家年纪都还很小,姿态非常可爱。此四人都是富贵之家的子弟,都长得眉清目秀,打扮得衣冠楚楚,想是观者胸有成见之故,都觉得异常高贵。还有,夕雾大将家惟光的女儿典侍所生二公子和式部卿亲王家的公子——前任兵卫督、现称为源中纳言的——二人共舞《皇麕》,髭黑右大将家玉鬘夫人所生三公子舞《陵王》,夕雾右大臣家云居雁夫人所生大公子舞《落蹲》。此外又有《太平乐》《喜春乐》等,都由源氏一族中的公子及大人表演。天色渐暮,源氏命人把帘子卷起,便觉另有一般美景,诸孙儿的容貌实在艳丽,舞姿新奇可贵。这是因为舞师、乐师悉心教练,各尽所能;又加了夕雾与柏木的精深博雅的指导,所以舞姿特别美妙。源氏觉得处处都很可爱。王侯公卿中年纪较大的人,都感动得流下泪来。式部卿亲王看了孙儿辈的舞姿,欢喜之泪流个不住,鼻子都发红了。源氏言道:“年纪一大,便经不起感动,容易流眼泪。卫门督注视着我微笑,使我觉得很难为情。须知你的青春是暂时的!年光不会倒流,谁也逃不了衰老呢!”说着,向柏木注视。柏木的神情显然比别人消沉,他心中实在非常苦闷,连这种优美的舞蹈也无心欣赏。如今源氏装着醉态,特地点他的名说这番话,看来似乎是开玩笑,却使得他心中更加难过。酒杯巡回到他面前时,他只觉得头痛,举杯略微沾唇,就此混蒙过去。源氏看了大为不满,一定要他拿住酒杯,屡次劝他饮干。柏木无可奈何,困窘不堪,那神态异常优美。

柏木心中恼乱,忍受不住,未曾终宴先告辞了。回家之后,身体一直不好,想道:“我今天并不曾像往常那样喝得大醉,何以如此痛苦呢?大概是由于良心苛责,所以弄得头昏眼花吧?我自己觉得向来并不如此怯弱呢。真是太不中用了!”他自己可怜自己。但这不是一时的酒醉,柏木从此生起大病来了。父亲前太政大臣和母夫人都很着急。他住在落叶公主那边,父母很不放心,要他迁回大臣邸内来养病。但是落叶公主舍不得他,样子又很可怜。在以前太平无事之时,柏木对于夫妻之情漠不关心,以为将来总会好转,所以并不十分爱她。但是此次要他迁走,他忽然担心起来:这一别不成为永诀么?心中异常悲伤。把落叶公主抛弃在这里,让她独自悲叹,又觉得很对她不起,因此越发痛心。落叶公主的母亲也很悲伤,她对柏木言道:"世事都有惯例:与父母不妨别居,夫妻则无论何时决不分离,向来都是如此。如今把你们两人拆散,直到你病愈为止,这期间实在教人担心。我劝你暂时在此间养病吧。"便在自己身边张个帷屏,亲自看护他。柏木答道:"尊意诚属有理。我身微不足数,其实不配高攀。猥蒙公主下嫁,衷心感激。为欲表示答谢,但望此生长寿,教公主看我这小小前程逐渐晋升。不料现在竟患如此重病,深恐连这一点愿望也不能达成,言念及此,自伤命蹇,但觉死也不能瞑目。"说罢,两人相向而哭。他不想立刻迁居父母家去。但母夫人也不放心起来,派人对他说道:"你怎么不想先见父母呢? 我每逢身体略有不适、心情沉闷无聊之时,在许多子女之中,总首先想见见你,见了你便觉安心。如今叫我大失所望了!"母夫人的怨恨亦属有理。柏木便对落叶公主说道:"大约是由于我比诸弟先出世之故吧,父母对我一向特别重视。现在还是很怜爱我,暂时不见就要挂念。因此我今到了大限将临之时,若不与父母相见,我的罪孽深重,死后也不能安心。故我只得迁去。你倘闻知我病濒危,务望悄悄地前来探望,我们必能相见。我的本性异常愚痴,凡事都有疏忽不周之处,思之实甚悔恨! 我想不到自己如此短命,一向总以为来日方长呢。"便啼啼哭哭地迁居父母邸内。落叶公主独留自宅,不堪想念之苦。

　　前太政大臣邸内迎回柏木之后,大办祈祷,喧哗扰攘。柏木病势虽重,并不立刻濒危。只是长久不进饮食,胃口大坏,连一点柑子也不想吃,精神日见萎靡。这位当代有识之士,身患如此重病,世人莫不叹惋,没有一个不来慰问。皇上及朱雀院也屡次遣使问病,表示十分关切之意。柏木的父母更加悲伤了。六条院主人闻知柏木病重,也很吃惊,屡次遣使向前太政大臣殷勤慰问。尤其是夕雾大将,与柏木交情甚厚,故亲来看视,真心地忧愁叹息。

朱雀院五十庆寿,于十二月二十五日举行。柏木这位名重一时的大臣患了重病,他的父母亲和许多兄弟,以及这高贵家族中的人,都正在忧伤悲叹。此时举办贺宴,似乎不能尽兴。然而此事已经一延再延,不能就此搁置,怎么可以再缓呢!源氏推想三公主心中不快,甚是同情。庆寿之日,照例由五十处寺院诵经礼佛。朱雀院所居之寺中,则礼拜摩诃毗庐遮那[1]。

---

〔1〕 摩诃毗庐遮那即大日如来佛,是密宗佛教的本尊。此文似乎未了。据国学家石川雅望说,原本此处大约缺少一行,或损失一纸。

第三十五回　柏　　木〔1〕

　　柏木卫门督缠绵病榻,绝无起色,不觉过了年关。他看了父母悲伤愁叹之状,觉得听天由命地死去,毕竟毫无意义,况且背亲先死,罪孽深重。但继而又想:"我难道还留恋这世间,希望在此贪生么? 我自幼怀抱大志,总想做人上人,在公事与私事上建立殊勋。岂知力不从心,一事无成,遇到一两个实际问题,便见此身毫不中用。于是对这世间全然不感兴趣,一心希望出家奉佛,为后世修福。又念双亲不乐,乃入山学道之一大羁绊,因此左思右想,因循度日。结果招来莫大痛苦,无颜再见人面。自作自受,谁任其咎? 过失全从自己心中产生,不能怪怨别人,亦不能向神佛诉恨,真乃前世注定之事啊! 谁也没有'青松千岁寿'〔2〕,不能永生于世间。我不如就在此时死去,倒可赚得世人一点怜悯,而叫那人对我暂时寄与同情,我便'殉情不惜身'〔3〕了。如果勉强活在世间,将来势必流传恶名,对我自己和对那人,都是很不利的。与其如此,不如早点死了,可使恨我无礼的人也对我曲予原谅。世间万事,一死便尽行消失了。我除此以外并无过失,源氏大人多年来每逢兴会,必招我入侍,多方爱护,定能原谅我也。"他在寂寞无聊之时,常常如此返复寻思,然而越想越

　　〔1〕　本回写源氏四十八岁正月至同年秋季之事。
　　〔2〕　古歌:"青松千岁寿,谁是此君俦? 可叹浮生短,情场不自由。"见《古今和歌六帖》。
　　〔3〕　古歌:"飞蛾扑火甘心死,一似殉情不惜身。"见《古今和歌集》。

觉乏味。心情黯然,思绪紊乱,痛惜自身之荒谬,一至于此。眼泪滚滚流出,枕头几乎浮了起来。

有一时,父母亲等看见柏木病情略有好转,便退出病室。柏木就在此时写信与三公主。信中言道:"我病今已濒危,自知大限将临。此种情况,想你必然早已闻知。你连我致病之由都不知道,原是难怪之事。但我实在不堪其苦啊!"那手抖得厉害,欲写之言不能尽写,但赠诗云:

> "身经火化烟长在,
> 心被情迷爱永存。

你总得对我说一句可怜的话呀!让我的心安静下来,使我失迷在自己所造成的暗路上,也可看到一线光明。"对于小侍从,他也毫无顾忌地写了一封缠绵悱恻的信去,要求她再来与他会面一次。小侍从的姨母是柏木的乳母,因此自幼常在他家进出,和柏木一向熟识。虽然为了此次不法之事而痛恨他,但闻知他即将命终,也不胜悲伤,啼啼哭哭地对三公主说:"这封信公主总得答复,这真是最后一次了。"三公主答道:"我也命在旦夕了!人之将死,固然可怜,但我已是惊弓之鸟,不敢再做这种事情了。"她决不肯写回信。这并非她主意坚定之故,恐是她所羞见的那个人脸色常常难看,使她十分害怕耳。然而小侍从已经准备笔砚,定要她写,她只得勉勉强强地写了。小侍从就拿了信,趁夜间无人注目之时,悄悄地走进柏木邸内。

前太政大臣向葛城山招请法力高明的修道僧,正在等候他们来到,替柏木诵经念咒。近来邸内修建法事,念经祈祷,已经非常喧吵。如今又听人劝告,派遣柏木的诸弟到各处去寻找遁迹深山之中、世间少人闻知的种种圣僧。于是来了许多形容怪异、面目可憎的山人。柏木的病状,并无特别可指的疾痛,只是忧愁苦闷,时时放声哭泣。据阴阳师占卜,都说是有女魂作祟。大臣也信以为然。然而做了许多法事,并无鬼怪出现。大臣不胜烦恼,因此又招请了这许多山僧来。有一个圣僧,身材高大,面目狰狞,厉声诵念陀罗尼咒。柏木听了,叫道:"哎呀!真讨厌啊!恐是我身罪孽深重之故,听见高声念陀罗尼咒,非常可怕!似觉就要死了。"便蓦地起身,溜出室去,和小侍从谈话。大臣并不知道,他听侍女们说病人已经睡了,信以为真,便和那个圣僧悄悄地谈话。这位大臣年纪虽然大了,性情还是愉快活泼,爱说笑话。但此时也只得板起面孔对着这山僧,向他叙述柏木起病时情状,以及后来不见任何特征而日重一日的经过。他诚恳地请求这山僧使用法力,将这鬼怪发现出来。由此可见他心中确实十分痛苦。柏木听见了这话,对小侍从说道:"你听我父亲说!他不知道我的病是由于犯了罪恶而起的。阴阳师说有女魂作祟。如果真是公主心情执迷,灵魂出窍,附缠在我身上,那么我这卑不足道之人反而不胜荣幸了!我也曾反过来想:心生狂妄之念,身犯弥天大罪,毁坏他人名节,不顾自己前途,在古昔时代并非没有其例。然而身列其境,实甚痛苦。源氏大人已经知道我这罪行,使我没有面目生存于世,这恐怕是由于他的威仪光采赫赫逼人之故吧。其实我并无极恶大罪,然而自从试乐那天傍晚和源氏大人相见之后,立刻心情紊乱,病倒在床,魂灵游离,不复返身了。如果我的魂灵彷徨在六条院内,务请快结前裾,使它归还我身。"说时声音非常微弱,忽泣忽笑,显然是丧失魂灵的躯壳里说出来的。小侍从告诉柏木:三公主也一向含羞忍耻,忧愁恐惧。柏木听了这话,眼前依稀恍惚地看见三公主伤心失意、肌黄肤瘦的面影,便确信自己的魂灵已经脱躯而出,驰往公主身边,心中越发痛苦难堪了。便对小侍从说:"从今不要再谈公主之事了! 我身短命而死,这点怨气恐将成为公主将来入道成佛之羁绊,思之不胜遗憾。公主怀孕已将足月,我只指望听到安产的消息,然后死去。那天晚上我梦见小猫,只我一人心知是怀胎之兆,却无人可以告诉,此事我甚感悲伤!"柏木百感交集,心情郁结,那愁眉苦脸的模样,可厌可怕,然而又甚可怜。小侍从也忍不住哭起来了。

　　柏木移近纸烛,拆看公主复信。但见手笔还很稚弱,风致却甚优美。信中写道:"闻君患病,不胜怅惘。然而无可奈何,惟有临风悬想而已。来书有'爱永存'之语,须知

　　　　君身经火化,我苦似熬煎。

　　　　两烟成一气,消入暮云天。

我不会比你后死吧!"只此寥寥数语。柏木看了又是怜惜,又是感谢。说道:"呜呼! 惟有这'两烟'一语,是我此生之宝贵遗念。我这一生真虚幻啊!"他哭得更加厉害了。便躺卧在席上写回信,时时搁笔休息,语句断断续续,文字奇奇怪怪,有似鸟的足迹:

　　　　"我已成灰烬,烟消入暮天。

　　　　思君心不死,时刻在尊前。

每逢夕暮时分,请你留意眺望天空[1]。我已成为亡魂,旁人不会怪你,

---

〔1〕　叫她眺望他火葬之烟。

你可安心眺望。虽已徒然无益,仍望你永远爱我!"杂乱无章地写完了信,觉得心情更加恶劣了。便对小侍从说:"罢了! 不可过分夜深,你早些儿回去,把我已将临终的情况告诉她吧。我今死去,世人还要讶怪我缘何而死,真教我死后也很痛苦。我前世不知作了什么恶孽,以致今生有这等痛心之事。"他一面哭泣,一面膝行而去,回到病榻上。小侍从回想柏木从前和她相见,总是久坐长谈,或竟杂以戏言,絮絮聒聒地无有尽期。然而此次说话很少。她觉得可怜,不忍立刻回去。柏木的乳母也把柏木的病状说给小侍从听,两人都哭得很悲伤。大臣愁苦得更厉害,说道:"这几天已经稍稍好转,何以今天又如此衰弱了?"他非常担心。柏木答道:"哪里会好转! 总归是没有希望了!"说着,自己也哭起来。

　　且说三公主那天傍晚忽然腹痛起来,懂事的侍女知道要分娩了,大家都很慌张,连忙派人去通报源氏。源氏也很惊惶,立刻回来看视。但他心中想道:"真可惜了! 如果没有那种嫌疑,此事何等可庆,何等可喜啊!"然而他在人前绝不泄露心事,立刻召请高僧来举行安产祈祷。邸内本来天天有许多法师在做功德,就在僧众中选择道行高深之人,叫他们都来参与。三公主痛苦了一夜,第二天日出时分就临盆了。源氏闻知新生的是个男儿,心中想道:"因有那件秘密事情,如果不巧,生下来相貌就肖似那人,这才糟呢。倘是一个女儿,还可设法掩饰,并且看见的人也不会多,倒可安心。"既而又想:"有这种嫌疑的孩子,是个男的,教养便当些,也是好的。不过事情真也奇怪:我一生犯了许多可怕的罪孽,这大约是报应吧。在现世就受了这意外的惩罚,到了后世,罪障可以减轻些了吧。"不知内情的人,都以为这位小公子出于高贵公主之腹,又是晚年所得之子,源氏大人一定异常宝爱,因此特别用心服侍。产室中就举行非常隆重盛大的仪式。六条院诸夫人送来种种精美的产汤。连世俗例行的木片盒、叠层方木盘和高脚杯,也都各人别出心裁,比赛巧妙。

产后第五日,秋好皇后遣使致送贺仪。内有赠与产母的食物,又有赏赐侍女的物品,按各人身份而有等差。一切都照宫廷制度,非常体面。计有粥和糯米饭五十客,各处举办飨宴,六条院的家臣、下役,上下一切人等,无不拜受丰厚的惠赐。皇后殿前的官员,自大夫以下,全都来到。冷泉院的殿上人也来参贺。产后第七日,皇上也照宫廷制度遣使致送贺仪。前太政大臣谊属至戚,本应特别隆重道喜,但因此时柏木病重,万事无心,只送了普通的贺仪。诸亲王及公卿前来祝贺者甚多。外表看来,此次贺仪之丰盛世无其匹,然而源氏心怀隐痛,并不甚喜,因此不曾举行管弦之会。

三公主身体素来羸弱,初次做产,全无经验,觉得非常可怕。她汤药也不吃,只是痛感自己命苦,以致遭此不幸之事。她想:"没奈何了,不如乘此机会,一死了事。"源氏在人前掩饰得很好看,但又全然无意进去看看这讨厌的新生儿。几个年长的侍女私下议论:"啊呀,真是太冷淡了!难得生个儿子,又长得如此端正可爱……"她们都可怜这婴儿。三公主偶然听到这些话,想道:"可想而知的了,日后越来越冷淡呢!"她满腹怨恨,又自伤命苦,思量索性出家为尼吧。源氏晚上不回来宿夜,只是白天匆匆一到。有一天他对三公主说:"我看了人世无常之态,自觉余命已经甚短。由于心绪不宁,近来每日勤修佛法。此地如此乱杂,妨碍学道之心,所以我不常来。你近来如何?心情快适了么?我很挂念呢。"便从帷屏边上向三公主探望。三公主抬起头来答道:"总是活不下去了。生产而死,罪孽深重。不如让我出家为尼,或可仗此功德而保全性命。即使死了,或可因此消除罪障也。"她的语气与往常不同,很像个大人了。源氏说:"哪有这等事!莫说不祥的话!你为什么起这种念头呢?生育一事,固然危险可怕,然而决不是一定绝望的!"但他心中想道:"如果她真有决心而说这话,索性成全了她,却也是好。近来虽然和她相处,但是处处感觉不快,不胜其苦。要我回心转意,则又不能。心中常觉懊恼,态度自然不免冷淡,别人看了也会怪我,实在使我十分痛心。朱雀院闻知了,还要一味怨我怠慢呢。倒不如借她生病为由,让她出家吧。"虽然这样想,但又觉怪可怜的。年纪轻轻的,那一头青丝细发如此可爱,剪落了实甚可惜!便又对她说道:"你还得宽宽心,没有什么大不了的。看似没救了的人,也会平复起来,最近就有实例[1]。人世不是那么虚幻无常的。"就给她吃汤药。三公主脸色青白,身体十分消瘦,奄奄一息地躺着,但样子异常端详优美。源氏看了,想道:"看到这模样,即使她犯了莫大的罪过,也只得软了心肠,饶恕她了。"

　　入山修行的朱雀院闻知二公主平安分娩,不胜庆喜,却又十分挂念。听说她身子一直不好,不知究竟如何,左思右想,诵经念佛也不得专心了。三公主身体如此衰弱,加之连日饮食不进,竟濒于危险状态了。她对源氏说:"我年来一直思慕父亲,此刻更加想念得厉害了。难道此生不得再见了么?"说罢放声大哭。源氏便派一适当人员到朱雀院去,将三公主情状如实奏闻。朱雀院闻讯,悲痛不堪,顾不得出家人规例,就在当夜悄悄地前来探望。并无预先通知,突如其来驾临,使得源氏吃了一惊,惶恐万状。朱雀院对他说道:"我对世俗之事,早已忘怀一切。然而心中尚有惑乱,便是爱子之心执迷不悟。因此闻讯之后,修行也懈怠了。倘若死之先后不按老幼顺序,而她先我而死,则此恨绵绵,永无绝期。为此不顾世人讥议,夤夜匆匆来此。"朱雀院虽然改了装束,神情照旧清秀。为

[1]　指紫夫人。

欲避免外人注目,不穿正式法衣,只着一件墨色便服,然而姿态清丽可爱,使得源氏不胜羡慕,一见了他,又像往常那样掉下泪来。对朱雀院说道:"公主病状并不严重,只因几月以来,一直衰弱,加之饮食不进,以致积累成疾耳。"接着又说:"草草设席,乞恕不恭!"便在三公主帷屏前设个茵褥,引导朱雀院进去就坐。众侍女连忙扶三公主起身,下床迎候。朱雀院将帷屏略略撩起,对她说道:"我这模样很像个守夜的祈祷僧,然而修行功夫未深,煞是惭愧!只因挂念于你,教你看看我的模样。"便伸手拭泪。三公主哭泣着,以非常微弱的声音答道:"女儿已无生望,父皇今日枉驾,就请顺便剃度我为尼僧吧。"朱雀院答道:"你能有此大愿,诚属可贵。但虽患大病,未必竟无生望。况且你年纪轻轻,来日方长,此时出家,将来反多烦累,招致世人讥议。还望三思为是。"又对源氏说道:"她发此心,出于自愿。病势若果沉重,我想让她出家,即使片刻,也可蒙受佛力赐助。"源氏说:"她近日常说这话,但闻人言,此乃邪魔欺骗病人,唆使发心出家,请勿听信为是。"朱雀院说:"若是鬼怪唆使,听信了是不好的,原也应该慎重;但现在这病人如此衰弱,自知无望而作此最后请求,如果置之不理,深恐后悔莫及。"此时他心中想道:"我当初把女儿托付与他,以为最可放心。岂知他接受之后,对她怜爱并不深切,殊非我所期望。此种情况,年来时有所闻,使我不胜挂念。公然口出恨言,则又有所未便;而任世人猜度议论,实在教人伤心。我为此烦恼到今日了。还不如乘此机会,让她出家当了尼姑,教世人知道她不是为了夫妇不睦而出家的,就不致受人讥笑。此后源氏对她虽无夫妇关系,但一般的照顾还可和从前一样。只此一点就算是我把女儿托付与他的最后要求吧。只要不是怀恨而出家的就好。我可把桐壶父皇所赐的广厦华宇加以修缮,供她居住。她虽然当了尼姑,但我在住世期间,必可多方照顾,教她安乐无忧。源氏对她,夫妇之爱虽然冷淡,总不会十分疏略而抛弃她。这点心情我总可以料到的。"便又说道:"那么,我既已来了,就让她受了戒,结点佛缘吧。"源氏忘记了对三公主的怨恨,但觉可悲可悯,心中想道:"这究竟是怎么一回事啊!"他忍耐不住,便走进帷屏里面去,对三公主说道:"你为什么抛弃我这余命无多的人而发心出家呢?还是暂且镇静些,吃点汤药,进点饮食吧。出家虽是尊严之事,但你身体如此衰弱,怎么禁得住修持之劳呢?总之,保养身体为要。"三公主只是摇头,她觉得他现在说这些好话,反而可恨。源氏察看出:她平日虽无表示,心中其实怀恨。便觉得她很可怜。如此一方反对,一方踌躇不决,说说谈谈之间,不觉天色将晓了。

朱雀院说天亮之后回山,路上被人看见有失体统,便赶紧教三公主受戒。把祈祷僧中道行高尚的法师悉数召入产室,替三公主落发。源氏看见他把这青春少妇的青丝美发剪落而让她受戒,觉得非常可悲可惜,无法忍受,放声大哭起来。朱雀院本来格外疼爱这女儿,指望她出人头地,现在看她对人世荣华已经无缘,也未免惋惜悲伤,泪如雨下。叮嘱她说:"如今以后,你可长保健康了。诵经念佛,必须精勤!"他就在天色未明之时匆匆回山。三公主身体非常衰弱,似乎仅存奄奄一息,不能好好地起来送别,说话也难启口。源氏对朱雀院说:"今日之会,宛如一梦,使我心绪缭乱。兄长不忘旧情,惠然临幸,小弟招待简慢,获罪良多,只得改日前来答谢了。"便派遣多人护送朱雀院回山。朱雀院临别对源氏说:"昔年我命危在旦夕之时,念此女儿孤苦伶仃,无人照拂,心中总难舍弃。你虽无意接受,终于勉从吾命,悉心保护,因此多年以来,我很放心。今后她若得保全性命,则身已为尼,不宜住在这繁华热闹之处。若觅一适当之山乡,令其离居,则又未免寂寥。务望斟酌情况,从长计议,请勿弃置为幸。"源氏答道:"兄长更出此言,反使小弟惭愧无地! 今日悲伤过分,心绪缭乱,万事都茫然不解了。"他确已痛苦不堪。

次夜祈祷之时,有一个鬼魂附在人身上出现了。这鬼魂言道:"请看我的法力如何! 前些时我崇那一个人,被你们巧妙地救了去,我想起了好痛恨啊! 为此我悄悄地来到这里,陪了这个人好几天。现在我回去了。"说过之后笑起来。源氏大为吃惊,他想:"原来二条院中那个鬼魂来到了这里,不曾离去呢。"便觉得三公主实甚可怜可惜。三公主的病已略见好转,然而还是难保安全。众侍女为了三公主出家,大家意气消沉。但念因此而得恢复健康,也是好的,便只得忍受了。源氏延长了做法事的日子,命僧众郑重举办,照料无微不至。

且说柏木卫门督闻知了公主生育和出家等事,病势更加沉重起来,全然少有希望了。他可怜他的妻子落叶公主,想道:"叫她到这里来,似乎太轻率了。况且母夫人和父大臣都常常来我身边,一不小心,二公主的御容自然会被他们看到,这就尴尬了。"他就向父母亲请求:"我有点事,想到公主那里去一趟。"但父母亲断然不许。于是他看见无论何人,都诉说想见落叶公主的话。落叶公主的母夫人最初原不赞成把女儿嫁给柏木。只因柏木的父亲亲自奔走,再三恳求,朱雀院被他的诚意所感动,无可奈何,便把女儿许给了他。朱雀院为三公主和源氏的婚事担心的时候曾经说:"二公主倒反而有了一个可靠的丈夫,不须担心将来的事呢。"柏木传闻到这句话,深为感激。此时对母亲说道:"我想,我倘抛开她而死去,她真要受苦了。但天命如此,无可奈何,因缘不长,此恨绵绵!她的悲伤愁叹实在是很可怜的。为此请求父母亲格外垂青,多多照拂。"母亲答道:"哎呀,你莫说这不祥的话! 你倘先死了,我们还有几多余命,可以接受你这来日方长的嘱咐呢?"说着只是哭泣。柏木不便再求,只得找他的弟弟左大弁商量,详细委托他种种事情。柏木秉性温良,和蔼可亲,所以他的诸弟,尤其是年幼的诸弟,都信赖他,视同父母一样。现在听他说这些痛心的话,没有一个人不悲伤,邸内的人也都愁叹。皇上闻知他病重,也深为惋惜。听说病已无望,立刻下诏,晋封他为权大纳言。又对左右说道:"他闻此喜讯,或能起床,再度入宫,亦未可知。"然而柏木病势并无好转,只能忍着痛苦,伏枕谢恩而已。父大臣看见圣眷如此优厚,越发悲恸不堪,但也惟有徒唤奈何耳。

夕雾大将常常深切关怀柏木的病,闻知他升了官,连忙来访问。前来道喜的,他是第一个呢。柏木所居的厢屋,门前停了许多车马,随从人等非常嘈杂。柏木自今年以来,几乎完全不能起床了。病中衣冠不整,未便接见高官贵客。心里很想和夕雾会面,无奈体力十分衰弱,思之不胜伤心。便命人传言:"还是请阁下进里面坐吧。室中零乱不堪,想必能蒙恕罪。"叫祈祷僧暂时退避,在枕畔设席,请夕雾进来。柏木和夕雾从小亲睦,两心毫无隔阂,如今面临死别,其悲伤眷恋之情,实不亚于嫡亲兄弟。夕雾以为今日有升官之喜,他的心情应该愉快了,如今睹此情状,心中不胜惋惜,便觉意兴索然,对他说道:"你的病怎么重到这个地步!今日大喜临门,我以为你一定好些了呢。"便撩开帷屏来看他。柏木答道:"真不幸啊!你看,我已经不复是从前的我了。"他头戴一顶乌帽子[1],上半身略微抬起,然而样子十分痛苦。他穿着好几重质料柔软可爱的白色衣服,盖着被躺在那里。室中陈设非常雅洁,熏香之气扑鼻。这住处非常舒服,虽然随便布置,却很富有趣致。大凡患重病的人,总是须发蓬松、肮脏不堪的。但柏木虽然瘦得厉害,肤色反而更白,神情反而

---

〔1〕 乌帽子是古代贵人的便帽,纱绢制或纸制,上涂黑漆。

更美了。他靠在枕上说话的模样，实在非常衰弱，仿佛即将断气似的。夕雾不胜惋惜，对他说道："你生了很久的病，倒不见得那么瘦呢。神情反而比往常秀美了。"口上如此说，手却在擦眼泪。又对他说："我和你不是曾有'但愿同日死'的誓约么？这实在使我太伤心了！我连你何故患此重病的原因也不知道呢。像我这样亲昵的人，怎么能放心呢！"柏木答道："这病怎么重起来，我自己也不觉得。痛苦在什么地方，也说不出来。我总以为不会忽然变坏，想不到日复一日，弄得如此衰弱，如今元气也丧失了。我这死不足惜之身，能够延命至今，全靠种种祈祷和誓愿的法力吧。然而迟迟不死，反而使我痛苦，如今但愿早点死去。虽然如此，我在这世间难于抛舍之事，实在很多啊！事亲不能尽其天年，最可伤心；事君也是半途而废，罪愆良多。而回顾自身，不能扬名立业，抱恨而死，尤觉可悲。此种世人共有的恨事，姑置不谈。但我心中另有一种痛苦，在这大限将临之时，本来不必泄露于人，然而到底难于隐忍，总想向人诉说。我有许多兄弟，但因种种关系，即使对他们隐约谈起，也不相宜，只可向你诉说：我对六条院大人，稍有得罪之处，数月以来，中心耿耿，惶恐异常。但此事实在非出本意，伤心之极，自觉将成疾病。正在此际，忽蒙大人宣召，遂于朱雀院庆寿音乐预演之日，赴六条院叩见。观其眼色，显然对我未能恕罪。从此愈觉人世忧患甚多，生涯全无意趣，心中骚乱之极，便弄得如此狼狈。我固微不足数，我对大人自幼忠诚信赖，此次之事，恐是听信谗言之故。我今死去，只有此恨长存于世，当然又是我后世安乐的障碍。但愿你在得便之时，禀告六条院大人，善为辩解。我死之后，若蒙大人恕罪，我就感恩不尽了。"他越说下去，样子越是痛苦，夕雾看了非常难过。他心中已经猜到那一件事，然而未能确实察知详情。便答道："你何必如此多心啊！家父并没有怪怨你呢。他闻得你的病如此沉重，非常吃惊,悲叹不已,常在替你惋惜。你既然有了这样的心事,为什么一直闷在肚里,不告诉我呢?倘告诉了我,我也可奔走斡旋,使双方谅解。但时至今日,悔之晚矣!"他不胜悲戚,恨不得教时光倒流。柏木说道:"我病势略见好转之时,原想和你谈谈。但我自己万万想不到病势会如此迅速恶化,迁延至今,实在太糊涂了。你切不可将此事告诉别人!如有适当机会,务请善为说辞,向六条院大人辩解。一条院那位公主〔1〕,亦请随时照拂。朱雀院闻我死去,必然替公主伤心,全靠你善为劝慰了。"柏木还有许多话想说,然而身心已经十分疲乏,难以支持,只得向夕雾挥一挥手,说道:"请你回去吧!"祈祷僧等便走进来作法,母夫人和父大臣也进来了,众侍女奔走喧嚣,夕雾只得啼啼哭哭地出去了。

柏木的妹妹弘徽殿女御自不必说,夕雾夫人云居雁也非常悲伤。柏木为人诚恳周到,颇有忠厚长者之风,因此髭黑右大臣的夫人玉鬘对这个异母长兄也特别亲睦,她十分关怀柏木的病,自己另请僧众,替他举行祈祷。然而祈祷不是"愈病药"〔2〕,毕竟徒劳无益。柏木终于不及与落叶公主见面,像水泡一般消逝了。

年来柏木对于落叶公主,心底里并无深挚的爱情,但在表面上,非常恭谨尊重,亲爱逾恒,关怀周至,一向相敬如宾。因此落叶公主对他并无怨恨之处。她看见柏木如此寿短,只觉得世事不可思议,人生实在无聊,左思右想,不胜悲戚,那迷离恍惚的神情实甚可怜。她的母夫人想起女儿青春守寡,惹人讪笑,不胜惋惜。看了女儿愁苦的模样,感到无限悲恸。柏木的父母更不必说,他们恋恋不舍地哭泣,叫道:"应该让我们先

---

〔1〕 指其妻落叶公主。
〔2〕 古歌:"恋人不得见,病势日危笃。除却两相逢,更无愈病药。"见《拾遗集》。

死呀！这世间太不讲道理了！"然而无可奈何。做了尼姑的三公主一向痛恨柏木无礼，希望他不得长寿。但闻知他已死去，毕竟也觉得可怜。她心中推想："柏木相信这孩子是他的儿子，所以我和他想必确有前世因缘，才发生那桩意外的祸事吧。"她左思右想，不胜感伤，不知不觉地流下泪来。

到了三月里，天色晴朗，小公子薰君[1]诞生已五十天，要举行庆祝了。这小公子长得粉妆玉琢，娇美可爱，而且非常肥硕，好像不止五十天似的，那小口儿已想牙牙学语了。源氏来到三公主房中，说道："你心情快适了么？唉！你这模样真教人看了失望啊！如果你同从前一样打扮，我看见你恢复了健康，多么欢喜啊！你舍弃了我而出家，使我很伤心呢！"他淌着眼泪诉说苦情。他每天来看望一次，对三公主的关怀反比从前殷勤了。

五十日诞辰，例行献饼仪式。但母夫人已经改了尼装，这仪式应该如何办法呢？众侍女正在踌躇不决，源氏来了。他说："这又何妨呢！倘是个女孩，则当尼姑的母亲来参与庆典，嫌不吉利；男孩有什么呢！"便在南面设一小小座位，给小公子坐了，向他献饼。乳母打扮得花枝招展，奉献的礼品种类繁多，盛饼饵的笼子、盛食品的盒子，装潢都极美观，帘内帘外都摆满。众人不知道内情，兴致十足地布置着。源氏看了只觉得伤心，又甚可耻。三公主也起来了。她的头发末端很密，扩展在两旁。她觉得不舒服，用手从额上掠开去。此时源氏撩起帷屏，走进来了。三公主怕难为情，转向一旁。她的身子比产前更加瘦小了。那头发因为可惜，那天落发时留得很长，所以后面是否剪落，不大看得清楚。她穿着一

---

〔1〕 这薰君是此书最后十回的主人公。

件袖口上和裾上层层重叠的淡墨色衬衣,外加一件带黄的淡红色衫子。她这尼装还不曾穿惯。从侧面望去,这样打扮也很美观,像个孩子模样,玲珑可爱。源氏说道:"唉,我真难过啊!淡墨色到底不好,教人看了觉得眼前黑暗。我曾安慰自己:你虽然做了尼姑,我还可常常见你。然而眼泪始终淌个不住,实甚可厌。我今被你舍弃,然世人认为罪归于我,这也使我痛心万分,苦恨无限!可惜不能回复从前旧状了。"他叹息一声,又说:"倘你说现已出家为尼,故欲与我离居,这便是你真心厌弃我,使我觉得可耻可悲。还望你怜爱我些。"三公主答道:"我闻出家之人,不懂得世俗怜爱。何况我本来不懂,教我如何奉答呢?"源氏说:"那就无可奈何了。但你也有懂得的时候吧[1]!"他只说了这两句话,便去看小公子。

几个乳母都是出身高贵、容姿秀美的人,一齐在照管小公子。源氏召唤她们前来,叮嘱她们应该如何照管。他说:"唉!我已余命无多,这晚生儿定然会长大成人吧。"便抱了他。但见小公子无思无虑地笑着,长得又胖又白,相貌极美。源氏隐约回忆夕雾幼时模样,觉得相貌和他不像。明石女御所生皇子,出于皇家血统,气品自是高贵,但并不特别清秀。这个薰君的相貌,却是高贵而又艳丽,目光清炯,常带笑容。源氏觉得非常可爱。但恐是心有成见之故吧,觉得他非常肖似柏木。现在还只初生,目光已经稳定,神色迥异常人,真乃十全十美的相貌。三公主没有分明看出他肖似柏木,别人更是全不注意,只有源氏一人在心中慨叹:"可怜啊!柏木的命运何其悲惨啊!"由此推想人世无常之恸,不知不觉地淌下泪来。但念今日应该忌避不祥,便揩揩眼泪,吟诵白居易"五十八

[1] 暗指对柏木。

翁方有后,静思堪喜亦堪嗟"之诗[1]。源氏比五十八还少十岁,然而心情上已有迟暮之感,不胜悲伤。他很想教训这小公子:"慎勿顽愚似汝爷!"他想:"侍女之中定有知道此事内情之人,她们还以为我不知道,把我看做白痴呢。"心中便觉不快。但他又想:"我被看做白痴,咎由自取。我和公主两方比较起来,公主受人奚落更是难受呢。"心中虽如此想,脸上并不表露。小公子天真烂漫地嬉笑,牙牙学语,那眼梢口角异常美丽。不知内情的人也许不会注意,但在源氏看来毕竟非常肖似柏木。他想:"柏木的双亲定在悲叹他没有儿子吧。岂知他有这个无人知道的罪恶儿子隐藏在这里,无法教祖父母知道呢。这个气度高傲而思虑圆熟的人,由于自心一念之差而毁灭了他的身体!"他觉得柏木很可怜,便消除了对他憎恨之心,为他流下同情之泪。

众侍女退去之后,源氏走近三公主身边,对她说道:"你看了这孩子做何感想?难道你定要抛弃这可爱的人儿而出家么?哎呀,好忍心啊!"突然如此诘问,羞得三公主红晕满颊。源氏低声吟道:

"岩下青松谁种植?

若逢人问答何言?

真痛心啊!"三公主置之不答,把身子俯伏下来。源氏以为这不答也难怪,不再穷诘。他推测:"她此时不知做何感想。虽然不是富有情感的人,但总不能漠然无动于衷吧。"便觉此人十分可怜。

---

〔1〕　白居易自嘲诗:"五十八翁方有后,静思堪喜亦堪嗟。一珠甚少还惭蚌,八子虽多不羡鸦。秋月晚生丹桂实,春风新长紫兰芽。持杯祝愿无他语,慎勿顽愚似汝爷!"下文又引末句,"爷"指柏木也。

　　且说夕雾回思柏木困窘不堪而隐约说出的那番话,想道:"到底是怎么一回事呢? 如果他那时神志再清爽些,也许会把真情说出,我就可察知究竟了。但那是无可挽救的弥留之际,真不凑巧,教人好不懊丧,真是遗恨无穷啊!"他始终不能忘记柏木当时的面影,比柏木的诸弟更加悲伤。又想:"三公主此次并无何等沉重的疾病,而毅然决然地出家为尼,又是什么道理呢? 即使她自愿出家,父亲难道会允许她么? 上次紫夫人病势那么危笃,啼啼哭哭地要求出家,父亲尚且不肯抛舍,终于将她留住了。综合起来仔细想想,恐怕还是因为柏木自昔恋慕三公主,一直不曾断念,苦闷难忍之时,不免有所流露。柏木为人非常沉着,外表看来,比常人特别温厚周谨。别人要知道他心中所思何事,实在困难得很。然而他的意志稍稍薄弱,情感过分温柔,这就难免错失。恋情无论何等痛苦,在不该做的事情上迷乱心情,以致失却性命,决非长策。给对方招来痛苦,自己又徒然丧身,如何使得! 虽说是前世注定的因缘,毕竟过分轻率,真乃无聊之事!"他心中如此想,但对夫人云居雁也不诉说。对父亲源氏,因无适当机会,亦不曾禀告。但他总想把柏木隐约吐露的事告诉父亲,看他有何表示。

　　柏木的父大臣和母夫人悲伤哭泣,眼泪没有干的时候。头七、二七……匆匆过去,他们都茫然不知。超荐功德、布施供养,以及一切丧事,都由柏木的诸弟妹料理。佛经、佛像的装饰布置,则由左大弁红梅指挥。关于每一个七的诵经事宜,左右人等向大臣请示,大臣答道:"不要来问我! 我已经悲伤得这样了,再要我操劳,反而增加他的罪孽,妨碍他死后超生。"他已经神志昏迷,似乎濒于死亡了。

　　一条院的落叶公主不得与丈夫见最后一面,就此永别,自然倍感悲伤。日子渐久,广大的邸宅内仆从陆续散去,人数稀少,冷落萧条,只有柏木生前几个亲信的人，有时还来慰问。管理柏木所爱好的鹰和马的人，失却了依靠，垂头丧气地进进出出，落叶公主每次看到，都有无限感慨。柏木生前惯用的器物，依然存在。常弹的琵琶与和琴，弦线已经脱落，默默无声地搁着，教人看了实在伤心！只有庭前的树木，依旧绿烟笼罩，群花不忘春来，到处含苞欲放。落叶公主怅望此景，不胜悲戚。众侍女穿着淡墨色的丧服，寂寞无聊地度送春昼。

正在此时，忽闻威风凛凛的喝道声，便有车马停在邸宅门前了。有人哭着说道："难道他们忘记了，以为主人还在世么？"这是夕雾大将前来访问。仆从便进去通报。落叶公主以为总不过是柏木的弟弟左大弁或宰相来了，岂知走进来的是个相貌堂堂、令人望而却步的夕雾。就在正厅前厢设个座位，请他入坐。此人身份高贵，倘照通例叫侍女应对，未免失礼，故由公主的母夫人亲自出见。夕雾对她言道："卫门督不幸身故，小生悲悼之心，实有过于亲属，只因名分所限，未便越礼，只能作寻常慰问而已。但卫门督临终之时，曾有遗言嘱咐，为此不敢疏慢。人生于世，寿夭无常，小生之命亦早晚难测，只要一息尚存，但凡思虑所及，定当竭力效劳。二月之内，朝廷神事繁忙，若为私人之悲伤而闭居不出，又非向例所许。即使在此期间抽暇来访，也只能立谈即去[1]，反有不能尽情之憾。因此许久不曾前来拜望。曾见前太政大臣遭此丧明之痛，悲伤不堪。父子情深，执迷难悟，此亦人之常情。然夫妻之情，更为深切，推想公主悲恸之状，令人伤心不堪也！"说时屡屡举手拭泪揩鼻。原来夕雾一方面气宇轩昂，一方面又是多情善感之人。母夫人饮泣之余，以鼻声答

〔1〕　当时惯例：参与朝廷神事的人，倘在神事期间访问有丧者之家，只许立谈片刻即去。

道:"悲哀之事,乃无常之世的常态。夫妇永别之痛,亦非世间无有其类。像我这样有了年纪的人,还可作如是想,强自宽怀。然而青年人总想不通,那悲痛之相教人看了实在难过! 她竟想追随地下,似乎一刻也不能迟。我这命苦的老身,活到现在,难道还要眼看后辈双亡的悲惨下场么?真使我痛苦之极啊! 你是他的知心好友,自然知道他的事情:我在当初就不赞成这头婚事,只因前太政大臣嘱望殷勤,未便辜负。而朱雀院亦认为因缘美满,心中嘉许,于是我疑心自己见识不足,就回心转意,玉成其事。岂知变成了南柯一梦! 如今回想起来,我当时既有此心,何不坚持到底? 思之不胜悔恨。但我当时哪里料到他如此短命呀! 照我这旧头脑想来,为公主者,若非特殊情况,不论因缘善恶,下嫁总非美事。如今既不能独身,又丧失了夫婿,变成了两无着落的薄命之身! 倒不如索性乘此机会,和夫婿一同化作烟尘,为自身计,也可少受世人怜悯。但话虽如此说,毕竟难于毅然实行。我目睹惨状,不胜悲戚。此时幸蒙时时劳驾,惠然来访,不胜喜慰感激之情。又闻君言,死者曾有遗言嘱托。如此看来,他生前对公主虽然似乎并无深挚之爱,但临终之时,对人留下遗言,可知确有深情厚谊。则悲伤之中也有喜慰之时了。"说罢哭泣甚哀。夕雾也急切难于收泪,后来说道:"此君异常老成持重,恐是早死之因。近二三年来,态度非常阴郁,时见意气消沉之状。小生不揣谫陋,时时劝谏:'你太洞察世情,是个深思远虑之人。但过分机敏,会失却爱美之心,反而减弱了明慧之相。'但他总认为这是浅薄之见。唉,这些都不必说了,要紧的是公主心中比任何人都悲伤,恕我说无礼的话:我对她非常同情呢!"他委婉诚恳地安慰了一番,坐了很久才回去。

　柏木比夕雾年长五六岁,然而还是翩翩少年,姿态娇艳可爱。夕雾则威严堂皇,有男子气概,不过相貌也很柔嫩清秀,远胜常人。众青年侍女目送夕雾出门，哀情也稍稍忘怀了。夕雾看见庭前一树樱花开得非常美丽，想起"今岁应开墨色花"的古歌[1]。觉得此诗不祥，便信口吟唱另一首古歌："年年春至群花放，能否看花命听天。"[2]接着便赋诗云：

　　　"庭前樱一树，半面已枯斜。
　　　但得良时至，依然开好花。"

他装作无意中偶有所感的样子而吟诵，一面走出门去。母夫人听了，立刻奉和一首：

　　　"今春频堕泪，柳眼露珠穿。
　　　花发与花落，不知在哪边。"

这位老夫人并非十分富有情趣的人，但人多称她为爱好时髦而饶有才华的更衣。夕雾见她迅速答诗，觉得果然是个伶俐乖巧的人。

　　夕雾离开一条院，立刻来到前太政大臣邸内。但见柏木的诸弟都在座，他们都说："请到这里来！"他就走进大臣的客厅中。大臣暂时抑制哀情，与夕雾相见。这位大臣虽然上了年纪，相貌一向同青年人一样漂亮，但此次也消瘦衰老了。胡须也无心剃，长得很长。竟比以前遭父母之丧时更加憔悴。夕雾一见这岳父的模样，悲痛难忍，簌簌地流下泪来。自觉不好意思，便努力隐藏。大臣想起夕雾是柏木的好友，见了面只管淌

---

　　〔1〕　古歌："山樱若是多情种，今岁应开墨色花。"见《古今和歌集》。
　　〔2〕　见《古今和歌集》。

眼泪,怎么也止不住。谈起柏木的事,话语滔滔不绝。夕雾把访问一条院之事说给他听。大臣的眼泪越发像春雨连绵时的檐漏一样掉个不住,衣衫都湿透了。夕雾把落叶公主的母夫人所咏"柳眼"之诗写在怀纸上,呈与大臣观看。大臣说:"我的眼睛也看不见了!"拼命擦了一会眼泪,然后看诗。那哭丧着脸阅读时的相貌中,全无从前那种精明能干、轩昂磊落的痕迹,教人看了不成体统。此诗并非特别优越,惟"露珠穿"之句颇有意味,大臣读了不胜伤感,眼泪久不能止。对夕雾言道:"你母亲逝世那年秋天,我以为悲伤已达极点。然而妇女行动范围有限,相识的人较少,无论何种情况之下,总不亲身出面。因此这悲伤是隐藏的,并不到处触发。但男子就不同,柏木虽然并不能干,也蒙皇上不弃,官位晋升以来,仰仗他的人自然渐次增多,闻耗而惊叹惋惜的人,各方面都有。但我之所以深感悲恸者,并非为了世间一般的威望与官位,只是想起了他那美玉无瑕的身体,悼念不已耳。世间何物可以解除我的悲痛呢?"说罢仰起头来,怅望天空,但见暮云暗淡,樱花将谢,他今天还是初次看到这景色呢。就在夕雾的怀纸上写道:

　　　　"反教老父穿丧服,
　　　　　春雨连绵哭子哀。"

夕雾也吟道:

　　　　"亡人撒手西归去,
　　　　　抛却双亲服子丧。"

左大弁红梅也吟道:

　　　　"青春未到花先落,

　　　　可叹谁人为服丧!"

　　柏木死后举办法事,非常庄严隆重,与寻常世俗迥不相同。夕雾大将的夫人云居雁自不必说,夕雾自己也特地延请高僧,为柏木诵经念佛,排场十分盛大。此后夕雾常赴一条院访问。时惟四月,晴空万里,清和宜人。四处树梢,一色青葱,美好可爱。惟一条院邸内日夜悲叹,处处萧条岑寂。正在度日如年之时,夕雾大将照例前来访问了。但见庭中一片嫩草,正在青青发芽。铺沙较少的荫处,蓬蒿也正欣欣向荣。柏木生前爱好栽花种树,现在这些花木无人管理,任意地繁殖着。"一丛芭芒草"[1]也得势滋蔓,想象将来虫声繁密的秋趣,令人感慨流泪。夕雾就在这些露草之间缓步而入。檐前处处挂着伊豫帘[2],里面的淡墨色帷屏已经换上夏季的薄纱,透过帘影眺望,颇有凉爽之感。内有几个姣好的女童,穿着浓墨色上衣。从帘外隐约窥见她们的衣裾和面影,样子非常可爱,然而这种颜色毕竟触目惊心。

　　夕雾今天坐在廊上,侍女们替他铺了茵褥。但又觉得这座位太简慢了,便去通报老夫人,劝她延客入室。但此时老夫人身体不好,躺卧在那里。侍女们便暂时和他应酬。这当儿夕雾眺望庭中花木悠然繁荣之状,不胜感慨。但见一株柏木和一株枫树,比别的树木分外青葱,枝条互相

---

〔1〕　古歌:"一丛芭芒草,使君所手植,今已成草原,虫声何繁密。"见《古今和歌集》。
〔2〕　伊豫国所产的竹帘。

交叉着,便说道:"真有缘分啊！这两株树的上端连理一般合成了一株,可见前途有希望啊。"于是悄悄地走近去,吟道:

"木神既许相亲近,
　结契宜同连理枝。

让我坐在帘外,如此疏隔,教人好恨啊!"便走近门槛边去。众侍女互相扯衣推肘,悄悄地告道:"这个人鬼鬼祟祟的时候,丰姿也是很优雅的呢!"老夫人叫传言的侍女小少将君[1]报以诗云:

"柏木守神虽已逝,
　庭前枝叶岂容攀![2]

此言太无礼了,如此存心,何其浅薄耶!"夕雾觉得诚然,付之一笑。后来听见老夫人正在膝行而出,便整整衣冠,与她相见。老夫人开言道:"恐是在这辛酸的世间忧伤地度送日月之故吧,心情异常苦闷,生涯茫然如梦。屡次劳驾慰问,实在不胜感谢,只得强起迎候。"看她的神情非常痛苦。夕雾答道:"忧伤是难怪的,然而只管忧伤,也是枉然。世间万事,皆前生注定,忧伤毕竟也有限度。"他用这话安慰她,心中想道:"尝闻人言,这位公主性情十分优雅。如今惨遭不幸,生受世人讥笑,定然异常悲伤。"情不自禁,便热心地探询公主的近况。又想:"这位公主的相貌虽然

---

〔1〕　这侍女是老夫人之侄女。
〔2〕　本回题名据此诗。

不是十全其美,但是只要不是十分面目可憎,难道可以凭外貌印象而嫌恶她、或者另外迷醉于荒谬的恋情么? 这样做实在是可耻的。归根到底,一个人只有性情是最重要的。"便又对老夫人说道:"今后但愿将小生当作故友一样看待,请勿见外为幸。"这话虽然不曾有意表示求爱,却已恳切地吐露他的心事了。夕雾身穿常礼服,姿态异常鲜丽,长身玉立,相貌堂堂。众侍女悄悄地议论:"他父亲万般和蔼可亲,其气品之高雅与态度之温柔,无人可与并比。这位公子则雄赳赳地,气宇轩昂,令人一见便会惊叹:'啊,好漂亮!'这相貌真是与众不同。"接着又说:"索性让他就在这里进进出出吧。"

夕雾吟唱"右将军墓草初青"[1]之诗。右大将藤原保忠夭死,乃近世之事。可知不论古今,人世必有伤逝之痛。而于柏木尤甚:不论身份高下,无人不扼腕叹惜。只因此人不但学问渊博,且又异常重情,所以连平素不甚亲近的僚属,以及老年的侍女,也都恋慕悲伤。皇上尤深惋惜,每逢举行管弦之会,总首先想起柏木,不胜感慨。"惜哉卫门督!"变成了当时通行的一句话,无人不说。源氏怜惜柏木,日久愈深。只有他一人心中知道薰君这孩子是柏木的遗孤,而别人却是做梦也想不到的,所以也是枉然。到了秋天,薰君已会扶床学步,其可爱之状难于形容。源氏不但在人前当作亲生子看待,而且真心地怜爱,常常抱他。

━━━━━━━━

〔1〕 纪在昌悼右大将藤原保忠诗有"天与善人吾不信,右将军墓草初秋"之句。因为现在不是秋天,故把"秋"字改为"青"字。

第三十六回　横　　笛[1]

　　柏木大纳言盛年夭逝,悲伤悼惜之人甚多。源氏向来闻人死耗,即使是泛泛之交,只要其人是略有世誉的,无不悼惜,何况这柏木乃常来之客,朝夕相亲,自比别人知己。如今死去,使他觉得甚不可解,且可恋之事甚多,故往往触景生情,想念不已。柏木周年忌辰,源氏替他大做功德。他看看无知无识地嬉笑玩耍的薰君的模样,觉得毕竟十分可怜,心中便生一念,替薰君另舍黄金百两,布施僧道。柏木的父大臣不知内情,但觉不胜感谢喜慰。夕雾大将也替柏木做许多功德,亲自郑重办理一切法事。又在此周年忌辰赴一条院殷勤慰问。父大臣和母夫人想不到夕雾对柏木的感情比诸弟更深,都非常感激。他们看见柏木死后世人对他如此尊重,越发觉得可惜,悼念之情永无尽期。

　　山中的朱雀院为了二公主青春守寡,受人讪笑,心中闷闷不乐。而三公主又出家为尼,脱离尘世,使他觉得诸事都不称心。然而身已为僧,自应抛却一切世虑,逆来顺受。他在做功课的时候,推想三公主也正和他同样地勤修佛道,故自三公主出家之后,他常常写信给她,小小的事情也都谈到。

　　一日,朱雀院在寺旁的竹林里掘竹笋,又在附近山中掘些野芋,喜其

---

〔1〕　本回写源氏四十九岁二月至同年秋季之事。

有山乡风味,特派人送与三公主,并附一封详细的信。信的开头写道:
"春日山野,烟霞迷路,只因对你思念不已,特地前往采掘,但亦聊表寸心
而已。

　　　　看破红尘虽较晚,

　　　　往生净土道相同。

但此乃十分艰巨之事业。"三公主正在挥泪读信,源氏进来了。他看见室
中和往常不同,公主身边放着些果盘,觉得很奇怪,一看,原来是朱雀院
来信。他拿过信来一读,觉得非常感动。信很详细,内有句云:"我似觉
命终之日,即在目前。常思与你会面,深恐不能如愿。"诗中诱导三公主
一同往生净土,此乃僧人常谈,并无何等意趣,但他想道:"朱雀院当然作
如是想。他看见连我这个寄托终身的人态度也很冷淡,就越发替三公主
担心了,真可怜啊!"三公主仔细地写回信,叫人拿一套深宝蓝色的绫罗
衣服赏赐了使者。源氏看见帷屏边露出三公主写坏了的信纸,便拿起来
看,但见笔迹非常稚嫩。其答诗云:

　　　　"渴慕远离尘世处,

　　　　欲辞俗界入深山。"

源氏对她说道:"你在这里,朱雀院还替你担心,如今你说要往深山,真使
我好伤心啊!"现在三公主对源氏正面也不看一眼。她的额发异常美丽,
面庞十分可爱,竟像一个孩童。源氏看了不胜怜惜,想道:"为什么弄到
这般模样呢?"深恐引起色念,蒙受佛罚,便努力自持。两人隔着一层帷

屏,但又不很疏远,适当地互相应对。

　　小公子薰君在乳母那里睡觉,此刻醒了,匍匐出室,来拉住源氏的衣袖,那样子非常可爱。他身穿一件白罗上衣,外加一件蔓草纹样的红面紫里的小衫,那长长的衣裾随随便便地拖曳着,胸前几乎全部露出,那衣服都挤在后面。这原是小孩的常态,然而此儿的样子特别可爱,肤色白皙,身材苗条,宛似一个柳木削成的人像。头发好像是特地用鸭跖草汁染过似地油亮,嘴角红润,眉目清秀,教人一看就想起柏木。柏木的相貌还没有这么艳丽呢,不知他怎么会长得这样漂亮。他也不像母亲。这一点儿年纪,神情就如此高贵堂皇,迥异常人,源氏觉得比起他自己映在镜中的面影来,并无不如之处呢。

　　薰君最近才学步。他无知无识地走近盛笋的盘子旁边,拿起笋来乱抛,或者咬一下就丢了。源氏笑着说道:"啊,没有规矩!太胡闹了!快把这盘子藏起来吧。爱说坏话的侍女会传出去,说这孩子是个馋嘴儿呢!"就抱了这孩子。又说:"这孩子实在长得眉清目秀啊!也许是我看见的幼儿不多之故吧,以为这点儿年纪的小孩都是无知无识的,这孩子却现在就与众不同,倒很可担心呢。这么一个人在公主〔1〕等人中间长大起来,对于她们和他自己都会发生麻烦呢。不过,可怜啊!这些人长大的时候,我总是看不到了!有道是'年年春至群花放,能否看花命听天'呀!"说着,注视小公子的脸。众侍女都说:"呀!莫说这不祥的话!"薰君已出牙齿,常常想咬东西,他紧紧地握住一支笋,流着口涎拼命地咬。源氏笑道:"唉,真是个异常的色情儿啊!"便把笋拿开,一面吟道:

───────────

　〔1〕　指明石女御所生女儿。

　　　　"伤心旧事虽难忘,

　　　　　竹笋青青不忍抛。"

　　小公子无心无思地只是憨笑。他连忙从源氏膝上爬下,又往别处嬉戏打闹去了。

　　光阴荏苒,这小公子年龄越长,相貌越是美好,竟使见者吃惊。那件"伤心旧事",确已完全忘却了。源氏想道:"想是前生注定要诞生这个人,所以发生那件意外之事吧。命运真是无可逃避的啊!"他的想法已经有些改变。他想想自己的命运,觉得也有许多不能称心的事情:许多妻妾之中,只有这位三公主身份毫无缺陷,品貌也可满意,却想不到会做了尼姑。如此看来,她和柏木的罪过还是不可原宥,真乃遗憾之事。

　　且说夕雾大将独自回想柏木临终时遗言,不知究竟是怎么一回事,很想禀告父亲,看他有何表示。但因他已隐约猜测到几分,所以反而觉得难于启口。他总想找个机会,探明此事详情,并把柏木愁苦之状告诉父亲。

　　秋天有一个凄凉的傍晚,夕雾挂念一条院的落叶公主,便前往访问。落叶公主正在随意不拘、从容不迫地弹各种琴。未及好好收拾,侍女们已把夕雾引导到她所居的南厢里来了。夕雾分明察知室内侍女等膝行而入帘内的情状,听到衣衫窸窣的声音,闻到遗留着的衣香,觉得优雅之趣可爱。照例由老夫人出来会面,闲谈种种往事。夕雾自己的三条院内,一天到晚有许多人进进出出,非常嘈杂,外加有许多小孩奔走吵闹。他在那边住惯了,觉得此地清静可喜。虽然近来不免荒凉之感,毕竟是高贵优雅的住处。庭中花木乱开,虫声繁密。夕雾闲眺此夕暮景色,想起秋日的原野。便拉过那把和琴来看看,但见弦音合着律调,分明是经常弹奏的,琴上染着奏者的衣香,令人觉得可亲。夕雾想道:"在此情景之下,若是个肆无忌惮的色情男儿,会显出不成样子的丑态来,流传可耻的恶名呢!"他一面如此想象,一面试弹和琴。这是柏木生前常弹的琴。夕雾短短地弹了一支富有情趣的乐曲之后,说道:"唉!大纳言弹这琴时,声音真美妙呢!这些妙音一定含蓄在这琴中吧。小生拟请公主弹出此种妙音,俾得一饱耳福。"老夫人答道:"自从断弦以来,公主连童年习得的乐曲也忘记得影迹全无了。从前朱雀院命诸公主在御前试弹种种琴筝之时,也曾称赞这位公主弹得不坏。但现在仿佛已经换了一个人,只是茫然若失,忧愁度日,把这琴看做牵惹旧恨的厌物了。"夕雾说道:"这话固然有理,不过'哀情亦是无常物'[1]呀!"他叹息了一会,把琴推向老夫人身边。老夫人说:"那么就请你试弹一曲,好教我也能辨别此中是否含有妙音,也可使我这因愁闷而昏聩了的耳朵亨一下耳福。"夕雾答道:"不敢,小生尝闻操琴之道,夫妇之间传承特别真切。愿得公主妙手演奏一曲。"便把琴推向帘边,知道公主不会立刻答应,也并不强请。

此时月亮出来了,晴空一碧,了无纤云。群雁成行,振翅飞鸣,片刻不离。公主看了,想必羡慕。秋风送爽,微寒侵肌。公主被这清幽之趣所感动,取过筝来,轻轻地弹了一曲。夕雾听了这优雅之声,越发恋慕公主,反觉心乱如麻了。便取过琵琶来,以非常亲切的声音弹了一曲《想夫恋》。说道:"小生推想公主心情而奏此曲,不免冒渎之罪。但此曲公主总当酬和了。"便恳切地向帘内劝请。公主越发羞涩,无言可答,只是满怀感慨,陷入沉思。夕雾赠诗云:

---

〔1〕 古歌:"哀情亦是无常物,但看经年便不思。"见《古今和歌集》。

　　　　"窥君不语含羞意，

　　　　　始信无言胜有言。"

公主只把此曲末尾在和琴上略弹几句，便答诗云：

　　　　"纵知深夜琴声苦，

　　　　　只解听音不解言。"

和琴的音调虽不是那么细腻，但由于有深通此道之人精心传授，因此，虽是同一曲调，却弹出了特别凄凉动人的情味。可惜只弹几句，就此停止，竟使夕雾恨恨不已。对老夫人说道："今夜小生在好几个乐器上弹出了种种心事，已蒙公主垂察。秋夜更深，扰人清睡，恐蒙故人呵责，就此告辞了。稍迟数日，当再前来奉候，但愿此琴调子依然不变。世间常有变调之事，不免教人担心耳。"他没有明言，只是委婉地暗示了自己的心事，便欲离去。老夫人答道："今宵风流韵事，想来不致受人谴责。惟你我漫谈，尽是琐屑旧事，未能听赏妙手演奏，使我得以延年益寿，不胜遗憾耳。"便在赠物中添加一支横笛，对他说道："此笛确有悠久之历史，听其埋没在此蓬门陋屋之中，实甚可惜。请君在归车中试吹，与前驱之声竞响，路人亦无不爱听也。"夕雾逊谢道："如此美笛，恐我无福消受。"拿起笛来看看，这也是柏木生前随身爱玩之物。记得柏木常对他说："此笛所有妙音，我亦未能全般吹出，将来总须传与我所信任之人。"回思往事，又平添了许多哀愁。便拿起笛来试吹，吹了半曲南吕调就停止，说道："为了怀念故人，弹和琴以自慰，拙劣之处，当蒙原恕。但这管名笛，实在不好意思……"说罢起身欲出。老夫人赠以诗云：

"露重草长荒邸内,

秋虫声美似当年。"〔1〕

夕雾答道:

"吹残横笛声如昔,

哭友哀音无尽时!"

吟罢,徘徊不忍遽去,夜色已甚深了。

夕雾回到三条院自邸,看见房间的格子门等都已关上,人都睡静了。想是有人告诉云居雁,说夕雾爱上了落叶公主,和她十分亲昵,因此云居雁看见夕雾深夜不归,心中生气,此时听见他回来了,故意装作睡觉吧。夕雾用美妙的嗓子独自吟唱催马乐"小妹与我入山中……"〔2〕。唱罢,恨恨地说:"为什么都关上了?好气闷哪!今夜这么好的月亮,竟有人不要看啊!"便把格子门打开,又把帘子卷起,在窗前躺下,对云居雁说:"这么好的月夜,也有肯安心睡觉的人?唉,太没意思了!"云居雁心中不快,置之不理。许多无知无识的孩子,东一个西一个地睡着,许多侍女也挤在一起躺着。夕雾看了这人口热闹的状态,回想刚才一条院的光景,两相比较,觉得大不相同。他拿起那支笛来吹了一会,躺卧着回想:"我走之后,那边多么冷清!那张琴大约没有变调,仍在那里弹吧。老夫人也是个和琴名手呢。……"又想:"为什么柏木只在表面上尊重这公主,而

---

〔1〕 以虫声比笛声。

〔2〕 催马乐《小妹与我》全文:"小妹与我入山中,切莫手触辛夷丛!只恐衣香移将去,使得辛夷香更浓。"

对她没有深挚的爱情呢？这一点实在令人难解。倘想象得很美,而一见大失所望,倒是不幸之事。世间常例,凡大名鼎鼎的,往往教人失望。如此想来,我们夫妻从小相亲相爱,多年以来,从无半点龃龉,实在是难得的。怪不得她要如此骄矜了。"

夕雾蒙眬入睡,梦见已故的卫门督身穿便服,坐在他身旁,拿起那支笛来看看。夕雾在梦中想道:"他的亡魂舍不得这支笛,所以寻声而来了!"但闻柏木吟道:

> "愿教笛上精深曲,
>
> 永远留传付子孙。

我所指望留传的不是你。"夕雾想问他所指望的是谁,忽然一个孩子在睡梦中哭起来,把他惊醒了。这孩子哭得很厉害,乳汁都吐出了。因此乳母也起身,人声嘈杂起来,云居雁也拿着灯来了。她把头发夹在耳上,殷勤地逗哄他,抱着他坐下。她近来很肥胖,此时便撩开她那丰腴的酥胸来,给孩子喂奶。这孩子也长得很漂亮。母亲的乳房虽然洁白可爱,但吮不出乳汁来,只是给他含着,借以慰情而已。夕雾也走过来看,问道:"怎么样了?"便叫人拿些米来撒在地上,以驱除梦魔。一时室中骚乱,夕雾梦中的哀情也便消失了。云居雁对他说道:"这孩子好像有病了。你醉心于那边的新鲜花样,深夜回来还要赏月,把格子门打开,那些鬼怪便混进来作祟了。"她恨恨地说,那娇嗔之相实甚可爱。夕雾笑道:"我万万想不到带了鬼怪进来呢! 对啊,我倘不开格子门,没有通路,鬼怪便进不来了。你毕竟是许多孩子的妈妈,想得周到,说话很有点道理嘛。"说时,盯着云居雁看,看得云居雁不好意思了。她说:"罢了,里面去吧。我这样子怪难看的……"在明亮的灯光下,她那羞答答的样子实甚可爱。小公子的确身体不大好,一直啼哭,直到天亮。

夕雾大将回忆那个梦,想道:"这支笛真难于处置了! 这是柏木生前心爱之物,我不是应该接受的人,老夫人却把它送给我,真没有意思啊! 不知柏木的亡灵对此做何感想。生前并不十分关心的东西,到了临终之际,一时念及,不胜痛惜,或者伤心,恋恋不舍地死去,那魂灵便永远迷惑在无明世界了。如此看来,在这世间,对无论何物都不可执着。"他想了一会,就发心叫爱宕山寺〔1〕僧众举办法事,又在柏木生前所信仰的寺院中大做功德。关于那支笛,他想:"老夫人为了我和柏木交情深厚,所以特地送给我。我立刻把它捐献给佛寺,倒是一件善事,然而未免使老夫人扫兴吧。"便暂不处置,到六条院去参见父大臣了。

源氏此时正在明石女御室中。明石女御所生三皇子年方三岁,在诸皇子中长得特别秀美,紫夫人格外疼爱这外孙,抚养在自己身边。这三皇子从室中走出来,向夕雾叫道:"大将! 抱了皇子,到那边去!"他还不大会说话,对自己也用敬语〔2〕。夕雾笑道:"你到这里来吧。我怎么可以走过帘前呢? 岂非太不懂规矩了吗?"等他走近,便抱了他。三皇子对他说道:"别人看不见的,我把你的脸遮住。去! 去!"就用自己的衣袖来遮住夕雾的脸。夕雾觉得这孩子非常可爱,便抱他来到了明石女御那里。二皇子和薰君在明石女御那里一同游戏,源氏正在欣赏他们。夕雾在屋边把三皇子放下。二皇子见了,叫道:"我也要大将抱!"三皇子说:"大将是我的!"就拉住夕雾。源氏见了,训斥道:"两个人都没规矩! 大

---

〔1〕　爱宕山是当时的葬地。大约柏木葬于此。

〔2〕　日语中对长辈或上级谈话要使用"敬语",表示尊敬对方。对自己则不能使用"敬语"。

将是朝廷的近卫,你们却把他当作私人的侍从而争夺? 三皇子真不好,常常不肯让哥哥。"便把两人劝开。夕雾也笑道:"二皇子毕竟像个哥哥,肯让弟弟,乖得很。照这年纪,实在聪明得厉害呢!"源氏也笑了,觉得这两个外孙都很可爱。于是对夕雾说:"这里太不像样,不应该让公卿坐,到那边去吧。"便想同他往正殿去,但两个小皇子纠缠着,始终不让他们离去。

　　源氏心中思量:三公主所生的薰君要长一辈,不该和皇子们同列。但恐三公主会疑心他有所偏爱,反而对她不起。源氏向来思虑周全,因此一直把薰君同皇子们一样抚爱。夕雾还不曾清楚地看见过这个异母弟。此时薰君从帘隙探出头来,夕雾向地上拾起一个枯了的花枝来向他招呼,他就走出来了。他身上只穿一件紫红色便服,肤色白润,丰采焕发,比皇子们更为美丽动人。肌肉丰腴,清秀可爱。也许是夕雾心有成见而特别注目之故吧,但觉他的眼神虽比柏木稍稍锐利而明敏些,但眼梢的秀美之气,非常肖似柏木。尤其是那口角生花的笑容,竟全然一致,或许是他一见就想起柏木的原故吧。他推想父亲一定也早看出,因此更想探探他的口气了。皇子们虽然令人想起他们是皇帝的儿子,因而显得气品高贵,其实也不过和世间寻常美貌儿童相同而已。可是这个薰君,实在非常优越,具有一种异样的美姿。夕雾把他们比较一下,想道:"啊呀,真可怜啊! 如果我所怀疑的真是事实,那么,柏木的父大臣如此悲伤,常常哭着叹惜没有人来报道柏木有子,盼能抚养他的一个遗孤才好,而我现在找到了不去报告,将受神佛惩罚了!"然而立刻打消这念头:"哎呀,哪里会有这种事情!"但他还是没有把握,百思不得其解。薰君性情柔驯,对夕雾很亲昵,夕雾觉得实在可爱。

　　源氏带着夕雾来到紫夫人那边,两人从容谈话,不觉日色已暮。夕雾叙述昨夜访问一条院之事,源氏微笑着听他讲。讲到柏木生前种种可怜情状时,源氏随声附和,后来说道:"她弹《想夫恋》的心情,在古代小说中的确也有其例。但女人把挑动人心的深情向人泄露,一般说来是不好的,我所知道的事例甚多呢。你对柏木不忘旧情,欲向他夫人表示永远关怀之意,甚善。惟既然如此,心地必须清清白白,不可胡作非为,以致发生意外之事。这样,两方面都有面子,外人看了也会赞善。"夕雾想道:"话说得是。但他只有对人教训时道心坚强,自己身逢其境时能不起邪念么?"但表面上答道:"哪里会胡作非为呢! 只因同情于人世无常之悲哀,所以前往慰问。如果忽然绝迹,反教外人误认为犯了世间常有的嫌疑。至于那曲《想夫恋》,倘是公主自己有心弹出,的确有轻狂之嫌,但琴筝都在手头,她顺便约略弹出几句,倒很适合当时情景,颇有风流佳趣。世间万事随人随事而异。公主年龄已过青春,儿子我又不惯于调情渔色之事。恐是她放心之故吧,其态度总是和蔼可亲,彬彬有礼的。"说到这里,夕雾觉得好机会到了,便稍稍凑近父亲身旁,对他说了柏木亡灵托梦之事。源氏并不立刻回答,听完之后,心中若有所思,后来说道:"这支笛应该交付与我才是。这本来是阳成院[1]所用的笛,后来传给已故的式部卿亲王[2],他非常珍爱。后来他看见柏木卫门督童年吹笛音节异常优美,有一天在萩花宴会上赠送与他。老夫人并不深悉此种缘由,所以把它赠送了你。"但他心中想道:"这支笛如果要传与后人,除了薰君之外,更有何人能受呢? 这夕雾是个思虑极深之人,想必已经看破实情了。"夕雾观察父亲气色,更加有所顾忌,不敢立刻提出柏木之事。但他

---

〔1〕　阳成院是平安时代的天皇(公元 887—884 年)。
〔2〕　是紫姬之父。以前不曾说起他死,此处是初见。

总想探明真相,便装作一向不知而此刻偶然想起的样子,问道:"柏木临
终之际,儿子前往慰问,承他嘱咐身后种种事情,其中有如何得罪父亲、
深感惶恐之语,反复说了数遍。究竟是怎么一回事,至今不悉其故,心中
甚是疑虑。"说时表示全不知情的模样。源氏想道:"果然不出所料!"但
此事岂可明显说出? 他装作不解的样子,说道:"我几时对他表示了不快
之色,害得他抱恨长终呢? 自己也想不起来了。至于你那个梦,待我仔
细想一想,再告诉你吧。女人们惯说'夜不谈梦',今夜且不谈了。"夕雾
不知道刚才说出的话,教父亲做何感想,甚是担心。

第三十七回　铃　　虫[1]

次年夏天，六条院池中莲花盛开之时，尼僧三公主家庭供奉的佛像完成了，举行开光[2]典礼。此次由源氏主办，经堂中各种用具，置办得十分周到，迅速着手布置装饰。佛前悬挂的幢幡，形色非常优美，是特选中国织锦缝制的。这工作全由紫夫人担任。花盆架上的毡子，用美丽的凸星花纹织物，雅致可爱，色泽也很鲜丽，是世间罕见的珍品。寝台四角的帐幕都撩起，内供佛像。后方悬挂法华曼陀罗[3]图；佛前供设银花瓶，内插高大鲜艳的莲花。所焚的香是中国舶来的"百步香"。中央所供的阿弥陀佛像及侍立两旁的观世音菩萨像、大势至菩萨像，都用白檀木雕成，非常精致美丽。供净水的器皿照例很精小，上面放着青、白、紫色的人造小莲花。又有根据古代"荷叶"香调制法调配而成的名香，其中隐隐加入蜂蜜[4]，焚时与百步香合流，香气异常馥郁。佛经为六道众生[5]分写六部。三公主自用的佛经，由源氏亲手书写，附有愿文，大意是：今生仅能以此结缘，他年誓当携手同登极乐净土。又有《阿

---

〔1〕　本回写源氏五十岁夏季至秋季八月之事。

〔2〕　佛像塑成后，择日致礼而供奉之，名曰开光。

〔3〕　曼陀罗是梵语，意思是平等周遍十法界。此曼陀罗图乃净土变相图。

〔4〕　名香调配时加蜂蜜。但因佛前忌用动物质，故隐隐加入。

〔5〕　六道众生即：天上、人间、修罗、畜生、饿鬼、地狱。

弥陀经》,因中国纸质地脆弱,朝夕持诵易于损坏,故特地宣召纸屋院〔1〕工人,郑重叮嘱,令其加工制造最优名纸。源氏从今春开始就用心书写。窥见一端的人,已觉光彩炫目。因为源氏的笔墨,比打格子的金线更加辉煌灿烂,真乃稀世之宝。至于经卷的轴、裱纸、箱,其精美自不待言。这经卷安置在一张沉香木制、足上雕花的几上,装饰在供佛像的寝台内。

佛堂的布置装饰完毕之后,讲师〔2〕进来了。烧香的人也都来了。源氏也出席这法会,他走过三公主所在的西厢,向里面张望,但见这临时居处内甚拥挤,暑气迫人,有五六十个严妆的侍女群集其中。那些女童竟挤出在北厢的廊下。各处安置着许多熏炉,香烟四溢,弥漫空中。源氏走近去,教导那些经验不深的青年侍女,说道:"凡空中熏香,必须火力轻微,使人不知道烟从哪里出来才好。烧得像富士山顶的烟一般浓重,便杀风景了。讲经说教的时候,必须全体肃静,用心听取教理,不可任意发出衣衫窸窣之声,行动起坐都要静悄悄的才好。"三公主夹杂在许多人中间,越发显得娇小玲珑,她平伏地躺卧着。源氏又说:"小公子在这里要吵闹,抱了他到那边去吧。"

北面的纸隔扇都已除去,挂着帘子。众侍女都退往那边,周围清静了,源氏便把参与法会时须知之事预先教导三公主,其用心甚可感激。他看见公主让出自己的起居室来供奉佛像,心中不胜感慨,对她说道:"我和你两人共同经营佛堂,真乃意想不到之事! 但愿后世同生极乐净土,在同一莲花中亲睦共处。"说罢流下泪来,吟诗云:

〔1〕 纸屋院是京都北郊纸屋川畔的一个官办造纸厂。
〔2〕 讲师是七僧之一。七僧是:讲师、读师、咒愿、三礼、呗、散华、堂达。

　　　　　"誓愿他年莲座共,

　　　　　心悲今日泪分流。"

便取笔向砚中蘸墨,把这诗写在公主所用的丁香汁染成的扇子[1]上。三公主也在这扇子上写道:

　　　　　"莲台纵有同登誓,

　　　　　只恐君心不屑居。"

源氏看了,笑道:"太看不起我了!"但脸上还是露出不胜感慨的神情。

　　许多亲王照例都来参与。诸夫人竞工争巧地制作许多佛前供品,都是别出心裁的,各处送来,堆山塞海。布施七僧的法服,凡重要者,皆由紫夫人备办。这些法服都用绫绸制成,连袈裟的格子纹都很讲究,懂得此道的人都赞誉为世间少有。这真是过分仔细、太不惮烦了!

　　于是讲师升座,用庄严的声音陈述这法会的旨趣。就中指出:"公主厌弃盖世无双的荣华,而在法华经中与大臣永结世世不绝之深缘,此志尊贵无极。"这位讲师是当代学识渊博、口才出众的高僧,此时郑重陈述,音调异常尊严,听众无不感动流泪。

　　此次法会,原是为了经堂成立伊始,在家中私下举办的。但皇上及山中的朱雀院闻讯,都派遣使者前来,致送诵经布施物品,非常丰隆,于是排场忽然扩大了。六条院所准备的设施,虽然源氏主张从简,也已经比寻常世间体面得多了,何况又加了皇上及朱雀院的隆仪。因此僧众傍

────────────

〔1〕 丁香汁染成的是橙红色,袈裟用此染色。

晚散会时,布施品满载而归,寺内几乎容纳不下。

　　源氏从此更加怜悯三公主,对她的照拂非常周到。朱雀院曾将三条地方的宫邸作为遗产赠与三公主,此时劝请源氏让她迁居,以为将来总须有此一日,不如现在分居,更合体统。但源氏答道:"两地分居,太疏远了。不能朝夕会晤,实非我之本意。固然是'我命本无常'〔1〕,但在我住世期间,总希望不背我志。"一方面又命人修缮三条宫,务求尽善尽美。三公主领地内所产种种物品,以及各处庄院、牧场的贡物,凡贵重者,皆送入三条宫库藏中。又添造库藏,将各种珍宝、朱雀院当作遗产赐赠的无数物品,凡属于三公主者,均纳入库藏,令人严密保管。三公主日常用度、众侍女及上下人等一切费用,全由源氏负担,诸事迅速停当。

　　是年秋,源氏在三公主住处西边的走廊前面,中垣的东面一带地方造成一片原野的模样,又增筑供佛的净水棚,使这环境适合于尼僧的居处,景象十分幽雅。许多人步三公主后尘,出家为尼,当了她的徒弟。其中乳母及老年侍女当然听其自愿,青年侍女则选取道心坚定而能终身不变者,许其出家。当三公主落发时,众侍女争先恐后,都想追随。但源氏闻之,劝导她们说:"这是使不得的!只要略有几个信心不坚的人夹杂其间,便会使旁人受到妨碍而流传轻薄之名。"结果有十余人改装为尼,服侍三公主。源氏命人捉许多秋虫来,放在这原野中。夕暮秋风凉爽之时,他就信步来此,名为听赏秋虫,实则对三公主还是不能忘怀,说了些使她烦恼的话。三公主觉得此人如此用心,真乃出人意外,心中非常厌恶。本来,源氏在众人前对三公主的态度虽不改,内心却显

〔1〕　古歌:"我命本无常,修短不可知。但愿在世时,忧患莫频催。"见《古今和歌集》。

然为了那桩事情而深感不快,他的心情完全变异了。三公主希望不再
与他见面,因而发心出家,以为从此脱离关系,可以放心了。岂知他还
是说这些话,使她痛苦不堪。她想离此尘境,避入深山,但也不便正式
提出。

　　八月十五傍晚,明月未升之时,三公主来到佛堂面前,眺望着檐前
景色而诵读经文。两三个青年尼僧在佛前献花,供净水杯,汲水,三公
主听到这些声音,觉得她们忙着这些背世离俗之事,实甚可哀。正在此
时,源氏照例来了。他说:"今夜虫声好繁密啊!"就低声地念起经来。
他念阿弥陀大咒,声音轻微而十分严肃。虫声实在繁密,其中铃虫[1]
之声宛如摇铃,铿锵可爱。源氏说道:"昔人说秋虫鸣声皆美,而其中松
虫最为悦耳。秋好皇后曾经特地派人到遥远的原野中去搜求松虫,
放在院子里。然而现在能分明听出是松虫的,已经很少了。可见这
虫和它的名字不相称,是一种短命的虫。它在深山中或远方原野上
的松林中,不惜声音地任情鸣唱,无人能够听赏,真乃太疏阔了! 铃
虫则不然,随处皆鸣,这才教人欢喜,真乃亲切可爱的虫。"三公主闻
言,低声吟道:

　　　"秋气凄凉虽可厌,
　　　　铃虫声美总难抛。"

吟时风度实甚高雅而又妩媚。源氏说:"你说什么? 秋气凄凉这话,出我
意料之外呢。"便和诗云:

――――――――――

　〔1〕 铃虫,即金钟儿。下文的松虫,即金琵琶。皆蟋蟀之类。

"心虽厌世离尘俗，

　　身似铃虫发美音。"

吟罢取过琴来，弹了美妙的一曲。三公主也停止了数念珠，倾听琴声。此时月亮出来了。源氏觉得这团圝明月，光辉也很凄凉。怅望天空，历历回想世间万事变易无常之状，其琴声比平时更加哀怨了。

萤兵部卿亲王推想今夜六条院内照例必有管弦之会，便驱车来访。夕雾大将也带了身份相当的殿上人来了。他们随着琴声寻访，知道源氏在三公主处，便立刻找到了。源氏说道："今天寂寞得很。不曾准备管弦之会，然而很想听听久已不闻的美妙之音，所以独自在这里弹琴。你们来得正好。"就在这里添设座位，请亲王入坐。今夜宫中本当召开赏月宴会，后来作罢了，大家觉得扫兴。诸王侯公卿传闻萤兵部卿亲王等已赴六条院，便都来了。于是相与听赏虫声，评定优劣，又演奏种种琴筝。逸兴正浓之时，源氏说道："有月之夜，不论何时，无不令人感慨。就中今宵清光皎洁的月色，尤其使人神往世外，百感交集。柏木权大纳言不幸身亡，教人每逢兴会，怀念不置。少了此人，似觉公私万事都失却了光彩。此人最能理解花容鸟语之情趣，真是一个颇有见识的话伴，可惜……"听了自己弹出的琴声，也不胜悲戚，双泪沾袖。他猜想帘内的三公主亦必听到这话，不免心生妒恨。然而，在此种游宴之际，他总是首先恋念柏木，皇上等也都怀念此人。他就对诸人说："今夜我们就来开个欣赏铃虫的宴会，痛饮达旦吧。"

酒过二巡之后，冷泉院遣使送信来了。原来今夜宫中游宴忽然作罢，令人颇感遗憾，因此左大弁红梅、式部大辅[1]，以及其他应有诸人都

─────────────

〔1〕 此人前文未见，疑是红梅之弟。

来到冷泉院。闻知夕雾大将等在六条院,冷泉院便派人来邀。信中有诗云:

> "九重天样远,闲院绿苔生。
> 秋夜团圞月,不忘旧主人。

既有雅兴,何妨同乐?"源氏看了信说道:"我致仕以来,身无拘束;冷泉院退位之后,闲居逸处。我不曾常去访晤,他心中定然不快,因此来信相邀,实在不胜抱歉。"便立刻起身,准备前往。其答诗云:

> "月影当空终不变,
> 蓬门秋色已全非。"

此诗并不特别优越,只是回思今昔世态之变迁,率尔述怀而已。遂命赐使者酒食,犒赏丰厚无比。

　　于是将各人车辆按照官位高下依次排列,随从人员奔走扰攘,管弦之声一时静止,大家一齐出发。源氏与萤兵部卿亲王同乘。夕雾大将、左卫门督、藤宰相[1]以及所有在座的人,一律随从。源氏与萤兵部卿亲王本来只穿常礼服,嫌其简慢,又加衬袍一件。月亮渐渐高升,深夜天色异常优美。诸少年在车中随意吹笛,以微行形式前往参见。倘是正式参见,自然必须按照官位行礼如仪,方可对晤也。源氏今夜回复了从前当臣下时的心情,轻骑简从地突然来见,因此冷泉院惊喜参半,竭诚欢迎。

---

〔1〕　此二人亦前文未见。藤宰相疑是红梅之弟。

他此时正当壮年[1]，容貌昳丽，越发与源氏一般无二。在这春秋鼎盛之时，发心让位，独居静处，令人看了深为感动。是夜诗歌酬酢，不论汉诗或日本诗，用意无不精深美妙。然作者照例见闻不多，若记录其片段，反失却其全貌，故略而不书。天色向晓之时，各人披诵诗篇，不久告辞散归。

　　次日，源氏访问秋好皇后，和她谈了许多话。他对她说："我现在闲居无事，应该常常来望望你。并无特别事由，只是年纪大起来，常想把难于忘却的往事说些给你听听，并听你谈谈。但出门时，排场太大又不好，太简又不好，弄得左右为难，以致一向疏远了。比我年轻的人，有的先我而死了，有的先我而出家了，观此人世无常之相，不由人意气沮丧，难于安心。于是遁世出家之志，日渐坚强起来。但愿你照拂我的后人，免使他们孤苦无依。这话以前我屡次对你说过，务望牢记在心，勿负所托。"说时态度十分郑重。秋好皇后的模样总是很年轻[2]，她答道："让位之后，反比以前深居九重宫阙时难得见面，真乃意想不到之事，令人深感遗憾。眼看诸人出家离俗，亦觉人世可厌。但此心迄未向尊前禀明。此身万事皆蒙鼎力照拂，如今未得许可，心中不胜怅惘。"源氏说："确实如此，昔年你深居宫中之时，虽然归宁日数有限，总得常常相见。如今让位之后，反而没有借口，不能任意回家了。人世固然是无常的，然而没有特别痛苦的人，总难毅然决然地抛舍红尘。即使是心无挂碍、决意出家的人，亦自有种种牵累羁绊，你岂可模仿此等人行径而生学道之心？你倘出家，反会使人不解而胡猜瞎说呢！此事决不可行！"秋好皇后但觉源氏尚

---

〔1〕　冷泉院时年三十二岁。
〔2〕　秋好皇后时年四十一岁。

未深知己心,不胜苦闷。原来她很挂念亡母六条妃子死后受苦之状,不知她堕入了何等可怕的地狱业火之中。她死后还要显灵作祟,自道姓名,被人嫌恶,源氏虽然竭力隐讳,但世人都爱讥评,自有人将此话传入秋好皇后耳中。她听到之后,悲痛不堪,便觉人世一切皆可厌弃。她很想知道母亲鬼魂显灵说话的详情,但觉不便直说,只是迂回地言道:"前曾隐约传闻:先母死在阴司,罪孽十分深重。虽无明确证据,仿佛亦可推量。但为女儿的,只觉难忘死别之悲,不曾想到后世之事。愿得深通佛道之人,善为开示,俾得皈依三宝,亲自拯救亡母于业火焰中。年龄越长,这愿望越是恳切了。"源氏觉得她这愿望实甚有理,深为同情,答道:"地狱业火,谁也难于避免。俗人虽知此理,但在朝露一般短促的生涯中,总难抛舍红尘。目连〔1〕是一位近于成佛的圣僧,故能即时将母救出。但谁能继承此例呢?即使你卸却钗环,恐于此世犹有遗恨吧!你虽不出家,亦可坚守此志,逐渐举办种种法事,超度亡母脱离苦海。我也有志出家,然而人事纷烦,辞官闲居,也属枉然,只是蹉跎岁月。若得成遂出家之愿,我必静居修身,帮你为你亡母祈求冥福,可惜全是妄想。"二人共叹世事尽属虚空,都可厌弃抛舍,然而毕竟难于痛下决心。

　　昨夜秘密来此,无人知道;今日消息已经公开,故王侯公卿都来接待,全体护送这位准太上天皇返六条院。源氏想起自己的子女;明石女御自幼疼爱无比,现在高居尊位;夕雾大将也身显名扬,出人头地。都很如意称心。然而对冷泉院,感情尤为深挚,心中念念不忘。冷泉院也时时记挂他,在位时常恨会面机会稀少,因此早年让位,以便自由行动。然

〔1〕目连俗作目莲,是释迦佛的弟子,其母死后堕饿鬼道中,食物入口,即化烈火。目连求救于佛,佛教在七月十五日作盂兰盆会,以救其母。见《盂兰盆经》。

而秋好皇后反而难得归宁了,她和冷泉院像普通臣下一般同居共乐,游宴之事、管弦之会反比在位时兴浓。秋好皇后万事心满意足,惟有想起亡母六条妃子在阴司受苦,出家学佛之志日益坚强起来。但源氏和冷泉院皆不允许,她只得多多为亡母举办功德。虽不出家,而人世无常之念日益深切。源氏也和秋好皇后同心,立即准备为六条妃子举办法华八讲。

第三十八回　夕　雾[1]

　　以诚实著名的贤人夕雾大将,终于对这一条院的落叶公主起了恋情,心中念念不忘。他在人前装作不忘故人旧情,时时诚恳地前往慰问,但积年愈久,心底里愈觉不甘如此便罢。老夫人觉得夕雾之诚恳十分难得,心甚感激。她近来生涯愈觉岑寂,夕雾常去访问,给她安慰不少。夕雾当初并非为了求爱而来访的。他想:"此刻态度一变,忽然提出求爱,实甚唐突。只有竭尽忠诚,将来公主未必不肯见容。"他想找个适当机会,探察公主心意如何。但公主一直不曾亲自与夕雾会面。夕雾正在找寻机会,想把心事向她明言,看她作何表示。忽然老夫人为鬼怪作祟,生起病来,移居比叡山麓小野地方的别墅里。老夫人早年皈依一位律师,此人善作祈祷,驱除鬼怪,现在笼闭山中,誓不入市。惟小野近在山麓,可以请他下来。移居时所需车辆人夫,均由夕雾备办。柏木的几个嫡亲兄弟,因为事务繁忙,生活烦乱,反而顾不到这位寡嫂家的事。其中长弟左大弁红梅,对公主并非没有恋情,曾经一度贸然求爱,惨遭公主坚决拒绝,此后便无颜再去访问。只有夕雾非常贤明,若无其事地常来亲近公主。

　　夕雾闻知老夫人请僧众举行祈祷,便备办种种布施物品及祈祷时所

────────────

〔1〕　本回写源氏五十岁八月至冬季之事。

用净衣,遣人殷勤致送。老夫人患病,不能亲自作书答谢。众侍女说:"对这身份高贵的人,叫寻常人代笔答谢,似乎大不礼貌了。"便劝请公主作复。公主的手笔非常优美,寥寥数语,着墨不多,然而语甚亲切。夕雾看了越发恋恋不舍,为欲多看公主手笔,此后频频和她通信。夫人云居雁看见他们如此亲热,逆料将来定会生事,脸上时见不快之色。夕雾心有顾忌,虽欲亲赴小野访问,一时未便即刻实行。

八月中旬,野外秋色正美之时,夕雾渴望看看公主山居情状,便装作普通访友的样子,对云居雁说:"某某律师难得下山,我有要事和他商谈。老夫人患病在山,我也想乘便前往慰问。"便向小野出发了。随从人员不多,只带亲信五六人,都穿便服。一路上山道并不特别深僻,惟松崎地方山色颇佳,虽无奇岩怪石,而秋色十分娇艳。比较起都中富丽无匹的宫邸来,毕竟富有清趣,更饶雅兴。落叶公主的别墅围着低低的柴垣,却也别饶趣致。虽是暂住之处,气象实甚高雅。作为正厅的房间东面凸出的一室内,筑着一座祈祷坛。老夫人住在北厢,落叶公主住在西面的室中。当初老夫人说鬼怪不祥,公主不可同行。但公主哪里肯离开母亲!必欲追随入山。老夫人又恐鬼怪移到别人身上,故将居室稍稍隔离,和公主的房间不通。因为没有招待客人的房间,几个上等侍女便引导夕雾来到公主帘前,请他暂待,然后向老夫人通报。老夫人命侍女传言:"承蒙远道劳驾,盛情不胜感激。老身如果就此死去,无法报答公子大德,如今幸得苟延残喘。"夕雾答道:"尊驾移居之时,小生本当亲送,只因家父正有要事嘱办,以致不克如愿。此后又因杂务烦忙,一时未能造访,中心不胜悬念。多所怠慢,不胜歉憾。"

其时落叶公主躲在室内。但旅居之所,设备简略,公主坐处并不甚深,帘外自然可以闻知室内动静。夕雾听见轻微的衣衫窸窣声,知道公主在这里面,便觉神魂飞荡起来。当侍女往返传言之际,夕雾便趁空和向来熟识的侍女小少将君等人谈话,他说:"我经常访问,竭诚效劳,至今已历多年[1]。你们待我还是如此疏远,叫我好恨啊!让我坐在帘前,凭人传言,隐约通问,如此冷遇,我平生尚未经历过呢。外人都讪笑我,说我何等愚笨,我听了实甚难堪。如果我在年轻位卑、行动自由之时,多少学得一些调情求爱的本领,今天不会受此冷遇。像我这样忠厚诚实、数年如一日的人,世间实无其类。"他说时态度非常认真。众侍女猜测到他的心事了,互相扯衣推肘,悄悄地商谈:"由我们随便代答,反而难以为情。"便进去告诉公主:"他向我们如此诉苦,公主若不出而应对,似乎太不知情了。"公主答道:"母亲不能亲自应对,有失礼貌,我理应代为招待。然而母亲病势沉重,我悉心看护,自己也已精疲力尽,不能应对了。"侍女将此言转告夕雾,夕雾说道:"这是公主说的么?"便整一整衣冠,说道:"老夫人病势沉重,我非常担忧,情愿以身代受。这是为了什么原故呢?恕我放肆直言:依愚见,在老夫人神思清爽、心身复健之前,公主自身必须保重,务求平安无事,则对双方皆有利。公主以为我所关念的只是老夫人,而不知道我对公主多年以来怀念之诚。这真使我大失所望啊!"众侍女都说:"此言实甚有理。"

　　夕阳西沉,天色冥漠,自成佳趣。四周烟雾弥漫,山阴顿觉幽暗。鸣蜩四起,聒噪不已。墙根抚子盛开,迎风拜舞,袅娜可爱。庭前各种秋花,任意乱开。水声淙淙,凉气逼人;山风呼呼,其音凄厉;松涛万顷,奔腾澎湃。忽闻钟声响彻云霄,此乃宣告昼夜不断诵经的僧人轮班的时间到了,离座僧人和接替僧人的念诵声和合一致,音调非常庄严。夕雾身

---

〔1〕 柏木死已三年。

在其间,但觉所见所闻,无不凄凉动人,便满怀感慨,耽入沉思,竟不想回家去了。律师正在祈祷,诵念陀罗尼之声十分庄严。忽闻众侍女相告:老夫人病状不佳。大家就聚集到病房中去了。旅居之所,侍女本来不多,此时公主身边侍女极少,公主只是独坐沉思,四周肃静无声。夕雾觉得披露心事的时机到了。忽然夜雾四起,封锁窗户。他便叫道:"归途方向也迷失了,如何是好呢?"接着吟诗云:

> "漫天夕雾添幽致,
> 欲出山家路途迷。"

落叶公主在室内答道:

> "茅舍深藏烟雾里,
> 狂童俗客不相留。"

吟声异常幽微。夕雾想象音容,不胜喜慰,真个忘记回家去了。他说:"这真是进退两难了!归路已经失迷,这夜雾笼罩的屋里又不便泊宿,势必被逐客了。我这不惯风流的人,遇到此种情况,不知如何是好。"他表示不想回去,并隐约吐露难于禁受的恋情。几年来落叶公主并非不知道夕雾的心事,但一向只装作不知。此时听见他出之于口,表示怨恨,便觉十分讨厌,越发默默不答了。夕雾叹息一声,心中反复寻思,觉得此种机会不易再得。他想:"即使被她看做没良心的轻薄儿,也无可如何了。至少总得教她知道我多年以来恋慕之心。"便召唤随从。右近卫府的一个将监,最近晋爵五位的,是他的亲信,此人应召来前。夕雾吩咐他道:"我有要事,必须与这位律师晤谈。但他此刻正在祈祷,不得空闲,不久就要休息的。我今夜准备在此泊宿,等到初夜功德完毕后到那边去见他。叫某某人等在此伺候。其余随从都到附近栗栖野的庄院中去,在那边取秣喂马。不可让许多人在这里吵闹。在这种地方泊宿,深恐外人知道了以为轻率,会乱造谣言呢。”将监心知话中有因,便奉命退去。夕雾若无其事地对侍女们说:“这等大雾,归途实在模糊难辨,今夜我只得在此借宿了。既然如此,就让我宿在这帘前吧。等到阿阇梨休息时,我就去会他。”

　　夕雾以前来访,从来不曾如此长留,也不曾显露轻薄之相。今夜这般模样,落叶公主觉得很可担忧。然而轻率地逃往老夫人那边,又觉得不成样子,只得默默无声地坐着。夕雾对侍女随便说些话,渐渐靠近帘前。侍女膝行入内传言时,他就跟了进去。此时夜雾深锁窗户,室内光线幽暗,侍女回头看见夕雾进来,吃了一惊。公主困窘不堪,连忙膝行而去,闯出了北面的纸隔扇。夕雾敏捷地赶上,把她拉住。公主的身体已经进入邻室,但衣裾还留在这边。纸隔扇那边没有钩环,只得任其半开半闭,身上冷汗像水一般流出。众侍女都吓得呆若木鸡,不知此时应该如何对付。纸隔扇这边原装着锁,然而她们又不敢蛮不讲理地把这贵人拉开而把门锁上,只得哭丧着脸叫道:“哎呀! 这算什么样子呢? 想不到这位大人会起这种念头啊!”夕雾答道:“我但求如此接近公主而已,你们何必大惊小怪呢? 我虽微不足道,但多年以来的诚意,你们总该早就知道了吧。”他就不慌不忙地诉说他的心事。但公主哪里要听! 她只觉得遭此奇耻大辱,心中万分委屈,一句答话也说不出来。夕雾说道:“公主如此不讲情理,竟同无知小孩一样! 我满怀隐痛,难于忍受,因而行动稍稍越礼,此罪自不容辞。但倘不得公主许可,决不敢再求更进一步的亲近。我实在是'柔肠寸断苦难言'〔1〕啊！公主虽不赏脸，自然总有几分理解我的心事。但故意装作不知，待我如此冷淡，使我无法申诉，我就顾不得冒昧了。即使公主把我看做可恨的负心人，我也不惜，但求把年来淤塞在胸中的愁闷向公主分明告白而已。公主对我如此薄情，虽然使我伤心，但我决不敢放肆……"他强自镇定，装作情深意密的模样。公主虽然一直拉住纸隔扇，但这防御绝不巩固。夕雾也不强要开门。但笑着说道："靠这一点阻隔来聊以自慰，也很可怜了！"他并不任意妄为。可见此人性行温和文雅，即在此时，亦与别人不同。

落叶公主想是长年悲叹之故，身体十分消瘦。身穿一袭家常便服，袖部显见手臂非常纤细。周身衣香袭人，遍体无不可爱，真有无限温柔之态。此时夜色渐深，秋风萧瑟。墙根虫吟之声、山中鹿鸣之声，与瀑布之声混合一致，其音十分凄艳。夜色清幽，即使是寻常感觉迟钝之人，亦必难于入寐。格子窗犹未关闭，窥见落月已近山头。这般凄凉景象，令人泪落难收。夕雾对公主说："你到此刻还装作不了解我的样子，反而变成浅薄了。像我这样不识世故、愚诚可靠的人，世间实无其类。对于万事见解浅薄的人，讪笑我这样的人为痴子，亦可谓冷酷无情了。但像你这样聪明的人，也对我过分轻视，真教我想不通。你不是未经人事的人呀！"他说了千言万语，落叶公主不知如何对答才好，只管默默寻思。她想："他以为我是既经下嫁的人〔2〕，可以放心地调戏，因而屡次隐约挑唆，实在使我伤心。我真是个世间无类的命苦人啊！"觉得不如一死了事。便饮泣说道："我原知自身罪孽深重，但你此种狂妄行为，教我何以

〔1〕 古歌："一度钟情深刻骨，柔肠寸断苦难言。"见《菅家万叶集》。
〔2〕 古代公主下嫁者往往被视为缺德，故下文言"罪孽深重"。后面两诗亦含此意。

为心呢?"声音十分轻微。她在心中吟道:

　　"我独多忧患,频年袖不干。

　　今宵添热泪,名节受摧残。"

不想出口,却断断续续地泄露字句,夕雾便在心中组成诗篇,低声诵念。公主深以为耻,痛悔不该吟出此诗。夕雾说道:"我刚才言语不谨,冒犯你了。"便微笑着答诗云:

　　"公主纵轻我,今宵泪不添,

　　当年曾湿袖,名节早摧残。

不必犹豫,只管照我的想法吧。"便劝她到月光下去,公主心中懊恼,坚不肯去,奈何他用力一拉,便出去了。夕雾对她说道:"我爱公主,深挚无比,请你了解我心,不须顾忌。若非得你同意,我决不,决不……"他的语气非常坚决。谈谈说说之间,天色将近黎明了。

　　月色澄碧,了无荫翳,晓雾也遮蔽不住,清光射入室中。山庄厢屋甚浅,似觉与室外无甚间隔。公主觉得脸面正对月亮,怪难为情,竭力回避,其态度之娇媚难于形容。夕雾约略说起柏木生前之事,神情从容不迫。但他觉得公主对他不及对柏木之重视,不免向她诉恨。公主心中寻思:"我的故夫官位不及此人之高,但婚事乃父母之命,自然名正言顺。虽然如此,我犹且身受丈夫冷遇。何况此人,岂可冒昧相从?加之他不是外人,我翁前太政大臣是他的岳丈,如果闻知此事,不知做何感想。一般世间的讥评且不必说,我父朱雀院闻知此事,将何等伤心!"她一一考虑关系深切的诸人,觉得此事实甚可恨。她自己虽然坚守贞节,奈何世人谣诼纷传! 老夫人此刻尚未得知,实在对她不起。将来知道了,定将责备她不知大义,真乃痛苦之事。因此她只管催促夕雾早归:"务请在天明之前回去!"此外别无言语。夕雾答道:"公主太无情了! 教我像定情之后似地在天色未明之前踏着朝露回去,岂不被朝露耻笑! 还得请你明白了解我的心情。你倘待我如此冷酷,巧妙地哄骗我早些离去,那时我禁压不住心中业火,会不知不觉地做出种种不成样子的事情来呢。"他实在恋恋不舍,经公主催促,反而不想回去了。但此人的确不惯于色情行为,觉得过分非礼,对人不起。而被人看轻,亦甚可耻。为人为己打算,还不如乘人不觉之时冒着朝雾回去为是。然而已经神不守舍了。吟诗云:

> "露重荻原沾袖湿,
> 　雾迷归途阻人行。

我虽空归,你泪湿的衣袖还是不得干燥的。这正是强迫我走的报应吧。"公主想道:"我的恶名定将没来由地传播出去了。但'心若问时',我总可坦白回答。"使用十分疏远的态度对待夕雾。答诗云:

> "托辞野草多霜露,
> 　更欲教人泪湿衣。

你的话真奇怪!"她谴责他,娇嗔之相亦甚可爱。多年以来,夕雾为公主竭诚效劳,多方照拂,其忠实远胜他人,但此时已经前功尽弃。他此次忽然放肆,显露了好色的本相,致使公主受惊,自己亦觉可耻。但仔细回想,又觉此次勉强遵从公主之意,未成事实,过后得不被人当作笑柄?归途中左思右想,心绪烦乱,只赢得满身朝露。

此种破晓偷归的行径,夕雾向不习惯,觉得颇有趣味,但又很辛劳。倘回三条院本邸,云居雁看见他浑身露湿,定将惊诧谴责。于是回到了六条院东殿花散里夫人处。此时朝雾尚未散却,回想山中别墅,不知气象如何。众侍女看见了,悄悄地说道:"真奇怪,大将从来不曾破晓偷归呢!"夕雾暂时休息一下,就换衣服。花散里夫人替他准备着冬夏种种崭新的衣服,立刻从熏香的中国式衣柜中取出来换上了。吃过早粥之后,他就去参见父亲。

夕雾遣使送信与落叶公主,但公主不肯拆阅。她昨夜突然遭此困窘,惊魂未定,又觉可耻,心中不胜懊恼。她想:"母亲倘知道了,教我何以为颜?她做梦也不曾想到此种事情,一旦看出我神情异常,或者由于世人不肯隐恶,消息传入她的耳中,那时她将怪我欺瞒,教我何等痛苦!倒不如叫侍女们向她如实报告。她听了心中悲伤,也无可如何了。"母女二人一向十分亲睦,毫无半点隔阂。从前的小说中往往有告诉外人而欺瞒父母的事例,但落叶公主不想如此。众侍女相与议论:"即使老夫人略有所闻,公主也何必真有其事似地愁这般、愁那般呢?提前担心,也太痛苦了。"她们不知实情究竟如何,想看看这封来信。但公主拆都不肯拆开。她们着急了,对公主说:"置之不答,毕竟是不成样的,像无知小儿一般了。"便把来信拆开呈上。公主说道:"我气得发昏了!虽然只和那人见面一次,终是我自己轻率之罪过。但想起了他那不顾别人、胡行妄为的行径,实在难于容忍。你们回复他,说我不要看信就是了。"便异常苦闷地躺下。夕雾的信并不十分可憎,只是一往情深地写着:

"心空似觉魂离舍,

落入无情怀袖中。[1]

古人说:'世事不如意,根源在自心。'[2]可知古昔也有像我这样的事例。但不知道我的魂魄飞向何方耳。"其信甚长,但侍女们不便尽读。照这语气看来,这信不像是一般定情后次日的慰问书,然而究竟怎样,不得而知。众侍女看见公主神色大变,都很担心。她们想道:"两人的关系究竟怎样呢?多年以来,夕雾大将竭诚照拂,无论何事都很关心,真是一个好人。但倘把他当作夫婿,似乎反而逊色了。真教人很不放心呢。"凡亲近公主的侍女,都替她担忧。

老夫人全然不曾得知。凡被鬼怪作祟的人,虽然病势很重,也有放松之时,这期间神思便清楚了。这一天昼间,有一位阿阇梨做完了日中的祈祷之后,还在诵念陀罗尼。他看见老夫人病势好转,心甚喜慰,对她说道:"大日如来[3]倘不说谎,贫僧如此尽心竭力的祈祷哪得不灵验呢?恶鬼虽然厉害,但有业障缠其身,毕竟是不可怕的啊!"便用嘶哑的声音痛斥恶鬼。这阿阇梨是一位道行高深而性情坦率的律师,突然问道:"如此看来,那位夕雾大将已经和府上的公主缔姻了么?"老夫人答道:"并无此事。他是已故大纳言的知心好友,不负大纳言临终嘱托,多年以来,每逢有事,无不尽心竭力地照拂。此次闻知老身患病,特地前来慰问,实在很不敢当。"阿阇梨说:"老夫人此言差矣!凡事瞒不过贫僧。今天早晨

---

〔1〕 古歌:"似觉神魂已失踪,心头漠漠意空空。多因惜别心烦乱,落入伊人怀袖中。"见《古今和歌集》。此诗根据此古歌。

〔2〕 古歌:"世事不如意,根源在自心。愿将身舍弃,魂魄自由行。"见《古今和歌集》。

〔3〕 大日如来是真言宗的本尊。

贫僧上这里来做后夜功课时,看见一位仪表堂堂的男子从西面的边门出来。那时朝雾甚重,贫僧不能辨识是谁。同来几位法师异口同声地说:'夕雾大将回去了。昨夜曾将车马遣去,在这里宿夜呢。'怪不得衣香那么浓重,教人闻了头痛,原来是夕雾大将来了。这位大将身上常常散发出浓重的衣香呢。老夫人,这件事情其实不好。他原是一位才高学博的人物。从他童年时开始,贫僧就秉承已故太君[1]之嘱咐,替他举办祈祷。直至今日,凡有法事,都由贫僧一手承当,因此知之甚详。公主和他缔姻,实在是无益的。他的正夫人势力强盛,娘家又是当代巨室,高贵无比。所生小公子已有七八人之多。公主恐怕压她不倒呢。再说:女人恶业缠身,堕入长夜黑暗地狱者,都是由于犯了此种爱欲之罪,所以受此惨报。如果被人嫉妒,这便成了永远妨碍往生成佛的羁绊了。此事贫僧决不赞善。"老夫人说:"这真是怪事了!此人向来绝无好色之相。昨夜老身病体异常痛苦,叫侍女传言:且待休息一下再图晤面。侍女们说他暂时在外等待。只怕因此而泊宿在此,亦未可知。他一向是个非常诚实而又规矩的人呢。"她口上否认阿阇梨的话,但心中想道:"或许有此种事,亦未可知。过去确有好几次表露好色之相。但其人实甚贤明,努力避免受人讥评之事,态度常是端正严肃的。因此我们这边戒备疏忽,以为此人不会做出违心之事。昨夜他看见公主那边人少,便钻入室内,亦未可知。"

　　律师去后,老夫人唤小少将君过来,问她:"我听人说有这样的事,究竟怎么样?为什么公主不把详细情形告诉我呢?我不相信真有其事。"小少将觉得为难,但终于从头至尾详细告诉了她。又叙述今晨夕雾来信

---

〔1〕　指夕雾的外祖母。

中的话以及公主隐约吐露的言语。末了又说："大将只不过把多年来隐藏在心中的意思向公主诉说而已。他非常谨慎小心，天还没亮就回去了。不知外人说些什么。"她万万想不到是律师说的，总以为是某一侍女偷偷地告诉老夫人的。老夫人听了她的话，一言不发，只觉得伤心失意，泪如雨下。小少将君看了很难过，想道："我为什么如实告诉了她？她正在患病，这样一来越发痛苦了。"她很后悔，便又说道："他们会面是隔着纸隔扇的。"又说了许多安慰的话。老夫人说："不管如何，如此疏忽大意，轻率地与男人会面，实在是不应该的。即使实际上清清白白，但说那些话的法师，以及嘴尖的童仆，说话肯留余地么？教我们对人如何辩解？难道可以说明他们没有发生关系么？她身边的人都是不识轻重的……"没有说完，已经痛苦不堪。病中听到这种消息，自然是伤心的。她满望公主做个气品高尚的皇女，如今结了世俗之缘，流传了轻薄之名，使她心中好生悲痛！

　　老夫人淌着眼泪对小少将君说道："我此刻略觉好些，去请公主到这里来吧。本当我去望她，实在走不动。我似觉长久不见她了。"小少将君来到公主房中，对她说道："老夫人请公主到那边去。"公主想要去见母亲，便把泪湿的额发梳掠一番，又把破绽了的单衫脱去，另换一件。然而不肯立刻就走。她想："这些侍女对昨夜之事不知如何想法。母亲还全不知情，日后隐约闻此消息，势必怪我欺瞒，教我何以为颜？"便又躺下了。对小少将君说："我好难过啊！但愿就此不起，倒也落得干净。我的脚气病发了。"便叫小少将君按摩一下。她每逢心绪不佳、忧愁过度之时，此病必然发作。小少将君对她言道："昨夜之事，老夫人已有所闻了。她今天问我究竟是怎么一回事，我已如实告诉她，但说纸隔扇是紧闭的，又添了些使她放心的话。如果她问起公主，请公主照我一样回答。"但老夫人悲叹之状，她不告诉公主。公主听了觉得果然不出所料，非常伤心。

她一言不发,眼泪像雨滴一般从枕上流下。她回思过去,不但此事而已,自从意外地下嫁以来,使母亲伤心的事已不少了。便觉此身全无生趣。料想此人不会就此罢休,将来势必再来缠绕,外间传说何等难听! 她左思右想,不胜烦恼。况且无法辩解,任人讥议,今后将流传何等可耻的恶名! 虽然不曾失身,聊可自慰,但念金枝玉叶之身,如此轻率地与人会面,实甚不该。自伤宿世命穷,心中好生委屈。

到了傍晚,老夫人又派人来请,并命打开两室之间的储藏室两边的门,作为通路。老夫人虽然身患病苦,还是必恭必敬地接待公主,按照礼仪,下榻相迎[1]。对公主言道:"这屋子里肮脏,邀你过来,也很不好意思。才只两三天不见,便像隔了几年,想念得很呢。今世虽为母女,后世未必定能相见。即使再为母女,但记不得今世之事,也是枉然。如此想来,母女之缘实甚短促。情爱过分亲密,后而教人后悔了。"说罢掩面而泣。落叶公主也百感交集,不胜悲伤,只管注视老母,默默不发一语。公主生性腼腆,欲语难于启口,只觉不胜羞耻。老夫人很可怜她,亦不诘问昨夜之事。侍女们立刻点起灯来,又把晚餐送到这里来请用。老夫人听说公主今日饮食不进,便亲手将肴馔另加调制,但公主一点也不想吃。倒是看见母亲病状好转,她胸怀略觉开朗。

此时夕雾又送信来了。不悉内情的侍女接了进来,报道:"大将有信,是给小少将君的。"公主越发提心吊胆了。小少将君接了信。老夫人就不得不问:"是什么信?"原来老夫人心中已经确信女儿失身,正在等待夕雾今夜再来。听见有信,料想他不来了,心中很是不快。她说:"这信还是应该答复的。否则不成样子。世间少有肯替人辩白的人。你虽然

---

〔1〕 老夫人是更衣,身份不高。女儿却是高贵的皇女,故须恭迎。

自信清白,能相信你的人恐怕很少吧。还不如无所顾忌地和他通信,照向来一样才好。置之不复,不成样子,也太自大了。"便要看信。小少将君很为难,然而只得呈上。但见信中说道:"昨夜拜见,始知公主待我实甚冷淡,反教我专心一意、恋念不舍了。

> 在山泉水清,出山溪水浊。
> 若欲保清名,徒然成浅薄。"

语言甚多,老夫人未能毕读。这信态度很不明显,话中似有得意之色,而今宵又淡然不再来访。老夫人看了信很不高兴。她仔细寻思:"从前卫门督对公主爱情冷淡,我很伤心。然而他表面上对她异常尊重。全靠如此,聊可慰情,尚且很不称心。现在此人态度如此,如何是好!前太政大臣家的人闻知此事,不知做何感想。"又想:"我总得探探他的口气,看他如何说法。"便不管心情颓丧,勉强擦擦眼睛,执笔代为作复,写出来的字奇形怪状,好像鸟迹。信中言道:"老身病势垂危,公主亲来探望。正在此时,接读来示。苦劝公主作复,其奈心情愁闷,不能执笔。老身未便坐视,只得代为奉答:

> 女萝生野畔,佳种出名州。
> 何故探花者,匆匆一夜留?"

只写数语,就此停笔。将信两端捻封[1],掷出帘外。立刻躺下身子,但

---

〔1〕 信纸是卷成筒状的,故捻封两端。

源氏物语(中) 855

觉异常痛苦。众侍女推想刚才是鬼怪一时疏忽,暂不侵扰之故,便惊慌
骚扰起来。正在祈祷的几位灵验的法师就又开始大声诵念。众侍女劝
请公主:"还是回去的好。"但公主自伤命薄,情愿与母同死,一直守候
在旁。

且说夕雾大将那天昼间从六条院回三条院自邸。今宵倘再访小野
山庄,则外人将以为昨夜真有其事,而事实上还不配如此,因此只得努力
忍住。然而恋慕之苦,反而比往日增加了千倍。夫人云居雁隐约闻知丈
夫有偷情之事,脸上装作不知,只管躺在自己的起居室中,和孩子们玩耍
消遣。黄昏初过,小野山庄送回信来了。夕雾拆开一看,此信与往常不
同,文字都像鸟迹。一时不能辨识,便把灯火移近,仔细阅读。云居雁虽
然住在隔壁室中,却早就看到有信送来,便悄悄地走到夕雾背后,把那信
抢了去。夕雾吓了一跳,对她说道:"这算什么呢?真正岂有此理!这是
六条院东院那位继母〔1〕送给我的信呀!她今天早上受了风寒。我告辞
父亲出门时,不曾再去望她,心甚挂念。回家后送信去探问病状,这是她
的回信呀!你看吧,情书难道写得这样的?况且你这种态度多么野蛮
啊!相处年月越久,越是看人不起,真正气死我也!你不管我怎样想,全
不怕难为情。"他愤然地叹一口气,并不表示可惜的样子要去夺回信来。
云居雁也不立刻看信,只是拿在手里,答道:"你说'相处年月越久,越是
看人不起',你对我才如此呢!"她看见夕雾泰然自若,不免有些忌惮,只
是撒娇撒痴地说了这一句话。夕雾笑道:"谁对谁都好,这原是人世常
态。不过像我这样的人,别处怕找不到。一个身份高贵的人,斜目也不

---

〔1〕 指花散里。

看一眼,守定一个妻子,好像惧怕雌鹰的雄鹰一样〔1〕,多么惹人耻笑!被这样顽固的丈夫死守着,在你也不是光荣的。须得在许多妇人之中,特别受丈夫爱怜,地位与众不同,这才可教别人艳羡,自己心里也常愉快,于是欢乐之情、可爱之事,源源不绝而来。如今教我像某翁那样专心一意地死守一个少女〔2〕,真乃可惜之事。这在你有什么体面呢?"他花言巧语地想骗出那封信来。云居雁嫣然一笑,说道:"你想装成体面,教我这老婆子苦死! 近来你的模样变得浮薄可厌,我向来没有看惯这种模样,心中实在难过得很。正是'从来不使侬心苦……'〔3〕呀!"娇嗔之相,亦自可爱。夕雾答道:"你的意思是'今日突然教我忧'吧,究竟为了何事呢? 你一直不曾说起,也太疏远我了。定然是有不良之人搬弄是非。其人不知怎的一向不赞许我,为了我的绿袍〔4〕,至今还看我不起,因此把种种难听的话隐隐约约地讲给你听,企图离间我们。于是为了一个毫无关系的人,你就大吃其醋……"他口上虽然如此说,但念落叶之事将来终于要成就的,所以并不特别强调。大辅乳母听了这话很难为情,一句话也不说。两人谈东说西,云居雁还是把信藏过,夕雾也不强要取回,没精打采地就寝了。但他胸中忐忑不安,总想设法取它回来。料想这是老夫人写的信,不知信中说些什么。他躺着寻思,不能成寐。云居雁已经睡着,他装作若无其事地向她的茵褥底下探索,然而没有找到。不知道那封信藏在何处,心中十分懊恼。

次晨天色已明,夕雾醒来,并不立刻起身。云居雁被孩子们吵醒,走

---

〔1〕 鹰雌者身体大,雄者身体小。

〔2〕 这大约是一个故事,今已失传。

〔3〕 古歌:"从来不使侬心苦,今日突然教我忧。"见《水原抄》所引。

〔4〕 夕雾以前向云居雁求婚时,大辅乳母嫌他官位低(六位,穿绿袍)。

出外室去了。夕雾装作刚才醒来,起身在室中到处寻找,然而找不出来。云居雁看见他并不急欲找信,料想这不是情书,也就不把它放在心上。男孩子们蹦蹦跳跳地游戏,女孩子们玩娃娃,年纪稍长的读书习字,各自忙各自的。还有很小的孩子,缠住了母亲,拖来拖去。云居雁便把夺得的信完全忘却了。夕雾除了这信以外,别的事全都不想。他只想早些儿写回信去,然而昨夜的信不曾看得清楚。不看来信而作复,老夫人将推想那信失落了。他左思右想,心乱如麻。大家吃过早饭之后,日长人静,夕雾心中烦恼,对夫人说:"昨夜的信上不知写些什么,你死不肯给我看,真是奇怪。我今天应该前去探望,可是心情不佳,不能前往。我想写封信去,但不知来信写些什么。"说时态度淡然。云居雁想想,夺取这封信实在没有意思,觉得难以为情,便不再提此事,答道:"你只要说前晚在深山中受了风寒,身上不好,不能出门,婉言道歉就得了。"夕雾开玩笑地说:"算了吧!不要只管说这些无聊的话!有什么意思呢?你把我看做世间普通的色情男子,反而可耻。这里的侍女们看见你在我这个不识风情的人面前说这种醋话,都觉得好笑呢。"接着便问:"那封信到底藏在哪里了?"云居雁并不立刻拿出信来,于是只得照旧和她谈东说西,暂时躺着休息一会,不觉日色已暮。

夕雾被鸣蜩之声惊醒,想道:"此刻山中的雾不知多么浓重,真可怜啊!今天总该写回信去了。"他觉得很对不起她们,便不知不觉地拿过砚台来磨墨,一面举目怅望,考虑这回信如何写法。回头忽见云居雁所坐的茵褥里边有一处稍稍高起,试把茵褥揭开一看,原来那封信塞在这里!他又是欢喜,又是生气,笑着展开信来阅读。读完之后,心中只是叫苦。原来老夫人以为前夜已成事实,使她心中难过,真真对她不起。昨夜等到天明,不知多么痛苦。今日又到此刻尚无回音。他想到这里,但觉懊恨不可言喻。又想:"老夫人熬着病苦,勉强提笔胡乱写这封信,可见她是忧伤得难于忍受,因而如此写的。怎禁得今宵又是音信全无呢!"然而现已毫无办法。因此觉得云居雁太恶作剧,实甚可恨。他想:"她任情戏耍,好端端地藏过了这封信……罢了,这种习气都是我自己养成她的。"左思右想,觉得自身亦甚可恨,竟想哭出来。他想立刻出门去访,又想:"公主不见得肯放心和我见面吧;但老夫人信上如此说,教我如何是好?真不凑巧,今天是诸事不宜的坎日,万一她们许我成亲,将来后果不吉,也使不得。还得从长计议为是。"此人一向认真,故有此种想法。于是决定先写了回信再说。信中写道:"宠锡华翰,铭感无似。拜读之余,喜不自胜。但'匆匆一夜'之责,不知有何所闻而出此言?

　　冶游遥入深秋野,
　　未结同衾共枕缘。

如此申明,虽属无益,但昨夜未能造访,其罪自不容辞。"又写了一封长信给落叶公主。命人从厩中牵出一匹快马,换上随从用的鞍子,派遣前晚那个将监跨马送信,又低声吩咐他道:"你对他们说:我昨夜在六条院住宿,是刚才回三条院的。"

　　小野山庄中昨夜等候夕雾不来,老夫人忍无可忍,不顾日后人世讥评,写了一封诉恨的信去,竟连回音都没有。今日看看天色又暮,不知夕雾究竟如何用心。老夫人对他已经绝望,伤心之极,肝肠寸断,近来病势已稍见愈,今日忽又沉重起来。落叶公主本人心中,对于此事并不觉得忧伤,她只为那天被这素未谋面的男子看到了日常生活的姿态,不胜痛恨。她并不十分考虑夕雾之事,只是看见母亲为她如此伤心,觉得意想不到,又觉得十分可耻,但也无法说明自身清白,因此她的神情比常日更加怕羞。老夫人看了很难过,觉得这公主的命运越来越苦了,悲伤充塞了胸怀。便对她说:"事到如今,我也不必噜苏了。人事总是宿世命运所注定。但也由于自心疏忽大意,以致受人讥评。往事虽已不可挽回,今后自当格外小心。我身虽然微不足数,过去对你也曾悉心教养。现在无论何事,你都全般通晓。人情世故孰短孰长,你也皆能分别,在这方面我已很可放心了。然而你还不脱孩子习气,心中主意尚欠坚定。为此我很担心,总希望自己能多活几年。普通臣民之家,但凡身份稍高者,总是一女不嫁二夫,否则被人看轻,视为浮薄。何况你是金枝玉叶之身,并无特别事故,率然接近男子,如何使得!从前由于意外之缘,使你屈身下嫁,多年以来,我常为你伤心。然而这也是你的宿世孽缘。因为自你父皇以下,无不赞善,而那边的父大臣亦表示心许,教我一人如何阻挡?惟有让步听命而已。不幸此人短命而死,害得你孤苦伶仃。但这也不是你自己的过失,惟有埋怨皇天,凄凉度日而已。不料此次又添一事,为人为己,都流传了轻薄之名。虽然如此,外间声名可以置若不闻,但求像世间寻常夫妇一般相爱,自可从容度日,亦可使我欣慰。岂知此人又是如此无情!"说罢歔欷迸泣下。老夫人只管独抒己见,公主无法插嘴辩白,惟有嘤嘤啜泣,那模样非常可怜可爱。老夫人一直向她注视,又说:"唉,我看你生得没有一点不如别人。究竟前世作了什么孽,以致今世忧患频仍,如此命苦呢?"说罢,但觉身体异常痛苦。鬼怪是乘人衰弱而猖狂进攻的,此时老夫人忽然气息奄奄,身体渐渐冷却。律师也惊慌起来,就向佛许下大愿,高声诵念祈祷。这位律师曾立宏誓:终身笼闭山中。此次为老夫人破例下山,若修法不验,毁坛归山,则面子全无,且使佛亦无颜对人。因此全心全意地虔诚祈祷。公主哭泣之哀,自不必说。

正在骚乱之际,夕雾大将遣使送信来了。此时老夫人尚未完全昏迷,隐约闻得有信送来,心知夕雾今夜又不会来了。她想:"我的女儿何其命苦,想不到做了世人的笑柄!连我也留了一封可耻的信在别人手中!"百感交集,痛苦之极,就此与世长辞。这般情景,悲、恨等字都不够形容了!她以前常常被鬼怪侵扰,有好几次死而复苏。僧众以为此次也照老例,就加紧诵念祈祷,岂知一去不返了。公主要跟母亲同去,躺在遗骸旁边哭泣。侍女们用人世常理来劝慰她:"今已无可奈何了!凡人走上了大限之路,是决不会再回来的。公主虽然舍不得老太太,有何办法可得称心如意呢?"有的强要扶她回去,说道:"这样反而不好!会使老太太在冥司路上增加罪过呢!回那边去歇息吧。"但公主的身体缩成一团,已经失却知觉了。僧众拆毁了祈祷坛,纷纷散去,只有几个陪夜僧人留着。现在已经无可挽回,那景象真好凄凉!

各处都来吊丧,不知道是几时得悉的。夕雾大将也闻知噩耗,非常吃惊,立刻遣使吊慰。源氏、前太政大臣,以及其他一切亲友,遣使致奠者甚多。山中的朱雀院也送了一封十分恳挚的信来。公主收到此信,方才抬起头来。但见信中有言:"我早就闻知你母病重,但她向来多病,我已见惯,以致疏忽,不曾遣使慰问。你今遭此大故,诚属不幸之至。我推想你悲伤之状,不胜怜惜。务望省察人世无常之理,善自宽慰为要。"公主两眼已经哭得不能见物,然而还是握笔奉复。老夫人生前常常嘱咐死后应如何殡葬,故遵此遗命,今日即行出殡。老夫人的侄儿大和守[1]负责料理一切丧事。公主恋恋不舍,希望暂时多得瞻仰遗骸。但此事不能照办,众人立刻准备出殡。正在出发之际,夕雾大将来了。

---

〔1〕 即小少将君之兄。

　　夕雾动身之时,对家人说:"今日若不去吊,以后日子不好,不宜出行。"实则他推想公主一定十分悲戚,不胜挂念,所以立刻前往。家人劝他不必如此急急。但他定欲出门。路程甚远,好容易到达山庄,但见景象异常凄惨。遗骸用屏风围着,不教来客看见,样子阴森可怕。夕雾被延入老夫人起居室西边的一室中,大和守啼哭着前来接待。夕雾靠在边门外的栏杆上,召侍女前来。众侍女由于伤心过度,个个都神思恍惚。但因夕雾亲自惠临,诸人略觉喜慰,小少将君便前来应对。夕雾看见了她,一时说不出话来。他向来性情坚强,不容易流泪。但此时看到这凄惨情景,想起老夫人生前模样,实在不胜感慨。而且这人世无常之相,不是传闻而是亲见,因此悲痛万分。好容易镇静下来,叫小少将君转达公主:"前闻老夫人病势好转,我便疏忽大意了。做梦也得过些时间方醒。比梦醒得还快,真教人不胜惊骇!"公主想道:"我母亲如此忧伤而死,多半是为了此人。虽说是前生注定,这孽缘实在可恨。"因此置之不答。众侍女异口同声地劝道:"教我们怎样答复他呢? 大将身份高贵,特地急忙来吊,确是一片诚心。如果置之不答,未免太不礼貌。"公主答道:"听凭你们推量我心,代为答复吧。我已不知所云了。"说过就躺下身子,这原也是难怪的。小少将君便出去对夕雾说:"此刻公主昏厥,几同亡人一样了。大驾光临,今已禀告。"这些侍女说话都已泣不成声。夕雾便道:"我也无法安慰她了。且待我自己心情稍定,公主哀思稍懈,再来拜访吧。但老夫人此次突然仙逝,不知何故,乞道其详。"小少将君便把老夫人等待夕雾不来而忧伤之状约略告知,末了说道:"这话似是埋怨大将了。实因今日心绪缭乱,语言未免错乱。大将既欲详询,则公主悲哀之思终有限制,且待公主心情稍定,再行奉告,并请指教。"夕雾见她说时神情昏迷,便觉自己欲说的话也难于出口。后来说道:"我也觉得心绪缭乱了。

还望你善言劝慰公主,请她复我片言只语也好。"他舍不得立刻回去。终于因为此时人目众多,如果久留不去,恐被视为轻率,只得起身告辞。他想不到今夜就要殡葬,觉得排场过分简单,实在太不像样,便召集附近庄园中人员,一一吩咐,叫他们照料一应事宜,然后离去。此事突然发生,以致葬仪过分简单。今得夕雾协助,气象忽然庄严,送葬人数也增添不少。因此大和守不胜欣慰,十分感激夕雾的好意。落叶公主想起母亲即将化作灰尘,心中不胜悲痛,只管匍匐号哭。旁人睹此情状,觉得虽是母女,实在不宜过分亲爱。如今公主悲痛若此,恐对自身亦甚不利。于是大家伤心叹息。大和守对公主说:"此间景象凄惨,不宜久留。长住在此,悲痛将无了时。"但公主总想接近山中火葬之烟,以便回忆母亲,因此定欲终身居住在这山庄中。东面的走廊及杂舍中,略施间隔,七七期间做功德的僧人住在其中,悄悄地诵经念佛。西厢改用丧中装饰,由公主居住。公主就在其中无昼无夜地度送悲伤的岁月,不觉已到深秋九月。

　　山风凛冽,木叶尽脱,四周景象无限凄凉。落叶公主受此环境影响,日夜悲叹,泪无干时。她痛恨"生死"也不能"随心意"[1],便觉人世实在可悲可厌。众侍女也都觉得万事可悲,心迷意乱。夕雾大将每日遣使存问,犒赏僧众种种物品,寂寞地诵经念佛的僧众都很喜慰。又写情深意密的信给公主,向她诉恨,一面又无限殷勤地向她慰问。但公主看也不看一眼。她想起那天晚上夕雾的荒唐行为,致使病弱的老夫人以为他们已成事实,因而抱恨死去,成了妨碍往生成佛的罪障,便觉悲愤填胸。只要有人约略提及此人,她就痛恨万状,泪下如雨。因此众侍女不敢禀告,徒唤奈何。夕雾连一行回信也收不到,起初以为公主哀思未尽,暂不写

────────────

〔1〕　古歌:"但教生死随心意,视死如归并不难。"见《河海抄》。

信之故,但后来日子太久,只管音信全无。他想:"悲哀终有限度,岂可如此忽视我的一片真心!真乃无情过分,太不懂事了。"心中不免怨恨。又想:"如果我信上说的是风花雪月等闲情琐事,固然使她讨厌,但我写的都是同情于她的哀愁和悲伤的慰问之言,她对我应知感谢。回忆昔年太君逝世,我心悲痛不堪。前太政大臣却并不哀伤,认为死别乃人世常事,而只在丧葬仪式上尽其孝道,实甚冷酷无情。六条院父亲大人只是半子,反而诚恳地举办死后种种佛事,使我不胜喜慰——并非为了他是我父亲才这样说。已故的卫门督也竭尽哀思,因此我从那时候起就特别亲近他。柏木为人非常镇静,对世事考虑十分周到,其哀思比常人更为深切,真乃可爱之人。"他在寂寞无聊之时,常常如此回想,借以度送日月。

　　云居雁不知道夕雾与落叶公主的关系究竟如何,她以前只见夕雾和老夫人有通信来往,而且写得非常详细,却不见落叶公主来信,觉得莫名其妙。有一天,夕雾躺着,怅望夕暮天空,耽入沉思。云居雁差她的小儿子送一字条去,一张小纸的一端写着:

　　　　"欲慰君心苦,君心不可知:
　　　　莫非悲死别,或是叹生离?

不得要领,使我心忧。"夕雾看了,脸上露出微笑,想道:"她如此东思西想而说出这种话来,以为我是想念已故的老夫人,太不相称了。"便立刻若无其事地复道:

　　　　"不为生离叹,岂因死者悲!
　　　　但伤人命促,似露受朝晞。

我乃悲叹人世无常耳。"云居雁看了答诗,情知丈夫故意隐瞒,她不管人生如露等事,只觉更增愁叹。夕雾终于忘不了落叶公主,心甚挂念,便又赴小野山庄访问。他本已抑制情绪,拟待七七四十九日热丧过后,从容地前往探望。然而实在忍耐不住,他想:"时至今日,也不必顾忌这无实的浮名了。只要像普通一样地向她求爱,能如愿以偿便好。"就不顾夫人多心,也不捏造借口了。又想:"即使公主本人态度强硬,不亲近我,但我有老夫人恨我'匆匆一夜留'的信为凭据,她就无法自认为清白了。"这样一想,他就胆壮起来。

九月初十过后,山野秋气萧索,即使不是深知情趣的人,亦必真心感动。林木末梢的秋叶和山上的葛叶,不堪山风狂吹,慌忙纷纷散落,其声掩盖了庄严的诵经声,只有念佛之声朗朗可闻。室内人影稀少。群鹿被寒风吹逐,都傍着篱垣傍徨,或者躲入深黄色的稻田中,不怕驱鸟器[1]的声响,引颈长鸣,令人听了发愁。瀑布之声不断轰响,更使愁人增悲。只有草丛中的秋虫唧唧之声是微弱的。龙胆从枯草中突出,表示惟我独长。这些带露的花草,都是秋季照例应有的景色,但在此时此地看来,觉得特别凄凉难堪。夕雾照例走近西面的边门,站着看看四周光景。他身穿平日穿惯的常礼服,里面的深色研光衬衣鲜丽地露出在外面。光线微弱的夕阳毫无顾忌地向他照射,使他觉得眩目,漫不经心地举起扇子来遮光。众侍女看了,觉得这种优美的手势,应该是女子所有,女子尚且做不出来呢。他装着可使愁人欣慰而微笑的和悦之相,指名宣召侍女小少将君。小少将君奉命前来,站在离开他所站的廊下极近的地方。但他深恐帘内有别的侍女,不便和她详谈,便对她说:"再走近些吧! 不要疏远

---

〔1〕　木板上系几根竹管,拉绳使发音,以驱逐鸟兽。

我呀！我不辞跋涉之劳,特地来到这深山之中,这一片诚心不可忽视啊！况且雾如此重。"他装作不看着她,而向山的方面眺望,又说:"再近来些,再近来些!"小少将君便把淡墨色的帷屏从帘端略略推开,把衣裾撩在一旁,坐了下来。这小少将君是大和守的妹妹、老夫人的侄女,血缘甚近,并且从小由老夫人抚育成长,因此所穿衣服颜色甚深,她身穿一套橡实色[1]丧服,外加一件礼袍。夕雾对她言道:"老夫人逝世,使我悲痛不尽,自不必说;加之公主一言不复,无情太甚,使我想起了心魂俱丧！外人看见了我,都怪我为何如此愁苦。如今我已无法忍受了。"接着又说了许多怨恨之词,并且提起老夫人临终前寄他的信,说罢哭泣甚哀。小少将君哭得更加厉害,后来收泪答道:"那天夜晚,老夫人等候大将,岂知连回信也没有来。其时已近临终,神思昏迷,便痛感绝望。天色渐暗,病势越发沉重,那鬼怪便乘人之危,致人之命了。昔年卫门督逝世时,老夫人也因伤心过度,屡次昏迷过去。因见公主同样悲伤,为欲劝慰公主,勉强振作起来,渐渐恢复健康。但此次公主遭老夫人之丧,无人劝慰,以致神志丧失,人事不省了。"她说时痛感前情,不绝悲叹,因此语言哽咽断续。夕雾说道:"此言诚然。公主确已伤心过分,情绪十分委顿了。但事已如此,恕我直言:今后公主将依靠何人呢？朱雀院闭居深山之中,白云野鹤,遗世独立,通信亦甚不易。请你善为劝导,务使公主知道自身所处困境。世间万事,都是前世制定。公主虽然不欲随俗,无奈事与愿违！人生倘欲如意称心,首先须得没有死别之悲,方始可能呀！"他滔滔不绝地说了许多话,但小少将君一言不答,只管叹息。此时室外群鹿哀鸣。夕

---

[1] 用橡树实的汁水染成的,即黑色。对死者关系亲、哀思深的,所穿丧服的黑色也深。

雾听了,便吟诵"怜我独眠夜,泣声似此长"的古歌[1]。接着赋诗云:

> "跋涉离人里,遥临小野庄。
> 声如鸣鹿苦,不惜湿衣裳。"

小少将君答道:

> "热泪沾丧服,秋山人意乖。
> 鹿鸣声正苦,添得哭声哀。"

此诗并不甚佳,但在此时由女儿低声唱出,夕雾觉得亦甚美妙。他就叫小少将君向公主传言数语。公主命小少将君答道:"此刻我在世间,犹似身在愁梦之中。且待此梦稍醒,自当答谢屡次枉驾之恩。"只此数语,真乃十分冷淡的应酬。夕雾觉得公主太无情,只得长吁短叹地独自回京。

夕雾在回京路上怅望秋夜长空,正值十三夜的月亮幽艳地照临天际。车辆从容地驱过小仓山时,道经落叶公主本邸一条院。但见这宫邸已甚荒凉,西南方的土墙已经坍塌,可以望见内部各处殿宇,窗户都关闭着,静悄悄地不见人影,只有月亮皎洁地映在池塘之中。夕雾回思柏木大纳言昔年在此举行管弦之会时的光景,独自即景吟诗:

> "俊赏人何在? 身随泡影亡!
> 可怜秋夜月,独宿守池塘。"

---

[1] 古歌:"秋来鸣鹿苦,响彻晚山阳。怜我独眠夜,泣声似此长。"见《古今和歌集》。

回到三条本邸之后,他还是眺望着月色,魂灵儿荡漾在天空中。众侍女看到这般模样,都在背后私议:"这样子多难看啊！向来没有这种习气的呢。"夫人云居雁真心地发愁了。她想:"他的心全然飞驰到那边去了。不知怎么一来,他把六条院中惯于妻妾和睦共处的诸夫人当作范例,便把我看做不识情趣的厌物,真乃太没道理了。如果我自昔就是多妻中的一人,那么外人也都看惯,我倒可以安然度日。然而自他的父母兄弟以下,人都称赞他是世间典型的诚实男子,都说我是无忧无虑的幸福夫人。岂知平安日子过到了现在,忽然发生了这件可耻之事。"她心中非常不快。此时夜色已近破晓,两人不交一语,背向着背,各自唉声叹气,直到天明。夕雾等不到朝雾散尽,照例急急忙忙地写信给落叶公主。云居雁心甚怨恨,然而并不像那天一样夺他的信。夕雾的信写得非常详细,其间暂时搁笔,吟诵诗句。虽然吟声甚低,却被云居雁听到:

　　　"闻说愁如梦,秋深夜不明。

　　　何时愁梦醒,始得见卿卿?

真像'瀑布落无声'[1]了！"信中所写大约如此。封好之后,他又口吟"如何可慰情"之句。然后宣召仆夫,将信交付。云居雁颇思看看对方的回信,她总想知道两人的关系究竟如何。

　　日上三竿之时,小野回信来了。信纸是浓紫色的,非常朴素,照例是小少将君代笔的。信中告诉他:公主依旧不肯作复。后面又写道:"抱歉得很:公主在来书上信笔乱涂。被我偷取得来,附呈请看。"果然有从去

──────────

　　〔1〕　古歌:"深山名小野,瀑布落无声。似此无音信,如何可慰情?"见《河海抄》所引。

信上撕下的片纸塞在这复信中。夕雾推想公主已经看了他的去信,只此一点,也就不胜欣慰,真乃太可怜了! 他把公主信笔乱涂的文字仔细拼凑起来,看出了这样的一首诗:

　　　　"愁人居小野,朝夕哭声啾。
　　　　热泪知多少,无声瀑布流。"

此外又乱七八糟地写着些愁人所想起的古歌,那笔迹非常优秀。夕雾想道:"我往常听见别人为了此种色情之事而伤心,觉得荒唐可笑,令人厌烦。岂知碰到自己身上,便觉实在痛苦难堪。怪哉,为何如此伤心呢?"他想回心转意,然而力不从心。

　　六条院源氏也闻知此事。他想:"夕雾为人老成持重,凡事沉着应付,从不受人讥评,一向平安度日,我做父亲的也觉得面目光彩。回想自己年轻时候,未免稍稍耽好风月,以致流传轻薄之名,且喜他能替我补救。然而如今发生此事,对任何人都很不利。对方倘是疏远的人,犹可说也,偏偏又是他的至亲[1],不知前太政大臣对此做何感想。这一点夕雾不会不顾虑到,可见前世宿命是不可逃避的了。但无论如何,关于此事我不宜插嘴。"他觉得此事对落叶公主和云居雁两皆不利,故闻讯之后,不胜愁叹。他自己回想过去之事,推量未来之状,便对紫夫人表示:看到落叶公主丧夫的事例,不免担心自己身后之事。紫夫人面红了,自念我死了丈夫难道会久留在世么,便觉心情不快。她想:"女人持身之难,苦患之多,世间无出其右了! 如果对于悲哀之情、欢乐之趣,一概漠

――――――――――――――

　　〔1〕 落叶公主是夕雾的表嫂兼舅嫂。

不关心,只管韬晦沉默,那么安得享受世间荣华之乐、慰藉人生无常之苦呢?况且一个女子无知无识,形同白痴,岂不辜负父母养育之恩而使他们伤心失望呢?万事隐藏在心中,像古代寓言中所谓无言太子[1],即僧人所引为苦难之典型者,明知世事孰善孰恶,却将意见埋藏胸底,毕竟也太乏味了。虽然心由自主,却不知道如何才能保持恰到好处。"如此左思右想,并非为了自己,只是为了大公主[2]的前途。

夕雾大将来六条院参见,源氏颇思知道他的心事,对他说道:"老夫人七七已经过了吧。回忆此人以更衣入侍时,至今匆匆已历三十年。无常迅速,实甚可悲。人生所贪恋的,只是朝露一般的欢乐而已!我很想把这头发剃掉,将世间万事一概抛开。然而至今还是苟且偷安,因循度日,实在很不好呢。"夕雾答道:"果然如此。即使是表面看来毫无留恋的人,在他本人也确有难于抛舍之苦呢。"接着又说:"老夫人四十九日中一切佛事,都由大和守一人办理,实在太凄凉了。没有确实可靠的保护者的人,生前犹可,死后实甚可悲。"源氏说:"朱雀院定然遣使吊慰过了。他那二公主不知悲伤得怎么样。那位更衣,据我近年来便中所见所闻,比以前传闻的好得多,竟是一位无瑕可指的淑女。世人都在悼惜她呢。应该活着的人,偏偏短命而死。朱雀院也一定大为震惊,不胜悲伤吧。他对二公主的钟爱,仅次于这里的已出家的三公主。想见二公主品貌也是极美妙的吧。"夕雾说:"二公主品貌如何,不得而知。老夫人的人品与性情,真是无瑕可指的。虽然和我并未亲昵熟悉,但在些些小事上,也可显见此人性情之优越。"关于二公主,他绝不谈起,装作全不知道。源氏

〔1〕 天竺波罗奈国太子,名叫休魄的,生后十三年不说话,人称无言太子。
〔2〕 指明石皇后所生长女,此女归紫夫人抚养。

想道:"他对此事已是专心一志,我若劝谏,徒劳无益。明知他不会听信而向他郑重提出,也太没意思了。"便置之不谈。

老夫人的法事,概由夕雾一手包办。种种消息,自然不能隐讳,前太政大臣也闻知了。他认为夕雾不会如此存心,总是女的思虑浅率之故。举办法事之日,柏木诸弟因有旧情,都来吊奠。前太政大臣亦致送隆仪,以供诵经布施。所有供养,皆极丰盛,仪式之体面并不逊于当时得势之家。

落叶公主曾经立志终身居住在这山庄中,出家为尼。但此消息传入朱雀院耳中,朱雀院说:"此事万万不可! 女子身事二夫,固然不是好事。但无保护人之少妇,一旦出家为尼,反会引起意外的恶名,而使身蒙罪愆,对于今世与后世两皆不利,徒然遭受世人谴责而已。我已祝发入山;三公主也已身披尼装。世人笑我断子绝孙,在我辈出家之人并不懊恼。但必欲大家如此,争先出家,毕竟无甚意味。为了人世忧患而遁入空门,声名反而不佳。必须真心感悟,静思息虑,心地澄澈,然后可以任情去留。"他屡次将这番话教人传告公主。公主与夕雾的浮薄名声,他也曾听到。世人都说公主因为此事不谐,所以厌世出家。朱雀院听了十分担心。他认为公主公然与夕雾结缘,太过轻率,实甚不宜。但念如果向她提及,使她害羞,亦甚可怜。"我又何必多费口舌呢!"因此关于此事绝不谈起。

夕雾大将想道:"我已说得舌烂唇焦,至今还是毫无希望。要她自己心许,看来是难事了。我不妨对外人说,此婚事乃老夫人生前许下。事出无奈,只得教死者稍任思虑疏忽之咎了。不教外人知道何时开始定情,马虎过去吧。现在要我回复青年时代,为恋爱流泪,向女人纠缠,似乎也不配了。"便计划将公主迎回一条院,正式成亲。于是选定黄道吉日,宣召大和守前来,吩咐他应有一切事宜。先将宫邸大事整理。此宫邸虽然也很华丽,但因住者皆是女子,故庭院杂草繁生。如今大加清除,并施装饰。夕雾用心非常周到,一切务求尽善尽美。关于幔帐、屏风、帷屏、茵褥等,也都一一操心,嘱咐大和守,急速在宫邸中备办。

移居之日,夕雾亲赴一条宫邸,派遣车辆及前驱人赴小野迎接。公主声言决不返京。众侍女苦口相劝。大和守也劝道:"公主此言,教人殊难奉命。卑人因见公主孤单悲苦,不胜同情,故竭尽绵力,为公主效劳。今大和当地有事,必须赴任亲理。而此间一切事务,无人可以接任。若不顾而去,则实甚怠慢。正在左右为难之际,幸蒙夕雾大将关怀,如此竭诚照拂。公主认为此君存心不良,因而不肯屈尊,亦自有理。话虽如此,但自古以来,皇女迫不得已而下嫁者,其例甚多。世人不会教公主独任其咎。迟疑不决,反而显得幼稚。即使欲坚持己志,但为女子者,要独力照顾自身,以求生涯安稳,岂可得乎!毕竟还得有男人爱护照顾,仗此助力,才能发挥其慧心贤才。左右诸人,都不知道以此大义劝导公主,只管自作自主,干那些不应有的事情。"又说了许多话,责备侍女左近及小少将君。

众侍女听见大和守责备,大家聚拢来,共劝公主迁居。公主此时已经身不由主。侍女们取出华丽的衣服来替她穿,但她殊不乐愿。一头青丝细发,至今还想剪落,此时挽过来一看,长达六尺,末梢虽因忧患而略疏,但侍女们看了并不觉得逊色。公主自己看看,觉得衰减太甚,这模样如何可以事人,此身真太不幸了。想了一会,又躺下了身子。众侍女催促:"时辰过了!夜也很深了!"大家喧噪起来。忽然随着凉风降下一阵时雨,四周景象十分凄凉。公主吟诗云:

> "愿随亡母乘烟去,
>
> 　誓不风靡意外人。"

她虽然决心落发出家,但此时剪刀等物都被隐藏,众侍女环守甚严。公主想道:"何必如此大惊小怪! 我身又何足惜,难道会像小孩那样逃走,偷偷地把头发剪下么? 如此骚扰,外人听见了反会讥笑呢。"便打消了出家的决心。

众侍女皆忙于准备迁居,各人把自己的梳子、盒子、柜子以及其他种种打包装袋的东西先已运往京中。落叶公主不能一人独留山庄,只得啼啼哭哭地登车。临别只管注视四周,回想当初来时,老夫人在病苦中抚摸她的头发,替她整理,然后相扶下车,景象历历在目,不觉悲从中来,泪盈于睫。老夫人所遗佩刀及经盒,一向不离身畔,此时也随身带去。遂吟诗云:

> "物是人非难慰藉,
>
> 　摩挲玉盒泪盈眸。"

这经盒还不曾为丧事而涂黑,是老夫人平日惯用的一只螺钿盒,是盛诵经布施品用的,现在公主当作遗念保存着。带着玉盒归去,形似浦岛太郎[1]。

到了一条宫邸,但觉殿内毫无悲惨气象,出入人员众多,竟是另一世

---

〔1〕 浦岛太郎是古代传说中的人物。此人是一渔夫,与龟共赴龙宫,居住三年,享尽荣华。临别一美女赠他玉盒一具,诫不可开。此人归家后破戒开盒,与盒中喷出之白烟共化为老翁。

界。车子停在门前。公主即将下车之时,似觉不是回返故邸,却是到了一个陌生地方,心中害怕,一时不肯下车。众侍女觉得公主太孩子气了,多方劝请,不胜其烦。夕雾大将暂住在东厅的南厢中,装作一向住惯的模样。

三条院中的人闻此消息,无不吃惊,互相诧怪:"怎么突然做出这种意想不到的事情来!是几时发生关系的呢?"原来不喜温柔、不爱风流的人,反而容易突然做出意想不到的事情来。但三条院里的人,都认为夕雾多年来早就和落叶公主发生关系,只是一向不露声色而已。公主如此坚贞不移,却没有一个人推想得到。无论他们怎样看法,在公主都是委屈的。

且说一条院的排场设备,由于公主尚在丧服之中,自然不同于一般。这样的开端未免是不祥的。但在大家吃过素斋、人声静息的时候,夕雾走过来了。他频频催促小少将君,要她引导与公主相会。小少将君说:"大将如果真有久长之志,务请过一两天再来。公主回到旧邸,反而添了新愁,已像死人一般躺卧着了。我们从旁劝慰,公主反而痛苦。常言道:'凡事都为自己',我们岂肯触犯公主!所以此刻实在不便通报。"夕雾说:"奇怪极了!这真是我所料想不到的啊!公主的心竟同小孩一样莫名其妙。"便向小少将君仔细分辩,说他这办法为公主、为自己都顾虑周至,决不会受世人非难。小少将君答道:"使不得啊!我们正在担心:这回不要再送走了这个人?大家心慌意乱,手足无措。我的好大将!求求你,千万不要强词夺理,干这种不近人情的事啊!"便向他合掌礼拜。夕雾说:"我从来不曾受过这种冷遇。公主如此蔑视我,把我看做比谁都可厌可恶,教我好伤心啊!究竟谁是谁非,我想叫人评评理看。"他无可再说,恼羞成怒了。小少将君终于也觉得不好意思,微笑着答道:"大将说

从来不曾受过这种冷遇,实因大将尚未深解男女之情之故。道理究竟谁
是谁非,让人评判吧。"小少将君虽然固执,但如今已无法坚拒,只得跟着
他进去。夕雾猜量公主所居之处,进入室内。公主非常懊恼,痛恨此人
横蛮无礼,便不顾别人讥笑她孩子气,立刻在储藏室内铺一条茵褥,躲进
里面,把门从内侧锁上,就在那里睡觉。但在这里毕竟能躲到几时呢?
那些侍女都已丧心病狂,袒护对方了。她想想不胜痛恨。夕雾深怪公主
冷酷无情,他想:"你如此抗拒,我决不甘休。"他满怀信心,独睡户外,左
思右想,直到天明,自己觉得好像隔溪而宿的山鸟〔1〕。好容易天亮了。
夕雾心念只管如此坚持下去,势必变成仇视,还不如暂且出去吧。便在
储藏室外恳切要求:"即使略开一条门缝也好!"然而里面绝无回音。夕
雾吟诗云:

　　　"愁恨填胸冬夜苦,
　　　又逢深谷锁岩扉。

如此冷酷无情,教人无话可说。"便啼啼哭哭地出去了。
　　夕雾回六条院去休息一下。继母花散里从容不迫地问道:"听前太
政大臣家的人说,你把二公主迎接到了一条院。究竟是怎么一回事?"两
人虽然隔着帘子,又添上一个帷屏,但夕雾从一旁可以窥见花散里的姿
态。他答道:"人们总是大惊小怪。事实是这样:已故的老夫人起初态度
强硬,认为岂有此理,拒绝我的要求。但到了临终时候,心身都衰弱了,
想是悲伤公主无人保护之故,嘱托我在她死后多多照拂。我本有此心,

――――――
　　〔1〕　山鸟雌雄隔溪而宿。

便如此照办。世人总是喜欢论短评长,平淡无奇的事,说得天花乱坠,真是多嘴啊!"说到这里笑起来。接着又说:"可是公主本人深恶世俗生活,决心出家为尼,我又有什么办法呢?各处谣诼纷传,原是很讨厌的,索性让她出家,倒可避免嫌疑。但我又不忍违背老夫人遗言,所以只是照拂她的生活。父亲如果来此,务请便中把我这番意思转告。我深恐父亲见责,以为平安无事到了今天,忽又产生此种不良之心。但实际上,但凡碰到恋爱之事,别人的劝谏和自己的意志似乎都是无可奈何的。"后面几句话声音很低。花散里说:"我也疑心外间传说是虚假的,然而总有几分真吧。这原是世间常有的事。只是你那三条院的夫人定然不快,却是怪可怜的。她太平无事地直到现在了呢。"夕雾说:"您当她是个可爱的千金小姐么?其实像鬼一般凶狠!"接着又说:"可是我决不疏远她。恕我说句放肆的话,您可从自己身上推想:为女子者,如果心平气和,结果终是便宜。如果心怀妒恨,口出恶言,则暂时之间,丈夫为欲息事宁人,姑且让她几分,然而毕竟不能永远依她,一旦闹出事来,势必互相仇恨,变成冤家。总之,像南殿那位紫夫人,心地真好,对各方面都很和顺。还有,像您老人家,更是和蔼可亲,这是众目昭彰的事。"他极口称赞这位继母。花散里笑道:"你拉出我来作范例,反而使我的缺点显著了。所可怪者,你父亲自己犯了好色的毛病,似乎以为别人都不知道,而你稍有一点风流言行,他就当作一件大事,当面训诫,又在背后担心。真所谓'责人则明,恕己则昏'也。"夕雾答道:"果然如此。父亲常为此事训诫我。其实即使他不教导我,我也会谨慎小心的。"他觉得父亲实在可笑。

　　夕雾前去参见父亲。源氏早已闻知他和落叶公主之事,但他想:"我又何必装作知道呢。"只是默默地望着夕雾。但见他长得相貌堂堂,眉清目秀,正当精力充沛的盛年。他想:"这样的美男子,即使干些风流勾当,别人也不会非难，鬼神也应该赦罪的。那艳丽清秀之相，横溢着青春蓬勃之气，但又没有不识世情的幼稚之相。圆满成熟，无可指疵，此时寻花问柳，也是理之当然。女人怎么会不恋慕他呢？揽镜自视，又安得不自豪呢？"他看了自己的儿子，心中作如是想。

　　日色过午，夕雾回到三条院本邸。一走进门，便有一群可爱的子女迎上前来，缠绕戏耍。云居雁躺卧在寝台的帐幕内。夕雾走进去，她也不向他看。夕雾知道她怀恨，觉得这也难怪，便装作绝不怪怨的样子，把她盖在身上的衣服拉开。云居雁说："你当这是什么地方？我早已死了！你常常说我像鬼，我索性做了鬼吧！"夕雾答道："你的心比鬼还可怕，但你的样子非常可爱，故我舍不得你。"他不解思索地说这话，云居雁生气了，说道："像你这样相貌堂堂、风度翩翩的人，不配我来长久作伴。让我到随便什么地方去吧。你索性不要想起我这个人。和你共度了这许久无聊的岁月，我真觉得后悔呢。"说着坐起身来，姿态异常娇媚，那红晕满颊的颜面非常可爱。夕雾就同她开玩笑："大约是因为你常像小孩一般生气，所以我已看惯，现在觉得这个鬼不可怕了。要再添些凶相才好。"云居雁说："你说什么？像你这种人，给我乖乖地去死吧！我也要死了。我一见你的面就懊恼，一听到你的声音就不快。我先死了，把你留在世间，我倒不放心。"她说时姿态越发娇艳了。夕雾微微一笑，答道："如果我活着，虽然往远方去了，你见不着我面，还会从旁听到我的消息，所以你要我死。但你这话，正是教我知道了我俩情缘的深厚。一人死了，另一人立刻跟着走上冥途——这本来是我俩的誓约呀。"他一本正经地说，又用种种好话来安慰她。云居雁原是个天真烂漫、温柔敦厚的人，经夕雾巧言搪塞一番之后，心情自然平复下来。夕雾觉得她很可怜，但一方面又心不在焉，他想："落叶公主虽然未必是一个自高自大、倔强成性的人,但她如果坚决不肯再嫁,定欲出家为尼,则我大失所望,太没面子了。"如此一想,他觉得目前不可放手,心中不胜焦躁。看看日色渐暮,今天又不会有回音来了,他就心挂两头,只管沉思默想。云居雁昨今两日一点东西也不曾吃,此刻略微吃了一些。

夕雾对她说道:"从很久以前开始,我对你的爱情就已与众不同。你父亲对我态度冷酷,使我在世间获得了愚夫的恶名。但我竭力忍受这难堪的痛苦,各处争来说亲,一概置之不闻。众人都讥笑我,说即使是女子,也不会如此固执。现在回想起来,不知那时怎么能够忍受的,我自己也相信我从小就是一个稳重的人。现在你虽然如此讨厌我,但你已经有了一大群不能抛开的孩子,不能独断独行地离弃我了。请你放长眼光,静观将来!只怕人命无常而已。"说到这里竟哭起来。云居雁回思昔年之事,也不胜感慨,觉得自己同他真是世间少有的夫妇,宿世因缘毕竟是很深的。夕雾把那件软熟了的家常衣服脱下,换上一件特别华丽的新衣,熏足了衣香,用心打扮,仔细化妆,准备出门去了。云居雁在灯火影里目送他,忍不住流下泪来。便扯过夕雾脱下的单衣的衣袖来拭泪,自言自语地吟道:

　　　"断绝情缘成弃妇,

　　　　何如披剃着缁衣!

在这俗世真是住不下去了!"夕雾站定了答道:"何等无聊的想法啊!

　　　　厌弃故夫披剃去,

　　　　枉教人世笑君痴。"

此诗匆促草成,故甚为平凡。

且说那位落叶公主,一直笼闭在储藏室中。众侍女劝道:"公主终不成一辈子住在这里面。外人听到了,要讥笑公主太孩子气,行事不成体统。还不如到外边来,照常起居,把公主的主意向大将说明吧。"此外又作种种劝导。公主觉得这些话也有道理。然而想起今后外间流传恶名,以及过去自心种种痛苦,都由这个可恨的不良之人而来,这天晚上又不肯和他会面。夕雾说:"开玩笑也不是这样开的,真是少有少见的啊!"他大发牢骚。众侍女也都代他委屈,对他说道:"公主说过:'再过几时,等我身心恢复健康之后,如果他还不忘记,我总会向他致意。在此丧服之中,让我一心不乱地专诚为亡母超度吧。'她的心很坚决。大将频频来访,深恐外间无人不知,公主也非常担心呢。"夕雾答道:"我的用心与别人不同,决不作非礼之行,想不到如此受人冷遇!"他长叹一声,又说:"只要公主肯在日常起居室中接见我,隔着屏幕也好。我只指望把心事诉说一番,决不违反公主之意。叫我等待多少年月,都无不可。"他再三要求,絮聒不休。公主命侍女答道:"我已困顿不堪,你还要无理强求,实在太狠心了。世间谣诼纷传,我身不幸已极,这且不说。你又如此用心,怎不教人痛恨!"她越发讨厌夕雾,只想远而避之。夕雾想道:"只管如此下去,被外人闻知了确也难听。叫这些侍女看了也不好意思。"便催促传言的小少将君道:"实际关系,一定遵照公主所言。但在目前,暂作表面夫妇吧。如此有名无实,真乃世间怪相。再说,倘因公主坚拒,而我断绝访问,则外人将谓公主被弃,更加有损令名。总之,固执一念,像孩子一般不明事理,实在令人遗憾!"小少将君认为夕雾之言有理。她看看夕雾的模样,但见他此时的确痛苦,觉得万分抱歉。便把侍女进出的储藏室北门打开,放他进去。

公主吃惊之余,十分伤心,痛恨她的侍女。她想:"世间人心如此不测,我身将来苦患正多呢!"她想起此身已无可信赖之人,便反复悲伤。夕雾说出种种理由,希望公主谅解。话语甚多,有的情趣动人,有的意味丰富。但公主只觉得可恨可恶。夕雾说道:"你把我看做毫不足道之人,使我羞耻无似。我因思虑不足,起了这个荒唐之念,如今不胜后悔,然而无可挽回了。但公主又岂能保持清白之名呢?无可奈何,只得屈节了。人生在世,到了不称意之时,往往有投身深渊者。就请公主把我的心当作深渊,投身其中吧!"公主把一件单衣牢裹在身上,除号哭之外毫无办法。那恐惧担心的样子实甚可怜。夕雾想道:"无可奈何了! 怎么会如此嫌恶我呢? 无论何等坚贞的女子,到了这个地步,心情自会松懈起来的。岂知这位公主心肠竟同木石一般,坚决不肯屈从。没有宿世因缘的人,见面只觉可嫌,此人对我大约也是如此吧。"想到这里,觉得此事太不近情,心中不胜懊恼。他想起云居雁此刻心情一定不快,又回想当年两小无猜、互相爱慕之状,以及多年来情投意合、互相信赖之状,便觉此次自讨烦恼,实在无聊之极。因此也不勉强抚慰公主,只管悲伤叹息,直到天明。他觉得每次空自来去,太不成样,今天就留在这里,安闲地度送一天。公主见他如此顽强,非常讨厌,越发疏远他了。夕雾则一方面笑她愚痴,一方面恨她无情。

这储藏室内设备甚不周全,只有藏香的柜子和橱子等物而已。把这些东西堆放到两边角落里,加以布置,使宜于居住,公主就住在这里面。室内阴暗,但早晨日出之时,亦有阳光射入。公主偶然解下裹在头上的衣服,用手整理散乱的头发,夕雾便得隐约窥见姿色。他觉得这是一个上品的女子,容颜十分娇艳。夕雾的姿态,放任不拘的时候反比一本正经的时候优美得多。落叶公主看了,想道:"我的故夫相貌并不优异,然而非常自傲,有时嫌我容颜欠美呢。何况我现在衰减得如此厉害,教这美男子看了,恐怕一刻也不能忍受吧。"她觉得非常可耻。左思右想,自我劝慰一番。但总觉得不胜痛苦:各方面的人闻知了定然怪我,使我罪无可道。况且身在丧服之中,更加令人痛心,实在难于自慰。

公主终于走出储藏室,二人在日常的起居室中盥洗并进早粥。丧家装饰,此时似嫌不祥,故用屏风将做佛事的东室遮蔽。东室与正屋之间,张着淡橙色帷屏,此乃吉凶两用之色,并不十分触目。又设着一个两架的沉香木橱子,隐约表示欢庆之相。这都是大和守的计划。众侍女都把青蓝色丧服脱去,换上不甚鲜艳的棣棠色、暗红色、深紫色的衣服。绿面枯叶色里子的围裙也换了淡紫色的。她们都在奔走伺候。这宫邸内只有女人,诸事未免办理不周。全赖大和守一人在那里操心,略雇几个人夫来打扫整理。现在意外地来了这个身份高贵的娇客,本来已经辞退的家臣闻知了,纷纷前来复职,都到事务所去当差。

夕雾无可奈何,只得装作住惯的样子,安居在这宫邸内当主人。三条院的云居雁闻讯,心念这回情缘决绝了。但犹信赖夕雾,希望不致如此。既而又想:"谚云:'老实的人一变心,完全变作另一人。'这句话是真的。"顿觉看破世情,不肯再受丈夫的气。便以趋避凶神为借口,回娘家去了。其时适值弘徽殿女御归宁,姐妹相会,亦可稍稍解忧,就不像往日那样急急思归。

夕雾闻此消息,想道:"果然不出所料,此人本性非常急躁。她父亲也没有宽宏大量的气度,是个心直口快的人,说不定会骂道:'岂有此理!从此不再见他!从此不要说起他!'而闹出奇奇怪怪的事情来。"他心里害怕,立刻回三条院去。但见几个男孩还留着,女孩和婴儿都被母亲带走了。男孩们看见父亲回来,都很高兴,大家来亲近;有的想念母亲,向父亲诉苦哭泣。夕雾心中非常难过。他写了好几封信给云居雁,又派人去迎接,然而连回信也没有。他大为不快,怪怨她何以如此轻率而又任性。他深恐前太政大臣见怪,就在傍晚时分亲自去接。听说云居雁正在弘徽殿女御所居的正殿内。夕雾便走进一向熟悉的房间里,但见只有几个侍女在内,婴儿跟着乳母也在这里。夕雾叫侍女向云居雁传言:"你现在还同年轻时候一样爱同姐妹们交际么? 怎么可以把一群孩子东抛西舍,而自己到正殿里去闲玩呢? 多年来我早就知道你的性情和我不和,然而恐是因缘注定之故,我自昔就时刻不忘地恋慕你。现在已经有了这一群孩子,个个都很可爱,我俩已经互相信赖,不会再抛舍了。为了一点些些小事,难道你就如此决绝么?"他严厉斥责,愤恨不已。云居雁叫侍女代答:"你已厌弃了我,认为毫不足取的了。现在我已不能改变性情,讨你喜欢。你又何必多言呢? 但愿你不抛弃这些无知无识的孩子,照顾照顾他们,我就心满意足了。"夕雾说道:"好干脆的回答啊! 归根到底,是谁丢脸呢?"便不强要她回去。这一晚他就在那里独宿。自念此时弄得莫名其妙,两头落空,不胜懊丧,便叫几个孩子睡在身边,聊以自慰。推想落叶公主此时亦必十分恨他,心情不安,难于堪忍。他想:"世间怎么竟会有人把恋爱当作风流韵事呢?"便觉此事深可惩诫。天明之后,他又叫人向云居雁传言:"只管像小孩一样胡闹,教人听见了可笑。你既说过情缘已绝,我也就作如是想吧。只是留在那边的几个孩子,正在可怜地想念你。你不选取那几个孩子,想必是有用意的。但我舍不得他们,总要设法安排。"他用这话威吓她。云居雁心念夕雾是个决决断断的人,说不定会把这几个孩子带到陌陌生生的一条院去,便担心起来。夕雾又说:"把几个女孩还给我吧。我为了要看她们而特地来此,甚是不便。况且我又不能常来。那边的孩子也都很可爱,总得让他们同住在一处,以便照顾。"几个女孩年纪都还很小,十分可爱。夕雾看了觉得非常可怜,对她们说:"你们不可听母亲的话! 如此倔强不通道理,是最可恶的!"

　　前太政大臣闻知此事,想起女儿云居雁做了世人的笑柄,不胜悲叹。便对她说:"你何不暂时观望一下再说呢? 他自然是有计划的。女子行事太性急,反而见得轻率。但也罢了,你已经说出,岂可无端自己打消而立刻回去呢? 不久自会看出他的态度和意向。"便派他的儿子藏人少将[1]送一封信去给落叶公主。信中有言如下:

　　　　"因缘由宿命,无日不关心。

　　　　忆昔诚堪痛,思今实可憎。[2]

你大约还不至于忘却我们吧。"藏人少将持信来到一条院,率然直入。侍女们在南檐下设一蒲团,请他坐地,却觉得难于应对。落叶公主更加狼狈。这藏人少将在柏木的诸弟之中相貌最为漂亮,姿态最为优美。他从容地环视四周,似在回思柏木在世时的光景。然后对侍女们说:"这里是我常来的地方,一点也不觉得生疏。但恐你们不当我是亲近的人吧。"他略微表示不满之意。公主看了信,觉得难于作复,她说:"我实在不能写。"众侍女围集拢来,齐声劝道:"公主不复,太政大臣将谓公主太不懂事。这信是不可以由我们代复的。"公主早已在那里淌眼泪了,她想:"如果母亲在世,我无论做了何等疏误之事,也会庇护我的。"她的眼泪比笔端的墨水先涌出来,许久不能下笔。后来好容易写道:

────────

〔1〕 疑即藤侍从。
〔2〕 忆昔,指柏木之死;思今,指夕雾之事。

　　　　"我身无足数，岂敢蒙关心。

　　　　忆昔何须痛，思今不必憎。"〔1〕

只此数语，想到便写，似乎尚未结束，就此把信包好，送了出去。藏人少将和侍女们谈话，其中有言："我是常来之客，教我坐在帘外檐下，似觉孤独无依。今后我们又将结下新的缘分，我更要常常来访了。我想过去多年间我常来效劳，为此微功，请允许我自由出入，做个入幕之宾吧。"他表示了这意思之后，就告辞回去。

　　落叶公主自从得了前太政大臣来信之后，对夕雾更加疏远。夕雾则日夜焦灼惶惑，同时云居雁忧愁苦恨，与日俱深。夕雾的侧室藤典侍闻知此种消息，想道："夫人曾说我是始终不可容赦的厌物，不料现在来了一个难于抗御的劲敌！"看她可怜，常常去信慰问。信中有诗云：

　　　　"我身无此分，设想亦生悲。

　　　　双泪为君落，时时湿透衣。"

云居雁觉得此诗略有讥讽之意。但忧患之时寂寞无聊，看了她的信便想："连她也抱不平了。"复诗云：

　　　　"他人遭苦厄，常使我心寒。

　　　　身有不平事，反怜自慰难。"

---

〔1〕 暗示她对夕雾并无关系。

只此一绝而已。藤典侍觉得此乃真情,很可怜她。

　　夕雾昔年向云居雁求婚不成,两人隔绝的时候,曾经私下和这典侍通情,但亦只此一人。后来求婚成功了,他就逐渐疏远她,难得和她相聚。然而藤典侍也生了许多孩子。云居雁所生的男孩有大公子、三公子、四公子、六公子,女孩有大女公子、二女公子、四女公子、五女公子。藤典侍所生女孩有三女公子、六女公子,男孩有二公子、五公子。共计十二人。其中不像样的一个也没有,都长得非常可爱。尤其是藤典侍所生的,相貌清秀,性情贤惠,个个都很出色。其中三女公子和二公子由祖母花散里悉心抚育,源氏也常常见面,非常疼爱他们。至于夕雾、落叶公主、云居雁之间的纠纷如何解决,实在说不得了。

第三十九回　法　　事〔1〕

　　紫夫人自从前年生了一场大病之后,身体很衰弱了。指不出特别病症,只是一直萎靡困顿。虽然并无危险,但已积年累月,总无复健之望,身体就日渐亏损。源氏为此不胜忧愁。他觉得即使比她迟死一刻,也不堪其悲痛。但紫夫人自己认为:在这世间已经享尽荣华,心满意足。一身已无后顾之忧,不必强求苟延性命了。只是辜负了多年来与源氏白头偕老的誓愿,实甚可叹。因此独自心中悲伤。她为了要修后世福德,举办了许多法事,并且恳切地请求源氏主君,让她出家为尼,以遂夙愿,使在今后短暂的在世期间亦得专心修行。然而源氏坚不允许。源氏自己也有出家修行之志,如今紫夫人如此恳切要求,他本想乘机提早和她同入佛道;但念一度出家,必须决心绝不过问世事,方可相约在极乐世界同登莲座,永为夫妇。然而,在世修行期间,即使同一山中,亦必远隔溪谷,分居两地,不复互相见面,方能专心修行。如今夫人病体如此衰弱,已无复健之望,倘欲就此分手,离居异处,实甚难舍。若果如此,则道心惑乱,反而玷污山水清秀之气。因此踌躇不决。这在思虑疏浅、毅然遁入空门的诸人看来,似乎落后得多了。紫夫人不得源氏主君许可,若独断独行,擅自出家,又觉太过轻率,且亦违背本愿。因此对丈夫颇感怨恨。她疑

---

〔1〕　本回写源氏五十一岁春天至秋天之事。

是自身业障深重之故,甚是忧虑。

　　紫夫人近年来有一私愿:请僧人书写《法华经》一千部。此时急于要实行这供养,就在她当作私邸的二条院内举行。七僧的法服,各按品级赐赠。法服的配色、缝工等等之讲究,均无与伦比。这法会中一切排场,都非常庄严。紫夫人不曾郑重其事地和源氏主君商量,因此源氏并未详细指示种种措施。然而这位夫人的计虑十分周至。源氏见她连佛道也如此深通,觉得此人之慧心不可限量,无任叹佩。他只在大体上帮办了些事务。关于乐人、舞人等事,均由夕雾大将负责处理。

　　从皇上、皇太子、秋好皇后、明石皇后[1],以至源氏诸夫人,各方都赠送诵经布施及供佛物品。只此数项,已经途为之堵塞;何况此时朝中没有一人不热心赞助此法会,故气象盛大无比。不知紫夫人是何时准备这种种设计的。似乎是几世以前许下的宏愿。当日花散里夫人与明石夫人都到场。紫夫人打开了南面和东面的门,自己设席其中,这是正殿西面的库房。诸夫人的席设在北厢,仅用屏风隔开。

　　这正是三月初十日。樱花盛开,天朗气清,真乃良辰美景。佛菩萨所居极乐净土,景象恐与此地相仿。即使并无特别深厚信仰的人,到此亦觉罪障消除。僧众齐声朗诵《法华赞叹》的《樵薪》之歌[2],响落梁尘。即使在平居静处之时,听了也会感动,何况此时,紫夫人听了更觉凄凉寂寞,万念俱灰,便即席吟诗,叫三皇子[3]送给明石夫人,诗云:

　　　　"身随物化无须惜,

────────────────

　　〔1〕　明石女御已立为皇后。此处初见。
　　〔2〕　《法华赞叹》曰:"樵薪摘菜又汲水,由此体会法华经。"
　　〔3〕　此三皇子是明石皇后所生,由紫夫人抚养。此时年方五岁。

　　　　薪尽烟消亦可哀。"〔1〕

明石夫人考虑:答诗如果说些伤心之言,将来被人闻知,要怪她不知趣。于是说些无关紧要的话:

　　　　"樵薪供佛今伊始,
　　　　在世修行岁月长。"

僧众通夜诵念,庄严之声与舞乐的鼓声相应和,终夜不绝,饶有佳趣。

　　天色渐明,烟霞之间露出种种花木,生趣蓬勃,春景毕竟是牵惹人心的。百鸟千种鸣啭,美音不亚于笛。哀乐之情,于此为极。此时奏出《陵王》舞曲,曲终声调转急,异常繁华热闹。诸人都从身上脱下衣袍,赏赐舞人、乐人,彩色缤纷,在此时看来更饶佳趣。诸亲王及公侯中长于音乐、舞蹈者,尽量施展技能。在座诸人,不问身份高下,无不兴致勃发。紫夫人观此情景,自念余命无多,不禁悲从中来,但觉万事都可使她伤心。

　　次日法会继续举行。紫夫人因昨日破例起身一整天,今天非常疲劳,便躺卧着。多年以来,每逢兴会,诸人都来参与,表演舞乐。其人个个容姿优美,才艺超群。紫夫人看了这光景,听了琴笛之声,觉得今日是最后一次了,便对于向来不甚注目的人也仔细观看,不胜感慨。何况看到同辈诸夫人——她们过去每逢四时游宴,互相会面,胸中虽怀竞争之心,表面总是和睦相处——尽管她们谁都不能长久在世,然而毕竟只有

――――――――――

　　〔1〕　佛经云:"释尊入灭,如薪尽火灭。"薪尽二字据此。

我一人将最先消灭得影迹全无。反复思量,无限伤心。法事圆满之后,诸人各自归家,紫夫人想起此次是永别,不胜痛惜。赋诗赠花散里云:

> "此生法事从今了,〔1〕
> 世世良缘信可期。"

花散里答诗云:

> "纵使寻常行法事,
> 也能世世结良缘。"〔2〕

法事结束之后,便乘此机会继续举办昼夜不断的诵经及忏法,庄严郑重,绝不稍懈。然而这种功德终不见效,紫夫人的病总是不见起色。于是做功德成了日常之事,在各山各寺到处继续举行。

紫夫人一向怕热,今年夏天更觉难堪,常常热得发昏。她并不觉得某处特别痛苦,只是身体日渐衰弱下去。因此旁人看了也并不惊慌狼狈。众侍女推想今后不知究竟怎样,但觉眼前一片黑暗,实在可悲可惜。明石皇后闻知继母只管如此,也乞假归宁。她的住处定在东所。紫夫人这边也准备迎驾。皇后归宁的仪式与向例无异。但紫夫人想起自己不能亲见她来日的荣华,看到一切都不胜悲伤。她听见皇后的随从一一唱名,倾耳而听,知道这是某人、那是某人。许多高官贵人陪送皇后来此。

---

〔1〕　本回题名据此诗。
〔2〕　诗意是:何况法事如此盛大,当然可以赖此功德,世世共结良缘。

明石皇后久不与继母相见,见了觉得异常可亲,畅叙别情,娓娓不倦。此时源氏主君进来了,他说:"我今夜真像离巢之鸟,甚是没趣。让我到那边去休息吧。"便回到自己房间里去。他看见紫夫人起身,心中欢喜。但这也不过是暂时的快慰而已。紫夫人对明石皇后说:"我们分居两处,要你劳步,太委屈了。而要我到那边去望你,实在走不动。"明石皇后就暂时住在紫夫人这里。明石夫人也来了,静静地与紫夫人共话衷曲。紫夫人心中想起许多事情,但并不嚕苏地谈起身后之事,只是从容谈论一般世间无常之相,词句简洁,含义深长,反比千言万语动人得多,显见其心中怀有无穷感慨。她看看明石皇后所生皇子皇女,说道:"我很想亲见他们成长立业,因此对于这个无常之身,还有几分留恋呢。"说罢流下泪来,那容颜异常优美。明石皇后想道:"继母为何如此悲观?"便哭起来。紫夫人深恐不祥,并不多谈身后之事,只是嘱咐道:"这些侍女服侍了我多年,没有可靠的亲属,怪可怜的。像某人、某人等,我死之后,务望多多照拂。"

　季节诵经开始了[1],明石皇后便回东所去。三皇子在许多弟兄中长得最为可爱,此时常在各处闲步。紫夫人精神好转之时,叫他到面前来,乘无人听见,便问他:"我倘死了,你想念我么?"三皇子答道:"一定会想念。我同外婆最好,比皇上和皇后还好。外婆倘没有了,我真不高兴。"他用手擦擦眼睛,借以掩饰泪痕。紫夫人脸上显出微笑,一面流下泪来,又对他说:"你长大起来,就住在这屋子里。每逢这庭前的红梅和樱树开花的时候,你要用心爱护它们。有机会时,折几枝来供在佛前。"三皇子点点头,望着紫夫人的面孔,觉得眼泪要流出来了,便回转身,走

---

〔1〕　宫中规定春秋二季招僧众诵《大般若经》。皇后归宁中亦照办。

了开去。这三皇子和大公主,是紫夫人特别用心抚育长大的,她不能亲见他们成人立业,不胜惋惜悲伤。

终于挨到了秋天,气候渐渐凉爽,紫夫人的精神也略略好转,然而还不可靠,稍一经心,病就复发。秋风虽然还不曾"染上人身"[1],但紫夫人总是垂泪度日。明石皇后即将回宫,紫夫人想请她暂留数日,希望多得见面,但觉不便启口。况且皇上不断遣使来催皇后回宫,亦不便强留,因此并不提出请求。但紫夫人不能到她那边去相送,只得让皇后到这里来告辞。要她劳驾,实不敢当。但倘不再见面,就此相别,则又觉遗憾。于是在房中为皇后另设一席,请她进来。紫夫人已非常消瘦。但正因为如此,增添了无限高尚优雅之相,容姿实甚可爱。以前青春时代,相貌过分娇艳,光彩四溢,有似春花之浓香,反而浅显。今则但见无限清丽之相,幽艳动人。似此美质,而不能久留于世,教人想起了伤心之极,悲痛无已。是日傍晚,秋风凄楚,紫夫人想看看庭前花木,坐起身来靠在矮几上。此时源氏主君进来了,他一看见,就说道:"今天你能起坐,真难得了!皇后在这里,你的心情自然爽快起来。"紫夫人看见自己略微好些,源氏主君便如此欢喜,不胜伤心。因念自己死了,不知源氏主君将何等悲恸。悲从中来,感极赋诗:

"露在青荻上,分明不久长。
偶然风乍起,消散证无常。"

在这时候,将人命比作风吹花枝倾侧、花上露珠难留之状,使得源氏悲恸

---

[1] 古歌:"秋风毕竟何颜色,染上人身恋意浓?"见《古今和歌六帖》。

不堪,便答诗云:

> "世事如风露,争消不惜身,
>   与君同此命,不后不先行。"

吟罢,泪珠纷纷落下,揩拭也来不及。明石皇后也赋诗云:

> "万物如秋露,风中不久长。
>   谁言易逝者,只有草边霜?"

紫夫人看看眼前两人的雄姿美貌,觉得都很可爱,实指望如此相处千年,才有意义。可惜人命不随心意,无术长留世间,深可悲叹。

忽然紫夫人对明石皇后说:"请你回那边歇息吧。我此刻非常难过,想躺下了。虽然身患重病,也不可过分失礼。"便把帷屏拉拢,躺下身子,那样子显得比平常痛苦得多。明石皇后见了,心念今天为何如此厉害,不胜惊异。便握住了她的手,一边望着她一边啜泣着。这真像刚才所咏萩上露的消散,已经到了弥留状态了。于是邸内惊慌骚扰起来,立刻派遣无数人员,前往各处命僧人诵经祈祷。她以前曾有好几次昏厥过去,后来又苏醒转来。源氏看惯了,疑心此次也是鬼怪一时作祟,便举行种种退鬼之法。但闹了一夜,终于不见效验,天明时分,紫夫人竟长逝了。明石皇后不曾回宫,得亲自送终,一则以喜,一则以悲。院内所有的人,都不肯相信这死别是世间应有之常例,大家认为她不应该死,悲恸之极,似觉身在黎明乱梦之中。这原是当然之事。此时院内已经没有一个人能够办事。所有的侍女都哭得死去活来。源氏主君尤为悲恸,无法自制。

正在此时,夕雾大将前来参见。源氏便召他到帷屏旁边来,对他说道:"看来已绝望了。但她多年以来怀抱出家之志,到此临终之时,不使遂其心愿,实甚可怜。祈祷的法师与诵经的僧众,此刻都已停止念诵,纷纷退去。然而总还有若干人留住在此。现世功德今已无望,但至少希望她在冥途上获得佛力加庇之益。你去吩咐他们,快快准备为夫人落发。此等僧人之中,不知有谁善能授戒?"他说时精神强自振奋,然而脸色异乎寻常,悲恸之情难堪,眼泪淌个不住。夕雾看了,觉得此实难怪之事,自己也悲伤起来。答道:"鬼怪等物,为欲迷乱人心,往往使人气绝。此次又是此种伎俩,亦未可知。既然如此,不管怎样,出家总是好的。即使出家一日一夜,功德也不落空。不过在确已身死气绝之后,仅仅为她落发,则恐不能使死者在冥途获得光明,徒然使生者增加悲痛耳。不知父亲尊见以为如何?"他陈述己见之后,还是把愿意在七七忌中诵经回向的僧众某某人等召集起来,吩咐了应有事宜。凡此种种,皆由夕雾一人料理。

多年以来,夕雾对紫夫人并无何等野心,他只希望找个机会,像昔年朔风那天[1]似地再见一面,并且约略听听她的声音。这愿望始终不离他的心头,但声音终于听不到了。他想:"现在紫夫人虽已变成空空的遗骸,能见一面也好。欲遂此愿,除了现在而外哪能再有机会呢?"于是就不顾一切,流着眼泪,装作制止侍女们号哭的样子,叫道:"大家不要哭!暂且肃静!"乘着和父亲说话的机会,把帷屏的垂布撩开。此时将近黎明,室内光线阴暗,源氏正移近灯火,守候遗体。夕雾但见紫夫人的相貌

─────────────

〔1〕 事见中卷第二十八回,此乃十五年前之事。

十全十美,真乃冰清玉洁,死去何等可惜! 源氏看见夕雾窥视并不强要遮蔽。他说:"你看这样子! 和生前毫无变异,然而分明已经无望了!"便举袖掩面而泣。夕雾也泪盈于睫,不能见物。勉强睁开泪眼,拜观遗体,一看之后,反觉无限悲伤,真个心神惑乱了。紫夫人的头发随随便便地披散着,然而密密丛丛,全无半点纷乱,光彩艳艳,美不可言。灯光非常明亮,把紫夫人的颜面照得雪白。比较起生前涂朱抹粉的相貌来,这死后无知无觉地躺着时的容颜更见美丽。"十全无缺"一类的话,已经不够形容了。夕雾看见这相貌优美无比,连一点寻常之相也没有,竟希望自己立刻死去,把灵魂附在紫夫人的遗体上。这真是无理的愿望啊!

紫夫人生前亲信的几个侍女,都哭得不省人事。源氏虽然也悲伤得神志昏迷,只得勉强镇静下来,料理丧葬一切事宜。此种可悲之事,他从前曾经遭逢过好几次,然而从来没有尝过如此痛切的苦味。此度伤心,竟是过去所无,未来所不会有的。葬仪就在当日举行。虽然恋恋不舍,但此事限定时日,终不能永久守着遗体度日,真乃人世可悲之事。广大无边的火葬场上,挤满了送葬人。葬仪之隆重无以复加。然而遗体化作一片烟云,立刻升入天空。虽是当然之事,实在令人痛心。源氏悲伤得如醉如梦,靠在人肩上来到葬地。见者无不感动,连那些无知无识的愚民,也都洒下同情之泪,他们说:"如此身份高贵之人,也难免除此恨!"何况来送葬的侍女,个个心迷意乱,似觉身在梦中,几乎从车上翻落下来,亏得车副照料。源氏回想昔年夕雾的母亲葵夫人逝世那天早晨,虽然也很悲伤,还不失去知觉,记得那时月色甚明,但今宵只有以泪洗面,一切都不知了。紫夫人是十四日亡故的,葬仪于十五日早晨举行。不久太阳鲜艳地升入天空,原野上的朝露消散得影迹全无。源氏痛感人世无常,正如此露,越发厌世悲观起来。心念今后独留在世,为日无多,不如乘此机会,成遂了出家夙愿。但恐后人讥笑他感情脆弱,只得且过几时再说。然而胸中郁结,不堪其苦。

夕雾大将在七七四十九日丧忌中一直闭居二条院内,足不出户,朝夕侍奉源氏。他看见父亲忧愁苦恨之状,深为同情,自己也不胜悲恸,便想尽方法来安慰他。朔风凛冽的夕暮,夕雾回思往事,记得那年朔风中窥见的面影,实甚可恋。而此次瞻仰遗容,又觉心情似梦。他偷偷地回忆了一会,竟不堪其悲伤,泪如雨下。深恐别人看见了怀疑,连忙数着念珠,诵念"阿弥陀佛,阿弥陀佛,……"让眼泪在念珠上消失。随即吟诗云:

> "当年窥面影,忆此恋秋宵。
>
> 今日瞻遗体,迷离晓梦遥。"

他觉得事后回思也深可感慨。此时二条院中高僧齐集,七七中规定的念佛自不必说,此外又命虔诵《法华经》,哀悼之情无限。

源氏晓起夜眠,泪无干时,两眼模糊,昏沉度日。他从头细想一生行事:"我对镜顾影,自知相貌不凡,此外一切,无不远胜常人。而自髫年以来,屡遭人生无常之痛,常思佛法指引,度我出家。只因难下决心,终于因循度日,遂致身受过去未来无有其例的苦患。如今以后,对此世间已无可留恋。从此专心修行,应无一切障碍。岂知心中如此悲伤恼乱,深恐难入菩提之道。"他心中不安,便向佛祈祷:"但愿佛力加庇,勿使我心过分悲恸!"各方都来吊慰,自皇上以下,无不异常诚恳周至,殊非一般世间应酬可比。但源氏心事重重,对此人世虚荣,如同不闻不见,全不加以注意。然而又不肯叫人看出痴迷之状。深恐后人讥评,说他到此晚年,还要为了丧失爱妻而心灰意懒,遁入空门。为了身不由主,更添一番痛苦。

　　前太政大臣[1]本性多情善感,看到这盖世无双的美人香消玉殒,不胜悼惜,屡次来向源氏慰问。他回想昔年夕雾的母亲逝世,也是这时候的事,心中十分悲伤。他在傍晚沉思冥想:"当时悼惜她的人,像父亲左大臣及母亲太君等,多数不在人间了。短命或长年[2],相差实在无几,真乃无常迅速啊!"暮色苍茫,催人哀思,他就写了一封信,遣儿子藏人少将致送源氏。信中说了许多感慨的话,一端附诗云:

>　　"当年伤故侣,此日哭斯人。
>　　旧袖今犹湿,新添热泪痕。"

源氏正在悲伤,看了这信百感交集,回想当年秋天悼亡之事,不胜眷恋之情,眼泪纷纷落下,揩拭也来不及。乘间写了一首答诗:

>　　"旧恨新愁无两样,
>　　衰秋总是断人肠。"

如果源氏将心中的哀情悉数写出,前太政大臣读后定会责备他感情脆弱。源氏知道他的性情,所以回信写得不很感伤,只是向他表示感谢:"屡承殷勤慰问,实不敢当"云云。

―――――――――

　　〔1〕　即葵姬之兄。
　　〔2〕　古歌:"严霜摧草木,不问根与叶。短命或长年,一例同消灭。"见《新古今和歌集》。

葵夫人逝世,源氏遵制穿浅黑色丧服,曾有"丧衣色淡"〔1〕之诗。此次紫夫人逝世,他穿的丧服黑色稍深。世间尊荣富贵之人,往往为世人所痛嫉,或者倚财仗势,骄傲成性,使别人为他受苦。只有紫夫人为人异常谦恭,即使是和她全无关系之人,也都敬爱她。她的一举一动,无论何等些微,都受世人赞誉。应付各种场面,都很诚恳周至。因此她死之后,对她并无深缘的一般人,听见风啸虫鸣,无不凄然下泪。何况对她有一面之缘的人,更是悲伤得无以慰情了。多年来贴身伺候、亲睦驯熟的侍女,都悲叹自己苟延残喘,何其命苦。竟有痛下决心,削发为尼,遁世入山者。冷泉院的秋好皇后也不断来信慰问,表示无限悲伤。曾赠诗云:

> "生前不喜萧条色,
> 死后应嫌塞草秋。"

如今方知她生前不爱秋景的原因了。源氏虽已神志昏迷,还是反复阅读此信,不忍释手。他觉得知情识趣、可与谈心、能慰我情的人,现在只有这秋好皇后一人了。寻思了一会,哀思略略消减。然而眼泪淌个不住,频频举袖揩拭,不得闲暇。好容易握笔作答:

> "君在九重应俯瞰,
> 我心厌世叹无常。"

封好之后,又茫然地沉思了一会。他近来神情一直恍惚,自己也常常觉

---

〔1〕 诗云:"丧衣色淡因遵制,袖泪成渊痛哭多。"

得过分伤心。为欲排遣,便常住在侍女们的室中。又命佛堂里少住些人,以便专心念经。他和紫夫人实指望共守千年,无奈人命有限,终成永诀,真乃抱恨无穷。现在他渴望死后共生同一莲座之上,他事一切不顾,只管虔修往生成佛之道。然而又恐外人非笑,实甚可厌。紫夫人丧期中应有佛事,源氏都无力指示,一切均由夕雾大将办理。源氏一心希望早日遁世,只管"今天,明天"地计算。胡乱度送岁月,但觉身在梦中。明石皇后等人也思念紫夫人,无时或忘,恋慕不已。